민족어의 수호와 발전

고영근

제이앤씨
Publishing Corporation

사람의 나아감이라 하는 것은 하늘의 일을 사람이 알기 쉽고 쓰기에 단케 함을 이름이니 절로 자란 나무는 하늘이요, 먹줄을 쳐서 다듬는 것은 사람이라. 그 다듬는 길을 따라 사람의 나아감이 덜하고 더함을 얻나니 사람의 다스림을 받지 아니한 버릇은 절로 자란 나무와 한 가지라. 그 버릇이 된 바를 아주 돌아보지 아니할 수가 없다 하겠으되 어찌 익음에만 어리어서 나무를 마르지도 아니하고 그대로 집을 짓겠 다 하리오

周時經, 『말의 소리』, 1914, ㄴㅁ장

설총 (?~?)

☞ 239쪽

세종대왕 (1397~1450)

☞ 36쪽

김만중 (1637~1692)

☞ 37쪽

서재필 (1864~1951)

☞ 4쪽

유길준 (1856~1914)
☞ 60쪽

지석영 (1855~1935)
☞ 5쪽

주시경 (1876~1914)
☞ 6쪽

이윤재 (1888~1943)
☞ 184쪽

안확 (1886∼1946)
☞ 22쪽

이규영 (1890∼1920)
☞ 86쪽

김두봉 (1889∼1960?)
☞ 312쪽

박승빈 (1880∼1943)
☞ 313쪽

권덕규 (1890~1950)
☞ 339쪽

최현배 (1884~1970)
☞ 334쪽

이규방 (?~?)
☞ 341쪽

이필수 (1887~?)
☞ 341쪽

이극로 (1893~1978)
☞ 334쪽

김윤경 (1894~1969)
☞ 350쪽

이병기 (1891~1968)
☞ 346쪽

정렬모 (1895~1967)
☞ 361쪽

홍기문 (1903~1992)
☞ 367쪽

신명균 (1889~1941)
☞ 363쪽

장지영 (1887~1976)
☞ 381쪽

박상준 (1890~1964)
☞ 384쪽

이만규 (?~?)
☞ 353쪽

권영달 (1901~1945?)
☞ 387쪽

오창환 (?~?)
☞ 432쪽

게봉우 (1880~1959)
☞ 432, 453쪽

이희승 (1896~1989)
☞ 382쪽

정인승 (1897~1986)
☞ 292쪽

김병하 (1894?~1963?)
☞ 461쪽

유시욱 (1920~1962)
☞ 463쪽

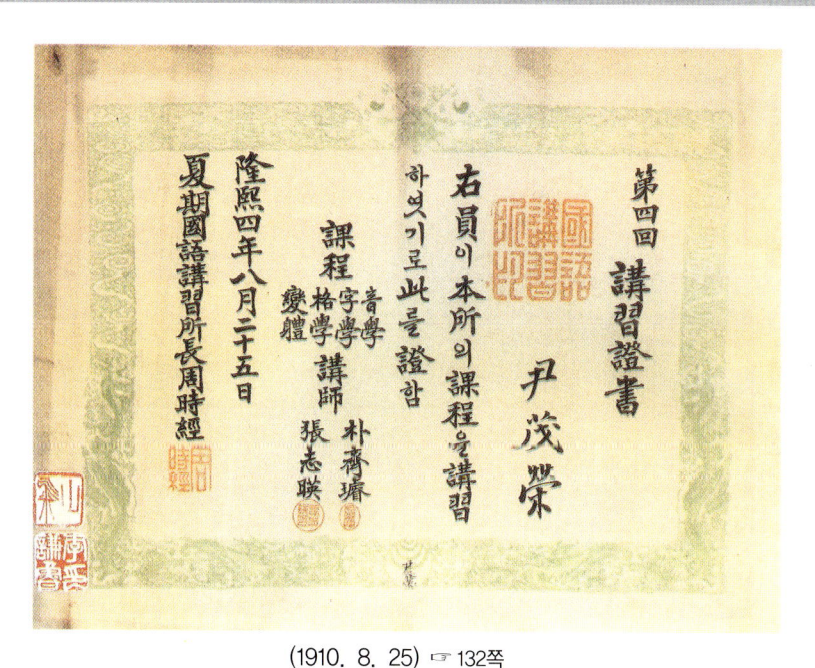

(1910. 8. 25) ☞ 132쪽

xii

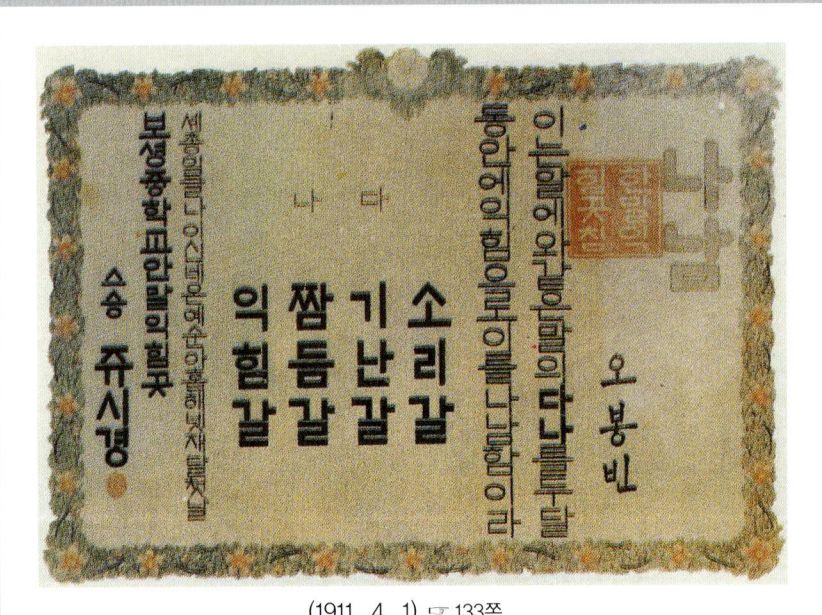

(1911. 4. 1) ☞ 133쪽

(1912. 3. 31) ☞ 136쪽

(1913. 3. 2) ☞ 137쪽

(1913. 3. 2) ☞ 137쪽

머리말

우리 민족이 어디서나 주고 받을 수 있는 공통어가 언제부터 형성되기 시작하였는가에 대하여는 해석이 구구하다. 처음에는 작은 나라의 언어가 더 큰 고구려, 백제, 신라의 공통어로 통합되었을 것이고 신라의 삼국통일 이후에는 경주 중심의 공통어가 형성되었을 것이며 고려 건국 이후로는 중부방언이 반도의 공통어로 자리잡기 시작하였을 것이다. 15세기의 훈민정음 창제 이후로는 한글 서적의 보급에 힘입어서 완만하게 진행되어오던 반도의 공통어화가 전에 없이 빨랐을 것임은 상상하기 어렵지 않다. 더욱이 19세기 말부터는 갑오경장이 계기가 되어 '諺文'이라는 낡은 옷을 벗고 새로운 시대에 어울리는 '國文' 내지 '한글'이라는 옷으로 갈아입게 되었으며 동시에 이를 합리적으로 적는 철자법을 정비하고 이를 이론석으로 뒷받침하는 민족어의 연구에 헌신하는 사람들이 늘어나기 시작하였다.

　일제 강점기에는 개화기에 터가 닦인 민족어 정리의 기운이 더욱 성숙하여 1930년대에는 맞춤법제정, 표준어사정 등의 기초작업을 마무리하였으며 이어 민족전체가 공동으로 사용할 수 있는 민족어사전의 편찬에 착수하였다. 그러나 일제의 민족어 말살정책으로 민족어의 사용이 위축되기 시작하였으며 사전편찬사업 또한 순조롭지 못하였다. 더욱이 민족어학자들은 독립운동을 하였다는 누명을 둘러쓰고 영어의 몸이 되기도 하였다. 민족어를 수호하고 발전시키겠다는 기운은 반도뿐만 아니라 소련의 고려인 사회를 비롯하여 각 지역의 교민사회에도 영향을 미쳐 나갔다. 해방이 되면서 잃었던 민족어를 부활하는 데 민족 전체가 협동하였으나 곧 불어닥친 국토의 분단으로 남쪽은 남쪽대로, 북쪽은 북쪽대로 저마다의 이념에 따라 민족어를 발전시키는 문제를 제기하고 이를 실천에 옮겨 왔으며 재외교민들도 그들의 취향에 따라 민족어를 회복하고 발전시키는 문제를 진지하게 풀어 나갔다.

　우리 민족은 2005년부터 9개년 계획으로 상호협력하여 '『겨레말큰사전』 편찬'이라는 대 역사(役事)에 착수하였다. 이 일이 순조롭게 진행된다면 반세기 이상 지역별로 분화되어 있었던 우리 민족의 맞춤법과 규범문법의 통일을 보게 될 것이고 민족의 슬기로 창출된 어휘가 한 그릇에 담겨질 것이다. 단일 민족어사전의 편찬은 분화된 언어문화의 통합을 선도할 수 있다는 점에서 민족문화의 통합과 시대적 요청에 부응하는 민족문화 창조에 기여할 것이 틀림없다. 지은이가 이 책에서 가시화한 '민족어 발전철학'은 관념론을 바탕으로 하여 갈라진 민족어문을 통합하는 데 최종 목표를 두고 있다. 관념론은 실증론과는 달리 민족어를 사용주체인 민족과 긴밀하게 연관시키는 것을 본령으로 삼는다.

　우리말과 우리글을 가리키는 용어에는 전통적으로는 '方言, 諺語, 諺文'이 쓰였고 갑오경장 이후로는 '韓語, 國語, 國文'이, 일제 강점기에는 '한나라말, 한나라글, 배달말글, 한말, 한글, 우리말, 우리나라글, 우리 글씨, 우리나라 글자, 조선말, 조선글, 朝鮮語, 高麗語, 國字'가 사용되어 왔다. 현재 남쪽에서는 '우리말, 표준어, 한글'이. 북쪽에서는 '조선어, 문화어, 조선문자'를 쓰고 있다. 현재 남북 양쪽에 공통으로 쓰이는 명칭은 '우리 말'이고 최근에는 북쪽도 오랫동안 기피하여 왔던 '한글'을 사용하기 시작 하였다. 이런 다양한 명칭을 가장 포괄적으로 담을 수 있는 용어로는 '언어'를 가리킬 때에는 '우리말'이나 '겨레말'이 무난해 보이고 '문자'를 가리킬 때에는 '우리말과 대(對)가 된다는 점에서 '우리글'도 무난해 보이 나 '한글'이 많이 보급되어 있다는 점에서 마다할 이유가 없어 보인다. 격식성을 띠려면 '민족어'가 바람직하고 문자를 포함시키려면 '민족어문' 도 그런 대로 권할 수 있다. 이 책은 격식성을 지향한다는 점에서 '민족어' 를 선택하였음을 밝혀 둔다.

오늘날 남북을 비롯하여 지구촌의 방방곡곡에서 살아가고 있는 우리 민족이 '민족어'와, 민족문자인 '한글'에 힘입어서 민족문화의 인류문화 창조에 기여하고 있는 것은 이두를 장안한 신라 경덕왕대의 유학자 '설총' (薛聰)과, 훈민정음을 창제한 세종대왕(世宗大王)을 선두로 하여 주시경을 비롯한 우리 어학자들의 각고정려(刻苦精勵)의 덕분이다. 지은이는 이들 어문학자들의 공을 되새긴다는 뜻에서 생전 모습을 행적(行蹟) 순으로 배열하고 본문에 나오는 관련 업적을 상호참조하게 하였다. 어문학자 가운데는 유영(遺影)은 구하였으나 생몰연대를 알 수 없는 경우도 있었고 둘 다 미상인 경우는 공란으로 남기어 후학들의 탐색 과제로 남겨 두었다. 이어 지은이는 조선어강습원에서 수여한 각종 증서를 천연색으로 재현하 여 보이었다. 고유어로 증서를 만들 때 참고할 수 있는 좋은 자료라는 점을 감안하였기 때문이다. 현재 사용하고 있는 증시 서식은 일세의 산재 물이다.

이 책에 실린 글들은 지난 30년에 가까운 세월에 걸쳐 발표한 글 가운데서 민족어의 발견과 수호 및 발전에 관련된 것들을 모으되 앞에서 제시한 관념론적 언어철학의 취지에 맞게 손질을 한 것이다. 흩어져 있던 '참고논저'도 한 자리에 모아 주로 각주에서 언급한 정보를 한 눈으로 찾아 볼 수 있게 하였다. 옛날의 글 가운데는 잘못을 저지른 곳도 있을뿐만 아니라 새로 얼굴을 내민 자료도 많아 이를 본문과 '붙임말[해설]'에 반영하기는 하였으나 부족한 점이 많음을 인정하지 않을 수 없다. 묵은 글들을 공통된 주제 아래 이 정도라도 정리하게 된 것은 지난 세기 80년대 후반부터 보급되기 시작한 셈틀[개인용 컴퓨터]의 덕택이다. 이러한 이기(利器)가 없었더라면 현재와 같은 모습으로 환골탈태(換骨奪胎)가 가능하였을까 하고 회의에 잠길 때가 많다.

묵은 글들이 같은 주제의 책으로 묶이게 된 이면에는 제이앤씨 사장 윤석원 님의 종용(慫慂)의 덕택이다. 그리고 이 책을 엮는 데 있어 조동일 교수(서울대), 이카라시 교수(五十嵐孔一)(동경외국어대학), 최동주 교수(영남대), 조남호 박사(국립국어원), 강혜선 교수(성신여대), 성기지 선생(한글학회 연구원), 이명화 연구원(독립기념관 독립운동연구소), 전광배 선생(한자연합회), 정창윤 선생(사할린 한국교육원), 허남훈 선생(사할린 또마리 중학교), 김덕한 기자(조선일보) 등 여러분들은 내용조정과 자료제공 및 번역에 협조하여 주셨고 서울대학교 대학원의 문병렬, 오규환, 최윤지, 이경은, 백채원 등 후학들은 문면 수정을 비롯하여 일체의 교정을 책임지고 도와 주었다. 서울대학교 명예교수실의 강유미 양은 어문학자들의 유영(遺影) 정리에 협조하였다. 제이앤씨의 조성희 님은 편집에 관련된 일을 무리없이 수행해 내었다. 이들 모든 분들에게 고마운 인사를 표하는 바이다.

오늘은 주시경 선생이 하기국어강습소 졸업생들과 함께 서대문 봉원사에서 국어연구학회를 창립하여 민족어 연구의 기틀을 마련한 지 100돌이 되는 날이다. 국어연구학회는 뒤에 '조선어문회'(한글모), '조선어연구회', '조선어학회', '한글학회'로 명의(名義)를 달리하면서 민족어의 수호와 발전에 이바지해 왔다. 이런 뜻 깊은 날에 민족어 발전철학을 가시화할 수 있는 책을 내게 되어 감개를 누를 길 없다. 뜻 있는 분들의 가르침과 편달을 바라마지 않는다.

훈민정음 반포 562 돌을 한 달 남짓 앞두고

2008년 8월 31일

관악산 기슭
명예교수실에서
지은이 적음

목 차

제1부

민족어문의
발전과
철학적
기반

공리적 언어관의 형성 · 발전과
훔볼트 언어철학의 수용양상

‖ 제1부 **1장** ‖

1. 들어가기

언어관이란 언어에 대한 공리적 태도의 의미로 사용되는 일이 많다. 옛사람들이 언어 자체에 대하여 지니고 있었던 신앙적 태도라든가 근대의 우리 어문학자들이 지니고 있었던 사회형성 및 문화창조의 기능과 같은 실용적 견해가 그러한 예가 된다. 이러한 의미의 언어관은 흔히 언어철학의 영역에서 다루어지는 일이 많다.1) 그 사이 우리 학계에서는 주시경의

---

1) 언어철학에서 다루는 공리적 언어관은 흔히 '해석학적 언어철학'이라고 한다. 해석학적 언어철학은 언어의 본질을 주체적인 인간과의 관계를 중심으로 이해하고 일상적인 언어현상을 삶의 현상의 핵심으로서 관찰하고 철학적으로 해석하는 언어관을 가리킨다. 자세한 것은 이규호(1968: 7쪽) 참조. 일찍이 김윤경(1925: 1-2쪽)에서는 말과 글의 값을 실제적인 것과 파생적인 것으로 나누고 전자에는 지시과 기능을, 후자에는 미감, 정직, 사고력, 정밀, 기억력, 상상력, 도덕심, 애국심, 명철, 단합심을 두었다. 분류체계에 있어서나 정의에 있어서 다듬어지지 못히 먼이 없지 않으나 '파생적인 값'은 기본적으로 우리의 공리적 언어관과 거리가 멀지 않다. 이들은 모두 관념론적 언어철학의 범주에 넣을 수 있다.

언어관은 사회진화론, 훔볼트, 라이프니츠에, 최현배의 언어관은 훔볼트
에 관련시켜 외래 언어관의 수용문제를 논의한 바 있다. 지은이는 개화기
와 일제 강점기를 거쳐 해방 공간에 이르기까지 우리 선학들이 품고
있었던 언어관, 엄격히는 국어관이 어떠하였으며 그것이 외래이론과 어
떻게 접합되어 형성·발전되었는가 하는 문제를 다루어 보고자 한다.
외래이론 가운데서는 주로 훔볼트를 비롯한 독일 낭만주의 시대의 언어철
학적 사고와 관련시키는 방향에서 접근을 시도하고자 한다.[2]

2. 개화기의 언어관

국어, 국문에 관한 최초의 공리적 견해는 서재필(徐載弼)의 독립신문
논설(1896)에서 접할 수 있다.

> 각국에서는 사람들이 남녀 무론하고 본국 국문을 먼저 배워 능통한 후에야
> 외국글을 배우는 법인데 조선에서는 조선 국문은 아니 배우고 한문만
> 공부하는 까닭에 국문을 잘 아는 사람이 드물다. 조선 국문하고 한문을
> 비교하여 보면......첫째는 배우기가 쉬우니 좋은 글이요 둘째는 이 글이
> 조선글이니 조선 인민들이 알아서 백사를 한문 대신 국문으로 써야 상하귀
> 천이 모두 보고 알아보기가 쉬울 터이라. (현대 맞춤법으로 고쳐적고 표현
> 을 수정함)

---

2) 훔볼트의 언어철학에 대하여는 신익성 편저(1985), 이성준(1999)이 나와 그의
   언어철학 전반을 굽어볼 수 있으며 독일 낭만주의 시대의 언어철학의 흐름에
   대하여는 기퍼·쉬미터 (1985)가 나와 있어 도움이 많았다. 그 밖에 최근 들어
   번역된 헬비히(1970), 이비츠(1965/김방한 역 1982)를 비롯한 언어학사 관계의
   책들도 참고하였다.

서재필은 외국과 비교하여 국문을 천시하는 당시의 우리나라의 풍조를 매섭게 비판하고 한문 대신 쉬운 국문을 사용하여 의사소통에 지장이 없도록 해야 한다고 민족어문운동의 횃불을 높이 올렸다.

서재필과 비슷한 견해는 이듬해 나온 이봉운의 『국문정리』(1897)의 「서문」에서도 찾을 수 있다.

> 대저 각국 사람은 본국 글을 숭상하여 학교를 설립하고 학습하여 국정과 민사를 못할 일이 없어 국부민강하건마는 조선사람은 남의 나라 글만 숭상하고 본국 글은 아주 이치를 알지 못하니 통절한지라. (현대역)3)

이봉운은 어느 나라든지 자기 나라의 글을 숭상하고 익히는 일이 국부민강의 길임을 강조하고 그렇지 못한 우리나라의 실정을 심각하게 반성하고 있다. 이봉운의 책과 같은 해에 역시 『국문정리』를 지은 이규대도 비슷한 견해를 가지고 있었다. "우리 국문 어대 두고 남의 글로 종사턴고"와 같이 민족어문에 대한 충정을 토로하기도 하였다.4)

개화기에 「新訂國文」을 지어 민족어 철자법 정리에 한 계기를 마련한 송촌(松村) 지석영(池錫永)은 그의 상소문에서 다음과 같은 국문관을 피력하였다.

> 지금 천하의 각 나라들은 모두 자국의 문자로 자국에 사용합니다. 대개 자주(自主)의 의미가 애초에 그 사이에 있지 아니한 적이 없으니 어느 나라의 각종 문학이라고 해도 자국의 문자로 대역(對譯)하여 옮겨 내어서 제 백성들에게 가르치지 않은 데가 없습니다. 그런 까닭에 오주(五洲)의 인류인 백성들 가운데 문자를 알아서 시국(時局)에 통달하여 점점 더 날로

---

3) 이봉운의 「국문정리」는 김민수 밖에 공편(1985: 『歷文』 ③02), 김민수·고영근 (2008: 『歷文』 ③02)에 실러 있나.
4) 이규대의 「국문정리」는 『古書』5(1998)에 공개되어 있다.

문명의 경역으로 나아가지 않는 자가 없습니다. (/現今天下各國 悉以自國
之文 行乎自國 盖自主之義 未始不存乎其間 而他國之各種文學 莫不以自
國之文 對譯翻謄 以敎其民 故五洲橫目之民 無不識蒸蒸日進於文明之
域)5)

송촌은 자국문을 존중해야만 자주국가가 될 수 있다고 말하고 특히
외국 문학을 자국문으로 번역하여 백성을 가르칠 것을 강조하였다. 더욱
이 송촌은 외국과 통상한 지 몇 십 년이 지났지만 성과가 없는 것은
국문을 숭상하지 않았기 때문이라는 견해를 표출하였다.

다 아는 바와 같이 주시경은 서재필에게서 만국지지(萬國地誌)를 배워
신학문에 접하였고 독립신문 발간에 협력하였으며 그것이 계기가 되어
개화기의 국어·국문의 연구와 보급에 선도적 역할을 하였고 민족어학을
건설하여 민족어 연구의 기반을 닦았다. 주시경은 『대한국어문법』(1906)
의 「跋文」에서 다음과 같이 말하고 있다.

말과 글은 한 사회가 조직되는 근본이요 경영의 의사를 발표하여 그 인민
을 연락하게 하고 동작하게 하는 기관이다. 이 기관을 잘 수리하여 정련하
면 그 동작도 민활하게 될 것이요 수리하지 아니하여 둔하면 그 동작도
막히게 될 것이니 이런 기관을 다스리지 아니하고야 어찌 그 사회를 고
무·진작하여 발달하게 하겠는가? (현대역)6)

---

5) 이 글은 지석영이 1905년에 고종 황제에게 올린 상소문인데 황성신문과 대한일
   보에 보도된 것이 현재 남아 있다.(김민수 1986나: 160-171). 이곳에 공개하는
   것은 『秘書監日記』에 기록된 것을 『儒道』12(1925)에 전재한 것이다. 이 자료는
   『歷代韓國文法大系』③23(1128쪽)에 실려 있다. 제1판(1986)에는 게재지 미상
   으로 되어 있으나 제2판(2008)에서는 『儒道』라고 밝혔다. 위의 글은 강혜선
   교수(성신여대)가 번역하였다. 고마운 인사를 표한다.
6) 주시경의 『대한국어문법』은 이현희 교수의 노력으로 역주가 이루어진 바 있다.
   『주시경학보 3』(1989)을 보라.

주시경은 말과 글을 사회형성의 기관으로 간주하고 그것을 갈고 닦아야만 사회가 발전할 수 있다고 하면서 '言文修理'의 필요성을 역설하였다. 표현은 차이가 있지만 앞의 이봉운이 국문을 숭상하고 학습하는 것이 국부민강의 길임을 설파한 사실과 거리가 멀어 보이지 않는다. 차이가 있다면 사회형성에 있어서의 언어의 역할을 '기관'이라는 개념으로써 분명히 표현한 점이다.[7]

박태서(朴太緖)는 「國語維持論」(1907)에서 유럽학자들은 국가의 삼대 요소를 토지, 인민, 법률이라고 말하나 자기는 국어, 종교, 역사를 덧붙여야 한다고 주장하고 국어 유지의 까닭을 다음과 같이 논하고 있다.

> 사람이 이 세상에 살면 반드시 나라가 있고 이미 나라가 있으면 반드시 국어가 있다. 국어는 한 나라의 사상을 발표하고 국시(國是)를 연기(演起)케 하며 문장을 대표하여 인민을 교육하고 역사를 술전(述傳)하는 천연적으로 형체가 없는 운용기다. 그러므로 완전히 독립된 국어가 없으면 인민도 가르치기가 어렵고 역사도 전하기가 어려우며 국시도 통일하기가 어렵다. (현대역)[8]

박태서도 결국은 주시경과 같이 국가의 구성요소를 토지, 인민, 언어로 보되 언어를 다른 요소에 우선하는 것으로 보았다. 이어 그는 사람이 한 언어에 능통하게 되면 저절로 그 나라의 사상이 머릿속에 박히게 되고 그 나라의 언어로 역사를 배우게 되면 애국심이 길러진다고 말하였다. 그는 한 나라 독립의 필수요소를 국어라 규정하고 국어가 없는 나라는

---

7) 주시경의 이러한 언문관은 그 뒤의 「국어와 국문의 필요」(1907. 1), 「必尙自國文言」(1907. 4)에도 되풀이되어 있다. 이들 자료에 대하여는 이기문 편(1976가), 김민수 밖에 편(1985: 『歷文』 ③06), 김민수 편(1992나: 제1권)에 실려 있다.
8) 박태서의 글은 김민수 밖에 공편(1985: 『歷文』 ③06), 김민수ㆍ고영근 공편(2008: 『歷文』 ③06)에 실려 있다.

완전한 독립국가라 하기가 어렵다고 하였다.

이상재(李商在)는 『大韓文典』(최광옥, 1908)의 「序」에서 언어가 민심단합에 큰 역할을 한다는 사실을 다음과 같이 말하고 있다.

> 태서 문명국이 각기 자국의 문장과 언어의 전범(典範)이 있어 국민으로 하여금 일정한 방향으로 나아갈 수 있게 하여 그 마음을 단합하게 한 것이 자못 까닭이 있는 것이다. 우리 한(韓) 민족의 마음이 단합할 수 없는 것은 미상불 문자와 언어가 궤범(軌範)을 달리함에 연유한 것이다. ……이로써 국민을 가르쳐 이끌면 언어나 문장이 갈라져 둘이 되지 않게 되리니 흐트러진 마음을 거두어 합쳐 대중의 마음을 하나로 묶을 수 있도록 함이 반드시 하루 만에 될 것이다. (현대역)[9]

이상재는 태서의 나라들이 민심이 단합되는 것은 문장과 언어의 규범이 있기 때문이라 보고 우리도 이를 본받아 문전이 간행되었으니 대중의 마음이 하나로 묶여질 수 있다고 하였다. 크게 보면 앞의 서재필, 이봉운, 이규대, 지석영, 주시경, 박태서와 비슷한 생각을 가지고 있었다고 말할 수 있다.

한편 주시경은 『國語文法』(1910)[10]의 「序」에서 구역에 따라 인종이 다르고 언어가 다른 것은 '하늘'의 명령이라고 보고 언어가 구역과 인종에 대하여 맺는 관계를 다음과 같이 언급하고 있다.

> 이런 까닭으로 하늘이 명한 '性'을 따라 어떤 구역에는 어떤 인종이 살기가 마땅하고 어떤 인종은 어떤 언어를 말하기가 마땅하다. 이리하여 천연적인

---

9) 최광옥의 『大韓文典』은 김민수 밖에 공편(1977: 『歷文』 ①05), 김민수・고영근 공편(2008: 『歷文』 ①05)를 보라.

10) 주시경의 『國語文法』은 1910년 4월에 간행되었지만 그 서문은 1909년 7월에 썼다.

사회가 국가를 이루어 독립이 각각 정해져 있다. 그러므로 구역은 독립의
'基'요 인종은 독립의 '體'요 언어는 독립의 '性'이다. 이 '性'이 없으면 몸이
있어도 몸이 있다고 할 수 없고 터가 있어도 터가 있다고 할 수 없다.
그러므로 국가의 성쇠도 언어의 성쇠에 달려 있고 국가의 存否도 언어의
존부에 달려 있는 것이다. (현대역)11)

앞에서 살펴본 『대한국어문법』(1906)에서는 말과 글이 사회형성의 근본이
며 인민을 연결시켜 동작하게 하는 기관이라고 말한 데 대하여 이곳에서
는 '사회'를 '국가'로 바꾸고 '형성'의 개념을 '독립'으로 구체화시켰으며
'근본'과 '기관'을 '性'이라는 철학적 개념으로 승화시키면서 '性'으로서의
언어가 국가의 독립에서 차지하는 역할을 구역 및 인종과 관련시켜 가며
설명하고 있다. 더욱 주목할 것은 구역, 인종, 언어는 하늘의 명에 의하여
베풀어지고 생산되었다는 형이상학적인 해석을 앞세웠다는 점이다.
　주시경의 형이상학적인 언어관이 어떠한 계기로 말미암아 형성되었
으며 그것이 뜻하는 바가 무엇인가 하는 문제는 이곳에서 자세히 다룰
수 없지마는 이러한 언어관은 「國語文典音學」(1908)과 「國文研究議定案」
(1909)을 거쳐 완성된 것이다. 앞의 책을 중심으로 그 일단을 엿보기로
한다.

　넓고 끝이 없어 위, 아래, 가운데, 바깥이 없는 저 우주에 하나가 있어
사방에 가득하니 생멸과 시종이 없는지라. 그 사이에 무수한 물체가 있으
니 다 이를 따라 이루어지고 또 모든 물체가 각각 이를 따라 명한 '性'이
있는지라. 이는 만유의 '源'이요 만유의 '主'이니 '天'이라, '上帝'라, '理'라
함이 이를 이름이다. (/浩湯無極ᄒ야上下中外가업는저宇宙에一이存ᄒ여
四方에充滿ᄒ니生滅과始終이無ᄒ지리其間에無數ᄒ物體가有ᄒ니다此

---

11) 주시경의 『國語文法』은 김민수 밖에 공편(1977:『歷文』[1]11), 김민수·고영근
　　공편(2008:『歷文』[1]11)와 고영근·이현희 (교주)(1986)을 보라.

로從ᄒ며成ᄒ고쏘모든物體가各各此로從ᄒ여命ᄒ性이有ᄒ지라此는萬有
의源이오萬有의主니天이라上帝라理라홈이此를謂홈이라).12)

주시경은 우주의 무수한 물체의 발원이 되는 요소를 '性'으로 표현하고
이를 '天, 上帝, 理'와 동일시하였다. '上帝'는 지고무상(至高無上)한 지위
를 가진 천신(天神)으로서 천계(天界)에서 조정(朝廷)을 조직하여 운영하면
서 동시에 지상(地上)을 감시하여 만물을 생성하는 조물주를 의미한다.13)
주시경은 앞에서 말과 글을 사회형성의 '기관'으로 간주한 바 있는데
『國語文典音學』에 와서는 일단 '性'으로 표현하되 '天', '上帝', '理'와
동의적인 것으로 파악하였다.

　　또 주시경은 논설류인 「한나라말」(1910)에서 같은 말을 쓰는 사람들은
절로 한 '덩이'가 되고 그것이 커지면 나라가 이루어진다고 말하고 나라와
말과의 관계를 다음과 같이 알기 쉽게 적고 있다.

　　　　그러므로 말은 나라를 이루는 것인데 말이 오르면 나라도 오르고 말이
　　　　내리면 나라도 내리느니라. 이러하므로 나라마다 그 말을 힘쓰지 아니할
　　　　수 없는 바이니라. ……글은 또한 말을 닦는 기계이니 기계를 먼저 닦은
　　　　뒤에야 말이 잘 닦아지느니라. 그 말과 그 글은 그 나라에 요긴함을 이루
　　　　다 말할 수가 없으나 다스리지 아니하고 묵히면 더 거칠어져 나라도 점점
　　　　더 거칠어지느니라. (현대역)14)

위의 「한나라말」은 앞의 『國語文法』의 서문을 쉬운 말로 풀어 쓴 것이다.

---

12) 『國語文典音學』은 김민수 밖에 공편(1977: 『歷文』 ①10), 김민수 편(1992나),
　　김민수・고영근 공편(2008: 『歷文』 ①10)에 실려 있다.
13) 『민족문화대백과사전』의 '상제'(上帝)(이기동 집필)를 보라.
14) '한나라말'은 김민수 외 공편(1985: 『歷文』 ③06), 김민수 편(1992나: 권3), 김민
　　수・고영근 공편(2008: 『歷文』 ③06)를 보라.

말과 글은 나라를 이루는 기본 요소이기 때문에 그것을 다스리지 아니하면 나라의 힘이 그만큼 약해진다는 것이다. 『대한국어문법』에서 단초를 연 언문수리의 필요성은 갈수록 강도를 더하였다. 1909년 2월 6일자의 국어연구학회 회의록을 보면 주시경은 국문을 정리하는 것이 가정을 소청(掃淸)함과 같다는 요지의 연설을 하였다고 하는데(본서 98쪽), 그것이 더 구체화된 것이 위의 내용이 아닌가 한다. 전반적인 내용은 『대한국어문법』, 『國語文法』과 차이가 없으나 전자의 '사회'를 '덩이'라 표현하고 후자의 '國家'를 '나라'로 바꾼 것이 특이하다. 「한나라말」의 내용은 추상적·관념적이었던 『國語文法』의 내용을 일반에게 쉽게 전달할 목적으로 쓴 것으로 짐작된다. '덩이'라든지 '나라'란 고유어가 선택된 것은 주시경 문법용어의 전반적인 국어화의 맥락과 연관시키면 쉽게 이해할 수 있다.

　「한나라말」에서 터가 닦인 주시경의 언문수리관은 그의 마지막 저술에서 자족적인 명제로 가시화된다.

　　사람의 나아감이라 하는 것은 하늘의 일을 사람이 알기 쉽고 쓰기에 단계함을 이름이니 절로 자란 나무는 하늘이요, 먹줄을 쳐서 다듬는 것은 사람이라. 그 다듬는 길을 따라 사람의 나아감이 덜하고 더함을 얻나니 사람의 다스림을 받지 아니한 버릇은 절로 자란 나무와 한 가지라. 그 버릇이 된 바를 아주 돌아보지 아니할 수가 없다 하겠으되 어찌 익음에만 어리어서 나무를 마르지도 아니하고 그대로 집을 짓겠다 하리오(『말의 소리』, 1914, ㄴㅁ장)

위의 어록은 이 책 내지 뒤쪽에도 인용한 바 있다. 이 어록은 주시경의 『말의 소리』의 끝에 특별히 마련되어 있다. 나무가 집 짓는 데 유용한 재료가 되려면 나무를 '하늘', 곧 자연에 맡겨서는 안 되고 '사람'의 손길이 미쳐야 한다는 내용이다. 주시경의 어록은 높은 수준의 비유적 표현이다.

그가 비유의 대상으로 삼은 것은 난마처럼 흐트러져 있는 민족어문에 손질을 가하여 문명어문으로 발전시키는 것이었다. 민족어문이 공용성을 획득한 개화기와 일제 강점기의 민족어문의 연구가 대부분 관념론에 기울어져 있었던 저간(這間)의 사정을 이해할 수 있다. 당시의 일차적인 목표가 민족어문을 정리하여 철자법의 제정과 사전 편찬에 있었던 만큼 실증론에 기울어진 음운, 문법, 어휘에 관한 연구는 관념론적 연구를 뒷받침하는 부수적인 과제에 불과하였다.[15]

이상 살펴본 개화기의 언어관은 언어가 국부민강과 민심단합의 기초가 됨은 물론, 한 국가의 독립을 대외적으로 드러내는 중요한 요소라는 사실을 인식한 점이라고 간추릴 수 있다. 이러한 언어관은 주로 주시경에 의하여 가장 분명히 그리고 가장 체계적으로 정립되었다. 언어의 공리적 기능을 사회형성 및 독립자존과 관련시키는 주시경의 언어관이 그의 어문 민족주의 사상체계의 산물이라고 함은 이미 알려져 있다.[16] 그러나 이러한 언어관이 형성된 경위에 대하여는 의견이 통일되어 있지 않다. 주시경의 민족과 언어에 대한 관계는 개화기 당시를 휩쓸었던 고전사회학의 한 흐름인 사회진화론에서 영향을 받았다고 해석하는가 하면,[17] 사회형성에 있어서 언어의 역할을 중시한 주시경의 언어관을 라이프니츠(G.W. Leibniz)(1646~1716)의 소론과 관련시켜 보기도 한다.[18] 한편 언어를 독립의

---

15) 언어연구에는 두 가지 길이 있다. 한 민족의 언어를 사용 주체와는 큰 관계 없이 실증적으로 연구하는 이른바 실증론(Positivismus)과, 사용 주체와 밀접하게 관련시키는 관념론(Idealismus)이 그것이다. 포슬러(1904)에서는 실증론에 기반한 소장문법학파의 언어연구의 태도를 매섭게 비판하고 그 대안으로 관념론에 기반한 언어연구의 기치를 내세웠다.(포슬러 1905)(뒤에 나옴) 관념론적인 언어연구는 훔볼트의 세계관 이론 및 신훔볼트학파와 맥을 잇기도 한다. 관련 논의는 헬비히(1970)/임환재 역(1984: 26-31쪽)을 보라.

16) 신용하(1977)을 보라.

17) 신용하(1977)에 그런 견해를 볼 수 있다.

18) 고영근(1979가)에서 그런 견해를 볼 수 있다.

'性'이라고 한 주시경의 언어관이 표현은 다르지만 언어가 민족의 정신적·외적 표현이라고 규정한 훔볼트(W. von Humboldt)의 언어관과 일치한다고 보기도 한다.[19] 그러나 문제는 과연 주시경을 비롯한 개화기 어문학자들의 언어관이 단순히 어느 한 학문 영역이나 서양의 어느 한 언어철학자의 영향 아래 형성될 수 있었겠는가 하는 것이다. 개화기의 언어관은 우선 그 형성 요인을 대내외적인 정치정세와 관련시켜 찾아야 하고 다음으로 대외적인 영향관계와 훈민정음 창제를 중심으로 한 우리의 언어·문자에 대한 인식을 두루 고려하여 종합적으로 고찰할 필요가 있다고 생각한다.[20]

개화기의 어문학자들이 국어, 국문의 공리적 기능을 국부민강이나 독립자존과 관련시킨 것은 우리나라가 무엇보다도 갑오개혁을 계기로 하여 근대국가로서의 모습을 갖추게 되자 한자·한문의 위세에 억눌려 제 구실을 하지 못하던 우리말과 우리글이 '나랏말'(國語)과 '나랏글'(國文)의 자격을 얻어 이에 대한 정리와 연구의 필요성을 자각한 데서 찾아야 한다. 또 당시의 우리나라의 운명이 일본을 비롯한 열강들의 침탈의 대상이 되어 있었기 때문에 외세로부터 나라를 지키려면 민족어문이나 민족역사에 대한 중요성을 자각하지 않을 수 없었다고 생각한다. 이와 함께 당시 중국과 일본을 통하여 우리나라에 들어왔던 서양의 학문적 흐름이 이에 상승작용을 일으켜 이상과 같은 언어관이 형성된 것으로 보고자 한다. 이를테면 앞에서 든 사회진화론도 그런 영향의 하나라고 말할 수

---

19) 김석득(1983: 232쪽)에 그런 해석이 보인다.
20) 주시경의 언어관은 일본의 메이지(明治) 연간에 팽배하였던 '國民國家形成'과 '國語國字論'의 관세와 비슷한 측면이 없지 않다. 일본의 동양학자 챔버레인(B. H. Chamberlain)(1850~1935)의 영향을 받아 일본의 국어학을 창건한 우에다(上田萬年)의 언어관과 비슷한 면이 많다. 우에다의 언어문자관은 우에다(1894)에 잘 나타나 있으며 그에 대한 역사적 위치에 대하여는 나카무라(1988)를 보라.

있다.

홈볼트는 일반언어학과 언어철학의 창시자라고 말한다. 그것은 그가 경험적인 언어연구를 시도했을 뿐만 아니라 중요한 언어철학적 업적을 남겼기 때문이다. 홈볼트의 언어에 대한 관심은 철학 밖에도 인류학, 문학, 미학에 걸쳐 있었다. 홈볼트 언어철학의 기본개념은 언어는 작용하는 힘(energia)을 지녔고 일정한 세계관(Weltansicht)을 포함하고 있으며 내부형식(innere form)을 표현한다는 것이다. 그의 이러한 견해는 「인간의 언어구조의 차이점과 그것이 인류의 정신적 발전에 끼친 영향에 대하여」라는 표제가 붙은 『카비말 연구 서설』에 비교적 잘 나타나 있다.

언어가 '작용하는 힘'을 지녔다는 것은 한정된 언어 자산으로써 무한하게 쓸 수 있는 인간의 언어능력을 뜻하며 이는 동시에 현대생성문법의 이론적 바탕이 되어 있기도 하다. 그는 언어를 쓰는 능력이 인간정신의 본질적 부분이라고 생각하였다. 언어가 일정한 세계관을 포함한다는 것은 언어가 민족정신의 외적인 현상이고 민족의 언어는 민족정신이며 민족정신은 민족의 언어라는 뜻이다. 어떤 민족의 정신적 특징과 언어형성은 서로 밀접하게 융합되어 있기 때문에 하나가 주어지면 다른 하나가 파생된다고 보는 것이다. 언어가 내부형식을 표현한다는 것은 외적인 소리의 상이성보다는 내적인 의미의 상이성을 더 중시한다는 뜻이다. 이곳의 내부형식은 궁극적으로 세계관 자체의 상이성으로 이어지는 것이 아닌가 한다. 언어와 세계관의 상관성 문제는 현대의 내용중심문법의 어휘론 분야에서 그 가능성이 시험되고 있다.[21] 홈볼트의 언어철학적 개념 가운데서 우리의 논의와 관련되는 것은 언어와 세계관의 상관성에 관련된

---

21) 홈볼트의 언어관에 관한 평설은 신익성 편저(1985: 7-13쪽), 이성준(1999), 안정호(2005), 아렌즈(1974: 170-227쪽), 헬비히(1970: 11-5쪽), 기퍼·쉬미터(1985: 77-116쪽), 이비츠(1965)/김방한 역(1965/1982: 47-51쪽)을 참고하였다.

문제이다.

훔볼트의 언어철학에 대한 이해를 명백히 하려면 그 이전의 언어학자들에 의한 언어철학적 사고를 검토할 필요를 느낀다. 훔볼트에 앞서서 독일 낭만주의 시대에 언어철학과 언어학의 영역에서 큰 역할을 한 사람은 헤르더(G. von Herder)(1744~1803)였다. 헤르더를 이해하려면 그에게 영향을 미친 하만(G. Hamman)(1730~1788)의 언어관을 관찰할 필요가 있다. 하만은 인간은 신의 창조물로서 이성적이며 선천적으로 말을 할 줄 알며 심지어는 인간이 말을 만든 것이 아니고 말이 인간을 만들었다고 언급하였다. 그는 신이 그 창조물인 인간에게 강신(降神)하였다고 생각하며 이러한 강신에 대하여 인간은 감사해야 한다고 말한다.

하만에게 있어서 이성과 언어는 하나이다. 곧 이성 없는 언어가 없고 언어 없는 이성이 없다. 그는 언어 관찰의 최고봉을 거닐었다고 말하기도 한다 그것은 이성을 일차적으로 파악한 칸트(E. Kant)와는 반대 입장을 고수하였기 때문이다. 이러한 하만의 사고가 헤르더에게 큰 영향을 미쳐 인간을 언어 존재로 파악하는 철학적 사고가 형성되었다고 해석한다. 흔히 헤르더와 훔볼트의 영향관계를 부인하는 일도 없지 않으나 이는 잘못된 견해이다. 두 사람은 개인적으로 알았고 서로 방문도 하고 편지도 주고받았다는 점에 근거하여 헤르더를 훔볼트 언어철학의 아버지라고 말하는 일도 있다. 22) 그리고 훔볼트와 같은 시대를 살았던 피히테(J. G. Fichte)(1762~1814)는 국어가 국민에 의해서 형성되기보다는 오히려 국민이 국어에 기대어서 형성된다고 하면서 국민의 정신형성에 있어서 모국어의 중요성을 강조하기도 하였다. 23)

---

22) 헤르더, 하만, 훔볼트의 언어철학적 사고에 대한 상호 영향 관계는 기퍼·쉬미터 (1985: 60-76쪽)을 보라.
23) 피히테의 언어관에 대하여는 피히테(1807)/김정진 역(1981)을 보라. 이 가운데

한편 17세기의 유럽에는 데카르트에 기대어, 언어를 통해 사상을 표현하는 유일한 존재가 바로 인간의 존재 특질이라는 사실이 인식되어 있었으며 이 점은 특히 독일의 라이프니츠에게 계승되어 언어가 인간을 결속시켜 일종의 천연적 단체를 만들어 준다고 함으로써 사회형성에 있어서 언어의 힘을 중시하는 방향으로 생각이 모아졌다. 하만이나 헤르더, 그리고 훔볼트의 언어철학적 사고도 이전의 언어철학자들의 언어와 인간, 사회와의 상관성에 관한 인식으로부터 영향을 받아 형성된 것으로 짐작된다.[24]

이상 살펴본 훔볼트와 그 앞의 중세 이래의 언어학자들의 생각을 종합해 보면 주시경을 비롯한 개화기 어학자들의 언어관은 훔볼트보다는 이전의 데카르트나 라이프니츠, 하만과 비슷한 면을 발견할 수 있었다. 인간만이 언어를 가졌고 이를 매개로 하여 협동할 수 있으며 사회를 형성하여 문화적 업적을 이룰 수 있다는 견해가 그러한 것이다. 특히 주시경의 언어, 인종, 구역이 하늘의 명령에 기대어 창조되었다는 견해는 인간이 신의 창조물로서 선천적으로 말을 할 수 있는 능력을 가지고 태어났다는 하만의 견해와 비슷한 면이 많다. 주시경은 우리 문자의 우수성과 함께 우리 언어의 우수성에 대한 생각도 가지고 있었다. 그는 우리말이 '격(格)'을 표시한다는 점을 들어 세계 우등 어법의 하나에 속한다고 생각하였다.[25] 이 점은 훔볼트에게도 목격되는 바로서 어느 정도의 영향 관계를 미루어 짐작할 수 있다. 그러나 관념론의 범주에 넣을 수 있는 언문수리의

나오는 피히테의 언어관은 1930년 김선기에 의하여 번역된 바 있다.(뒤에 나옴)

24) 이 문제에 대하여는 하이네캄프(1976), 렌더즈(1976)을 보라. 이와 관련된 설명은 고영근(1979가, 1983라: 272-73쪽)을 보라.

25) 「必尙自國文言」(1907) 가운데의 '我國文言'을 보라. 이곳의 '格'이 무슨 뜻인지 아직 단정할 수 없다. 이 글을 역주한 이윤표 교수는 'case'의 뜻으로 해석하였다. 『주시경학보』4(1989. 12)에 실린 「必尙自國文言」의 역주를 보라. 이 문제는 앞으로 더 깊이 파볼 필요성이 있어 보인다.

철학적 명제는 주시경의 어문민족주의의 독창적안 산물로 해석된다.

주시경 등의 어문관은 당시의 나라 안팎의 정치적인 정세가 날이 되고 앞서 살펴본 서양의 학문적인 흐름이 씨가 되어 형성되었으며 이와 함께 우리 어문의 역사에 관한 인식도 적지 않게 작용하였다고 여겨진다.[26] 주시경은 1905년 훈민정음에 관련되는 자료를 접한 뒤로부터 세종의 훈민정음 친서를 비롯하여 예의편을 현대적 관점에서 다시 해석하는 태도를 보여주었다.[27] 특히 친서의 해석에 있어서는 우리나라와 중국은 자연의 구획이 같지 않으므로 기후, 물, 토양, 성질, 풍습이 서로 다르고 따라서 중국의 한자가 우리나라에 맞지 않는다는 방식으로 접근하고 있다.[28] 이는 구역이 다르면 인종이 다르고 인종이 다르면 말과 글이 다르다는 『대한국어문법』의 언문관이 우리 문자의 역사에 대한 인식으로 말미암아 우리 것에 가까운 언문관으로 모습을 바꾸어 나가는 과도기적 사고로 보인다. 나라 안팎의 정치정세와 서양의 학문조류가 우리 것에 대한 새로운 인식과 상승 작용을 일으켜 『國語文法』(1910)에서 보는 바와 같은 언어관이 형성된 것이 아닌가 한다. 당시의 언어관 가운데서 훔볼트의 영향은 구체적으로 찾기가 어려우며 오히려 사회진화론이나 훔볼트 이전의 언어철학적 사고와 가깝다는 사실을 지적할 수 있다. 거듭 말하거니와 개화기의 언어관에는 아직도 훔볼트의 세계관 이론이 수용된 흔적이 발견되지 않는다.

---

26) 주시경에게서 보이는 서양의 언어철학적 사고는 중국을 거쳐 들어온 간접적인 영향일 가능성이 많다. 이 문제는 제2차 동서언어학 집담회(1998)의 발표장에서 베를린 훔볼트 대학의 중국어학과 Kaden 교수의 질의에서 제기된 바 있다. 앞으로 구명해 볼 만한 과제로 생각한다.

27) 수시경의 우리 문사사에 관린된 문헌 십렵에 대하여는 김민수(1977/1986ㄴ: 64, 67-68, 77-78, 209-300쪽)을 보라.

28) 훈민정음에 대한 주시경의 해석은 「必尙自國文言」(1907), 「國語文典音學」(1908), 「國文研究議定案」(1909)에 차례로 실려 있다.

3. 일제 강점기의 언어관

일제 강점기의 언어관은 개화기와는 양상을 달리하는 것 같다. 먼저 박승빈(1880~1943)은 『朝鮮言文에關한要求』(1921)의 「序論」[29]에서 언어가 민족형성에 있어 가장 중요한 요소라고 다음과 같이 말하고 있다.

> 각 민족은 발전된 역사에 따라서 각각 다른 습속을 가지고 있다. 그 습속의 주요한 것을 들어 말한다면 언어, 예의, 의, 식, 주 등이다. 그러나 습속은 시대의 진행에 따라서 변역되는 것이다. 그러므로 현시에 행하는 조선인의 예의, 의, 식, 주 등의 상태는 상고시대 우리 조상의 습속의 유전물이라고 말하기 어렵다. 그러나 언어에 이르러서는 그 발음이며 내용에 약간의 변환증감이 있을지라도 대체로 현대의 조선인의 언어가 고대에 그 조상의 두뇌로 조직된 유전물임은 논변을 요하지 아니하는 명백한 사항이다. 이와 같이 언어는 그 민족의 형성에 가장 중요한 관계를 가진 유전물이니 그 후손은 반드시 경건의 태도로써 임함이 가하다. (현대역)[30]

박승빈은 각 민족의 습속 가운데서 언어만이 시대의 변역(變易)에 얽매임이 없이 고대에서부터 현대에 이르기까지 유전되는 것인 만큼 민족형성에 가장 중요한 요소라고 생각하는 것이다. 개화기의 주시경은 하늘의 명령에 기대어 언어가 창출되어 단군의 개국 이래 지금까지 4,000년 동안 전용(傳用)되어 왔다고 형이상학적 해석을 내렸음에 대하여, 박승빈은 실증적 관점에서 언어가 민족의 두뇌로 조직된 불변의 유전물이라는 사실을

---

29) 이 부분은 박승빈의 『朝鮮語學』(1935)에도 되풀이되고 있다. '文化가高한 民族은……'을 '文化가 노픈……'으로 바꾸고 종결형을 명사형으로 압축한 것 밖에는 차이가 없다.

30) 텍스트는 연세대학교 소장 『啓明』 창간호(1921)에서 가져왔다. 『朝鮮語學』의 「序言」은 김민수 밖에 편(1985: 『歷文』 ①50, 50쪽)과 김민수·고영근 공편(2008: 『歷文』 ①50, 50쪽을 보라.

논하고 있다.

박승빈은 언어가 민족과 성쇠를 같이하는 것이라 전제하고 언어와 실질적 사물과의 관계를 다음과 같이 말하고 있다.

> 문화가 높은 민족은 발달된 합리적 언어를 가졌고 미개한 민족은 유치한 언어를 사용하며 무용한 민족은 그 언어가 건실하고…… 이와 같이 언어는 그 사회의 실질적 사물을 외형에 표현하는 것이며 오히려 그뿐 아니라 언어는 그 사회의 실질적 사물을 유도하며 견제하는 효능이 있으니 발달된 언어는 문화의 증진을 촉진하고 유치한 언어는 이를 방해하며…… 이상과 같이 한 사회의 실질적 사물과 언어와는 서로 표리가 되어 그 사회의 성쇠에 서로 원인과 결과가 되는 것이니 언어는 민족적 생활에 지극히 중요한 관계를 가진 것이다. 이러한 관계에 의하여서 또한 경건의 태도로 써 이에 임함이 가하다. (현대역)

박승빈은 실질적 사물이 언어에 어떻게 반영되는가를 구체적으로 들고 있다. 이곳의 '실질적 사물'이란 문화, 기실, 제도, 세급을 아우르는 뜻으로 쓰였는데 대체로 훔볼트의 민족정신 내지 세계관과 동일시하여도 큰 잘못이 없다고 생각한다. 특히 박승빈이 거꾸로 언어에 실질적 사물을 유도·견제하는 기능을 부여한 것은 언어와 세계관과의 관계를 상호파생의 관계로 파악한 훔볼트의 견해와 너무나 흡사하다. 박승빈은 역사적 관점에서 언어가 민족형성에서 차지하는 위치를 부각시켰고 현실적 관점에서 언어가 민족생활에서 차지하는 역할을 강조하였다. 이러한 견해는 독일 낭만주의 시대의 언어관이나 훔볼트의 세계관 이론으로부터 어떤 영향을 받아 형성된 것이 아닌가 한다.[31]

둘째로 최현배(1894~1970)는 그의 「朝鮮民族更生의 道」(1926. 9~12)에서

---

31) 이 문제는 일찍이 김하수(1992나)에서 지적된 바 있다.

언어는 한 민족의 정신적 산물이라 전제하고 그 관계를 다음과 같이
언급하고 있다.[32]

> 각 민족의 정신적 특성이 서로 다름을 따라 그 말이 또한 같지 아니하다.
> ······각 어족은 각기 특이한 성질이 있음은 학자들이 다 인정하는 바이다.
> 그러므로 언어로써 그 민족 국민의 특성을 살펴볼 수 있는 것이다. ······다
> 만 언어와 민족이 막대한 깊은 관계가 있음을 말해 두자. 민족의 정신활동
> 은 그 특유의 언어를 낳고 그 언어는 또 그 민족의 정신을 도야하며 민족감
> 을 공고히 결합하는 것이다. (현대역)[33]

최현배는 민족마다 언어가 다른 것은 민족정신이 다르기 때문이라고 보고
민족성을 알리면 언어를 통하여야 한다는 점을 분명히 하였다. 개화기의
어학자들은 언어를 국가의 독립자존의 필수요소로 생각하였는데 일제
강점기의 최현배는 언어를 민족의 정신활동의 소산으로 파악한 점이 차이
점이라고 할 수 있다.

　최현배는 또 딴 곳에서 '말은 민족정신의 반사경'이라는 말을 하였다.
민족감을 공고히 결합시킨다든지 하는 생각은 앞의 개화기의 언어관에서
도 목격되었지만 언어를 통하여 민족정신을 엿볼 수 있다든지 언어가
민족정신을 도와야 한다고 하는 생각은 앞의 박승빈에서 처음 목격할
수 있고 이어 최현배에게서도 발견할 수 있는 것이다. 최현배의 언어관
역시 박승빈과 같은 훔볼트의 세계관 이론을 보여 주고 있는 것이다.[34]

---

32) 최현배의 글은 최현배가 교토대학원에서 연구하던 1925년 겨울에 집필한 것이다.
33) 1962년 정음사에서 나온 텍스트(118쪽)을 보라. 자세한 사항은 고영근(1995가:
　　40-41쪽)을 보라.
34) 박승빈과 최현배가 어떤 경위로 하여 훔볼트 언어관을 수용하였는가 하는 문제는
　　아직 정확하게 밝힐 수 없다. 그가 일본 교토대학에서 교육학을 전공한 사실과
　　관련시킬 수도 있으나 이 문제는 다른 기회에 논하고자 한다. 최현배의 언어관을
　　훔볼트와 관련시켜 해석한 업적으로는 이규호(1968/1976)를 들 수 있다. 최현배
　　의 언어관에 대한 총체적 분석은 고영근(1983다, 1983라: 311-28, 1995가: 259-66

차이점을 찾자면 최현배는 민족과 민족정신과의 관계를 추상적으로 언급하고 있음에 대하여 박승빈은 구체적인 예를 들어 가며 실증하는 태도를 보이고 있어 훨씬 설득력이 강하다고 말할 수 있다.

홈볼트를 비롯한 독일 낭만주의 시대의 언어철학적 사고가 어떠한 경위로 하여 이 땅에 수용되었는가 하는 문제는 개화기의 그것과 함께 아직도 분명히 밝힐 처지에 있지 않다. 한 가지 분명한 것은 1930년대에 우리나라에 피히테의 언어관이 소개되고 언어와 민족성의 관계가 논의되었다는 사실이다. 김선기는 피히테의『독일국민에게 고함』에 나타나는 언어 관련 부분을 「피히테의 언어관」(1932)이란 제목으로 소개하였다.[35] 그는 내용을 마무리하는 자리에서 우리 민족 고유의 철학이 없음을 자책하면서 우리 민족의 문화적 생명에 대하여 많은 자각이 있어야 할 필요성을 강조하였다.

유근석은 「인간과 언어」(1932)에서 언어는 개인에게 있어서는 그 사람의 성격을 말하고 민족에게 있어서는 민족성을 말한다고 하면서 언어와 국민성의 상관관계를 다음과 같이 말하고 있다.

> 언어와 국민성은 곧 서로 반영되는 밀접한 관계가 있으니 미려한 음조로 짜아지는 불어를 가진 불의 국민성, 간결명료한 영어를 가진 영의 국민성, 소박하고 튼튼한 독어를 가진 독의 국민성, 치렁치렁하고 떠들먹하며 호풍(豪風)이 굉장한 청어를 가진 지나 국민성 등을 살펴볼 때에 언어와 국민성의 관계를 더욱 절실하게 느낀다.[36]

유근석의 글은 한글의 정리와 통일에 내한 필요성을 강조하려고 쓰였지만

쪽)을 보라.
35)『한글』1.2를 보라.
36)『한글』1.2를 보라.

앞의 박승빈, 최현배와 비슷한 방식으로 언어에 나타나는 국민성 내지 민족성이 지적되어 있다. 이러한 생각은 정도는 다르지만 당시의 많은 어학자들이 동시에 가지고 있었다. 안확은 「조선어의 성질」(1938)에서 '언어는 민족생활의 범위에 좇아 부성(賦成)된 정(情)에서 발생된 것이며 그러므로 조선어는 조선 문화 및 민족성의 상징'이라고 말하기도 하였다.[37]

한편 일제강점기의 어학자들은 언어를 문화창조와 밀접하게 관련시키는 태도를 보여 주기도 하였다. 최현배는 『우리말본』(1937)의 「머리말」에서 다음과 같은 의견을 베풀고 있다.

> 한 겨레의 문화창조의 활동은 그 말로써 들어가며 그 말로써 하여 가며 그 말로써 남기나니 이제 조선말은 줄잡아도 반만년 동안 역사의 흐름에서 조선 사람의 창조적 활동의 말미암던 길이요 연장이요 또 그 성과의 축적의 끼침이다. (현대역)[38]

최현배는 언어가 한 민족의 문화 활동의 첫걸음일 뿐만 아니라 연장이 되고 또 그것은 언어로 보존된다는 관점에 서서 우리말이 반만년 동안 수행해 온 문화창조의 역할을 정당화하고 있다.

이어 최현배는 위와 같이 우리말의 법칙을 찾아 체계를 세우는 것이 찬란한 문화 건설의 터전을 닦는 길이라고 그의 민족어 문법의 저술의 당위성을 합리화하였다. 개화기의 어학자들도 언어가 문화 창조의 기본 수단임을 인식하지 않은 바 아니었으나 언어를 국가의 독립과 관련시키는 태도를 취하였기 때문에 문화적 측면은 매우 소극적으로 다루어질 수

---

37) 『정음』 27(반도문화사 영인본: 1721쪽)을 보라.
38) 텍스트는 김민수 밖에 공편(1979: 『歷文』 Ⅰ 47), 김민수·고영근 공편(2008: 『歷文』 Ⅰ 47)을 보라.

밖에 없었다. 최현배가 언어를 일차적으로 문화 창조와 관련시킨 것은
당시의 우리나라가 일본의 식민지였다는 시대적 상황의 산물이라고 생각
된다. 이러한 생각의 밑바닥에는 물론 언어가 민족의 정신 활동의 산물이
라는 훔볼트적인 언어관이 흐르고 있는 것이다.[39]

언어와 문화의 관계는 최현배와 함께 민족어 수호의 햇불을 든 이희승
(李熙昇)(1896~1989)의 「外來語 이야기」(1941)에 극명하게 나타나 있다.[40]

> 어떠한 種族의 文化를 가장 잘 나타내고 保存하는 것으로, 그 種族의
> 言語만한 것이 없다.……言語는 文化의 한 커다란 所産인 同時에, 그
> 文化의 全部가 담겨 있는 亦是 한 커다란 容器다. …… 이러한 意味에서
> 文化와 言語는 絶對 不可分의 關係를 가지고 서로 表裏가 되어 있고 實體
> 와 影子가 되어 있는 것이다. 現在의 言語를 通하여 그 文化의 現實을
> 透視할 수 있고 過去의 言語를 通하여 그 文化의 過去의 狀況을 通察할
> 수 있다. …… 그러므로 言語에 關한 知識이 該博하면 該博할수록, 그
> 文化에 關한 知識도 넓어질 것이다. 卽 言語는 그 文化를 가장 잘 反映하는
> 거울이기 때문이다. 그리하여 語彙의 豊富與否와, 그 文法的 論理의 精密
> 粗疎와, 그 表現能力의 微妙曲盡 如何는, 곧 그 種族이 가지고 있는 文化의
> 發達程度를 가장 如實히 말하는 것이다. 어느 한 種族의 言語는 그 種族이
> 가진 文化의 代辯者인 同時에, 그 文化의 水準을 測定할 수 있는 尺度가
> 되는 것이다. (원문대로)

이희승은 언어는 한 민족의 문화를 가장 잘 나타내며 언어와 문화는
표리의 관계를 이루고 있다고 말하였다. 더욱이 이희승은 언어를 문화를
가장 잘 반영하는 거울에 비유하고 있다. 이는 언어라는 거울을 통하여

---

39) 최현배를 중심으로 한 일제 강점기의 언어관의 특수성에 관한 언급은 고영근
    (1983다, 1983라: 317, 1995가: 266쪽)을 보라.
40) 『春秋』2.3(1941)을 보라. 이 자료는 조태린(1997: 84쪽)에서 정보를 얻었다.
    이희승의 글은 『一石李熙昇全集』1(2000)에 실려 있는 『國語學論考』에 들어
    있다.

한 민족의 문화를 읽을 수 있다는 뜻이다. 1940년대 초는 조선어학회가 맞춤법, 표준어, 외래어 표기법 등의 기초 공사를 바탕으로 삼아 민족어사전 편찬을 마무리하는 단계에 와 있었기 때문에 언어와 문화와의 상관관계에 대하여 과거 어느 때보다 역점을 두지 않을 수 없었다고 생각한다.

개화기로부터 일제 강점기의 40여년에 걸쳐 형성된 민족어에 대한 공리적 언어관은 「朝鮮語學會事件 豫審終結決定文」에 종합되어 있다. 이곳에는 민족어운동을 민족운동의 한 형태라 전제하고

> 언어는 인간의 지적 정신적인 것의 원천임과 동시에 인간의 의사감정을 표시하는 일 밖에 그 특성까지도 표현하는 것으로서 민족 고유의 언어는 민족 안의 의사소통은 물론이요 근본적으로 민족 감정 및 민족 의식을 양성하고 이에 굳은 민족의 결합을 낳게 하고 이를 표기하는 민족 고유의 문자가 있어 이에 민족문화를 성립시키며 민족적 특질은 그 어문을 통해 다시 민족문화의 특수성을 드러내어 향상·발전시키고 그 고유문자에 대한 과시·애착은 민족적 우월감을 낳고 그 결합을 다시 공고히 하고 민족은 성장·발전한다. (의역)41)

와 같이 언어의 사회적 기능을 비롯하여 언어와 민족감정, 민족결합, 민족문화의 발전에 걸친 공리적 기능을 언급하고 있다. 위의 결정문은 개화기 이래의 우리의 민족어문학자들이 품고 있었던 공리적 언어관을 단적으로 대변해 준다고 믿는다.

---

41) 『나라사랑』 42(1982)에 실린 번역문을 지은이가 다시 손질해 보였다.

4. 해방공간과 정부수립 이후의 언어관

1945년의 민족광복은 잃었던 민족어문을 되찾게 한 중요한 역사적 사건이었다. 일상생활은 물론, 문자생활에서도 우리말이 공용어가 되었으며 한글이 공용문자가 되었다. 이와 함께 언어관에도 변화가 왔다. 더욱이 국토의 분단은 우리의 언어관에 심각한 차이를 드러내었다. 이곳에서는 남한의 언어관을 중심으로 해방공간의 언어관의 특수성을 살펴보기로 한다.

식민지시대에 딜타이(W. Dilthey)의 '삶의 철학'을 짊어지고 우리의 고전시가를 비롯하여 고전 국문학을 연구하였고 뒤에 『國文學史』(1949)와 『國文學槪說』(1955)을 지은 조윤제는 『國語敎育의 當面問題』(1947)의 「序」에서 "국어는 곧 우리의 생명이다"라 전제하고

> 우리 민족의 역사가 그 일나인시 아득하여 알 수 없으나 우리가 있자 우리의 국어가 또한 있었을 것은 췌언을 요치 않는다……국어는 마치 우리의 그림자와도 같으니 우리 자신을 보고 우리 자신을 알려면 우리는 스스로 국어를 말하고 국어를 들을 것이다. 한 말을 말하고 한 음을 발음하더라도 그것은 실로 우리의 민족이 종으로 횡으로 써 내려왔고 또 쓰고 있어 우리의 민족적 정신이 속속들이 그 가운에 배고 있으니 어찌 우리의 자신이 그 가운데 있지 않으며 그것이 곧 우리의 생명이 아니고 무엇이겠는가. (현대역)[42]

와 같이 말한 바 있다. 국어가 우리 민족의 역사의 시작과 더불어 생성된

---

42) 텍스트는 김민수 밖에 공편(1985: 『歷文』 ③31), 김민수・고영근 공편(2008: 『歷文』 ③31)에 실린 것을 보았다. 조윤제의 이러한 언어관은 조윤제(1948, 1955: 20-30쪽)에서도 엿볼 수 있다.

만큼 그 가운데는 우리 민족의 정신이 속속들이 배어들어 있다고 보는
것이다. 이러한 조윤제의 국어관은 앞에서 검토한 바 있는 박승빈과 최현
배의 언어관과 일치하는 것으로서 훔볼트의 세계관 이론을 그대로 받아들
인 것이다. 국어의 형성을 민족 역사의 시작에 결부시킨 것은 최현배의
언어관에서는 볼 수 없었고 오히려 주시경에게서 목격되었다. 주시경과
다른 점은 하늘의 명령에 기대어 국어가 주어졌다는 관념론적 해석을
붙이지 않았다는 것이다.

조윤제의 이러한 국어관은 동시에 국문학이 우리 민족생활의 표현물이
라고 하는 그의 국문학관과 맥을 같이한다.[43] 조윤제는 훔볼트와 함께
피히테의 영향도 크게 받고 있다. 훔볼트 언어관의 수용 문제는 구체적인
인증이 없어 다만 내용의 검토에 기대어서 영향 관계를 추정할 수 있을
뿐이지만 피히테는 몇 군데서 구체적인 인증을 볼 수 있다. 언어와 민족
간의 밀접한 관계를 정립하는 데 있어 조윤제는 피히테의 소견을 적극적
으로 원용하고 있다.[44] 일제 강점기에는 피히테의 언어관이 소개되기만
하였는데 해방공간에 와서는 국어관을 정립하는데 구체적으로 응용되었
다는 차이점이 있다.

조윤제가 피히테나 훔볼트의 언어관을 받아들임에 있어서도 개화기나
일제 강점기의 어문학자들과 같이 우리가 당면하고 있었던 정치적 상황을
충분히 고려하였다는 사실을 확인할 수 있다. 조윤제는 민족과 국어와의
관계를 다음과 같이 정리하고 있다.[45]

---

43) 조윤제의 국문학관과 국문학사관이 포슬러(1905) 등에서 가시화된 언어사와
    문학사의 상관관계를 다룬 일련의 저작에서 영향을 받지 않았나 하는 심증이
    가는 바 없지 않다. 국문학 연구가들의 분발을 바라마지 않는다.
44) 조윤제(1947: 65-7쪽)에 그런 사실이 인용되어 있다.
45) 조윤제(1947: 67쪽)을 보라.

민족과 그 국어는 분리할 수 없는 관계를 가지고 있어 국어는 곧 민족의 형성력이 된다는 것이다. 사실 민족이 제각기 다른 국어를 사용한다고 한다면 민족의 사명을 발휘할 수 없는 것은 당연한 일이니……이만큼 국어와 민족의 관계는 밀접하고 또 국어가 민족을 형성하는 힘은 큰 것이다. (현대역)

조윤제는 세계 각 나라에 흩어져 사는 유태민족이 각기 다른 국어를 씀으로 말미암아 민족문화를 창조하지 못함은 물론 민족 발전을 이루지 못하는 일과, 만주족이 무력으로 한족을 통일하였지만 마침내 중국문화에 동화되어 그들의 국가까지 잃게 된 일을 예로 들어 민족과 언어의 밀접한 관계를 정립하고 있다.

이어 조윤제는 민족고유의 정신은 언어를 통하여 전승되고 함양된다는 저 앞의 내용을 구체적으로 부연하고 있다.

각 민족은 각기 고유한 정신을 가지고 있는 것……그것은 민족고유의 언어를 통하여 전승되어 왔다……그렇기 때문에 국어 가운데는 민족 고유의 정신이 녹아들어 있어 이 국어를 일상 사용함으로 말미암아 자기도 모르게 자연히 그 정신에 젖어 들어가게 된다. 만일 어떤 민족이 자국어를 버리고 다른 국어를 사용한다고 한다면 그 민족은 조상 전래의 정신을 잊어버리고 새 국어 가운데 녹아들어 있는 그 정신에 배양되어 갈 것이다.……그래서 각 민족은 각기 고유의 국어를 존중·애호하여 그로 인하여 각 민족의 정신을 고취하고 민족의 대동단결을 고취하는 것이다. (현대역)[46]

조윤제는 자국어를 버리고 외국어를 국어로 삼아 민족정신을 잃은 예로 일제 강점기에 일본사람이 우리 민족에게 강요했던 일본어 사용을 들고

---

46) 조윤제(1947: 68쪽)을 보라.

있다. 요컨대 조윤제는 광복이라는 철저한 역사의식의 바탕 위에서 국어
와 민족 사이의 밀접한 상관관계를 정립하고 있다.

국어와 민족의 상관관계에 이어 조윤제는 국어와 국가에 대하여도
밀접한 관계를 놓치지 않고 있다.

> 어느 국가를 물론하고 한 국어로 이루어진 나라는 그 기초가 견고하지마는
> 둘 이상의 국어로 성립된 국가는 아무래도 큰 발전을 기대할 수 없는
> 것이니……이로 보아 국어가 그 얼마나 국민을 통일하고 국가의 기초를
> 견고히 하는 데 큰 힘을 가지고 있는 것을 가히 알 수 있거니와 세계
> 어느 국가를 물론하고 국어를 애중·애호하고 교육에 있어 국어교육을
> 중시하는 의미는 실로 여기에 있는 것이다. (현대역)[47]

조윤제는 둘 이상의 국어로 이루어진 국가로서 그 토대가 견고하지 못했
던 예로 만주국을 들고 있다. 만주국은 한족, 만주족, 조선족, 몽고족,
일본족의 다섯 민족으로 이루어져 국어를 달리하였기 때문에 국가의 기반
이 튼튼하지 못했으며 일본이 패망한 것도 같은 논리로 해석하였다. 여러
민족으로 구성되기는 하였지만 같은 국어를 사용하여 단결을 굳힌 나라로
조윤제는 미국을 들고 있다. 만일 미국 같은 나라가 각 민족어를 사용하도
록 방임했더라면 오늘의 발전은 이루지 못했을 것이라고 말하고 있다.
개화기에는 국어와 국가와의 관계가 밀접하게 인식되어 국어를 독립에
가장 우선하는 요소로 간주하였고 일제 강점기에 와서는 민족과 문화의
관계만이 부각되었다. 이는 국권 피탈(被奪)이라는 정치적 사정과 관련시
키면 쉽게 이해할 수 있다. 광복이 계기가 되어 우리 민족 중심의 국가를
건설할 수 있는 요건이 갖추어짐에 따라 민족과 함께 국가와의 상관관계
가 강조된 것이다.

---

47) 조윤제(1947: 69-70쪽)을 보라.

　조윤제는 국어가 민족, 국가와 맺는 관계 밖에 인격수양, 신앙심, 사상과의 관계도 깊이 있게 논의하고 있는데 이러한 언어의 공리적 기능이 다각적으로 대두된 것은 우리 민족어가 독립된 나라의 공용어로서 자유롭게 사용되고 가르쳐지고 배우게 되었다는 시대적 상황을 충분히 알고 있었기 때문이었다.

　끝으로 조윤제는 국어애호와 국어존중의 당위성을 다음과 같이 베풀고 있다.

　　　이와 같이 국어의 힘은 실로 위대한 것이다. 우리들이 나날이 아침으로 낮으로 저녁으로 무심코 쓰는 국어야말로 그 한말 한말에 이러한 위대한 힘이 잠재되어 있어 민족문학, 민족교육, 민족문화가 온통 거기에서 형성되어 나오고 민족국가의 흥망성쇠가 거기에 매여 있다고도 할 수 있다. 어찌 존중하지 않을 수 있으며 애호하지 않을 수 있겠는가. 과거 왜정 40년 간 우리는 실로 그 위대한 힘을 발휘할 수 없겠금 모진 압박을 받아왔던 것이다. ……하미터면 조선민족이 멸망할지도 모를 그리한 위기에 저하였던 것은 무엇 때문이었넌가. 그것은 나믐이 아니었었다. 곧 국어에 대한 왜정의 심한 압박 때문이었었다. (현대역)[48]

위의 내용을 통하여 조윤제는 개화기와 일제 강점기에 걸쳐 우리의 민족 어문자들이 꾸준히 갈고 다듬어 온 언어의 국가 내지 사회형성, 민족형성 내지 문화 창조에서 차지하는 공리적 기능을 해방 공간이라는 역사적 인식의 바탕 위에서 충분히 수렴하였다고 말할 수 있으며 이러한 국어관이 터전이 되어 국어사랑의 기풍이 조성되고 국어교육도 올바른 길을 걸을 수 있게 되었다고 믿어진다.

　한편 주시경의 뒤를 이어 어문민족주의에 근거하여 민족어의 수호와

---

48) 조윤제(1947: 72쪽)를 보라.

발전에 혁혁한 업적을 이룩한 최현배는 한국전쟁 때 포슬러의 책 [일본어 번역본 小林英夫『言語美學』, 1935]을 들고 피난지 부산으로 가서 우리말 을 회복하고 발전시키는 문제에 대하여 그 나름의 언어철학을 정립하였 다.49)

> 말씨는 근본 개인의 자유스런 슬기스런 애지음(創造)으로 말미암아 생겨 나고, 다시 사회의 무리떼의 실제스런 의지(意志)스런 부닥질(研磨)로 말미 암아 피어나는 것이다. (최현배, 『우리말 존중의 근본 뜻』, 1953, 93-94쪽)

사실 최현배는 관념론에 기반한 포슬러의 다음 두 구절에서 영감을 얻어 그 나름의 민족어 발전철학을 세울 수 있다.

> 모든 언어표현은 말하는 개인의 개별적인 직관에서 우러나오는 자유롭고 개인적인 창조로 설명되어야 한다.50)

> 목표를 설정하는 인간은 이론으로부터 실천으로, 인식함으로부터 가치평 가로, 순수한 보살핌에서 행위로 나아간다.51)

최현배가 포슬러로부터 영향 받은 가장 중요한 개념은 '애지음'(창조, Schöpfung)과 '발전'(Entwicklung)이었다. 앞의 인용문은 개인의 '창조' 활동과 관련되고 뒤의 인용문은 대중들의 실천적 행위에 의한 '발전'과 관련된다. 최현배는 위의 두 개념을 적절히 응용하여 새 나라 건설에 부응하는

---

49) 최현배와 포슬러의 교섭에 대하여는 고영근(1995가: 571-72)를 보라.

50) Alle sprachlicher Ausdruck … soll als freie und individuelle Schöpfung aus den individuellen Intuitionen der sprechenden Individuen erklärt sein. (포슬러 1904: 88)

51) Der Mensch, der Zweck setzt, erhebt sich von der Theorie zur Praxis, von Erkennen zum Werten, von der reinen Beschaulichkeit zur Tat.(포슬러 1905: 3)

민족어 존중과 발전의 사상적 바탕으로 삼았던 것으로 보인다. 최현배는 개화기의 주시경의 언문수리관을 기반으로 삼되 관념론에 근거한 포슬러의 언어철학을 접합시킴으로써 민족어 존중사상을 확립하였다고 말할 수 있다.

5. 마무리

이상과 같이 지은이는 개화기로부터 해방공간에 이르기까지 우리 선학들이 품고 있었던 언어관의 형성과 발전양상을 주로 훔볼트를 비롯한 독일 낭만주의 시대의 언어철학적 사고와 관련시켜 가며 굽어보았다. 논술한 바를 간추려 보기로 한다.

(1) 개화기의 언어관은 언어를 독립의 가장 중요한 요소로 간주하였다. 이러한 언어관은 당시의 나라 안팎의 정세가 바탕이 되고 서양의 사회진화론이나 중세 이후로부터 훔볼트 이전까지의 언어철학적 사고에서 영향을 받고 여기에 훈민정음을 비롯한 우리 어문에 대한 역사적 인식이 상승작용을 일으켜 성립되었다. 이러한 언어관을 정립한 대표적인 어학자는 주시경이었다. 그러는 과정에서 주시경은 '언문수리관'으로 압축할수 있는 그 나름의 독창적인 언어철학을 수립하였다.

(2) 일제 강점기의 언어관은 언어와 민족과의 밀접한 상관관계가 추구되고 언어가 민족문화 창조의 중요한 요소라는 점을 인식한 점이었다. 특히 언어에 민족정신이 반영된다는 이른바 세계관 이론이 큰 흐름을 이루었다. 이러한 언어관은 식민지 치하라는 정치적 요인이 바탕이 되고 훔볼트의 언어관에서 영향을 받아 형성된 것으로 보인다. 주권이 남의 손에 있으니 민족의 쇠잔을 방지하고 문화의 터전을 닦는 것이 눈앞의

과제라고 생각하였기 때문에 이러한 언어관이 형성되지 않을 수 없었다. 이러한 언어관을 정립한 대표적인 어학자는 박승빈, 최현배, 이희승이었다.

(3) 해방공간의 언어관은 언어와 민족, 국가와의 밀접한 상관성을 비롯하여 언어의 공리적 기능을 여러 모로 제시하여 국어사랑의 정신을 기르고 이를 교육현장에 실현할 것을 시도한 점이었다. 이러한 언어관은 민족해방과 새 나라 건설이라는 정치적 요인이 바탕이 되고 개화기와 식민지 시대에 쌓은 언어의 공리적 기능에 대한 인식을 물려받고 훔볼트와 피히테 등의 철학적 사고를 더 깊이 터득하여 형성된 것으로 보인다. 이 시기의 대표적인 학자는 국문학자 조윤제였다.

(4) 한국전쟁 중 최현배는 포슬러의 관념론에 기울어진 언어철학을 과감하게 수용함으로써 주시경에 의하여 가시화된 민족어 정리철학을 새 나라 건설에 부응하는 민족어 발전철학으로 승화시켰다.

훔볼트를 비롯한 독일 낭만주의 시대의 언어관이 국어연구와 국어교육에 미친 영향을 매우 크다. 지금도 이러한 사상을 등에 지고 연구에 임하는 사람이 많으며,52) 국어교육에서는 아직도 조윤제가 설정해 놓은 지표가 거의 그대로 유지되어 있고,53) 언어철학의 영역에서도 세계관 이론을 선호하는 사람이 많다.54) 특히 어휘론 분야에서는 훔볼트의 세계관 이론을 발전시킨, 이른바 낱말밭이론에 기댄 연구가 한 흐름을 이루고 있을 정도이다.55) 그 사이 세계관 이론을 발판으로 삼은 국어연구의 태도가

---

52) 박병채(1984: 62쪽)에서는 최현배와 박승빈은 훔볼트의 언어구조와 민족성과의 관계에 대한 중심 이론을 받아들여 국어연구에 헌신하였으며 이들의 학풍은 지금도 계승되고 있다고 하였으며 허웅(1975: 2-3쪽)에는 한 민족의 말은 민족정신의 소산이고 그것을 형성하는 데 가장 큰 영향을 미친다고 하면서 우리 말과 글을 바로잡는 데 평생을 바친 주시경의 정신을 이어받아 올바른 언어생활에 도움을 주려는 뜻에서 『우리옛말본』을 쓴다고 적고 있다.
53) 문교부(1987: 21-35쪽)을 보라.
54) 대표적으로 이규호(1968)을 보라.

비과학적 쇼비니즘(광신적 애국주의)이라 하여 비판을 가하는 일도 없지
않았다.[56]

사실 일제 강점기나 해방공간에 정립된, 세계관을 등에 진 관념론적
언어관은 형이상학적이고 추상성을 띤 면이 없지 않았다. 그렇다고 이러
한 언어관을 비과학적이라 하여 쉽게 버릴 수도 없다. 우리가 개화기로부
터 오늘에 이르기까지 하나의 민족으로서 정체성을 갖게 되고 일제의
억압 밑에서도 살아남아 독립된 나라를 건설한 밑바탕에는 관념론적인
언어철학이 알게 모르게 뒷받침되어 있었다고 생각된다. 또 우리말과
우리글과 같이 역사적으로는 한자, 한문의 힘에 눌려 발전의 기회를 빼앗
겼으며 한때는 주권을 잃어 사라질 위기에 부딪혔고 지금도 외국어의
선호 사상으로 말미암아 발전에 장애를 받는 경우에는 세계관 이론과
같은 관념론적 언어철학이 중요한 이념적 바탕이 될 수 있다. 지금 북한에
는 세계관 이론의 테두리에 들어올 수 있는 이른바 '주체적 언어리론'이
그들의 국어교육과 국어연구의 중요한 지침이 되어 있다.[57] 이런 모든
사정을 두루 살펴볼 때 세계관 이론을 비롯한 공리적 언어관에 대한
실증적 연구가 요망된다. 이 글은 이 방면 연구에 물꼬를 트는 하나의
서설적 작업임을 밝혀 둔다.

---

55) 대표적으로 배해수(1982)와 양태식(1985), 김웅모(1993)를 비롯한 일련의 업적을
보라.
56) 대표적으로 이숭녕(1954/1984: 46쪽)을 보라.
57) 주체적 언어이론과 북한의 국어연구, 그리고 국어교육에 대하여는 고영근(1989
가, 나/1999: 58-105, 175-209쪽, 2001다; 제2부), 윤희원(1989), 고영근 밖에
(2004: 173-87쪽)을 보라.

통일언어철학의 탐색방향

▌제1부 **2장** ▌

1. 들어가기

우리 반도가 분단된 지 60년이 가까워 온다. 국토의 양단은 정치, 경제, 사회, 문화의 모든 방면에 걸쳐 심각한 이질화를 가져왔다. 그 가운데서도 언어의 이질화는 남북 민족구성원들의 의사소통을 방해할 정도로 심각하다. 다행히 최근 들어 상대방의 간행물을 접할 기회가 많아졌고 여러 통로를 통하여 남북의 사람들이 만나는 기회가 늘어감에 따라 이질성을 해소할 수 있는 길이 많이 열리고 있지만 근원적 치유책(治癒策)을 마련하지 않고는 언어의 이질화를 극복할 수 없다. 근원적인 치유책이란 양쪽의 언어철학을 통합하여 제3의 새로운 언어철학을 정립함으로써 어문정책과 언어연구의 기조(基調)로 삼는다는 뜻이다.

언어철학의 과제에는 여러 가지를 들 수 있으나,[1] 지은이는 해석학적

---

1) 다스칼 밖에(1992)를 보면 언어철학의 과제에 어떤 것이 있는가를 알 수 있다. 이 책에는 시간과 공간에 걸친 언어철학의 개관, 언어철학자, 이론적 관점, 쟁점,

관점(hermeneutische Positionen)에 서서 우리의 통일언어철학의 문제를 제기해 보고자 한다. 해석학적 언어철학이란 언어의 본질을 주체적인 인간과 관련시켜 이해하고 일상적인 언어현상을 삶의 현상의 핵심으로 관찰하고 철학적으로 해석하는 언어철학의 한 갈래이다. 따라서 여기에서는 언어를 객관적이고 고정적인 체계로 이해하기보다는 주체적이고 생동적인 힘으로 관찰한다.[2] 언어를 국가·사회의 성립이나 민족문화 내지 민족정신과 결부시켜 해석하는 것이 모두 해석학적 언어철학의 소산이다.

2. 우리의 언어철학은 어떻게 발전해 왔는가

우리 민족은 예로부터 언어에 신통력을 부여해 왔다. 신라 성덕왕 때 순정공이 수로 부인과 함께 강릉 태수로 부임하는 도중에 부인이 바다의 용에게 잡혀가는 사건이 벌어졌다. 그때 어떤 노인이 나타나 '거북아 거북아, 수로를 내 놓아라/ 남의 아내 빼앗았으니 그 죄가 얼마나 큰가/ 그물로 너를 잡아 구워 먹으리라'라는 노래를 불러 수로부인을 구출하였다는 설화는 고대 우리 민족이 언어에 악귀를 물리치는 신통력을 부여한 대표적 예가 된다. 특히 그 노인은,

> 옛 사람의 말에 여러 입이 떠들면 쇠라도 녹여 낸다고 했는데 지금에
> 그까짓 바다 속에 있는 미물이 어찌 여러 입을 겁내지 않을 것입니까?
> 이 경내의 백성들을 시켜 노래를 지어 부르고 막대기로 언덕을 두드리면

개념, 언어철학과 다른 분야와의 관계 등 언어철학 전반에 걸친 기고를 모아 놓고 있어 참고가 된다.
2) 민족어 중심의 해석학적 언어철학은 이규호(1968)에서 전면적인 체계화가 시도되어 있다.

부인을 볼 수 있을 것입니다. (리상호 번역 1960: 181쪽)

와 같은 말을 하였다고 『삼국유사』에 적혀 있다. 많은 사람들의 생각이 응결된 말은 무쇠라도 녹일 수 있을 정도로 효험을 발휘한다는 뜻이다. 현대적인 의미의 여론이나 집단적 진정과 관련하여 해석할 수 있다. 신라 헌강왕 때에 불려진 처용가도 역신을 물리쳤다는 점에서 역시 언어에 신통력을 부여한 예로 들 수 있다. 이곳의 '말'은 개별언어로서의 언어(languages)가 아니라 사람의 언어(language) 자체에 대한 철학적·심리적 사고의 소산이다.[3] 이러한 언어철학은 고대사회에서 보편적으로 발견할 수 있는 사고 방식이며 언어를 사람의 삶과 관련시켰다는 점에서 해석학적 언어철학의 테두리에 넣을 수 있다.[4]

한편 고대 우리 민족은 한자와 한문이 우리 반도에 들어 왔을 때 이를 그대로 받아들인 것이 아니라 우리 민족어의 언어체계에 맞도록 이를 가공하여 사용하였다. 이두(吏讀)와 구결(口訣)은 우리의 문법적 특성에 적합하도록 한자를 가공하여 만들어 낸 문자이고,[5] 훈민정음은 우리 언어의 어음적 특성을 바닥에 깔고 만들어 낸 독창적인 문자체계이다.[6] 세종대왕의 『훈민정음』 서문을 보면 우리말이 중국과 다르다는 점이 분명히 지적되어 있고 정인지(鄭麟趾)의 『훈민정음해례』의 서문에는 '풍토', 곧

---

3) 이 문제에 대하여는 부가르스키(1974)를 보라.

4) 언어에 신통력을 부여하는 이런 견해는 일본의 '言靈'과 넘나드는 면이 없다 않다. 조태린(1997: 39쪽)과 최옥경(1993)을 보라.

5) 지난 세기 70년대 중반부터 남쪽에는 '석독구결'이라는 구결문자가 계속 발견되고 있어 구결학회를 중심으로 이 방면의 연구가 활성화되고 있다. 대표적으로 남풍현(1999)을 보라.

6) 지난 세기에 이룩된 훈민정음의 연구성과는 김영기(1997)에 집성되어 있다. 훈민정음 해례본은 여러 종류의 국문과 영문 번역이 있다. 국문 번역과 그에 대한 연구로 대표적인 것은 강신항(1990)을 들 수 있고 영문 번역은 신상순(Sang-Soon Shin)·이돈주(Don-Ju Lee)·이환묵(Hwan-Mook Lee)(eds)(1990), 김석연(Sek-Yen Kim)(2001)을 보라.

자연환경이 다르면 사람의 말소리가 다르고 말소리가 다르면 필연적으로 거기에 맞는 문자를 따로 만들어야 한다고 하였다. 우리 민족이 고대로부터 중세에 이르기까지 한자를 가공하여 유교 및 불교 경전을 번역하여 이해한다든지 현실의 문자생활에 사용하다가 15세기에 이르러 '훈민정음 (訓民正音)'이라는 표음문자를 창제한 것도 따지고 보면 우리말이 중국과 문법 및 어음에 있어서 차이가 난다는 이른바 '언어풍토설'이 바닥에 깔려 있었기 때문이었다.

우리의 언어가 중국과 다르다는 인식은 향가를 한문으로 번역한 고려시대의 최행귀(崔行歸)와 조선조 중기의 김만중(金萬重)에게서도 찾을 수 있다. 최행귀는 우리 나라 사람들은 한문을 이해하지만 중국 사람들은 신라의 노래를 이해하지 못한다고 하였으며 김만중은 한문문학은 허위이고 국문문학만이 우리나라 사람들의 정서를 대변하는 진정한 문학이 될 수 있다고 하였다. 두 사람의 발언은 우리의 언어와 문학이 고대로부터 중세에 이르기까지 중국과 같지 않기 때문에 문자의 가공과 창제가 필연적이며 문학도 그 나름의 독자성을 유지해야 한다고 생각해 왔다.

우리 민족이 고대로부터 견지하여 오던 해석학적 언어철학은 개화기에 들어서면서 모습을 달리하였다. 어문민족주의 사상을 등에 업고 우리의 언어를 처음으로 과학적으로 연구하여 '민족어학'을 건설한 주시경은 그의 『국어문법』(1910)의 서문에서 다음과 같이 자신의 견해를 밝히었다.

> 그러므로 구역은 독립의 '基'요, 인종은 독립의 '體'요, 언어는 독립의 '性'이다. 이 '性'이 없으면 몸이 있어도 몸이 있다고 할 수 없고 터가 있어도 터가 있다고 할 수 없다. 그러므로 국가의 성쇠도 언어의 성쇠에 달려있고 국가의 존부(存否)도 언어의 존부에 달려 있는 것이다.

이곳의 '性'은 가장 중요한 요소라는 뜻이며 이전의 저술, 이를테면 『대한

국어문법』(1906)에서는 '機關'으로 표현한 바 있다. 주시경은 위와 같이 언어가 독립의 '性'이기 때문에 이를 발전시키지 않으면 나라가 독립할 수 없다고 하였다. 주시경의 언어철학은 유길준, 박태서 등의 대부분의 개화기의 사회사상가들에게서 공통적으로 발견할 수 있는데 이는 고대 이래의 전통적인 언어철학을 물려받고 서양의 고전사회학과 진화론 등의 영향을 받아 이루어진 것이다.7) 주시경을 비롯한 개화기의 우리 어문학 자들이 우리의 민족어 문법을 연구하고 철자법의 정비에 심혈을 기울인 것도 언어가 독립을 유지하는 '性'이라는 사실을 깨달았기 때문이었다.8) 사실 주시경의 언어철학은 데카르트(Decartes), 라이프니츠(Leibniz), 하만 (Hamann) 등의 서양 철학자의 영향도 적지 않게 받아 형성된 것으로 알려 져 있다.9) 주시경은 또한 언어는 사람만이 가졌고 그것이 있기 때문에 문화적 업적을 성취한다고 하였다.

일본이 우리 반도를 강점하면서부터 우리 민족의 언어철학에 변화가 일어났다. 박승빈과 최현배는 이른바 훔볼트(W. von Humboldt)의 세계관 (Weltansicht) 이론을 짊어지고 우리 어문의 표준화에 선구적인 역할을 수행 하였다.10) 주시경 등의 개화기의 어문학자들은 언어를 독립자존의 필수 요소로 간주하였는데 일제 강점기의 어문학자들은 언어를 민족의 정신활 동 및 민족문화 창조와 관련시켜 해석하였다.11) 일제 강점기의 어문학자

---

7) 유길준의 언어철학은 고영근(2004/본서 62-72쪽), 박태서, 주시경 등의 개화기 어문학자들의 언어철학은 고영근(1994: 320-327쪽/본서 9-13쪽)을 보라.
8) 킹(1997, 1998)에서는 어문 정리 사업이 민족주의와 긴밀한 관계를 맺고 있다는 사실을 한국어문운동의 예를 들어 그 문제점을 진단하였다.
9) 이 문제는 고영근(1990/1994: 325-326쪽)에서 자세히도 논의하였다.
10) 훔볼트의 언어철학에 대하여는 신익성 편저(1985)와 이성준(1999)를 통하여 그 자세한 사정을 알 수 있다.
11) 개화기와 일제 강점기의 언어철학의 차이점에 대한 자세한 논의는 고영근(1994: 331쪽/본서19-25쪽)을 보라.

들은 대부분 주시경으로부터 직접·간접으로 영향을 받은 사람들이었다. 이들은 주시경의 언어철학에다 훔볼트의 언어철학을 접합함으로써 일본 제국주의에 맞서 민족어를 수호하고 가공하는 운동을 전개하였다. 그 중요한 결실이 맞춤법의 제정과 표준어의 사정이었다. 물론 그 이면에는 우리말의 어음과 문법에 대한 실증적인 연구가 뒷받침되어 있었다. 그들은 일제 말기에 우리의 민족어문을 연구하였다는 죄목으로 구속되어 옥고(獄苦)를 치렀으며 그 가운데는 목숨을 잃은 학자들까지 있었다.

이곳에서 그냥 넘기기 어려운 일들이 두 가지 있다. 첫째는 소련의 유물론적 언어이론의 창시자인 마르(N. Marr)의 「언어의 성립」(Über die Entstehung der Sprache)이 신남철12)에 의하여 번역되었다는 사실이다.13) 번역자의 해설을 보면 마르의 야페트이론이 국제학계의 공감을 얻지 못함을 안타까이 여겨 번역에 임하였다고 하였다. 다음으로는 거의 같은 시기에 소련 연해주의 고려인 사회에서 이미 마르의 유물론적 언어철학을 우리의 언어에 적용하여 민족어 어문정책과 민속어 교육의 지표로 삼았나는 사실이다. 오창환이 지은 『중등학교 조선어문법교과서』(1935, 제2판)의 끝에 마련된 「부록」의 「언어학과 조선어학사의 개요」에 그 사정이 자세히 나와 있다. 오창환은 연해주 고려인 사회의 어문학자로서 계(계)봉우, 강채정과 함께 민족어문의 표준화운동에 적지 않은 공적을 남겼다.14)

---

12) 신남철은 경성제국대학 철학과 1회 졸업생이며 1930년대에 맑스주의 철학자로 많은 활동을 하였다. 신남철은 박승빈과 함께 조선어학연구회를 창립하여 간사직을 맡은 바 있다. 신남철에 대하여는 진교훈 교수(서울대 국민윤리교육과)와 홍영두 박사가 많이 도와 주었다. 신남철의 활동은 최근 들어 활발하게 조명되고 있다.(홍영두 2005 등 참조)

13) 이 글은 『正音』2(1934)에 발표되었으나 1회로 끝나 버렸다. 자세한 사정은 고영근 밖에(2004: 제1장)을 보라.

14) 오창환과 계봉우의 표준화 연구에 대하여는 고영근(1998: 105-131/본서 451쪽)을 보고 오창환의 마르이론의 적용에 대한 평가는 고영근 밖에(2004: 1장)을 보라.

오창환은 우리 민족어를 도구화하여 소련의 사회주의 건설에 기여하려고
하였다는 점에서 앞의 신남철의 마르 논문의 번역과 함께 주목해야 할
사건이라고 평가할 수 있다. 특히 오창환은 우리 민족어는 삼국통일이
계기가 되어 성립되었다는 견해를 피력하였다. (뒤에 나옴)

3. 분단시대의 언어철학은
어떻게 형성되고 발전하여 왔는가

1945년의 해방은 우리 민족에게 정치적·문화적으로 큰 변혁을 일으켰
다. 우선 문화적으로는 잃었던 민족어를 되찾는 일이 급선무였다. 조선교
육심의회에서는 11월에 초·중등학교 교과서는 한글로 하되 필요한 경우
에는 한자를 괄호 안에 넣기로 결의하였고 장지영은 같은 해 12월 조선어
학회 제1회 국어강습소 수강생을 중심으로 결성한 '한자폐지실행회'의
강령을 통하여 문맹을 퇴치하고 우리말과 우리글로 새 문화를 건설하여
세계 문화를 주도(主導)할 것을 결의하였다.15) 이는 일제 강점기에 정립된
해석학적 언어철학을 등에 업은 사고의 소산이다.

해방공간16)에는 위와 같이 개화기와 일제강점기에 형성된 해석학적
언어철학에 기대어 잃었던 민족어를 다시 찾고 이를 교육 현장에 응용하
였다. 이 점 북쪽도 큰 차이가 없지 않았나 한다.(뒤에 나옴). 조선어학회
사건에 연루되어 옥고를 치른 이희승은 「언어와 민족」(1946)에서 언어는
민족을 규정하는 징표(徵表)가 될 뿐만 아니라 문화창조의 기본이 된다고

---

15) 관련 내용은 고영근(1999: 122쪽)을 보라.
16) '해방공간'이라는 말은 1945년 8월 15일부터 1948년 남북 양쪽이 각각 단독정부를
수립하기까지의 기간을 가리킨다.

하였고 조선어학회의 『큰사전』(1947)의 「머리말」에서는 "말은 사람의 특징이요, 겨레의 보람이요, 문화의 표상이다"라고 말하면서 "우리말은 우리 민족이 가진 정신적 물질적 재산의 총목록이다"라고 하였다.

그러나 해방과 동시에 우리 반도가 두 조각으로 분단됨에 따라 서로 다른 언어철학에 기대어 어문정책이 수립되고 국어교육이 통제되었으며 국어연구 또한 그 방향을 달리하였다. 이제 그 사정을 자세히 검토해 보기로 한다.

1) 남쪽의 언어철학

남쪽은 다른 자유세계와 마찬가지로 어문정책을 특별히 강령화하지 않는다. 일제강점기에 성안된 『한글맞춤법통일안』에 기대어 언어·문자 생활과 국어교육을 통제하고 법적인 효력이 필요하다고 생각할 때에는 문교부의 '국어심의회'가 어문정책의 방향을 결정하여 왔으며 최근에는 문화관광부에서 어문정책을 관장하고 있다.

남쪽의 언어철학은 개화기와 일제 강점기를 거쳐 해방 공간에 이르기까지 연면(連綿)히 계속되어 온 해석학적 언어철학을 발전시키고 구체화하는 데서 실마리를 찾을 수 있다. 우리의 문학사를 체계화한 조윤제는 민족과 국어는 분리할 수 없으며 민족고유의 정신은 언어를 통하여 전승되고 함양된다는 명제를 내세우고 이를 국어교육의 지표로 삼았다. 조윤제는 우리의 언어뿐만 아니라 우리의 문학작품에도 민족정신이 구현되어 있다고 보고 우리의 국어 교육을 철학적으로 뒷받침할 수 있는 이론체계를 구축하였다.[17] 특히 조윤제가 국어교육에 적용한 해석학적 언어철학

---

17) 이 방면의 정보는 조윤제(1947), 고영근(1994: 332-335쪽)에서 얻을 수 있다. 조윤제의 문학사관에는 언어를 미학적·정신적 활동임은 물론 창작적 상상력의

은 현재까지 큰 변동 없이 지켜져 오고 있다. 이를테면 『고등학교 문법교과서』(1985)[18]를 보면 남쪽의 국어교육의 철학적 기조를 확인할 수 있다. 다음 구절은 언어와 문화창조의 상관관계를 베푼 것이다.

> 말을 익히고 글자를 배우는 것은 문화활동의 시작이며 말과 글이 매개가 되어 문화가 창조되고 창조된 문화는 글자로 적혀져서 후대에 전승된다.

한편 다음 구절은 어떻게 보면 남쪽의 어문정책의 한 단면을 대변하는 강령이라고 할 수 있다.

> 언어는 사람들을 결속시키는 힘을 지니고 있다. 한 민족이나 국가가 같은 말을 쓰고 있다면 그 구성원들은 언어에 의하여 쉽게 뭉쳐질 수 있다. 더욱이 한 민족이 자기 고유의 언어를 가졌을 때에 그것은 자주성을 대외 적으로 드러내는 중요한 보람이 될 수도 있다.

일차적으로는 언어를 문화창조와 관련시키고 다음으로 민족의 보람[징표]을 언어와 관련시키고 있다.

남쪽은 1948년의 정부 수립을 계기로 하여 한글전용법을 제정하고 각급학교 교과서에 검인정 제도를 도입하되 국어만은 국정교과서로 하여 지금까지 그 제도가 지속되고 있다. 국어를 국정으로 존치시킨 것은 이유가 어디 있든지 간에 국어에 부여해 온 해석학적 언어철학의 영향으로 풀이된다. 남쪽의 한글전용법은 필요한 경우에는 한자를 병용할 수 있다

예술적 소산으로 보는 포슬러(K. Vossler)의 영향이 없지 않은 것 같다. 관련 논의는 포슬러(1905), 고바야시(1934), 포슬러(K. Vossler)/小林英夫 譯(1986)를 보라.

18) 이책은 성균관대학교 대동문화연구원에서 개발한 남쪽 최초의 단일 국정문법교 과서이며 이를 통하여 40년 동안 혼란을 거듭하던 학교문법이 실질적으로 통일 되기에 이르렀다. 관련 내용은 고영근(1988/1994: 298-318쪽)을 보라.

는 단서를 붙여 놓았기 때문에 학교교육에서만 실효를 거두었고 일반사회에서는 여전히 국한문혼용에서 벗어나지 못하였다. 남쪽은 1951년의 '상용일천한자표'(常用一千漢字表), 1954년의 '한글간소화안', 1957년의 '상용한자 1,300자', 1958년의 '한글전용실천요강' 등의 곡절을 겪다가 1970년대에 들어오면서 비로소 전면적인 한글전용이 실현되었다. 이렇게 시간을 끌면서 한글전용이 실현된 것은 급작스런 한글전용으로 일어날지도 모르는 부작용을 사전에 차단할 수 있다는 긍정적인 효과도 기대한 때문으로 해석된다.

문자생활에 한글만 사용하는 것이 옳은가, 아니면 한글과 한자를 섞어 쓰는 것이 옳은가는 그 장단을 쉽게 가릴 수 없다. 우리의 전통적인 전적(典籍)이 대부분 한자로 적혀 있고 이웃나라인 중국과 일본이 한자를 사용하고 있는 현실을 고려할 때 한자는 반드시 가르칠 필요가 있다. 우리 민족문화의 정체성(正體性, identity)을 대외적으로 선양하는 데 있어서는 우리의 고유문자인 '한글'만으로 문자생활을 영위하는 것이 옳다고 할 수 있으나 전통문화와의 단절을 피하고 동양 사회의 고아가 되지 않으려면 한자를 알아야 하며 특히 우리가 국제 사회 속의 일원으로 당당한 자리를 차지하려면 영어와 같은 국제어를 반드시 자유롭게 구사하여야 한다.

남쪽은 해방 후부터 현재까지 국어순화운동을 꾸준히 펼쳐나가고 있다. 해방 직후는 일본식 용어를 고유의 우리말로 바꾸는 '우리말도로찾기 운동'이 미군정청 문교부 주도로 전개된 일이 있으며 1970년대의 전면적인 한글전용을 전후로 하여서는 재야 단체에 의하여 국어순화운동이 들판의 불길처럼 번져 나갔다. 국어순화운동의 첫 횃불을 든 단체는 1960년대 후반에 창립된 서울대학교 국어운동학생회였다. 이 단체는 다른 대학으로 번져 나가서 '고운 이름 짓기' 등 국어순화에 이바지한 바가 많았다.

한글학회에서는 『한글새소식』이라는 월보 형식의 책자를 간행하여 한글
전용과 국어순화를 대중화해 오고 있으며 구독자의 범위는 중국, 미주,
일본, 옛 소련 등의 재외교민사회에까지 뻗쳐 있다. 한국교열기자협회에
서는 신문언어의 순화에 기여할 목적으로 계간지 『말과 글』을 창간하여
현재까지 간행하고 있다. 1976년에 창립된 '국어순화추진회'는 국어순화
헌장을 만들고 '세종회'란 이름을 붙여 조찬회를 열어 왔는데 국어순화의
목적을 다음과 같이 베풀었다.

> 이 모임은 우리말의 순화운동을 조직화하여 국민의 언어생활을 바로잡고
> 주체성을 드높이는 것을 목적으로 한다.

비록 재야단체의 이름으로 된 강령이기는 하나 남쪽의 국어순화운동의
목적이 어디에 있는가를 단적으로 알 수 있다. 남쪽의 국어순화운동은
국민의 언어생활을 바로잡아 주체성을 강화하는 데 두고 있는 것이다.
1987년에 결성된 '국어운동대학생 연합회'도 국어순화에 이바지한 바가
많았으며 재야 어문학자 김경한이 창간한 『語文春秋』는 한글과 한자의
공존을 표방하면서 역사의식에 바탕을 둔 어문정책을 주장하고 있어 역시
해석학적 언어철학의 테두리로 수렴될 수 있다.

남쪽의 우리말 연구는 어문정책이나 국어교육과는 다른 철학적 기반
위에서 수행되어 왔다. 해방후부터 1950년대까지는 현대어보다는 중세어
나 고대어 자료를 읽고 해석과 해독을 가하는 학풍이 주류를 이루었고
이와 함께 중세어를 중심으로 민족어의 역사를 탐색하려는 노력을 기울였
다. 훈고학과 서지문헌학, 그리고 역사언어학이 우리말 연구의 메타이론
역할을 하였다.[19] 1960년대에는 구조주의 언어학이, 1970년대부터는 생

---

19) 훈고학적인 연구는 양주동에 의하여 주도되었고 서지학적인 연구는 방종현의

성언어학이, 1980년대부터는 텍스트언어학이 남쪽의 우리말 연구를 주도
하였으며 20세기의 마지막 10년대에는 우리말의 모든 부문에 걸쳐 연구
사적 검토를 가하면서 연구결과를 종합하는 기운이 무르익었다. 『금성판
국어대사전』(1991), 『우리말큰사전』(1992)이 나오고 20세기 마지막 해에는
국립국어연구원에서 『표준국어대사전』(1999)이 나옴으로써 통일에 대비
한 사전편찬도 그런대로 마무리하였다.[20] 남쪽의 민족어연구의 이론과
방법론은 실용과는 거리가 멀고 이론을 우선시하는 실증론의 테두리로
수렴할 수 있다.

2) 북쪽의 언어철학

해방과 동시에 분단이 되기는 하였으나 해방 공간은 남북의 언어철학
에 큰 차이가 있었던 것 같지 않다. 우선 『한글맞춤법통일안』(1933)에
기대어 국어교육을 실시한 것을 들 수 있다. 1947년에 나온 「조선어문에
관한 결정서」를 보면 어문정책의 목표를 '조선어문'의 통일과 발전을 기하
여 '조선민족' 문화건설의 기초를 닦는 데 두고 있다. 이는 남쪽의 조선교
육심의회의 한글전용 결의나 장지영 중심의 한자폐지실행회의 강령과
큰 차이가 없다는 점에서 남북이 공통된 어문정책의 기조를 띠고 있었음
을 확인할 수 있다. 남북이 언어철학을 달리한 것은 1948년 1월에 공포된
『조선어신철자법』이 아닌가 한다. 이 철자법은 언어와 문자의 본질적인

업적에서, 그리고 역사언어학적인 연구는 이희승, 이숭녕, 김형규의 업적에서
그 특징을 엿볼 수 있다. 양주동에 대하여는 고영근(2003가), 이희승에 대하여는
고영근(1985), 이병근(1992), 이숭녕에 대하여는 이병근(2004), 이진호(2004)에
서 검토가 행하여졌다.
[20] 20세기 마지막 10년대의 남쪽의 민족어 연구의 성과에 대하여는 고영근(2001가:
44-47쪽)을 보라.

사명에 입각하여 조선어학회의 『한글맞춤법통일안』의 결함을 비판·검토하는 관점에서 제정되었다.[21] 이 책은 2년 동안의 검토를 거쳐 1950년 4월에 정식책자로 간행되었다. 북쪽은 1949년 조선어문연구회의 기관지 『조선어연구』의 창간을 계기로 하여 마르의 언어이론을 부지런히 번역하여 어문정책과 언어연구의 이론적 기초로 삼았다. 마르의 이론은 이미 1930년대 중반에 번역이 시도되었고 소련의 고려인 사회에서는 이 이론을 우리 민족어에 적용하였음을 본 바 있다.(앞에 나옴). 북쪽은 번역을 통하여 받아들인 유물론적 언어철학을 주시경, 김두봉 등의 선구적인 어학자들의 언어철학 및 문법이론과 관련시키면서 언어를 혁명과 건설의 도구로 간주하고 언어를 토대 위의 상부구조로 보는 철학적 관점을 확립하였다. 그 결실이 앞서 본 『조선어신철자법』이고 그 다음이 1949년에 간행된 『조선어문법』이다. 이들은 마르의 언어철학과 언어이론을 바닥에 깔았다는 점에서 역시 남쪽과는 거리를 두고 있다. 북쪽은 혁명과 건설을 대중화하기 위한 수단으로 1949년부터 신문을 중심으로 한글전용운동을 펼쳐 나갔으며 1954년의 『조선어철자법』의 공포를 계기로 하여 전면적인 한글전용화를 단행하였다.

그러나 1950년의 소련의 언어학 대토론회를 계기로 하여 마르의 언어이론이 비판을 받게 되자 북쪽은 전란의 소용돌이 속에서도 스탈린의 언어이론을 대규모로 번역하여 어문정책과 언어연구의 이론적 기반으로 삼았다.[22] 스탈린의 명제는 언어가 결코 토대 위의 상부구조가 아니라는

---

21) 『조선어신철자법』은 이후의 북쪽의 철자법과 어문정책의 효시(嚆矢)가 되는 규정집임에도 불구하고 북쪽의 어학사에서는 철저하게 외면을 당하고 있다. 이책은 연변대학교의 전병선 교수가 제공한 복사본을 재현하여 공개한 일이 있다. 고영근 편(2000)의 제1부를 보라.

22) 북쪽의 소련 언어학의 번역과 수용에 관한 정보는 고영근(1994: 473-528쪽)에서 얻을 수 있고 10월 혁명 이후의 소련 언어학의 발전에 대하여는 샤우미안·기르케(1965)/야흐노프(Übers)(1971: 9-31쪽)와 고영근 밖에(2004: 1장)을 보라.

것이었다. 북쪽은 스탈린의 언어철학을 수용하면서 민족어의 어음과 문법에 걸친 기초 연구를 착실히 수행하였다. 1956년에 창간된『조선어문』과 1961년에 창간된『조선어학』, 1966년에 창간된『어문연구』에는 민족어의 구조에 관련된 수준 높은 연구가 많다. 형태론과 통사론 중심의 문법 방면의 연구 결과는 1960년과 1963년 두 차례에 걸쳐 나온『조선어문법』에 종합되어 있어서 일제 강점기에 나온 최현배의『우리말본』을 능가하였다는 평가를 받고 있다. 해방 15주년 기념으로 출판된『조선말사전』은 한글학회의『큰사전』보다 어휘가 풍부하고 내용이 충실하다. 이렇게 북쪽이 사전 편찬과 문법서의 저술에 힘을 기울인 것은 언어가 혁명과 건설의 도구라는 유물론적 언어철학의 영향을 받았기 때문이었다. 북쪽은 이미 소련의 고려인 사회에서 논의된 민족어의 성립시기 문제에도 관심을 기울여 19세기 말과 20세기 초에 우리의 민족어가 형성되었다는 공통된 견해를 수립하였다.

북쪽의 언어철학이 소련 의존의 일변도(一邊倒)에서 벗어나 자주적인 언어철학을 확립한 것은 1964년과 1966년 두 차례에 걸친 김일성의 담화가 큰 계기가 되었다. 이것이 이른바 '주체적 언어리론'이다. 주체적 언어이론은 '사회주의 문화건설리론'의 부문이론이며 궁극적으로는 주체사상으로 거슬러 올라간다.[23) 주체사상은 사람이 모든 것의 주인이며 사람이 모든 것을 결정하는 가장 과학적이며 혁명적인 원리라고 규정하고 있다. 마르크스주의 철학이 물질과 의식의 관계만을 해명하는 데 대하여 주체철학은 사람이 자주성, 창조성, 의식성을 가진 사회적 존재라는 점을 밝혀 주었다고 해설하고 있다.[24) 북쪽은 1968년부터 계간지『문화어학습』을

23) '주체적 언어리론'은 그 사이 '주체언어학', '주체의 언어리론, 주체적 언어사상' 등으로 불려져 왔으나 최근에는 '주체적 언어리론'으로 정착되어 가는 듯하다.
24) 주체사상의 철학적 의의에 대한 최근의 논의는 박영남(2000), 주체사상과 마르크스 철학과의 관계에 대하여는 장영애(2001)에 자세하다.

창간하면서 언어구조에 관련되는 연구는 배격하고 문화어운동을 전개함으로써 민족어의 민족적 특성을 발견하여 이를 대중에게 보급하는 실용적 연구에 힘을 기울였다. 1970년대와 1980년대에 나온 『조선문화어문법』과 『현대조선말사전』은 모두 문화어운동의 영향을 아래 저술된 업적이다.

　문화어운동 시기의 특징으로 손꼽을 것은 언어에 신통력을 부여하고 있다는 점이다. 김일성은 우리 민족어가 세계에서 가장 우수한 말이라고 전제하고 "우리말은 표현이 풍부하여 복잡한 사상과 섬세한 감정을 더 잘 나타낼 수 있으며 사람들을 격동시킬 수도 있고 울릴 수도 있고 웃길 수도 있다"와 같이 민족어를 절대시하고 있어 앞에서 본 고대인들의 언어 신성관이나 독일의 파시즘의 언어관을 연상시키는 면이 포착된다.25) 이러한 언어철학은 다분히 선험적이어서 공감을 얻기가 어려운 점이 없지 않으나 자신이 사용하는 모국어에 애착이 깊으면 이를 절대시하는 사상이 싹틀 수 있지 않은가 한다. 우리 시대의 명편 『혼불』의 작가 최명희가 모국어에 바친 집념과 애착을 상기하면 북쪽의 모국어에 대한 절대화 사상이 그르다고만 하기가 어려워 보인다.26)

　북쪽의 언어철학은 1990년대의 김정일 시대로 접어들면서 성격을 달리한다. 우선 이전의 마르크스 언어철학에서는 언어의 도구적 성격을 '혁명과 건설의 수단'이라고 천명한 데 대하여 김정일시대에 와서는 언어가 인간과 사회는 물론 자연까지도 개조하는 힘을 지니고 있다고 보았다.27) 혹시 김일성 시대에 모토로 삼아왔던 언어에 대한 절대화사상이 인간, 사회, 자연의 개조사상으로 승화된 것이 아닌가 하지만 현재로서는 속단

---

25) 파시즘의 언어관에 대하여는 김종영(2003)에서 자세히 다루었다. 이 책에서는 파시스트의 언어가 어떻게 독일 대중을 사로잡고 그 언어의 어떤 특징이 그들을 열광시켰는가 하는 문제가 깊이 있게 다루어져 있다.

26) 북쪽의 민족어 절대화 사상에 대하여는 고영근 밖에(2004: 1장)을 보라.

27) 이 문제에 대한 자세한 논의는 고영근(1999: 259쪽)를 보라.

할 수 없다.28) 다음으로 언어표현의 다양성을 강조하였다. 이는 획일성보
다는 다양성을 중시하는 주체사상의 변용과 관계가 있어 보인다. 셋째로
는 해외동포는 현지어와 민족어를 동시에 익혀야 동족 의식을 지닐 수
있다고 보았다. 이는 김정일 시대에 와서 이데올로기보다는 민족을 우선
하는 움직임과 무관한 것 같지 않다. 넷째로 방언 연구의 목적이 달라졌
다. 김일성 시대에는 방언이란 문화어의 곁가지로서 언젠가는 없어져야
한다고 하였으나 김정일 시대에는 방언을 역사적 유물로 보고 이를 잘
연구해야만 민족과 민족어의 역사를 밝힐 수 있다고 하였다. 이 역시
이데올로기보다는 민족을 중시하는 주체사상의 변용과 관련이 있는 것
같다.

북한은 문화어운동 이후는 우리말을 철저하게 실용 위주로 연구하여
왔다. 그러니까 이론언어학과 응용언어학이 경계 없이 넘나드는 것이다.
최근의 『조선어문』과 『문화어학습』을 보면 북쪽 언어연구의 현주소를
잘 알 수 있다. 문화어운동 이전은 이를테면 대중 상대의 월간 어문지
『말과 글』을 매개로 하여 어느 정도의 거리를 두고 이론과 실용이 서로
교섭하였었는데 문화어운동 이후로는 모든 연구를 실용 위주로만 수행하
고 있다. 『문화어학습』이 창간되면서 이론 중심의 학술지 『어문연구』가
폐간되었으며 1980년대 후반에는 20여년 동안 폐간되었던 『어문연구』가
『조선어문』이란 이름으로 복간되었지만 『문화어학습』과 차별성이 크지
않다. 그리고 1998년부터 2000년까지 『문화어학습』를 폐간하고 『조선어
문』에 통합하였다. 이런 몇 가지 점을 고려할 때 북쪽의 언어연구가 얼마
나 실용을 중시하는가 하는 것을 알 수 있다.(이환묵)29)

---

28) 지은이는 고영근 밖에(2004: 38쪽)에서 김정일 시대의 언어시상을 검토하면서
    이런 해석을 붙인 일이 있다.
29) 북한의 문법연구가 응용되는 양상에 대하여는 고영근(2008)에 자세하다. 이곳에
    서는 30년에 가까운 세월 동안 간행된 『문화어학습』을 대상으로 문자와 발음에

앞에서 남쪽은 1990년대에 들어와서 민족어 연구의 종합화가 이루어졌다고 하였는데 북쪽도 이런 작업을 수행하였다. 김영황·권승모 편(1996)에서는 2편으로 나누어 1편에는 어문정책 등의 8개 부문을 두었고 2편에는 어음 등 9개 부문을 두어 1945년부터 1995년까지 50년에 걸친 연구성과를 모았다. 사실 북한의 어학연구에 대하여는 김민수(편)(1992가)의 4책이 나온 바 있어 이 방면 연구의 지침이 된 지 오래며 21세기에 들어와서는 이득춘·임형재·김철준 (편)(2001)이 나와 김영황·권승모 (편)(1996) 이후의 공백을 메워 주고 있다.30)

4. 통일언어철학을 어떻게 세울 것인가31)

이상과 같이 지은이는 우리 민족이 고대로부터 중세, 그리고 개화기와 일제 강점기에 걸쳐 품고 있었던 언어철학적 사고를 추적하여 보았다. 지금까지의 논의를 기반으로 삼아 통일언어철학을 탐색하는 문제를 논의하여 보기로 한다. '통일'이라는 어휘는 반드시 두 정치체제가 하나가 됨을 뜻하지 않는다. 설사 우리의 반도에 이념을 달리하는 두 나라가 영속한다고 하더라도 언어문화적으로는 동질성을 추구할 수 있다는 것이다. 그런 의미에서는 '통합'이라는 어휘가 더 적절할지도 모른다.

우리 민족의 언어철학은 시대에 따라 변용이 심하였다. 전통시대에는 언어풍토설이 지배적이었고 상황에 따라서는 언어에 신성한 힘을 부여하

서부터 품사, 어휘체계와 단어형성, 형태론, 문장론에 이르기까지 북한의 문법지식이 언어생활에 어떻게 응용되는가 하는 문제를 다루었다.
30) 북한어학 논저 목록집 3권에 대하여는 지은이가 이미 그 장단을 자세히 평가한 일이 있다.(고영근 2003나)
31) 이 부분은 고영근(1998: 9장)과 부분적으로 겹친다는 것을 밝혀 둔다.

는 철학도 지니고 있었다. 개화기에 들어오면서는 전통적인 언어철학을
바닥에 깔고 서양의 언어철학을 수용하여 어문민족주의의 철학을 정립하
였으며 일제강점기에는 언어를 민족정신의 발양 및 민족문화의 창조와
관련시키는 세계관 이론이 주류를 이루었다. 남쪽에서는 개화기와 일제
강점기에 정립된 해석학적 언어철학을 짊어지고 어문정책과 국어교육을
통제하였으며 올바른 언어생활과 문화창조의 기반을 닦아 주체성을 드높
이는 방향의 정책을 세워 꾸준히 실천하여 왔다. 한편 북쪽을 보면 해방
공간은 남쪽과 큰 차이가 없었다. 그러나 1948년부터는 남쪽과 거리를
두면서 유물론적 언어철학에 입각한 강령을 세워 국어교육을 통제하여
왔으며 실제로 민족어를 주체적으로 발전시키는 데 많은 성과를 거두어
왔다. 남쪽과 표나게 다른 점은 언어를 혁명과 건설의 도구로 간주한다는
사실이었다.

실제로 남북의 어문정책을 들여다보면 차이점보다는 공통점이 많음을
우선 지적할 수 있다. 개화기의 주시경, 일제강점기의 박승빈과 최현배,
해방공간의 이희승과 조선어학회, 그리고 조윤제의 언어철학을 김일성과
김정일의 언어철학과 비교해 보면 상당 부분 공통성을 지니고 있다는
사실을 확인할 수 있다.[32] 우선 언어를 민족형성의 징표로 본다거나 언어
를 문화의 민족적 형식을 결정짓는 중요한 요소로 보는 견해는 개화기와
일제강점기의 우리의 어문학자들이 지니고 있었던 모토(motto)와 아무런
차이가 없다. 언어 문제를 모두 '민족'과 관련하여 접근하고 있기 때문이
다. 그렇다면 통일언어철학은 우선 공통된 언어를 바탕으로 하여 갈라진
'민족의 핏줄'을 하나되게 하고 민족문화 창조에 협동하는 방향으로 가닥

---

32) 지은이는 『북한의 언어문화』를 집필할 때 개화기의 주시경으로부터 해방공간에
　　이르는 우리 어문학자들의 언어철학과 북쪽의 김일성·김정일의 언어철학의
　　중요 부분을 인용하여 서로 비교하여 볼 수 있게 하였다. 고영근(1999: 299-340
　　쪽)을 보라.

을 잡을 수 있다.

다음으로는 남북이 첨예하게 대립하고 있는 이데올로기를 극복하는 문제를 들 수 있다. 남쪽은 해석학적 언어철학이 기반이 되어 있고 북쪽은 주체언어철학이 구석구석 스며있다. 두 언어철학은 관념론과 유물론의 대립이어서 쉽사리 양립할 수 없다. 주체언어철학과 유물론적 언어철학은 동근이지(同根異枝)의 관계를 맺고 있으며 궁극적으로는 훔볼트의 세계관 이론에 뿌리를 대고 있다.33) 유물론적 언어철학은 세계관 이론에 혁명과 건설의 기능을 부가함으로써 탄생된 것이며 주체적 언어이론은 언어에 신통력을 부여한 것이다. 다 같이 세계관 이론으로 소급할 수 있기 때문에 양립 가능성이 전혀 없는 것은 아니다. 서로의 관점을 조금씩 후퇴하면서 손을 잡으면 협동과 타협이 가능하고 본다. 다시 말하면 '조화(調和)'와 '상생(相生)'의 철학을 지녀야 한다는 것이다. 이 문제에 대하여는 이삼열 (1995)의 다음과 같은 견해가 설득력이 있다.34)

> 우리의 통일의 과제는 우선 전쟁과 침략의 가능성을 배제하는 평화 체제의 수립을 촉진하는 데 있으며 …… 각자의 특성과 장점을 살리면서 변증법적으로 통합해 나가는 것이 불가능하지 않다고 생각하는 바이다. 북쪽은 보다 민주적인 사회주의로, 남쪽은 보다 더 사회주의적인 민주주의로 변형 발전해 갈 때 우리 민족은 머지 않은 장래에 우리의 역사와 문화와 민족성에 맞는 하나의 새로운 이념과 민주적인 사회체제를 창출해 낼 수 있다고 믿는다.

---

33) 이 문제에 대하여는 고영근 밖에(2004: 9쪽)를 보라.

34) 이삼열(1995)는 「통일의 철학과 철학의 통일」을 가리키는데 국제고려학회가 주최한 「통일을 지향하는 언어와 철학」(1993. 8. 23~8. 31)(北京, 建國飯店)에서 발표되었으며 『統一을 지향하는 言語와 哲學』(국제고려학회총서 3, 1995)에 실려 있다.

북쪽은 지난 60여년 동안 유물론적 언어철학과 주체적 언어철학에 기대어 언어정화에 고삐를 늦추지 않았고 남쪽은 개방사회인데다가 이데올로기에 기울어진 언어철학을 등에 지고 있지 않았기 때문에 언어를 다듬는다든지 하는 실천적 문제에 대하여는 솔직히 말하여 일관성 있는 정책을 추진하지 못하였다. 북쪽은 실천적 문제에 골몰하다 보니 언어구조나 언어체계에 관련된 문제는 의도적으로 회피하여 왔고 남쪽은 체계나 구조에 관련된 방면에 많은 성과를 거두어 왔다. 그러나 남쪽도 사람이나 학파에 따라서는 언어순화에 성과를 올린 일이 없지 않았고 국민교육에서는 주체성 있는 국어교육을 실시하고 있으며 북쪽도 1960년대 중반까지는 구조나 체계에 관련된 우수한 업적을 낸 바탕이 있기 때문에 남북 양쪽이 상대방의 장점을 수용하여 앞의 이삼열의 견해와 같이 변증법적으로 통합해 나가면 제3의 공통된 언어철학을 세울 수 있다고 생각한다.

5. 마무리
— 민족어 발전철학의 정립을 제안하며 —

우리 민족은 수천년 동안 동아시아의 공동 문어인 한문을 공용해 왔다. 그러면서도 앞에서 본 바와 같이 한자를 가공하거나 고유문자를 창안하여 민족어를 잃지 않고 그 나름대로 발전시켜 왔다. 지금은 남북 양쪽이 민족문자만으로 문자생활을 하고 있으나 우리 민족어 어휘의 밑바닥에는 한자어의 뿌리가 깊이 박혀 있으며 최근에 와서는 국제어인 영어와 서양의 대표적 문자인 로마자가 남쪽의 언어 문자생활에 깊이 침투하고 있다. 중세에는 동아시아의 공동문어였던 한문과 우리의 민족어문이 갈등을 일으키며 공존해 왔으나 현대에 와서는 민족어문, 한자, 영어가 갈등을

일으키고 있다. 최근에 와서는 중국어와 일본어가 영어에 이어 비중 있는
외국어로서 자리를 굳히고 있다.

　중세에는 한문이 공용어문으로서 앞 자리를 차지하고 민족어문은 전자
를 보완하는 처지에 있었지만 현대는 그와는 반대로 민족어문이 앞 자리
를 차지하고 한자·한문이나 영어와 같은 외국어는 종속적인 자리에서
전자를 보좌하는 기능을 지녀야 한다. 중세로 복귀하되 그 순서를 달리해
야 한다는 뜻이다. 남북이 다 같이 민족어문을 앞세우고 있는 이상, 이를
발전시키는 철학을 탐색하는 것은 너무나 당연하다. 남쪽은 해방이 되면
서 '우리말도로찾기운동'을 벌였고 전면적인 한글전용이 실시됨에 따라
그것은 민간 차원의 '국어순화운동'으로 발전하여 올바른 언어생활과 주
체성의 확립에 많은 성과를 거두어 왔다. 현재 남쪽에서는 세계화, 개방
화, 정보화의 시대를 맞아 정부 주도로 '21세기 세종계획'을 마련하여
국어정보화사업을 추진하고 있으며 또 수년전에는 '한국언어문화연구원'
이 설립되어 '국어능력인증시험' 등 우리의 언어문화의 정체성을 확보하
는 여러 가지 사업을 벌이고 있다.[35] 북쪽은 혁명과 건설을 수행하고
인간, 사회, 자연을 개조할 목적으로 처음부터 우리의 민족어문을 가공하
고 순화하는 데 혼신(渾身)의 힘을 기울여 왔으며 나중에는 '문화어운동'으
로 발전하여 고유어에 바탕을 둔 어휘와 표현의 개발에 많은 성과를
올려 왔다. 특히 1968년에 창간된 『문화어학습』과 문화어 관계 사전 및
문법은 민족어의 발전과 그 보급에 상당한 효과를 거둔 것으로 평가되고
있다. 북쪽에서도 정보화시대를 맞아 글자처리, 형태소 분석, 문장분석,
의미표현과 처리, 문장합성, 기계번역, 정보검색 등의 분야에 걸쳐 민족어
를 전산처리하는 공정(工程)이 상당히 진척되고 있는 것으로 보고되어

---

35) 남쪽의 민족어 정보화에 관한 정보는 홍윤표 교수의 회갑기념으로 나온 간행위원
　　회 편(2002)에서 얻을 수 있다.

있다.[36)

　'국어순화운동'과 '문화어운동'은 목적은 다르지만 민족어를 다듬는 방법에는 큰 차이가 없다.[37) 이념을 초월하여 남북 양쪽의 두 언어순화운동을 변증법적으로 통합해 나가면 그것이 바로 '민족어 발전철학'이라는 제3의 언어철학을 정립할 수 있다고 믿는다. 민족어 발전철학이란 가까이는 우리의 고유의 언어적 자산에 뿌리를 둔 단어형성법과 우리들의 호흡에 맞는 문장표현법을 개발하는 메타이론을 가리키며 멀리는 정보화시대에 대비하는 언어문화의 정체성 확보의 바탕을 이룰 수 있다. 수년전 입법화된 '국어기본법'도 이러한 테두리 안으로 수렴될 수 있는 법적 장치라 생각한다. 세계에 흩어져 있는 7000만 우리 민족은 지은이가 제기한 '민족어 발전철학'을 발판으로 삼아 '민족어 순화운동'을 범민족적으로 전개함으로써 우리의 언어문화를 통합하여 세계문화를 주도해 나갈 것을 제안하는 바이다. 언어연구에 대하여도 조화와 상생의 철학을 세울 수 있다. 북쪽은 실용 중심에서 이론 중심으로, 남쪽은 이론 중심에서 실용 중심으로 한 발자국씩 나아가면 서로 손을 잡고 거대언어이론을 창출할 수 있다. 이렇게 이론과 실용이 넘나들 수 있도록 광장을 넓혀 놓으면 오래 동안 소원하였던 문학연구와도 접면되는 점이 많고 글쓰기[작문]와 말하기[화법, 화술]를 개선할 수 있는 메타이론도 창출할 수 있다고 믿는다.[38)

---

36) 권종성(1994/1996)에 북쪽의 언어전산처리의 과제와 성과가 집성되어 있다.
37) 김창섭(1991)에 기대면 남북의 말다듬기 방식이 큰 차이가 없다는 것이 지적되고 있다.
38) 지은이는 어학과 문학을 통합시키고 글쓰기와 말하기를 끌어안는 학문으로 '텍스트과학'이란 신종 학문을 수용·발전시켜야 한다는 명제를 제시한 일이 있다. 고영근(2002)를 보라.

제2부

개화기의
민족어문의
발견과
국권수호

유길준의 국문관과 사회사상

║ 제2부 **1장** ║

1. 들어가기

구당(矩堂) 유길준(俞吉濬)(1856~1914)은 사회사상가로서 일찍이 박규수(朴珪壽)의 문하에 들어가 실학사상과 양무사상(洋務思想)을 배우고 해외 문물에 접하였으며 전통시대의 어학자였던 강위(姜瑋)의 문하에 드나들기도 하였다. 1881년에는 신사유람단을 따라 일본으로 가서 우리 민족 최초의 일본 유학생이 되었으며 다시 1884년에는 미국으로 건너가 역시 우리 민족 최초의 미국 유학생이 되었다. 귀국해서는 저 유명한『서유견문』(西遊見聞)의 집필에 손을 대어 1895년에 이를 출간하였다.『서유견문』에서 구당은 근대 서양문명을 우리 나라에 소개하는 한편, 자주적인 개화 이른바 '실상개화'(實狀開化)를 주장하였으며 '상고주의 사관'(尙古主義 史觀)을 비판하고 '문명진보사관'(文明進步史觀)을 제시함으로써 갑오경장의 이론적 정초를 마련하여 우리의 사회사상사에서 커다란 발자취를 남긴 것으로 평가되고 있다.[1] 구당은 사회사상가로서 면모를 지녔을 뿐 아니라 국어

문법, 교육, 역사, 정치·경제 등 인문학과 사회과학의 대부분의 영역에
손을 미치고 있어 학자로서의 자질도 갖추고 있었다.

지은이에게 관심을 끌 수 있는 분야는 국어문법 연구를 비롯한 민족어
문의 표준화에 관련된 주제이다. 구당의 국어문법연구에 대하여는 그
사이에 묻혀 있던 사실이 많이 밝혀지고,[2] 특히 그의 국어 문법서의 형성
배경과 학설상의 특수성은 사가(史家)들의 붓끝에서 떠난 적이 없다.[3]
이곳에서는 문법연구보다는『서유견문』과『노동야학독본』(勞動夜學讀本)
을 비롯한 어문 관계 자료를 중심으로 지금까지 관심 밖에 놓여 있었던
국문관의 철학적 기반과 특수성을 밝히고 그것이 구당의 사회사상과 어떤
관계를 맺고 있는가를 조명(照明)해 보기로 한다.

먼저 구당의 어문관계 저술을 정리하면 다음과 같다.

1. 문법 관계 저술[4]
   A. 筆寫『朝鮮文典』(1897～1904), 俞炳德 소장,『歷文』으로 줄여 부름)
      1-01(김민수 밖에 공편 1977, 김민수·고영근 2008)와『俞吉濬全書』
      2(1971)(3-99쪽)에 실림.
      *「序文」있음.
   B. 筆寫『朝鮮文典』A본의 淨書本(1905. 6. 22), 金敏洙 소장(원래는

---

1) 유길준에 대한 정보는『俞吉濬全書』(1971)에 실린 김영호의「해설(解說)」, 이광
   린(1969/1999, 1989), 유영익(1991), 유동준(1987), 윤병희(1998)의 내용을 참고
   하였다.
2) 유길준 문법이 최광옥 문법(1908)의 대본이 되었다는 점은 김민수(1957, 1960:
   269), 장윤희·이용((2000)에서 자세히 밝혀져 있다.
3) 대표적으로 이희승(1955/2000: 220-223), 강복수(1972: 78-100), 고영근(1983라:
   33-38, 2001다: 48-52)을 들 수 있다.
4) 문법 관계 저술은 김민수 밖에 공편(1977)과 김민수·고영근 공편(2008)의『歷文』
   제1부 제1책)의 김민수의 해설을 중심으로 지은이가 다시 정리하였다. 위의
   두 책은『歷代韓國文法大系』를 가리키며 앞으로는 번잡을 피하기 위하여『歷文』
   이란 줄임말을 사용하되 각 부별 고유번호를 붙인다.

李淳燮의 家藏本임),『文』1.105(1986, 2008)에 실림.

  * 「序文」 있음.

C. 筆寫『朝鮮文典』A본의 淨書本(1906. 11. 14), 河東鎬 소장,『文』
1.02(1977, 2008)에 실림.

  * 「序文」있음.

D. 油印『朝鮮文典』1906년경 유인, 國立中央圖書館과 미국 하버드 엔칭
圖書館 소장,『文』1.03(1977, 2008)에 실림.

  *『序文』없음.『少年韓半島』(1907. 1~4)의 연재분의 臺本임(?).

E. 油印『大韓文典』1907년 경 유인, 河東鎬 소장,『文』1.04(1977, 2008)
에 실림.

  *「序文」없음.

F. 「大韓文典」『少年韓半島』3(1907. 1), 4(1907. 2), 5(1907. 3), 6(1907.
4) 이후 해당 잡지의 폐간으로 연재 중단.『文』1.106(1986, 2008)에
실림.

  *「序文」없음.

G. 崔光玉,『大韓文典』, 1908. 1, 安岳郡 勉學會,『文』1.05(1979, 2008)에
실림.

  * 유길준『朝鮮文典』제4차 원고본의 활판본, 李商在「序文」

H. 俞吉濬,『大韓文典』, 1909. 2, 漢城: 同文館 인쇄.『文』1.06(1979, 2008)
와『俞吉濬全書』2(1971)(105-248쪽)에 실림.

  *「序文」있음.

I. 鮮漢字混用作文法(四),『滿鮮之實業』(朝鮮號) 第九八號, 1914. 4. 15,
『俞吉濬全書』2(1971)(252-53쪽)에 실림.

2. 어문 관계 저술과과 어문 표준화 사업 관여

A.『西遊見聞』(全), 1895. 4(초판), 1902. 4(재판), 出版 校閱者: 魚允廸
尹致昨, 東京: 交詢社, 6+4+8+556=574쪽,

  『俞吉濬全書』1(1971)에 전 책 실림. 이 책의 현대 번역본이 김태준
교수의 손으로 나옴.(『西遊見聞』바영문고 92, 1976)

  *「序」,「備考」,第五編「政府의 種類」에 語文 관련 언급 있음.

B. 「小學敎育에 대ᄒᆞᆫ 意見」, 皇城新聞 2799, 1908. 6. 10.

『文』 3.06(1985, 2008)(148-150)과 『俞吉濬全書』2(1971)(257-60쪽)
에 실림.

C. 『勞動夜學讀本第一』, 1908, 7(隆熙 2), 著作兼發行者 俞吉濬, 印刷
   所: 京城日報社, 1+91=92쪽.
   『俞吉濬全書』2(1971)(263-357쪽)에 실림.

D. 1911년 7月부터 11月까지 5回에 걸친 朝鮮總督府의 『諺文綴字法』
   의 制定 심의에 참가.[5]

E. 『滿鮮之實業』(朝鮮號)의 「本誌諺文發刊趣旨」, 『滿鮮之實業』(朝鮮號)
   第八十一號, 1912. 11. 15.
   『俞吉濬全書』2(1971)(257-60쪽)에 실림.

위의 두 부류의 자료 가운데서 지은이의 논의에 직접 관련이 있는 자료는
'2. 어문관계 저술과 어문 표준화 사업 관여'이다. '1. 문법관계 저술' 가운
데는 『朝鮮文典』류의 서문과 유길준의 이름이 붙은 『大韓文典』의 서문
이다. 1E의 '선한자혼용작문법(鮮漢字混用作文法)'은 지금까지의 국어학사
류의 연구에서 언급된 일이 없으나 내용은 그의 문법서의 내용을 간추린
것이다.

2. 유길준 국문관의 철학적 기반

앞에서 지은이는 구당 유길준이 사회사상가로서 국어국문을 연구하였
다고 하였다. 구당의 국어국문에 대한 견해는 『서유견문』의 곳곳에서
볼 수 있다.

---

5) 유길준이 조선총독부의 언문철자법의 제정에 관여하였다는 사실은 유길준의
   연보에 나오지 않는다. 오구라(1920/1942/1964: 141-42)과 『歷文』1.01의 해설
   (김민수 집필)을 참고하였다. 당시의 기록을 찾아 낼 필요가 있다.

『서유견문』의 서문에서 구당은 이 책을 국한문 혼용으로 집필하지 않을 수 없었던 까닭을 다음과 같이 설명하고 있다.

(1) 대개 언어는 사람의 생각이 음성으로 나타나는 것이며 문자(文字)는 사람의 생각이 형상으로 나타나는 것이라. 그러므로 언어와 문자는 나누면 둘이 되고 합하면 하나가 되는 것이다. 우리글은 곧 우리 옛 임금대에 애써 만드신 인문(人文)이며 한문자는 중국과 통용하는 것이다. 나는 우리 글을 순전히 쓸 수 없음을 한탄하나, 외국인과 교통을 이미 허락함에 있어 우리 나라 사람들이 상하귀천(上下貴賤) 부녀자를 막론하고 상대방의 형편을 알지 못함이 불가하므로, 조삽(燥澁)한 문자로 흐린한 덩어리 이야기를 지었다. 정실(情實)의 모순됨이 있을 때에는 창달한 노래의 뜻과 가까운 말뜻을 빌어 참된 경지를 나타냄이 옳을 것이다.
(김태준 교수 번역본, 15-16쪽)

(1)에서는 언어와 문자가 다르기는 하나 합치면 하나가 된다고 말하는데 이는 말과 글의 일치, 이른바 언문일치의 사상을 표백한 것으로 보인다. 자기의 책을 우리나라의 글로 짓지 못한 것을 안타깝게 여기기는 하나 외국과의 교류를 위하여 한문을 섞어 쓸 수밖에 없다고 하였다. 이곳의 외국은 중국과 일본을 가리키는 것으로 보인다. 이러한 유길준의 국문관은 'A. 『西遊見聞全』「비고」'의 첫 행에도 반복되어 있다.

(1') 이책이 우리글과 한문자를 혼용하였으니 그 이유는 서문에서 이미 말한 바가 있다. (위의 번역본, 17쪽)

위의 인용문 (1)은 책이 완성된 뒤에 원고를 검토한 친우의 비평을 듣고 그에 대해 저자 자신이 해명하는 부분의 한 구절이다. 이곳의 친우란 이 책을 교열한 어윤적(魚允迪)과 윤치오(尹致旿)일 가능성이 많다. 그러면 그 비평을 옮겨 보기로 한다.

(2) 자네의 뜻은 좋고 고생이 많았으나, 우리나라 글과 한문자를 혼용하여 문필가의 궤도를 벗어났으므로 아는 이들의 비웃음을 면하지 못할 것이다. (위와 같음)

이에 대하여 구당은 다음과 같이 해명하였다.

(3) 첫째 말뜻을 평순(平順)하게 하여, 문자를 조금밖에 모르는 이라도 알게 하려 함이요, 둘째로는 내가 독서한 것이 적어 작문하는 법에 미숙하므로 기사(記事)하기에 편하게 하기 위함이며 셋째로는 우리 나라 칠서언해(七書諺解)의 법을 대강 따서 자세하고 밝게 알게 하려함이라. 또 세상의 만국을 돌아보건대 각기 자기 나라 언어가 독특한 고로 문자가 역시 같지 아니하다. (위와 같음)

구당이『서유견문』을 국한문혼용으로 집필한 것은 전통적인 칠서언해(七書諺解)의 문체를 바탕으로 삼아 한문을 잘 알지 못하는 일반 대중에게 자신의 견문담을 전달하겠다는 의도에서 비롯되었다. 작문하는 법에 미숙하다는 것은 한문장(漢文章)에 서투르다는 것인데 이는 국한문으로 집필하기 위한 구실로 해석된다. 그리고 유길준은 언어가 다르면 문자가 다르다는 사례를 들어 자신이 국한문으로『서유견문』을 짓게 된 사정을 합리화하였다. 유길준이 표방하는 어문관을 흔히 '언어풍토설'(言語風土說)이라고 한다. 이러한 견해는 정인지의『훈민정음』「서문」에 가장 분명하게 표백(表白)되어 있으며 동시에 이는 우리 민족이 한자와 한문을 접함에 따라 고대로부터 품어오던 언어철학적 기반이었다.[6]

─────────

6) '언어풍토설'(言語風土說)과 이의 현대적 조명에 대하여는 남풍현(1989), 고영근(1998/2001가: 17-30쪽)을 보라.

유길준은 군민(君民)이 함께 다스리는 정체(政體)가 가장 이상적인 정체라고 말하고 이를 언어에 비유하고 있다.

(4) 한 나라의 정체(政體)란 오랜 역사 속에서 국민들의 관습에 의해 이루어진 것이다. 이 관습을 갑자기 바꾸기 어려운 것은 민족의 언어를 바꿀 수 없는 것과 같아서 급한 소견으로 헛된 이치를 숭상하며 실정에 어두워 변경할 의논을 일으키는 것은 어린 아이들의 장난과 같은 것이다. 이런 것은 나라에 이익이 되기는 고사하고 해를 끼침이 오히려 적지 않은 것이다. (위의 번역본, 165쪽)

이곳의 '정체'는 '정치체제'를 가리킨다. 언어를 함부로 바꿀 수 없는 바와 같이 한 나라의 정치체제도 관습과 같이 쉬이 바꿀 수 없다고 본 것이다. 유길준이 당시 만국(萬國)을 둘러보면서 겪은 바로는 한 나라의 정치체제가 쉽게 바뀌지 않는다는 점이었다. 우리나라와 같이 건국 후 헌법이 여러번 바뀐 나라에는 해당되지 않겠지만 실제로 기반이 닦인 나라는 정체를 여간해서는 바꾸지 않는다. 정체야 어떻든 언어를 관습으로 간주하는 구당의 언어관은 서양의 고대로부터 중세를 거쳐 근대까지 맥맥히 흘러온 철학적 기반이었다.

구당 유길준의 국문관은 그의 국어문법의 두 대표적 저술인『조선문전』과『대한문전』에서 제 모습을 드러낸다. 앞에서 구당의 어문관계 저술을 정리할 때 특히『조선문전』의 경우「서문」의 유무를 검토한 일이 있다.『조선문전』은 A, B, C본은「서문」이 붙어 있지만 D, E, F본에는「서문」이 빠져 있다. G본은 A~F본의 이본이기는 하나 저자가 최광옥으로 나와 있고 서문을 쓴 사람은 최광옥 아닌 이상재(李商在)란 점에서 구당의 어문관을 이해하는 데는 직접 관계가 없다. 구당의 어문관은 A, B, C본의「서문」과 H본의「자서」이다. A, B, C 본 중에서는 유병덕이 간수하고

있었던 A본이 가장 이르므로 우선 이를 중심으로 유길준의 어문관의
철학적 기반을 검토하기로 한다.

　『朝鮮文典』의「自序」에는 먼저 언어와 문자와의 상관관계를 다음과
같이 피력하였다.

> (5) 무릇 사람이 귀가 있어서 들으며 눈이 있어서 보고 또 그 보고 듣는
> 바는 뇌(腦)에 感知되어 思想을 構成하는즉 그 사상은 聲音 및 狀態로써
> 發現하는 것이니 聲音은 곧 言語이며 狀體는 곧 文字로되 또 文字는
> 그 實相이 聲音의 符標이며 言語의 형적이다. (현대역 지은이)

(5)는 앞의 (1)의 첫 행의 내용을 더 명시적으로 표현한 것이다. 문자가
성음, 곧 언어의 부표(符標)내지 형적(形迹)이라고 함은 (1)에서 말한 언어
와 문자의 표리일체(表裏一體)의 관계를 달리 표현한 것으로 해석된다.

　(5)와 비슷한 내용은 유고로 전해지는「세계대세론」(世界大勢論)[7]에
도 반복되어 있다.

> (5') 대개 인민이 있으면 반드시 언어가 있고 언어가 있으면 반드시 문자가
> 있으나 그러나 언어만 있고 문자 없는 나라도 있고 문자가 있어도 쓰기가
> 매우 어려운 것이 많으니 대개 문자는 언어의 부호라.
> 　　　　　　　　　　　　(현대역 지은이, 『유길준전집』3, 15쪽)

이어 구당은 언어문자의 독자성을 다음과 같이 베풀었다.

> (6) 대개 聲音은 天然에서 나오고 언어 및 문자는 人爲에 속하니 고로 성음은
> 인물을 통하여 모두 같거니와 언어문자는 나라와 종족을 따라 각기 다른

---

7)『유길준전서』3(1971)에 실려 있다.

즉 영국인은 영국의 언어문자가 있으며 프랑스인은 프랑스의 언어문자가 있고 이탈리아인은 이탈리아의 언어문자가 있으니 이에 우리 조선인이 역시 우리 조선의 언어문자가 自有함이라. 우리의 언어는 우리들이 매일 常行하는 사이에 만반 사상을 표현하는 성음이며 우리의 문자는 곧 우리 國文의 簡易精妙한 狀體[時俗에서 이르는 諺文이 이것이다이니 우리가 이미 일종의 언어를 지니고 있고 또 일종의 文字를 지니고 있은즉 그 응용하는 일종의 文典을 지니고 있지 않으면 옳지 않은지라.

(현대역 지은이)

(6)은 (3)의 끝 구절을 부연한 것이다. 사람의 말소리는 자연적으로 생기나 언어와 문자는 나라와 종족을 따라 달라진다는 명제를 내세우고 개별 사례를 든 다음 우리 민족도 그러한 개별 사례에서 벗어나지 않으니 이를 응용하는 문전이 필요하다고 하였다. 이어 구당은 문전의 제정과 함께 사전을 저술하여 우리 국민의 사상과 성음이 세계에 그 빛을 드러내기를 바란다고 하였다.

구낭의 어문관은 H본에서 극치를 이룬다. 이미 밝혀신 바와 같이 H본은 A~G본과는 내용을 달리한다.[8] 먼저 서문의 첫 머리를 보기로 한다.

(7) 읽을지어다. 우리 大韓文典을 읽을지어다. 우리 대한 동포여. 우리 民族이 檀君의 神靈스럽고 뛰어난 後裔로 고유한 言語가 있고 고유한 文字가 있어 그 思想과 意志를 聲音으로 발표하고 記錄으로 전하여 보이니 言文一致의 정신이 4000여년의 세월을 지나서 역사의 眞面目을 보전하고 관습의 實情을 증명하였도다. (현대역 지은이)

(7)은 우리 대한의 동포가 단군의 자손으로서 고유한 언어와 고유한 문자를 활용하여 4000여년이 지난 지금에 와서 언문일치이 정신을 구현하게

---

8) 두 종류의 문법에 대하여는 강복수(1972: 78-100쪽), 장윤희·이용(2000)을 보라.

되었다는 뜻이다. 이는 (6)의 내용을 부연한 것이다. 이곳의 '언문일치'란 우리말을 우리글자로 바로 표현할 수 있다는 뜻으로 이해된다.

(7)과 같은 취지의 내용은 뒤에서 자세히 보게 될 『勞動夜學讀本』에서 더 자세히 전개된다.

> (7') 문자로 말하면 우리나라의 글이 천하에 제일이요 한문도 쓸 데 없고 일본문도 쓸 데 없고 영국문은 더군다나 쓸 데 없으니 우리나라 사람들에게는 우리나라의 국문이라 하지요. 우리가 이러한 좋은 글이 있는데 어찌하여 배우지 않고 나라에 무식한 사람이 많소⋯ 나라의 문명은 무식한 사람이 없어야 된다 하오. (현대역 지은이)

(7)는 무식을 없애는 데는 '文, 言, 行'을 배워야 함을 강조하는 대목이지만 유길준은 한국 문자를 천하에 제일이라는 신념을 지니고 있었다.

국문이 세계 어느 나라 문자보다도 훌륭하다는 말은 앞에서 든 「世界大勢論」에서도 접할 수 있다.

> (7'') 문자의 선미(善美)한 자는 인지(仁智)가 발달함을 따라 발전한 것이다. 오늘날 세계에 있는 문자 종류가 언어와 같이 수백 종류가 있으나 그러나 그 법을 분별하면 두 가지에 지나지 않으니 한 글자로써 일어일물(一語一物)을 표하는 것도 있고 한 글자로 한 가지 소리를 표시하고 이 소리를 연철(連綴)하여 일어일물을 표하는 것도 있으니 가령 한문은 한 글자로 일어일물을 표시하는 것이요, 우리 국문은 한글자로 한 가지 소리를 표시하고 연음(連音)하여 일어일물을 표하는 것이다. 한문은 심히 영묘(靈妙)하나 글자수가 많은고로 다른 나라 사람이 배워서 이루는 데 어렵고 시간이 많이 걸리며 우리 국문은 글자수가 작은고로 다른 나라 사람이라도 배우기가 편하고 쉬우니. (현대역 지은이, 15쪽)

세계의 문자를 크게 표의문자와 표음문자로 나눈 다음 한문은 전자에,

국문은 후자에 소속시키고 양자를 비교하여 한문보다 국문이 배우기가
쉽고 특히 외국인에게는 국문과 같은 표음문자가 훨씬 배우기가 쉽다고
하였다.

다음 구절은 우리말과 우리글이 황폐화되어 가고 있다는 사실을 지적
한 것이다.

(8) 그러나 언어는 배우지 않아도 잘할 수 있으며 문자는 形狀이 단순하고
용법이 簡易하여 배우기에 시간을 허비하지 않으므로 대대로 연구하는
공부를 더하지 않았으며 發音[9]의 잘못으로 音韻의 차이가 생기고 字形
의 推移로 符號의 잘못이 보이되 교정하는 법을 행하지 아니하여 금일에
이르러서는 그 용법이 正鵠을 벗어난 것이 많을뿐더러 文典이라는 이름
은 꿈에도 미치지 못하였다. (현대역 지은이)

곧 그 사이 언어와 문자에 잘못이 있는데도 불구하고 이를 연구하여
그 잘못을 고치려고 하지 않았기 때문에 바른 용법에서 벗어난 것이
많았으며 문법편찬은 꿈에도 생각할 수 없었다고 하였다.

다음은 한자의 폐해를 지적한 대목이다.

(9) 이러는 와중에 수백년 동안 한문을 숭배하는 풍조가 전국을 휩쓸어 중국
에서 빌어다 쓴 외래문자[客字]가 국민의 바른 소리를 쫓아내어 국문이
선비의 책상에서 떠나고 글쓰는 사람의 붓끝에서 멀어지게 되었다. 이런
상황에서 아편에 중독된 것과 같이 더욱 심해져서 사람의 성과 땅이름,
나라이름까지도 한자로 고쳐 적었으니 이 말을 의심하거든 옛 역사를
한번 볼지어다, '乙支'라는 성은 어느 곳에서 다시 볼 수 있는가. '葛城知'
와 '加里介'란 말이 오늘날에도 여전히 존재하거니와 '卒本'이니 '徐羅伐'
이라고 하던 이름은 그 의미가 어디에 근거 하였는가, 생각건대 이는

---

9) '구조' (口調)를 발음으로 옮겨 보았다.

모두 그 당시인들의 언어의 음을 저 한자로 적어 쓴 탓이다. 대개 저 글재(한자)는 상형부회(象符)이기 때문에 우리의 소리부회(音符號)와 그 성질이 다른즉 도저히 같은 용법을 이룰 수 없는 까닭으로 한문이 우리 언어를 싣지 못하고 우리 언어가 한문문장에 배당되지 못하여[10] 다른 결과를 가져왔으므로 젊은 시절부터 白首가 될 때까지 螢雪의 괴로움을 쌓아도 한문의 참뜻을 이해하는 사람이 백명 중 한 두 사람에 지나지 않으니 이로 말미암아 나라의 보편적인 글자[11]가 되지 못하므로 낫 놓고 기역자도 모르는 사람이 많을뿐더러 文典學은 저것에 있어서도 없는 까닭에 비록 鴻儒의 명망이 있는 자라도 그 정확한 뜻을 생각해 내지 못함인저. (현대역 지은이)

(9)에서는 인명, 지명, 국명을 모두 한자로 적은 탓으로 고유의 모습이 그 자취를 감추어 옛 지명이나 나라 이름의 의미를 알 수 없게 되었으며 우리 글자와 중국의 한자는 성격이 다른 문자이기 때문에 한문을 아무리 오랫동안 읽어도 그 참뜻을 알기 어려운데 한문에도 없는 문전을 어떻게 감히 생각할 수 있겠느냐고 선조들의 한문 숭상을 매섭게 비판하였다.

이어 구당은 한문을 오래 동안 숭상하게 되니 한자어가 우리말의 일부로 동화되었다고 하였다.

(10) 세월이 오래 됨에 그 행용(行用)이 오히려 계속 이어져 국민의 눈과 귀에 익숙해져 말 사이에 받아들이는 예가 생기는즉 자연히 동화하는 법이 우리 국어의 일부를 이루니 이는 저 고대 그리스와 로마의 죽은 어휘가 현재 영국, 프랑스 여러 나라에서 활용되는 이치와 같구나.
(현대역 지은이)

---

10) '文이 言을 載치 못하고 言이 文에 配치 못하여'를 이렇게 옮겨 보았다.
11) 원문의 '국중의 보통문학'을 남경완 밖에(2003: 7쪽)를 따라 '보편적인 글자'로 번역하였다.

우리말에 한자어가 유입되는 과정을 고대의 그리스와 로마의 어휘가 현대의 영어와 프랑스에 유입되는 과정에 비유하였다.

구당은 이어 우리에게는 한문은 필요 없어도 한자는 필요하다는 논리를 다음과 같이 개진(開陳)하였다.

(11) 오늘날 대저 漢字로 엮은 문장을 표면적으로 볼 때에는 우리 나라의 문장이 아니라도 그 의미의 解釋은 반드시 우리 국어에 의거하는 까닭으로 우리나라에는 漢字의 쓰임은 있으되 漢文은 쓰임이 없어 우리의 하나의 補助物이며 附屬品에 지나지 않는 것인즉 그 讀法은 音讀을 거치든지 訓讀을 주장으로 하든지 우리 문전에 의거하여 성립하는 외에는 딴 길이 없고녀. (현대역 지은이)

한문을 읽을 때에는 음독이든 훈독이든 우리 국어에 의지하니 한자는 필요해도 한문은 한자의 한 보조물에 지나지 않는다고 하였다.

요컨대 구당의 국문과의 철학적 기반은 기원 전후로부터 이 땅에 들어와 공용이문의 역할을 하였던 한문은 버릴 수 있어도 한자는 버릴 수 없으며 한자를 국문의 한 보조물로 삼아 문법을 저술하고 사전을 편찬하여 독립된 나라의 면모를 보이자는 것이었다. 이러한 사회사상을 흔히 '어문민족주의'라고 한다. 개화기에는 신채호를 정점으로 하는 역사민족주의와 주시경을 정점으로 하는 어문민족주의의 두 사상적 기둥이 양립해 있었다.[12] 구당의 어문민족주의는 이봉운, 이규대, 지석영, 박태서를 거치면서 주시경의 『국어문법』(1910)에서 그 체계가 완성된 것으로 알려져 있다.[13]

---

12) 어문민족주의에 대하여는 신용하(1976)를, 역사민족주의에 대하여는 신용하(1984가)를 보라.
13) 관련 논의는 고영근(1990/1994: 319-39쪽, 2001나)를 보라.

구당의 사상적 기저가 어문민족주의였다고 함은『서유견문』제12편 '애국하는 충정'에서 표백된 다음과 같은 구절을 통하여 더 분명히 알 수 있다.

(12) 무릇 국가라고 하는 것은 일단의 민족이 일정한 토지를 점검해 가지고 언어와 법률, 정치, 습속 및 역사를 같이하며 한 임금과 정부를 섬기며 이해와 국방(治亂)을 함께 하는 것을 말한다. (김태준 번역본 하, 39쪽)

구당은 국가의 성립조건으로 민족, 토지, 언어, 법률, 정치, 습속, 역사를 같이하여 한 임금과 정부를 섬기고 국방을 같이하는 것으로 규정하였다. 국가의 성립 요건은 나라의 사정에 따라 다르다. 국어를 우선하는 나라도 있고 역사, 법률, 종교를 우선하는 일도 있다. 구당은 민족, 토지와 함께 언어를 국가 성립의 중요 요소로 간주하였다.[14] 그러니까 구당의 어문민족주의는 이미『서유견문』에서 싹이 터서 만년에는 거의 완성의 단계에 이르러 있었던 것으로 보인다.

3. 유길준의 국한문 혼용론과 훈독법에 대한 검토

앞에서 간간이 언급한 바와 같이 구당 유길준의 어문관은 '국한문 혼용론'과 '훈독법'의 개발이었다. 한문은 버려도 한자는 버릴 수 없다는 구당

---

14) 유길준의 국가의 성립조건은 앞에서 든「세계대세론」의 첫 머리에서 더 분명히 표현되어 있다. 구당은 국가의 성립조건으로 '토지, 습관, 인종, 종교, 언어, 정치, 의식거처, 개화(開化)'의 8가지를 들었다. 이 중에서 인종을 가장 중시하였다.『서유견문』에 있던 '법률'과 '역사'가 빠지고 대신 '의식거처'와 '개화'가 들어 갔다. 구당의 국가관에 대한 전문가의 평가가 필요하다.

의 어문관은 「小學에 대ᄒ는 意見」(1908. 6)과 『勞動夜學讀本』(1908. 7)에서 구체적으로 전개된다. 차례로 그 사정을 검토하가로 한다.

먼저 구당은 「소학교육에 대ᄒ는 의견」에서 자신의 어문관의 원칙을 제시하였다. '소학'을 '국민의 근본교육'이라 정의하고 선량한 국민이 되도록 하려면 고상한 문학을 주장으로 하기보다는 보편적인 지식을 어린이의 머리 속에 불어넣어 주어야 한다고 말하고 그 교육방법으로 '一, 國語로 以ᄒ는 事, 二, 國體에 協ᄒ는 事, 三, 普及을 圖ᄒ는 事'의 3개 항목을 들었다. 첫째 '國語로 以ᄒ는 事'에서는 어린이의 교육에서 국어를 사용해야만 자국의 정신을 기를 수 있다고 보았다. 그러면서 구당은 당시 국한문을 혼용하거나 한자를 노출시켜 음독하고 국자는 부속물로 만들어 앵무새처럼 따라 읽게 하는 교수법을 매섭게 비판하였다. '國體에 協ᄒ는 事'라 함은 국가의 기초를 튼튼하게 하고 사회의 질서를 유지한다는 것이니 이를테면 군주국에는 교과서에서 임금에게 충성을 다하는 원칙을 우선하여 서술해야지 공화사상을 고취해서는 안된다는 뜻이다. '普及을 圖ᄒ는 事'란 어린이들에게 강제성을 띠더라도 의무교육을 받도록 해야 한다는 뜻이다.

구당은 당시의 소학교육이 당면한 가장 어려운 문제로 '국문전주'(國文專主)와 '한자전폐'(漢字全廢)의 두 가지를 들었다. 두 어문관은 표리의 관계에 놓여 있다. 국문만 사용하게 되면 필연적으로 한자를 폐지하게 되고 한자를 폐지하면 국문만을 사용하게 된다. 국문만을 사용하고 한자를 폐지하면 수백년 동안 간직하여 오던 가보를 빼앗긴다고 분노할 수도 있으나 복잡난해한 한문에 의지한다면 두뇌를 교란하여 지식을 양성치 못할뿐더러 정신을 소모하여 고질병을 더 키울 수밖에 없다고 말하고 다음과 같이 자문자답의 대화를 엮으면서 한문을 버릴 수 있으나 한자는 결코 버릴 수 없다고 자신의 견해를 토로하고 있다. 이를 현대어로 풀어 보면 다음과 같다.

(13) "그렇다면 小學 敎科書의 編纂은 國文만을 사용하는 것이 옳은가"
"그러하다."
"그렇다면 漢字는 사용하지 않아도 옳은가"
"아니다. 한자를 어찌 폐지할 수 있으리오. 한문은 폐지하되 한자는
폐하지 못하느니라. 한자를 사용하면 이는 곧 한문이니 그대가 全廢라
고 하는 말은 우리들이 이해하지 못하는 바이다. 한자를 連綴하여 句讀
를 이룬 후에야만 비로소 文이 이루어지니 개개 글자를 따로따로 사용
함이 어찌 漢文이라고 할 수 있으리오. 또 대저 우리들이 한자를 빌려쓴
지가 오래되어 동화된 습관이 국어의 일부를 이루었으니 진실로 그
訓讀하는 법을 사용한즉 그 형태는 비록 한자이나 즉 우리 국문의
附屬品이며 補助物이다. 영국 사람이 로마자를 취하여 그 국어를 기록
함과 같으니 한자를 取用하였다고 하여 누가 감히 大韓國語를 가리켜
漢文이라고 하리오, 英文중에 그리스어가 輸入同和 된 것이 있다고
하여 영문을 그리스어라고 말하는 사람은 아직 보지 못하는 바이로다."
(현대역 지은이)

(13)의 자문자답을 통하여 구당이 품고 있었던 국문관은 한문은 버리되
한자는 버리지 않으며 훈독하는 법을 활용하면 한자가 국문의 보조물
내지 부속품으로 그 기능을 다할 수 있다고 보았다.

구당은 소학 교과서를 국한문 혼용으로 편찬하되 언어의 통사적 유형
성과 관련하여 훈독법을 채용할 것을 제안하였다. 구당은 언어를 다음
두 유형으로 분류하였다. 이를 현대어로 번역하여 보이면 다음과 같다.

(14) 一, 錯節語이니 곧 漢語와 英語와 같이 상하가 交錯하여 그 뜻을 표시하
는 것
二, 直節語이니 곧 우리 國語와 日本語와 같이 直下하여 그 뜻을 표시하
는 것

'착절어'는 고립어를 가리키고 '직절어'는 교착어를 가리킨다. 구당은 이어 직절어인 민족어와 착절어인 한문이 결코 조화될 수 없다고 다음과 같이 논하고 있다.

> (15) 이제 國漢文을 交用하는 책에 錯節體法을 쓰면 이는 文을 이루지 못함이 漢文에 直節體法을 행함과 같은지라. 이러므로 音讀하는 文이라도 이를 피하여야 옳으니 訓讀한 연후에 이 폐해가 없어질 것이다.
> (현대역 지은이)

국문에 고립어적인 문체를 사용할 수 없는 것은 한문에 교착어적인 문체를 사용할 수 없음과 같다고 보고 이를 극복하는 데는 훈독을 도입할 수밖에 없다고 하였다.

끝으로 구당은 전국의 父兄들에게 국문을 위주로 한 소학교육에 힘써 달라고 다음과 같이 당부하였다.

> (16) 小學의 敎育은 國民 자제의 思想을 啓發하며 性質을 陶冶하며 氣槪와 節操를 북돋우어 國家가 그 國家되는 體統을 세우며 民族이 그 民族되는 血系를 이어 나라를 사랑하고 공경함을 알게 하여 이 나라를 위하여 살게 하고 이 나라를 위하여 죽게 할 것인즉 이 나라의 言語와 이 나라의 文을 主用치 않고 좋을까 감히 한 마디로써 나라의 父兄들에게 質正한다. (같음)

구당 유길준의 국문관은 한문은 버리되 한자어는 버리지 않고 국문과 섞어 쓰되 훈독하는 것이 우리말의 교착어적 특성에 가장 부합한다는 것이었다. 구당이 주장하는 한자 훈독이 얼마만큼 합리적인가 하는 문제는 뒤에서 검토하겠지만 구당이 「한성수보」(漢城週報)(1886)에서 시작하여 『서유견문』(1895)를 거쳐 조선문전류와 대한문전 등의 각종 저술들을 국한문 혼용으로 집필하였다는 것은 그 나름의 충분한 이유와 근거를 가지고 있음을 확인할 수 있다.

우리는 구당이 1912년의 언문철자법의 제정에 참여한 일이 있고 조선어『滿鮮之實業』朝鮮號를 언문으로 발간하는 취지문을 쓴 것을 보았는데 이들이 모두 국한문 혼용으로 되어 있다는 것은 유기준의 입김이 강하게 작용한 것이 아닌가 한다. 개화기에는 국한문혼용과 국문전용을 둘러싸고 격렬한 논쟁을 벌인 바 있는데[15] 구당은 가장 합리적인 근거를 대어 가면서 국한문혼용론을 전개하여 당시의 조고계(操觚界)로 하여금 국한문 혼용의 어문정책을 수행하도록 하는 데 큰 역할을 하였다고 말할 수 있다.

구당은 「小學敎育에 對ᄒᆞᄂᆞᆫ 意見」을 발표한 지 한 달만에 『勞動夜學讀本』을 출간하였다. 이 책은 국어 교과서라기보다는 수신(修身) 교과서로서의 성격이 강하다는 점이 지적되고 있으나,[16] 구당 자신이 일생을 통하여 구상해 오던 훈독법을 체계화하였다는 점에서 종래에 생각해 오던 대로 국어 교과서로 보는 것이 온당해 보인다. 이 책은 진작 자료가 공개되었지만 계몽운동의 차원에서만 평가를 받았고 책 전체에 일관되어 있는 훈독의 양상에 대하여는 아무도 관심을 기울이지 않았다. 훈독은 구당을 효시(嚆矢)로 하여 1920년대 초에 와서 학범(學凡) 박승빈(朴勝彬)에 의해 그 필요성이 인식되었다.[17] 사실 두 선각자가 주장한 훈독법은 일본 훈독의 영향 아래 이루어졌음이 틀림없다. 구당은 19세기 후반에 일본 유학을 통하여 학범은 20세기초에 역시 일본 유학을 통하여 일본의 훈독법에 접하여 이를 우리말에 적용한 것으로 보이기 때문이다. 그러나 역사적으

---

15) 이 문제에 대하여는 고영근(2000/2001가: 181-98쪽)에서 자세히 다루었다.
16) 이진호(1987)에 이런 점이 부각되어 있다.
17) 이 방면의 정보는 고영근(1998: 12/본서: 319쪽)에서 얻을 수 있다.

로는 고대의 한문 번역자료들이 모두 훈독을 거쳐 이해되었으며 그것이
일본의 경전(經典) 해독에 영향을 주었다는 점이 밝혀지고 있다는 사실과
관련시켜 볼 때,[18] 개화기에 제안된 민족어의 훈독법을 그냥 지나칠 수
없다고 생각한다.

구당은『노동야학독본』전권 91쪽, 50單元을 모두 국한문 혼용체로 엮
고 한자와 한자어에 대하여 그 나름의 원칙에 따라 훈독과 음독을 병행하
고 있다. 원전에서 본문 오른쪽에 2호 정도 낮은 활자로 식자한 훈독과
음독을 대괄호 안에 보이었다. 소괄호 안의 숫자는 원전의 쪽수를 가리킨
다. 지은이가 추출한 유형은 다음 네 가지다.

(17) 구당의 訓讀法 體系
　　첫째 類型. 體言, 動詞, 副詞의 훈독
　　　(1) 體言의 訓讀
　　　　가. 人[사람](1), 天[하날](1), 飛鳥[나는새](2), 毫末[터럭씃](2), 六
　　　　　條[여섯가지](1), 國[나라](3), 我[나](3)
　　　　나. 他[남]이(4), 腹[배]가(44), 咽[목]이(44), 價値[갑]을(63)
　　　　다. 餘[남어]지(5), 叱[쑤지]람(43)
　　　(2) 用言의 訓讀
　　　　가. 曰[갈오]대(5) 知[알]며(1), 修[닷그]며(2), 興[이르키]는(3), 生
　　　　　[나]매(4), 敎[가라치]는(5), 備[가초]나니(6), 後[뒤]지지 아니하
　　　　　는(6), 奪[앗]지 못하며(7), 生[새]는(8), 爲[하]나니(17)
　　　　나. 報[갑]하(16), 立[세]우시니(16), 悔[뉘우]쳐(73), 改[고]쳐서
　　　　　(74), 在[잇]셔는(3), 多[만]흔즉(8),
　　　　다. 亂[어지러]운즉(3), 樂[질거]움(8)
　　　(3) 관형사의 훈독
　　　　此[이](1), 大[큰](5), 其[그](6), 一[한](6), 古[녯], 何[무삼]

18) 이 방면의 정보는 구결학회에서 내는 『口訣硏究』에서 얻을 수 있고 남풍현
(1999)을 통하여 자세한 사정을 얻을 수 있다.

(4) 부사의 훈독
　가. 고유부사
　　① 最[가장](5), 皆同[다한가지](6), 亦[쪼한](6), 又[쪼](48), 卽[곳](54)
　　② 反[도로]혀(2), 自[스사]로(5), 相[셔]로(56),
　나. 파생부사
　　然[그러]하나(2), 怠[게으르]히(8), 勤[부지]런히(8), 與[더브]러(57), 必[반대시](77), 始[비로]소(84)
둘째 유형. 체언, 용언, 부사의 음독
　(1) 체언의 음독
　　도리[道理](1), 第一課[제일과](1), 約束[약속](67), 意思[의사](68)
　(2) 동사 어근의 음독
　　依支[의지]하는데(69), 保護[보호]하는(69)
　(3) 부사 어근의 음독
　　敢[감히](67), 各[각기](76)
셋째 유형. 민족어 한자어로의 음독
　(1) 명사
　　世[세상](6), 氣[긔운](6)
　(2) 동사
　　靈[신령]ᄒ니라(1), 昌[창셩]케 하는(7), 安[편안]케 하는(7)
넷째 유형. 훈독과 음독의 절충
　大根本[큰 근본](1), 正道[발혼 도](3)

　구당은 (1)의 체언, (2)의 용언과 같이 한자에 해당하는 고유어가 있을 때에는 모두 훈독하였다. (1가)는 자립형이지만 (1나)와 같이 조사가 후행할 때에는 訓에 맞는 조사를 넣어 결코 한자로 읽는 일이 없도록 하였다. (1다)는 동사에서 전성한 파생명사인데 끝자를 노출하여 訓과 연결되도록 하였다. 이는 향찰(鄕札)이나 석독구결(釋讀口訣)의 말음첨기법(末音添記法)과 그 원리가 똑 같다. 그런데 용언은 사정이 다르다. (2가)는 어미(語尾)

만 노출(露出)되어 있고 어간은 그 말음을 전혀 반영하지 않고 있다. 이에 대하여 (2나, 다)는 어간 말음의 끝음절 내지 끝소리의 일부분을 반영하고 있어 말음첨기의 테두리에 넣을 수 있다. (3)의 관형사, (4가①)의 고유어 부사는 (1가)와 같이 말음첨기를 하지 않았다. 그러나 (4가②)와 (4나)는 말음첨기를 보여 주고 있다. 훈독을 하여도 말음첨기를 하는 것도 있고 그렇지 않은 것도 있는 것이다.

둘째 유형은 체언, 용언, 부사의 어근을 음독하는 것이다. 이들 품사의 어근은 그에 대응하는 고유어가 없기 때문에 부득이하여 음독하는 것이다. 향가에도 '(선화)공주((善化)公主)'처럼 한자어는 음독하였다. 셋째 유형은 하나의 한자로 성립된 명사와 동사는 그에 해당하는 민족 한자어를 대응시킨 예이다. 민족어에는 한자 하나로 된 말은 어감에 거슬리기 때문에 대개 두 글자로 한 단어로 삼는 것이 관습화되어 있다. 넷째 유형은 앞 부분은 훈독, 뒷 부분은 음독하는 예라는 점을 고려하여 훈독과 음독의 절충이라고 하였다.

앞에서 잠깐 언급한 바와 같이 훈독법은 유길준의 『노동야학독본』에서 그 완성된 형태를 보였다가[19] 10여년 뒤에 박승빈에 의하여 부활되기는 하였으나 그 뒤에는 아무도 우리의 문장 읽기에 훈독법을 적용한 예를 접할 수 없다. 고대 단계에 우리 민족에 의하여 창안된 훈독법이 일본에 영향을 미치고 특히 불경의 독해에 이러저러한 방식으로 이용되다가 어떤 연유로 음독법으로 바뀌었는지 모르기는 하지만 지금도 낱말에 따라서는 훈독의 자취가 남아 있는 것이 있다. 이를테면 '一時'의 '一'을 '일'로 읽지 않고 '한'으로 읽는 것이 그러하다. 일본의 문장이나 향찰, 석독구결문처럼 의미부는 한자로 적되 이를 훈독하는 전통이 쌓였으면 고유의 어휘도

---

19) 윤병희(1998: 124)에 의하면 만세보에 극히 일부를 훈독한 것이 있다고 하나 아직 조사해 보지 못하였다.

많이 보존되었을 것이고 한자폐지도 쉽게 단행할 수 없지 않았을까 한다.

구당 유길준이 『노동야학독본』을 집필하게 된 동기는 그가 노동야학회의 고문으로 취임하여 노동자와 농민들에게 독립정신을 불어넣어 주는 데 있었다. 이 책을 3,000부나 찍었음에도 크게 호응을 받지 못한 것을 사학자들은 유길준이 당시 친일적 성향으로 비판대에 올라 있었다는 사실에서 찾고 있다.[20] 사실 이 책이 '제일(第一)'로 되어 있다는 것은 계속해서 책이 나온다는 뜻으로 이해되는데 이 책 한 권으로서 끝나 있다는 것은 당시 이 책이 구당이 의도한 바와는 달리 많이 읽히지 않았음이 틀림없다. 지은이는 유길준의 친일성향적 측면보다는 훈독이라는 특이한 방식의 찬술(撰述)에서 그 이유를 찾는 것이 온당하다고 생각한다. 솔직히 말하여 당시 사람들은 유길준이 창안한 훈독법을 접한 일이 없었고 설사 그렇더라도 음독에 습관이 되어 있는 당시인들에게 읽히기가 매우 어려웠지 않았을까 한다. 친일적 성향에 기울어졌어도 이인직 같은 신소설 작가의 작품은 많이 읽혔다는 사실을 반증으로 내세울 수 있다.

4. 마무리

구당 유길준은 19세기말 대한제국이 출범하기 1년 전에 『서유견문』을 출판하여 우리 민족 사회가 근대적 체제로 발돋움하는 데 적지 않은 기여를 하였다고 평가되고 있다. 사실 구당이 『서유견문』에서 주장하였던 사회개조사상은 그 뒤의 사회사상가들에게 큰 영향을 미쳤다. 서재필, 주시경, 안창호, 이승만, 신채호, 박은식 등 사회사상가들이나 학자들은

---

20) 이 문제는 이운상(1987)에서 자세히 언급되어 있다.

구당이 『서유견문』을 통하여 피력하였던 '실상개화'와 '문명진보사관'을
짊어지고 우리 민족 사회의 부조리를 광정(匡正)하는 데 일조하지 않았던
가 한다. 특히 개화기의 주시경, 박승빈이나 국권상실시대의 이윤재, 최현
배, 김윤경은 단순한 어문학자이기 이전에 사회사상가라는 테두리에서
일생을 영위하였다.[21] 이들 사상가의 머리맡에는 구당 유길준이라는 큰
지렛대가 놓여 있었다고 말할 수 있다. 1930년대의 조선어학회의 민족어
문 표준화운동도 결국은 구당이 그어 놓은 굵직한 선 위에서 펼쳐진
것이 아닌가 한다.

   유길준의 사회사상, 이로부터 갈라져 나온 국문관은 어떻게 형성되었
을까. 구당의 사회사상은 안으로는 개화론의 선각자요 연암 박지원의
손자였던 박규수와, 국문 관련의 업적을 남긴 강위(姜瑋)의 문하(門下)를
드나들면서 익힌 실학사상과 양무사상이 뼈대를 형성한 것으로 보인다.
밖으로는 일본과 미국 등지를 유학하고 서양 각국을 둘러보면서 보고들은
지식이 살이 된 것으로 보인다. 『서유견문』 구절구절에 우리의 치지가
바닥에 깔려 있지 않은 것이 없다. 여기에는 세계의 지리, 정체, 법규,
교육, 치안, 풍습, 학술, 군제, 종교, 상업, 혼례 등 근대서양사회의 온갖
지식체계를 망라하되 이를 우리나라 사람의 관점에서 취사선택(取捨選擇)
하는 안광이 비치고 있다. 이를테면 풍수지리설의 허황함을 비판하면서
서양인의 장사의 예절을 본받아야 한다는 내용이 등이 그러한 것이다.[22]
유길준의 국문관, 구체적으로는 국한문혼용론과 훈독법도 동서양을 둘러
본 바탕 위에서 내려진 지식체계란 점에서 앞으로 그의 사상을 냉엄하게
검토할 필요가 있어 보인다.

---

21) 민족어문학자들의 사회사상에 대하여는 신용하(1977)와, 고영근(1983가/본서
   84-130쪽)에 실린, 주시경, 이윤재, 김윤경을 보고 최현배에 대하여는 고영근
   (1995가)를 보라.
22) 김태준 교수 번역본 하, 133쪽 참조.

개화기의 민족어 연구단체와 민족어문 보급활동
―『한글모 죽보기』를 중심으로―

┃ 제2부 2장 ┃

1. 들어가기

　우리말과 글에 대한 연구가 우리들 자신의 손으로 본격화된 것은 19세기말 갑오개혁(1894)이 일어나고 두어 해가 지난 뒤부터였다.[1] 그러나 이 방면, 곧 국어·국문에 대한 연구가 조직적 형태를 띠고 올바른 연구의 방향을 잡은 것은 한힌샘 주시경(1876~1914)의 활동에서부터 시작된다고 할 것이다. 그는 약관 21세 때(1896) 동지들과 힘을 합쳐 '國文同式會'를 만들고 이듬해(1897)에는 『국문론』을 쓰기도 하였으며 23세(1898) 때는 『國語文法』의 초고를 완성하는 등 우리말과 우리글의 정리 및 연구를 위하여 혼신의 정열을 쏟았다. 한편 그는 자신의 연구 성과를 보급하기

---

1) 국어국문에 관한 논설로서 처음 나온 것은 서재필이 쓴 것으로 알려져 있는 『독립신문』 창간호의 「논설」(1896. 4. 7)을 비롯하여 지석영의 「국문론」(1896. 11), 이봉운과 이규대의 「국문정리」(1897. 1), 주상호의 「국문론」(1897. 4. 22, 24) 등의 논설과 저술을 들 수 있다. 이에 관련된 자세한 이야기는 이기문(1977 나)을 보라.

위하여 국어문법과를 설립하기도 했으며(1900) 상동청년학원 등에서 직접 국어문법을 가르치기도 하였다.(1905~07). 나아가서 주시경은 1907년부터는 학부안의 국문연구소의 주임위원으로서 큰 활약을 하였고 이 해 상동청년학원에서 하기국어강습소를 개설하는 등 국문보급을 위하여 동분서주하였다.[2]

주시경의 학문적 업적에 대하여는 그의 중요 저술이라 할 수 있는 『國語文典音學』(1908), 『國語文法』(1910), 『朝鮮語文法』(1911, 1913), 『말의 소리』(1914) 등이 일찍부터 인간(印刊)되어 그 내용이 널리 알려져 왔고 1976년에는 『周時經全集』(상·하)이 간행됨으로써 그의 국어국문에 관한 이론적 체계가 밝게 드러나고 있으며 사회사적 측면에서 주시경을 이해하려는 시도까지 일어나고 있다.[3] 더욱이 전집이 간행된 이후 몇 해 동안 걸쳐 그의 저술로 인정되는 『말』, 『소리갈』, 『高等國語文典』, 『말모이』 등의 자필(自筆) 고본(稿本) 및 유인본(油印本) 발견되었으며,[4] 주시경의 직계후학의 한 사람인 이규영의 유고 수 편이 일굴을 드러냄으로써[5] 주시경의 학문체계를 보다 깊이있게 천착할 수 있게 되었고 그를 둘러싼 국어국문연구의 흐름을 보다 정확하게 구명할 수 있게 되었다.

그러나 주시경이 직접 관여한 것으로 알려져 있는 하기국어강습소와 조선어강습원의 성격이나 규모에 대해서는 이름 이외에는 별로 알려진 것이 없으며 그가 1908년 하기국어강습소 졸업생들과 동지들을 규합하여 설립했다고 하는 '國文硏究會'의 성격이 어떠한가에 대해서도 그 내력을

---

2) 주시경의 국문연구의 개황과 그 보급활동에 대한 상세한 사정은 김민수(1977 /1986: 249-52쪽)의 주시경연표를 보라.
3) 이 방면에 대한 중요업적은 허웅(1971), 이기문(1976, 1981), 김민수(1977), 신용하(1976), 고영근(1979가, 1982), 이병근(1979), 김석득(1979) 등을 들 수 있다.
4) 이상의 주시경의 저술에 대한 총체적 언급은 고영근(1982/1983: 289-90쪽)를 보라.
5) 이규영의 문법연구에 대해서는 김민수(1980나)를 보라.

밝힐 자료가 나와 있지 않다. 우리가 이런 문제에 관심을 가지지 않을 수 없는 것은 주시경의 후계학자로서의 우리의 어문을 연구한 사람 가운데서 뛰어난 업적을 쌓은 사람들은 정규 학교과정보다는 강습기관을 통하여 주시경의 가르침을 받았다는 사실이다.6) 또 1921년에 창립된 '조선어연구회'의 창립회원 가운데는 주시경의 문도(門徒)가 넷이나 되는데7) 오늘날 한글학회의 전신인 이 학회가 주시경이 창립했다고 하는 국문연구회와 어떤 관련성은 없겠는가 하는 점이다. 이러한 궁금증을 풀어 줄 수 있으며 동시에 1907~17년 사이의 국어국문 연구의 여러 모습과 국문의 보급활동 상황을 자세히 밝혀 줄 수 있는 『한글모 죽보기』란 책이 최근에 발견되었다.8) 지은이는 이 책의 내용을 소개하는 바탕 위에서 1907~17년의 주시경을 중심으로 한 국어국문연구의 제반 동향과 국문보급활동의 여러 문제를 살펴보고 아울러 이들 사이의 관련성을 규명해 보려고 한다. 또 이를 어학사의 측면에서 해석해 보는 작업도 시도될 것이다.

2. 『한글모 죽보기』의 내용

『한글모 죽보기』는 양면 괘지에 대부분 붓으로 씌어진 것으로 총 97장의 동장본이다.9) 이 책은 표지에 『한글모 죽보기』라는 이름이 붓글씨로

---

6) 대표적인 사람이 최현배인데 그가 1912년과 1913년에 걸쳐 조선어강습원을 수학한 수료증이 현재 전하고 있다. 최현배(1970)의 앞뒤 표지 안쪽, 김민수(1977/1986: xiii-xiv쪽)을 보라.
7) 장지영, 신명균, 권덕규, 이병기를 가리킨다. 자세한 것은 4장을 보라.
8) 이 책은 한글학회 예순돌기념 국어학 도서 전시회에 출품된 것으로 육당문고 관리인이었던 윤재영의 소장본이다. 본서의 열람과 복본(覆本) 제공에 협조해 주신 한글학회 사무국장 박대희 선생께 사의를 표한다.
9) 지은이가 이 글을 쓸 때에는 복본을 쪽수를 처음부터 차례대로 매겨 이용하였다.

적혀 있고 1장 1, 2면에 걸쳐 목록이 제시되어 있다. 목록의 이름이 한자로 '朝鮮言文會一覽目錄'이라고 되어 있는 것을 보면 표지의 '한글모'는 '朝鮮言文會'를 가리키고[10] '죽'은 '一',[11] '보기'는 '覽'에 대응하는 것으로서 조선언문회의 연혁을 기록한 자료임을 알 수 있다. 그런데 97장 가운데서 25장은 주시경 이외 네 사람의 필체로 되어 있어서 결국 여섯 사람의 손에 의해 이 책이 편집되었다는 사실을 우선 확인할 수 있다. 그러나 책의 제목과 목록을 비롯하여 나머지 72장은 같은 필체로 되어 있으므로 이 필체의 주인공이 누구인가가 밝혀지면 이 책의 편자가 될 수 있다. 필체가 다른 부분은 이 책을 편찬할 때 끼워 넣었거나 대필했다고 생각할 수 있기 때문이다.(후술)

최근 발견된 이규영의 유고 가운데 하나인 「한글적새」(1915~19?)의 표지 글씨를 비교하면 '한글'이라는 부분이 공통되어 있어 같은 사람의 글씨임이 곧 드러난다. 한편 '朝鮮言文會' 창립 총회 기록의 일면과 이규영의 문법서『말듬』(1913?)의 일면을 견주어 보면 역시 같은 사람의 글씨임이 판명된다.[12] 이상의 사실을 근거로 하면『한글모 죽보기』는 이규영의 손으로 편찬되었음이 거의 확실하다.[13] 그러면 이 책의 소성 연대는 언제일까?

현재 위의 책은『한힌샘 주시경 연구』창간호(1988)과 김민수 편(1992나: 권6)에 영인되어 있다. 원본의 서지적인 문제가 밝혀지고 영인본과의 관계가 구명되기를 바란다.

10) '한글모'란 이름에 대해서는 4장에서 자세히 논의될 것이다.

11) '죽'은 처음부터 끝까지를 의미하는 부사일 것이다.

12) 「한글적새」와『말듬』에 대하여는 김민수(1980나)가 참고되고『말듬』은『韓國學報』23(1981)에 김민수 교수의 해설과 함께 공개된 일이 있다.

13) 도서전시회에서 원본을 구경하였던 김민수 교수도 그런 사실을 사적으로 확인한 바 있고 제8회 국어학회공동연구회(1981. 12. 11)에서 개최한 '주시경의 학문'이란 공동토론회에서도 같은 사실을 확인한 바 있으며 같은 날짜『중앙일보』에는 이 사실이 기사화되기도 했다.

이규영은 1890년에 태어나서 1920년 1월 3일 영면(永眠)한 것으로 알려져 있다.[14] 『한글모 죽보기』의 '沿革'(뒤에 나옴)은 1907년의 하기국어강습소의 개설에서부터 국어연구학회, 조선언문회, 조선어강습원 등의 국어국문의 연구단체와 그 보급기관들의 연혁을 적은 것인데 모두 이규영의 글씨로 되어 있으며 하한 연대가 1917년 3월 11일로 나와 있다. 이 기록에 기댄다면 본서가 이루어진 것은 1917년 3월 11일 이후부터 작고한 1920년 1월 3일까지로 잡을 수 있다. 대체로 1918~19년에 이루어졌다고 말할 수 있을 것이다.

본서의 내용을 목록에 제시된 순서에 따라 가나다 순서를 매기고 장차(張次)를 정하여 이를 끝에 제시하기로 한다.[15]

가. 沿革(3~9장)

앞에서 잠깐 언급된 바와 같이 1907년의 하기국어강습소를 비롯한 국문보급기관 및 국어연구단체의 활동상황이 단기로 1917년 3월 11일까지 기록되어 있다. 8장 전면의 3행부터 후면은 다른 사람(이를 '甲'이라 부르기로 한다)의 펜글씨이고 나머지는 이규영의 붓글씨이다.

나. 會錄(11~20장 前面)

국어연구학회 창립총회 회록, 한글모세움몯음적발(조선언문회 창립총회기록 : 지은이)의 두 회의록이 포함되어 있는데 앞의 회의록의 대부분은 주시경 선생의 일지 가운데서 뽑아 적었음이 명기되어 있다. 전부 이규영의 붓글씨이다.

---

14) 김민수(1980나: 58쪽)를 보라.
15) 본서에는 8개 항목에 걸친 목록 이외에는 책의 내용이나 순서 매김을 보여주는 어떠한 표시도 없다. 장의 순서는 지은이가 복본에 의지하여 제책된 차례에 따라 지은이 임의로 매긴 것이다.

다. 會則(21~25장)

목록에는 '회칙'이라 되어 있으나 본문에는 '언문회규칙'으로 나와 있다. 이 부분은 전부 '乙'의 펜글씨로 적혀 있다.

라. 院則 附 前規則(27~34장)

목록에는 '院則'이라 되어 있지마는 본문에는 '강습원규칙'으로 나와 있다. 이 부분은 전부 이규영의 붓글씨이다. '前規則'은 제2, 3회 하기국어 강습소의 규칙을 실은 것인데 2회의 것만 이규영의 붓글씨이고 3회의 것은 '丙'의 펜글씨로 짐작된다.

마. 會任員一覽(36~42장)

목록에는 위와 같이 되어 있지만 본문에는 '言文會任員一覽'으로 되어 있다. 회장, 총무, 간사, 서기, 회계, 의사원의 명단과 그 취임 연월일 및 사임 연월일이 기록되어 있다. 전부 이규영의 붓글씨로 되어 있다.

바. 회원일람(44~52장)

목록에는 위와 같이 되어 있지만 본문에는 '言文會員一覽'으로 되어 있다. 통상회원과 특별회원외 원직, 직업, 생년월일을 기록하는 형식을 취하고 있다. 통상회원과 특별회원은 이규영의 붓글씨이고 특별회원의 대부분은 앞서 말한 '甲'과 '丁'의 펜글씨로 되어 있다.

사. 院任員一覽(53~58장)

목록에는 위와 같이 되어 있지만 본문에는 '講習院任員一覽'으로 적혀 있다. 원장, 원감, 간사, 강사의 명단과 취임 연월일 및 사임 연월일을 기록하고 있다. 전부 이규영의 붓글씨이다.

아. 講習生一覽 附 證書一覽(59~97장)

이곳에는 고등과 졸업생의 회수, 졸업 연월일, 강습 장소, 강사에 관련된 개황표(概況表)가 먼저 나오고 이어 졸업생의 성직표가 나온다. 이 부분은, 제 1, 2회 졸업생은 주시경의 글씨로 되어 있고[16] 나머지 3, 4, 5회

졸업생은 이규영의 붓글씨로 인정된다. 이어 중등과 수업생의 개황표가
나오고 국어연구학회 1, 2회 졸업생, 중등과 1, 2, 3, 4, 5, 6회의 수업생(修業
生), 초등과 진급생 개황과 학적 사항이 나오는데 중등과 5회 수업생 성적
만 앞서 말한 '甲'의 펜글씨이고 나머지는 이규영의 붓글씨이다. 끝에
하기강습소 졸업생 개황표와 1, 2, 3, 4회 졸업생이 나와 있고 마지막으로
황해도 재령 남호와 함흥 하기강습소의 졸업생 명단이 게재되어 있다.

하기강습소 졸업생의 개황표는 대부분 주시경의 붓글씨로 작성되어
있고 졸업생 명단은 이규영의 붓글씨이다. '附 證書一覽'에는 국어연구학
회 제1회 강습소 卒業證書 서식, 조선언문회강습소 제1회 中科修業證書
서식,[17] 동 제1회 卒業證書 서식,[18] 동 제2회 修業證書 서식, 동 제3회
卒業證書 서식, 동 제4회 中科修業證書 서식, 제1, 2회 하기강습소 卒業證
書 서식, 제3회 하기강습소 卒業證書 서식,[19] 제4회 하기강습소 졸업증서
서식, 함흥 하기강습소 졸업증서 서식, 조선언문회 강습원 제3회 졸업식
시 근만중급 우등증 등의 각종 서식이 제시되어 있다. 이들은 모두 이규영
의 붓글씨이다.

이상과 같이 『한글모 죽보기』의 책 형태와 필체, 그리고 내용의 이모저

---

16) 주시경의 글씨는 '이력서'(이기문 편 1976나: 713-39쪽, 김민수 편 1992나: 6,
344-96쪽), 『國文研究』(이기문 편 1976가: 253-458쪽, 김민수 편 1992나: 2,
485-691쪽, 김민수·고영근 편 2008: 『歷文』 ③09), 필사『말』(김민수 편 1992나:
1, 435-619쪽, 김민수·고영근 편 2008: 『歷文』 ①08), 『말의 소리』(이기문 1976
나, 623-86쪽, 김민수 편 1992나: 3, 573-702쪽, 김민수·고영근 편 2008: 『歷文』
①13) 등에서 볼 수 있다.
17) 이 서식은 「익힘에 주는 글」로 되어 있는데 최현배가 1912년 3월 31일에 받은
수업증서와 같다. 최현배(1970)의 책 앞뒤 표지의 안쪽과 김민수(1977/1986:
6쪽)의 상단 증서를 보라.
18) 이 서식은 'ㅁㅏㅈㅎㅣㄴㅂㅗㄹㅏㅁ'으로 되어 있는데 최현배가 1913년 3월
2일에 받은 졸업증서와 일치한다. 최현배(1970)의 책 앞뒤의 표지 안쪽과 김민수
(1977: 6쪽)의 하단 증서를 보라.
19) 제3회 하기강습소 졸업증서 서식은 빈칸(13행)으로 남겨져 있다.

모를 필체와 관련시켜 가며 검토해 보았다. 본서는 결국 주시경의 직계 후학의 한 사람이었던 이규영이, 주시경이 남긴 일지[20]와 역시 주시경에 의해 보전되어 왔으리라고 짐작되는 하기국어강습소, 국어연구학회, 조선언문회, 조선어강습원 관계의 자료를 모아서 하나의 책 형태로 꾸민 것이라고 할 수 있다. 이와 같은 사실을 굳힐 수 있는 것은 책 제목과 연혁의 대부분이 붓글씨로 쓴 '會錄, 言文會規則' 등이 모두 이규영의 글씨라는 사실이다. 같은 사항의 기록이 중간에 필체가 다른 것은 다른 사람에 의해 대필된 것임에 틀림없다. 처음 나온 '갑'의 글씨가 그러한 것이다.

그 밖에 주시경의 글씨부분은 책 편찬시에 합철(合綴)되었음이 틀림없고 '乙, 丙, 丁'의 글씨도 주시경의 경우와 같이 책 편찬시에 합철되었을 가능성이 없지 않다. 그러나 이들의 글씨가 누구의 것인지는 현재로서는 밝힐 수 없다.[21]

3. 하기국어강습소와 국어연구학회

1) 하기국어강습소

주시경 이력서에 의하면 제1회 하기국어강습소는 1907년 하기에 상동

---

20) 주시경의 일기는 6·25 전까지만 전해졌던 것 같다. 그 중의 일부분이 일제 때 『新生』지에 발표되었다. 자세한 것은 이기문 편(1976가: 707-10쪽)의 '해설'을 보라.

21) 이 글의 첫 원고를 쓸 당시(1983), 지은이는 주시경 문도의 유일한 생존자로 여겨지는 일산 김두종 박사(의학사, 서울대 명예교수)를 면담한 일이 있는네 김 박사가 김두봉의 『조선말본』(1916)의 원고를 정서한 일이 있다고 하였다. 그에 의하면 '甲, 乙, 丙, 丁'의 어느 필체도 김두봉의 것으로는 보이지 않는다고 지은이에게 술회한 바 있다.(1983. 1. 31. 하오)

청년학원 안에 개설되었으며 개설과목은 '音學, 字分學, 格分學, 圖解學, 變體學, 實用演習'의 6과였던 것으로 적혀 있다. 제2회는 1908년 하기에, 제3회는 1909년 하기에 강사직을 맡았으며 1910년 7월 12일~8월 25일에 재령 나무리 강습소의 강사직을 지낸 일도 기록되어 있다.[22] 특히 제2회 하기국어강습소에 대하여는『國語文典音學』(1908)「序文」을 쓴 박태환(朴兌桓)과「自序」를 쓴 주시경이 그러한 하기 행사가 있었음을 말하고 있어서 하기강습소의 강사와 교과과정, 그리고 교과내용의 대강이 무엇이었는지 대체로 짐작할 수 있다. 그러나 그 이상의 사실은 알려져 있지 않다.『한글모 죽보기』(앞으로『보기』라 줄여서 일컫기로 함)는 하기강습소의 개칙(槪則), 조직, 일정, 졸업상황 및 졸업증서까지 보여 주고 있다.

제1회 하기강습은 1907년 7월 1일~8월 31일의 일정이며 장소는 경성 상동청년학원이고 소장은 김명수(金命洙), 강사는 주시경, 졸업생 수는 25인이다. 소장 김명수가 어떤 인물인지는 아직 확인하지 못하였으나 주시경과 교분이 두터운 사람이었을 것이다. 졸업생은 김명제(金命濟)를 비롯한 25인의 성명만 나와 있고 성적은 빈칸으로 남겨져 있다. 졸업증서는 소장과 강사의 명의로 발부되었으며 과정은 명시되어 있지 않다.[23] 제1회는 하기강습소의 규정이라 할 수 있는 '개칙'은 마련되지 않았다.

제2회 하기강습은 1908년 7월 7일~8월 31일 일정이며 장소, 소장은 특별히 기재되지 않았고 강사는 제1회와 같으나 졸업생 수와 그 명단은 빈칸으로 남아 있다. 자료가 갖추어지지 않았던 것이 아닌가 한다. 그러나 졸업증서는 나와 있다. 강사 주시경의 이름만 보이고 과정이 '音學, 字學,

---

22) 하기강습 관계 기록의 대체적인 것은 김민수(1977/1986나: 36-8쪽)이 참고가 되며 이와 관련된 이력서는 이기문 편(1976나: 716, 717, 720, 746, 747, 749쪽), 김민수 편(1992나: 권2)를 보라.

23) 제1회 하기강습에 관한 기록은『보기』 4, 80-82, 92장을 보라.

變體學, 格學, 圖解式'의 5개 학과가 명시된 점이 제1회 서식과 다르다. 제2회 하기 강습에서 특기할 것은 '개칙' 8조가 제정된 사실이다.[24] 그 전문을 보면 다음과 같다.

第二回 夏期國語講習所槪則

第一則 本所(는: 인용자 補充) 本國文言을 講習하여 一般敎育界에 自國思想을 獎勵하기로 主로 思함.

第二則 科程은 音學 分子學 變體學 格學 圖解學實驗演習[25]으로 排定함.

第三則 時間은 每日 上午 六點붙어 七點半으로 定함.

第四則 講習金은 同夏期에 壹圓으로 定하고 入學後 一週內에 出하되 不得已하면 比例에 不在함.

第五則 計日하여 一朔以上을 出席하면 證書를 與함.

第六則 本科를 講習하기에 學力이 不足하면 入學을 不許함.

第七則 入學員은 住所 姓名을 事務室에 納함

第八則 七月八日에 始하야 八月三十一日에 終하되 本科에 講習을 未定하면 多少日을 延期함.

(편의상 띄어 씀)

이렇게 하기강습소의 규칙이 마련됨으로써 강습소의 기초가 어느 정도 갖추어졌다고 할 것이다. 이곳에서 주목할 것은 第一則에 '本國文言을 講習하여 一般敎育界에 自國思想을 獎勵……'와 같이 지식인들에게 자국사상을 장려한다고 하기강습소의 설치목적을 명시하고 있는데 이는 주시경의 『國語文典音學』의 자서에 피력되어 있는 '其言은 獨立의 性'이

---

24) 관계기록은 『보기』 4장을 보라. '개칙'은 『보기』 33장을 보라.

25) 수시경의 이력서에는 '實用演習'으로 되어 있다.(이기문 편 1976나: 717, 720쪽). 제2회 졸업증서에는 '실험연습'이 빠져 5개 과정만 남아 있다.(앞에 나옴).『보기』 (92~93장)을 보라.

라는 사상적 바탕에서 우러나온 말로 볼 수 있다. 따라서 이 '개칙'은 주시경의 손으로 만들어진 것이 거의 틀림없어 보인다. 그리고 '第二則'에 6개 과정이 명시된 것도 주목할 만하다.

제3회 하기강습은 1909년 7월 10일~8월 31일의 일정이며 제2회와 같이 소장은 기재되지 않았고 교사는, 甲반은 주시경이, 乙반은 박태환26)(朴兌桓)이며 졸업생 수는 35인이다.

졸업생은 주시경의 마지막 직계 후학으로 1976년에 작고한 장지영과 제4회 하기 강습소 강사직을 맡게 되는 박제선(朴齊璿) 그리고 『現行朝鮮語法』(1926)을 저술한 정국채(鄭國采)를 비롯하여 35인의 명단이 나와 있는데 제1회와 같이 성적은 기재되어 있지 않다. 그러나 졸업증서는 비어 있다.27) 제3회 하기 강습에서 특기할 것은 규칙 7조가 만들어진 사실이다. 전문을 보이어 제2회 규칙과 비교해 보기로 한다.

第三回 夏期國語講習所槪則

第一則 本所는 有志士를 選擇하야 本國文言을 講習하여 國內 一般士가
      自國文言을 獎勵할 思想을 鼓興하기로 立旨를 삼음.
第二則 科程은 音學 分子學 格學 變體學五의 大槪를 排定함.
第三則 時間은 每日 六點으로(붙어 : 인용자) 八點까지 定함.
第四則 計日하여 一朔以上을 出席하고 聽講의 功이 可히 本科程의 普通
      義를 解得하는 이에게는 卒業證을 授與함.
第五則 聽講人은 居地 姓名 年齡 保薦을 七月 十日붙어 本所 事務人에게
      書與함.

---

26) 박태환은 『國語文典音學』「序」(앞에 나옴)에서 스스로 주시경의 하기 강습에
   참석하였다고 말하는 것을 보면 1, 2회 강습을 청강했던 것으로 보인다. 그러나
   정식 수강자는 아니었을 것이다. 제1회 졸업생 명단에 나와 있지 않기 때문이다.
27) 제3회 하기강습에 관한 기록은 『보기』 4, 80~81, 83~84, 93장을 보라. '槪則'은
   34장을 보라.

第六則 本期는 七月 十日에 始하여 三十一日에 終하되 定한 科程의 講習
이 未完하면 多少日을 延期함.

第七則 保薦人은 聽講을 可히 堪當하고 中止하지 아니할 人으로 保薦함이
可함.

제3회 개칙은 1조가 줄어지기도 했거니와 내용이 상당히 달라져 있다.
우선 설치 목적이 '有志士를 選擇하야 本國文言을 講習하여 國內 一般
士가 自國文言을 鼓興……'으로 되어 있어 2회 때의 특수 지성인을 상대
로 한 문언의 강습이 나라 전체의 지성인을 대상으로 한 '文言思想'의
고취로 바뀌어 있다. 과정(제3칙)에 있어서도 제1회 때의 6과(제2칙)에서
'圖解學과' '實驗演習'이 줄어져 네 과정으로 되어 있으며,[28] 수업시간의
변경, 증서 수여 기준의 강화 등의 개정이 보이고 강습금 납부 조항은
빠져 있다. 하기 강습소의 규정은 제3회의 것으로 일단 확정되어 이후의
것에 그대로 준용된 것 같다.

제4회 하기강습은 1910년 7월 15일~9월 3일이 일정이며 장소는 경성
박동 보성중학교 내, 소장은 주시경, 강사는 제3회 졸업생인 박제선·장
지영, 졸업생 수는 21인이다. 졸업생은 뒤에 『朝鮮正音文典』(1921)을 저술
한 김원우(金元祐)와 그 서문을 쓴 안동수(安東洙)를 비롯하여 21인의 명단
이 나오는데 성적은 빈칸으로 남아 있다. 졸업증서는 '音學, 格學, 字學,
變體'의 네 과정만 보이는데 이는 제3회 하기강습의 규정(제2칙)과 동일한
것이다. 증서에는 강사 두 사람과 소장 주시경의 이름이 보인다.[29]

서울에서 열린 1907~10년의 네 차례에 걸친 하기강습을 통하여 우리는
지금까지 잘 모르던 일들을 밝힐 수 있다. 장지영은 그의 연보에 의하면
1908년 7월~1910년 8월에 주시경의 문하에서 국어학을 修學한 것으로

---

28) '變體學五'(第二則)란 무엇을 의미하는지 아직 단정할 수 없다.

29) 제4회 하기강습관계 기록은 『보기』 5, 80~81, 84, 93~94장을 보라.

되어 있다.30) 그러나 『보기』는 1909년 7월 10일~8월 31일 사이에 제3회 하기강습과정을 통하여 수학했음이 밝혀졌고 그의 동기인 박제선과 함께 제4회(1910. 7. 15~9. 30) 하기강습소의 강사를 지낸 사실을 알 수 있다. 31) 또 『조선정음문전』을 저술한 김원우와 그 서문을 쓴 안동수는 어떤 사람인지 전혀 몰랐는데,32) 이들은 제4회 하기강습소의 동기생들로서 소장 주시경, 강사 박제선·장지영의 가르침을 받은 사실이 드러나게 된 것이다.33)

『보기』는 서울에서의 하기강습 이외 지방의 하기강습까지도 계통 있게 기록하고 있다. 제4회 하기강습은 1910년 7월 18일~8월 23일에 황해도 재령군 남호(藍湖) '國語專修科'로 특설되었는데 강사는 주시경, 졸업생 수는 21인이다.34) 졸업생은 노학근을 비롯한 12인의 이름만 나와 있고 성적은 빈칸으로 되어 있다. 졸업증서 서식은 전하지 않는다.35)

제5, 6회 하기강습은 지방에서만 있었는데 두 군데씩이다. 제5회의 한 군데는 1912년 7, 8월에 함남 함흥군 읍내 숙정여학교내인데 소장은

---

30) 『나라사랑』 29집(1978: 16쪽)을 보라. '국어학'이라기보다는 '국어문법'이라고 표현함이 사실에 합당해 보인다.

31) 최근에 얼굴을 내민 '尹茂榮'의 하기국어강습소의 졸업증서를 보면(『한자+한글』 7, 2002.2), 소장은 주시경이고 강사는 박제선, 장지영으로 나와 있다.(고영근 2001다: 84쪽)

32) 김민수(1977/1986나: 277-95쪽)는 『조선정음문전』(1921)과, 주시경의 저술로 인정되는 『고등국어문전』(1909)의 유사성을 지적하고 후자가 전자의 대본이 되었을 것임을 추측하면서 김원우가 주시경의 가르침을 받았을 가능성을 비친 일이 있다.

33) 이런 관점에 선다면(앞의 주 참조), 『高等國語文典』이 1909년에 저술되었다고 하는 김민수 교수의 추정은 비교적 과녁을 맞추었다고 할 수 있다. 김원우는 1909년에 나온 위의 책을 가지고 1910년 하기강습 때 배울 수 있었기 때문이다.

34) 이러한 사실은 주시경의 이력서에도 실려 있는데 (이기문 편 1976나: 749쪽), '載寧 나무리 講習所의 講師의 任을 視함'에서 보는 바와 같이 '藍湖'가 '나무리'란 속명으로 나와 있다.

35) 남호 하기강습 관계기록은 『보기』 5, 80, 84~85장을 보라.

문석렬, 강사는 이규영[36])이며 졸업생 수와 명단은 비어 있다. 졸업증서는
주무(소장)와 강사의 명의로 되어 있다.[37] 제5회의 다른 곳은 역시 1912년
7, 8월에 경남 웅천군 사립개통학교내인데 강사는 박준성(장성영)이다.[38]
졸업생 수는 비어 있고 명단은 자리조차 마련되어 있지 않다. 한편 같은
기간에 경북 대구군 사립협성학교내에 강습소가 설치되어 강사 송창회(宋
昌禧)에 의해 강습이 실시되었다고 하나 대구군 당국의 금지로 말미암아
중단되었다고 한다.[39] 제6회의 한 군데는 경남 동래군 사립동명학교내였
는데 일정은 1914년 7월 22일~8월, 소장은 김병규, 강사는 최현배였다.[40]

졸업생 수는 빈칸이고 명단과 증서는 자리조차 마련되어 있지 않다.
제6회의 딴 곳은 경남 동래군 북면 범어사내 명정(明正)학교였는데 일정은
1914년 7월 26일~8월 22일, 소장은 김용곡, 교사는 권덕규였으며 졸업생
수는 24인이었다. 그러나 그 명단과 증서 서식은 나와 있지 않다.[41]

5회 이후의 시골 하기강습에서 눈에 띄게 달라진 것은 연혁과 증서에서
이전의 '夏期國語講習所'란 이름이 '夏期朝鮮語講習所'로 바뀐 사실이다.
이렇게 '國語'가 '朝鮮語'로 바뀐 것은 1910년 국권 피탈(被奪)과 관련되는
것이다.

---

36) 김민수(1980나: 60쪽)에 소개된 「금강뫼探險노래」의 일절 '여름에 틈을 얻어
　뒤녁에 가서'의 '뒤녁'은 북쪽, 곧 함흥을 뜻하므로 1912년 여름에 이규영이
　함흥에서 하기 강습을 열었다는 것이 뒷받침된다.
37) 함흥 하기강습에 관한 기록은 『보기』 6~7, 80, 85, 94장을 보라.
38) '연혁'에는 강사가 '장성영'(張成永)으로 되어 있다. 기록상의 착오인 듯싶으나
　어느 것이 옳은지 단언할 수 없다.
39) 웅천과 대구의 하기강습 기록은 『보기』 6~7장을 보라.
40) 최현배의 동래의 하기강습은 『우리말본』(첫째매)(1929)의 「머리말」에서 언급된
　바 있다.
41) 경남 동래의 하기강습은 『보기』 8, 80장을 보라.

2) 국어연구학회

주시경의 이력서들에 의하면 다음과 같은 기록들이 나온다.

> 明治四十一年(융희 2, 1908) 八月 三十一日에 國語講習生과 國文研究
> 會를 設하여 明治四十三年(융희 4, 1910) 八月에 廢止함.[42] 同年 八月
> 三十一日에 京敦義門外 鞍峴 西麓 奉元寺에 同夏期 卒業 生과 同志를
> 會同ᄒ고 國文研究會를 設立홈[43]   (윗점 : 인용자)

위의 자료들에 의하면 주시경은 하기강습소 졸업생들과 동지들을 규합하
여 '국문연구회'를 조직했음을 알 수 있다. 그런데 둘째 기록에는 '국문연
구학회'라고 써 놓은 것을 '학'자를 지운 흔적이 있다. 이러한 사실은 또
다른 이력서에 "同年 8월 31일에 國文研究學會를 設始홈"[44]이란 기록을
통해서 확인되는바 그 이름을 두고 상당한 생각과 논의가 있었음을 추상
(推想)할 수 있다. 그런데 『보기』는 '국어연구학회'[45]라는 이름으로 창립
목적과 조직 및 활동상을 기록하고 있다.

국어연구학회의 창립목적과 경위는 다음과 같다. 창립일자는 주시경의
이력서에 나타난 대로 1908년 8월 31일(일요일)이다.

> 國語夏期講習所 卒業生과 其他 有志諸氏의 發起로 國語를 演究할 目的으
> 로 한 會를 組織하고자 하야 創立總會를 奉元寺에 開하다. 會長은 金廷鎭
> 氏가 從多數하야 推薦되다.

---

42) 경남 동래의 하기강습은 『보기』 8(80장)을 보라.
43) 이 기록은 1912년경의 이력서에 나온다. 이기문 편(1976나: 747쪽)을 보라.
44) 이 기록은 1908년 말이나 1909년 초에 씌어진 것으로 보인다. 이기문 편(1976나:
    717쪽)을 보라.
45) 이 이력서는 1908년 12월 중에 된 것 같다. 이기문 편(1976나: 720쪽)을 보라.

會名은 國語演究學會라 命名하다. 位置는 臨時로 私立青年學院 內로 定하다.

　　　　　　　　　　　　　　　　　　　　　　　　　　　(윗점: 인용자)

위의 사항은 '國語研究學會創立總會錄'인데[46] 이를 요약한 것이 '沿革'에 먼저 제시되어 있기도 하다.[47] 국어를 연구할 목적으로 학회를 조직한다고 창립 취지를 분명히 밝혀 놓고 있는 것이다. 이 기록이 창립 당시의 주시경의 일지를 근거로 하여 뽑아 낸 것이라고 한다면,[48] 학회의 첫이름은 '國語演究學會'였을 것이고 '國語研究學會'는 이규영이 『보기』의 편찬에 즈음하여 보편성 있는 '연'자로 바꾼 것이 아닌가 한다. 이런 추측이 가능한 것은 이규영 자신이 작성한 '연혁'과 같은 학회의 졸업생 명단, 졸업증서 서식에는 전부 '研'으로 되어 있기 때문이다. 그리고 주시경의 이력서에 나오는 '국문연구학회' 내지 '국문연구회'는 주시경의 임의에 의한 개변이 아닌가 한다. '국어연구학회'라고 해야만 창설 목적과 창립 기록에 부합하는 이름이기 때문이다. 창립 총회에서는 '국어연구학회'리 명명했지만 사람들의 눈에 신 말이어서 이력서에는 당시 많이 쓰이던 '국문'이란 말을 바꾸었을 것이고 '학'이란 말을 뺀 것도 비슷한 사정에 연유하는 것으로 보고자 한다. 회장은 다수의 의견을 좇아 김정진(金廷鎭)이 추천되었다고 한다. 김정진이 어떤 인물이었는지 아직 상고해 보지 못했지만 국어연구학회가 창립되던 해 11월에 주시경이 자기가 근무하던 이화학당 국어교사직을 사임할 때 김정진을 대천(代薦)했다는 이력서의

---

46) 『보기』 12장을 보라.

47) 『보기』 4장을 보라.

48) 「會錄」부분의 '1908. 8. 31~1909. 11. 14'의 기록은 주시경의 일지 가운데서 뽑아냈다고 이규영은 다음과 같이 적고 있다. (『보기』 15장)
　　右本會錄은 周時經先生의 日誌中에서 抄出하므로 未詳하고 疏略하나 그때의 事案이므로 그대로 抄寫함.
　　이와 관련된 설명이 주 19)에 나왔다.

기록49)을 참고하면 국어·국문에 조예가 있었던 교육계 인사임을 알
수 있다.

국어연구학회는 1908년 창립 이후 1909년 한 해 동안 모두 7회의 총회
를 가졌는데 장소는 상동청년학원이었으며 일요일을 이용하였다. 총회가
여러 번 열렸지만 대부분 빈칸으로 남아 있어 어떤 내용들이 논의되었는
지 미상이나 채워진 몇 가지 회의록을 중심으로 그 편린(片鱗)을 엿보기로
한다.50)

> 1909. 2. 6 :
> 周時經先生이 國文을 精理함이 家庭을 掃淸함과 如하다는 喩說을 述
> 하다.
> 1909. 9. 5 :
> 官立師範學校教授, 附屬普通學校訓導. 師範學校學生, 官立高等學校
> 學生, 私立學校教師 及 학생 其他 有志靑年이 多數入會하다.
> 閉會 뒤에 評議會를 개하다.
> 1909. 10. 10 :
> 周時經先生이 文典著述委員에 被選되다.
> 本會의 發起로 講習所를 設立하되 期限은 一個年, 時間은 每日曜日
> 下午로 決定하고 講師는 周時經先生이 被選되다.
> 1909. 10. 24 :
> 古語, 方言 蒐集하기와 本會를 當局에 請認하자는 周時經先生의 動議
> 가 되다.

2월 6일자의 주시경의 강연 내용은 평소부터 가지고 있었던 언문수리관
(言文修理觀)51)이 가정의 청소에 비유되어 표현된 것이다. 9월 5일자의

---

49) 이기문 편(1976나: 717쪽)을 보라.
50) 회의록 자료는『보기』12~16장을 보라.
51) 주시경의 언문수리관이 가장 단적으로 표현된 저술은『대한국어문법』(1906)

기록은 당시 국어연구학회의 대외적 호응을 가늠하는 척도가 될 수 있다. 국어연구학회가 처음 섰을 때는 제1, 2회 하기강습소 졸업생 60여 명으로 출발했을 가능성이 있다.52) 그러나 시일이 감에 따라 교육계와 학생 일반에 많이 알려져서 9월 5일의 기록이 보여주는 바와 같이 많은 사람의 입회가 있었던 것이 아닌가 한다. 『보기』는 창립 회원의 명단은 물론이고 뒤에 입회한 사람들의 명단도 제시하고 있지 않아서 인적 구성은 알아볼 길이 없다. 총회 후에 평의회를 열었다는 기록과 10월 24일자 기록에 학회를 당국에 청인(請認)하자는 주시경의 동의가 있었음을 보면 학회의 규모가 상당했던 것으로 짐작되나 그 이상의 기록이 없어 자세한 사정을 알 도리가 없다.

국어연구학회의 업적 가운데서 놓쳐서는 안 될 것은 연구와 강습활동이다. 1909년 10월 10일자의 기록에 의하면 주시경이 문전저술위원으로 선출되었다고 하는데 이러한 학회의 요구에 의해 나타난 구체적 결실이 1910년의 『국어문법』이 아닌가 한다. 그것은 『국어문법』「서」의 마지막 구절을 읽어보면 이 책의 출현이 우연의 소산이 아님을 알 수 있다.

> 近者에 國文研究會가 官設되며 國語를 研究하는 人士가 日增日加할 새 此書에 參互할 바가 有할가 하여 請求하는 이가 一二에 止하지 않이함으로 이에 井蛙의 觀이 萬一의 補가 될가하여 剞劂(印刷의 뜻: 引用者)에 付하노니 有志諸公은 我言文을 深究精研하여 字典 文典을 制하며 後生을 奬勵하여 我國民의 萬行이 되게 하소서

의 「跋文」, 『國語文典音學』(1908)의 「自序」 등이다. 이기문 편(1976나: 143-44, 156-67쪽)를 보라.
52) 히기강습소 제1회 졸업생은 25인으로 명단까지 나와 있다. 그러나 제2회는 명단은 말할 것도 없고 인원마저 미상이다. 그런데 명단 자리가 40여 명분의 빈칸으로 남아 있어 대강의 숫자는 어림잡을 수 있다.

위의 서문을 쓴 것이 1909년(융희 3) 7월이어서 문전 저술의 위임을 받은 10월 10일보다 몇 달 앞서기는 하지만 발행은 1910년 4월 10일이니 관련되는 사업으로 보아도 큰 잘못은 없을 것이다. 10월 24일의 기록에 방언과 고어를 수집하자는 주시경의 동의가 있었다고 하는데 어느 정도의 수확을 거두었는지는 구체적인 물증이 없어 단언하기 어려우나 이 사업은 여러 가지 제약으로 당장은 실현하기 어려웠을 것이며 오히려 1911년의 조선 언문회의 창설과 조선광문회의 사전편찬(1910)을 기다려서야 가능하게 된 것이 아닌가 한다.(뒤에 나옴)

1909년 10월 10일자의 기록을 보면 국어연구학회 산하에 강습소를 두되 기간은 1년으로, 수업시간은 매주 일요일 오후로 하고 강사는 주시경으로 한다는 말이 있다. 이 규정에 따라 1909년 11월 7일에 국어연구학회 제1회 강습소가 상동청년학원에서 열리게 되고 1910년 6월 30일 졸업생 20인을 배출하였다. 졸업생 20인은 김동일(金東一)을 비롯한 전원의 이름만 나와 있고 성적은 적혀 있지 않다. 졸업증서 서식에는 과정이 '소리, 기갈, 듬갈'로 되어 있고 증서 발부자가 '國語講習所 講師 周時經'으로 기재되어 있다. 또 국어연구학회 제2회 강습소는 1910년 10월에 열려서 1911년 6월 27일에 끝났는데 졸업생 수는 51인이었다. 장소는 제1회와는 달리 사동(寺洞) 천도교 사범강습소였으나 나중에 박동 보성학교로 옮겼다고 한다. 졸업생은 최현이(崔鉉蘷李)[최현배의 딴 이름: 지은이)와 변영태(卞榮泰)[전외무부장관], 김두봉(金枓奉), 오봉빈(吳奉彬)[화가53)을 비롯한 51인의 명단이 나와 있고 성적은 기재되지 않았다. 졸업증서는 자리만 마련되어 있어서 자세한 사정을 알기 어렵다.54)

---

53) 오봉빈은 1911년 보성중학교 내 '말익힘곳'에서도 수학한 일이 있다. 김민수(1980 나: 62쪽)에는 1914년으로 적혀 있다.

54) 국어연구학회 강습소에 관련된 기록은 『보기』5, 57~68, 87장을 보라.

국어연구학회의 강습을 통하여 우리는 미심쩍거나 잘 모르던 몇 가지 사실을 밝혀 낼 수 있다. 주시경이 1908년에 국어연구학회를 조직하고 1909~11년에 그 아래에 강습소를 두게 됨에 따라 3회까지 맡았던 하기강습소의 강사직을 4회 때는 그의 문하생인 박제선, 장지영에게 맡기고 자신은 소장의 일만 맡게 되었다. 한편 그는 국어연구학회의 실질적 책임자로서 또 동(同) 강습소의 강사의 임무를 수행하면서 장차 본격적 국어연구와 국문보급의 기틀을 다져 나갔다고 할 것이다. 이렇게 볼 수 있는 것은 국어연구학회 제2회 졸업생 가운데는 주시경 문하생으로 첫 손가락으로 꼽히는 김두봉과 최현이(배)55)의 이름이 보이기 때문이다. 이 두 사람은 주시경이 살아 있을 때는 사전편찬,56) 하기강습57)에 있어 중요한 역할을 했고 그가 죽은 다음에는 국문 보급의 계승자로서58) 문법연구의 후계자59)로서 많은 일들을 충실히 수행하였다. 이상의 사실을 근거로 할 때 1910년에 박동 보성학교에 두었다고 한 '조선어강습원'60)은 국어연구학회의 강습소임을 확인할 수 있다. 많이 알려진 일요강습소도 결국 국어연구학회의 강습소의 다른 이름이었던 것이다. 국어연구학회의 기록

---

55) 최현배는 1910년 '官立 漢城高等學校'에 입학하였으며 김두봉의 권유로 박동에 있는 보성중학교에서 열리는 조선어강습원에 다니었다고 말하고 있으나(김민수, 1980나: 61쪽, 각주 6) 참조). 이는 기억의 착오일 것이다. 이때는 조선어강습(뒤에 나옴)이 생기기 전이었으니 최현배의 1910년의 주시경 강습 수강은 국어연구학회 강습소의 수강이었음이 거의 틀림없다. 자세한 내용은 고영근(1995가: 23쪽)을 보라.

56) 주시경은 김두봉과 함께 1910년에 설립된 조선광문회의 사전 (『新字典』과 『말모이』) 편찬을 주관하였다. 이병근(1977: 68쪽)을 보라.

57) 최현배의 하기강습은 이미 살펴보았다.

58) 주시경의 작고 이후에는 김두봉이 조선어강습원의 고등반을 이끌어 나갔다. (뒤에 나옴)

59) 김두봉과 최현배가 주시경의 문법체계를 계속 발전시켰다고 함은 널리 알려져 있나.

60) 이러한 견해는 최현배(1961: 88-9쪽)에서 시작하여 김민수(1977/1986나: 148쪽, 1980나: 60쪽)으로 이어지고 있다. 주 54)를 보라.

은 주시경의 문법학설의 변모과정을 이해하는 데도 중요한 자료가 될 수 있다. 우리는 앞에서 국어연구학회의 제1회 졸업증서가 '소리, 기갈, 듬갈'의 세 과정으로 이루어져 있음을 살펴본 바 있다.[61]

이는 하기강습소의 6과나 5과(앞에 나옴)보다 훨씬 줄어든 것인데 결국 그의 문법체계가 음학, 품사론, 문장론의 3부체계로 종합될 수 있다는 뜻이며 이는 또 『國語文法』의 체계를 예상해 주는 중간단계의 역할도 한다.[62] 특히 여기서 주목할 것은 종전의 한자식 용어를 버리고 우리말식 용어를 쓴 사실이다. 이 증서에 의해 우리는 주시경 문법용어의 우리말 바꾸기는 1908~09년의 국어연구학회의 창립과 그 강습소의 운영을 전후 하여 이루어졌다고 말할 수 있다.

4. 조선어강습원과 조선언문회

종전의 개화기의 어학사 관계 저술에는 '조선어강습원'은 주시경에 의 해 1910년에 창설되었으며 그 연혁은 자세하지 않다고만 언급되어 왔 다.[63] 그리고 '한글모'라는 이름도 알려져 있었으나 앞의 '조선어강습원'의 다른 이름 정도로 알고 있었다.[64] 그러나 『보기』는 종전의 견해가 잘못되

---

61) 주시경 문법의 고유어화는 갖은 곡절을 겪으며 이루어졌다. 자세한 내용은 고영 근(1995다)를 보라.
62) 자세한 것은 고영근(1982)를 보라.
63) 대표적으로 김민수(1980나: 60쪽)에는 다음과 같이 서술되어 있다. 주 54), 59)과 비교 참조.
　　그 조선어강습원의 연혁은 자세치 않으나, 1910년에 박동 지금의 조계사 자리에 있던 보성중학교 안에 설치한 강습소로 알려졌다.
64) 이러한 견해는 한글학회의 『한글학회 50년사』(1971: 4쪽), 이석린 「열운 선생과 조선어연구회」(『나라사랑』 29: 97쪽)에서 볼 수 있다.

었음을 증언하고 있다. 『보기』의 '연혁'은 다음과 같이 써 놓고 있다.

同年(1911: 지은이) 九月十七日 國語研究學會를 배달말글몬음(朝鮮言文會)라 하고 講習所를 朝鮮語講習院이라 하야 學級를(을: 지은이) 確定하야 初等, 中等, 高等 三科를 各 一學年으로 定하고 時間은 每週日 二時間으로 定하고 諸一回 中等科만 便宜에 依하야 募集하니 合一百九十人이러라 位置는 磚洞 普成學校內러라 職員을 選定하니 院長 南亨祐, 院監 朴相龍, 講師 周時經先生, 事務員 金承翰諸氏러라.[65]

(윗점 : 인용자)

위의 기록에 기대면 1908년 창립되어 3년 동안 활동을 해 오던 '국어연구학회'가 1911년 9월 17일 '배달말글몬음'(조선언문회)으로 바뀌고 그 산하의 강습소가 '조선언문회강습원'이 되었음을 알 수 있다. 먼저 조선어강습원의 구성과 활동상을 살펴보고 이어 조선언문회의 조직을 알아보려고 한다.

1) 조선어강습원

이 강습소의 연혁은 앞에서 대강 살펴보았지만 '회록'에 기대면 1911년 9월 3일(일요일) 하오 2시에 주시경의 사저(私邸)에서 국어연구학회 총회를 열고 이 모임의 이름과 그 강습소의 명칭을 바꾸었다고 적고 있다. 이름을 바꾸고 강습원 규칙을 통과시킨 것은 9월 3일이고 정관에 따라 임원을 정하고 중등과를 모집하여 강습을 시작한 것이 2주일 후인 9월 17일일 것이다. 9월 3일은 총회일자이고 9월 17일은 개원일자로 볼 수 있을 것이다.

주시경 사저의 총회는 명칭만 바꾼 것이 아니라 주시경이 만든 강습원의 규칙도 통과시켰으며 강습원이 일반사항은 주시경에게 전부 일임하고

---

65) 『보기』 6장을 보라.

하오 4시경에 폐회한 것으로 되어 있다.[66] 그러면 강습원의 규칙부터 검토하기로 한다.[67]

자료의 중요성을 감안하여 전문을 다 제시한다.

講習所槪則

第一條 本院은 朝鮮의 言文을 普及하기로 目的을 定함.

第二條 本院은 朝鮮語講習院이라 名稱을 定함.

第三條 本院은 朝鮮言文會內에 置함.

第四條 本院內에 담과 如(한 : 인용자) 四學科를 置함.

　　　　ㄱ. 初等科　　　　ㄴ. 中等科

　　　　ㄷ. 高等科　　　　ㄹ. 硏究科

第五條 本院講習生은 담과 如한 資格이 有한 者로 함.

學 科	入學者의 程度
初等科	中學校一學年程度
中等科	初等科修業生程度
高等科	中等科修業生程度
硏究科	高等科卒業生程度

第六條 各學科의 科程은 담과 如함.

學 科	科 程
初等科	읽어리 밋 소리갈
中等科	씨갈 밋 월갈
高等科	높은말본

第七條 硏究科는 高等科卒業生이 自己의 專門하는 科學을 朝鮮語으로 (로 : 인용자) 評하야 每月 第三土曜日에 本院에 例納하고 考評을 求하야 五個年以內에 一統을 作함.

第八條 初等科로 高等科까지 名一個年式으로 三學年에 分하고 一學年을 또 담과 如히 三學期에 分함.

---

66) 『보기』 16장을 보라.
67) 강습원 규칙은 『보기』 28~30장을 보라.

第一學期 四月 第三日曜로 六月 第四日曜
第二學期 九월 第三日曜로 十二月 第二日曜
第三學期 一月 第三日曜로 三月 第一日曜

第九條 高等科까지 修業한 者는 卒業證書를 與하고 初·中 兩科에 修業한 者에게는 修業證書를 與함.

第十條 本院 講習生에 一學年間 缺席이 無한 者에게 勤業證, 優等(九五)[68]한 者에게는 褒賞證을 與함.

第十一條 本院講習生으로 四週日 無故缺席하거나 本院에 體面을 損傷하게 하는 者 院長이 退院을 命함.

第十二條 本院에는 담과 如한 任員을 置함.

院長一人
院監一人
講師幾人
書記一人

第十三條 本院 任員의 任務는 담과 如함.

院長 院務를 掌理하고 所屬任員을 監督함.
院監 院長의 指揮를 從하야 院務에 從事하고 院長이 有故한 時는 그 事務를 代辯함.
講師 院長의 指揮를 從하야 敎科講設을 擔任함.
書記 院長의 指揮를 從하야 院內에 文簿 及 會計를 掌理함.

第十四條 本規則은 必要한 境遇에는 言文會 總會 三分二 以上의 決議로 增削함을 得함.

주시경이 제정한 강습원 규칙은 모두 14개조이다. 역시 같은 사람에 의해 제정된 것으로 보이는데 제 2, 3회 하기강습소 개칙(앞에 나옴)보다 갑절이 될 뿐만 아니라 내용에 있어서도 매우 충실한 면을 보여 준다.

강습원 설치의 목적은 조선의 언문을 보급시키는 것으로(1조), 하기강습소의 설치목적과는 취의(趣意)가 근본적으로 나르다. 그리고 이 강습원은

---

68) 95점이란 뜻이 아닌가 한다.

조선언문회 안에 둔다고 했는데(3조), 이는 국어연구학회 산하에 강습소를 두었던 것과 조직상의 유사점이라고 할 것이다. 과정을 초등과, 중등과, 고등과, 연구과로 4분하여 입학 자격을 규정하고 교과 내용을 명시한 것은 이전의 두 갈래의 강습기관보다는 훨씬 발전된 양상을 보여 준다.(4, 5, 6조). 연구과정생에 대하여 자기의 전공 분야의 글을 매월 한 편씩 조선어로 써서 5년 만에 하나의 업적을 낼 것을 규정하고 있거니와(7조) 이는 주시경이 일제하에서의 국문보급의 방책을 얼마만큼 집념 있게 계획했는가 하는 것을 알게 해 준다. 각 과정의 연간 학기 구분(8조), 수료 규정(9조), 상벌규정(10, 11조), 강습원 임원과 임무의 규정(12, 12조) 등도 이전의 강습규정에서는 접하기 힘든 것이다. 강습원 규정에 개정에 대해서는 언문회 총회 2/3이상의 결의를 얻도록 규정하고 있는데 이는 조선어 강습원이 언문회의 산하에 있음을 실질적으로 뒷받침하는 것이다.

조선어강습원의 규정이 1911년 9월 3일에 주시경이 제정한 원안 그대로라면 제6조를 통하여 몇 가지 중요한 사실을 발견한다. '말본'과 '소리갈, 씨갈, 월갈'이란 말은 김두봉의 『조선말본』(1916)에 처음 나오는 말로 알고 있었으나 이미 이곳에 나오고 있다. 주시경이 1912년 내지 1913년에 『소리갈』이란 자필 유인본을 내었다는 의견이 있다.[69] 이 사실과 관련시키면 '소리갈'뿐만 아니라 '씨갈, 월갈'이란 말도 주시경에 의해 만들어졌음을 확인할 수 있다. 더욱이 1911년 12월에 간행된 『朝鮮語文法』에 '씨'란 말이 처음 나오는 것으로 보고되어 있는데,[70] 이런 사실과 관련시키면 '씨갈'을 주시경이 만들었다는 것은 더욱 확증을 얻는다. 그렇다면 '씨'의 사용 연대는 『朝鮮語文法』보다 3개월이 앞서는 셈이다. '말본'이란 말도 '월'과 함께 지금까지의 주시경의 저술에서는 발견되지 않는 용어인데

---

69) 이 문제에 대하여는 김민수(1979)를 보라.
70) 이기문 편(1976나)의 해설에 이 점이 지적되어 있다.

'소리갈, 씨갈'이 주시경의 용어라면 이들 역시 그러하다고 말할 수 있다. '읽어리'는 독본(讀本)을 의미한다. 이 말은 현재까지는 이규영의 중앙학교 교안이었던『읽어리 가르침』에 처음 나온다고 보고되어 있으나,71) 이 말 역시 1911년 주시경에 의해 사용된 것이다.

14개 조항의 규칙에 의해 닻을 올린 '조선어강습원'은 1914년 4월에 이름을 '한글배곧'이라 바꾸기도 하였다.72) 종전에 '배달말글몯음', '한글 모', '말익힘곳'이 '조선어강습원'이란 견해도『보기』의 출현에 의해 잘못이라는 것이 밝혀진 것이다. 그러면 조선어강습원의 임원진과 강습활동을 살펴보기로 한다.

앞의 연혁에서도 짤막하게 나온 바와 같이 강습원의 초대 원장은 남형우였다.『보기』는 원장을 비롯한 임원들의 취임 연월일과 사임 연월을 소상히 적고 있다.73)

院長
　　南亨佑(1911. 9. 17~1916. 11)
　　柳　瑾(1916. 11~　)

院監
　　朴相龍(1911. 9. 17~1913. 3)
　　尹昶植(1913. 3~　)

幹事
　　金承翰(1911. 9. 17~1912. 3)
　　李治奎(1916. 4. 30~　) 言文會 幹事도 兼任함.

---

71) 김민수(1980나: 78-81쪽)에 그 일부가 소개되어 있다.
72)『보기』8상을 보라.
73) 이 관계자료는『보기』55~58장. 자료에는 취임 연, 월, 일과 사임 연, 월, 일이 먼저 적히고 이름이 나와 있지만 본고에서는 반대 순서로 제시한다.

　講師
　　周時經(1911. 9. 12~1914. 7) 高中 兩科
　　申明均(1913. 3. 31~1914. 7) 初等科
　　金枓奉(1914. 7. 20~　　) 高等科
　　李奎榮(1914. 7. 20~1915. 9) 中等科
　　權悳奎(1915. 9~　　) 中等科

　초대원장 남형우는 구한말 법률학계의 회원으로 활약한 바 있고 1919년
상해임시정부에도 참가한 일이 있으며 보성전문학교 법과 교수로도 재직
한 일이 있다.74) 2대원장 유근(1861~1921)은 『황성신문』 창간(1898), 대한협
회 평의원(1907), 기호흥학회 평의원(1908)과 중앙학교 교장을 지낸 바 있
다.75) 원감 박상룡과 윤창식은 『보기』의 졸업자 명단에 나와 있지 않아
어떤 인물인지 알 수 없다. 간사 이치규는 강습원의 중등과 4회와 고등과
4회의 졸업생이고 김승한은 중등과 제1회 수업생이다.

　강사 신명균은 중등과 1회(1912. 3)와 고등과 1회(1913. 3)를 수업한 사람
으로서 중등과를 마치고 바로 초등과 강사를 맡은 것이다.76) 김두봉은
최현배와 함께 1910~11년에 국어연구학회 강습소를 수료한 일이 있고(앞
에 나옴), 고등과 제1회를 졸업한 사람인데 1914년 7월 27일 주시경이
하세(下世)하게 됨에 따라 고등과를 맡게 되었다. 따라서 김두봉의 고등과

---

74) 위의 사항은 신구문화사의 『韓國經濟政治學事典』(1976: 226쪽), 최종고, 「한말
　의 법학협회의 활동」(서울대 한국문화연구소 학술발표회 요지)과, 그리고 김두
　종 선생의 증언에 의지한 것이다. 남형우의 이력에 대하여는 근래 『부산일보』에
　세 차례 (1996. 3. 1, 15, 4. 15)에 걸쳐 보도된 일이 있다.(이춘우, 「다시 쓰는
　인물 독립사: 백산(白山)의 동지들」). 관련 논의는 『한힌샘 주시경 연구』9(1996)
　의 「자료」를 보라.
75) 유근의 이력은 김민수(1980가: 58쪽), 『보기』 9장을 보라. 『韓國經濟政治學事前』
　과 이희승 선생의 증언에 기초한 것이다. 유근의 원장 취임 기록은 「보기」
　9장을 보라.
76) 신명균의 초등과 강사 선임은 『보기』 7장을 보라.

강사 취임은 '연혁'의 기록에 의지하여 1914년 7월 20일이 아니라 1914년 9월로 고쳐야 할 것이다. 이규영은 중등과 제1회를 수업한 사람으로서 역시 주시경의 하세로 그가 맡았던 중등과의 강사직을 계승했던 것이다.[77] 권덕규는 중등과 1회와 고등과 1회를 마친 사람으로서 1915년 추기 개학 때 중등과 강사로 선정된 것이다.[78]

강습원의 강습 활동은 각 과정 개황표에 자세하게 기록되어 있다. 이곳에서는 이 자료를 '沿革', '講習生一覽', '證書一覽'과 관련시켜 가며 그 사정을 보다 유기적으로 검토해 보려고 한다. 개설 연대에 따라 중등과, 고등과, 초등과의 순서를 취한다.

조선어학습회 중등과 수업은 국어연구학회의 강습소를 '朝鮮語講習院'으로 바꾼 1911년 9월 17일이었다.(앞에 나옴). 응모한 수강생은 190인(앞에 나옴)이었으나 수업생 수는 125인이 되어 중도 탈락자가 꽤 있었음을 알 수 있다. 중등과 수업생 개황표의 첫머리에 1910년 6월 30일과 1911년 6월 27일의 졸업상황이 나와 있는데 이는 국어연구학회의 졸업 상황을 기록한 것으로서 중등과가 국어연구학회 강습소의 직적접인 계속임을 명시하기 위한 조처로 짐작된다. 이에 발맞추어 강습생 명단도 국어연구학회 1, 2회 졸업생이 먼저 나오고 중등과 명단이 나오는 것이다.[79]

중등과 제1회 수업생 125인[80]은 명단만 나오고 성적은 빈칸으로 남겨져 있다.[81] 수업생 가운데서 강습원이나 언문회와 관련이 있거나 뒤에

---

77) '연혁'에는 김두봉과 이규영의 강사 취임에 대해 다음과 같이 기록하고 있다. 同年 同月(1914년 7월: 인용자)二十七日 周時經先生이 下世하므로 九月 開學時에는 金枓奉氏가 繼選을 被하고 中等科講師는 李奎榮氏가 被選되다. (『보기』8장)
78) 관련 기록은 『보기』 8장을 보라.
79) 긴련 기록은 『보기』 66~76장을 보라.
80) '연혁'에는 126인으로 나와 있다.(『보기』 6장 참조). 명단이 125인이니 기록상의 착오일 것이다.

국어국문을 연구한 사람은 이규영, 김승한, 이병기, 권덕규, 신명균, 최현
배이고 이 밖에 지명인사는 차상찬(車相瓚)[신간『開闢』창간인], 윤태휴(尹泰
休)[윤태림 전남대 총장의 증형], 윤복영(尹福榮)[협성학교 교장), 廉尙燮(작가), 申性
模(전국방장관, 국무총리) 등의 이름이 우선 확인된다. 중등과 제1회 수업증
서는 앞에서 언급한 바와 같이,[82) 원장 남형우와 강사 주시경의 이름으로
발부되어 있으며 과정이 '소리, 씨난, 짬난, 익힘'으로 나와 있다. 용어가
『朝鮮語文法』(1911)과 비슷하여 주시경 학설의 변모 과정이 잘 반영되어
있다. 수료증서 발부 일자는 1912년 3월 31일로 되어 있다. 같은 날 중등과
제2회 수업생은 고등과로 진급하고 모집된 제2회 중등과 학생 수는 200인
이었다.[83) 그런데 1913년 3월의 수료생의 명단은 38인밖에 되지 않아
1회 때보다 더 많은 탈락자가 생겼다. 제2회 중등과 수업생은 명단과
함께 성적도 기재되어 있다.[84)

지금까지 살펴본 하기강습소, 국어연구학회, 중등과 제1회의 명단에는
칸만 나오고 성적은 기재되어 않았는데 1913년 3월 수료부터는 고등과와
함께(뒤에 나옴) 성적이 기입되어 있는 것이다. 학과, 근만(勤慢), 총점, 평균
의 차례로 제시되어 있다. 수료생 가운데서 후세의 어문연구가는 정렬모
(鄭烈模)가 있고 그 밖에 이세정(李世禎)[진명여고교장), 김용배(金龍培)[전 동국대
교수] 등의 지명·인사가 눈에 띈다. 중등과 제2회 수업증서는 이번에
처음 공개되는 것이므로 풀어 쓴 것을 모아쓰기하여 아래에 보인다.

---

81) 제1회 중등과 수업생 명단은 『보기』 69~72장을 보라.
82) 주 6)을 보라.
83) 관련기록은 『보기』 6장을 보라.
84) 제2회 중등과 수업생의 명단과 성적은 『보기』 72~74장을 보라.

배혼보람

난대	누	골	말
난제	해	달	날

이름

이는 아래 적은 다나를 다 배혼 보람이라.

다나 소리 씨

| 해 | 달 | 날 | 처레 |

배달말글 몯음 서울 온몯음서

어런	솔벗메
스승	한힌샘

중등과 제1회 서식(1912)과 비교할 때 '씨난'을 '씨'로, '쨤난'을 '다'로 바꾼
것이 다른 점이다. '어런'은 강습소 소장의 뜻으로 '어른'(뒤에 나옴)으로
나오기도 하며 '솔벗메'와 '한힌샘'은 남형우와 주시경의 아호이다. 한힌샘
이란 아호는 1913년 3월의 수료증서에 벌써 나오는 것이다.[85]

중등과 3회는 고등과 1회의 중등과 2회가 졸업하던 1913년 3월 2일이었
다.[86] 모여든 학생 수는 150인이었으나 1914년 3월의 수업생 수는 39인밖
에 되지 않는다. 이 가운데는 나중에 언문회 평의원이 된 장두정(張斗貞)과
언문회의 서기가 된 김두종(金斗鍾)(서울대 명예교수)의 이름이 눈에 띈다.[87]

중등과 제4회는 제3회가 끝나던 1914년 3월에 인원 모집을 하였는데
보결생을 포함하여 170인이었으나 이듬해 1915년 3월의 수업생 수는
39인이었다. 이 가운데는 뒤에 강습원 및 언문회의 강사가 된 이치규(李治
奎), 언문회의 서기가 된 박재경(朴載坰), 언문회의 의사원이 된 이재갑(李載

---

85) 최현배가 1913년 3월 2일에 받은 '맞힌 보람에도 이 말이 나온다. 주 6) 참조.
　　이기문 교수도 이 문제를 언급한 일이 있다. 이기문 편(1976ㄴ: 해설)을 보라.
86) '언혁'이나 '개황표'에는 3월로만 되어 있으나 최현배의 증서에 의하면 3월 2일이
　　었음에 틀림없다. 주 83) 참조.
87) 제3회 중등과 수업생 명단과 성적은 『보기』 73~74장을 보라.

甲) 등이 눈에 띈다.[88]

중등과 제4회 수업증서 또한 처음 나타난 것이므로 묶어 쓰기하여 보인다.

다   깬   보람

해   달   날 난 이름

우 사라미 우리 배곧 가온벌의 배감을 다 깟(깟: 인용자)기에 이 보람
을 줌

해   달   날

서울 한글 배곧 어른 솔벗메

제2회 중등과 수업증서에는 '배혼보람'이라고 되어 있었는데 제4회의 서식에서는 '다 깬 보람'으로 되어 있다. 제2회에는 강사 주시경의 이름도 같이 나왔었는데 이곳에서는 중등반 강사 이규영의 이름은 찾아볼 수 없고 남형우의 아호만 나온다. '우리 배곧 가온벌의 배감'이란 '우리 강습원의 중등과의 과정이나 배울 것'을 의미하는 것이다.

제5회 중등과 모집은 특별한 기록이 없고 1916년 3월 20일에 7인이 수료했다는 말만 있다. 그리고 같은 날 제6회 중등과 104인의 합격자를 모집하여 1917년 3월 11일에 6회 졸업생 17인을 내었다.[89]

고등과는 중등과 1회가 수료하던 1912년 3월 31일에 처음 문을 열었다. '연혁'에는 중등과 수업생 125인 전원이 고등과로 진급한 것으로 되어 있으나 이듬해 1913년 3월 졸업식에는 33인만이 졸업한 것으로 되어 있다. 고등과 제1회 졸업생 명단에는 중등과 제2회와 같이 성적사항이

---

88) 중등과 제4회 수업생 명단과 성적은 『보기』 74~75장을 보라.

89) 『보기』에는 1916년 5회까지의 수업개황만 나와 있고 수업생 명단에는 1917년 3월의 6회까지 기록되어 있다. 중등과 5, 6회의 기록은 『보기』 9장을 보라.

기록되어 있다. 이 글씨가 주시경의 글씨라 함은 이미 지적하였다. 이곳에서 흥미 있는 것은 주시경의 문하생 가운데서 뒤에 가장 혁혁한 업적을 낸 최현배가 평균 99.5라는 최고의 성적을 거두었다는 것이다.

졸업생 가운데 낯익은 사람들은 최현배, 신명균, 이병기, 윤복영, 김두봉, 권덕규 등인데 이들은 중등반에서 진급하였다. 현상윤(玄相允)[전고려대학교총장]은 중등과에는 없었던 사람이다. 고등과 제1회 졸업증서는 이미 공개되어 있으며 문구만 약간 다를 뿐이고 제2회 중등과 증서와 비슷하다.[90]

고등과 제2회는 중등과 2회가 수료하던 1913년 3월부터 1914년 3월까지 계속되었는데 중등과에서 진급한 학생 수가 얼마나 되는지 기록이 없어 알 수 없고 졸업생은 21인이었다. 정렬모, 김용배는 중등과 2회 졸업생 명단에 있던 사람들이었다. 고등과 졸업증서는 기록되지 않았다.[91]

고등과 제3회와 중등과 제3회 수료생이 어느 정도 진급했는지는 기록이 없어 잘 모르겠으나 1915년 3월에 졸업한 인원은 23인이었다. 이 중에서 장두정, 김두종 등은 중등과 3회에서 진급한 사람들이다. 고등과 제3회 졸업에서 특기할 것은 졸업증서와 근만증(勤慢證) 및 우등증이다.[92]

이곳에서도 풀어 쓴 것을 모아쓰기로 한다.

마친보람
해   달   날   난   이름
우 사람이 우리 배곤 높은 벌의 배감을 다 마치엇기에 이 보람을 줌

---

90) 고등과 제1회의 관계기록과 졸업생의 성적 및 졸업증서는 『보기』 6, 7, 60, 61, 83장을 보라.
91) 고등과 제2회 졸업에 관련된 자료, 졸업생 성적 등은 『보기』 7, 60, 62장을 보라.
92) 제3회 고등과 졸업에 관련된 자료는 『보기』 7, 60, 63, 89~90, 96~97장을 보라.

서울 한글 배곧 어른 솔벗메

부지런 보람

해   달   날   난   이름

우 사람이 우리 배곧   벌의 배해 동안에 모축이 없었기에 이 보람을 줌

해   달   날

서울   한글배곧 어른   솔벗메

솟재보람

해   달   날   난   이름

우 사람이 우리 배곧   벌의 닦음 다룸에 맺음이 솟재기로 이 보람을 줌

해   달   날

서울   한글 배곧   어른   솔벗메

이들 세 가지 서식은 모두 1915년 3월에 수여된 것인데 주시경 작고와 관련이 있는지 모르지만 솔벗메(남형우)의 이름만 나와 있다. 1911년에 설립된 '조선어강습원'이 '한글배곧'으로 바뀐 것이 1914년 4월(앞에 나옴)이니 1915년 졸업식 증서 서식에 '한글배곧'으로 나옴은 조금도 이상하지 않다. 고등과 제1회 서식에는 '맞힌 보람'이었는데 제3회에는 '마친'으로 되어 있어 차이가 난다. '높은 벌'은 고등과를 의미한다. '부지런 보람'에서 '벌' 앞에 두자 정도 비어 있는 것은 '높은(고등)', '가온(중등)'을 써 넣는 자리이고 '모축이 없엇기에'란 말은 '모가 없고' 곧 '성실하고'란 의미와, '축을 내지 않고' 곧 '수업일수를 빼지 않고'란 의미가 그럴듯해 보인다.[93] '배해'는 '배우는 해'의 뜻으로 이해된다. '솟재보람'의 '솟재'는 '솟은째', 곧 '첫째'의 뜻으로 이해된다.

---

93) 이 말의 풀이는 심재기 교수에 의존하였다.

제2부 개화기의 민족어문의 발견과 국권수호 115

이로써 지은이는 '附 證書'에 나오는 서식을 검토하여 보았다. 강습소의 규정뿐만 아니라 각종 증서 서식도 주시경의 손으로 만들어졌음을 확인할 수 있다. 풀어 쓴 증서들의 글씨 모양이 『말의 소리』(1914. 4. 13)의 끝에 나오는 '우리들의 가로 쓰는 익힘'과 꼭같기 때문이다. 가로 쓴 증서 가운데서 네 가지가 모두 1915년 3월에 수여되긴 했지만 이미 작고하기 전에 완성해 두었음을 알 수 있는 것이다. 요컨대 주시경은 작고하기까지 적어도 강습원에 관한 한, 거의 모든 기초를 다 닦아 두었다고 할 것이다. 이런 풀어쓰기가 고등과 제1회 졸업증서 서식(1913. 3)에서 이미 나오고 있으니 이런 종류의 증서는 1913년에 시작하여 1914년에 만들어 냈다고 하겠다.94)

고등과 제4회는 1916년 3월 20일에 졸업생 21인을 내었다.95) 이 가운데는 백남규(白南奎)[동덕고녀 교유, 조선어학연구회 회원]와 중등과에서 진급한 이치규, 박재경, 이재갑 등의 얼굴이 보인다.96) 고등과 제5회는 1916년 3월 20일 보결생 43인이 합격되었나고 하나 1917년 3월 11일 실제로 졸업한 사람은 14인이었다. 이 가운데서 엄항섭(嚴恒燮)[상해임정 문화부장], 김두백(金枓白)의 김두봉의 아우])이 눈에 뜨이는데 이들은 중등과의 명단에 없던 사람들이다.97)

초등과는 1913년 3월 제1회 졸업식 때 60인을 모집했는데 1914년 3월의 졸업 때는 8인밖에 되지 않았다. 이 가운데서 박재경, 이재갑은 중등과를 거쳐 고등과를 졸업했으며 언문회의 회계와 의사원까지 지냈다.(뒤에 나옴)98)

---

94) 주시경의 가로풀어쓰기는 『國文硏究』(1909)부터 시도되었다. 이기문 편(1976나: 해설)을 보라.
95) 명단 끝에는 23인이라 적히져 있으나 실제의 인원은 '연혁'의 숫자대로 21인이다.
96) 제4회 고등과 졸업에 관한 자료, 명단은 『보기』 9, 60, 63~64장을 보라.
97) 제5회 고등과 졸업에 관한 기록은 『보기』 9, 62, 64장을 보라.

연구과는 고등과 졸업생 정도의 자격이 규정되어 있으나 기록이 없어 어느 정도 실적을 올렸는지 전혀 알 수 없다. 그러나 고등과 졸업생 중 많은 사람이 뒤에 국어국문학의 전문학자로서, 독립운동가로서, 지도적 학자 내지 교육가로서 활약한 사람이 많다는 것을 고려하면 연구과의 정신이 충분히 구현되었다고 할 수 있다.

2) 조선언문회

우리는 앞에서 1908년 8월에 창립된 '국어연구학회'가 1911년 9월에 '배달말글몯음'(조선언문회)으로 바뀐 사실을 지적한 바 있었다.[99] 그러나 조선언문회가 학회로서 실질적 체계를 갖춘 것은 1913년 3월 이름을 '한글모'로 바꾸면서부터였다. 『보기』의 '연혁'과 '회록'을 중심으로 창립 경위와 조직을 검토하기로 한다.

'회록' 가운데 '한글모세움몯음적발'에 기대면 1913년(단기 4246) 3월 23 일(일요일) 하오 1시 주시경을 임시 회장으로 승석(昇席)시킨 가운데 임시 총회를 사립보성학교에서 열었는데 출석회원은 24인이었다.[100] 그리고 주시경이 작성한 회의 규칙이 최현이[배]의 동의와 손홍원(孫弘遠)의 재청으 로 그대로 통과되었으며 본회의 이름을 '한글모'라 바꾸고 이 모임을 '세운 몯음'(창립회 : 인용자)으로 하기로 가결하였다. 회장에는 임시 회장 주시경 이 최다점을 얻어 선출되었다. 이어 의사원 다섯 명을 선출하여 이들로

---

98) 초등과 관계의 자료는 『보기』 7, 78, 79장을 보라.

99) 1912년경에 쓰여진 이력서의 기록에는 국어연구학회를 1910년 8월에 폐지했다 고 하는데 이는 국권 피탈을 의식한 의도적인 기록일 가능성이 있다. 주 41)을 보라. 국어연구학회는 1911년 9월 3일까지는 존속된 것이다.

100) '연혁'에는 '同年(1913: 인용자) 4月○日 배달말글몯음을 한글모라 함'으로 기록되어 있어 '회록'의 월, 일과 맞지 않는다. 『보기』 7장을 보라. 이곳에서 는 일시가 분명한 '회록'의 기록을 따른다.

하여금 총무, 회계, 간사, 서기의 일을 분담하게 하고 하오 3시 30분에 폐회하였다고 임시서기 김용배가 기록하고 있다.[101]

'한글모'는 1916년 4월 30일(일요일) 하오 1시에 조선어강습원에서 임시 회장 남형우의 승석 아래 12인의 회원이 모여 임시총회를 연 일이 있다. 이는 회장 주시경의 하세(下世)로 말미암은 학회 임원진의 개편과 회칙의 개정이 중요 의제였다. 회장에는 남형우, 총무에는 윤창식(尹昶植)이 선출되었다. 그리고 이날 학회 사무실을 강습원 안에 두기로 했다는 말이 있는데 그때까지는 모임만 있었지 학회 사무실이 따로 없었던 것이 아닌가 한다. 이 총회의 임시 서기는 권덕규였다.[102]

그러면 '언문회'의 규칙부터 검토하기로 한다. 자료의 중요성을 감안하여 全文을 옮긴다.

朝鮮言文會規則

第一條 本會는 朝鮮言文會라 名함.
第二條 本會는 朝鮮의 言文을 實行함으로 目的함.
第三條 本會의 位置는 京城에 置함.
第四條 第二條의 目的을 達하기 爲하야 朝鮮言文에 必要한 書籍과 雜誌를 刊行하며 講習所를 設立함.
第五條 會員의 名義와 資格은 左와 如함.
　一. 通常會員 通常會員은 朝鮮言文을 研究할 意志가 堅確한 者
　一. 特別會員 特別會員은 本會에 設立한 講習所에서 卒業 及 修業한 者
第六條 本會의 任員과 그 職務는 左와 如함.
　一. 會長一人 會長은 本會를 總轄代表함.
　一. 總務一人 總務는 會中一切事項을 掌理함.

---

101) 창립 회의록은 『보기』 17~18장을 보라.
102) 관계 기록은 『보기』 18~20장을 보라.

一. 幹事二人 幹事는 會中 庶務와 其他의 交涉事項을 擔任함.

一. 書記一人 書記는 一切書類에 關한 事務에 從事함.

一. 會計一人 會計는 財政出納에 關한 事務에 從事하며 此에 關한 帳簿를 調製하야 每總會에 報告함.

一. 議事員五人 議事員은 會中에 重要한 事件을 議定하야 總會에 提出함.

但 急要한 事項에 關하야는 總會에 提出하지 아니하고 곳 決定하야 施行함도 得함.

一. 圖書部員若干人 圖書部員은 圖書部事務를 分業함.

第七條 任員選擧와 任期는 左와 如함.

一. 選擧方法 會長과 總務는 總會에서 無記名 投票式으로 選擧하고 其他의 任員은 議事會에서 推薦한 者로 任함.

一. 任期 任期는 다 一個年으로 定함.

第八條 本會의 機關은 左야 如함.

一. 總會 總會는 每年 十二月 第一日曜日에 開함.

但 必要한 事件이 有할 時는 臨時로 開催함도 得함.

一. 議事會 議事會는 總會日의 一週日前 日曜日에 開함.

第九條 會員의 義務는 左와 如함.

一. 入會後 一個年內에 一千種以上의 朝鮮語를 蒐集하야 本會에 提出한 事

一. 入會後 五個年內에 自己의 專門하는 科學의 一統을 朝鮮語로 作하야 本會에 提出할 事

但 本項은 特別會員에게만 限함.

一. 本會에서 刊行하는 書籍과 雜誌의 購覽者十人以上을 紹介할 事

一. 內外國을 勿論하고 業務와 生活上 住所의 移轉이 有한 時는 卽時 本會에 通告할 事

一. 入會日에 入會金 五十錢式 納入할 事

第十條 會費는 入會金과 其他의 出捐金으로 用함.

第十一條 本會의 發展을 爲하야 各地方에 支會를 設立함을 得함.

但 支會 設立의 規定과 支會規則은 別表로 製定함.

第十二條 朝鮮語를 專門으로 硏究하야 特別한 功이 有한 者와 各種書
　　　　籍을 朝鮮語로 著述·飜譯한 者는 그 成績을 보아 本會에서
　　　　該人에게 하남의 學位를 與하기로 定함.
第十三條 本會의 趣旨를 讚成하는 者는 本會의 讚成員으로 迎入함.
第十四條 會員이 本會의 目的에 違反되거나 本會의 體面을 損傷하는
　　　　事를 行하는 者가 有한 時는 退會를 命함.
第十五條 本規則에 正條를 加하고자 할 時는 總會나 議事會의 決議에
　　　　依함.
第十六條 本會規則을 改正하고자 할 時는 總會의 出席員 三分二 以上의
　　　　可決을 要함.

본회의 명칭이 '조선언문회'라 못박혀 있는 한(1조), '한글모'는 한 이칭(異
稱)으로 보아야 할 것이다. 어쩌면 회칙에 '한글모'라는 이름을 내세우는
것을 당시의 여건이 허락하지 않았는지도 모른다. 본회는 조선어의 실행
에 목표를 두고 있는데 국어연구학회의 목적과는 성격이 달라진 느낌을
받는다. 그리고 이를 달성하기 위해 서적과 잡지를 간행하고 그 아래
강습소를 둔다고 규정하고 있다.(2, 4조). 강습소는 이미 살펴본 바와 같이
1911년 9월부터 1917년 3월에 이르기까지 7년간 초·중·고등과에 걸쳐
많은 수업생 및 졸업생을 길러내었기 때문에 그 실적이 뒷받침되지만
서적과 잡지의 간행은 현재로는 실증할 길이 없다. 굳이 든다면 주시경의
『朝鮮語文法』(1913. 9. 27), 『소리갈』(1912~3?), 『말모이』(1911~?), 『말의 소리』
(1914), 김두봉의 『조선말본』(1916), 이규영의 『말듬』(1913?), 『한글적새』
(1916~9), 『現今朝鮮文典』(1920)과 1920년대 이후의 이병기, 권덕규, 최현
배 등의 저술이 언문회의 정신을 구현한 업적이라 할 것이다. 특히 이규영
의 『한글적새』여섯 권은 비록 완전하지는 못하다 하더라도 문법, 어휘,
고이, 방언에 관한 방대한 분량의 국어자료집의 성적으로 띠고 있는 만
큼,103) '국어연구학회'때부터 목표로 삼았던 우리말 모으기 운동(앞에 나옴)

과 언문회의 정신을 가장 충실하게 실현한 업적으로 평가될 수 있다. 잡지의 간행도 당대는 실현되었다는 자료가 없고 언문회 회원의 한 사람이었던 정렬모가 1927년 간행한 『한글』(동인지)에 와서 실현된 것으로 보고자 한다.

회원은 통상회원과 특별회원으로 되어 있는데 전자는 조선언문에 대한 연구의 의지가 확실한 사람으로 제한되고 후자는 강습원 수업생과 졸업생으로 구성된다.(5조). 그런데 통상회원의 입회자격은 1916년 4월 30일 임시총회에서 개정되어 '通常會員'은 아래 '本院 中等科修業生 맛'이 삽입되기도 하였다.[104] 이어 회장, 총무, 간사, 서기, 회계, 의사원의 수와 임무가 규정되어 있는데(6조), 이 역시 1916년 임시총회 때 일부분 개정되었다. 회장은 강습원 원장이, 총무는 강습원 원감이 겸임하도록 하고 의사원은 5인에서 10인으로 늘었다.[105] 총회는 매년 12월 첫째 일요일에 연다고 되어 있는데(8조) 이는 '조선어연구회'가 1921년 12월 3일(토요일)에 창립 총회를 가진 것과 줄이 이어지는 것 같다.(뒤에 나옴). 특별회원의 의무(9조) 중 둘째 것은 강습원 7조의 '연구과'의 의무와도 비슷한 데가 있다. 그리고 첫째 것은 어느 정도 성과가 있었는지 모르지만 이규영의 『한글적새』와 같은 자료집은 특별회원들이 수집한 자료가 바탕이 된 것으로 짐작된다. 지방에 지회를 설치하는 일이 실현되었는지 모르지만 이런 부류의 학회에서 지회 조직을 가진 것이 '朝鮮語學會'의 규칙(『한글 1.1』, 1932)에 와야 비로소 접할 수 있다는 점을 고려하면 선구적인 착상임에 틀림없다. 조선어를 연구하여 특별히 공을 세운 사람과 각종 서적을 조선어로 번역하여 좋은 성적을 얻은 사람에 대하여는 '하남'[106]의 학위를

---

103) 『한글적새』에 대하여는 『歷文』 ①114, 115와 김민수 편(1992나: 권 4)에 실린 김민수의 해설을 보라.
104) 관계기록은 『보기』 19장을 보라.
105) 회칙개정의 기록은 『보기』 18~19장을 보라.

수여한다고 규정한 것(12조)은 그 실현 여부와는 관계없이[107] 언문회 회원, 특히 주시경의 민족어 연구와 그 보급에 대한 의지의 강도를 측정하는 좋은 자료가 될 수 있다.

언문회의 규정 16개 조는 이전의 '국어연구학회'나 '배달말글몯음'이 특별한 규정이 없었던 것에 비추어 보면 학회로서의 조직을 거의 완벽하게 갖추게 했다고 할 만하다. '언문회'에 대해서도 『보기』는 '조선어강습원'과 같이 임원과 의사원, 회원의 명단을 제시하고 있다.[108]

會長
　　金廷鎭(1908. 8. 31~　　　　)
　　周時經(1913. 3. 23~　　　　)
　　南亨祐(1916. 4. 30~　　　　)
總務
　　尹昶植(1916. 4. 30~　　　　)
幹事
　　李治全(1916. 4. 30~　　　　)
書記
　　金斗鍾(1916. 4. 30~　　　　)
會計
　　朴載垌(1916~　　　　)
議事員
　　第一回(1913. 3. 23~　　　　)

---

106) 최기호 교수는 '하남'을 '한암(諳)', 곧 많이 안다는 뜻으로 풀 수 있는 가능성을 지은이에게 시사한 바 있다.
107) 정열모는 조선민주주의 인민공화국과학원 언어문학연구소가 주시경 탄생 80주년을 맞아 편찬한 『주시경유고집』(1957)의 「한힌샘 주시경선생략전」에서 수시경이 '국학연구원'을 사설하여 '하남'의 학위를 수여했다고 하나 이 기구의 성격은 아직 잘 알 수 없다.
108) 관계자료는 『보기』 37~52장을 보라.

周時經, 金枓奉, 尹昶植, 申明均, 李奎榮
第二回(1916. 4. 30~   )
李奎榮, 金丙熏, 申明均, 權悳奎, 張斗貞, 張志暎, 尹福榮, 李載甲,
朱宰晶, 金枓奉

회장단에 국어연구학회 회장을 지낸 김정진을 내세운 것은 '한글모'가
국어연구학회와 같은 단체라는 사실을 강조하기 위한 편자 이규영의 의도
의 표시로 볼 수 있다. 앞에서 본 바와 같이 강습원장 남형우는 주시경이
하세하자 정관의 개정으로 겸임한 것이다. 총무, 간사, 서기, 회계는 모두
남형우 회장 선출 때에 피선된 사람들이다. 처음 '한글모'가 창립되었을
때는 회장과 의사원 다섯 명만 선출하고 나머지 부서는 이들이 분담하게
하였었는데(앞에 나옴) 1916년 임시총회 때 부서 책임자를 위와 같이 결정
하였다. 임원 가운데서 윤창식만 제외하고는 모두 강습원 출신들이다.
제1회 의사원도 그러하고 제2회 의사원도 김병훈만 제외하고는 모두 강
습원의 한 과정 이상을 졸업하거나 수업한 사람들이다.

　언문회 회원 일람은 통상회원과 특별회원으로 구성되어 있는데 원적,
직업, 생년 월 일을 쓰는 형식을 갖추고 있으나 직업은 완전히 빈칸으로
남겨져 있다. 통상회원이 학회의 중추를 이루므로 모두 옮겨 적고 특별회
원은 들지 않기로 한다.

通常會員
周時經, 金廷鎭, 南亨祐, 朴兌恒, 張志暎, 朴齊璿, 朴相龍, 金昇翰, 李奎
榮, 尹昶植

위의 회원 가운데서 김정진, 남형우, 박태환은 주시경의 동료이고 장지영,
박제선은 하기강습소 시절의 주시경의 제자이다. 김승한, 이규영은 중등

과 제1회 수업생이나 박상룡, 윤창식은 강습원 출신은 아니며(앞에 나옴)
다른 정규학교에서 주시경의 가르침을 받은 사람일 시 분명하다.

特別會員

특별회원은 창립 규정에는 강습원의 졸업생 및 수업생으로 입회 자격
이 명시되어 있지만 실제 제시된 것은 고등과 1~5회의 졸업생만 나와
있다. 특별회원들의 인적 사항에 대해서는 앞의 강습원을 이야기하는
자리에서 언급한 바 있다.

5. 마무리

우리는 『한글모 죽보기』를 검토함으로써 이 글의 첫머리에 제기했던
몇 가지 궁금증은 말할 것도 없고 국권 상실을 전후한 10여 년 동안의
국어국문의 보급양상과 그 연구단체들의 활동상을 거울에 비추듯이 분명
히 파악할 수 있었다. 논술된 바를 우선 요약해 보기로 한다.

1907년부터 주시경이 개설한 하기국어강습소가 국어 연구 및 국문
보급의 모태였다. 이것이 기초가 되어 1908년 국어연구학회가 창립되고
그 아래 1년 기한의 상설강습소가 부설되었기 때문이다. 앞의 단체는
1911년 '배달말글몯음'으로, 다시 1913년 '한글모'로 이름을 바꿈으로써
'조선언문회'라는 학술단체를 구성하게 되었고 뒤의 기구는 '조선어강습
원'에서 '한글배곧'으로 이름을 바꾸면서 국문보급의 구실을 수행했다.
이를 간단히 표로 만들면 다음과 같다.

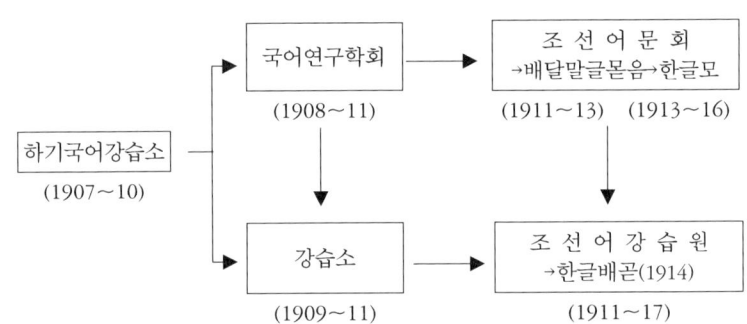

'연혁'에 기대면 조선언문회는 1916년 4월 30일 임시총회를 열었는데 그 이후는 이 학회의 활동이 어떠했는지 전혀 알 길이 없다. 조선어강습원 도 1917년 3월 11일의 졸업식을 끝으로 하여 그 이상의 기록이 없는 것을 보면(뒤에 나옴), 언문회도 이와 때를 같이하여 활동이 중단된 것이 아닌가한다.[109] 1916년부터는 두 기구가 거의 같은 사람들에 의해 운영되 었다는 것도 그런 사실을 뒷받침한다. 그러나 이 학회는 4, 5년 동안의 겨울잠을 거쳐 다시 새로운 모습으로 선보였으니 이것이 저 유명한 1921 년 12월 3일의 '조선어연구회'의 탄생이다. 이 학회를 조선언문회의 후속 단체로 보지 않을 수 없는 것은 발기인 일곱 명 가운데서 주시경의 직계후 학인 장지영, 권덕규, 신명균 등[110]이 참여한 사실인데 이들은 조선언문회 의 통상회원 및 특별회원이기도 하여 두 단체가 하나의 계보고 묶여진다 는 사실이 스스로 드러난다.[111] 또 조선어연구회의 창립 일자가 12월

---

109) 기관지 『한글』 창간호(1932. 5. 1)의 「本會重要日誌」에는 '조선말글모'(조선 언문회)가 1915년에 해산되었다고 하나 『보기』의 기록과 일치하지 않는다.
110) '조선어연구회'의 발기인 명단은 한글학회(1971: 5쪽)을 보라.
111) 기관지 『한글』 창간호의 「本會重要日誌」에는 '조선어학회'가 1897년의 '國 文同式會', 1915년에는 해산되었다고 하는 '조선말글모'(조선언문회, 주 108 참조), 1921년의 '조선어연구회'의 계속되는 단체임을 말하고 있다.

3일이었다는 것은 서로 관련이 있어 보인다.(앞에 나옴). 더욱이 1927년에 창간된 동인지『한글』은 언문회의 다른 이름 '한글모'에서 '한글'을 땄다는 점과 그 동인(권덕규, 이병기, 최현배, 정열모, 신명균)이 모두 언문회의 특별회원 이란 점에서 두 단체가 자연스럽게 연결된다.112) 또『한글』지는 조선언문 회가 간행하기로 한 잡지의 창간으로도 볼 수 있다.(앞에 나옴)

이상의 여러 가지 점을 고려하면 1921년에 창립된 '조선어연구회'는 그 뿌리가 가까이는 1913년의 '한글모'로 거슬러 올라갈 수 있고 더 높이면 1911년의 '배달말글몯음'으로, 궁극적으로는 1908년의 '국어연구학회'로 근원을 댈 수 있음을 확인할 수 있다. 이 문제는 오늘의 한글학회의 목표를 어디에 두느냐에 따라 결정될 문제인 듯도 싶다. '조선어연구회'가 '조선어 학회'(1931)를 거쳐 '한글학회'(1949)가 된 것도113) 따지고 보면 1913년의 '한글모'의 정신을 충실히 계승한 조처로 믿어진다. 이로써 오늘의 '한글학 회'는, 그 이름은 1913년의 '한글모'로, 기관지의 이름은 1927년의『한글』 로 거슬러 올라살 수 있는 것이다.

'조선어강습원'은『보기』의 '연혁'에 1917년 3월 11일까지 졸업 및 수업 식의 기록이 남아 있어(앞에 나옴), 이때까지는 강습소가 정상적으로 움직 였다는 증거를 잡을 수 있다. 그러나 다른 때와는 달리 이날 기록에 신규 입학생 모집 기록이 없다는 것은 이날로써 강습소가 실제로 문을 닫았음 을 의미하는 것이 아닌가 한다.114) 국어운동의 관점에 설 때 국권 피탈 전의 하기강습소와 국어연구학회의 강습소, 그리고 조선어강습원, 지방 하기강습소의 국어강습활동은 1930년대의 한글강습회, 지방하기강습회, 조선어 강습회와 광복 이후의 국어교원 양성, 지방 강습회 등의 국문보급

---

112) 동인지『한글』의 창간에 대하여는 김민수(1980가: 245쪽, 1990)을 보라.
113) 한글학회의 발자취에 대하여는 한글학회(1971: 5-6쪽)을 보라.
114) 김민수(1980가: 245쪽)에는 조선어강습원이 김두봉이 망명하던 1919년까지 지속된 것으로 보고 있다.

운동으로 연결되어 나타났다고 할 수 있다.[115] 그리고 하기국어강습소와 조선어강습원의 설치 목적이 다르고 국어연구학회와 조선언문회의 창설 목표가 차이를 보여 주는 것은 을사조약(1905)이나 국권피탈(1910)과 상관하여 해석하면 쉽게 수긍할 수 있다.

『보기』의 출현과 그 내용 검토를 통해서 얻게 되는 부수적 성과들을 정리해 보기로 한다.

(1) 오늘날의 '한글학회'의 연원은 1921년의 '조선어연구회'보다 10년 또는 그 이상으로 소급될 수 있다.

(2) '한글모'가 '조선어강습원'이 아닌 '조선언문회'를 가리키며 뒤의 기구는 '한글모'의 산하기관이다.

(3) 강습기관과 연구단체는 표리일체이다.

(4) 주시경 학파의 학통을 밝힐 수 있다. 주시경 후계학자로서 어문연구가는 대부분 강습소 출신이다. 장지영, 김원우, 정국채, 최현배, 김두봉, 이규영, 신명균, 이병기, 권덕규, 정렬모, 백남규 등이 후세에 어문연구 활동을 한 사람들인데 이 가운데서 정국채와 백남규는 정통계열에서 이탈되었다. 한편 주시경 후계학자로 알려져 온 김윤경(전 한양대 문리대 학장)과 이상춘은 적어도 강습소 출신은 아니며 다른 교육기관에서 주시경의 가르침을 받았던 것 같다.[116]

(5) 주시경, 장지영, 최현배, 이병기, 이규영 등의 연보를 더 정확하게 작성할 수 있다. 주시경은 말기 3년 간(1912~14)의 연보가 공백으로 남겨져

---

115) 자세한 것은 한글학회(1971: 4장)을 보라.

116) 김윤경의 연보(『한결 김윤경 선생』, 보성문화사, 1979)에 기대면 1911년 1월에 상동청년학원에 입학하여 주시경 선생에게 한글 교수를 받았다고 적혀 있다. 이상춘은 『歷文』 [1]36의 해설에 기대면 한영서원에서 신교육을 받으며 주시경 문하에서 공부했다고 한다.

있는데 많은 부분을 본서를 통해 보충할 수 있다.117) 이규영의 경우는
『한글모 죽보기』라는 편서가 한 권 더 추가된다.118)

(6) '한글'(1913. 3. 23)과 '배달말글'(1911. 9. 3)의 최고(最古) 사용 연대가
문증되었다. '한글'은 지금까지 1913년 9월에 창간된 『아이들보이』지에
처음 쓰인 것으로 알려졌는데,119) 본서의 출현으로 이보다 6개월 먼저
사용된 사실이 밝혀진 것이다. '배달말글'이란 말은 광복 후 최현배에
의하여 쓰이기 시작한 것으로 알려져 왔으나 이미 주시경에 의해 1911년
에 사용된 것이다.120)

(7) '말본, 소리갈, 씨갈, 월갈'이란 말은 1911년 주시경에 의해 만들어진
용어이다.(앞에 나옴)

(8) '배달말글몯음'과 '한글모'는 조선언문학회를 가리키고 '한글배곧'은
'조선어강습원'을 가리킨다.

우리가 『한글모 죽보기』를 김도하면서 느끼는 것은 하기강습소 개설을
앞뒤로 하여 우리의 어문연구와 그 보급을 음양으로 추진해 온 사람은
시종일관 주시경이었으며 그에 의해 양성된 문도들이 강습을 운영하고
그것이 터전이 되어 언문회가 올바른 궤도 위에 서게 되었다는 사실이다.
이와 함께 강습원과 언문회의 규칙은 물론 각종 증서까지도 주시경의

---

117) 이에 대해서는 김민수(1977/1986나: 226, 252쪽)을 보라. 주시경의 막내 아들
　　주왕산 옹의 작고 이후에 공개된 검열본 『國語文法』의 사이에 끼여 있는
　　숙명여자고등보통학교의 봉급명세서는 주시경 연보의 빈칸을 채울 수 있
　　다. 관련 논의는 『한글』232(1996)에 실린 고영근의 「주시경 관련 자료」를
　　보라.
118) 이규영 저술에 대한 것도 김민수(1980나)을 보라.
119) 이 문제는 김민수(1977: 156쪽)을 보라.
120) 『우리말본』(1971: 36쪽)의 다음 말을 보라.
　　배달말은 배달겨레의 말이란 뜻이다. ……배달겨레의 말을 배달말이라
　　하여, 영구불변의 이름을 삼고자 한다.

손으로 이루어졌다는 것은 주시경을 또다시 높게 평가는 중요한 계기가
될 수 있다. 최근 주시경의 문법이론이 현실과 사람의 마음에 바탕을
둔 의미해석이론이며 현대 기호학의 관점에 서더라도 손색없는 체계를
이루고 있다는 점이 밝혀지고 있는데,121) 이런 점들과 관련시켜 볼 때
주시경은 종전과는 다른 관점에서 평가될 필요가 있다. 특히 그의 가르침
을 받은 문도들이 비단 우리의 어문연구뿐만 아니라 각 방면에서 민족과
국가를 위하여 몸바친 사람이 많다는 점을 고려하면 주시경은 종합적으로
연구될 필요가 있다. 그를 연구하는 것이 개화기 및 일제시대의 문화사와
사회사를 연구하는 길로 이끌어진다는 생각에 동의한다면 우선 '주시경학
회'가 결성되어야 할 것이고 궁극적으로 '주시경연구소'의 설치가 불가피
하다고 생각한다.122)

---

121) 이 문제는 고영근(1982/1983라: 289-310)에 자세히 논의되어 있다.
122) 두 기구의 설치에 대한 필요성은 고영근(1982/1983라: 308쪽)에 자세하다.

붙임

주시경 선생의 자작 동요와
'조선어강습원'의 각종 증서

1. 주시경 선생의 자작 동요 해설

> 범아 범아
> 자는 범아
> 잘남을 뛰랴느냐
> 울남을 뛰랴느냐

이 동요는 조선 민주주의 인민공화국 과학원 언어문학연구소가 편찬한 『주시경유고집』(1957)의 앞에 붙은 정렬모의 「한힌샘 주시경 선생 략전」에서 소개되었다. 한편 같은 사람의 「선생께 배우던 날의 추억」(『로동신문』, 1956. 12. 22. 3면, 루계 제352호)에서는 "범아 범아 자는 범아, 천길을 뛰랴느냐 보아지라 보아지라 깨는 날이 보아지라"로 소개되어 있다. 한힌샘이 직접 칠판에 써 주었다고 하니 지은이의 임의적인 개변은 아닌 것 같다. 주시경 자신이 그때마다 조금씩 가감한 일종이 이본으로 보여진다. 전자를 「략전본」, 후자를 「로동신문본」이라 부르기도 한다.

'잘남은 만 길, '울남'은 십만 길의 뜻이며 '범'은 우리 민족을 상징한다. 민족의 만년대계를 구상한 선생의 애국적 열의가 표현되었다고 정렬모는 「략전본」에서 해석한다. 지금은 자고 있지만 언젠가는 그 축적된 힘으로

써 무한히 발전할 날이 온다는 것을 예언한 잠언적인 성격의 시구이다. 「로동신문본」에서는 그런 점이 비교적 분명히 표백되어 있다.

　「략전본」과 「로동신문본」을 종합하여 전문을 재구한 것을 보이면 다음과 같다.

　　범아 범아
　　자는 범아
　　잘남을 뛰랴느냐
　　울남을 뛰랴느냐
　　보아지라 보아지라
　　깨는 날이 보아지라

위의 동요는 지은이가 『한국의 언어연구』(역락, 2001: 114쪽)에서 재구한 바 있다.

2. 각종 증서의 판독과 그에 대한 해설

　주시경은 하기국어강습소, 국어연구학회 강습소, 조선어강습원 등의 졸업생들과 이수생들에게 졸업증, 수료증 등 각족 증서를 수여하였다. 『한글모 죽보기』에 기록되어 있는 증서 서식과 당시 문하생들이 받은 증서를 종합하여 그 서식을 원문대로 제시하고 판독과 해설을 붙이기로 한다. 개화기와 일제 강점 초기에 걸친 주시경의 국문 보급 활동에 대하여는 졸고, 「개화기의 국어연구단체와 국문보급활동」, 『한국학보 30』(1983)와 본서 82-128쪽을 보라.

A. 졸업 및 수업증서

가. 하기국어강습소

(1) 제1회 하기강습소(1907. 7. 1~9. 3) 졸업증서 서식(원래는 세로쓰기)

卒業證書

印章　　　　　　姓名

右는 本所의 規定한 科程을 履修하였기로 此를

證함

隆熙元年八月三十一日

尙洞靑年學院夏期國語講習所

　　所長　金命洙(姓名章)

　　講師　周時經(姓名章)

『한글모 죽보기』에 그 서식이 전하고 구체적인 졸업증서는 아직 나타나
지 않았다.

(2) 제2회 하기강습소(1908. 7. 7~8. 31) 졸업증서 서식(원래는 세로쓰기)

卒業證書

印章　　　　　　姓名

右는 本所에서 本期에 規定한 國語의 科程을 履修하엿기로 此를 證함

　　　科程　　　音學

　　　　　　　字學

　　　　　　　變體學

　　　　　　　格學

　　　　　　　圖解式

　隆熙二年八月三十一日

大韓京城尙洞第二回夏期國語講習所

　　　講師　周時經

『한글모 죽보기』에만 그 서식이 전하고 구체적인 증서는 아직 발견되지 않았다. '음학'은 음성·음운론, '자학'은 품사론, '변체학'은 단어형성론, '격학'은 문장구성론(통사론), '도해식'은 그림풀이를 뜻한다. '제2회 국어강습소 개칙'에는 실험연습이 있어 6과로 되어 있는데 증서에는 5과만 나와 있다.

(3) 제3회 하기국어강습소(1909. 7. 10~8. 31) 졸업증서 서식(원래는 세로쓰기)
『한글모 죽보기』에는 서식의 제목과 자리만 남겨 두고 아무 기록이 없다.

(4) 제4회 하기강습소(1910. 7. 15~9. 3) 졸업증서 서식(원래는 세로쓰기)

講習證書

姓名

右는 本所의 科程을 講習하엿기로 此를 證함

音學

格學 　　　　　　朴齊璿

科程　　字學　　講師　　張志映

變體

隆熙四年八月二十五日

夏期國語講習所長　　周時經

제1, 2회의 '졸업증서'가 '강습증서'로 바뀌었고 강사가 주시경으로부터 그의 제자인 박제선, 장지영으로 바뀌었으며 소장이 주시경으로 되어 있다. 『한글모 죽보기』에 그 서식이 전하며 2000년 2월에 나온 진태 교수 주관의 『한자+한글』7호에 윤무영(尹茂榮)이 받은 강습증서가 공개 된 일이 있다.

(5) 함흥 하기국어강습소(1912. 8. 24) 졸업증서 서식(원래는 세로쓰기)

　　　　익힘에 주는 글
　　　　　　　　姓名
　　이 사람이 이 講習所에서 익힘으로 이
　　글을 줌
　　大正元年八月二十四日
　　朝鮮語臨時講習
　　　　　　主務　文錫烈
　　　　　　講師　李奎榮

이 증서는 주시경의 문하생인 이규영이 함흥의 하기강습에서 수여한 수료 증서이다.

　같은 해에 나온 다음의 (8)과 그 서식이 공통되어 있다. 이규영의 함흥 하기강습에 대하여는 김민수, 「이규영의 문법연구」, 『韓國學報』 19 (1980) 를 보라.

나. 국어연구학회 강습소

(6) 국어연구학회 제1회 강습소(1909. 9. 1~1910. 6. 30) 졸업증서 서식(원래
　　는 세로쓰기)

　　　　講習證書
　　　　　　　　姓名
　　右는 本所의 科程을 履修하엿기로 此를 證함
　　　　科
　　　　　소리　　　　기갈　　　듬갈
　　　　程
　　隆熙四年六月三十日
　　　　隆熙三年九月一日로

隆熙四年六月三十日까지

國語講習所

講師　周時經

'기갈'은 품사론을 뜻하는 '字學'의 우리말 용어이고 '듬갈'은 문장구성론을 뜻하는 '格學'의 우리말 용어이다.

위의 증서는 주시경 문법용어가 한자어에서 고유어로 바뀌는 최초의 자료라는 점에서 주목된다. 주시경 문법용어가 고유어로 바뀐 최초의 저술은 『국어문법』(1910. 4. 15)인데 이 강습증서는 이보다 먼저 작성되었다고 볼 수 있기 때문이다. 『국어문법』에서는 품사론과 문장구성론을 뜻하는 자학과 격학이 '기난갈, 짬듬갈'로 되어 있다. 최근에 공개된 『국어문법』의 검열본에 기대면(『한힌샘 연구 3』, 영인자료 24장) '짬듬갈'이 원래는 '듬난갈'이었는데 '짬듬갈'로 고쳤음이 드러나 있다. 따라서 문장구성론을 뜻하는 '격학'은 '듬갈⌐듬난갈⌐짬듬갈'의 과정을 거쳐 우리말로 바뀌었음을 알 수 있다. 지은이는 졸고, 「주시경 『국어문법』의 형성에 얽힌 문제」, 대동문화연구 30(성균관대학교)에서 필사본 『말』, 검열본 『국어문법』, 활판본 『국어문법』의 세 이본을 중심으로 한힌샘의 문법체계와 문법용어가 바뀌어 가는 발자취를 정밀하게 밝힌 바 있다.

(7) 국어연구학회 제2회 강습소(1910. 10~1911. 6. 27) 졸업증서 서식(원래는 세로쓰기)

나남

한말익
힘곳침

이는 아래와 같은 말의 다나를 두달

동안에 익힘으로 이를 나남함이라

소리갈

다　　　기난갈

나　　　짬듬갈

익힘갈

세종임 글 나이신 네온예순아홉해 넷재달 첫날

보성중학교안 말익힘곳

스승 쥬시경 인장

이 증서는 앞의 (6)을 징검다리로 삼아 국한문혼용으로 되어 있었던 이전의 증서를 완전히 우리말로 바꾼 최초의 증서이다. '나남'은 증명·증서의 우리말이다. 어원은 알 수 없다. 앞의 인장의 '한말익힘곳'과 끝부분의 '말익힘곳'은 '국어강습소'에 대당되는 우리말이다. '다나'는 과정에 대당되는 우리말인 것 같으나 어원은 알 수 없다. '스승'은 강사에 해당하는 우리말이나. '소리갈, 기난갈, 짬듬갈, 익힘갈'은 음학, 자분학, 격(분)학, 연습학의 우리말 용어이다. '소리갈'이란 용어가 최초로 나타나는 것이 특징이고 '기난갈, 짬듬갈'과 같은 용어는 『국어문법』(1910)과 완전히 일치한다.

'세종임 글 나이신 네온예순아홉해 넷재달 첫날'은 세종대왕이 한글을 창제한 지 469년이 되는 4월 1일이라는 뜻이다. 글을 내셨다는 것은 창제의 뜻이므로 1911년으로 환산된다. 『국문연구』(1909)에 '癸亥冬에 成ᄒ시고……二十八年에 頒布ᄒ시니'로 되어 있고 더욱이 『말의 소리』(1914)에 "訓民正音은 世宗御製니 二十五年發亥冬에 성하고 二十八年丙寅에 中外에 頒布되니라 訓民正音이 成한 發亥로 今甲寅年(1924: 지은이)까지 四百七十一回에 至하니라"와 같은 기록을 보면 주시경이 훈민정음 창제연대와 반포연대를 구분하여 사용하였음을 알 수 있다. 469년을 반포 연대를 기준으로 환산하여 1914년으로 보는 일도 없지 않으나(김민수 1980나), 종합적으로 볼 때 1911년이 옳아 보인다. 졸고, 「'한글'의 유애에 대하여」, 『조문제선생회갑기념논문집』(1983)을 보라.

다. 조선어강습원

(8) 조선언문회 강습원 제1회 중과(1912. 3. 31) 졸업증서 서식(원래는 세로쓰기)

익힘에 주는 글

姓名

이는 명치 사십사년 구월로 붙어 사십오년삼
월까지 죠선말을 익히엇기로 이를 보이어 이
글을 줌이라.

印

익　소 리
　　씨 난
힌　짬 난
것　익 힘

명치사십오년삽월삼십일월
죠선어강습원

원장　남형우
강사　주시경

(7)의 '나남'이 '익힘에 주는 글'로 바뀌었고(5와 비교해 보라) '다나'를 '익힌 것'으로 바꾸었다.

'품사분류론'의 용어가 (7)의 '기난갈'에서 '씨난'으로, '문장분석론'의 용어가 (7)의 '짬듬갈'에서 '짬난'으로 바뀌었다. '씨난'이란 용어는 『조선어문법』(1911)에서 나타나기 시작하여 '짬난'이란 용어는 딴 곳에서 쓰인 일이 없다. 이 증서는 '學'을 뜻하는 '갈'이란 말을 빼고 과정이름을 단순화하였다. 이전의 '國語, 말 대신 '朝鮮語'가 쓰였음이 특징이다. 이 자료를 통하여 조선어강습원의 운영이 원장 남형우와 강사 주시경에 의하여 운영되었음을 알려 준다. (7)의 '스승'이 이전의 '강사'로 되돌아갔다. 이 증서는 최현이(최현배의 딴 이름)가 실제로 받은 증서가 현재 전한다. 최현배의 『한글만 쓰기의 주장』(1970)의 첫머리와 김민수의 『周時經研究』(增補版)(1986)에 영인되어 왔다. 앞의 책에는 색도로 장식된 원본의 모습이 그대로 재현되어 있다.

(9) 조선언문회 강습원 제1회 졸업(1913. 3. 2) 증서서식
   원 증서는 가로풀어쓰기로 되어 있는데 이해를 위하여 묶어쓰기로 바꾼다.

<pre>
             맞힌 보람
    난대   누 골 말
    난제   해 달   날
        이름
    이는 아레 적은 다나를 다 맞힌 보람이라
       다나   소리   씨   다
          해   달   날   철에
    배달말글몯음 서울 온 몯음서
       어런   솔벗메
       스승   한힌샘
</pre>

'맞힌 보람'은 졸업증서란 뜻이다. '난대'는 출생지, '누'는 도(道?), '골'은 군(郡), '말'은 '마을'의 준말로서 리(里)다. '난제……'는 생년월일이다. (8)의 '익힌 것' 대신에 (7)의 '다나'가 다시 쓰였다. '씨'는 품사, '다'는 넓은

뜻의 문장을 뜻한다. 과정의 표시가 문법단위 중심으로 바뀌었다. '철에'
는 '계절에'를 뜻하며 '봄철에'와 같이 쓸 수 있다. '배달말글몯음'은 '조선언
문회'를 의미하고 '서울 온 몯음서'는 '서울에 있는 조선언문회의 본부에서'
를 뜻하는 것 같다. '어런'은 조선어강습소의 '원장'을 뜻하며 '솔벗메'는
원장 '남형우'를 가리킨다. '스승'은 강사를 뜻하며 '한힌샘'은 주시경의
아호로서 「조선어문법」(재판) (1913. 9)보다 앞서 쓰인 점이 주목된다.

현재 이 서식에 의한 졸업증서는 최현배와 윤복영(전 협성학교 교장)이
실제로 받은 것이 전한다. 최현배의 것은 최현배외 김민수의 앞의 책에서
공개된 바 있다. 최현배의 책에서는 색도로 장식된 원본의 모습이 재현되
어 있다. 윤복영의 것은 『한글』1.3호(1932)에 이미 공개된 바 있고 북한
과학원 언어문학연구소편,『주시경유고집』(1957)에도 나와 있다. 『周時經
學報』8(1990)에는 오봉빈, 최현이, 윤복영이 받은 수업 및 졸업 증서가
천연색으로 재현되어 있다.

(10) 조선언문회 강습원 제2회 수업증서(1913. 3) 서식
여기에서도 (9)와 같이 가로로 풀어 쓴 것을 묶어쓰기하여 보인다.

배혼보람

난대	누	골	말
난제	해	달	날

이름

이는 아레 적은 다나를 다 배혼보람이라

다나	소리	씨	다
해	달	날	철에

배달말글몯음 서울 온 몯음서

어런	솔벗메
스승	한힌샘

'배혼보람'은 수업증서라는 뜻이다. 현재 이 증서의 구체적인 자료는 나와 있지 않다.

(11) 조선언문회 강습원 제3회 수업증서(1915. 3) 서식
이곳에서도 가로풀어쓰기한 것을 묶어쓰기하여 보인다.

마친 보람

해　　　　달　　　날　　　난　　　　이름

우 사람이 우리 배곧 높은 벌의 배감을 다

마치엇기에 이 보람을 줌

해　　　　달　　　날

서울 한글 배곧 어른 솔벗메

'해, 달, 날, 난'의 '난'은 '태어난'을 뜻하는 것 같다. '배곧'은 배우는 곳, 다시 말하면 강습원을 뜻하고 '높은 벌'은 고등과의 우리말이다. '배감'은 배우는 감, 곧 교과과정을 뜻한다. '한글배곧'은 한글 배우는 곳이라는 뜻으로서 (7)의 '말익힘곳·한말익힘곳'과 같은 뜻이며 조선어강습원을 의미한다.

위의 증서에 주시경의 이름이 빠진 것은 이미 작고한 뒤이기 때문이다. 이 증서는 1912, 3년경에 만들어진 '한글'이라는 우리 글자의 이름이 실용된 초기의 자료의 하나이다. 현재 이 증서의 구체적인 자료는 나와 있지 않다.

(12) 조선언문회 강습원 제4회 수업증서(1915. 3) 서식
이곳에서도 가로풀어쓰기한 것을 묶어쓰기하여 보인다.

다 깬 보람

해　　　달　　　날　　　난　　　　이름

> 우 사람이 우리 배곧 가온별의 배감을
> 다 깟기에 이 보람을 줌
>   해   달   날
> 서울 한글 배곧 어른 솔벗메

'다 깬 보람'은 졸업증서가 아닌가 한다. (8)의 '익힘에 주는 글', (10)의 '배혼보람'과 같은 뜻의 수업증서로도 해석할 수 있다. '가온별'은 중등과를 뜻한다. '깟기에'는 '깻기에'의 잘못이다. 이 증서에 한힌샘이 나오지 않은 것은 작고한 뒤이기 때문이다. 현재 이 증서의 구체적 자료는 나와 있지 않다.

B. 근만증 및 우등증 (조선언문회 강습원 제3회 졸업식시 근만증 및 우등증)

(13) 근만증 서식(1915. 3)

이곳에서도 풀어쓰기한 것을 묶어쓰기하여 보인다.

>   부지런 보람
>   해   달   날   난   이름
> 우 사람이 우리 배곧   벌의 배해 동산
> 에 모축이 없엇기에 이 보람을 줌
>   해   달   날
> 서울 한글 배곧 어른 솔벗메

'부지런 보람'은 개근증의 만든 고유어이다. '벌'의 앞의 빈칸은 '가온대, 높은'과 같은 등급을 기입하는 곳이다. '배해 동산'은 '배우는 해 동안'인 듯하다. '모축이 없다'는 '모가 없다'(성실하고 원만하다)와 '축을 내지 않다'(수업일수를 빼지 않다)의 합성으로 짐작된다.

이 증서의 구체적 자료는 아직 나와 있지 않다.

(14) 우등증 서식(1915. 3)

이곳에서도 가로풀어쓰기한 것을 묶어쓰기하여 보인다.

솟재 보람

해 　　　　 달 　　 날 　　 난 　　　 이름

우 사람이 우리 배곧 　　　 벌의 닦음 다룸

에 맺음이 솟재기로 이 보람을 줌

해 　　　　 달 　　 날

서울 한글 배곧 어른 솔벗메

'솟재'는 '솟은째', 곧 첫째의 뜻이다. '닦음, 다룸'은 '이수증'인 듯하나 자세히는 알 수 없다. '맺음'은 '결과'이다. '솟재기로'는 '첫째이기로'를 뜻한다. 지은이는 졸고, 「개화기의 국어연구단체와 국문보급활동」(『韓國學報』 30, 1983, 262쪽)에서 이 부분을 '솟재고로'라 판독한 적이 있다. 본서에는 고친 것을 반영하였다.(116쪽을 보라)

'국문'과 '한글', 그리고 '한글'의 '작명부'

▌제2부 **3장** ▌

1. 들어가기

오늘날 우리 글자의 이름으로 널리 쓰이고 있는 '한글'이란 말은 무슨 뜻이며 누구에 의해 지어져서 언제부터 사용되어 왔을까? 이러한 물음을 둘러싸고 우리의 학계에는 오래전부터 관심을 기울여 왔지만 아직까지 근거 있는 답변을 제시하지 못하고 있다.

일찍이 이윤재는 한글의 유래에 대해 다음과 같은 의견을 베풀었다.

> 이 말이 생기기는 지금으로 십오년 전에 돌아가신 주시경 선생이 '한글배
> 곧'이란 것을 세우니 이것이 '조선어강습소'란 말입니다. 그 뒤로 조선글을
> '한글'이라 하게 되어 지금까지 일컬어온 것입니다.[1]

'한글'의 이름을 지은 사람을 주시경이라고 추정하고 이어 그는 '한글'의

---

[1] 이윤재(1929) 및 김민수 밖에 공편(1986)와 김민수·고영근 공편(2008)의 『歷文』 ③23, 344쪽을 보라.

'한'은 우리의 고대민족의 이름인 환족(桓族)이나 환국(桓國)으로 거슬러 올라가며 내려와서는 '삼한(三韓)'의 '한(韓)', 근대의 '한국(韓國)'의 '한(韓)'에 그 기원을 대고 그 의미는 '크다(大)', '하나'라고 말하면서 다음과 같이 결론을 짓고 있다.

> 이러한 의미로 우리 글을 한글이라고 하게 된 것입니다. '한글'은 '한'이란 겨레의 글 곧 조선의 글이란 말입니다.

최현배는 '한글'의 '한'은 '一, 大, 正'을 의미하는 것이며 이 말은 주시경 으로부터 비롯된다고 추측하고 있다. 또 이 말이 쓰인 기록은 신문관에서 발행한 『아이들보이』임도 언급하고 있다.[2]

최남선은 한글의 유래를 비교적 자세히 언급하였다.[3]

> 降熙末年 朝鮮光文會에서 朝鮮語整理에 대하여 種種의 計劃을 할 때에 朝鮮文字를 朝鮮語로 稱謂하자면 무엇이라고 함이 適當하냐는 問題가 생겨 마침내 世界文字 중의 가장 거룩한 王者란 뜻으로 '한글'이라 부르자 는 말이 가장 有力하니 '한'은 大를 의미함과 함께 韓을 표시하는 말임에 因한 것입니다.

한글은 융희 말년, 곧 1910년 조선 광문회에서 만들어졌다는 것과 그 뜻은 앞의 이윤재의 해석과 같이 '大'와 '韓'의 두 가지를 들고 이어 이 말이 쓰인 최초의 기록은 계축(1913)년에 나온 아동 잡지 『아이들보이』의 '한글'란이라고 하여 최현배보다 사용 연대를 구체적으로 명시하였다.

한글이 조선광문회에서 만들어졌다는 최남선의 소견에 대하여 박승빈

---

2) 최현배(1961: 52쪽)을 보라.
3) 최남선(1946/1972: 179-79쪽)을 보라.

은 다음과 같이 말하고 있다.[4]

> 崔南善氏 經營 光文會內에서 周時經氏가 朝鮮語를 硏究하되 當時에 周氏는 漢字全廢論者로서, 또 朝鮮文을 專崇하고자 하는 感情으로 '諺文'의 名稱을 버리고자 하야 그 代用語를 考察하는 途中에 崔氏로부터 '한글'이라고 命名하야 周氏도 이에 贊同하야 爾後로 使用된 말이다.

박승빈은 최남선이 짓고 주시경이 찬동하여 '한글'이란 이름이 확정된 것으로 기록하고 있는 것이다.

김민수는 '한글'의 '한'은 '大韓帝國'의 '韓'에서 따낸 것이며 그 의미는 앞의 이윤재, 최남선과 같이 '大'와 '韓'의 두 가지를 부여하였다.[5] 그는 또 한글의 사용 연대와 쓰인 사례를 최남선보다 더 분명히 하였으니 "『아이들보이』지(1913. 9. 창간) 「한글 풀이」란에 처음 보인다"고 말하고 있는 것이다.[6]

지금까지 알려진 바로는 '한글'의 '한'은 '大'와 '韓'의 의미이며 지어진 것은 1910년이고 공식적 사용기록은 1913년 9월까지 높일 수 있으며 지은 사람은 주시경과 최남선일 것이라는 정도이다. 사용 연대만 확실할 뿐 의미나 지어진 연대 및 지은 사람은 아직도 분명하지 않은 점이 많다. '한글'이 우리 글자의 이름으로 보편화되어 있는 이 마당에 이 말의 유래를 자세히 캐어 본다는 것은 여러 가지 점에서 의의가 크다고 생각된다. 지은이는 최근 발견된 몇 가지 자료들과 이전의 소견들을 종합함으로써 '한글'이라는 이름에 얽혀 있는 문제들을 좀더 분명히 밝혀 보고자 한다.

---

4) 박승빈, 『한글맞춤법통일안 비판』(1936/1973: 4쪽)을 보라.
5) 김민수(1973: 138쪽)을 보라.
6) 김민수(1977/1986나: 156쪽)을 보라.

2. '한글'에 대한 새로운 해석

다 아는 바와 같이 갑오개혁 이후로는 우리말과 우리글을 '국어'와 '국문'으로 불러왔다. 이 당시 국어문법을 가장 집념 있게 연구한 사람은 주시경인데 그의 대부분의 저술은 '국어'와 '국문'으로 되어 있다.

『국문론』(1897), 『국어문법』(1899), 『국어문법』(1905), 『대한국어문법』(1906), 『국어와 국문의 필요』(1907), 『국문연구안』(1907), 『국어문전음학』(1908), 『국문연구』(1909), 『국어문법』(1910).

주시경뿐만 아니라 다른 사람의 저술에서도 이런 말을 접할 수 있다.

지석영, 『신정국문』(1905), 김희상, 『초등국어어전』(1909).

이러한 국어·국문이란 말은 주시경이 직접·간접으로 관여한 단체나 기관 등에서도 그대로 목격된다.[7]

國文同式會(1896), 國語文法科(1900), 國語研究會(1907), 國文研究所(1907), 國語夜學科(1907), 夏期國語講習所(1907), 國語演究學會(1908).

국권피탈 이전까지는 대부분 위와 같이 '국어·국문'이란 말을 썼다. 그러나 주시경이, 1910년 6월 10일에 발행된 『보중친목회보』 1호에 기고한 글에는 국어와 국문 대신 '한나라말'과 '한나라글'로 되어 있다. 이 글은 『국어문법』의 「서」와 「국문의 소리」를 한글로 바꾸어 쓴 것으로 짐작이 되는데,[8] 이는 '한국어'와 '한국문'에 대응되는 의미임이 틀림없어

---

7) 이기문 편(1976가: 459-60쪽)을 보라.

보인다.

그러나 이상의 저술들과 단체 등에 나타나는 '국어'나 '국문'이란 말도 국권피탈 이후로는 완전히 자취를 감추고 '國' 대신 '朝鮮'이란 말이 쓰이기 시작한다. 1911~16년에 나타난 우리말이나 글에 대한 저술이나 이와 관계가 있는 단체들을 들어 보면 다음과 같다.

주시경, 『조선어문법』(1911, 1913), 김희상, 『조선어전』(1911), 김두봉, 『조선말본』(1916), 김희상, 『조선어』(1915), '조선어강습원' (1911), '조선어문회'(1911).

한편 순수한 우리말로 된 저술들도 눈에 띈다.

주시경, 『소리갈』(1913?), 주시경 등, 『말모이』(1913?), 이규영, 『말듬』(1913?), 주시경, 『말의 소리』(1914).

한편 우리는 주시경의 이름으로 발부된 한 수료증서에서 '한말'이란 말을 발견한다.(사진 참조)

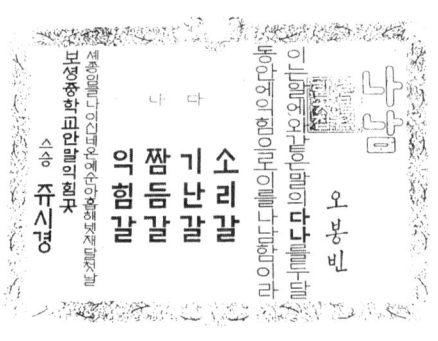

주시경의 이름으로 발부
된 수료증서

---

8) 위의 책 해설 「한나라말」을 보라.

위의 증서의 수료자 오봉빈은 화가인데 최근에 나타난『한글모 죽보기』
에 의하면9) 1910년 10월부터 1911년 6월 27일 사이에 국어연구학회 강습
소 제2회 졸업생인 것으로 적혀 있다. 그런데 위의 증서는 발부일자가
"세종임금 나이신 네온예순 아홉해 넷째달 첫날"이라고 되어 있다. '네온
예순 아홉해'란 세종대왕이 한글을 창제한 지 469년이란 뜻이니 1911년으
로 환산되고 '넷째달 첫날'은 4월 1일이다. 곧 1911년 4월 1일이다.10)
이렇게 판독이 된다면『한글모 죽보기』의 강습기간과 어긋나게 되니
국어연구학회의 수료증서라고 하기가 어려울 것이다. 그러나 현전하는
국어연구학회 졸업증서 서식과 체제가 비슷하고11) 강습장소가 보성중학
교이며 강사가 주시경인 점이 모두『한글모 죽보기』의 기록과 일치되
니12) 일단은 국어연구학회 제2회 졸업증서로 보아도 큰 잘못이 없을
것이다.13)

위의 증서와『한글모 죽보기』의 강습기간이 일치하지 않는 것은 국권
피탈의 사정과 얽혀 있는 것으로 생각된다.『한글모 죽보기』는 국어연
학회 제2회 강습기간을 1910년 10월~1911년 6월 27일로 잡고 있으나(앞에
나옴), 이는 이 책의 편자인 이규영의 의도적 기술일 가능성이 많다. 이
책은 하기강습소, 국어연구학회 강습소, 조선어강습원을 유기적으로 관

───

9) 이규영 편(1917~1919?: 68쪽) 참조.
10) 김민수(1980나: 62쪽)에는 이 연대를 1914년으로 잡았고 지은이도 이를 인용한
　　일이 있으나(고영근 1983나: 97쪽 각주 51), '세종임금 나이신'은 훈민정음 반포
　　(1446)라고 하기보다 제정(1443)이라고 보는 것이 증서에 나타나는 과정의 술어
　　등을 고려할 때 온당해 보인다.(앞에 나옴, 137쪽). 오봉빈의 수료증서는 김민수
　　선생이 소장하고 있다. 열람의 계기를 마련해 주신 김 선생님께 사의를 표한다.
11) 국어연구학회 제1회 졸업증서 서식은 고영근(1983가: 125쪽/본서: 133쪽) 참조.
12) 국어연구학회 제1회 강습소의 장소는 처음에는 사동 천도교 사범강습소였으나
　　뒤에 보성학교로 옮겼다. 자세한 것은 이규영 편(1917·1919: 67~68,87징)과
　　고영근(1983가: 97쪽/본서: 100쪽)을 보라.
13) 이규영 편(1917~1919)에는 국어연구학회 제2회 졸업증서는 빈칸으로 남겨져
　　있다.

런시키고 국어연구학회와 조선언문회가 같은 단체라는 사실을 드러내는 방향으로 편집되어 있기 때문이다. 위의 증서가 1911년 4월 1일자로 발부되어 있고 증서의 내용이 두 달 동안으로 나와 있으니 1911년 2~3월이 실질적 강습 시간이 된다.[14]

위의 증서가 국어연구학회 제2회 졸업증서라는 사실이 옳다면 강습소의 이름이 주목의 대상이 된다. 증서 끝에서 두 번째에 기록되어 있는 '보성중학교안말익힘곳'으로 보성학교 안에 설치되어 있었던 국어연구학회 강습소를 가리키는 것이다. 국권피탈 전 1910년 6월 30일자로 발부된 제1회 강습소 졸업증서에 나와 있는 국어강습소를 우리말로 바꾼 것이 '말익힘곳'이고 보성중학교는 그 소재를 특별히 밝히기 위하여 붙인 것이다. 우리는 국권피탈 후에 나온 주시경 등의 저술에서 '소리갈, 말듬, 말모이, 말의 소리'와 같은 이름이 있음을 보았는데 이곳의 '말익힘곳'의 '말'도 같은 사정에서 만들어진 이름으로 보고자 한다.

그런데 증서 첫머리 '나남'의 왼쪽에 '한말익힘곳침'이란 네모진 도장이 찍혀 있다. 이곳의 '한말'이란 주시경이 1910년에 기고한 바 있었던 '한나라말'의 '나라'를 떼어 내고 만든 이름으로 짐작되는데 단순한 '말'보다는 더 구체적이고 그러면서 국권피탈 이전의 '국어'가 표시했던 것과 동일한 의미 효과를 가져올 수 있다고 할 수 있다. 나라가 남의 손에 떨어지니 '국어'나 '국문'이란 말은 쓸 수 없고 임시방편으로 생각해 낸 것이 '말익힘곳'이요 그것을 보다 구체화시킨 것이 '한글익힘곳'이 아닌가 한다. 앞의 '한나라말'과 관련시켜 볼 때 '한말'은 주시경이 창안해 낸 말임에 틀림없다.

1911년 4월 1일자 증서에 나타난 '말익힘곳' 내지 '한말익힘곳'은 같은

---

14) 반대의 경우도 있을 수 있다. 실질적 강습기간은 『한글모 죽보기』에 적힌 대로이지만 일제의 눈을 피하기 위하여 기간을 2개월로 단축시켰다고 할 수도 있다. 새로운 자료가 나타나기를 바란다.

해 다른 이름으로 바뀐다.

> 同年(1911년: 지은이) 九月 十七日 國語硏究學會를 배달말글몬음(朝鮮
> 言文會)라 하고 講習所를 朝鮮語講習院이라 하야……15) (윗점: 지은이)

위의 기록에 기대면 1908년 8월 31일에 창립된 국어연구학회는 '배달말글
몬음'이라고 이름을 바꾸고 이를 '조선언문회'의 뜻으로 사용한 것으로
보인다. 한편 국어연구학회 산하에 있었던 강습소는 '조선어강습원'이라
고 이름을 바꾼 것이다. 앞의 오봉빈의 졸업증서에 나타나는 '말익힘곳'이
나 '한말익힘곳'은 바로 이 강습소를 의미하는 것이다. 그런데 이러한
이름들은 『한글모 죽보기』에는 적혀져 있지 않다. 이는 이규영이 본서를
편찬할 때 자료의 불비 등으로 빠뜨린 데에 연유가 있음이 분명하다.

우리는 위의 기록을 통해서 '국어'가 '한나라말'로, 이것이 다시 '말'
내지 '한말'을 거쳐 보다 포괄적인 '배달말글'로 바뀌있음을 확인할 수
있다. '한말'이라고 하면 우리말만 가르치고 우리글자는 빠지는 데 대해
'배달말글'이라고 하면 이의 한자 이름 '조선언문(회)'에서 보는 바와 같이
우리말과 우리글자를 다 지시할 수 있다.16)

'배달말글'이란 말이 실용된 것은 현전되고 있는 최현배의 1913년 3월
2일자의 졸업증서와 『한글모 죽보기』의 중등과 제2회 졸업증서 서식에서
볼 수 있다. 그리고 신명균이 공개한 졸업사진17)에서도 '배달말글몬음
둘재 보람'이 풀어쓰기 형태로 나와 있는 것을 볼 수 있다. '배달말글'이란
말은 1911년 9월 17일부터 나타나기 시작하여 1913년 3월 2일의 졸업증서

---

15) 이규영 편(1917~1919: 6장)을 보라.
16) 고영근(1983가: 105~6쪽/본서 103쪽)을 보라.
17) 신명균(1929)를 보라.

에 보편적으로 쓰였음을 확인할 수 있다.

그러나 이 '배달말글'이란 말도 1913년 3월 23일에는 '한글'로 바뀌게 된다. 이 문제에 대해 『한글모 죽보기』는 다음과 같이 적고 있다.[18]

臨時總會를 私立普成學校內에 開하고 臨時會長 周時經先生이 昇席하다……本會의 名稱을 '한글모'라 改稱하고……

이는 '배달말글몯음'으로 불려지던 조선언문회의 창립총회의 전말을 기록한 것인데 여기서 주목하고 싶은 것은 '배달말글'을 '한글'로 바꾼 점이다. 이는 앞의 '한말'과 마찬가지로 1910년의 주시경의 글 「한나라말」에 나타나는 '한나라글'의 '나라'를 빼고 만든 것임에 틀림없다. 광문회의 설립이 1910년 10월인 이상[19] 그때 '한글'이 논의되었더라도 이미 같은 해 주시경이 쓴 '한나라글'이나 '한나라말'이 중심이었을 것임은 쉽게 상상할 수 있다. 그러나 문증되는 자료가 없는 이상, 그것을 그대로 믿기가 어려우며 현재로는 1913년 3월 23일을 '한글'이란 말의 최고사용연대로 보지 않을 수 없다. 지금까지는 앞에서 살펴본 바와 같이 1913년 9월 이전으로 소급하지 않았는데 『한글모 죽보기』의 발견으로 이보다 6개월이 앞당겨지게 되었다.

'국어'나 '국문'을 '한말'이나 '배달말글'로 바꾼 것은 당시의 상황을 고려할 때 있을 수 있는 일이지만 '배달말글'을 '한글'로 바꾼 이유는 무엇일까? 우리는 앞에서 '한말'을 '배달말글'로 바꾼 연유를 캐어 본 일이 있거니와 이곳에서도 비슷한 추론이 가능하다고 생각한다. '배달'은 고조선의 이름과 관련된다는 점에서 우리 민족의 정체성을 드러낼 수 있는 이점(利點)이

---

18) 이규영 앞의 책(17쪽) 참조.
19) 서울대학교 동아문화연구소(1973), 「광문회」 항목을 보라.

있지만 음절이 너무 길다는 것이 흠이 된다. 이리하여 '한'으로 바꾸면 음절이 짧아지고 그것은 동시에 지금까지의 해석과 같이 멀리는 '三韓'의 '韓'과 관련되고 가까이는 '大韓帝國'의 '韓'을 연상시킬 수 있다는 점에서 1911년 4월 1일에 썼던 '한말'의 '한'을 다시 취한 것이 분명하다. 이런 조처를 취한 데는 '한'이 옛말 '하다'〔大:多〕의 관형사형 '한'으로 일치된다는 사실도 고려하였을 것이다. 그러나 이는 결과적으로 붙여진 뜻이지 원래의 의미는 아닌 것이다.

'배달말글'의 '말글'을 '글'(한글)로 바꾼 것은 무엇 때문이었을까? 앞의 경우와 같이 음절의 수를 생각했을 가능성이 충분하다. 앞에서 우리는 '한말'의 '말로써는 '言文'을 포괄하지 못하므로 '배달'에 '말글'을 붙였다고 해석한 바 있는데 이번에는 '말'이 떨어져 나가고 '글'만 남게 되었다. '글'은 문자뿐만 아니라 그것에 의해 적혀진 문장이나 기록 등의 문자언어도 가리킬 수 있다. '朝鮮言文'의 '言文'을 지칭하는 데는 '한글'이 '한말'보다 포괄적이고 또 '배달말글' 보다 음절이 짧다는 점에서 최종적으로 선택되었다고 보는 것이다.

요컨대 '한글'은 '한말'이나 '배달말글'과 비교해 볼 때 일차적으로 '韓', 곧 우리나라의 글자 내지는 문장을 가리키는 것이다. 우리가 오늘날 '한글'이란 말을 문자뿐만 아니라 우리의 언어를 지칭할 때도 쓰는 것은[20] 일언 역사적 형성과정과 깊은 관련이 있음을 확인할 수 있다.

---

20) 대표적으로『한글맞춤법통일』의 '한글'의 의미가 그것이다. 자세한 것은 박승빈 (1936/1973: 3쪽)을 보라.

3. '한글'이란 이름을 처음 지은 사람은?

'한글'의 作名者는 누구일까? 앞에서 살펴본 바와 같이 주시경이라는 의견이 우세하고 최남선이라고 하는 사람도 있으나 누구라고 단정하기가 어렵게 되어 있다. '한글'이 1910년의 주시경의 글에 나타나는 '한나라글'에서 유래한다고 해석한 이상, 그 이름을 지은 사람은 주시경임에 틀림없다. 박승빈은 최남선을 작명부인 것처럼 말하고 있으나 이는 오히려 반대일 가능성이 더 많다. 주시경이 이미 '한나라글'이란 말을 쓴 사실을 고려할 때 그러하다. 그리고 주시경의 손으로 만들어진 각종 증서에 '한말, 배달말글, 한글'이 실용되고 있다는 것은 '한글'의 작명부가 주시경이라는 점을 무엇보다 크게 뒷받침한다.

주시경은 하기국어강습소와 조선어강습원의 규칙은 말할 것도 없고 조선언문회의 규칙도 손수 만들었는데 언문회 규칙에 다음과 같은 말이 나온다.

> 第十二條 朝鮮語를 專門으로 硏究하야 特別한 功이 有한 者와 各種 書籍을 朝鮮語로 著述·飜譯한 者는 그 成績을 보아 하남의 學位를 與하기로 定함.[21) (윗점: 지은이)

이곳의 '하남'이 무슨 뜻을 표시하는지 단정할 수 없으나 '한앎', 곧 '많이 앎'의 등의 해석[22]이 옳다고 한다면 '한말, 한글'의 '한'과 관계가 없지는 않을 것이다. 더욱이 언문회의 규칙이 마련된 것이 '배달말글몯음'을 '한글모'로 바꾼 1913년 3월 23일이니 서로 관련되어 있음이 틀림없다.

---

21) 이규영 편(1916-1919?: 21~25장) 및 고영근(1983가) 및 본서 119쪽을 보라.
22) '하남'의 해석은 고영근(1983가: 113쪽, 각주 102쪽) 및 본서 120쪽을 보라.

1913년 3월 21일에 얼굴을 드러낸 '한글'은 그 후 어떻게 실용화되었을까? 앞서 말한 『아이들보이』지(1913. 9)의 「한글풀이」란에 처음 보이고 그 다음에는 '한글배곧'에서 나타난다. '한글배곧'은 1914년 4월에 조선어강습원을 바꾼 것인데 학회의 이름을 바꾸기에 이은 강습원의 개명인 것이다. 그리고 중등과 제4회 수업증서(1915. 3), 고등과 제3회 수업증서, 근만증, 우등증(1915. 3)에 '한글배곧'으로 나와 있다. 이들 증서는 모두 주시경이 살아 있을 때 작성해 둔 것인데 1915년부터 나온 증서에 '한글'이 쓰이면서 일반에 널리 알려진 것이 아닌가 한다.23)

1915년에 씌어진 것으로 짐작되는 김두봉의 『조선말본』(1916)의 「머리말」에 '한글모임자 한샘'24)이란 말이 나오는데 이는 '한글'이란 말이 주시경 후학들에게 사용된 최초의 기록이라고 할 수 있다. 김두봉 이후 '한글'이란 말을 적극적으로 사용한 사람은 주시경의 충실한 후학이었던 이규영이다. 그의 『한글적새』와 『한글모 죽보기』의 두 원고본은 1916~19년에 엮어진 것으로 짐작되는데 이 두 책의 이름이 '한글'로 시작되어 있다는 것이 주시경의 후계들이 이 말의 보급에 앞장서 있었다는 것을 뒷받침한다.

'한글'이 우리 문자의 이름으로 보편화된 것은 1927년 동인지 『한글』이 간행되고 '가갸날'이라고 부르던 훈민정음 반포일을 '한글날'이라고 고쳐 부른 때부터 시작된다고 할 것이다.25)

---

23) 이기문 편(1976가)에서 『新生』2.9에 실린 고등과 졸업증서(1015. 3. 31)를 옮겨 놓고(7면 참조) 해설(1면 참조)에서 이곳에 '한글'이란 이름이 처음 보인다고 말한 바 있다.
24) 한샘은 최님신인데 최님신이 조선언문회의 회상이 뇌었다는 기록은 『한글모 죽보기』에 나오지 않는다. 주시경의 하세로 말미암아 생긴 공백을 최남선이 임시로 맡았던 것이 아닌가 한다.
25) 이 문제에 대한 자세한 논의는 최현배(1961: 52-53쪽)을 보라.

4. 마무리

이상 우리는 오늘날 우리 글자의 이름으로 통용되고 있는 '한글'의 유래에 관련된 몇 가지 문제를 종전 학자들의 견해를 발판으로 하고 새로운 자료를 더하여 살펴보았다. 이야기의 줄거리를 간추리면 다음과 같다.

(1) '한글'은 주시경이 1910년에 쓴 글 「한나라말」에 나타나는 '한나라 글'에서 '나라'를 빼고 만들어진 것이다.

(2) '한'의 의미는 멀리는 '三韓'의 '韓'과 관련되고 가까이는 '大韓帝國'의 '韓'을 연상시킬 수 있다. '一, 大, 正'과 같은 뜻은 결과적으로 덧붙여지거나 후세 학자들이 부연한 것이며 이는 근본적으로 우리나라 글, 곧 한국 문자를 가리킨다.

(3) '한글'의 '글'은 '문자'뿐만 아니라 언어도 지칭할 수 있게 만들어졌다. 처음에는 '한말', 다음에는 '배달말글'로 하였으나 언어만 가리킨다든지 음절이 길다는 이유 때문에 포용성 있는 '글'이 채택되어 '한글'이란 말이 우리 문자, 나아가서는 우리의 언어·문자 전반을 포괄하는 말로 쓰이게 되었다.

(4) '한글'의 작명부는 '한나라글, 한나라말, 한말, 배달말글' 등의 말을 본다든지 최근 나타난 자료에 보이는 '한글모, 한글배곧, 하남' 등의 말을 두루 참조할 때 주시경임에 틀림없다.

(5) 현전하는 기록을 대상으로 할 때 '한글'의 최고사용연대는 1913년 3월 23일이다. 이는 종전의 기록보다 6개월 앞선다. 이 말이 실지로 쓰이기 시작한 것은 1913년 9월이며 1914년 조선어강습원이 '한글배곧'으로 바뀌고 1915년 이 이름에 의한 졸업증서 등이 발부되자 많이 알려졌고 보편화된 것은 1927년 이후라고 생각된다.

'한글'의 작명부는 누구일까
— 이종일·최남선 소작설과 관련하여 —

제2부 4장

1. 들어가기

개화기 이래로 우리 민족 문자의 이름으로 통용되고 있는 '한글'이라는 말은 누가 지었을까. 한힌샘 주시경이 지었다는 견해가 지배적이었고 육당 최남선이 지었다는 설도 없지 않았다. 그러다가 지은이는 지난 세기 80년대를 전후하여 얼굴을 내민 자료에 근거하여 '한글'의 유래에 관한 글을 써서 중학교 시절 지은이에게 말본을 흥미 있게 가르쳐 주신 백석(白石) 조문제(趙文濟) 선생(전 서울교육대학 교수)의 회갑기념논문집에 기고한 바 있고,[1] 이를 지은이의 어문 논설집 『통일시대의 어문문제』에 옮겨 싣기도 하였다.[2] 위의 글은 설득력이 강한 탓이었는지는 모르지만 여러 대학의 대학국어교재에도 실린 바 있다. 이 글을 쓰고 난 뒤 지은이는 돌아가신 난정(蘭汀) 남광우(南廣祐) 박사로부터 '한글'은 주시경에 앞서서

---

1) 고영근(1983나)를 보라.
2) 고영근(1994: 286-297쪽)을 보라.

19세기말에 이종일(李鍾一)이 지었다는 정보를 얻었다. 또 수년전 임홍빈 교수는 「주시경과 '한글' 명칭」이란 글에서 주시경 작명부설을 뒷받침한 지은이의 견해를 부정하고 '한글'의 작명부가 최남선이라는 해묵은 학설을 다시금 들먹였다.[3]

이미 '한글'이라는 말이 오늘날 우리 민족 문자의 이름으로 널리 사용되고 있는 마당에 그 작명부를 군이 캐어 낼 필요가 있느냐고 반문할 수도 있으나 사정이 그리 간단치 않다. 오늘날 한국의 나랏노래[國歌]의 작사자가 누구인가를 아는 것이 중요하듯이 '한글'의 작명부를 확정하는 일 또한 가볍게 넘길 수 없다. 오히려 그보다 더 중요하다고 생각할 수 있다. '동해물과 백두산이'로 시작하는 나랏노래는 대한민국 사람만이 부르고 그것도 국경일이나 공휴일과 같은 공적인 행사에서만 불려지는 데 대하여 '한글'은 대한민국의 국경을 넘어 해외의 교민사회는 물론 외국인 사회에까지 침투되고 있는 한국문자의 고유명사라는 점에서 그렇게 볼 수 있다.

오늘날 '한글'로 불리는 우리의 민족문자는 창제 당시에는 공식적으로는 '正音'이라 불렸으나 이는 잠시뿐이었고 '諺文'이란 말이 조선조 500년을 통하여 사용되어 왔으며 갑오경장을 계기로 하여 반도 안에서는 '우리말'이 '國語'로, 우리글은 '國文'으로 불렸다. 그러나 일본 제국주의자들에게 국권이 빼앗김에 따라 국어는 '조선어, 조선말'로, 국문은 '諺文, 조선문, 조선글'로 부르게 되었다. 그러나 잃어버린 국권과 모어를 되찾겠다는 우국 지사들은 '國語'와 '國文'에 대체될 수 있는 말을 다각도로 모색하다가 결국 '한글'이란 말을 선택하여 오늘에 이르고 있다.

사실 우리 민족어를 대내적으로 일컬을 때에 '국어'나 '우리말'이란 말을 사용한다면 우리글은 '한글'보다는 '국문'이나 '우리글'이란 말이 더 어울린

---

3) 임홍빈(1996)을 보라.

다. 실제로 '우리글'과 '우리말'이 개화기부터 많이 쓰였고 지금도 후자의 경우에는 국어를 대신하는 일이 많다. '한글'의 '한'이 '대한'의 '韓'과 직접 연관된다면 대외적 용법의 한국어는 마땅히 '한말'이라고 불러야 한다. 실제로 옛 대한제국시대에는 외국인들 사이에 '韓語'란 말이 통용되고 있었고 '한말'이란 말도 그런 대로 사용되었다. 韓語, 한말이란 말은 요즈음의 '한국어, 한국말과 같은 뜻을 머금고 있다. 그런데 현재 반도 남쪽에는 민족문자를 일컬을 때 대내적이건 대외적이건 '한글'이란 말을 통용하고 있으며 이 말은 한국의 언어를 지칭할 때에도 사용되는 일이 있다.

이곳에서는 남광우 교수와 임홍빈 교수가 주장하는 '한글' 작명부(作名父)의 비주시경설보다는 주시경 소작설이 훨씬 설득력이 있고 신빙성이 짙음을 구체적인 자료를 가지고 다시 한번 논증해 보려고 한다. 이 과정에서 지은이는 그 사이 알려지지 않았던 '한글'을 비롯한 한국의 언어와 문자 관련의 자료를 활용하여 뜻있는 사람들의 질정(叱正)을 구해 보고자 한다. 임홍빈 교수도 지적한 비와 같이 '작명부'란 말이 좋지는 않으나 관습적으로 쓰여 오던 말이어서 나중에 적당한 어휘를 대체하기로 하고 관습에 따라 사용하기로 한다.

2. '한글'의 비주시경 작명부설은 얼마나 설득력이 있는가

먼저 남광우 교수의 이종일 작명부설을 검토해 보기로 한다. '한글'을 이종일이 처음 지었다는 견해는 남광우 교수의 「훈민정음의 재조명」에 나타나 있다.[4]

이종일(1858~1925)은 개화 사상가로서 19세기말에 『제국신문』을 창간한 바 있고 뒤에 「論國文」(1908)이라는 논설을 남기기도 하였으며 3.1운동 때에는 민족 대표 33인의 한 사람이 됨으로써 독립 운동가의 반열에 들기도 하였다. 이종일이 남긴 『묵암비망록』(黙菴備忘錄)(일명 『沃坡備忘錄』)은 일기체의 자료로서 70년대 후반에 역사학자 이현희 교수가 『韓國思想』16(1978)에서 처음으로 공개하였다. 권1 광무(光武) 2년(1898) 7월 4일자에 다음과 같은 기록이 나타난다.

편의상 남 교수의 번역을 그대로 가져오되 필요한 부분은 괄호 안에 원문을 밝힌다.

나는 말하기를 사실 현세를 따지고 보면 대한제국의 시대인 까닭에 나의 의견으로는 제호를 제국신문이라고 붙이면 어떨까 한다. 듣는 사람들이 숙의한 끝에 모두 좋은 명칭이라고 말하여 이에 제국신문으로 결정하고 제호를 한글로 하면 어떻겠느냐고 하였더니 역시 모두 좋다고 하였다. 그래서 한글전용의 신문을 발간할 것을 결정지었다.(然則한글專用爲主 發刊決定也矣). (밑줄은 지은이가 침)

위의 대목은 신문 발간의 자금을 댄 이종일이 유영석, 이종면, 장효근 등과 발간 사업을 숙의한 끝에 신문의 이름은 '제국신문'으로 정하되 '한글'로만 쓰기로 결정하였다는 내용이다. 이어 8월 1일자 비망록에는 부녀자를 위하여 '純國文(한글)'으로 신문을 만들자는 이종일의 의견에 모두 찬성하였다는 기록이 나온다. 실제로 같은 해 8월 10일에 창간된 제국신문은 신문이름은 물론이고 기사도 모두 한글로만 되어 있다.

이종일의 '한글' 작명부설은 자신의 비망록에 기록되어 있다는 점에서 남광우 교수의 견해와 같이 '한글' 작명부의 최초의 영예를 짊어진다. 당시의 한국의 국호가 '大韓帝國'이었던 만큼 종전에 사용하여 오던 '언문'

---

4) 南廣祐(1989)를 보라.

을 대체하려면 '國文'이나 '韓文', 나아가서는 '한글'이란 이름을 짓지 않을 수 없었다고 생각한다. 문제는 이종일이 사용한 '한글'이 어느 정도 일반의 동의를 얻어 '언문'이나 '국문'을 대체하여 통용되었는가를 탐색해야 한다. 이종일은 앞서든 「論國文」이라는 논설을 『대한협회회보』에 기고하여 국문의 우수성을 선양하고 그 진흥에 힘써야 한다는 논조를 편 바 있지마는 자신이 1898년에 사용하였던 '한글'을 되살려 사용한 자취를 찾을 수 없다. 이종일이 '한글'의 최초의 작명부이기는 하지마는 발전적으로 사용되지 못하였다. 더욱이 이종일의 자료가 1970년대 중반에 비로소 얼굴을 내밀었기 때문에 이종일의 '한글'이 당시 사람들에게 거의 알려지지 않았던 것이다.

다음으로 최남선이 '한글'의 작명부라는 이야기는 박승빈의 『한글맞춤법통일안비판』(1936)[5]에서 처음으로 볼 수 있다. 박승빈은 '한글'을 '조선어'에 대당시킨 조선어학회의 처사가 잘못되었다고 비판을 가하고 '한글'은 '언문'의 대용어라 해석하면서 '한글'이 작명부기 최남선임을 증인하고 있다. 그 내용을 현대맞춤법으로 고쳐 적으면 다음과 같다.

> 최남선씨 경영 光文會 내에서 주시경씨가 조선어를 연구하던 당시에 주씨는 한자 전폐론자로서 또 조선문을 존숭하고자 하는 감정으로 「언문」의 명칭을 버리고자 하여 그 대용어를 고색(考索)하는 중에 최씨로부터 「한글」이라고 명명하여 주씨도 이에 찬동하여 이후로 사용된 말이라.

박승빈이 내세우는 최남선 소작설은 최남선 자신의 글 가운데서도 목격된다. 1946년에 나온 『조선상식문답』에는 다음과 같이 적혀 있다. 이를 쉽게 옮겨 보기로 한다.

---

5) 박승빈(1936/1973)을 보라.

　　융희 말년 조선광문회에서 조선어 정리에 대하여 여러 가지 계획을 세울
　　때에 조선문자를 조선어로 부르자면 무엇이라고 함이 적당할까 하는 문제
　　가 생겨 마침내 세계 문자 중의 가장 거룩한 왕자란 뜻으로 '한글'이라
　　부르자는 말이 가장 유력하니 '한'은 大를 의미함과 함께 韓을 표시하는
　　말임에 말미암은 것입니다.

　이상 두 사람의 증언을 종합하면 박승빈은 '한글'을 최남선이 짓고 주시
경이 동의한 것으로 보았으며 최남선은 구체적으로 작명부를 지칭하지
않고 조선광문회에서 자연스럽게 지어진 것으로 증언하였다. 임홍빈 교
수가 최남선 작명부설을 다시 들먹인 것은 박승빈과 최남선의 소론이
당대인의 진술이란 점을 중시하였기 때문이다. 사실 역사 서술에 있어서
는 임홍빈 교수의 소견과 같이 당대인의 기록이나 진술이 가장 신빙성이
짙다. 그러나 당대인이었던 두 사람의 진술을 토대로 하여 '한글'의 작명부
를 확정하기에는 석연치 않은 면이 도사리고 있다.
　알려진 바와 같이, 최남선은 조선광문회를 세워 주시경과 함께 사전편
찬을 도모하였고 주시경이 작고한 뒤에는 「周時經先生歷史」를 집필하였
으며 주시경의 유업의 하나였던 '한글모'(조선언문회)의 회장을 맡는 등
유지 계승에 표나는 활동을 하였다. 그러나 그 뒤 최남선은 주시경학파와
결별하여 박승빈 쪽으로 전향하였다. 김민수 교수의 「『말모이』의 편찬에
대하여」라는 글을 보면 육당이 1927년경에 박승빈 중심의 계몽단체였던
계명구락부에 가담하여 통재(統裁)의 직책을 띠고 사전 편찬에 착수하였
다고 말하고 있다.[6]
　최남선의 전향에 대하여는 일성자(一聲子)라는 사람이 『四海公論』에
기고한 「한글・正音 對立小史」(1938)를 통하여 그 사정을 자세히 알 수
있다. 이 글은 『역대한국문법대계』③23(1986, 769쪽)에 원문대로 실려 있어

---

6) 김민수(1983)을 보라.

누구든지 쉽게 볼 수 있다.[7] 그런데 이 자료는 아직 한번도 주목되지 않았다. 위의 글에는 먼저 조선어학회의 기관지『한글』과, 조선어학연구회의 기관지『正音』의 표지를 위 아래에 배치하여 한글파와 정음파의 대립의 역사를 서술하였다.

지은이 일성자는 한국어문운동이 1897년 주시경 중심의 국문동식회에서 시작된다고 말하고 먼저 '한글'의 작명부를 최남선으로 못박고 있다. 이를 쉽게 풀어 보기로 한다.

> 주씨(주시경을 가리킴 - 지은이)는 세상 사람들이 다 알 듯이 일찍부터 한자전폐론을 부르짖고 최남선씨와 더불어 광문회에서 비로소 조선어를 체계적으로 연구한 분이다. '諺文'이 '한글' 즉 '큰'('한'은 '큰'의 고어) 글로 개칭된 것이 이때 최남선씨의 명명에 의한다.

이곳에서 '한글'을 최남선이 명명(命名)하였다는 것은 앞에서 든 박승빈의 증언을 토대로 하고 있는 것으로 보인다. 국한문 혼용에다가 철자법 등을 고려할 때 지은이 일성자는 주시경학파보다는 박승빈학파에 기울어져 있었고 그런 점에서 박승빈의 저술을 숙독하였다고 보는 것이 옳다.

이어 지은이 일성자는 조선어학회와 조선어학연구회의 창립에 관련된 역사를 훑어 본 바탕 위에서 최남선이 주시경학파와 결별하게 된 경위를 다음과 같이 베풀었다. 역시 쉽게 풀어 보인다.

> 그런데 이 대립이 어디에서 생겼는가 하면 표면상으로는 물론 학설의 대립이라고 할 수 있으나 사실은 그전 조선광문회 시절의 동지였던 주시경 씨와 최남선씨가 분리되면서 사실상 대립의 씨가 배태되었다고 할 수 있다. 최씨가 그뒤 계명구락부의 간부가 되었고 그곳에서 조선어사전 편찬

---

7) 일성자(1938)을 보라.

사업을 시작하고 또 조선어학연구회가 그곳의 회원으로 이를테면 윤치호, 임규, 기타 제씨를 중심으로 결성되어 결국은 단순한 어학계의 대립이 아니라 더 깊은 기초를 띤 그것의 연장이라 볼 수 있는 점이 적지 않았다.

지은이 일성자는 한글 쪽이 야당적인 데가 있는 반면 정음 쪽이 여당적인 점이 없지 않다고 꼬리를 붙였다. 앞에서 우리는 최남선이 1927년경에 박승빈의 계명구락부에 가담하여 사전 편찬을 시작하였음을 본 바 있는데 일성자의 증언과 일치하는 것이다.

육당이 박승빈학파 쪽으로 전향한 사유는 현재의 지은이로서는 잘 알 수 없지마는 사전 편찬 문제로 주시경학파와 의견이 맞지 않아 그로부터 대립의 불씨를 안게 되지 않았나 한다. 그렇다면 박승빈이 1936년 한글맞춤법통일안을 비판할 때에 '한글'의 작명부가 최남선이라고 증언한 것은 위증(僞證)일 가능성이 없지 않다. 사실상 당시 조선어학회가 애용하고 있었고 이미 일반 사회에 널리 알려져 있던 '한글'이라는 이름도 자신과 행보(行步)를 같이하고 있는 최남선의 소작이라는 사실을 훤전(喧傳)하기 위한 작위(作爲)로 볼 수 있다. 이러한 추측이 가능한 것은 최남선의 증언에서 자기가 작명부라는 사실을 확언하지 않는 데서도 알 수 있다. 설사 박승빈의 증언이 사실이라고 하더라도 1910년 이후 최남선의 행적에서 한국문자의 이름을 어떻게 정할 것인가 하는 문제에 대하여 고심을 한 자료가 발견되지 않는다. 기껏해야 1913년 9월에 창간된 『아이들보이』지에서 처음 그 실용을 시도하였을 뿐이다. 이 잡지의 이름도 지은이에게는 조어의 방식을 볼 때 주시경의 입김이 작용한 것으로 보인다. 뒤에서 보겠지만 주시경은 최남선보다 먼저 '한글'이라는 이름을 두 번이나 사용하였다.

3. '한글'의 실질적인 작명부는 여전히 주시경이다

'한글'의 작명부가 한힌샘 주시경이라는 사실을 처음으로 발설한 사람은 환산 이윤재가 아닌가 한다. 환산은 『新生』에 기고한 「한글강의」의 첫째 강의에서 '한글'의 뜻과 유래에 대하여 설명하였다.[8] 환산은 먼저 민족 문자에 대한 역대의 명칭을 일별(一瞥)하고 특히 '國文'은 한국시대 정부에서 제정한 말이라고 하면서 다음과 같은 설명을 베풀었다.

> 이 말이 생기기는 지금으로부터 15년전에 돌아가신 주시경(周時經) 선생이 「한글배곧」이란 것을 세우니 이것이 「조선어강습소」란 말입니다. 그 뒤로 조선글을 「한글」이라고 하게 되어 지금까지 일컬어온 것입니다.

이윤재는 '한글'이 주시경이 세운 '한글배곧'에서 유래한다고 하였다. 이 증언은 '한글'의 작명부가 주시경임을 함의한다고 해석된다. 이러한 발설에 영향을 받았는지는 모르지만 외솔 최현배도 그의 『한글갈』에서 환산과 비슷한 견해를 표출하였으며,[9] 한국정신문화연구원에서 편찬한 『민족문화대백과사전』(1991)에서도 한글의 작명부(김민수 집필)가 주시경이라고 추정하였다.

그런데 북한의 『조선말 대사전』(1992)의 '한글' 표제항에는 남한과는 달리 '한글'의 작명부를 주시경을 비롯한 주시경학파의 소작으로 단정하였다.

> 큰 글 또는 바른 글이라는 뜻으로 『조선인민의 고유한 민족글자 「훈민정음」』을 달리 이르는 말. 20세기초 우리나라에서 국문운동이 벌어지는

---

8) 이윤재(1929)를 보라.
9) 최현배(1942/1961: 52쪽)를 보라.

과정에 주시경을 비롯한 국어학자들이 『정음』의 뜻을 고유어로 풀어서
붙인 이름이다. 1927년에 잡지 『한글』이 나오면서 점차 사회적으로 쓰이
게 되었다.

남한에서는 '한글'의 작명부를 주시경 한 사람으로 추정하고 있는데
북한은 주시경을 비롯한 학자들이라고 단정하였으니 집단 작명부설을
주장하고 있는 것처럼 들린다. 박승빈의 최남선 작명부설과 주시경의
동의설을 의식하였을 수도 있고 주시경 제자들 이를테면 김두봉과 정렬모
등의 증언을 토대로 하였을 가능성도 배제할 수 없다. 그리고 '한글'의
'한'이 '韓'과 관련된다는 주석은 피하였다. '大韓民國'의 '韓'과 일치됨을
피하기 위한 작위가 아닌가 한다. 이미 확인된 바와 같이 '한글'의 '한'이
'正, 大'를 뜻한다는 것은 '크다'의 옛말 '하다'의 관형사형 '한'과 일치하기
때문에 후세에 부연시킨 의미이다. 이런 방식의 뜻풀이는 자칫하면 2세들
에게 국수주의 사상을 불어넣어 준다는 점에서 바람직한 태도가 아니다.
'대한민국'의 '韓'과 관련시키는 뜻풀이만을 지향해야 한다.

지은이가 주시경을 '한글'의 작명부로 주장한 데는 그만한 이유가 있다.
주시경은 민족어 연구의 시작 단계서부터 많은 경우 우리말은 '國語'로,
우리글은 '國文'으로 사용하여 왔다. 그러다가 1910년의 국권상실 직전부
터 작고하기까지 전문 용어와 각종 서식의 고유어화를 꾸준히 도모하였
다. 먼저 『보중친목회보』(1910. 6)에서 '國語'를 '한나라말', '國文'을 '한나라
글'로 바꾸었다. 이곳의 '한'은 대한제국의 '韓'과 일치한다. 그리고 재미있
는 것은 1911년 4월에 나온 제2회 국어연구학회 강습소 졸업증서의 인장
에 '한말익힘곳'이라는 글귀가 나온다, 이곳의 '한말'은 앞의 '한나라말'에
서 '나라'를 빼고 지은 말임에 틀림없다. 이는 '우리나라말'과 '우리나라글'
에서 '나라'를 빼고 '우리말'과 '우리글'을 만드는 것과 절차가 같다. '국어'
를 '한나라말'로 삼기에는 너무 길다고 생각하였을 가능성이 짙다. 증서의

발행기관은 '한'을 빼고 '말익힘곳'이라 적었다. 이는 물론 일제 당국의 눈을 피하고자 하는 작위로 보인다. 앞의 '한나라말'과 함께 '國語講習所'를 고유어화한 것이다. 옛 대한제국시대에는 외국인들 사이에 서 '韓語'라는 말이 통용되었다고 하였는데 주시경은 1911년에 '국어'를 '한말'로 바꾸어 부르기 시작하였다.

사실 국문을 '한글'로 지어 부르면 '국어'는 이에 유추되어 '한말'이라는 말이 저절로 만들어진다. 물론 반대의 절차도 가능하다. 1920년대 중반 가갸날('한글날'의 전이름)을 맞아 나온 조종현(趙宗玄)(1906~1989)의 동시 「한말 한글─9월 29일을 맞으며」를 보면 '한글'과 '한말'이 나란히 사용되고 있다. 이는 두 개념의 어휘가 상관성을 띠고 만들어질 수 있음을 뒷받침할 수 있고 또 당시에 '한글'과 함께 '한말'을 사용하는 인사가 있었다는 자료로 활용할 수 있다. 알려지지 않은 작품이어서 전문을 공개한다.

> 방실방실 어린이 재미스럽게
> 말이 뛴다 소 뛴다 말은 하여도
> 하는 이 말 이름을 모른다 해서
> '한말'이라 이름을 일러 줬지요
>
> 방실방실 어린이 얌전스럽게
> 가갸거겨 책 들고 글은 읽어도
> 읽는 그 글 이름을 모른다 해서
> '한글'이라 이름을 갈쳐 줬지요
>
> 쉽고 쉬운 우리글 '한글'이라오
> 좋고 좋은 우리말 '한말'이라오
> 방실방실 어린이 잘도 읽는다
> 방실방실 어린이 잘도 부른다.

이 작품은『역대한국문법대계』③23(854쪽)에 실려 있다. 작자는 처음 맞는 가갸날을 맞아 '한말'과 '한글'을 짝을 지음으로써 우리의 언어와 문자가 우수하고 배우기 쉽다는 사실을 한편의 동시로 형상화하였다.

그런데 주시경은 1911년 9월에는 '국어연구학회'를 '배달말글몯음'으로 바꾸어 이전의 '국어'가 사용되던 자리에 '배달말글'을 대치하고 괄호 안에 '朝鮮言文會'를 넣었다. 알려진 바와 같이 국어연구학회는 국어를 연구할 목적으로 1908년에 창립하였는데 국권이 상실되면서는 학회의 이름을 '朝鮮言文會'로 바꿈으로써 조선의 언문을 실행하는 방면으로 학회의 성격을 바꾸었다. 이에 따라 '朝鮮言文會'를 고유어로 '배달말글몯음'이라고 하여 '朝鮮'에 대하여는 '배달'을, '言文'에 대하여는 '말글'을, '會'에 대하여는 '몯음'을 대응시켰다. 그러니까 조선의 언어와 문자를 아우르는 뜻으로 '배달말글'을 선택한 것이다. 한편 1912년 3월 31일에 발부된 조선언문회 강습원 제1회 중과 수업증서에는 한 해 전에 사용하였던 '한말'을 버리고 '조선말'을 택하였다. 그리고 발행기관도 그전의 '(한)말익힘곳'과는 달리 '조선어강습원'으로 되어 있다. 일제 당국을 의식한 소치일 수도 있다. 1911년에 개칭한 '배달말글몯음'은 1913년 3월 2일에 발부된 조선어강습원 제1회 졸업증서에서 실용되었다. 이런 문제는 내가『한글모 죽보기』를 분석하여『한국학보』30(1983)에 기고하고 그 뒤『통일시대의 語文問題』(길벗, 1995)에 옮겨실은 「개화기의 국어연구단체와 국문보급운동」에서 소상히 밝힌 바 있다.10)

주시경은 이 무렵 유인본『소리갈』에서 '한글'이라는 말을 썼다. 이 책은 발행연대를 추정하기가 매우 어려운데 김민수 교수는 대체로 1912년경에 나온 것으로 추정하였다. 우선 '한글'이 사용된 부분을 인용해

---

10) 본서 107쪽을 보라.

보기로 한다.

> 이 소리갈은 이 한글로 말하엿으나 이 까닭을 닐우어 어느 글이든지 보면
> 그 소리의 엇더함을 다 알리라. (끝쪽, 밑줄 – 지은이가 침)

위의 구절은 주시경이 『소리갈』을 한글로 집필하였음을 선언한 것이다.
사실 그 이전에 나온 주시경의 저술들은 앞서 든 「한나라말」을 제외하고
는 대부분 국한문혼용이었다. 내가 알기로는 위의 '한글' 기록은 현재까지
알려진 것 중에서 앞의 이종일의 기록을 제외하고는 가장 이른 것으로
짐작된다.

　『소리갈』에 이어 나온 '한글' 기록은 1913년 3월 23일에 창립된 '한글모'
에서 볼 수 있다. 지난 1981년에 발견된 『한글모 죽보기』의 「한글모세움
몯음적발」(朝鮮言文會創立記錄)에는 다음과 같은 기록이 나온다. 쉽게 풀어
쓴다.

> 임시총회를 사립 보성학교에서 열고 임시회장 주시경 선생이 승석(昇席)
> 하다. 임시서기가 인원을 점검하니 14인이었다. 주시경 선생이 다시 초정
> (草定)한 본회 규칙을 가부로 통과하자는 최현이씨 동의에 손홍원씨 재청
> 으로 가결되어 무애(無碍) 통과하다.
> 　본회의 명칭을 「한글모」라 개칭하고 이 몯음을 세움몯음으로 하자는
> 이규영씨 동의에 신명균씨 재청으로 가결되다.

1911년 9월에 개칭한 「배달말글몯음」을 1913년 3월 2일의 졸업증서에서
한번만 사용하고 같은 달 23일에는 「한글모」로 바꾸었다. '한'은 직접적으
로는 당시의 '朝鮮'에 대응하고 이전의 '大韓帝國'의 '韓'을 한글로 옮긴
것이다. 지은이는 앞서 든 글에서 위의 기록이 '한글'의 최고 사용기록이라

고 말한 바 있으나 앞의 『소리갈』에 이은 세 번째 기록이요, 주시경으로서
는 두 번째 기록이 되는 셈이다. 그리고 최초의 한글 기록이라고 하는
최남선의 『아이들보이』(1913. 9)에 나오는 기록은 네 번째가 되는 것이다.

주시경이 한국어문, 당시로는 조선언문을 표시하는 고유어로 '배달말
글' 대신에 '한글'을 택한 이유는 무엇일까. '배달말글'이라는 말이 조선의
'言文'을 가리키기에는 음절이 너무 길고 그리고 '배달'이라는 말이 일반인
에게 생소하다고 생각하였을 가능성이 있다. '배달'이라는 말을 가지고서
는 앞서 든 '大韓帝國'의 '韓'을 연상하기가 어렵다는 점도 고려하였을
가능성이 있다. 그리고 '말'(言)도 범위를 넓히면 '글'(文)을 포괄할 수 있고
그 역도 가능하다는 점에서 '글'을 선택한 것이 아닌가 한다. '모'는 '몯음'
(會)에서 첫 자의 앞 부분 '모'를 딴 것이다. 현재 '한글'이라는 말로 국어를
지칭하는 일이 많은데 이는 태생에서 이미 그 씨앗이 뿌려져 있기 때문이
라고 해석된다. 조선언문회를 지칭하는 '한글모'에 이어 1915년 3월에
발부된 각종 증서에는 '한글배곧'이라는 말이 널리 사용되었다. 주시경이
만든 것으로 짐작되는 각종 증서에 대하여는 지은이가 『주시경학보』
8(1991)에 기고한 「주시경 선생의 자작 동요와 '조선어강습원'의 각종
증서」11)에서 해독을 시험한 일이 있다.

이곳에서 '한글'의 작명부와 관련하여 덧붙일 것은 한별 권덕규(權悳奎)
의 증언이다. 권덕규는 조선어강습원 중등과를 거쳐 1913년 김두봉, 이병
기, 신명균, 최현배 등과 함께 고등과를 마쳤으며(제1회), 1915년에는 조선
어강습원 강사를 지내었다. 그리고 뒤에는 「周時經先生傳」을 쓰기도 하
였고 『朝鮮語文經緯』(1923)을 내기도 하여 주시경의 학문과 사상을 계
승·발전시키는 데 앞장을 서 온 문하생중의 한 사람이다. 지난 세기

---

11) 본서 129-141쪽을 보라.

80년대 중반에 권덕규의『朝鮮語講座』란 새로운 저술이 발견되어 화제를
모은 일이 있다. 이 책은 1933년 경성방송국에서 낸 조선어방송교재였다.
안병희 교수는『語文研究』13권 2호(1985)에 기고한「방송교재 '조선어강
좌'에 대하여」(1985)에서 돌아가신 하동호 교수의 소장본을 토대로 하여
'한글'의 작명에 얽힌 권덕규의 증언을 소개하고 그 나름의 해석을 가하였
다.12) 안교수의 글에서 권덕규의 소견을 인용해 보면 다음과 같다. 역시
쉽게 풀어쓴다.

> 또한 근래에 잡지나 신문에 흔히 쓰는 것과 같이 '한글'이라 함은 조선
> 총독부 편찬의『朝鮮語辭典』에도 쓰인 바 韓文을 조선말로 그냥 읽어
> '한글'이라 한 것이요 韓文이라고 그냥 음대로 정음으로 쓰면 지나글 漢文
> 과 음이 혼동될 혐의도 있어 이것도 피한 것이다.

위의 글을 통하여 우리는 '한글'의 처음 뜻이 '大, 一'이 아니라 '韓글'이며
당시 '韓文'이라는 이름이『朝鮮語辭典』(1920)에 오를 정도로 보편화되어
있었음을 알 수 있다. 그보다 우리의 눈길을 모으는 것은 '韓文'으로 쓰면
'漢文'과 음의 혼동을 불러일으킨다고 하여 '한글'로 결정하였다는 내용
이다.

  권덕규는 주시경이 한창 활동할 나이에 배우기도 하였으며 더구나
당시는 우리말과 우리글을 고유어로 어떻게 만들었으면 좋겠는가 하고
고민을 거듭하던 때여서 권덕규의 증언은 누구보다도 '한글'의 작명에
얽힌 당시의 사정을 잘 대변해 준다고 전해 준다고 하겠다. 앞에서 본
바와 같이 주시경은 '한나라말/한나라글 → 한말 → 배달말글'을 거쳐 '한
글'에 이르는 작명 과정을 누구보다도 소상하게 전해 주고 있다 더구나

---

12) 안병희(1985)를 보라.

권덕규의 증언은 '한글'로 낙착하기까지의 경위를 증언하였다는 점에서 '한글'의 작명부는 주시경이었다고 단정할 수 있다. 주시경보다 14년 전에 이종일이 '한글'이라는 말을 사용하기는 하였으나 그의 비망록은 지난 세기 70년대 중반에 발견되었다는 점에서 주시경이 몰랐을 가능성이 많다. 앞에서 두어번 언급한 바 있듯이 이미 당시에 외국인들 사이에 '韓語'란 말이 사용되고 있었다. 이글 뒤의 [붙임]에 관련 자료를 정리하여 두었다. 국어국문에 조금만 관심을 갖는 사람이라면 '한말'과 '한글'을 지을 수 있었다고 생각한다. 앞의 권덕규의 증언과 관련시키면 박승빈의 최남선 소작설은 위증일 가능성이 더 짙어진다.

'한글'의 작명부가 주시경이라는 점은 주시경이 작고한 뒤에 그의 후학들의 손으로 조직적으로 꾸준히 보급되었다는 사실에 의해서도 뒷받침된다. 먼저 김두봉이 처음 실천에 옮기지 않았나 한다. 『청춘』4(1915. 1)에는 「한글 새로 쓰자는 말」이 실려 있는데 이는 내용과 문체를 고려할 때 김두봉의 글임이 틀림없다. 이 글은 『역대한국문법대계』③23에 실려 있다. 글의 제목에서 사용된 '한글'이 본문에서 다시 반복되어 있다. 내용은 주시경에 의하여 주장되던 가로풀어쓰기의 당위성을 주장한 글이다. 김두봉은 이어 『조선말본』(1916)의 「머리말」에서 '한글배곧어른 솔벗메'와 '한글모임자 한샘'의 권유로 위의 책을 저술하였다고 말하고 있는데 전자는 조선어강습원 원장 '남형우'를 가리키고 후자는 조선언문회회장 '최남선'을 가리킨다. 주시경에 의하여 이름이 확정된 기관 '한글배곧'과 단체 '한글모'가 김두봉에 의하여 사용되기 시작하는 것이다. 이후 '한글'은 이규영의 두 저술 『한글적새』, 『한글모 죽보기』에서 실천에 옮겨졌고 같은 사람의 『현금조선문전』(1920)에는 적극적으로 사용되었다. 뒤 책의 편성을 보면 「제1편 글씨(文字)」 아래에 「제1장 한글(正音)」을 세우고 그 다음에 아래와 같은 설명을 베풀었다.

한글은 홀닿소리로 된 綴音 文字니 알의 적음과 같음.
(원문대로, 밑줄은 지은이가 침)

그로부터 2년 뒤 최현배는 東亞日報에 기고한 「우리말과 글에 대하야」
(23회 연재)에서 '언문' 대신 '한글'을 많이 사용하고 있어 '한글'이 한국문자
의 고유명칭으로서 자리를 잡아가는 단초를 열었다고 하겠다.

4. 마무리

이상과 같이 지은이는 그 사이 제기된 '한글'의 작명부에 대한 견해를
하나하나 검토하고 내가 1980년대 초에 세운 한글의 주시경 작명부설이
잘못이 아니었음을 다시 한번 확인할 수 있었다. 남광우 교수는 옥파(沃坡)
이종일이 '한글'의 최초의 작명부라 하였고 임홍빈 교수는 한글의 작명부
는 주시경이 아니라 육당 최남선이라고 하였으나 어느 하나도 주시경
작명부설을 뒤엎을 만한 증거를 확보하지 못하였다. 특히 권덕규의 증언
은 오히려 주시경 작명부설을 굳혔다고 단정할 수 있다.

사실의 발견과 이를 체계화하여 뒷 사람에게 영향을 미쳐 그 자체로서
독자적인 틀을 만드는 것과는 사정이 다르다. 독일의 언어학자 코세리우
(E. Coseriu)는 1972년에 19세기말에 활동하였던 언어학자 가벨렌츠(G. von
Gabelentz)의 『언어학―과제와 방법, 그리고 성과』(Die Sprachwissenschaft, ihre
Aufgabe, Methoden und bisherigen Ergebnisse)를 다시 발간함에 즈음하여 붙인
해설문에서 가벨렌츠가 소쉬르(F. de Saussure)보다 앞서서 랑그와 빠롤을
구별하고 공시언어학을 건설하였다고 주장한 바 있다.13) 그럼에도 불구

---

13) 코세리우(1972)를 보라.

하고 현대의 언어학자들은 소쉬르를 구조언어학의 비조라 부르고 그로부터 현대언어학사를 엮어 가고 있으며 동시에 그의 인식체계를 바닥에 깔고 언어연구에 매진하고 있다는 사실을 기억할 필요가 있다. 단편적인 사실의 발견이나 나열은 지식의 축적은 될지언정 그 자체가 학문이라고 말하기는 어렵다. 학문은 고도(高度)의 인식활동을 전제로 한다.

　이곳에서 몇 가지 사실을 덧붙이고자 한다. 앞에서 우리는 개화기에 종전의 '언문'을 대체할 수 있는 말을 여러 가지로 고안하다가 결국은 '한글'로 낙착하였다고 하였는데 지금까지 별로 알려지지 않은 '본문'설을 소개하려고 한다. 1920년대 중반의『東光』지상에는 '白定木' 또는 '天民子'라는 필명을 가진 천재적 어학자가 몇 편의 글을 기고한 일이 있다. 그가 어떤 사람인지 현재로는 알 수 없지마는 국어의 모음체계를 다시 편성하고 중세어의 '일훔'과 '일쿨－'을 서로 관련시켜 '잃'과 '웇, 귿'으로 분석한 것은 지금 보아도 조금도 흠이 없는 어원론이다. 이어 그는 우리글의 명칭으로 '언문, 본문, 정음'의 셋을 들고 그 중 '본문'(本文)이 가장 적합하다고 하였다. '정음'(正音)은 귀족 중심적인 용어이고 '본문'은 민중 중심적인 용어로 보았다. '본문'을 제안한 백정목의 견해가 사람들의 주의를 끌지는 못하였지만 명명의 근거를 분명하게 댄 점은 높이 평가해야 할 것이다. 이 문제에 대하여는 이진호 박사가「다시 찾는 두 어학자」란 글을『형태론』2권 2호에 기고한 일이 있어 도움이 된다.

　북한과 옛 사회주의 국가에서는 한글문자를 어떻게 부르고 있을까. 북한은 1948년까지는 '한글'이라는 말을 사용하였다. 1947년에 나온 김종오의『한글독본』에는「한글을 배우자」,「'한글'의 뜻」,「'한글'의 이름」 등 '한글'을 앞세운 단원들이 많다. 그러나 1948년 1월에 공포된『조선어신철법』에는 '朝鮮語 子母'라 불렀다. 이는 통일안의 '한글 字母'를 바꾼 말이다. 신철자법에 '한글'이 자취를 감추었음에도 불구하고 당시의 문법

교과서에는 여전히 '한글'이 사용되고 있었다. 1949년에 나온 박상준의 『조선어문법』에는 '한글 자모'란 말이 나온다. 이 책은 1947년에 초판이 나온 것으로 짐작되는데 초판의 지형을 그대로 이용한 데 말미암는다. 그러나 서광순의 인민학교용 『국어문법』(1949)에는 '조선어의 자모'로 되어 있다. 북한 최초의 어문학 잡지 『조선어연구』2호(1949. 5월호)에 '한글의 나아갈 길'이라는 권두언이 나오는 것을 보면 종전의 '한글'이 아직도 뿌리가 박혀 있음을 실감케 한다. 특히 『조선어철자법』(1954)의 공포 이후로는 '한글'이 공식적으로 사용된 예를 찾을 수 없다. 그것은 '한글'의 '한'이 대한민국의 '韓'과 일치하기 때문에 피한 조처로 보인다. 그러나 최근에 와서는 『언어학사전』2(1986)과 앞서 든 『조선말대사전』에서도 '한글'을 적극적으로 되살려 사용하는 기운을 볼 수 있으나 공식적으로는 사용하지 않는다. 이점 중국의 조선족 사회도 차이가 없다.

『高麗文典』(1930)을 보면 옛 소련 지역에서는 한국문자를 '國字'라 불렀다. '문자'라는 포괄적인 용어 밑에 '漢字'와 이에 대가 되는 '國字'를 두었다. '한글'을 택하지 않은 것은 당시 '한글'이 언어규범에 등장할 정도로 보편화되지 않았음을 고려하였기 때문이 아닌가 한다. 그들은 우리의 민족 문자가 합법적으로 사용되는 지역은 원동(연해주 – 지은이)뿐이라는 자부심을 지니고 있었다. 계봉우의 『조선문법』2권(1948)에는 한국의 문자를 '정음'이라 불렀다. 김병화·황윤준의 『조선어교과서』(1954)에는 조선어를 대표하여 쓰는 문자를 '한글' 혹은 '국문'이라고 소개만 하고 적극적으로 활용한 흔적이 없다. 그러나 이 책의 정정재판(1957)에서는 북한의 『조선어철자법』을 따라서인지 '한글'이란 말을 버리고 '조선어의 자모'라 불렀다.

지난 90년대로 접어들면서 옛 사회주의 국가와 교류가 활발해짐에 따라 남한에서 제작한 민족어 교과서가 많이 흘러 들어가게 되어 옛 사회주의 국가에서도 '한글'이라는 말이 그 세력을 확장해 가고 있다. 우리가 '한글'에 얽힌 뒷이야기를 자세히 알고 이를 국제화시키는데 지혜를 모은다면 세계화의 길을 앞당길 수 있고 그것은 바로 국력을 신장하는 길로 이어질 수 있다고 믿는다. 끝으로 19세기 후반부터 지난 세기 80년대 말까지 우리의 민족 문자와 민족어에 대하여 부여된 명칭을 연대순으로 나열하여 참고에 이바지한다.

붙임

우리의 언어·문자의 명칭에
관련된 자료(1880~1988)*

* 진한체는 지은이가 표시한 것임

1880. 11	**韓語**入門 (寶迫繁勝)
1894. 11	法律勅令總以國文爲本.....(고종 칙령)
1895. 5	法律勅令은 다 國文으로서 본을 삼고(고종의 개정 칙령)
1898. 7	然則한글專用爲主發刊決定也矣(이종일의『묵암비망록』)
1902. 5	實用**韓語**學(島井浩)
1906. 6	우리나라글/ 국문/ 우리나라말/ 우리말의 ㄲ 종성(주시경외 『내한국어문법』8, 12, 8, 10, 43쪽)
1906. 6	韓語(安泳中)
1909. 5	**韓語**通(前間恭作)
1909. 6	**韓語**文典(高橋亨)
1910. 6	한나라말/ 한나라글/ 우리나라말/ 우리나라글(보중친목회보)
1911. 4	한말익힘곳침(오봉빈의 수료증의 관인), 보성중힉교말익힘곳
1911. 9	國語研究學會를 배달말글몯음(朝鮮言文會)라 하고(『한글 모 죽보기』 연혁)
1912(?)	이 소리갈은 이 한글로 말하엿으나...(주시경의『소리갈』의 5장뒤의 끝부분)
1913. 3. 2	배달말글몯음 서울온몯음서(조선언문회 강습원 제1회졸업 증서)
1913. 5	본회의 명칭을 한글모라 개칭하고.....(『한글모 죽보기』의 연혁)'

1913. 9	한글풀이(『아이들보이』창간호)
1914. 4	우리글/ 우리말(『말의 소리』夾入 ㄴ뒤)
1915. 1	「한글 새로 쓰자는 말」(김두봉 ?, 『靑春』4)
1915. 1	우리글씨(김두봉 ?, 『靑春』4)
1915. 3	한글배곧(『한글모 죽보기』의 수업증서, 우등증, 근만증)
1916. 4	한글배곧어른 솔벗뫼/ 한글모 임자 한샘(김두봉의 『조선말본』의 「머리말」)
1918-1919?	『한글모 죽보기』(이규영 편)
1916-1919?	『한글적새』(이규영편)
1920. 7	한글은 홀닿소리로 된.....(이규영, 『현금조선문전』 1쪽)
1920.	韓文(조선총독부편『朝鮮語辭典』)
1922. 8~9	......한글/ 우리글/ 우리말......(최현배, 「우리말과 글에 대하야」, 동아일보)
1923. 8	우리글자의 초서(리필수, 『정음문전』)
1926. 9(?)	한말/ 한글(조종현의 동시 「한말 한글」출전 미상)
1926. 11	朝鮮文字를 本文이라 하라(백정목, 『東光』7)
1926. 12	한글의 연구/正音文法研究欄(『東光』8)
1927. 1	우리글 表記例의 몇몇(『東光』9)
1927. 1~8	한글 토론, 『東光』9~14
1927. 7	조선말/조선글/한글(正音)(동인지 『한글』 첨내는말)
1928. 1	우리글의 변천(김윤경, 『한빛』1)
1929. 9	우리글/ 한글(이윤재, 「한글강의」『新生』9)
1930.	고려어교원, 國字는 그 創作初.....(『高麗文典』, 緖言, 6쪽)
1931. 7	朝鮮語의 픕子(박승빈, 『朝鮮語學講義要旨』9쪽)
1932.	우리글－한글은 소리가 갖고 모양이 곱고.....(이윤재, 한글을 처음 내면서)
1933. 10. 29	한글의 자모의 수는 .....(『한글마춤법통일안』, 朝鮮語學會)
1937. 8	朝鮮語音을 記寫할 文字 卽 朝鮮子母는.....(박승빈, 『簡易朝鮮語文法』)
1948. 1	朝鮮語 字母의 수는 .....(『조선어신철자법』제1항)

1954. 9	조선어 철자법은.....조선어 자모의 순서와 그 이름은..... (『조선어철자법』총칙, 제1항)
1955. 2	배달겨레의 말을 배달말이라 하여(최현배, 고친 『우리말본』 34쪽)
1966. 6	조선글은 왼쪽에서 오른쪽으로....., 조선말자모의 차례와 그 이름은.....(『조선말규범집』총칙, 제1항)
1985. 1	조선말맞춤법은...../ 자모의 차례와 그 이름은..... (『조선말규범집』, 연변인민출판사)
1987. 5	조선말 맞춤법.....조선어자모의 차례와 그 이름은.....(새판 『조선말규범집』)
1988. 6	한글 자모의 수는.....(『한글 맞춤법 해설』, 국어연구소)

제3부

일제 강점기의
민족어문의
표준화와
문화창조

이윤재의 사회사상과 문화민족주의

▎제3부 **1장** ▎

1. 들어가기

한결 김윤경은 1946년 4월 6일 환산 이윤재의 장의식에 즈음하여 세운 비문에서 환산의 학문과 사회활동을 다음과 같이 그려 낸 바 있다.

> (1) 인격혁신과 정치혁명을 위하여는 해외에서 홍사단에, 국내에 와서는 수양 동우회에 관계하여 실력을 다하였고 국사를 통하여 조선의 넋을 살리기 위하여서는 진단학회를 일으키었고 우리말과 글을 바로잡기 위하여는 조선어학회의 중진이 되었던 것이다. (「환산 이윤재님 무덤의 비문」[1])

한결은 환산의 업적을 인격 혁신과 정치 혁명, 국사 연구를 통한 조선넋의 살리기, 우리말과 우리글의 바로잡기의 셋으로 간추리면서 그에 결부된 사회 활동도 동시에 언급하였다.

---

1) 『한글』 11.2(1946)에 실려 있고 『나라사랑』13(1973)에 다시 실렸다.

그 사이 환산의 인격이나 사회 활동에 대하여는 언급된 바 많으나[2] 그 학문과 사상의 참 모습을 파악하려는 노력은 그리 많지 않았다.[3] 환산이 남긴 업적이 140여 편에 가깝고 관심 영역이 우리 어문의 정리와 보급은 물론, 역사, 지리, 민속, 교육에까지 이르러 있다는 사실을 고려할 때, 사회활동과 학문의 세계를 꿰뚫는 사상적 기반을 파악하는 작업이 우선적으로 요청된다고 믿는다. 지은이는 (1)에 나타나 있는 한결의 환산에 대한 평가를 중심으로 환산의 사상이 형성된 배경과 그것이 그의 학문과 사회 활동에 어떻게 투영되어 있는가 하는 문제를 건드려 볼까 한다. 이곳에서는 이윤재의 저술을 제목과 연대로써 표시하여 그의 사상 체계를 검토하고 자세한 서지 사항은 [붙임 1]의 「이윤재의 저술 목록」을 참고하도록 하였다. 그리고 저술 목록에서는 '강연, 회고, 대담, 회견, 설문 응답, 기념사' 등은 제외하되 이들은 저술 목록의 끝에 두었다. 이런 사실 들은 각주에서 처리하였다.

2. 환산과 서당 시절, 신교육, 야학

환산은 어렸을 때에는 서당에서 한문을 익혔고 김해공립보통학교에서는 일본어와 산술을 배웠으며 그 후 대구에 중학교가 생겼다는 소문을 듣고 계성학교와 춘잠학교를 1년씩 다녔다.[4] 환산이 서당에서 글 공부를

---

2) 대표적으로 김윤경(1953,1954), 李熙昇(1957), 姜信抗(1965, 1970)을 들 수 있고 추념의 성격을 띤 글은 [부록 2]의 「이윤재의 걸어온 길」을 보라.
3) 고영근(1988)에서 시도한 이윤재론은 환산의 학문을 본격적으로 조명하고자 하는 노력의 한 고리이다.
4) 환산은 대구 유학에 대하여 상반된 진술을 하고 있다. 초기 기록에는 대구 유학 중에 김해로 와서 보통학교를 마쳤다고 진술하였고 후기 기록에는 보통학

하고 있을 8세 되던 1896년에 서당 선생으로부터 들은 이야기의 한 토막은 어린 환산에게 천진스러운 통쾌감을 심어 주었다. 당시의 기억을 환산은 「천진의 통쾌」(1927. 8)[5]에서 다음과 같이 더듬었다.

(2) 내가 나이 8세 적에 어린 마음으로 통쾌를 느끼게 되었던 하나가 아직도 기억에 남아 있읍니다. 이때는 병신년(1896년 - 지은이)인가 한데 내가 서당에 다닐 때였읍니다. 글 가르치는 선생님은 쉬는 시간을 이용하여 우리에게 역대 이야기를 하여 줍니다. 하루는 선생님께서 매우 즐거운 얼굴로

"조선도 지금부터는 천자국(天子國)이 되었다."

나는 어리둥절하여 묻기를

"천자국요? 진시황, 한고조처럼 우리 임금도 천자가 되었단 말씀입니까?"

"그렇다."

"그러면 우리가 언제부터 남의 속방(屬邦)이 되었읍니까?"

"병자호란 적에 되(虜)에게 성하(城下)의 맹(盟)을 맺은 후 3백여년 동안 조선은 자주국이 되지 못하고 중원에 칭신(稱臣)을 하고 조공을 하고 지내었다. 그러나 지금은 우리노 자수국이 되었으니 인제부터는 영영 그럴 일이 없겠지."

나는 이 말을 들을 때에 절로 남모르게 어깨춤이 나고 혈맥이 뛰어 놀았읍니다. 기쁨을 이기지 못하여 문 밖 못 가에서 여러 동무들과 함께 즐거이 뛰며 춤추다가 도랑에 둘러 빠지어 옷을 버리고 집에 돌아가 어머니께 꾸중을 들었읍니다. (『東光』 2.8)

환산의 어릴 때 기억을 장황하게 인용한 것은 앞으로 전개되는 환산의 사상을 이해하는 데 있어서 중요한 단서가 되기 때문이다. 환산은 서당

교 졸업 후 대구로 갔다고 진술하였다. 전자는 연대 등 맞지 않은 곳이 더러 있다. 특별한 자료기 나타닐 배까지 후자를 취하기로 한다. [붙임 2]의 「이윤재의 걸어온 길」의 각주 10)을 보라.
5) 『東光』 2.8의 '納凉雜談'의 「나의 가장 통쾌하던 일」을 보라.

시절에 역사공부에 흥미를 느꼈고 여덟 살 되던 어린 나이에 우리나라가 중국의 예속으로부터 벗어나 자주국이 되었음을 체험하였던 것이다. 환산의 사상이 민족주의로 무장되고 뒤에 동양학을 연구하러 중국으로 유학을 가게 된 것이 어렸을 때 선당 선생으로부터 받은 역사 강화에서 어떤 영향을 받았을 수 있다.

대구의 학업생활에 대하여 환산은 「28년 전의 기억」(1936. 1)에서 다음과 같이 기억을 더듬었다.

> (3) 그 학교는 야소교 선교회에서 경영하는 계성(啓星)중학교. 입학 절차도 썩 간단하므로 동향인 사인(四人)이 하나도 떨어지지 아니하고 무난하게 입학되었다. 교사는 초가집 5, 6칸인데 의자도 없이 그냥 마루바닥에 앉아서 공부하게 되었다. 선생은 한문 가르치는 이 한 분을 제한 외에는 모두 미국인뿐이다. 과정은 성경(聖經), 한문(漢文), 산학(算學), 지지(地誌), 사기(史記), 도식(圖式), 체조(體操) 등이며 교과서는 한문에 덕혜입문(德慧入門), 산학에 산학신편, 이학(理學)에 계오문답, 지지에 사민필지, 사기에 만국통감(萬國通鑑). 유치하기 막심하다.

환산은 계성학교를 다니는 동안에 성경을 비롯하여 신학문을 서양의 선교사를 통하여 배웠다. 원래 계성학교는 하느님을 공경하고 두려워하는 것이 지혜의 근본(寅畏上帝之本)이라는 교훈을 표방하면서 자유주의와 민족주의 사상을 심어 줌을 교시로 삼았다는 점6)에서 서당 선생의 역사 강화에서 막연하게 움텄던 민족주의적인 성향이 이곳에서 서서히 자라나기 시작한 것이 아닌가 한다.

환산은 1908년 4월, 김해군 부삼면에서 농무회를 조직하여 야학을 실시

---

6) 계성학교에 대한 정보는 『한국민족문화대백과사전』(1988)의 「계성학교」 항목에서 얻었다.

하였다. 환산의 야학은 1908년 8월 4일자(火) 황성신문 잡보에 다음과 같이 보도되었다.[7]

(3)-1 <u>농회교육</u> 김해군 부삼면(府三面) 도화동(桃花洞) 인사가 논무회(農務會)를 조직힘은 전이보도(前已報道)이어니와 해회(該會)에서 농민야학교를 설립하고 국문, 한문, 역사, 산술, 체조 등과(等科)로 교사 이윤재(李允宰)씨가 명예로 교수하매 우금(于今) 4삭(四朔)에 학도 60여명이 주이농작(晝而農作)하고 야이상학(夜而上學)하는데 거월 (去月) 30일 제1회 시험에 갑반 우등은 한은석(韓殷錫), 김주(金柱), 급제는 정경구(鄭敬九), 조복동(趙卜東), 을반 우등은 정명찬(鄭明贊), 김덕춘(金德春), 급제는 이성덕(李聖德), 이광두(李光斗), 병반 우등은 배해중(裵海中), 김부길(金富吉), 급제는 이삼명(李三明), 이성완(李盛完), 이일명(李一明) 제씨인데 회장 박대근(朴大根)씨가 연설로 권면(勸勉)하며 상품을 시여(施予)하고 회원 배형환(裵亨煥), 김진(金震) 제씨가 학리(學理)를 설명하였다더라. (현대맞춤법에 따라 고침)

위의 기록을 통하여 환산은 김해보통학교에 재학하던 20세 때,[8] 농무회를 조직하고 4개월 동안 명예교사로서 국문, 역사 등의 과목을 60여 명의 농민을 대상으로 야학을 하였으며 우등과 급제로 나누어 성적을 평가하고 시상까지 하였음을 확인할 수 있다. 환산의 야학교의 개설은 한힌샘 주시경이 1907년부터 시행한 하기국어강습소 개설보다 한 해 뒤져 이루어진 것으로서 어떤 영향관계를 추상할 수도 있지 않을까 한다.[9] 사실 당시 우리나라에서는 1906년 8월부터 1910년 8월까지 전국적으로 230여 군데

---

7) 지은이가 위의 기사를 찾기까지는 신용하 교수의 제보가 결정적인 계기가 되었으며 박지홍(1991)과 이운상(1987)에서 많은 도움을 받았다. 관련 논의는 고영근(1992나/1998: 190-192)을 보라.

8) [붙임 기의 「이윤재의 길어온 실」을 보라),

9) 주시경의 하기국어강습에 대하여는 고영근(1983가/ 1994: 242-47쪽, 본서 89-95쪽을 보라.

에서 야학을 실시하였다.[10] 나중에 보게 되겠지만 환산은 다시 공부를
시작한다면 농학을 택하고 여자로 태어났다면 문맹타파운동에 헌신하겠
다고 한 포부를 밝힌 일이 있는데 야학을 통한 환산의 문맹타파사상은
청소년시절에 이미 자리를 잡아 만년에 이르기까지 변함이 없었으며 이러
한 끈질긴 집념이 있었기에 우리 어문의 정리 보급이 그만큼 성공할
수 있었다고 생각한다.[11]

3. 환산과 한힌샘, 단재

환산은 대구 유학을 마치고 마산 창신학교에 취직하였다. 같은 해,
뒤에 환산의 비문을 쓴 한결 김윤경이 상동청년학원을 마치고 같은 학교
에 부임하자 두 사람은 이후 30여 동안 친숙하게 지내었다.[12] 사실 환산이
우리의 어문 문제에 큰 관심을 기울인 동기는 한결을 통하여서였다. 한결
은 다음과 같이 옛 기억을 더듬은 바 있다.[13]

(4) 내가 환산을 처음 사귀게 된 것은, 마산에서 교편생활을 하고 있을 때
    (1913~1917)[14]의 일이었다. 내가 주시경 선생의 국어문법을 교수함을
    보고 동직(同職)인 그는 대단한 흥미로 이에 대하여 토의하게 되었다.
    역사의 취미나 섭렵으로나 국어에 대한 열심으로나, 인생관 사회관으로

---

10) 관련 정보는 이은상(1987)의 「附錄」을 보라.
11) 앞으로 환산의 야학 관계 기사가 더 보완되어 그의 사회사상이 보다 철저하게 조명되
    기를 바라는 마음 간절하다.
12) 마산 창신학교에서는 민족교육을 시키기 위하여 이윤재와 김윤경을 특별히
    초청하였으며 이윤재는 학교 교가를 지었다고 하였다. [붙임 2]의 「이윤재의
    걸어온 길」의 각주 9)를 보라.
13) 김윤경(1953)을 보라.
14) 원문에는 단기로 적혀 있으나 지은이가 서기로 바꾸었다.

나, 나와 그는 가장 가까운 벗의 하나가 되어, 그때로부터 함흥 감옥에서
갈리게 되기까지 삼십여 년을 사귀어 왔으되 우정은 성기어[15] 본 적이
없었고 변한 때가 없었다. (『한결글모음』 III, 378-79쪽)

지금까지 우리 학계에서는 환산을 한힌샘의 직접적인 문하생으로 생각하
여 왔다.[16] 그러나 (4)에 기대면 환산은 한힌샘 주시경으로부터 직접
배운 적이 없고 단지 한힌샘의 상동청년학원 시절의 제자였던 한결을
통하여 한힌샘을 알게 되고 저술을 통하여 그의 사상과 학문을 깨친
것으로 볼 수 있다. 말하자면 한힌샘을 사숙(私淑)한 것이다.

환산이 한힌샘의 사상과 학문에 어느 정도 기울여져 있었던가 하는
것은 환산의 손으로 간행된 조선어학회의 기관지 『한글』의 창간사 「한글
을 처음 내면서」(1932. 5)에서 우선 엿볼 수 있다.

(5) 우리 조선 민족에게는 좋은 말 좋은 글이 있다. 더욱이 우리글－한글
은 소리가 갖고 모양이 곱고 배우기 쉽고 쓰기 편한 훌륭한 글이다.
우리는 여대까지 노리여 이것을 푸대접하고 짓밟아 버렸으므로 매우
좋았어야 할 한글이 지금에 이대도록 지저분하여 아주 볼 모양 없이
된 것이다. 한 사십여 년전에 우리 한힌샘 스승이 바른 길을 열어 줌으로
부터 그 뒤를 따르는 이가 적지 않았고 또 이를 위하여 꾸준히 일하려는
이가 많이 일어나기에 이른 것은 우리 한글의 앞길을 위하여 크게 기뻐하
는 바이다. (『한글』 1.1, 현대맞춤법에 따라 고침)

이곳의 40여년 전이라고 함은 한힌샘이 우리말과 글을 연구하기 시작한

---

15) 원문에는 '섬기어'로 되어 있으나 잘못으로 보고 지은이가 고쳤다.
16) 이 문제에 대하여는 지은이가 이미 잘못을 지적한 바 있다.(고영근 1988). 그러나
    아직도 이런 오해가 씻어지지 않고 있다. 대표적으로 『10월의 문화인물 이윤재』
    (문화부 한국문화예술진흥원, 1992)에 실린 이병태의 글을 보라. 이곳에서는
    장지영과 함께 상동학원에서 배웠을 것이라 추측하고 주시경, 최현배와의 만남
    을 통하여 국어운동에 일생을 바쳤다고 적고 있다.

1892년(17세)을 가리킨다. 환산은 오래 동안 돌보지 않던 한글이 한힌샘의 손에 이르러서 바른 길을 찾았으며 그의 제자들의 손으로 꾸준히 연구되어 왔다는 점을 분명히 하였다. 환산은 우리글 정리의 직접적인 뿌리를 한힌샘의 한글 연구에서 찾음으로써 조선어학회에 대하여 법적 정통성을 부여한 것이다. 환산은 조선어학회 일지에서 1897년 한힌샘의 손으로 조직된 '國文同式會', 1915년에 해산된 '한글모'(朝鮮言文會)[17], 1921년에 창립된 '朝鮮語硏究會', 1931년의 학회 이름의 개칭에 이르기까지의 역사를 더듬으로써 한글 연구단체의 정통성도 추적하였다.

환산은 『한글맞춤법통일안』이 공포되어 사회의 공인을 받음에 따라 다시 한번 한힌샘을 찾았다. 그는 「한글운동의 선구자 주시경 선생」(1935. 10)을 통하여 한힌샘의 알려지지 않았던 숨은 옛 이야기를 소개하고 경건한 태도를 전기를 엮으면서 한힌샘의 활동을 당시의 어문정리운동과 결부시켜 다음과 같이 해석하였다.

(6) 선생이 가신 지 이십여 년인 오늘에 이르러 한글과학 운동이 점점 늘어가며 통일의 완성이 가까이 오게 됨은 오로지 선생의 끼치신 은택임을 잊을 수 없으리니 선생의 훈업(勳業)은 조선어가 존재하는 때까지 영원히 빛날 것이다. (『三千里』10)

(6)은 맞춤법의 공포에 이어 표준말의 사정과 사전의 편찬이 눈 앞에 다가옴을 보고 20여년 전인 1914년에 작고한 한힌샘을 생각하며 그가 끼친 은택을 되새기면서 훈업을 칭송한 것이다.

(4)와 (6)를 통하여 우리는 환산이 조선어학회의 핵심 회원이 되어 『한글』을 창간하고 어문의 정리와 보급에 앞장을 서게 된 것은 무엇보다

---

17) 일지에는 '조선말글모'로 되어 있다. '한글모'에 대한 자세한 논의는 고영근(1983 가/1994: 263-69쪽, 본서 116-123쪽)을 보라.

한힌샘의 영향이 절대적이었음을 알 수 있다. 알려진 바와 같이 한힌샘은 말과 글을 사회 형성의 가장 중요한 요소로 보고 그것을 갈고 닦는 것만이 독립을 성취하는 길이라고 믿고 있었다. 한 나라나 민족의 형성에 있어 다른 어떤 요소보다도 언어와 문자를 앞세우는 이러한 사상적 기초를 '語文民族主義'라고 부르는데,[18] 크게 보아 환산도 어문민족주의의 반열 (班列)에 소속시킬 수 있다. 환산의 어문민족주의는 한힌샘으로부터 싹이 튼 것만은 분명하지마는 형성 과정에 있어서는 중국 유학을 통한 새로운 지식의 섭취가 크게 작용하였다고 생각된다.[19] 앞서 한결이 환산에 대하여 우리말과 글을 바로잡는 데 있어서는 조선어학회의 중진이 되었다고 평가한 사실이 있음을 살펴보았는데 이는 어문민족주의를 등에 짊어진 환산의 어문 정리와 보급에 끼친 공로를 드러내기 위한 것이다.

환산은 한글의 정리와 보급에 관련된 업적에 뒤지지 않게 우리의 역사에 대하여도 많은 업적을 남기었다. 환산의 역사에 대한 관심은 (1)에서 든 서당 선생의 역시 강화로부터 싹이 텄고 특히 중국 유학을 통하여 바탕이 마련된 것으로 보인다. 환산의 연보에 기대면,[20] 환산은 1921년부터 3년 동안 북경대학 사학과를 수업한 것으로 나와 있다. 환산이 북경대학에서 공부하는 동안 누구로부터 무엇을 어떻게 배우고 연구하였는가 하는 문제는 전혀 알려지지 않고 있다. 현재로는 「北京時代의 丹齋」(1936. 4)라는 자술적(自述的) 기록 밖에는 볼 수 없다. 이에 기대면 환산은 북경에 도착하자마자 먼저 찾은 사람이 일찍부터 지상(誌上)을 통하여 이름을

---

18) 어문민족주의에 대하여는 신용하(1976)을 보라.
19) 이 문제에 대하여는 우선 고영근(1988/1998: 153-55쪽)을 보라. 뒤에서 다시 언급된다.
20) 환산의 연보로서 가장 이른 것은 「환산 이윤재 선생 약력」(『한글』 11.1, 65쪽)이 아닌가 한다. 그 뒤에 나온, 이를테면 『나라사랑』 13(1973)의 「해적이」도 위의 약력의 테두리를 벗어나지 못하고 있다. 이곳에는 환산이 1921년부터 3년간 북경대학 사학과를 수업한 것으로 나와 있다.

익힌 단재 신채호였다.

환산과 단재가 주고 받은 대화의 일부분을 옮기면 다음과 같다.

(7) 환산 : 내가 이번에 여기에 오기는 다만 학술연구를 목적하는 것입니다.
　　　　동양 문화를 연구하는 데는 중국이 가장 좋을 것이라 생각하였던
　　　　것입니다. 앞으로 선생께서 많이 지도하여 주시기를 바랍니다.
　　단재 : 매우 좋소이다. 지금 조선 사람은 무엇을 연구하든지 서양이나
　　　　일본으로 가기들은 잘 하지마는 중국 땅에 오는 이는 별로 없는
　　　　모양입니다. 중국이 동양의 대부분을 차지하고 있으니 동양 문화
　　　　를 연구하려면 중국을 떠날 수 없을 것이지요. 그리고 중국은
　　　　우리 조선의 사료를 탐색할 것이 얼마나 많은지 이것이 다 우리가
　　　　할 일이 아닙니까.

위의 대화를 통하여 우리는 환산의 중국 유학 목적이 동양 문화를 연구하
는 데 있었고 북경에 머무는 동안 단재와의 접촉이 많았음을 알 수 있다.
조선 역사에 관한 원고를 보이면서 철자법은 환산이 맡아서 고쳐달라고
부탁한 것을 보면 당시의 환산의 관심이 어디에 있었는가 하는 점도
어느 정도 미룰 수 있다. 환산이 뒤에 우리 역사 관계의 글을 많이 쓰게
된 것이 북경 유학 시절 단재로부터 받은 영향이 적지 않음을 알 수
있다.

단재는 한힌샘과 함께 개화기를 대표하는 애국계몽 사상가로서 '역사
민족주의'를 부르짖었다. 그는 역사를 되찾고 이를 연구하는 일만이 국권
을 회복하고 독립을 쟁취할 수 있는 길이라고 믿었다.[21] 단재는 역사
밖에 교육과 문학을 통해서도 애국심을 기를 수 있다고 생각하였다. 환산
이 뒤에 교육계에 몸을 담아 국어와 국사를 가르치고,[22]페스탈로치의

---

21) 단재의 민족주의 사상에 대하여는 신용하(1984가, 나)를 보라.
22)『東光』2(1927. 2)에 실린 「인류의 교육자 페스탈로치의 생애와 그의 사업」

생애와 그 업적을 기린 글을 쓴 것도, 그리고 「김원술의 회한」(1928. 7), 「율리 설씨」(1929. 10, 1929. 12) 등의 희곡을 써서 연극 상연을 시도하였던 것도 어쩌면 단재로부터 받은 영향의 한 가닥일 수 있다. 환산이 우리의 어문과 역사를 연구하고 이를 보급하는 데 앞장을 선 것은 주시경의 어문민족주의와 단재의 역사민족주의에 바탕을 둔 개화기 이래의 애국계 몽사상을 등에 짊어지고 있었기 때문이 아닌가 생각할 수 있다. 앞의 (1)에서 한결이 환산을 조선의 넋을 살리기 위하여 진단학회를 일으켰다고 했는데 이는 환산이 역사민족주의를 등에 짊어지고 우리의 역사를 연구하고 그것을 활성화하기 위하여 민족 사학자들의 연구단체를 창립한 공을 되새긴 뜻으로 풀이된다.

4. 환산과 도산

한결은 앞의 (1)에서 환산이 인격 혁신과 정치 혁명을 위하여 해외에서는 흥사단에서, 국내에서는 수양동우회에서 실력을 다하였다고 평가한 바 있다. 흥사단은 원래 1913년 미주에서 도산(島山) 안창호(安昌浩)의 주도 아래 창립된 민족부흥을 목표로 창립된 단체인데 1919년 삼일운동으로 임시정부가 수립됨에 따라 상해에 흥사단 원동위원부가 설치되기도 하였다.[23] 한결이 말하는 해외의 흥사단 활동이 환산의 중국 유학 시절의 흥사단 입단을 의미하는 것 같기도 하나 현재로서는 이를 뒷받침할 수 있는 근거를 찾기가 어렵다. 그러나 한결은 환산과 이미 1913년부터 우의(友誼)를 다져온 사이이고 한결의 다른 증언들이 대부분 신빙성이 짙다는

(1927. 2)을 보라.
23) 흥사단에 대하여는 『한국민족문화대백과사전』(1991)과 박명규(1984)를 보라.

일반적 평가에 기댈 때, 환산의 중국 유학 시절의 홍사단 활동은 일단은 사실로 받아들여도 좋을 듯하다.[24] 환산의 국내의 수양동우회 활동은 1926년 9월부터 그 증거가 구체적으로 나타난다. 수양동우회는 도산을 정점으로 하여 1926년 1월에 서울에서 조직된 독립운동단체인데 홍사단 계열에 속한다.[25] 환산은 홍사단을 배경으로 1926년에 창간된 『東光』 지상에 다섯 차례에 걸쳐 「우리의 주장」이라는 글을 발표하였다. 이 글은 환산사상의 일면(一面)을 엿볼 수 있는 중요한 자료이다. 이를 중심으로 환산의 사상적 측면을 구체적으로 살펴보기로 한다.

환산은 외래 사상을 맹목적으로 수용하는 태도에 대하여 준렬한 비판을 서슴지 않았다. 「우리 주장」(1926. 9)에서 환산은 다음과 같이 말하고 있다.

(8) 미국의 데모크라씨가 아무리 좋다 하여도 우리가 고대로 옮겨다 쓰기가 어려울 것이요 러시아의 공산주의가 비록 부럽다 하여도 우리가 마구 가져다 행하지 못할 것이다. 이는 그 처지, 그 경우가 우리하고 그네들하고 서로 같지 아니한 소이(所以)다. 현대 우리 사회에서는 자기의 처지와 환경을 살피지 아니하고 툭 하면 껑충뛰어 어 남들이 하는 그것만 선망(羨望)하고 있는 자가 얼마나 많은지. (『東光』 1.5, (현대맞춤법에 따라 고쳐 씀.[26] 아래도 같음)

환산은 우리 사회의 결함과 개인의 결함이 무엇인가 살펴보아서 그것을

---

24) 김선기(1973)에는 주요한의 증언을 따라 환산이 1925년 경에 홍사단에 가입하였 으리라고 하였고 『나라사랑』 13(1973)에 실려 있는 「환산 이윤재 선생 해적이」 에도 비슷한 기록이 보이나 믿기 어렵다.
25) 수양동우회에 대하여는 『민족문화대백과사전』(1990)을 보라.
26) 환산의 글에는 한힌샘의 초기 철자법을 방불하게 하는 철자가 많이 나온다. 이들은 따로 고찰의 대상이 되지마는 이곳에서는 편의상 현대 맞춤법에 따라 고쳤다.

보충하여 완전한 인격과 공고한 단결을 이루는 것이 중요하다고 힘주어
말하였다.

환산은 이어 수양(修養)을 우스운 것으로 보는 일반인들의 인식을 비판
하고 인생은 수양으로 일관하여야 함을 주장하였다.

> (9) 우리 조선 사람은 특별히 다른 나라 사람보다 다르다 함을 깨달아야
> 할 것이다. 우리는 남달리 진실한 그 도덕도 있어야 하겠고 튼튼한 신체도
> 가져야 하겠고 탁월한 지식도 갖추어야 하겠다. (위와 같음)

환산이 말하는 '도덕, 신체, 지식'은 홍사단의 '三育' 곧 '지(智), 덕(德),
체(體)'를 가리키는데 이 세 가지 수양의 힘이 갖추어져야만 기울어진
우리 사회를 바로잡고 흩어진 민족을 바른 곳으로 이끌 수 있다고 보았다.

환산은 「우리 주장」(1927. 2)에서 삼육의 실천 방안을 다음과 같이 간추
렸다.

> (10) 가. 덕성을 기르자.
> 나. 신체를 강장히 하자.
> 다. 지식을 닦자.

(10가)는 무실, 역향, 신의, 용기의 정신으로 덕성을 닦아야 한다는 뜻이
다. (10나)는 연약한 신체로는 사회의 일이나 개인의 일을 성취할 수
없다는 뜻이다. (10다)는 각 개인이 한가지의 전문적 기술이나 기예를
배워야 한다는 뜻이다.

환산은 조선 청년의 수양 표어로서 자조(自助)의 정신과 호조(互助)의
정신을 들었다. 전자는 '건전인격'을, 후자는 '공고단결'(원래는 신성단결)을
가리킨다. 환산은 위의 정신 체계를 한 선배의 말이라고만 언급하고 있으

나 이는 도산을 가리킴이 틀림없다. 자조의 정신은 독립된 인격체가 되어야 한다는 뜻이고 호조의 정신은 어떤 희생을 감수하는 일이 있더라도 큰 일을 위하여는 뭉쳐야 한다는 뜻이다. 환산은 두 가지 수양 표어를 그 뒤에도 되풀이하면서 새 조선 건설을 부르짖었으며 특히 '건전인격운동'의 내용으로 다음 넷을 들었다. 그 내용은 「우리 주장」(1926. 11), 「우리의 수양운동」(1927. 1)에서 볼 수 있다.

(11) 가. 무슨 일이든지 실속을 찾아 분투 노력하자.
　　나. 무슨 일이든지 옳다고 생각되면 힘자라는 데까지 한걸음씩 해 보는 정신을 기르자.
　　다. 한 단체의 구성원이 되면 그 규약을 지켜야 하며 친구와 약속을 하였으면 천하가 무너져도 그것을 지키자.
　　라. 확호한 정신으로 넘어지면 다시 일어서는 기상을 기르자.

환산은 (11가)를 '務實', (11나)를 '力行', (11다)를 '信議', (11라)를 '勇氣'로 표현하였다. 이는 도산의 이른바 4대 정신론으로서 '공고단결'(/신성단결론)과 함께 도산사상의 핵심을 이루는 것이다. (11)을 통하여서도 우리는 환산이 어느 정도 도산의 사상체계에 쏠려 있었는가 하는 것을 알 수 있다.

환산은 우리 민족에게는 요구할 것도 있지만 버릴 것 또한 많다고 보았다. 우리의 형편으로 볼 때 우선적으로 버려야 할 것으로 다음 네 가지를 들고 있다. 「우리 주장」(1926. 12)에서 이를 볼 수 있다.

(12) 가. 허언위행(虛言僞行)을 하는 것.
　　나. 공상공론(空想空論)을 하는 것.
　　다. 교사반복(狡詐反覆)을 하는 것.
　　라. 겁유퇴굴(怯懦退屈)을 하는 것.

위의 네 가지를 버리지 않으면 일신이 낭패를 당하고 사회가 쇠패(衰敗)되고 나라가 멸망하게 된다고 하였다. 환산은 「우리 주장」(1927. 1)에서 우리 민족이 희망을 가지고 기운찬 삶을 지속해 나가려면 버릴 것은 과감히 버리고 전 민족적인 계획을 세워 한 깃발 아래 뭉치는 길밖에 없다고 신년의 포부를 토로하기도 하였다.[27] 이러한 환산의 사상 역시 도산의 영향을 받아 형성된 것이 틀림없다.

환산의 사상이 도산정신으로 무장되어 있다는 것은 '우리 청년의 진로'를 탐색하는 『新民』 편집자의 요청에 대하여 「이론(理論)보다 실제(實際)로 나아가자」(1929. 1)라는 답변을 준 다음 글에서 응결되어 나타난다.[28]

(13) 말로만 떠들지 말고 그저 실지로 나아가야 합니다. 교육을 받은 청년이거나 또는 교육을 받지 못한 청년이거나를 불문하고 각각 그 처지와 형편에 따라서 붓을 잡을 이는 붓을 잡고 광이를 들 분은 광이를 들어서 무엇이거나 실지로 나아가야 하겠읍니다. 조선의 청년 제군! 그대들의 앞길은 다만 노력(努力), 작위(作爲), 건설(建設)이 있을 뿐입니다.

　　　　　　　　　　　　　　　　　　　　　　　(『新民』 6.1에서)

이는 (10가, 나)에서 언급한 도산의 '무실, 역행' 의 사상을 당시의 우리 청년들의 지표로 제시한 것이다.

일석(一石) 이희승(李熙昇) 선생은 인간 이윤재을 논하는 자리[29]에서 환산이 몰랐던 것과 잘 알고 있었던 것을 들면서 그의 인간상을 그려낸 일이 있다. 일석은 환산이 '자아(自我), 의리(義理), 정기(正氣)'의 세 가지를 잘 알았다고 평가하고 특히 환산이 알고 있었다는 의리에 대하여 다음과

---

27) 『東光』2 1(1927. 1)을 보라.
28) 『新民』6.1(1929. 1)을 보라.
29) 이희승(1957)을 보라.

같이 평가한 일이 있다.

> (14) 환산은 의리를 잘 알았다. 자기의 갈 길이 의리의 길이라는 것을 명심(銘心) 여행(勵行)하였으며 적의 수중에서 극도로 쇠잔(衰殘)한 우리의 운명을 그래도 구출해 낼 수 있는 길은 오직 우리 민족 서로서로 사이에 도의심을 환기 앙양하여 의(義)에 살고 의에 죽는 데 있다는 것을 강조하였다. 그리하여 그는 일생동안 불의의 행적을 조금이라도 남긴 일이 있다는 것을 듣지도 못하였고 또 보지도 못하였다.
>
> (『新太陽』 7월 特大號 1957에서)

환산이 의리를 잘 알고 있었다는 일석의 평가는 환산이 중국 유학 시절부터 몸에 익힌 도산사상과 관련시켜 해석할 수 있다. 특히 환산이 우리 민족을 구출해 낼 수 있는 길이 도의심의 앙양이라고 본 것은 도산의 사상과 직접 연계를 맺을 수 있다고 생각한다.

5. 환산의 역사 인식

앞에서 지은이는 환산이 우리의 어문의 정리와 보급 밖에 역사 방면에도 많은 업적을 남기었으며 이는 어릴 때의 서당 선생과, 북경유학 시절에 자주 만났던 단재로부터 받은 영향이라는 사실을 논증한 바 있다. 그러면 환산이 우리의 역사를 보는 관점이 어떠한 것인가를 살펴보기로 한다.

환산은 「우리의 주장」(1926. 11)에서 개천절을 당하여 우리 민족의 뿌리인 '한배'[단군]를 잊어서는 안된다는 '불망기본'(不忘基本)를 썼다.

> (15) 천지만엽(千枝萬葉)이로되 그 근본은 오직 한 덩걸에서 남이요 대해

장강(大海長江)이로되 그 시초는 다만 한 원천(源泉)에서 발함이로다. 지엽이 무성하다 하여 능히 그 덩걸을 떠날 수 있으며 해양이 광대하다 하여 능히 그 원천을 버릴 수 있을까. 한배의 혈계(血系)로 이룬 백자천손(百子千孫)이 이같이 번영(繁榮)하다 하여 어찌 그 한배를 잊을 수 있으랴. (『東光』 1.7, 1926. 11)

환산은 우리 민족이 문명한 민족이므로 조상들이 쌓은 문화를 돌아보지 않을 수 없으며 따라서 우리 겨레의 근본체인 단군을 생각하지 않을 수 없다고 보고 있다.

환산은 단군의 심은후덕(深恩厚德)을 다음과 같이 기리고 있다.

(16) 이 산하(山河)를 정하심이여, 나라의 터전을 굳게 세우심이로다.
　　이 인민(人民)을 택하심이여, 겨레의 덩이를 이루어심이로다. 아아, 그 이의 경륜이 얼마나 크심인가.

우리 민족이 6대 문명 개창자의 하나로서 **문화를 누리고** 있는 것은 단군의 홍익인간(弘益人間)의 원도(願禱)에서 비롯되었다고 말하고 그 깊은 은혜를 노래하고 큰 덕을 위하여 춤추자고 하였다. 단군을 '한배'라 부르고 그의 홍익인간적인 치적을 기리고 있는 것을 보면 단군을 단순한 역사적 인물로 보는 것이 아니라 신앙의 대상으로 보고 있음에 틀림없다.

환산은 같은 날자 발행의 『東光』의 다른 장소에서 「개천절(開天節)의 추감(追感)」이라는 글을 통하여 단군성조의 대서원(大誓願)을 "너희는 거룩하고 높은신 천제(天帝)의 자손임을 알라"와 같은 한 편의 시로 엮으면서 다음과 같이 말하고 있다.

(17) 우리 오늘 와서 성조(聖祖)의 끼치신 뜻을 한가지도 받들지 못하였다.

그 무거운 맹서를 아주 저버리고 말았다. 이렇듯 우리는 너무도 불효(不孝)요 불순(不順)이다. 우러르신 성조께 막대한 죄요 구부리신 자 손에게 무상(無上)의 욕이다. 불초자손(不肖子孫) 욕급조선(辱及祖先)이란 말이 실상 오늘의 우리를 두고 하는 말이다. 우리 매세(每歲)이 날을 만날 적마다 미상불 떨리고 두려움을 이기지 못하나니 아, 이 날! 우리 추원감모(追遠感慕)의 정(情)이 더욱 심절(深切)하는 일방으로 자성자책(自省自責)을 말지 아니하는 바다.

환산은 개국 시조인 단군 성조를 오래동안 제대로 받들지 못한 후손들의 불효불순을 통절하게 반성하고 있다. 이곳에서도 환산은 단군의 개국과 치적을 신앙에 가까운 태도로 칭송하고 있다. 환산이 뒤에 백두성산사화 「白頭聖山史話」(1934. 7)에서 백두산을 환웅천왕(桓雄天王)이 신시(神市)를 열고 단군이 조선을 세운 성산(聖山)으로 간주하여 여기에 얽힌 사화(史話)를 쓴 것도 은 취지로 해석된다.

환산의 우리 민족의 역사에 대한 견해는 「조선역사개설」(1929. 12)에 단적으로 표출되어 있다. 이 글은 단군으로부터 이성계의 조선 건국에 이르기까지 중요한 정치적 사건을 중심으로 번호를 매겨 가면서 우리나라의 역사를 개관한 것이다. 환산은 백두산을 중심으로 흑수(黑水)까지의 대륙을 '震'이라 이르고 이곳에는 5,000년 전부터 여러 부족이 살고 있었다고 전제한 뒤에 다음과 같이 조선건국의 당위성을 논하였다.

(18) 환 (桓)이라는 족속이 이중에 가장 진보된 문화를 가지었으니 천제(天帝)의 자손이란 굳은 신념을 가지고 여러 부족을 통일하니 단군(檀君)이란 어른이 있어 나라를 세워 조선 (朝鮮)이라 이름하고 신정(神政)으로 백성을 다스리어 자손이 천여년에 이르렀다. (교지 『徹新』 1929)

앞에서는 단군을 관념적으로 우리 조상의 뿌리로 간주하거나 종교적인

경모의 대상으로 삼았음에 대하여 이곳에서는 단군조선의 성립을 부족
국가의 통합이란 실증적 차원에서 뒷받침하고 그 정치 이념을 부각하였다.

환산의 단군에 대한 경모심은 단군을 교주로 하는 대종교의 성격을
밝히고 그 홍범(洪範)을 조목조목 드러낸 데서 더 분명히 알 수 있다.
「대종교와 조선인」(1936. 4)에서 환산은 대종교를 우리 민족이 옛날부터
지켜오던 국민적 제천 의식을 근대의 나철(羅喆) 등의 순교자의 손으로
부활·소생시킨 것이라고 정통성을 부여하였다. 대종교는 조금도 국수적
정치적 성격을 띠지 않았으며 그 사이 끊어졌던, 뿌리를 찾는 조선봉사(祖
先奉事)의 전통이 되살아난 것이라고 해석하였다.

일석은 앞에서 든 이윤재를 논하는 자리에서 환산이 의리 밖에 자아와
정기도 알고 있었다고 하였다. 환산의 자아에 대한 일석의 평가를 들어
보기로 한다.

> (19) 환산은 자기(自我)를 잘 알고 있었다. 즉 자기가 한족(韓族)으로 태어났
> 다는 것을 가상 철저히 인식하고 있었다. 호를 환산(桓山)이라 하여
> 환인(桓因), 환웅(桓雄)의 후예(後裔)라는 것을 골수에 사겨 넣었고
> 단군이 마련한 강산에서 살다가 그 산천의 흙보탬이 되겠다는 것을
> 가장 힘있게 인식하고 맹서한 것이 그 호의 유래가 아닌가 한다. 과연
> 그는 일생을 이 소신에서 시종일관으로 매진하다가 적의 악형의 여독(餘
> 毒)으로 옥중고혼이 되고 말았다. (이희승, 앞의 같은 글)

일석은 환산이 자신의 호에 '환인', '환웅'의 '환'을 따올 정도로 우리 것,
곧 자아에 대한 역사 인식이 투철하였으며 그러한 사고체계가 일생을
일관하였다고 보고 있다. 환산의 호를 달리 '한메', '한뫼', '한산'이라고도
하는데 이는 '환'(桓)의 뜻을 크다, 많다 의 고유어 '하다'의 관형사형으로
해석한다는 뜻이다.

환산의 자아 중심의 사관은 북경 시절, 그에게 많은 영향을 미친 단재의 민족주의 사관과 맥을 같이 하는 것이다. 우리의 잃어버린 역사를 찾아 거기서 정신적 귀의처를 찾는 환산의 역사인식은 그대로 현실에도 반영되어 있다. 환산이 「조선글은 조선적으로」(1926. 5)를 써서 일생생활에서 쓰이는 순수한 우리말을 표준으로 삼아야 한다고 부르짖은 것이나 「자아를 찾자」(1927. 1)라는 논설을 통하여 자주 의식을 고양한 것이라든지, 최남선의『아시(兒時) 조선』을 읽고(」1928. 1)라는 서평을 쓴 것이라든지, 일제 강점기에 '조선을 알자'라는 구호를 웨치며 우리 것에 각별한 관심을 갖는 1930년대의 우리 사회의 움직임을 높이 평가한 「조선을 알자는 부르짖음」(1932. 5) 것들이 모두 환산의 민족주의 역사인식이 투영된 사고 체계라 볼 수 있다.

앞에서 지은이는 환산이 민족어문의 정리와 보급에 관련된 업적과 함께 우리의 역사와 지리에 대한 업적도 많이 발표하였다고 하였다. 환산의 역사 탐색은 역사 상에 뚜렷한 공적을 남긴 인물들의 일대기나 일화를 쓰기도 하였지만 다른 한편으로는 역사의 뒤안길에서 나라에 이로움을 끼친 인물들의 공적이나 일화를 드러내는 일에도 주의를 게을리 하지 않았다. 세종대왕, 이순신, 정몽주, 권율, 김유신, 민충정공, 이규보, 이이 등은 우리 민족 역사에서 잘 알려진 인물이지마는 200년전에 울릉도를 외교의 힘으로 일본으로부터 지켜 낸 안용복(安龍福)은 아는 사람이 그리 많지 않다. 환산은 「쾌걸 안용복」(1926. 5. 6)에서 이름없는 영웅이란 초택(草澤) 간(間)에 묻혀 있다고 생각하고 이들에 대한 인물 조명의 의의를 다음과 같이 말하고 있다.

(20) 우리가 매양 역사적 인물을 들매 그 인격의 숭고보다 작위(爵位)의 현달(顯達)을, 훈공(勳功)의 기위(奇偉)보다 위세의 혁렬(赫烈)을 더욱

주중(注重) 할 뿐이요 몸이 초망(草莽)에 묻혀 있어 민족을 위하여 사회를 위하여 그의 일생을 희생적 사공(事功)으로 마친 기다(幾多)의 호준(豪俊)이란 그의 한 일이 인멸되고 이름조차 전함이 없이 되고 만 것이 어찌 아깝지 아니하랴. 우리가 그러한 인물의 전기에서 얼마라도 남아 있는 일화(逸話)를 들추어 내어 그의 편언척사(片言隻事)의 하나라도 알아보는 것이 어느 점에서 우리 역사의 정체(正體)를 구함에 결핍이 없을 것이라 한다. (『東光』 1.1, 1.2, 1926. 5, 6)

환산은 사관에 따라서는 안용복과 같이 역사의 뒤안길에서 나라를 수호하고 부정부패에 용감하게 도전하여 나라의 기틀을 잡은 인물을 적극적으로 발굴하는 것이 역사의 참 모습을 밝힐 수 있는 길로 이어질 수 있다고 보았다.

환산이 뒤에 「현존 기인 육봉 우용택 선생」(1929. 8)에서 당시의 기인(奇人)이던 우용택(禹龍澤)의 행적을 소개한 것이라든가, 임진왜란 때 진주성에서 왜군울 눌리친 김천일(金千鎰) 아내의 여걸스런 면모를 드러낸 것이라든가 「지모의 여걸 김천일의 처」(1929. 11), 신미(辛未) 혁명을 일으킨 홍경래와 최난헌 「辛未革命과 辛未洋擾」 —洪景來와 崔蘭軒(1) 1931. 1, 2,의 행적을 드러낸 것이라든가, 토정(土亭) 이지함(李之函?)의 기행(奇行)을 엮은 것 「土亭先生(逸話)」(1936. 2)이라든가, 전설적 인물 여도령(黎道令)[흔히 검도령]의 신용(神勇)을 찬양한 것이라든가 「여도령 신용」(1933. 10), 이괄(李适)의 난(亂) 때 참모로서 정충신(鄭忠信)을 도와 난을 평정하는 데 결정적 기여를 한 부랑(夫娘)의 여걸스런 행적을 드러낸 것 「女傑 夫娘」(1926. 8) 등 모두 우리 역사의 참 모습을 밝히려 하는 사관에서 쓰여진 것이다.

환산은 유서 깊은 고장을 찾아 그 곳에 얽힌 역사와 풍물을 캐내는 작업도 놓치지 않았다. 남한산성, 양구, 나진, 평양, 경주, 김해, 백두산,

지리산 등이 환산의 탐방 대상이 되었다.(1928. 1, 2; 1930. 2, 3; 1932. 11; 1933. 3, 4, 6, 8; 1934. 7, 11). 더욱이 허물어져 흔적조차 분명치 않은 을지문덕의 무덤 자리를 참배한 일도 있었는데(「을지문덕 묘 참배기」 1930. 11) 이를 통하여서도 환산의 역사 탐구 태도의 일면을 짐작할 수 있다. 환산은 역사를 소재로 한 희곡을 즐겨 쓰기도 하였는데[30] 이 역시 역사 속에서 우리의 살 길을 찾고자 하는 환산의 사관과 관련시켜 해석할 수 있다.

6. 북경 유학시절의 환산의 활동

환산이 1921년부터 1924년 사이 중국 북경대학 사학과를 수업한 내용이 무엇인지는 확실하지 않지만 단재를 자주 만났으며 북경에 머무는 동안 국내의 시사주간지 『東明』과, 시대일보에 여러 가지 내용의 글을 보내어 실었다. 환산은 1922년 11월부터 1924년 4월까지 거의 1년 6개월 동안에 10편의 논설과 번역을 연재의 형식을 빌어 보고하였으며 귀국 후인 1926년에도 중국의 문화를 소개하는 글을 썼다.[31] 들을 주제별로 정리하여 검토하기로 한다. 환산의 관심 영역은 중국의 문자개혁운동,[32]

---

30) 환산은 「율리(栗里) 설씨(薛氏)」, 「바보온달」, 「낙화암」, 「김원술」 등의 희곡을 썼다고 하나 현재 전하는 것은 「율리설씨」, 「김원술」이 전하고 「바보온달」은 원고만 전한다.(「저술 목록」을 보라). 뒤의 세 작품에 대한 언급은 김윤경(1953), 김선기(1973)을 보라.

31) 환산의 중국 유학 시절에 쓴 업적에 대하여 [붙임 1]의 「이윤재 저술 목록」과 『서울대 동양사학과 논집』 11(1987)에 실린 「자료소개와 민두기교수의 「자료해설」을 보라. 민 교수는 생존시에 지은이와 가진 인터뷰에서 이윤재가 당시 국내에 보고한 자료들은 중국에서도 희귀한 자료가 되어 있다고 환산 자료의 정확성과 수준을 높이 평가하였다.

32) 환산이 중국유학을 통하여 받아들인 문자개혁운동에 대하여는 지은이가 이미 고영근(1988)에서 이미 그 얼개를 소개한 일이 있다.

문학운동, 연극사, 학계와 정계의 충돌 문제 및 학생운동, 여권신장운동, 노동자들의 파업 문제, 중국의회의 역사, 몽고의 독립운동, 중국의 민의 조사, 중국유학 안내에 걸쳐 있었다.

환산이 처음으로 국내에 소개한 주제는 중국의 문자혁명이었다. 그는 「중국에 새 문자」(1922. 11. 5, 12)를 통하여 중국은 한자 폐지의 선행 작업으로 주음문자를 발명하여 문자개혁을 시도하고 있는데 아직도 쓰기 좋은 자국 문자를 방치해 놓고 한자를 숭상하는 우리의 태도를 비판하였다. 환산은 중국의 최고학부인 북경대학 국문강좌(國文講座)와 지식층 사이에 만연되어 있었던 한자폐지에 관한 여론을 전하고 새로 만든 주음문자가 온 국민의 지지 아래 보급되는 양상을 보고한 다음, 그 내력과 실체를 평설하였다. 특히 그 실체를 설명함에 있어서는 한글 음을 대응시켜 주음 문자의 표음문자적 특성을 부각시켰다. 이를 통하여 중국 유학시절의 환산의 일차적 관심사는 민족어문의 정리와 보급에 쏠려 있었음을 확인할 수 있나.

둘째, 환산은 당시 북경대학의 호적(胡適) 교수의 「建設的 文學革命論」을 번역하여 보냄으로써 사문학(死文學)을 숭상하는 당시의 우리의 조고계(操觚界)에 큰 자극을 주었다. 환산은 이 글의 머리에서 다음과 같이 번역의 취지를 말하였다.

(21) 호씨(胡氏)의 이 문학혁명론이 세상에 한번 나오매 전국을 일시에 풍미하여 2000년의 미몽(迷夢)을 깨뜨리고 정예(精銳)한 보무(步武)로 모두 그 혁명의 깃발 아래 몰려 들었다. 더욱이 이것이 진부구패(陳腐舊敗)의 사문학(死文學)을 더욱이 숭상하는 우리 조선 사람에게 가장 심각한 자극을 줄 듯하기로 특히 이를 초역(抄譯)하여 제군의 한번 참고에 공(供)코자 한다. (「東明」 2.16, 1923. 4. 15)(쉬운 표현으로 바꾸고 한자를 팔호 안에 넣음, 이하 같음)

환산의 민족어문의 정리 및 보급을 위한 사상은 한결을 통한 한힌샘의 영향도 적지 않았지만 주음문자를 만들어 보급하는 중국의 문자개혁 운동과, 사문학을 과감하게 청산하고 활문학(活文學)의 건설을 위하여 노력하는 중국 조고계의 문학운동에서 그 구체적인 실천 방안이 세워진 것으로 생각한다.

셋째, 환산은 중국의 옛 연극에 관하여 연구를 깊이 하였다. 앞에서 우리는 환산이 희곡을 써서 상연한 일이 있음을 살펴보았는데 이 또한 환산이 중국 유학에서 터득한 중국 연극에 대한 관심에서 빚어진 열매라 생각된다. 환산은 「중국극 발달 소사(小史)」(1926. 4)에서 우선 우리의 문화사를 연구함에 있어 중국학 연구의 중요성을 다음과 같이 베풀었다.

> (22) 동양에서 문명이 가장 오래요 더욱이 우리와도 예로부터 사상상(思想上) 융통(融通)이 썩 많이 되었다는 중국의 문명, 곧 중국학(中國學)이란 것을 연구함이 어느 한편으로는 우리의 문화적 사실을 아는 점에서 한 보조물이 될 것이라 한다. 우리나라 학자란 기천기백년래 (幾千幾百年來)로 오로지 한학(漢學)에 열중하여 한토(漢土)의 문물이라면 덮어놓고 그대로 섭취하여 거기에 막대한 중독까지 받아 오면서도 그 나라의 사회사조(社會思潮)라고는 익히 아는 자(者)가 극히 드물었다. 이는 한학자(漢學者) 그들이 다만 글 그대로만 읽었을 뿐이요 연구란 것이 조금도 없었기 때문이다. (『朝鮮文壇』 3.2)

이곳에서 피력한 환산의 생각은 (7)의 단재와의 대화에서도 확인한 바 있었는데 종전까지의 우리의 중국 이해가 맹목적·형식적이었음을 반성한 것이다. 이리하여 환산은 앞으로도 지난 날과 마찬가지로 중국과는 정신적으로나 물질적으로 접촉하는 일이 많을 것이라는 전제 밑에서 중국학 연구를 소홀히 해서는 안 된다는 점을 강조하였다.

환산은 연극이 한 나라의 사상, 문학, 풍속, 인정을 드러내기 때문에 그 나라의 사회와 민족을 연구하려면 반드시 연극에 주의를 기울여야 한다고 말하고 중국의 구극(舊劇)과 동양학 연구와의 관계를 다음과 같이 논하였다.

(23) 중국 극이라 하면 신극(新劇)과 구극(舊劇)이 있다. 신극이란 아직 정도에 있어 말할 가치도 없지마는 가장 발달된 것은 구극이다. 이것이 모두 사극(史劇)과 가극(歌劇)으로 된 것이기 때문에 중국극을 문학적으로 예술적으로 말하기보다도 차라리 역사적 사실이라 할 수 있다. 그러므로 동양학을 연구하는 자(者)로는 중국극을 한번 연구하는 것이 한 적호(適好)한 재료가 될까 한다. (위와 같음)

중국의 구극은 역사적 사실이 소재가 되어 있기 때문에 그 실상을 잘 아는 것이 바로 동양학을 연구하는 길로 이어진다고 하였다. 이런 생각을 바탕으로 하여 환산은 중국극의 연혁을 고대에서부터 청대에 이르기까지 훑이 본 다음, 역사적 사실을 소재로 한 중국 현대극의 현황을 살피었다. 뒤에 환산이 역사적 사실을 소재로 한 희곡을 써서 그것을 스스로 공연하였다는 사실은 환산이 중국 유학 시절에 체험한 바를 그대로 실천한 결과라 믿어진다.

넷째, 환산은 북경대학을 중심으로 벌어진 학계와 정계의 충돌사건을 자세히 보도하면서 중국의 학생운동을 긍정적으로 평가하였다. 환산은 「북경대학을 중심으로 한 학계와 정계의 큰 충돌」(1923. 2. 25)에서 한 나라의 흥체(興替)는 청년 지기(志氣)의 소장(消長)에 있다고 말하고 신해혁명(辛亥革命)이 계기가 되어 일어난 5 · 4운동(五四運動), 6 · 3운동(六三運動) 등은 모두 학생들의 구국운동이라고 하였으며 북경대학을 중심으로 당시 학계와 성계가 크게 충돌하여 유혈을 빚은 사건을 자세히 보도하면서 다음과 같은 견해를 피력하였다.

(24) 이번 운동이 전년 5 · 4운동(五四運動) 이후 처음으로 있은 대애국운동
(大愛國運動)이다. 5 · 4운동은 외교를 역쟁(力爭)하여 매국적(賣國賊)
을 몰아냄이 근본정신이요, 이번 운동은 내정을 혁신하여 관료 군벌의
폐독(弊毒)을 두절(杜絕)함이 근본정신이다. 금후의 성공여부는 예측할
수 없으나 이왕의 오사운동의 영향과 같은 현상이 없지 아니할 것은
지금에 있어서 능히 관측 할 수 있다. (『東明』 2.23)

이밖에도 환산은 국사(國事)를 위하여 바삐 움직이고 인권을 위하여 분투
하는 중국의 청년을 마음껏 공경한다고 하였다.

환산은 몇 달 뒤에 「민중혁명화하는 중국의 학생운동」(1923. 6. 3)에서
중국의 학생 애국운동을 배우면 나라사랑을 잊지 말아야 하고 나라를
사랑하면 배움을 잊지 말아야 한다(/求學不忘愛國, 愛國不忘求學)라는 정신의
결정이라고 말하고 5.4운동(五四運動)에 대하여 다음과 같이 평가하였다.

(25) 중국 군중운동 중 가장 명예 있는 5 · 4운동(五四運動) 같은 것은 역사
상에 그 혁혁한 광휘를 나타내었다. 이 운동은 1919년 곧 우리의 3 · 1운
동(三一運動)과 거의 한 때에 된 것으로, 우리의 민족적 자각이 그로
말미암아 한번 새롭게 됨과 같이 중국은 그 영향으로 국민으로 국가에
대한 의무를 절실히 각오하였을 뿐 아니라 전반 사회는 날로날로 향상
발달하게 되었다. (『東明』 2.23)

환산은 사회에 큰 영향을 미친 5 · 4운동을 중국 학생 운동사에서 새로운
기원을 그은 사건이라고 평가하고 이 운동의 내력을 언급한 다음, 당시
민중혁명의 성격을 띠고 발족하였던 전국 학생연합회의 의안을 자세히
소개하였다. 의안의 개요는 '정치 징청(澄淸), 인권 옹호, 외교 역쟁(力爭),
교육 독립'이었다. 환산은 중국의 문물을 수용함에 있어 항상 우리 민족의
처지와 관련시키는 태도를 견지하고 있었다. 국내에서 이미 삼일운동을

체험하였고 스스로 옥고를 치렀기 때문에 나라를 구하는 데 있어 청년의 힘이 어느 정도 큰가 하는 것을 조국의 젊은이들에게 알릴 목적으로 중국의 청년운동을 자세히 보도한 것으로 해석하고자 한다.

다섯째, 환산은 중국의 여권신장운동에 대한 사정을 자세히 보고하였다. 환산은 최근 「중국의 부녀운동」(1923.3)[33]에서 오래 동안 봉건적인 굴레 속에서 독립된 인격체로서의 자유를 누리지 못하던 중국 여성들의 부르짖음에 대하여 다음과 같이 자신의 느낌을 적고 있다.

> (26) 여자도 사람이다. 남편의 아내가 되기 전에, 자식의 어머니가 되기 전에 먼저 사람이 되리라 하고 노라가 인형의 짐을 뛰어나간 이래 이 새로운 사상의 물결은 날로 붇고 달로 늘어섬으로 동으로 스미고 밀리었다. 여성 압박, 여성 학대의 대본산－여성을 남성의 완전한 도구, 유순한 노예를 만들 양으로 삼종지도(三從之道)와 칠거지악(七去之惡)이란 부녀도덕을 창조한 중국도 이 팽배한 파도에 흔들리기 시작하였다.
> (『東明』2.10)

이러한 사고를 바탕으로 하여 환산은 당시 중국에서 벌어지고 있었던 여성들의 남녀 동등권과 참정권의 요구를 여권 운동 동맹회, 여자 참정 협진회의 주장을 소개한 다음, 여성들의 참정 문제에 대한 찬반의 논의도 함께 실었다. 특히 환산은 여자들의 참정문제를 긍정적으로 평가하는 호적(胡適)의 3개 해결 방안도 아울러 제시하였다. 호적은 여자들을 경제 문제, 교육문제, 정치·사회문제로부터 해방시키는 것이 우선하는 과제 라고 하였다. 환산이 중국의 여성운동을 국내에 자세하게 보도한 것은 당시의 우리 여성이 처하고 있었던 상황의 해결에 어떤 암시라도 주기

---

33) 이 글은 환산의 글이라는 기록이 없으나 일련의 북경 통신이나 문체 등을 고려할 때 환산의 저술이 틀림없다. 민두기 교수가 이를 환산의 글로 처리하였음을 밝혀 둔다.(앞의 해설 참조)

위한 배려와 관련이 있지 않았을까 한다.

여섯째, 환산은 중국의 노동운동을 보고하였다. 환산은 「경한(京漢)철도 종업원 동맹파공(同盟罷工)의 전말(顛末)」(1923. 3. 25)에서 북경대학 학생들이 국회 문전(門前)에서 흘린 피가 마르기도 전에 경한철도 종업원들이 파업을 일으킨 '2·7 사건'(二七事件)이 일어났다고 말하고 그 전말을 자세히 고국에 알려 왔다. 환산은 철도 종업원들의 동맹 파업에 대하여 우선 다음과 같은 의견을 베풀었다.

> (27) 이번 경한철도 종업원의 파공(罷工)은 중국 노동운동사 상에 처음 보는 대규모의 행동이다. 오늘 세계 신 조류의 소용돌이 속에 있는 중국 노동자야말로 한번 크게 각성하여 전 지구상에 팽배한 노동운동의 팽배로 분연 궐기하여 수천년 이래로 자본주의의 전형(專橫) 밑에 한갓 노예의 혹우(酷遇)와 우마(牛馬)의 고역(苦役)으로만 자감(自甘)하던 그 불합리한 계급제도를 타파하고 인격의 완전과 인격의 자유를 역도(力圖)하려 하였다. (『東明』 2.13)

환산은 자본주의의 전형 밑에서 오래 동안 자유를 짓밟힌 채 수탈을 당해 오던 중국 노동자들의 동맹 파업을 중국 노동운동에 기념이 될 중요한 사건이라 보고 이를 자세히 알려왔다. 우리의 민중이 오랫동안 지배계급의 수탈을 받아 왔고 더욱이 일제 치하에서 인권과 자유를 잃고 착취당하고 있던 당시의 현실과 관련시킬 때 중국의 노동운동이 환산에게 긍정적으로 비쳤을 것은 당연하다 하겠다.

일곱째, 환산은 중국의 의회제도에 대한 소식을 전하였다. 환산은 「중화민국 의회소사(議會小史)」(1923. 1. 7, 1. 14, 1. 21, 1. 28)에서 중국이 5,000년 동안 유지해 오던 전제 정체를 청산하고 공화국을 수립한 이후의 파란 많던 중화민국 의회의 역사를 더듬었다. 임시법의 제정, 의회의 성립과 수차례에 걸친 의회의 해산, 남북 의회의 대결, 의회의 부활, 각 정당의 활동에 관한 소식을 자세하게 전하였다. 특히 각 정당의 활동을 보고하는 마당에 있어서는 그 나름대로 제헌(制憲)에 몰두하고 있는 양상을 자세히 베풀었다. 환산은 다른 통신과 같이 당시의 우리의 정세와 관련시킨 자신의 견해를 표명하고 있지는 않으나 논조로 보아 우리도 언젠가는 일본 전제주의를 몰아내고 중국처럼 공화제를 도입해야 한다는 사실을 암암리에 국내의 독자들에 알릴 목적으로 이 글을 쓰게 된 것이 아닌가 한다. 아니면 당시 걸음마 단계를 벗어나지 못하였던 우리의 임시정부의 건전한 발전을 머리에 두고 썼을 가능성도 배제할 수 없다.

여덟째, 환산은 당시 러시아와 중국 사이의 국제 문제로서 초점이 되어 있었던 몽고민족의 독립운동을 보고하였다. 환산은 몽고민족의 독립운동 (1922. 12. 3, 12. 10, 12. 17, 22. 24)에서 몽고민족의 독립운동의 역사와 현황을 자세히 보고하였다. 한때 대원제국(大元帝國)을 건설한 바 있는 몽고가 그 뒤에는 중국(청나라)에 예속되고 근대에 와서는 러시아와 일본의 지배를 받아 독립운동을 벌인 적이 없지 않으나 결국 실패로 돌아가고 현재는 소련의 적기(赤旗) 아래에서 명목상의 독립을 유지하고 있다고 그 동안의 경위를 베풀었다. 이곳에도 당시의 우리의 사정과 관련된 환산 자신의 견해는 한 군데도 보이지 않는다. 몽고의 정정(政情)이 당시의 우리와 비슷한 점이 많이 있었음에도 불구하고 환산은 이에 대한 논평을 삼가고 있다. 그러나 국내의 독자들은 환산의 이 보고를 읽음으로써 국권회복을 위한 독립운동의 필요성을 한층 더 절감하였으리라 생각한다.

아홉째, 환산은 「중국민의측량」(1924. 4. 8)을 통하여 1923년 북경대학교 제25주년 기념일을 맞아 학계, 상계, 공계, 군계, 정계, 기자를 대상으로 실시하였던 민의측량(民意測量), 곧 여론조사를 실시한 결과를 국내에 알려왔다. 이에 대하여 환산은 다음과 같이 자신의 견해를 피력하였다.

(28) 투표자의 연령은 16세 이상 40세 이하 자이니 평균 26세에 상당하여 현대중국 청년의 표준일 것이며 문제는 정치문제로 개인문제에 궁(亘)하여 10개 문제를 선출하였으니 이로써 현금 중국 일반 사상계를 가히 발견할 것이다. 이것이 중국문제를 연구하는 자에게 한 취미 있는 재료가 될까 한다. (時代日報)

환산은 중국문제 연구가의 참고자료에 제공할 목적으로 여론조사에서 수렴된 중국 사상계의 동향을 보고한 것이다. 10가지 주제란 '(1) 조곤(曹昆) 대통령 당선자에 대한 견해, (2) 국회의 신뢰 여부, (3) 정부에서 반포한 헌법에 대한 견해, (4) 중국 구제의 방안, (5)러시아와 미국 중 중국의 벗이 되는 나라는?, (6) 나라 안팎의 큰 인물 들기, (7) 현재 중국 안에서 애독 대상이 되는 주간 또는 일간지, (8) 현재 유행하는 정치 방면의 주의 중 신봉하는 것은?, (9) 학생의 정치운동에 대한 견해, (10) 취미생활'과 같다. 여기서 주목할 것은 (6)의 물음에 대하여 세계의 큰 인물로는 레닌을, 중국의 큰 인물로는 손 문을 들었다는 점이다. 이러한 주제들은 당시의 우리의 당면 과제를 해결하는 데 타산지석(他山之石)으로 삼을 수 있었다고 생각한다.

이상 아홉 가지 주제에 걸쳐 환산이 북경에 머물면서 고국에 보내온 통신의 내용을 검토하여 보았다. 이들 보고를 통하여 환산이 북경에서 한 일은 어문개혁운동, 문화혁신운동, 학생운동, 여성운동, 노동운동, 독립운동, 민주주의, 여론조사에 관련된 정보를 국내에 알려서 우리 민족의 현실적 문제를 해결하는 기본 바탕을 마련한 것이라 하겠다. 환산은 학생의 신분으로서 정식으로 북경대학을 수학하였다기보다는 북경대학에 거점을 두고 자유롭게 중국 학계의 동향을 살피며 홍사단과 같은 정치 단체에도 관여하고 단재와 같은 우리 학자들과 교분을 나누며 귀국 후에 우리 사회에 이익이 될 수 있는 중국의 문물과 정정(政情)을 살피는 일에 주로 골몰한 것이 아닌가 한다.

7. 마무리

환산 이윤재 선생은 서당에 다니면서 역사 공부에 눈을 뜨고 우리나라가 자주 국가가 되었음을 체험한 바 있으며 김해공립보통학교에 들어가면서부터 신학문에 접하게 되고 계성학교에 다니면서부터 자유주의와 민족주의를 알았으며 창신학교에 일하면서는 한힌샘의 사상과 학문에 접하였다. 3 · 1운동 때 평양에서 투옥되고 그 뒤 북경유학에서 단재를 만나고 흥사단에 가입한 사실과, 아울러 당시 숨 가쁘게 돌아가던 중국 사회에 대한 체험이 그의 사상을 형성하는 요인이 되었다고 말할 수 있다. 환산의 사상은 자유주의를 바탕으로 한 민족주의라 규정할 수 있다.[34] 환산은 도산의 사회사상을 바닥에 낄고 한힌샘의 어문민족주의와 단재의 역사민족주의를 통합함으로써 한 차원 높은 문화민족주의(文化民族主義)를 창도하여 실천에 옮겼다고 그 사상적 특징을 간추릴 수 있다. 환산의 문화민족주의는 민족어문을 정리 보급하고 잃었던 민족역사를 되찾아 민족을 하나로 묶어 결국은 독립을 쟁취하는 길로 이끄는 것을 본령으로 삼는다.[35]

---

34) 환산의 사상이 투철한 민족주의로 일관해 있다고 함은 1917년에 태어난 둘째 따님의 이름을, 당시 나라꽃으로 지정된 '무궁화'로 지은 사실에서 단적으로 증명된다. 또 환산은 자기가 좋아하는 꽃을 무궁화라고 말하였다. 『朝光』 3.3 (1937. 3)에 실린 「설문」의 심경 설문에서 무슨 꽃을 좋아 하느냐는 물음에 대하여 '무궁화'라고 대답하고 있다. 이렇게 환산은 일찍부터 민족주의에 눈이 떠서 둘째 따님의 이름을 '무궁화'라 짓고 좋아하는 꽃으로 '무궁화'를 지목하였다.

35) 김해 두시관 뜰에 세운 어톡비 비문의 다음 구절은 환산이 어느 성노 녹립을 목마르게 가다렸는가 하는 것을 보여준다.

"우리가 지금 일본의 총칼 밑에 눌려 산다고 언제나 이럴 줄 알아서는 큰 잘못이다. 나는 나이도 들었고 지금 형세로는 감옥에서나 죽게 생겼지만 그러나 맞춤법의 제정과 표준말의 사정을 기초로 한 사전 편찬에서 결실을 거두었던 만큼 역사학자라기보다는 '어문학자' 내지는 '한글학자'라 표현하는 것이 그의 사상체계에 더 어울려 보인다.[36] 1932년까지는 방언과 역사탐구에 두루 관심을 가졌으나,[37] 1937년 이후로는 방언 방면에만 관심이 쏠렸던 것[38]도 만년에 올수록 환산의 민족주의적인 성향은 어문 방면으로 기울어져 있었음을 확인할 수 있다.

　일석은 환산이 앞에서 든 의리와 자아 밖에 정기도 알고 있었다고 하였다. 이에 대한 일석의 견해를 들어 보기로 한다.

　　(29) 환산은 정기(正氣)를 잘 알았다. 이 정기는 대의명분을 위한 정기요,
　　　 민족부흥을 위한 정기였다. 만일 그의 심금이 어떠한 정기에 저촉되는
　　　 일이나 정기에 합치되는 일에 부딪칠 경우에는 구각(口角)에 거품을
　　　 튀기어 가면서 천산지산 푸념을 늘어 놓는 것이었다.

　　　　　　　　　　　　　　　　　　　　 (이희승, 앞의 글)

일석은 환산의 정기를 대의명분과 민족부흥을 위한 정기라고 평가하였

너희들은 대명천지 밝은 날에 내 나라 다시 찾고 독립 국민으로 떳떳이 살날이
　 곧 올 것이다. 너희들은 틀림없이 독립을 보리라. 그러자면 지금부터 정신을
　 똑바로 차려야 한다." (1929년 경신학교에서)
36) 지은이는 '한글학자', '국어학자', '어문학자'를 어느 정도 구별해서 사용하는 것이
　 좋다고 생각한다. '한글학자'는 일제치하에서 우리의 어문을 연구하며 주로 실천
　 적 방면에 업적을 남긴 사람을, '국어학자'는 우리의 언어 문자를 과학적 관점에
　 서 연구하는 사람을, '어문학자'는 언어 문자정책 등 현실적 문제에 관심을 갖는
　 사람을 각각 가리키는 뜻으로 쓰고자 한다.
37) 환산은 하기 휴가 중에 무엇을 하겠느냐는『新東亞』편집자의 물음에 대하여
　 여행은 선영에 소분으로 영남지방에, 방언수집과 사적탐고(史蹟探考)로 관북
　 지방에 갈까 합니다. 사정이 허락하면 성백두산(聖白頭山)의 근참(覲參)까지
　 도……(『新東亞』2.7, 1932. 7)를 보라.
38) 환산은 하기휴가때 어디로 가겠느냐는『新東亞』편집자에게 될수만 있으면
　 방언을 좀 조사하고 싶으니 관북지방에 여행할 기회를 얻었으면 합니다 (『新東
　 亞』6.8, 1936. 8)라고 대답하였다.

다. 일석은 환산이 정기의 탓으로 왜정 치하의 삼엄한 정찰망 속에서도 저들의 불의무도(不義無道)를 기탄없이 매도하며 고담준론(高談峻論)을 하는 일이 많았다고 덧붙였다. 일석이 평가하는 환산의 정기는 그것이 결국 대의명분과 민족부흥에 관련되어 있기 때문에 환산의 민족주의 사상을 단적으로 대변하고 있다. 환산의 정기는 수차에 걸친 투옥은 물론, 북경 유학 시절에 겪은 중국 청년들의 애국적 행위에 대한 체험에서 길러졌다고 말할 수 있다. 일석이 말하는 환산의 '정기'는 의리로 대표되는 '도산사상'과 자아로 대표되는 '단군경모사상'이 엉겨서 이루어진 환산의 민족주의 사상을 적실하게 표현한 말이라 생각한다.

환산의 민족주의 사상은 추상적·이론적이 아니었다. 삶에 대한 강인한 의욕을 지니고 실천을 앞세워 행동하기를 권장하였다. 환산은 다시 공부를 한다면 어느 학문을 하겠느냐는 한 잡지사의 물음에 대하여 농학을 하겠다고 대답하였으며 여자가 되었다면 무엇부터 하겠느냐는 물음에 대하여는 농촌에서 문맹타파운동부터 벌이겠다고 대답한 일이 있다.[39] 이 통하여 보면 환산이 청소년시절부터 50고개를 넘을 때까지 변함없이 품고 있었던 꿈은 농학을 전공하여 농민들의 문맹을 타파하는 일에 있었음을 알 수 있다. 우리는 이 글이 첫 머리에서 환산이 20세 무렵에 김해에서 야학에 종사하였음을 본 바 있다. 이런 사실과 관련시키면 환산이 농학을 전공하여 문맹 퇴치에 진력하겠다는 포부는 이미 청소년 시절에 움이 터 있었음을 확인할 수 있다. 이렇게 본다면 환산은 학자이기 이전에 사회운동가라 규정할 수 있다.

환산이 우리 어문의 정리와 보급에 바친 정열과, 역사를 대중화하고 묻혀 있는 사실(史實)을 드러내어 새로운 뜻을 부여하는 역사 인식의 태두

---

39) 『朝光』 3.3(1937. 3)의 설문 난을 보라.

는 모두 환산의 실천적 민족주의 특성을 뒷받침하는 구체적인 증거가 된다. 이런 점에서 환산은 갑오개화 이후 꾸준한 흐름을 형성하였던 애국 계몽사상가, 더 정확하게는 애족계몽사상가의 반열 속에 넣을 수 있으며 이는 바로 그의 사상적 기저가 문화민족주의였다고 단언할 수 있다.

이윤재의 저술목록

이 목록은 이윤재의 저술을 연대순으로 배열한 것이다. 이 목록의 제목은 발표 당시의 표기대로 적는 것을 원칙으로 하였다. 단 본문에서 인용할 때에는 한글로 바꾸어 보이었다. 이윤재의 저술이 뒤에 단행본에 전재된 것은 그것을 밝혔다. 신문에 발표된 것은 월일까지 밝히고 잡지에 발표된 것은 월만 표시하되 권을 밝히지 않은 것도 있다. 이윤재의 저술은 고(故) 하동호 교수의「환산 이윤재 선생 서지(書誌)」(『나라사랑』13, 1973)에서 최초로 정리된 바 있고 이를 바탕으로 하여「이윤재 저술목록」(채현식 · 최윤호 작성)(『『周時經學報』10, 1992. 12)이 나왔었다. 그리고『10월의 문화인물: 이윤재』(문화부 · 한국문예학술진흥원, 1992)에는 우리의 역사와 우리의 어문에 관한 저술목록이 실려 있다. 이곳의 '저술목록'은『周時經學報』10의 것을 바탕으로 다시 보완한 것이다. * 표는 직접 확인되지 않은 것이며 원본의 경우는 소장처를, 영인본의 경우는 영인 기관을 밝혔다. 그리고 다음 책에 환산의 저술이 부분적으로 전재되어 있다.

외솔회 편,『나라사랑』13(환산 이윤재 특집호), 1973.
金敏洙 · 河東鎬 · 高永根(공편)(1977~1986),『歷代韓國文法大系』, 탑출판사.(『歷文』으로 줄여 부름)
국립국어연구원,『한메 이윤재 선생 기념 문집』(1992년 10월의 문화인물), 1992. 10.
金敏洙 · 高永根(공편)(2008),『歷代韓國文法大系』(제2판), 도서출판 박이정.

1922. 11. 5, 「中國의 새 文字」(上), 『東明』1.10, 영신아카데미 한국학연구
소 영인본(1978).

1922. 11. 12, 「中國의 새 文字」(下), 『東明』1.11, 영신아카데미 한국학연
구소 영인본(1978).

1922. 12. 3, 「蒙古民族의 獨立運動」(1), 『東明』1.14, 영신아카데미 한국학
연구소 영인본(1978).

1992. 12. 10, 「蒙古民族의 獨立運動」(2), 『東明』1.15, 영신아카데미 한국
학연구소 영인본(1978).

1922. 12. 17, 「蒙古民族의 獨立運動」(3), 『東明』1.16, 영신아카데미 한국
학연구소 영인본(1978).

1922. 12. 24, 「蒙古民族의 獨立運動」(4), 『東明』1.17, 영신아카데미 한국
학연구소 영인본(1978).

1923. 1. 7, 「中華民國 議會小史」(1), 『東明』2.2[영신아카데미 한국학연구
소 영인본(1978).

1923. 1. 14, 「中華民國 議會小史」(2), 『東明』2.3[영신아카데미 한국학연구
소 영인본(1978).

1923. 1. 21, 「中華民國 議會小史」(3), 『東明』2.4[영신아카데미 한국학연구
소 영인본(1978).

1923. 1. 28, 「中華民國 議會小史」(4), 『東明』2.5, 영신아카데미 한국학연
구소 영인본(1978).

1923. 2. 25, 「北京大學을 中心으로 한 學界와 政界와의 衝突」, 『東明』
2.9, 영신아카데미 한국학연구소 영인본(1978)[『서울대 동양사학과
논집』11(1987)]에 다시 실림].

1923, 3, 「最近 中國의 婦女運動, 『東明』2.1, 영신아카데미 한국학연구소
영인본(1978). [『서울대 동양사학과 논집』11(1987)에 다시 실림].

1923. 3. 25, 「京漢鐵 從業員 總同盟罷工의 顚末」, 『東明』2.13, 영신아카데
미 한국학연구소 영인본(1978)[『서울대 동양사학과 논집』11, (1987)
에 다시 실림].

1923. 4. 15, 「胡適氏의 建設的 文學革命論」(譯抄)(1)－國語의 文學, 文
學의 國語, 『東明』2.16, 영신아카데미 한국학연구소 영인본 1978).

1923. 4. 22, 「胡適氏의 建設的 文學革命論」(2), 『東明』2.17, 영신아카데미 한국학연구소 영인본(1978).

1923. 4. 29, 「胡適氏의 建設的 文學革命論」(3), 『東明』2.18, 영신아카데미 한국학연구소 영인본(1978).

1923. 5. 5, 「胡適氏의 建設的 文學革命論」(4), 『東明』2.19, 영신아카데미 한국학연구소 영인본(1978).

1923. 6. 3, 「民衆革命化하는 中國의 學生運動」, 『東明』2.23. 영신아카데미 한국학연구소 영인본(1978)[『서울대 동양사학과 논집』11(1987)에 다시 실림].

1924. 4. 8, 9, 11, 12, 「中國 民意測量」, 시대일보, 한국학연구원 영인본(1985)[『서울대 동양사학과 논집』11(1987)에 다시 실림].

1924. 4, 「中國留學」(15回 連載), 시대일보 국학자료원 영인본(『시대일보 · 중외일보(학예편)』.

1926. 4, 「中國劇 發達小史」(上), 『朝鮮文壇』3.2, 국회도서관 소장, 성진 문화사 영인본(1971).

1926. 5, 「中國劇 發達小史」(中), 『朝鮮文壇』3.3, 국회도서관 소장, 성진 분화사 영인본(1971).

1926. 5, 「조선글은 조선적으로」─訓民正音 第 8回甲 紀念, 『新民』2.5, 현대사 영인본(1982), [「1992년 10월의 문화인물 한메 이윤재 선생 기념문집」국립국어연구원, 1992에 다시 실림].

1926. 5, 「快傑 安龍福(傳記)」, 『東光』1.1.

1926. 6, 「快傑 安龍福」, 『東光』1.2.

1926. 6, 「中國劇 發達小史」(下), 『朝鮮文壇』3.4, 국회도서관 소장, 성진문 화사 영인본(1971).

1926. 8, 「女傑 夫娘」(1), 『東光』1.4, 아세아문화사 영인본(1977).

1926. 9, 「女傑 夫娘」(2), 『東光』1.5, 아세아문화사 영인본(1977).

1926. 9, 「우리 주장」─ 우리의 설 자리/수양이 우스운 것이냐? /자조와 호조/이를 한번 경계, 『東光』1.5, 아세아문화사 영인본(1977).

*1926. 11. 4, 「正音 紀念을 當하여」, 『東亞日報』

1926. 11, 「우리 주장」─不忘基本/深恩厚德/生活衣食/조선 사람이거던,

『東光』1.7, 아세아문화사 영인본(1977).

1926. 11,「朝鮮文과 語의 講習을 實行하자」- 우리 文學의 普及策,『新民』2.11.

1926. 11,「筆 不精의 恥」,『文藝時代』1.1, 한국문화개발사 영인본(1972).

1926. 11,「開天節의 追感」,『東光』1.8, 아세아문화사 영인본(1977).

1926. 12,「우리 주장」- 永世不忘碑/무겁을 버리자/批判? 樂觀? /아아, 歲月,『東光』1.8, 아세아문화사 영인본(1977)[『나라사랑』13, 115-118에 다시 실림].

1927. 1,「우리 주장」- 우리의 신년/과거를 회고/희망의 신년,『東光』2.1, 아세아문화사 영인본(1977). [『나라사랑』112-114쪽,『1992년 10월의 문화인물 한메 이윤재 선생 기념문집』.(국립국어연구원, 1992에 실림].

*1927. 1,「自我를 찾자」- 우리는 어떻게 살까?,『新民』3.1.

1927. 2,「우리의 주장」- 우리의 수양 운동」,『東光』2.2, 아세아문화사 영인본(1977)[『나라사랑』13, 112-114쪽에 다시 실림].

1927. 2,「安廓君의 妄論을 駁함」,『東光』2.2, 아세아문화사 영인본(1977)[『歷文』③23 217-218쪽,『나라사랑』13, 139-142쪽에 실림].

1927. 2,「人類의 敎育者 페스탈롯치의 生涯와 그의 事業」,『東光』2.2, 아시아문화사 영인본(1977).

1927. 3,「世界思潮와 國民文學」- 時調는 復興할 것이냐,『新民』3.3, 현대사 영인본(1982).

1927. 8,「天眞의 痛快」- 나의 가장 痛快하던 일,『東光』2.8, 아세아문화사 영인본(1977).

1927. 10. 24. 25, 26,「世宗과 訓民正音」(3回)- 한글 출현의 經路와 沿革,『東亞日報』[『歷文』③22 54-60쪽,「1992년 10월의 문화인물 한메 이윤재 선생 기념 문집」, 국립국어연구원(1992)에 실림].

1927. 10. 26,「眞正한 意味의 紀念」,『朝鮮日報』1.2.

1928. 1,「崔六堂의『兒時朝鮮』을 읽고」,『한빛』2.1, 국회 도서관 소장, 창문각 영인본.

1928. 1,「南漢山城遊記」(上),『한빛』2.1, 국회 도서관 소장, 창문각 영인본.

1928. 2, 「南漢山城遊記」(下), 『한빛』2.2.

1928. 5, 「世宗聖代의 文化」－朝鮮歷史上 가장 意味있는 페이지, 『別乾坤』2.10, 11(?), 경인문화사 영인본(1977).

1928. 7, 「金元述의 悔恨」, 『靑年』8.6[1]

*1928. 12, 「景福宮 이야기」, 『新生』1.3.

1929. 4, 「理論보다 實際로 나가자」, 『新民』5.1, 현대사 영인본(1982).

1929. 4, 「三月史上 三大戰捷－權慄 都元帥」, 『別乾坤』4.3, 경인문화사 영인본(1977).

1929. 6, 「金庾信의 靑春時節」－東西人의 靑春時節, 『別乾坤』4.4, 경인문화사 영인본(1977).

1929. 8, 「現存奇人 六峯 禹龍澤 先生」, 『別乾坤』4.5, 경인문화사 영인본(1977).

1929. 9, 「한글 강의 一講」－한글의 말뜻, 『新生』2.9, 현대사 영인본(1982)[(『歷文』 ③23, 344-50에 一講부터 八講까지 다시 실림, 1992년 10월의 문화인물 한메 이윤재 선생 기념 문집」(국립국어연구원, 1992)에 실림].

1929. 10, 「한글 강의 二講」－정음으로 언문에, 『新生』2.10, 현대사 영인본(1982).

1929. 10, 「栗里 薛氏」(1)(희곡), 『新生』2.10, 현대사 영인본(1982)[『나라사랑』13, 209-20쪽에 실림].

1929. 11, 「智謀의 女傑 金千鎰의 妻」, 『新生』2.11, 현대사 영인본(1982).

1929. 11, 「한글 강의 三講」－언문으로 한글에, 『新生』2.11, 현대사 영인본(1982).

1929. 12, 「栗里 薛氏」(2)(희곡), 『新生』2.12, 현대사 영인본(1982).

1929. 12, 「한글 강의 四講」－우리글은 어떻게 쓸까?, 『新生』2.12.

1929. 12, 「朝鮮歷史槪說」, 『儆新』? 號, 10-14쪽.

1930. 1, 「한글 강의 五講」－한글 배열은 어떤가?, 『新生』3.1.

*1930. 2, 「關東僻地 楊口紀行」(1), 『新生』3.2.

---

1) 『한글』164(1979, 689-710)에 하동호 교수의 해제와 함께 작품이 실려 있다.

1930. 3. 17~9. 27, 「大聖人 世宗大王」(28回), 『東亞日報』[나라사랑 167-93
쪽에 실림].

1930. 10. 3 ~ 11. 18, 「聖雄 李舜臣 (25回)」, 『東亞日報』

1930. 3, 「한글 강의 六講」 − 한글 글씨의 소리, 『新生』3.3, 현대사 영인본
(1982).

1930. 3, 「關東僻地 楊口紀行」(2), 『新生』3.3, 현대사 영인본(1982).

1930. 5, 「한글 강의 七講」 − 된시옷이냐? 병서냐? (上), 『新生』3.5, 현대사
영인본(1982).

1930. 6, 「한글 강의 八講」 − 된시옷이냐? 병서냐? (下), 『新生』3.6, 현대사
영인본(1982).

1930. 10. 7, 「가온날의 이야기」 − 이날의 놀이는 신라 때부터 시작된 경기와
여흥, 『東亞日報』[『나라사랑』13, 121-22쪽에 다시 실림].

1930. 10, 「高麗 中葉 大文學家 李奎報 先生」, 『學生』2.9, 보성사 영인본
(1977).

1930. 11, 「한글 기념날을 맞으며」, 『學生』2.10, 보성사 영인본(1977).

1930. 11(?), 「乙支文德墓參拜紀」, 『別乾坤』5.10(?), 경인문화사 영인본
(1977)

1930?, 「愚溫達」(바보온달), 200자 원고지 105장의 분량, 『한글』179에
영인 수록.2)

1931. 1. 5, 「方便子 柳僖의 諺文志」 − 朝鮮古典解題, 『東亞日報』

1931. 1, 「辛未革命과 辛未洋擾」(1) − 洪景來와 崔蘭軒, 『東光』3.1, 아세아
문화사 영인본(1977)[『나라사랑』13 148-57쪽에 실림].

1931. 2, 「辛未革命과 辛未洋擾」(2), 『東光』3.2, 아세아문화사 영인본
(1977).

*1931. 2, 「東方의 偉人 李珥 小傳」, 『新生』4.2[『나라사랑』13 193-96쪽에
다시 실림].

1931. 5, 『文藝讀本』(卷上), 초판: 震光社, 1932. 2, 수정재판: 漢城圖書株

---

2) 같은 책에 하동호 교수의 해제가 있다. 연대가 분명치 않다. 1930년 경의 작품으
로 보고 여기 넣었다.

式會社, 국립중앙도서관 소장.

1931. 5,『文藝讀本』(卷下), 초판: 震光社, 1934. 4, 수정재판: 漢城圖書株式會社, 국립중앙도서관 소장.

1931. 5,「한글 綴字法一覽表」『文藝讀本』附錄.

1931. 8,『聖雄李舜臣』, 漢城圖書株式會社.

1931. 11, 家庭은 雙方의 責任－家庭悲劇 嚴正批判－,『東光』3.11, 아세아 문화사 영인본(1977).

1931. 11,「忠義의 人 閔忠正公」,『新東亞』1.1, 고려대 도서관 소장, 한국학 자료원 영인본(1982)[『나라사랑』13, 196-200쪽에 다시 실림].

*1932. 3,「한글 綴字法 講座」(1),『新生』5.3.

1932. 3, 姜邯贊의 龜州大捷과 權慄의 幸州大捷,『新東亞』2.3, 고려대학교 도서관 소장, 한국학 자료원 영인본(1982)[『나라사랑』13 163-66쪽에 다시 실림].

1932. 4,「義血」(史上野談),『新東亞』2.4, 고려대학교 도서관 소장, 한국학 자료원 영인본(1982).

1932. 4,「한글 綴字法 講座」(2),『新生』5.4.

1932. 4, '對答할 나위도 없다'－한글 綴字에 대한 新異論 檢討,『東光』4.4, 아세아문화사 영인본(1977)[『歷文』③23 459-60쪽에 다시 실림].

1932. 5,「조선을 알자는 부르짖음을 듣고」－最近 朝鮮에서 가장 感激된 일,『東方評論』1.2, 고려대학교 도서관 소장, 현대사 영인본(1982).

1932. 5,「『한글』을 처음 내면서」,『한글』1.1[『나라사랑』13 127-78쪽에 다시 실림].

1932. 7,「夏期一週日 한글講習 敎案」,『東方評論』1.3.

1932. 7,「머리말」,『한글』1.3.

1932. 7,「土耳其國의 文字革命」－東西各國의 文字運動,『한글』1.3[『나라사랑』13 122-26쪽에 다시 실림].

1932. 7,「變格活用의 例」－한글 綴字法의 理論과 實際,『한글』1.3.

1932 8,「밥! 밥! 밥!」,『東光』1.1, 아세아문화사 영인본(1977)

1932. 10,「訓民正音의 創定」－訓民正音頒布第『四百,八十六回紀念－,『한글』1.5.

1932. 10. 29, 30~11. 1, 2, 「한글運動의 回顧」(4回), 『東亞日報』[『歷文』③22, 256-62쪽에 다시 실림].

1932. 11, 「羅津灣의 황금비」, 『東光』4.11, 아세아문화사 영인본(1977).

1932. 11, 「시월 상달」, 『新東亞』2.11, 고려대학교 도서관.

1933. 1, 「잊을 수 없는 어머니 말씀」, 『新家庭』1.1, 고려대학교 도서관 소장, 문연각 영인본(1983).

*1933. 1, 「東洋의 女王들」, 『新家庭』1.1, 고려대학교 도서관 소장, 문연각 영인본(1983)(낙장이 있어 확인할 수 없음)

1933. 2, 「행주치마의 유래」, 『新家庭』2, 고려대학교 도서관 소장, 문연각 영인본(1983).

1933. 3, 「조선 지리 강의」, 『아희생활』3.

1933. 3, 「歷史上으로 본 平壤」, 『新家庭』1.3, 고려대학교 도서관 소장, 문연각 영인본(1983)[「1992년 10월의 문화인물 한메 이윤재 선생 기념문집」(국립국어연구원, 1992)에 실림].

1933. 4, 「歷史的으로 본 慶州」, 『新家庭』1.4, 고려대학교 도서관 소장, 문연각 영인본(1983)[「1992년 10월의 문화인물 한메 이윤재 선생 기념문집」], (국립국어연구원, 1992)에 실림.

1933. 4, 「學父兄으로써 校長에게 보냄」-公開狀, 『新東亞』3.4.

1933. 4. 1~6. 9, 「한글 綴字法」(22回)로 中斷-「綴字法便覽」의 解說, 『東亞日報』.

1933 6, 「歷史上으로 본 大邱」, 『新家庭』6, 고려대학교 도서관 소장, 문연각 영인본(1983).

1933 6, 「智異山의 推想」-追憶의 地勝, 『新女性』7.6, 현대사 영인본(1982).

1933. 7, 「한글은 어떤 것인가?」-女子夏期大學講座 한글科, 『新家庭』1.7, 고려대학교 도서관 소장, 문연각 영인본(1983)(낙장이 있어 확인할 수 없음).

1933. 8, 「大駕洛國 古都 金海」-古都古蹟巡禮, 『新東亞』3.8, 고려대학교 도서관 소장, 한국학자료원 영인본(1982).

1933. 10, 「世宗大王의 聖德」(史傳), 『學燈』1.1, 현대사 영인본(1982).

1933. 10,「黎道令 神勇」ー朝鮮史上의 武俠列傳(1),『新東亞』3.10, 고려
대학교 도서관 소장, 한국학자료원 영인본(1982).

1933. 10. 29, 30~11. 1. 2,「母語運動의 槪觀 (4回)」ー主로 文字改正에
對하여,『東亞日報』[『歷文』 3 22, 424-31쪽에 다시 실림].

1933. 11. 11~12. 20,「한글 맞춤법 統一案 解說 (31回로 未完)」,『朝鮮日
報』[『歷文』 3 22, 432-79쪽에 다시 실림].

1934. 1,「한글 맞춤법 통일안 制定의 經過 記略」,『한글』1.10. (『나라사랑』
13, 131-34쪽,『1992년 10월의 문화인물 한메 이윤재 선생 기념 문집』
국립국어연구원(1992)에 다시 실림].

1934. 1,「朝鮮歷史上 十大 女性 公薦 結果」『新家庭』2.1, 고려대학교
도서관 소장, 문연각 영인본(1983).

1934. 5,「問答 朝鮮歷史」ー誌上 朝鮮普通學校 第三課 歷史,『新家庭』
2.5.

1934. 7,「白頭山 史話」ー朝鮮의 山과 江의 史話,『新東亞』.7, 고려대학교
도서관 소장, 한국자료원 영인본(1982).

1934. 8,「한글 강습 제5강」바침,『한글』2.5.

1934. 10. 28,「訓民正音의 創定」,『朝鮮中央日報』, 한국학 연구원 영인본
(1985).

1934. 11,「한글 맞춤법 통일안 해설」ー總論 및 제1장 字母,『한글』2.8.

1934. 11,「大駕洛國의 納陵」ー王陵과 秋風,『三千里』6.11,

1935. 3,「世宗大王 文化事業」,『新東亞』5.3, 고려대학교 도서관 소장,
한국학자료원 영인본(1982).

1935. 3,「反對側의 이모저모」ー필경 學生까지 煽動하느냐?ー『正音』誌
의 輕妄을 戒함,『한글』3.3.

1935. 4,「첫 번 양복 입던 이야기」『新家庭』2.4, 고려대학교 도서관 소장,
문연각 영인본(1983).

1935. 4,「한글 質疑」,『藝術』1.2, 고려대학교 도서관 소장.

1935, 10,「한글運動의 先驅者 周時經 先生」,『三千里』/.10.

1935. 11,「한글날에 대하여」ー訓民正音 頒布紀念日,『한글』3.9.

1935. 10. 28,「한글 創制의 苦心」ー한글날 기념식 기사,『東亞日報』[『歷

文』③22, 851-53쪽에 다시 실림].

1935. 11, 「한글 創制의 苦心」 - 한글날 기념식 기사, 『한글』3.9.

1935. 12. 20, 「朝鮮語辭典 編纂은 어떻게 進行되는가?」, 『東亞日報』(『나라사랑』13 128-31쪽, 『1992년 10월의 문화인물 한메 이윤재 선생 기념문집』(국립국어연구원, 1992)에 실림.

1936. 2, 「朝鮮語辭典 編纂은 어떻게 進行되는가?」 『한글』4.2.

1936. 1, 「丙子修好條規成立의 顚末」, 『新東亞』6.1, 고려대학교 도서관 소장, 한국학자료원 영인본(1982)[『나라사랑』13 157-63쪽에 다시 실림].

1936. 1, 「28年前의 記憶」 - 나의 中學時代, 『學燈』4.1, 현대사 영인본 (1982).

1936. 2, 「土亭先生 (逸話)」, 『한글』4.2.

1936. 4, 「大倧敎와 朝鮮人」, 『三千里』4, 현대사 영인본(1982).

1936. 4, 「北京時代의 丹齋」, 『朝光』2.4[『1992년 10월의 문화인물 한메 이윤재 선생 기념 문집』, 국립국어연구원, 1992]에 실림.

1936. 9, 「聖經 綴字를 개정하라」, 『한글』4.8, 고려대학교 도서관 소장, 한국학자료원 영인본(1982)[『나라사랑』13 134-38쪽에 다시 실림].

1936. 10, 「崔炫培氏의 ≪시골말 캐기 잡책≫」, 『한글』4.9[나라사랑 146-47쪽에 실림].

1936. 12, 「'사정한 조선어 표준말 모음'의 내용」『한글』4.11. [『1992년 10월의 문화인물 한메 이윤재 선생 기념문집』(국립국어연구원, (992)에 실림.

1939. 5, 「어떤 死刑囚」, 『博文』 7, 깊은샘 영인본(1982).

1939. 11~1940. 12, 「渡江錄」 - 朝鮮漢文古典 譯抄 (10回), 『文章』1. 10. 11, 2. 1~6 .9. 10, 한국문화개발사 영인본(1973).

1946. 5, 『文藝讀本』 상하(합편), 한성도서주식회사.

1946. 5, 朴趾源 著/李允宰 譯, 『渡江錄』, 대성출판사. 校閱 金炳濟, 裝幀 金容俊, 序 李熙昇.

1946. 5, 『聖雄李舜臣』(재판), 通文館. 序 鄭寅普/새판을 내면서 李元甲

1947. 12, 『표준조선말사전』, 雅文閣 著者 李允宰, 編者 金炳濟, 序金炳濟

1953. 4,『표준한글사전』大東文化社 서문: 이중화

▶강연, 회고, 대담, 회견, 설문 응답, 기념사

1927. 3, 舊 卒業生의 懷古談,『新民』3.3, 현대사 영인본(1982).

1928. 5「活字의 發明은 朝鮮이 首位」－내가 자랑하고 싶은 朝鮮것,『別乾坤』2.10. 11(?).

1928. 11. 3,「한글 整理에 대한 諸家의 意見」, 東亞日報.

1928. 11,「第四百八十三回 訓民正音頒布紀念」,『新生』1.2, 현대사 영인본(1982)[『歷文』③23, 317쪽에 다시 실림].

1929. 1, 設問: 理論과과 實際로 나아가자, 設問: 理論과 實際로 나아가자,『新民』6.1.

1929. 5. 28, 29, 30, 6. 1, 2, 5, 6, 7, 8, 9,「한글 整理는 어떠한가」, 東亞日報.

1929. 5. 6, 9,「初聲 全部를 終聲으로 쓰는 可否」, 朝鮮日報.

1929. 12,「한글大家 金枓奉氏 訪問記」－在外名士 訪問記,『別乾坤』4.7, 경인문화사 영인본(1977)[『歷文』③23, 1061-65쪽에 디시 실림].

1930. 4, 12, 金枓奉氏의 文字及 綴字法에 대한 講演(조선어 연구회 강연)3)

1932. 7, 여름, 여름－여름을 어떻게 지내나－(설문),『新東亞』2.7, 고려대학교 도서관 소장, 한국학자료원 영인본(1982).

1932 11, 시월 상달,『新東亞』11, 고려대학교 도서관 소장.

1932. 12, 나의 총결산(설문),『新東亞』12, 고려대학교 도서관 소장, 한국학자료원 영인본(1982).

1936. 2. 설문 응답,『新東亞』6.2, 고려대학교 도서관 소장, 한국학자료원 영인본(1982)(내용-?).

1936. 8, 지명인사 피서 플랜(설문),『新東亞』8, 고려대학교 도서관 소장, 한국학 자료원 영인본(1982).

1936. 9, 朝鮮標準語 査定과 그 苦心－委員諸氏와의 一問一答記－,『朝光』9, 고려대학교 도서관 소장, 학여사 영인본(1981)[『歷文』③23, 696쪽

---

3)『한글』(기관지)1.1(1932)의「本會重要日誌」를 보라.

에 다시 실림]

1937. 3, 心境設問, 좋아하는 꽃은? 무궁화, 『朝光』3, 학연사 영인본(1981).

붙임2

이윤재(李允宰)의 걸어온 길[年譜]

이 연보는 「환산 이윤재 선생 약력」(『한글』11.1, 1946)을 뼈대로 삼아 작성하되, 환산의 호적1), 「환산 이윤재 선생 해적이」(『나라사랑』13, 1973), 『10월의 문화인물-이윤재』(문화부 한국문화예술진흥원), 환산의 자술적 기록, 환산이 일하였던 교육기관의 기록, 벗 및 유족(셋째 따님)의 증언을 종합하여 작성하였다. 기록이 엇갈리거나 지금까지 알려지지 않은 일들은 각주를 통하여 그 근거 내지 출전을 밝히었다. 그리고 여기에는 환산의 추모행사, 추모문, 연구논저도 같이 넣었다.

    1988. 12. 24.[2]
        경상도 김해부(金海府) 우부면(右部面) 답곡리(畓谷里)(현재의 김해시 대성동)에서 이용준(李容駿)과 이임이(李任伊)의 맏아들로 태어남. 본관은 광주(廣州)임. 아래로 누이 금욱(金郁)(1896년 10월 10일생)과 아우 만재(晩宰)(1904년 7월 3일 생)가 있었음. 아호는 환산(桓山). 한메, 한뫼, 한산이란 기록도 보임. 창씨개명한 이름은 '廣村 充'이었음. 기독교 장로3). 적은 서울특별시 종로구 팔판동(八判洞) 83번지임.

---

1) 환산의 호적은 마산시 상남동(上南洞) 35번지와 경성부 팔판동 83번지에서 확인하였다.
2) 환산의 약력에는 12월 25일로 되어 있으나 호적에 따라 12월 24일을 취하였다.
3) 『나라사랑』13의 정휘창의 글에 셋째 사위 이혁종의 증언이라고 인용되어 있음.

1893~1902.

마을 글방에서 한문을 익힘. 재주가 뛰어나 신동이란 이름이 이웃 마을에까지 퍼졌으며 장원에게 주는 떡을 남에게 빼앗긴 적이 없다는 일화를 남김.[4] 8세 때(1896) 서당 선생으로부터 우리나라가 중국의 예속에서 벗어나 자주국이 되었다는 이야기를 듣고 기뻐 동무들과 뛰어놀다가 도랑에 빠져 어머니에게 꾸중을 들은 일화를 남김.[5]

1896.

8세 때 서당 선생으로부터 우리나라가 중국의 예속에서 벗어나 지주 국이 되었다는 이야기를 듣고 기뻐 동무들과 뛰어놀다가 도랑에 빠져 어머니에게 꾸증을 들은 일화를 남김

1908.

20세 되던 1908년 4월 김해군 부삼면에서 농무회를 조직하여 야학 을 함.

1908~1909.

21세 되던 1909년에 김해공립보통학교를 마쳤으며,[6] 같은 해 두살 아래인 연(延日鄭氏) 달성(達星)(1890년 7월 19일생)과 혼인을 하고 보통학교 부훈도의 자격을 얻어 김해 합성(合成)학교에서 잠시 가르 침.[7]

1909~1911.

대구 계성(啓星)학교에서 1년, 춘잠(春蠶)학교에서 1년을 배움. 계성

---

4) 셋째 따님의 다음 글을 보라.
   이영애, 「나라사랑의 고행, 그 그늘 속에서」, 『나라사랑』 13, 1973.
5) 환산의 다음 글에 나타나 있다.
   「天眞의 痛快」 -나의 가장 痛快하던 일-, 『東光』 2.8, 1927. 8.
6) 김해보통학교의 후신인 김해 동광국민학교 교장의 전화 회보에 기대면 초기 졸업생의 학적이 해방 전에 타 버렸기 때문에 확실한 수학사항은 알 수 없고 환산이 이 학교를 졸업하였다는 말만 전하여 오고 있다고 하였다. 자료수집에 협조하여 준 학교장 선생께 고마움을 표한다.
7) 환산은 「구(舊) 졸업생의 회고담」(『新民』 23, 1927. 3)에서 보통학교 졸업과 동시에 보통학교 부훈도의 자격을 얻어 다른 소학교 교사가 되었으며 초봉은 15원이었다고 하였다. 이곳의 다른 소학교가 김해 협성학교가 아닌가 한다.

학교에서는 성경, 산학(算學), 지지(地誌), 사기(史記), 도식(圖式)을
배움[8].

1913.

마산 창신학교에서 국어와 국사를 가르침. 이 무렵 안확, 김윤경과
알게 되고[9] 특히 김윤경을 통하여 주시경의 국어문법을 배움.[10] 이
무렵 시조시인 이은상을 가르침.[11] 마산 예수교 청년면려 회장과
유년주일학교 교장으로 종교 활동에도 힘을 기울임. 이해 6월 18일
맏딸 순경(順卿)(한글학자 김 병제의 아내) 태어남.[12]

1915~1917(?).

일본에서 한 3년 머묾.[13]

---

8) 환산의 다음 자전적 수상에 기대었다.
「28년 전의 기억 - 나의 중학시대 - 」, 『學燈』 4.1, 1936. 1.
그런데 앞서 든 구(舊) 졸업생의 회고담에는 상반된 기술이 나온다. 자기는
소학에서 중학에 들어가지 않고 중학에서 소학으로 들어갔다고 말하고 대구계
성중학교를 다니다가 별로 배울 것이 없다고 생각하던 끝에 자기 고향 김해에
보통학교가 생겨 융희 원년(1907) 18세 되던 해에 처음이자 마지막으로 학교
졸업이라는 것을 하게 되었다고 옛 기억을 더듬었다. 이 기록에는 계성학교에
언제, 얼마동안 공부하였는가 하는 기록은 없다. 정밀한 고증이 요망된다.
9) 『창신 60년사』에 기대면 학생들에게 민족교육을 시키기 위하여 학교 당국에서
이윤재와 김윤경을 초빙하였으며 환산은 학생은 물론, 같은 동료교사에 대하여
도 철저한 민족혼을 불어넣어 주었다고 적혀 있다. 환산은 1914년 4월 5일에는
"아세아 동천구반도 성업다 무궁화 금수강산"으로 시작하는 교가를 지었다고
한다.(작곡은 안확). 자료제공에 협조해 준 창신고등학교 박영근 교장 선생께
고마운 인사를 표한다.
10) 김윤경의 다음 글에 기대었다.
「환산 이윤재 언니를 그리워 함, 부산 영도에서」 1953. 7. 19.(『한결글 모음』Ⅲ,
광문출판사, 1975에 실림)
11) 『노산시조선집』(1973)의 「환산 이윤재 선생 유저」에 붙은 도움말을 보라.
12) 맏딸의 출생 연대를 셋째딸 이영애는 1912년이라고 하였으나 호적에 따라 1913
년으로 잡았다. 딴 자녀들도 모두 1년씩 차이가 난다.
13) 환산의 일본 체류는 앞의 이영애의 글에 나타난다. 이곳에는 3년 동안 머문
것으로 나와 있다. 한편 환산 자신의 글에도 나타난다. 「첫번 양복 입던 때
이야기」(『新家庭』 2.4, 1935. 4)에서 환산은 20년 전에 일본에서 처음 양복을
입었다는 기억을 더듬었다. 두 증언을 종합하여 일본 체류를 정리하였다.

1917.

마산 의신(義信)여학교에서도 가르침. 이해 5월 24일 둘째딸(박종식의 아내)이 태어나자 이름을 무궁화(無窮花)[14]라 지음.

1919~1921.

평북 영변의 숭덕학교에서 가르치고 있을 때 삼일운동에 관련되어 평양감옥에서 3년 동안 옥살이를 함.[15]

1921~1924.

1921년 2월 2일 셋째딸 영애(이혁종의 아내)가 태어남. 북경대학 사학과에서 수업.[16] 중국에 유학하고 있을 때 환산은 단재 신채호와 자주 만났으며[17] 122년 11월부터 23년 6월까지 중국의 문자개혁, 문학운동, 의회사, 학계와 정계의 동정, 몽고의 독립운동, 중국의 여론 수집에 관련된 논설을 국내의 시사주간지『東明』과, 시대일보에 기고함. 흥사단에 가입하여 사회활동도하였으리라 짐작됨.

1924.

평북 정주 오산학교 교원. 조선어 담당.[18] 이 해 7월 19일 장남 원갑(元甲) 태어남.

1925. 4.~1927. 3.

서울 협성학교 교원. 이 무렵 수양동우회에 가입함. 1926년부터 본격적 저술에 착수하여 이 해만 해도 11편을 씀. 주로 흥사단을 배경으로 창간된『東光』에 많이 기고하였으며『文藝時代』,『朝鮮文壇』,『新

---

14) '화'(花)가 딴 기록에는 '華'로 적혀 있기도 하나 호적에 따랐다.
15)『朝光』3.3.(1937. 3)에 실린 〈심경설문〉 "3월에 잊지 못할 일은 없으십니까" 란 질문에 대해 환산은 다음과 같이 답변하였다.
　「영어(囹圄)의 구정(?)이 처음 체험」18년전(1919 – 지은이)
16) 앞의 구(舊) 졸업생의 회고담 에 적혀 있는 "중국으로 다라나서 하등 효과도 없는 방랑생활을 하였다."를 보면 정식으로 공부하기보다는 청강 형태의 견문 넓히기 정도의 수학이었던 것 같다.
17) 환산의 다음 자전적 기록에 기대었다.
　「北京時代의 丹齋」,『朝光』2.4, 1936. 4.
18) 오산고등학교 교장의 회신에 기대면 환산은 1924년 오산학교에 부임하여 조선어를 담당하였다고 한다. 자료수집에 협조하여 준 전제현 교장 선생께 감사의 뜻을 표한다.

民』에도 발표함. 내용은 사상, 어문, 역사, 문학에 걸쳐 있었음. 1927
년에도 8편의 글을 『東光』, 『新民』에 발표하였음. 1927년 2월부터
'한뫼'라는 호를 씀.[19] 1926년 10월 8일 둘째 아들 원주(元胄) 태어남.

1928. 1. 15.

국학 전문 잡지인 『한빛』을 창간하여 당시의 청소년들에게 우리 것에
대한 긍지를 심어 줌. 1928년에는 7편을 『한빛』, 『別乾坤』과 東亞日
報에 발표하였으며 내용은 역사, 지리, 어문에 걸쳐 있었음. 1928년
11월부터 '桓山'이란 아호를 씀.[20]

1928. 1~1929. 1.

최남선, 정인보, 임규, 양건식, 변영로와 함께 계명구락부 조선어사전
편찬에 참여함. 담당 부서는 고어(古語)였음.[21]

1929. 4.~1930. 3.[22]

경신학교 교원. 1929년 경신학교에 부임하던 해 너희는 독립을 보리
라 와 같은 글을 남김.[23] 1929년에 나온 교지 『경신』에 「朝鮮歷史概
說」(덜 끝남)을 발표하다.

1929. 10. 31.

조선어사전편찬회를 조직하고 그 실무를 맡음, 1929년에는 14편의
글을 『新民』, 『別乾坤』, 『新生』과 朝鮮日報에 발표함, 내용은 어문,

---

19) 『東光』 2.2(1927. 2)에 실린 「安廓君의 妄論」을 박함을 보라.
20) 『新生』 1.2에 실린 「제483회 훈민정음 반포기념」을 보라.
21) 이에 대하여는 다음 글을 보았다.
편집자, 「朝鮮語辭典 編纂 事業에 대하여」, 『正音』 2, 1934. 4.
고재섭, 「朝鮮語辭典 編纂을 引受하면서」, 『正音』 20, 1937. 11.
『가람일기』(1), 신구문화사, 1975, 307쪽.
22) 교지 『儆新』(1929년 간행)에 기대면 환산의 경신학교 부임은 1927년 4월이며
촉탁 교원으로서 가르친 과목은 '朝鮮語作文'이었고 당시의 주소는 花洞 129번
지였으며 특별활동으로 문예부를 지도한 것으로 되어 있다. 그리고 동문 민재호
(1935년 졸업)와 김종수(1937년 졸업)의 증언에 기대면 1937년 봄, 수양동우회사
건으로 검거될 때 마지막 수업이 있었다고 한다. 약력에는 1929. 4~1930. 3
사이에 근무하고 1933. 4~1936. 3 사이에 다시 경신학교를 겸임한 것으로 되어
있어 어긋나는 점이 많다. 자세한 고증이 요청된다. 어쨌든 자료 제공에 협조하
여 주신 경신고등학교 정인용 교장 선생께 깊은 사의를 표한다.
23) 김해 도서관 뜰에 세운 어록비 비문임.

역사, 희곡에 걸침. 1929년 8월에는 상해에 머물고 있던 김두봉을 찾아 사전편찬의 협조를 구함.

1930. 4.~1932. 3.[24]

동덕여자고등보통학교 교원.[25] 1930년 12월 한글맞춤법통일안 작성 위원으로 뽑힘. 1930년에는 12편을 썼으며 내용은 어문관계가 대부분이고 역사, 지리, 민속, 문학에 관련된 내용도 있음.

1931. 4.~1933. 3.

연희전문학교 교원.[26] 1~31년에는 역사와 어문에 관한 5편의 글을 쓰고 유명한 문예독본과 성웅 이순신을 냄. 1931년부터 하기한글강습회에 참여함. 1931년 여름에는 선천, 평양, 정주를, 1932년 여름에는 영흥, 홍남, 신흥, 청진, 경성, 웅기를, 1933년 여름에는 철원, 홍원, 부령 등지를 찾아 한글의 보급과 새철자법의 계몽에 힘씀.

1932. 4.

조선어학회의 기관지 『한글』을 창간하여 편집 겸 발행자가 됨. 이 때 '한산'이란 아호를 씀.[27] 1931~32년에는 14편의 글을 『新生』, 『新東亞』, 『東光』, 『東方評論』, 『한글』과 東亞日報에 발표함. 『新生』에 「한글철자법강좌」도 연재함.

1933. 4.~1936. 3.

경신학교 교원 겸임. 이 해 10월 『한글맞춤법통일안』을 완성·공포하고 그 보급에 힘씀. 1933년에는 16편을 씀. 내용은 어문, 역사, 지리에 관한 것으로 『新家庭』, 『아희생활』, 『新東亞』에 발표됨. 특

---

24) 「이윤재 선생 해적이」에는 1930년 2월 조선총독부의 『언문철자법』 세번째 개정 위원회에 참가했다고 하나 근거가 없는 서술이다.

25) 『동덕 50년사』와 『동덕 70년사』에 기대면 환산은 1928년 4월부터 1930년 3월까지 조선어를 가리킨 것으로 되어 있다. 환산 이윤재 선생 약력과 학교 기록 가운데서 어느 것을 믿어야 할지 잘라 말하기 힘들다. 자세한 조사가 요망된다. 자료 제공에 협조하여 준 동덕여자고등학교 박상건 교장 선생께 깊은 사의를 표한다.

26) 연세대학교사에 기대면 환산은 1933년 연희전문학교에서 조선어 강사를 지낸 것으로 되어 있다.

27) 『東光』 4.8(1932. 8)에 실린 「밥! 밥! 밥!」을 보라.

히 東亞日報와 朝鮮日報에 『한글맞춤법통일안』을 해설·연재함.
1933. 9.~1934. 3.[28)]

중앙고등보통학교 교원. 1934년부터 한글운동과 사전편찬에 온 힘을 기울임.
1934. 9.~1935. 7.

배재고등보통학교 교원 겸임. 1934년 5월에는 震檀學會를 창립하고 기관지 『震檀學報』를 창간함. 1934년에는 8편을 씀. 어문과 역사에 관련된 내용을 『한글』, 『新家庭』, 『新東亞』, 『三千里』에 발표함.
1935. 4.~1936. 9.

서울 감리교 신학교 교원.[29)] 1936년 10월에는 환산의 주관으로 정리해 오던 『조선어표준말모음』이 발표됨. 1936년 2월부터 '한메'라는 아호를 씀.[30)] 1935년에는 8편을 씀. 내용은 어문관계가 대부분이고 수상류도 있음. 『한글』, 『新東亞』, 『藝術』, 『三千里』, 『學燈』과 東亞日報에 발표됨. 1936년에는 8편을 씀. 내용은 대부분 어문 관계이고 역사물도 있으며 『한글』, 『新東亞』, 『學燈』 『朝光』에 발표되었음.
1937 6 7~1938. 10.

수양동우회 사건에 관련되어 서내문 형무소에 갇힘. 『한글』 5.7에

---

28) 약력 에는 환산이 중앙고보에 1937년까지 일한 것으로 되어 있으나 다음 기록에 기대어 1934년 3월로 고친다.
「심경설문」(『朝光』3.3(1937. 3) 3년 전 3월에 선생은 어느 곳에서 무엇을 하셨습니까? 란 물음에 대하여 환산은 다음과 같이 답변하였다.
중앙고보교장으로부터 사직 권고 돌발(突發). 이유는 학생에게 한글 문법 교수가 불필요. 이로부터 한글 운동과 사전 편찬에만 전력.
이곳의 3년 전이란 1934년 3월을 가리킨다.

29) 『감리교와 신학대학사』(감리대 70주년 기념)(1975, 한국도서출판사)에 기대면 1932년 4월 협성신학교와 협성여자신학교 두 학교가 합병하여 감리교회신학교로 개편되었을 당시의 교직원 명단에 환산은 강사의 직위로 기록되어 있다. 당시의 교직원 직제는 교장, 부교장, 교수, 전임강사, 강사로 구성되어 있었다. 이 기록이 1932년 당시의 교직원을 의미하는지 그 이후 봉직한 교직원들의 명단을 다 적은 것인지 분명하지 않다. 환산의 약력과 관련시킬 때 후자가 옳아 보인다. 자료 제공에 협조하여 준 감리교 신학대학 당국에 대하여 깊은 사의를 표한다.

30) 『한글』4.2(1936)에 실린 「土亭先生」을 보라.

下瀨那謙太郎의 「支那の文字改革」을 번역하여 발표함.31) 1937년에는 『朝光』 3.3(3월호)에 편집자의 네 가지 설문 '심경 설문, 유모어 설문, 인생 설문, 공상 설문'에 답변함. 1937년 10월에 『한글』 편집 및 발행인 그만 둠. 1938년에 昌新町으로 이사함.

1939. 3~1940

1939년 10월 23일 둘째 사위 맞이함. 대동출판사에서 일함. 1940년 9월(?) 대동문화사 그만 두고 가사 돌봄.

1941.

『한글綴字辭典』 인쇄 착수. 10월 안으로 영창서관에서 나온다는 광고가 『한글』 9.5(194.6)에 실림. 9월(/)에 京城外 廣壯리里 297번지로 이사함

1942.~1942. 9.32)

기독신문사 주필.

1942. 10. 1.

조선어학회 사건으로 함남 홍원 경찰서에 구금되고 이듬해 9월 12일 함흥 형무소로 옮겨져 같은 해 12월 8일 새벽 5시에 옥사함. 가족들이 수의를 갈아입힐 때 손에서 비둘기가 날아 없어지고 종이꽃이 떨어져 없어지고 화장을 하는 사이, 차일이 저절로 타 없어지는 이변을 낳음.33)

1945. 10. 9.

함흥 감옥에서 옥사한 이윤재, 한징 두 분의 추도식을 천도교 교회당에서 개최함.

1946. 2. 21.

김병제, 「한글의 어버이」(『무궁화』 2.1)를 발표함.

1946. 4. 4.

朝鮮日報에서 이윤재의 장의식이 4월 6일에 경기도 광주군 중대면 방이리(현재 서울 특별시 송파구 방이동)에서 거행된다는 기사를 실

---

31) 취향이나 문체로 볼 때 환산의 번역일 가능성이 많다고 생각하여 넣었다.
32) 이 연보를 처음 작성할 때에는 대동출판사의 근무 기간을 1939. 3~1940으로 잡았으나 『한글』 10.2(1942. 4)에 근거하여 고쳤다.
33) 앞서든 따님 이영애의 글을 보라.

음.(2면)

1946. 4. 6.

경기도 광주군 중대면 방이리에서 장의식을 거행함.

1946. 4. 6.

오후 6시부터 15분간 라디오 드라마 「옥중의 이윤재 선생」과 추도가 (신영철 작사, 박영서 작곡)를 춘천 방송국에서 방송함.

1946. 4. 8.

朝鮮日報에서 이윤재의 장의식이 4월 6일 오후 1시 준비 위원장 이극로의 주관으로 위의 장소에서 거행되었다는 기사를 실음.(2면)

1946. 4. 9.

김윤경의 「환산 이윤재님 무덤의 비문」이 『한글』 11.2.에 실림.

1946. 4.

유열, 「향촉 올리며 환산(桓山), 효창(曉蒼)님 두 스승님의 영전에」 (시조 3수), 『한글』 11.1.

1946. 4.

신영철, 「아아! 한메 스승님」, 『한글』 11 1

1946. 4. 6/7.

신영철, 「아아! 환산 이윤재 선생」, 漢城日報, 『한글』 11.2(1946.5: 59-60)에 다시 실림.

1946. 5.

서명호, 「아! 환산 스승님」, 『한글』 11.1.

1946. 5.

신영철, 「추도가」(작사), 『한글』 11.2.

1947. 1.

「한글 창제의 고심」(1935.10)이 중등국어교본(3, 4학년 소용), 군정청 문교부에 실림.

1947. 7.

신영철, 「님 ─ 환산 스승님을 꿈에 뵙고」(시조 3수), 『한글』 12.3.

1947. 7.

김진석, 「한메 이윤재 스승님 영 앞에」(시조 3수), 『한글』 12.3.

1948. 2.

이은상, 「고 환산 이윤재 선생 유저 표준말 사전의 공간을 보고 그의 영전에」(시조 7수), 『한글』13.1.

1948. 4. 6.

조선문학가동맹 주최로 『표준조선말사전』 축하회를 가짐.

1948. 6.

설정식, 「환산 이윤재 선생께 드리는 노래」(장편 서사시), 『한글』 13.2.

1949. 4.7.

어머니 광주(廣州) 이씨 임이(任伊) 죽음.

1951. 9(?).

『중등국어』 2학년 국어 교과서에 김윤경의 「환산 이윤재님 무덤의 비문」이 실림(?)[34].

1952. 9.

「한글창제의 고심」이 『중등국어』 1.2, 문교부에 실림.

1953. 7. 19.

김윤경, 「환산 이윤재 언니를 그리워 함, 부산영도에서」[『한결글 모음』 (III)(1975), 『1992년 10월의 문화인물 한메 이윤재 선생 기념문집』, 국립국어연구원, 1992)에 실림].

1957. 8.

李熙昇, 「人間 李允宰」, 『新太陽』8[『1992년 10월의 문화인물 한메 이윤재 선생 기념 문집』(국립국어연구원, 1992)에 실림].

1958.

이은상, 1948년 2월에 발표한 시조를 제목을 달리하고 자구 수정을 거쳐 『노산 시조선집』에 실음.

1962. 3. 1.

독립유공자로서 건국훈장 독립장이 추서됨.

---

34) 이는 작성자의 기억에 기댄 것이다. 정휘창도 『나라사랑』 13(1973)에서 이 글이 한때 국어교과서에 실렸다고 하였다. 읽는 분들의 도움 있으시기 바란다.

1965.

姜信沆, 「李允宰－獄苦에 진 한글의 넋」, 『韓國의 人間像』 신구문
화사.

1970.

姜信沆, 李允宰, 『韓國近代人物百人選』, 新東亞 별책부록, 東亞日
報社.

1973, 봄.

방이리에 있던 환산의 무덤을 부인과 셋째 따님이 사는 대구 근교
달성군 다사면 이천리로 이장함.

1973. 12.

외솔회에서 『나라사랑』 13을 '환산 이윤재 선생 특집호'로 꾸미고
'환산논집'과 '환산 글모이'를 실음.

1973. 12.

이은상, 「무저항의 저항자」－잊을 수 없는 스승 환산 이윤재 선생,
『나라사랑』 13.

1974. 2. 7.

미망인 연일 정(鄭)씨 세상을 떠남.

1977. 9.

대구에서 한뫼 선생 기념사업회가 조직됨.

1988. 7.

고영근, 「이윤재」－국어학사의 재조명, 『周時經學報』 2[『한국어문
운동과 근대화』, 탑출판사, 1998, 142-160쪽에 실림].

1990. 9.

이윤재 선생 어록비 건립위원회가 조직됨.

1991. 3. 6.

김해 도립도서관 뜰에 어록비와 머리상을 건립함.

1991. 12. 1.

김해 도서관 안에 환산문고를 실치함.

1992. 10.

대한민국 문화부 '10월의 문화인물'로 선정되어 유품 전시, 추모 문집

간행, 기념 강연 등 행사가 서울과 시골에서 열림.(자세한 내용은
『10월의 문화인물: 이윤재』(문화부 한국문화예술진흥원)을 보라).
1992. 10

1992년 10월의 문화인물『한메 이윤재 선생 기념 문집』, 국립국어연
구원.

1992. 10. 31.

주시경연구소가 주최하고 문화부가 후원하여 이달의 인물 이윤재
선생/주시 경연구소 창립 5주년 기념학술 발표회를 가짐. 연사는
강신항, 고영근, 이필영, 김하수임.『周時經學報』10에 실려 있음.

가족사항

자녀들은 5남매를 두었음. 장남 원갑(元甲), 차남 원주(元冑)는 6ㆍ
25때 납북되었고 세 따님 중 삼녀 영애(英愛)와 그 남편 이혁종(李赫
鍾)이 1992년 현재 대구 직할시 중국 남산동 2004번지에서 살고 있으
며 맏사위 김병제(金炳濟)는 1947년 환산의 유고를 정리하여『표준조
선말사전』을 펴낸 바 있고 그 이후 북으로 가서 1949년부터 북한의
국어연구와 그 보급에 있어 중추적 역할을 하여 조선어『방언학개요』,
『조선어학사』 등의 저술을 남겼고 과학원 언어학연구소 소장을 지내
기도 하였으며 1992년 8월에 작고한 것으로 알려져 있다.

이극로의 사회사상과 민족어 수호운동

▌제3부 2장 ▌

1. 들어가기

우리의 말과 우리의 글, 곧 우리의 민족어문(民族語文)을 표준화하여 민족문화를 창조하려는 노력은 멀리는 신라시대 설총(薛聰)의 이두 창안에서 비롯하여 훈민정음 창제를 거쳐 조선조 말기까지 꾸준히 진행되어 왔다. 이러한 기운은 직접적으로는 한문경전을 정확하게 이해하는 데 이바지하였으며 때로는 우리 나름의 의사를 표현하는 데도 이용되지 않은 바 아니었으나 공용어문(公用語文)인 한자와 한문의 그늘에 가려 그 사명을 다할 수 없었다. 우리의 말과 우리의 글이 공용성이 없는 마당에 문법을 만든다든지 사전을 편찬할 필요를 느끼지 못하였던 것이다. 그러나 갑오경장을 계기로 하여 민족어문이 공용성을 획득하게 되자 그에 대한 연구의 필요성을 절감하여 정서법을 정비하고 문법을 저술하고 사전을 편찬하려는 기운이 무르익기 시작하였다. 개화기의 서재필, 유길준, 주시경이 모두 그런 운동을 추진한 사람들이며 주시경은 특히 '국어연구학회'와

'조선어문회'(속칭 한글모)를 창립하여 우리 어문을 연구하고 보급할 수 있
는 기틀을 마련하였다.1) 삼일운동이 계기가 되어 주시경 후계들은 '조선
어연구회'를 창립하였고 박승빈은 '계명구락부'를 중심으로 우리 어문의
표준화에 관련된 문제를 제기하였다. 1930년대에 들어서면서 주시경 후
계들은 조선어연구회를 '조선어학회'로 이름을 바꾸면서 활동을 표면화하
고 박승빈 중심의 계명구락부 회원들은 '조선어학연구회'를 창립함으로써
우리 어문을 또 다른 각도에서 표준화하려는 노력을 기울였다.2)

　오늘 이 자리에서 조명하고자 하는 고루3) 이극로(1893. 8. 23～1978. 9.
13)4)는 일제 강점기에 조선어학회 간사장으로서 맞춤법과 외래어 표기법
을 제정하고 표준어를 사정함은 물론, 우리말 사전 편찬을 진두에서 지휘
한 어문 운동가였다. 그런데 해방 후 북쪽으로 가서 조선민주주의 인민공
화국의 창설에 협력하고 요직에 있었다는 이유 때문에 반세기에 걸쳐
그에 대한 학문적 접근이 금기시되어 고루의 사회활동과 업적이 올바로
평가받지 못하였다. 그러다가 지난 세기 90년대를 전후하여 해빙(解氷)의

---

1) 주시경의 어문 표준화에 대한 연구는 고영근(1983가/1994: 236-83쪽), 유길준의
　그것은 고영근(2004, 본서 59-81쪽)을 보라.
2) 1910년대 후반으로부터 1930년대 중반까지의 우리 민족어문의 표준화운동에
　대하여는 고영근(1998: 제1부/본서 307-427쪽)을 보라.
3) 흔히 이극로의 아호 '고루'를 '골고루'의 '고루'에서 따 온 것으로 말하고 있으나
　이는 '克魯'의 중국음이며 '골고루'라는 의미는 결과적으로 붙인 해석이다. 이극
　로가 독일 유학에서 사용한 이름은 학적에 의하면 'KOLU LI'였으며 중국 학생으
　로 등록되어 있다. 서술의 편의상 앞으로 본명 대신 '고루'란 아호를 사용하기로
　한다.
4) 고루의 생년은 국내 자료에는 1893년과 1896년이고 독일 자료(Göttingen 대학
　도서관 분류목록)와 박사논문의 이력서에는 1896년으로 되어 있다. 전자는『全
　義 李氏 姓譜』(제6권)와 북쪽의 평양 '애국렬사릉'에 보인다. 국내 자료와 고루
　자신의 글에도 1896년을 생년으로 계산한 글이 보인다. 1938. 1나. '半生記'와,
　金東煥 편(1933),『朝鮮思想家總觀』에 1896년생으로 되어 있고 1939. 4. 3 '나의
　二十歲 ~'에 나오는 "내 나이 20세 되던 때가 1916년인 것 같습니다"를 참조하면
　1896년이 된다. 월 일도 우리 측과 독일 측이 다르다. 우리 측은 8월 23일인데
　베를린대학의 이력서에는 4월 10일로 되어 있다.

바람이 불어 닥치면서 그에 대한 연구와 평가가 서서히 고개를 들기 시작하였다. 대표적으로 조남호(1991), 김하수(1992가), 이종룡(1993), 박용규(2005)를 들 수 있다. 조남호와 김하수는 국어학도의 관점에서 고루의 어문정리와 음성학 방면의 업적을 평가하였다. 뒤의 두 사람은 역사학도이다. 이종룡은 민족어운동과 정치활동을 중점적으로 조명하였고 박용규는 모든 자료를 분석하여 고루의 일대기를 거의 완전에 가깝게 복원하여 고루의 전 면모를 가시화하였다.

오늘 이 자리에서 지은이는 위의 몇 사람의 업적을 발판으로 삼되 지금까지 알려지지 않은 자료를 추가하여 개화기 이래로 도도(滔滔)히 흘러 내려온 사회사상사의 관점에서 고루의 업적과 활동을 종합적으로 정리·평가해 보고자 한다. 이 작업을 수행함에 있어서 지은이는 먼저 지금까지 알려진 고루의 저술을 원 게재지와 대조하여 '저술목록'을 연대순으로 작성하였다.([붙임] 「이극로 저술목록」 참조). 지금까지 나온 고루의 '저술목록'에는 잘못된 것이 적지 않게 눈에 띈다. 특히 신문에 실린 고루의 저술은 그 제목이 기사문의 표제와 혼동을 일으킨 것이 적지 않다.5) 고루의 저술을 인용할 때에는 「1938. 3, '자원으로 ~'」와 같이 발표연대를 앞세우고 저술명을 한 어절로 표시하되 자세한 정보는 뒤의 '이극로의 저술목록'을 보도록 하였다. 참고자료는 본서의 체재를 따라 내각주의 형식을 빌되 서지사항은 끝의 가나다 순서로 제시한 '참고논저'를 통하여 알 수 있게 하였다.

---

5) 朝鮮日報 1937년 1월 1일 2, 3면에는 「文化를 琢磨하는 硏究室內의 名匠」이라는 특집 기획물을 마련하여 朝鮮語學會 李克魯를 비롯하여 7명의 업적을 조명한 바 있었는데(뒤에 나옴), 종전의 저술목록에는 '玉에서 틔 골르기'로 나와 있다.

2. 생장과 방황, 그리고 수학[6]
　　ー사회사상의 형성과 관련하여ー

1) 생장과 방황[7]

　　고루는 어렸을 때 김을 매다가 점심시간을 이용하여 동네 서당 두남재 (斗南齋)로 가서 어깨 너머로 한문을 익혔으며 시회(詩會)에서 시동(詩童)으로 이름을 떨치기도 하였다. 고루가 해방공간까지 수많은 한시와 국문시를 남긴 것('저술목록' 참조)이 어릴 때부터 보인 시재(詩才)(1900, '春來 ~', 1901, '芳草 ~', 1902, '十里 ~')가 영근 것으로 보인다. 고루는 매일신보(每日申報)를 통하여 세상이 바뀐다는 것을 알고 일본이 국권을 침탈하던 1910년에 마산 창신학교에 들어가 인단 장수를 하면서 고등과와 보통과를 다녔다.[8] 그는 이곳에서 법학통론과 교제신례(交際新禮), 사서(四書)를 배웠다. 그러니까 신구 학문을 고루 섭취하였다. 당시의 미션스쿨은 대개 이러하였다.[9] 1912년에는 서울에서 보성전문학교에 다니던 신성모(초대 국방장관)에게서 여비를 얻어 서간도로 갔다. 고루는 서간도로 가는 농촌에서 '고추장'이 먹고 싶다고 하였으나 알아듣지 못하여 그때부터 우리말 정리의 필요성을 처음으로 느꼈다.(1936. 3 '朝鮮을 ~')[10]

---

6) 이곳에서는 고루의 「水陸二十萬里周遊記」(『朝光』5~8, 1936)를 텍스트로 삼되 필요한 경우는 '苦鬪'(『苦鬪 四十年』의 줄임말)를 같이 인용하기로 한다. 후자는 전자를 다소 보정한 것이다. ('苦鬪'의 「머리말」참조). 내용상의 차이가 있으면 각주를 통하여 언급한다. 고루의 '苦鬪'는 『國學硏究』4(韓國大倧 思想硏究會, 1998, 201-73쪽)에 원문대로 재현되어 실려 있다.

7) 이극로의 연보는 따로 제시하지 않는다. 이종룡(1993)과 박용규(2005)에 잘 정리되어 있기 때문이다.

8) 고루의 창신학교 수학은 박용규(2005: 32-33쪽)에 비교적 잘 정리되어 있다.

9) 같은 미션 스쿨이었던 대구 계성학교의 초기 교과과정도 이와 비슷하였다.(고영근 1992/1998: 163-164) 및 본서 184쪽.

고루는 서간도의 환인현(桓仁縣)에 있는 동창학교(東昌學校)에서 역사학자 박은식(朴殷植)과 대종교 시교사(施敎師)이며 동창학교 교주인 단애(檀崖) 윤세복(尹世復)을 알게 되어 중국어를 배우면서 국어와 국사 등을 가르쳤다. 특히 윤세복은 고루에게 가장 감화를 많이 준 어른이라고 뒤에 회고하였다.(1936.1, '剛毅의 ~'). 고루는 이곳에서 주시경의 제자이자 김두봉의 벗이었던 김진(金振)을 알게 되었다.11) 김진은 조선어에 관한 참고서를 많이 가지고 있었다. 김진은 연대로 볼 때 하기국어강습소, 아니면 국어연구학회 강습소 졸업생 같은데『한글모 죽보기』에 나오지 않은 것으로 보아 국어강습소 출신은 아닌 것 같다. 고루는 김진을 통하여 주시경을 알게 되었고 그것이 계기가 되어 우리말 연구에 대한 두 번째 동기를 얻게 되었다.12) 이곳에 있을 때 고루는 200리나 떨어져 있는 집안현까지 걸어가서 광개토대왕의 능을 참배하고 비문을 읽기도 하였다.(1936. 3나, '朝鮮을 ~'). 동창학교는 고루에게 우리의 어문과 역사에 눈을 뜨게 하는 계기를 마련해 주었다.

1913년 겨울에 고루는 민족 해방에 헌신하고자 하여 군사학을 공부하러 러시아 페테스부르크로 향하였다. 장춘, 하얼빈, 만주리를 거쳐 1914년 2월 말에 바이칼주의 수도인 치타에 도착하였다. 서간도에서 하얼빈까지는 도보로, 하얼빈에서 치타까지는 기차를 이용하였다. 도중에 강도단을 만나 간신히 목숨을 구한 일도 있다. 치타에서 머무는 동안 고루는 러시아행 여비를 마련하려고 머슴살이를 하기도 하였으며 두 달 후에는

---

10) 고루의 우리말 연구의 계기는 일기자(1937. 1. 1), 「朝鮮語學會 李克魯氏 ― 우리네 文化를 琢磨하는 硏究室內의 名匠들」(朝鮮日報)에 자세한다.

11) 고루는 이곳에서 주시경의 제자인 김백주도 만나고 상해에서는 역시 주시경의 제자인 김두봉(뒤에 나옴)과 박건병(조선어강습원 중등과 제4회 수입생임. 『한글모 죽보기』참조)을 만났다.(로동신문 1966. 12. 21, 6면 루계 7064 참조). 이 자료는 고려대학교 최호철 교수가 오래 전에 지은이에게 제공하였다.

12) 관련 이야기는 앞의 일기자(1937. 1. 1)를 보라.

『대한인정교보』편집차 치타에 온 이광수를 만나기도 하였다13).(1936. 3나,
'朝鮮을 ~')

　고루의 러시아 유학은 1차대전의 발발(勃發)로 무산되었다. 고루는 부득
이 다시 환인현으로 돌아오지 않으면 안되었다. 거기에서 역사학자 신채
호를 만나고 자신이 항상 존경해 마지 않던 윤세복을 다시 만났으며
백두산 기슭에 있던 백산학교에서 교편을 잡기도 하였고 때로는 사냥군14)
이 되기도 하였다.(1936. 3나, '朝鮮을 ~'). 고루는 그뒤 상해와 북경에서
신채호를 다시 만나기도 하였다. 고루는 신채호에 대하여 글은 문장은
좋지만 글씨는 좋지 않다든지(能文 不能筆), 이야기는 잘하지마는 연설은
못한다든지(能座談 不能演說), 글을 빨리 읽고 자습으로 영어에 능통하였다
든지 사필(史筆)이 강직하다든지 하는 점을 특별히 들었다.(1936. 4다, '西間島
時代의 ~'). 사대주의를 지향한 김부식을 성토하는 신채호에게서 고루는
많은 것을 배웠다. 이때부터 고루의 민족주의 사상이 싹트기 시작하였다.
1915년15) 여름 고루는 '중무리'라는 조선사람의 동네를 거쳐 천지에 올라
'鬱積雄心如白山'으로 시작하는 한시를 읊었고 이어 '白頭山! 白頭山! 白
頭山'이라로 시작하는 장편 서사시를 읊었으며 여기에서 고루는 마적단의
습격을 받아 구사일생으로 목숨을 구하기도 하였다.(1936. 3나, '朝鮮을 ~').
고루가 백두산을 얼마나 좋아하였는가는 「白頭山巡禮」의 첫 머리글에서
자신의 경험과 다른 사람의 이야기를 종합하여 자세한 정보를 제공하기도
하였고(1930. 7, '白頭山과 ~'), 『新東亞』편집부의 「내가 좋아하는 山水」라

---

13) 이광수(1949/1962: 225쪽)에 나오는 「亡命한 사람들」 참조.
14) 초고를 읽은 박용규 선생은 실제로는 의병 내지 독립군의 역할을 하였다고
　　해석하였다. 온당한 견해로 보인다.
15) 1937. 10, '마적에게 ~'에는 대정 3년(1914)으로 되어 있으나 1936. 4, '西伯利亞
　　에서 ~'와 1947. 2, '苦鬪 ~'에는 1915년으로 되어 있어 후자를 취하였다.
　　그리고 1934. 10, '白頭山 ~', 1935. 8, '내가 좋아하는 ~'에도 1915년 여름으로
　　되어 있다.

는 설문에서(1935. 8, '내가 ~') 백두산을 '웅대한 대자연의 존엄을 나타내는 것'이라고 표현한 데서도 알 수 있다.

2) 수학 – 동제대학 예과 시절

1915년 겨울 고루는 환인현에서 안동현까지 걸어가서 거기서는 배편으로 상해로 갔다. 고루는 프랑스 조계(租界)에 있던 동제(同濟)대학 예과에 입학하였다. 동제대학은 독일인이 세운 대학으로서 지금도 독일의 보훔(Bochum)대학과는 자매결연을 맺어 교수와 학생들이 두 학교를 오고 가고 있다. 고루의 방랑, 중국, 독일 유학에 이르기까지 금전적인 원조를 해준 사람은 의령의 만석군 부자인 이우식(李祐植)이었다. 학비가 조달되지 않을 때에는 고학을 하는 어려움도 감수하였다. 고루는 만주 봉천(奉天) 호적을 가지고 입학하였다. 당시 중국에서 공부하는 조선 유학생들은 주선 사람의 표를 내지 않으려고 중국 시민권을 가지고 입학하는 일이 적지 않았다. 실제로 고루의 베를린대학 학적과 박사 논문의 이력서를 보면 만주 환인현에서 태어났고 아버지는 만주의 의사라고 적혀 있다.16) 동제대학 재학시의 학적이 그대로 베를린대학으로 이송된 것으로 보인다.

1916년 4월부터 1920년 2월까지 동제대학을 졸업하기까지 고루는 상해 임시정부 요인을 비롯하여 많은 사람들과 교우 관계를 맺었다. 상해 유학생의 총무로 일하면서 환인현과 치타에서 만난 박은식, 신채호와 이광수도 다시 만났고 안창호, 김동삼, 이범석, 김원봉 등 많은 독립운동가 및 임시정부 요인들과 얼굴을 익혔다.17) 1921년 4월에 고루는 동제대학 공과에 입학하여 한 학기를 보내었다. 이 사이 고루는 이승만 등의 미국의

---

16) 이종룡 선생에 의하면 고루의 선친 李根柱는 한의원이었다고 한다.
17) 상해 유학 시절의 고루의 활동에 대하여는 박용규(2005: 62-74쪽)를 보라.

조선 위임통치 청원을 반대하는 성토문에 서명을 하고 같이 행동을 하였다. 고루는 상해에서 또 주시경의 수제자인 김두봉을 알게 되어 한글자모 분할체 활자를 만들려고 노력하기도 하였으며 이는 나중에 베를린에서 결실을 보게 된다.(뒤에 나옴). 고루와 김두봉과의 관계는 "김씨는 이씨의 스승이 되는 동시에 이씨의 오늘은 김씨의 힘에 기댄 바가 크다"라는 당시의 평가[18]를 통해서도 충분히 알 수 있다. 고루가 주전공인 경제학을 제쳐 두고 우리 어문의 정리에 전력을 쏟은 것은 김두봉과의 만남이 큰 계기가 되었던 것으로 보인다. 외솔 최현배도 주전공이 교육학이었는데 나중에는 민족어운동에 종사하여 우리말에 대한 업적을 많이 남긴 것과 비교된다.(뒤에 나옴)

1920년 2월에 동제대학 예과를 마친 고루는 그해 가을 몽골 활불(라마교의 首長)의 시의(侍醫)였던 이태준(李泰俊)의 안내를 받아 몽골과 시베리아를 거쳐 독일로 가려고 하였으나 백당(白黨)의 난동으로 장가구(張家口)까지 갔다가 되돌아왔다. 고루의 독일 유학은 이듬해 1921년 6월에야 실현되었다. 고루는 이르크추크파 고려 공산당과의 분쟁을 해결하러 모스크바로 가는 공산당 영수 이동휘의 통역으로 수행하였다.[19] 고루는 1921년 6월에 상해를 출발하여 홍콩, 사이공(현재의 호지민시), 싱가포르, 콜롬보를 거쳐 포르트사이트(현재의 포오트수단)에 이르렀다. 고루는 사이공을 지날 때 인도 노동자가 병들어 죽어 그 시신을 바다에 버리는 광경도 목격하였고 콜롬보에서 배가 머무는 동안 궂은 일을 하여 돈벌이를 하려다가 배가 떠나는 바람에 내리지 못한 인도 노동자를 개, 돼지처럼 다루는 서양인들

---

18) 앞의 일기자(1937. 1. 1) 참조.
19) 당시 몽골에 들어간 이태준은 백당의 무리들에게 붙잡히어 시신도 찾지 못하였다고 고루는 기록하였다. 그리고 몽골에서는 이태준이 당시 유행한 화류병을 고쳤다고 하여 기념공원을 만들어 놓고 있어 한국 관광객의 탐방처가 되어 있다. 2005년 여름에 지은이는 이곳을 답사하였다.

의 비인도적 태도에 분노를 터뜨리기도 하였다.(1938. 8, '印度洋上의 ~').
이집트와 로마에 들러서는 한시를 남기기도 하였다.(1921. 6가, 나, 다, '埃及金
子塔', '吟羅馬' 등). 어렸을 때부터 시재를 발휘하였던 고루는 가는 곳마다
특히 한시를 즐겨 읊었다.

3) 베를린 유학 시절 - 수학과 견문, 독립운동, 박사 학위 취득

(1) 베를린 대학 수학과 우리말 가르치기

베를린을 거쳐 모스크바까지 갔다가 베를린으로 돌아온 고루는 1922년
4월에 베를린대학(Friedrich-Wielhelm-Universität) 철학부(philosophische Fakultät)
에 입학하였다. 학적과 박사논문의 이력서에 의하면 8학기를 수학하였으
며 민족경제학(Nationalökomonomie), 법학, 철학, 인류학(Ethnologie)을 수강
한 것으로 되어 있다. 고루의 기행문(1936. 6가, '獨逸 伯林에서 ~')에는 주전공
이 경세학이고 부전공으로 둘을 들었다고 하였다. 하나는 '철학과 인류학'
이고 다른 하나는 취미와 필요에서 '언어학'을 선택하였다고 하였다. '脫線
經濟學 박사'라고 하여 장안의 화제가 되었던 고루는 朝鮮日報 기자와의
인터뷰에서 경제학도 하였지만,[20] 특별히 어학에 취미를 가지고 공부하
였다고 술회한 것을 보면 베를린 재학 시절에 언어학 강의를 들은 것이
틀림없어 보인다. '苦鬪'에는 주전공으로 '정치학'이 추가되어 있다. 고루
의 주전공이 경제학이라는 것은 재학 시절에 그의 스승인 좀바르트의
『현대자본주의』를 밤새워 읽었으며 최후 2년 동안 좀바르트의 연구실에
서 같이 지냈다는 사실(1941. 6, '내가 ~')에 의해서도 뒷받침된다. 고루가
배운 교수는 모두 44명이었고 그 중 자신의 연구와 관련 있는 교수는

---

20) R기자(1932. 2. 11), 「고루 李克魯氏 - 脫線 經濟學 博士」 朝鮮日報를 보라.

슈마허(Schumacher)(경제정책과 재정학), 좀바르트(Sombart)(사회학과 사회경제사), 마이어(Maier)(인식론), 투른발트(Thurnwald)(민족심리학과 인류학)였다.(1936. 6 가, '獨逸伯林에서~', '苦鬪' 35쪽)

고루는 1922년 12월에 베를린대학에 조선어강좌를 개설하여 3년 동안 강사로 일하기도 하였다. 고루는 '朝鮮語科'를 두었다고 하였으나 이는 학과가 아니고 강좌를 가리킨다. 실제로 고루의 베를린 대학 이력서 (Lebenslauf)에는 강사(Lehrer)로 적혀 있고 박사논문의 이력서에는 동양어학 부 강사를 지냈다고 적혀 있다. 고루가 귀국 후에 우리의 민족어운동에 주력하게 된 세 번째 동기는 조선어 강의에 참석한 수강생들로부터 '당신 네 말은 어째서 철자법도 통일되지 않고 사전도 없느냐'는 힐난[21]에 부끄 러움을 느낀 것이었다. 고루는 앞에서 본 바와 같이 상해에 있을 때 김두봉 과 함께 분할체 활자를 만들려고 노력한 일이 있다.[22] 고루는 상해의 김두봉으로부터 분할체 활자를 한 벌 얻어 4호 활자를 만들어 첫 시험으로 그 전 해에 나온 이광수의 허생전 몇 장을 독일 국립인쇄소에서 인쇄하여 『동방어학부 연감』(Mitteilungen des Seminars für Orientalische Sprachen zu Berlin) 에 발표하였다.[23] 허생전 번역본에 사용된 활자는 김두봉의 『깁더조선말 본』(1922)와 일치한다.

---

21) 앞에 나온 일기자((1937. 1. 1)를 보라.
22) 김두봉의 『깁더조선말본』(1922)의 「머리말」을 보면 상해에서 문법책을 다시 찍는 데 큰 고생을 하였다는 말이 나온다. 여러 사람의 우리말 아호가 나오는데 고루가 그 가운데 있는지 알 수 없다. '동오, 제풀, 눈솔, 가믈비, 봄샘, 말미, 한칭, 진보'의 7명이다. 이들의 실명이 밝혀지기를 바란다.
23) 허생전 독일어 번역본은 고루가 기증한 별쇄본(Sonderausdruck)이다. 고영근 (2006다: 335쪽)에 사진으로 보인 바 있다.

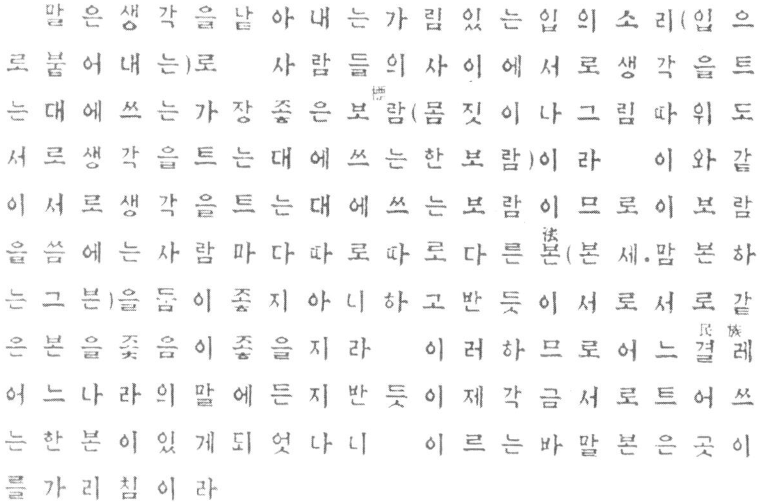

말 은 생 각 을 낱 아 내 는 가 림 있 는 입 의 소 리 (입 으
로 붙 어 내 는)로   사 람 들 의 사 이 에 서 로 생 각 을 트
는 대 에 쓰 는 가 장 좋 은 보 람 (몸 짓 이 나 그 림 따 위 도
서 로 생 각 을 트 는 대 에 쓰 는 한 보 람)이 라   이 와 갈
이 서 로 생 각 을 트 는 대 에 쓰 는 보 람 이 므 로 이 보 람
을 씀 에 는 사 람 마 다 따 로 따 로 다 른 본 (본 세.맘 본 하
는 그 본)을 둠 이 좋 지 아 니 하 고 반 듯 이 서 로 서 로 같
은 본 을 좇 음 이 좋 을 지 라   이 러 하 므 로 어 느 겨 레
어 느 나 라 의 말 에 든 지 반 듯 이 제 각 금 서 로 트 어 쓰
는 한 본 이 있 게 되 엇 나 니   이 르 는 바 말 본 은 곳 이
를 가 리 침 이 라

사진1

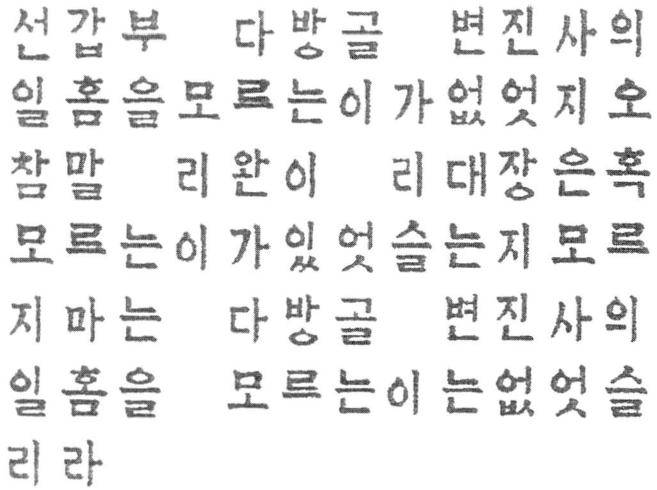

선 갑 부   다 방 골   변 진 사 의
일 홈 을 모 르 는 이 가 없 엇 지 오
참 말   리 완 이   리 대 장 은 혹
모 르 는 이 가 있 엇 슬 는 지 모 르
지 마 는   다 방 골   변 진 사 의
일 홈 을   모 르 는 이 는 없 엇 슬
리 라

사진2

고루가 독일 유학을 통하여 얻은 지식은 그의 사회사상의 형성에 있어서 큰 자양분 역할을 하였다.(뒤에 나옴). 고루가 독일 유학 시절에 터득한 견문은 모두 귀국 후 국내의 잡지와 신문 등의 매체를 통하여 발표한 글에 나타난다. 이들 자료를 중심으로 고루의 독일 체험의 면면을 살펴보기로 한다.

고루는 먼저 1923년 8월에 슬라브 계통의 웬덴족의 거주지 슈페레발트(Spreewald)로 당시 베를린 유학생이던 김준연(金俊淵)(전 국회의원) 등과 함께 현지 조사를 나갔다. 고루는 자신의 부전공이 인류학이었기 때문에 소수민족의 문화를 연구하러 이곳을 찾았던 것이다. 지은이는 1998년 3월에 이곳에서 열린 2차 동서언어학 집담회에 참가한 일이 있다. 늪으로 이루어진 낮은 평야인 탓으로 목선이 교통수단이었으며 지금은 관광지가 되어 있다. 지금도 옛날의 수상(水上) 우체국이 남아 있는 것을 보았다. 다음으로 고루는 1926년 8월에 '채케리크'라는 농촌에 가서 영농법과 육림기술을 배우고 더욱이 독일 농민의 자작자급(自作自給)의 정신을 체험하였고 특히 현대식 기계농작법과 손으로 곡식을 수확하여 도리깨로 타작하는 광경도 보았으며 곳곳에 협동조합이 있어서 농촌경제조직이 원활하게 돌아가는 것을 목격하였다.(1936. 6가, '獨逸伯林에서 ~', 1935. 8가, '채케리크에서 ~')

고루는 독일 여자들의 기질로 근면, 정리, 조직의 셋을 들었다. 특히 조직을 독일인의 특색으로 들 수 있는 것은 군대식 상무주의에 기인한다고 말하고 담배를 피우고 싶을 때 한 사람이 성냥불을 붙여야만 여러 사람이 담배를 피운다는 조직 정신을 소개하였다.(1935. 5, '獨逸女子의 ~'24)). 1960년대 중반에 박정희 대통령이 서독을 방문하였을 때 독일 사람들은 셋이 모여야만 담배를 피울 정도로 검약 정신이 투철하다는 말이

---

24) 좌담회(1935. 1, 3), 李克魯: '安逸病－우리의 病根打診(新參移動座談會), 東亞日報.

신문에 보도되기도 하였는데 고루의 글을 통하여 오래전부터 이런 말이
인구에 회자(膾炙)되어 있었음을 알 수 있다. 또 고루는 독일 여자들은
놀 줄을 모른다고 하고 그 예로 손님을 접대하면서도 뜨개질을 하고
농촌에서는 농사를 짓되 남자들을 도와주는 것이 아니라 전담해서 풀을
낫으로 벤다든지 물레질을 하여 양털을 뽑기도 한다고 하였다.(1939. 1,
'일 잘하고 ~'). 그러니까 현대적인 기계농법과 원시적 수공업이 병존하고
있었다.

고루는 독일 학생의 기질로 상무 정신, 군대식 동작, 연구 천착력, 비상
시 돌파력의 넷을 들었다. 독일 대학생들은 영국이나 프랑스 대학생과
비교할 때 마치 시골 농부나 노동자를 연상할 정도로 검박하다고 하였다.
고루는 자신의 유학 경험을 되살려 당시의 우리의 청년들에게 독일 유학
에 관련된 지식을 알려 주기도 하였다.(1935. 12가, '獨逸留學篇', 1936. 1다,
'海外로 ~'). 고루는 베를린대학 시절을 회고하는 글('고투' 36쪽)에서 '근로,
조직, 과학, 무사'의 4개 정신을 배웠다고 한 정도로 고루의 독일 유학은
고루의 정신세계에 큰 영향을 미쳤다.

고루는 독일과 유럽에서 유학하는 동안 많은 명사들을 만났다. 1차
세계 대전에서 순국한 학도들의 석상(石像) 개막식에 참석한 당시의 독일
대통령 힌데부르크(1925), 런던 왕국 앞에서 본 영국왕 조지 5세(1927),
상대성 이론을 창안한 아인쉬타인(1923)을 비롯하여 자신에게 경제학을
가르쳐 준 슈마허, 좀바르트, 인류학자요 언어학자인 뮐러, 교육학자 슈프
랑게, 음성학의 세계적 권위자 대니엘 존스 등의 인물을 만나 강의도
듣고 이야기도 나누었다.(1938. 11가, '世界的 ~'). 특히 좀바르트의『現代資
本主義』는 고루가 밤을 새워 읽은 책으로 알려져 있다.(1941. 6, '내가 ~')

고루는 1930년대 당시 우리 조고계(操觚界)의 혜성과 같은 존재였다.
조선어학회 간사장을 맡고 있다는 사회적 지위 밖에도 독일 철학박사라는

타이틀과 갖은 고초를 겪고 해외에서 박사 학위를 받은 경력 때문에 늘 지성계와 언론계의 주목을 받았다. 朝鮮日報는 독일과 영국 등 전쟁 당사국이 1차 세계대전을 맞아 어떻게 전후의 상처를 딛고 일어섰는가 하는 것을 알아보기 위하여 '戰時生活 現地體驗記'라는 특집 프로를 마련하였다. 이 프로에 기고한 사람은 베를린에서 공부한 이극로와 철학자 김중세(金重世), 그리고 영국 유학을 한 윤치왕(尹致旺)이었다. 이극로는 앞에서 본 바와 같이 세계대전이 끝나자 얼마 안되어 베를린에 유학하였기 때문에 전후의 독일의 참상을 누구보다도 더 잘 알았다. "싸움에는 이기고 전쟁에는 졌다'라는 구호를 외치면서 경제적 파탄을 극복한 독일 국민의 생활상을 생생하게 증언하였다. 해외 식민지를 빼앗겨 많은 독일 사람들이 본국으로 돌아오니 주택난에 식료품의 품귀 현상까지 벌어지고 마르크화는 휴지가 되었다. 이런 상황 속에서도 굶주림을 참아 가면서 난국을 극복하는 독일 국민의 근면성을 고루는 크게 부각시켰다.(1939. 1. 1, '世界大戰當時獨國民의 ～')

다음으로는 고루가 베를린대학 재학 시절에 한 일로 지금까지 별로 알려지지 않은 세 책의 출판을 언급하고자 한다.

(2) 『조선의 독립운동과 일본의 침략정책』의 저술과 배포

고루는 1922년 4월부터 1927년 5월까지 5년 동안 수학하면서 민족어를 가르치고 한글 자모 분할체를 만들어 이광수의 『허생전』을 활자로 찍어 내는 등 우리의 말과 우리의 글을 보존하고 발전시키는 일에 종사하였다. 고루는 베를린 재학 시절에 조선의 독립운동과 일본의 침략정책에 관한 책을 저술하여 유럽 사람들에게 알리는 일을 하였다. 이 책은 고루의 이력서나 고루의 글에 한번도 등장되지 않았다. 단 김동환 편 『朝鮮思想家總觀』(1933)에 고루 자신의 저서로서 『中國工業論』과 『朝鮮近世史』를

들고 있는데 모두 독일어로 쓰여져 있다고 표시되어 있다. 전자는 고루의 독문본 박사학위논문이고 후자는 내용상으로 볼 때 여기서 소개하려는 『조선의 독립운동과 일본의 침략정책』이 아닌가 한다.[25]

먼저 서지사항과 목차를 보이기로 한다. 단 목차는 우리말로 번역하여 보인다.

Unabhängigkeitsbewegung und japanische Eroberungspolitik

von

KOLU LI

BERLIN 1924

머리말

역사 개관

I. 조선의 개화와 외세의 쇄도

1. 1884년이 개혁자들의 실패
2. 동학단체의 혁명과 청일전쟁
3. 일본에 의한 황후의 시해
4. 대한제국과 러일전쟁
5. 을사보호조약에 대한 민중의 분노
6. 제2차 헤이그 만국평화회의에 세 명의 대표 파견
7. 황제의 양위와 개조의 조약
8. 조선 군대의 해산
9. 의병의 봉기
10. 장인환과 전명운의 스티븐스(Stevens) 암살
11. 안중근의 이토 암살

II. 1910년의 강점과 그 이후

25) 『朝鮮思想家總觀』은 박용규 선생의 저서에서 접하였고 자료 역시 박 선생이 제공하였다.

1. 일본의 대한제국 합방
2. 동아시아 식민화 단체
3. 조선인들의 투자 방해
4. 조선인 사유재산의 감시
5. 지식의 봉쇄와 일본화
6. 종교의 억압

Ⅲ. 1919년 3월의 독립선언과 그 이후

1. 서울의 독립운동 중심지
2. 퇴위당한 고종 황제의 승하
3. 조선의 독립운동과 서울과 지방의 시위
4. 시위 도중의 일본인의 범법 행위의 한 예
5. 재외의 조선인과 원로 동맹
6. 대한의 임시정부와 외교활동
7. 강우규의 사이토 총독 저격
8. 조선 독립운동가들의 일본인과의 혈전
9. 일본인의 동만주 거주 조선 민간인 대량 학살
10. 김익상과 오성윤의 일본 전쟁상(戰爭相) 다나카 저격
11. 1923년 9월에 있었던 동경 대지진시의 일본인의 조선인 학살

먼저 '머리말'을 번역하여 보기로 한다.

이 작은 책자는 4000년 이상 정치적인 독립과 높은 문화를 누려 왔던 한 민족이 어떻게 처음으로 외세의 지배에 놓였으며 다시 독립을 이루어 내려고 노력하고 있는가를 보이는 데 목적을 두고 있다. 아래에 기술하는 내용은 일본인과 우리들 사이의 야만적인 전쟁 역사의 극히 일부분에 지나지 못하며 다시 말하면 이는 유럽 사람들에게 일반적인 인식을 심어 주는 데 도움이 되도록 해야 한다. 조선이 극동에서 차지하는 사정은 발칸반도가 지중해에 대하여 차지하는 사정과 같다. 30년전부터 조선 문

제는 극동에서 강대국의 정치적 투쟁의 초점이 되어 왔다. 1910년 8월 29일의 강제합방에 의하여 2,000만 인구를 가진 218,650평방킬로 미터의 국토는 일본인의 가장 야수적인 무단적 지배에 넘어갔다.

1924년 2월
베를린에서
이극로(Kolu Li)

위의 책자는 고루 이극로가 베를린 대학에 재학하던 1924년 2월에 베를린 소재 Siettenfeld에서 인쇄를 하여 독일을 비롯한 유럽의 각 도서관에 돌림으로써 일본의 조선 침탈과 조선의 독립운동에 대한 새로운 인식을 불어 넣어 줄 목적으로 저술되었다. 국판 32쪽이다. 지은이가 손에 넣은 책자는 저자인 이극로(Kolu Li)가 바로 1924년에 괴팅엔대학 도서관(Königliche Universität zu Göttingen)에 기증한 것이다.[26]

「역사 개관」에서는 서기전 2333년에 단군이 동몽골의 일부와 만주 전역, 그리고 아무르강과 반도 전역을 통치하는 나라를 건국한 뒤로, 삼국, 발해, 고려, 조선 등 여러 왕조가 이어져 왔고 16세기 말의 임진왜란과 17세기 전반의 병자호란으로 나라가 흔들렸으며 일본의 침략으로 가장 큰 피해를 입었다. 그 이후 서양의 무력과 문화가 접근해 옴에 따라 모든 방면의 변화, 특히 정치적 변화가 일어나기 시작하였다. Ⅰ, Ⅱ, Ⅲ부의 내용은 목차에 나와 있는 바와 같다. 끝에는 일본인들은 조선사람의 독립운동에 대하여 늘 공포감을 지니고 있어서 중무장을 시키지 않았으며 고유한 언어와 문자, 그리고 고유한 문화를 지닌 한 민족을 멸종시키거나 동화시키려는 일본인들의 시도는 그 실현을 아무도 믿지 않는 가소로운 정치적 꿈에 지나지 않는다는 소견을 붙였다.

---

26) 이 책의 표지 사진은 고영근(2006다: 342쪽)에서 공개된 바 있다.

이 책자의 내용이 당시의 조선의 사정을 어느 정도 정확하게 기술하고 있고 동시에 당시의 유럽 사회에 어떤 반향을 일으켰는가 하는 것은 지은이의 소관이 아니다. 전문가들의 올바른 평가가 있기를 바란다.

(3) 박사 학위논문 『중국의 생사공업』

고루의 박사논문은 『中國의 生絲工業』이라는 번역 제목만 알려져 있을 뿐이었다.(1936. 6가, '獨逸伯林에서 ～', '苦鬪' 35쪽). 독일어 제목은 *Die Seidenindusrie in China*이다. 표제지를 보면 학적과는 달리 국적이 조선 출신의 이극로(KOLU LI aus Korea)로 나와 있다. 박사학위 취득 일자는 1927년 5월 27일이다. 먼저 부별과 장별 목차만 제시한다.

들어가기
제1부 생사공업의 선결 조건
　1장 물질적 공업 조건
　　I. 생사공업의 원재 제공
　　　1. 뽕나무 문화와 떡갈나무
　　　2. 누에 배양
　　　3. 생사문화의 합리화와 진흥책
　　　4. 중국의 꼬치 시장
　　II. 중요한 경영 수단
　2장 개인적 공업 조건
　　I. 중국의 노동자
　　II. 외국 기술자와 중국 직원
　　III. 기업가
　3장 국민 경제적 전제

제2부 생사 공업의 수행
　1장 생산 수행
　　I. 생사 공업 조직

2부와 결론, 모두 6장으로 구성되어 있다. 국판 98쪽. 심사위원은 앞에서 언급한 슈마허 교수와 베른하르트(Bernhard), 투른발트(Thurnwald), 마이어(Meier) 였다. 슈마허 교수는 "이극로씨는 독일의 과학적 방법을 완전히 체득하였기 때문에 학자적 논문으로 인정한다"라고 하면서 우등의 점수를 주었다. 실제로 논문 심사서에 'valde laudabil'와 같이 라틴어로 기록되어 있다.[27) 이는 'very much praiseworthy'라는 뜻이다. 고루는 자기가 학위를 받은 날이 1927년 5월 25일이라고 적었는데(1936. 6가, '獨逸伯林에서 ~', '고투' 36쪽) 이는 학위 논문 표지의 일자와 일치한다. 학위논문은 자기 돈으로 수백부를 인쇄하여 대학 당국에 제출하기로 되어 있었으나 고루는 논문이 우수하다는 교수의 추천이 주효하여 오히려 출판사에서 수백부를

---

27) 고루의 박사논문 평가서는 고영근(2006다: 344쪽)에 공개된 바 있다.

그냥 주어서 경제적으로 여간 도움이 크지 않았다. 고루의 학위논문은
빌헤름 크리스티안스 출판사에서 나왔다. 표지 뒷면의 맨 아래를 보면
"이 업적은 베를린 C 19에 있는 'Verlag Wilhelm Christians'에서 책으로도
출판된다"라고 적혀 있다.

참고논저를 보면 고루는 인도 유럽어로 된 기초 이론서와 극동과 중국
지역의 특수 문헌, 그리고 중국어와 일본어로 된 문헌도 골고루 제시하고
있다. 각주는 모두 272개, 당시의 독일의 논문 작성법을 준수하여 학위논
문으로서 손색이 없도록 만전을 기한 흔적이 역력하다. 당시 해외에서
나온 박사학위논문치고 이렇게 체제를 갖춘 논문이 달리 있는지 아직
모르고 있다. 고루의 박사논문이 당시의 세계의 생사공업, 나아가서 중국
의 생사공업의 발전에 어떤 영향을 미쳤으며 그것이 근대의 중국 내지
동아시아 경제사의 연구에 어떤 지위를 차지하는가 하는 문제는 전문가의
손으로 해결되기 바란다.

(4) 브뤼셀의 세계 약소민족대회 참석

고루는 학업을 마치기 몇 달 전 2월 20일에 벨기에의 수도 브뤼셀에서
열린 세계 약소민족 대회에 황우일(黃祐日), 이의경(李儀景)(일명 이미륵)과
함께 독일 유학생 대표로 참석하였으며 프랑스에 유학하고 있었던 김법린
(전문교부 장관)과 당시 여행 중이었던 허헌(許憲)(독립운동가)도 동행하였다.
고루는 조선대표단을 조직하고 그 단장이 되어 다음의 제안을 상정하기로
합의하였다.[28]

　(1) 마관조약을 실행하여 조선 독립을 확보할 것

---

28) 이 부분은 '苦鬪'(37쪽)에만 나오고 1936. 6, '獨逸伯林에서 ～'에는 보이지 않는
　　다. '苦鬪'의 발간 시에 추가한 것이다. 편의상 한글로 바꾸어 적었다.

　(2) 조선 총독정치를 즉시 철폐할 것
　(3) 상해 대한 임시정부를 승인할 것

　대회장 간부에게 이상의 안을 제출하였으나 반영운동(反英運動)만 의제에 상정함을 보고 고루는 그 불공평한 처사를 항의하였다. 이에 주최측에서 조선문제를 표결에 붙였으나 3표차로 부결되고 말았다. 이때 제안된 문건은 독일어, 영어, 프랑스어의 3개 언어로 되어 있었다. 그 내용으로 볼 때는 앞에서 든 고루의 『조선의 독립운동과 일본의 침략정책』의 내용과 대부분 일치한다는 점에서 초고 작성자가 이극로임이 틀림없다.29)

　(5) 『조선과 대일본 제국주의 독립투쟁』

　고루는 박사 학위를 받은 1927년 5월에, 앞의 『조선의 독립운동과 일본의 침략정책』의 저술·배포에 이어, 또 하나의 책자 『조선과 대일본 제국주의 독립투쟁』을 저술·배포하였다.30) 앞의 책자의 반 밖에 안 되는 16쪽의 작은 책자이다. 그런 사실과 관련이 있는지 놀라도 이 책사는 고루 자신의 저술목록에서 한번도 등장한 일이 없다. 사진에서 보다시피 표지는 3단으로 되어 있다. 맨 위에는 태극기(koreanische Flagge) 둘을 엇바꾸어 배치하였다. 다음으로는 *KOREA und sein Unabhänggigketskampf gegen den japanischen Imperialismus* von KOLU LI Berlin 1927와 같이 책의 제목, 출판 장소, 연대를 배치하였다. 그 의미는 '이 극로의 『조선과 대일본 제국주의 독립투쟁』, 1927년 베를린에서 출판되었다'이다. 맨 끝

---

29) 김광식(2000)에 약소민족 대회의 참가 사정이 잘 정리되어 있다. 주로 이극로의 '苦鬪'에 많이 근거하였다. 김광식은 인쇄한 사람은 베를린에 있었던 이극로임이 틀림없으나 초안 사성사는 누구인지 알 수 없다고 하였다. 박용규(2005: 78쪽)에도 초고 작성자를 이극로로 추정하였다.
30) 이 책자의 사진은 지은이가 611돌 세종날·한글학회 창립 100돌 기념 전국 국어학 학술대회 발표회에서 공개한 일이 있다.[발표 논문집 참조]

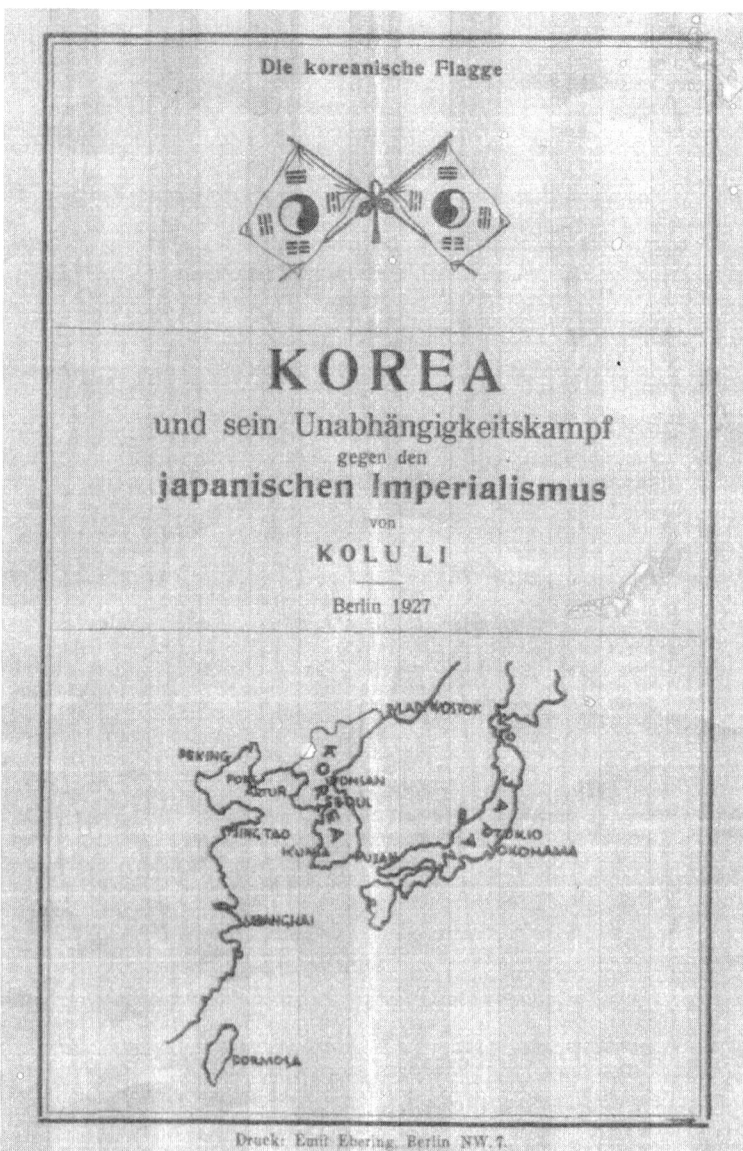

사진 3

에는 조선 반도와 중국, 일본의 지도를 그려 넣고 중요 도시를 표시하였다.
조선의 지정학적 상황을 알리려는 목적과 관련이 있어 보인다.

본문은 다음 3개 부문으로 구성되어 있다

I. 문화적 · 역사적 관찰(Kulturelle und geschichtliche Betrachtung)
II. 일본 지배 하의 조선의 현 상태(Gegenwärtige Lage Koreas unter der japaniischen Herrschaft)
III. 지속적 독립 투쟁(Dauernder Kampf Koreas um seine Unabhängigkeit

먼저 「머리말」을 번역하여 보인다.

유럽에서는 조선이 잘 알려져 있지 않다. 그것은 이 나라의 문제가 유럽의
정치에 특히 관심이 덜 하기 때문이다. 그리고 조선에 관한 출판물도
매우 적다. 가령 여행자가 조선에 관한 기사를 쓴다고 할 때, 1926년 12월
24일에 Berliner Tagesblatt에 보도된 히이든(J. Heyden)이 기사가 보여
주는 바와 같이 바른 인식이 결여되는 경우가 많다. 나의 과업은 높은
문화수준을 자랑하는 조선민족ー218650 평방킬로미터의 땅 위에 사는
2000만 인구ー이 일본의 무력 및 자본 지배 밑에서 어떻게 살아야 하고
그들의 자유를 위해 어떻게 투쟁해야 하는가를 서술하는 것이다. 이 작은
책자는 '세계 젊은이 동맹'(Weltjugendliga)을 통하여 조선의 자유를 알리
는 한 강연에 즈음하여 작성된 것이다. 1924년에 본인은 『조선의 독립과
일본의 침략정책』이라는 책자를 발간한 일이 있는데 거기에서는 주로
정치적 측면을 자세히 다루었다. 이에 대하여 현재의 글은 특히 경제적 ·
문화적 사정에 대한 입장과 거기에 정치적 움직임에 대한 새로운 사건을
덧붙이는 것이니 전일의 책자에 대한 보완물이 되는셈이다.

1927년 5월 베르린에서

박사 이극로

다음으로 목차에 따라 내용을 간략하게 소개한다.

'Ⅰ. 문화적·역사적 관찰'에서는 조선인은 몽골, 퉁구스, 타타르족과 함께 우랄- 알타이족에 속하며 여러 민족으로 섞여 있는 일본인과는 달리 비교적 순순한 민족이다. 언어는 우랄·알타이 어족에 속하며 불교와 유교가 기층 문화를 이루고 있다. 팔만대장경, 금속활자, 훈민정음의 창제, 거북선의 발명, 첨성대, 측우기 등으로 미루어 볼 때 세계의 어느 민족에도 뒤지지 않는 문화민족이다. 특히 금속활자의 발명은 구텐베르크(Gutenberg)보다 50년이나 앞선다.

'Ⅱ. 일본 지배 하의 조선의 현 상태'에서는 일본의 압박을 받고 있는 조선의 교육·경제적 상황을 서술하였다. 삼일운동을 계기로 하여 일본의 무단정치가 문화정치로 바뀌기는 하였으나 사립학교의 인가는 극도로 제한되었으며 조선인의 취학 인구도 일본인의 그것에 비할 바 아니었다. 농민들은 농토를 일본인에게 빼앗기고 일본으로 노동을 하러 가는가 하면 노동자로 만주와 시베리아 쪽으로 유랑하는 사람이 많았다. 기업 투자에 있어서도 조선인은 많은 차별을 받았다,

'Ⅲ. 지속적 독립 투쟁'에서는 앞의 『조선의 독립운동과 일본의 침략정책』과 중복되는 면이 없지 않다. 특히 1923년의 동경 대지진 이후의 지속적 독립운동을 추가하였다. 1924년의 김지섭의 일본 황궁의 폭탄 투척, 1926년의 순종 황제 승하와 육십만세 사건, 1926년의 나석주의 동양척식주식회사 의거 등을 들었다.

위의 책자가 앞의 『조선의 독립운동과 일본의 침략정책』과 같이 어느 정도 당시의 조선의 사정을 정확하게 서술하고 있고 그것이 유럽 사회에 어떤 영향을 미쳤는가 하는 것은 지은이의 소관이 아니다. 전문가들의 올바른 평가가 내려지기를 바란다.

4) 영국, 프랑스, 미국을 거쳐 귀국

(1) 영국 유학과 베를린, 파리에서의 음성학 연구

고루는 1927년 베를린에서 학업을 마치고 영국 런던으로 유학을 가게 되었다. 당시 영국 항해대학에 재학하고 있던 신성모가 자신의 학위 수여식에 참석하러 와 있던 차에 같이 라인 강변의 염료공장 지대를 시찰하고 프랑스로 가면서 세계대전의 전흔(戰痕)을 눈으로 보기도 하였고 파리에 들러 베르샤유 궁전을 구경하고 영국으로 갔다.[31] 항해대학 기숙사에 여장을 풀고 그리니지 천문대, 동인도회사를 구경하였으며 그 해(1927) 11월 23일에 런던대학 정치경제학부에 등록하여 한 학기 동안 정치이상발달사(라스키 교수), 전시경제문제(영 교수), 문명족과 야만족과의 문화적 관계론(셸리크맨 교수)을 들었다. 고루는 런던대학에서 세계적 음성학자 대니엘 존스 교수를 만나 우리말의 어음에 대한 이야기를 듣기도 하였다.(1938. 11가, '世界的 ~'). 그러니까 고루는 주전공인 경제학과 정치학을 수학하면서도 우리말에 대한 성찰을 게을리하지 않았다. 고루는 런던에서 최린(崔麟)(일제강점기 독립운동가)과 공탁(孔濯)을 만나 같이 캠브리지대학을 시찰하였으며 구세군 본부에서 경영하는 농장을 구경하기도 하였다. 식민지의 농업 경영 기술을 훈련시키는 곳이었다. 여기서 고루 일행은 영국의 식민 정책과 식민지에 대한 농업기술의 전수정책을 잘 볼 수 있었다.

고루가 영국에서 머무는 동안 감명을 받은 것은 언론의 자유였다. 일요일이나 공휴일 같은 날은 큰 거리나 공원에 정당, 종교단체, 사회단체에서 자신들의 주의를 선전함은 물론이요 심지어는 식민지 백성들까지 와서

---

31) 영국 런던으로 간 해가 1936. 7나, '英國 倫敦에서 ~ '는 소화 3년으로 되어 있는데 이는 소화 2년의 잘못이고 '苦鬪'(39쪽)에서는 1925년으로 되어 있는데 이는 1927년의 잘못이다.

독립을 절규하는 관경도 목도하였다. 오고가는 사람들은 마음에 맞는 대로 연설을 듣고 사상을 계발하여 사회정세와 국제정세를 통찰할 수 있었다. 언론자유를 누리는 영국의 풍토는 결과적으로는 영국민으로 하여금 모든 일에 맹종하지 않고 비판적으로 대하는 태도를 기를 수 있다고 보았다. 당시 일본의 지배 아래 언론자유를 누리지 못하였던 우리의 처지와는 너무나 대조적이었음을 느낀 것이 틀림없다.

이듬해(1928)[32] 1월에 고루는 벨기에의 수도 브뤼셀을 거쳐 베를린으로 돌아 왔다. 고루는 이곳에서 4개월을 머물면서 언어학과 음성학을 연구하였다. 음성학 실험실 웨틀로 교수의 지도로 우리말 음성을 실험하였다. 1928년 4월 25일에 베를린에서 런던으로 갔으며 다시 5월 1일에 파리로 갔다. 고루는 1개월 동안 파리대학 음성학부에서 페르노 교수와 체코슬로바키아 출신인 스라메크 박사의 요구에 따라 우리말의 실험음성학을 연구하였다. 고루의 다음과 같은 말은 우리말의 음성분석을 위하여 바친 노력과 결과가 어느 정도였는가를 잘 알려 준다.

> 물론 한 달 동안의 실험비가 여러 백원이 소용되었을 것은 환한 일이다. 그러나 그들은 과학 연구가 자기들의 사명인 것만큼 큰 취미를 가지고 실험한 것이다. 스라메크 박사와 나는 날마다 5,6시간이나 실험실에 앉아서 약 일개월을 지내게 되었다. 마지막 날에는 스라메크 박사가 웃으면서 "당신이나 내가 다 미련한 사람이요. 우리가 이 한 달 동안에 실험한 일의 분량은 연구생과 더불어 보통 때와 같이 하려면 한 학기 동안이나 하는 것이요"하고 둘이 웃었다. 왜 그가 그렇게 열심히 하였는가 하면 실험 대상자를 하나 구하는 데에는 돈이 들어도 그리 쉽지 못한 까닭이라고 한다. (1936. 7, '英國倫敦에서', '고투' 41쪽)(현대역)

---

32) 1936. 7나, '英國倫敦에서 ~'에서는 소화 3년으로 되어 있고 '苦鬪'에는 '1926년'으로 되어 있으나 모두 '1928년'의 잘못이다.

고루가 귀국하여 우리말의 음성에 대하여 관심을 기울이고 해방 후에 실험음성학 책을 내고 북쪽에 가서도 작고할 때까지 우리말의 음성에 관한 연구를 손에서 놓지 않은 것이 모두 베를린과 파리에서 힘들여 실험한 음성학 연구가 바탕이 된 것으로 보인다.(뒤에 나옴)

파리에서 음성실험을 마친 고루는 1928년[33] 5월 24일 런던으로 건너갔다. 고루는 유럽을 떠나기에 앞서 3주 동안 영국과 아일랜드를 골고루 구경하였다. 6월 1일에는 평생 처음으로 15인승 비행기를 타고 런던 시가지를 구경하였으며 6월 4일에는 맨체스터의 공장과 대학을 구경하고 5일에는 아일랜드의 수도 더블린으로 갔다. 6일에는 아일랜드 문부성을 방문하여 국어교육 정책의 현황을 청취하고 개회 중이었던 국회의사당에도 방청하였다. 고루는 여행을 할 때에는 교수들이나 친지들의 소개장을 지참하였다. 다시 발길을 돌려 스코틀랜드 공업도시 글라스고로 가서 대학과 공장을 보고 이어 에딘버러로 가서 대학을 보았다. 6월 9일에는 다시 런던으로, 6월 11일에는 신사 예법을 배우는 옥스퍼드로, 13일에는 프랑스 세르보아 항에서 뉴욕으로 가는 배를 탔다. 신성모가 고루를 배웅하여 주었다. 해양 전문가인 신성모의 권고에 따라 당시 세계에서 가장 컸던 메제스티트호를 탔다. 여행 중에 이례적으로 기관실을 구경하기도 하였다.

(2) 미국과 일본 거쳐 귀국

6월 19일 오후에 장덕수(東亞日報 초대 주필), 한상억(韓相億), 허정(전 내각수반)의 마중을 받으며 뉴욕에 도착하였다. 당시 장덕수의 귀국 후의 계획에 대한 물음에 대하여 고루는 서슴지 않고 '코리앤 떡순애리'(우리말 사전)을

---

33) 1936. 7나, '英國倫敦에서 ~'의 소화 4년과 '苦鬪'(42쪽)의 1926년은 모두 '1928'의 잘못이다. 앞으로는 그 잘못을 하나하나 밝히지 않는다.

만들겠다는 포부를 피력한 것[34]만 보아도 귀국 후의 행로가 이미 굳어 있었음을 알 수 있다. 고루가 미국을 들르게 된 것은 미국문화에 대한 호기심이었고 이는 결국 그의 부전공인 인류학과 밀접한 관련이 있는 것이다. 원래 런던에서 시베리아를 거쳐 조선까지 오는 여비는 이우식이 대어 주었으나 여정이 바뀜에 따라 유럽쪽의 여비는 신성모가, 미국쪽의 여비는 장덕수가 맡았다.

고루는 1928년 6월 19일부터 한 달 동안 미국에 머물면서 대학, 천주 및 예수교당, 박물관, 흑인예배당, 흑인극장, 조선인의 사업기관을 둘러보았다. 고루는 이미 30년전, 그러니까 1907년경에 한글 타자기를 최초로 발명한 이원익(李源益)을 여러 차례 만났다. 고루는 이원익과, 한글자모와 활자체, 그리고 한글 타자기에 대하여 의견을 나누었다. 당시 미국의 조선인 기관에서는 한글 타자기가 벌써부터 보급되어 있었다. 이미 상해와 베를린에서 한글 자모 분할체를 고안한 바 있는 고루로서는 한글 타자기를 발명한 이원익과 같은 사람을 만나는 것이 그의 여정중의 주요 프로그램이었다. 이어 하바드, 예일, 프린스톤 대학과 공장시설을 시찰하였다.

필라델피아에서는 서재필을 만나 조선 근세의 회고담을 매우 뜻 깊게 들었다. 워싱톤에서는 신동기, 김종철과 같은 인사들이 고루의 여행을 도와 주었다. 국립박물관, 워싱턴과 링컨 기념관, 흑인대학, 홍인종 사무국, 상무성, 노동성, 농무성을 시찰하였다. 1928년 8월 1일에는 피츠버그, 8월 5일에는 시카고 등에서 대학 등의 시설과 공장을 시찰하면서 동포들을 만나기도 하였고 8월 12일에는 홍인종 보호구역을 시찰하였다. 고루의 부전공이 인류학이었던 만큼 특별히 홍인종의 생활상을 견문하러 간 것이

---

34) 앞에서 든 일기자(1937. 1. 1) 참조.

다. 홍인종은 흔히 피부가 붉어서 붙인 종족명이라고 말하고 있으나 얼굴에 붉은 물로 그림을 많이 그린 까닭에 그런 이름이 붙었다고 말하고 홍인종 언어의 다양성, 귀신숭배, 가재도구 등 풍속, 습관에 대하여 자세한 서술을 보여 주고 있다. 얼굴 생김새라든지 모든 것이 우리 동양인과 비슷한 점이 많고 특히 고추 농사를 많이 짓는다고 하였다. 우리나라에 고추가 전래된 것이 17세기경이라고 하니,35) 그 원산지는 아메리카임이 틀림없어 보인다.

고루는 홍인종과 흑인종을 비교하여 전자는 혈족으로는 졌지만 문화로는 승리를 거두었고 후자는 혈족으로는 승리를 거두었으나 문화로는 실패를 하였다고 그 나름의 소견을 붙였다.(1935. 9, '아메리카 ~'). 18일에는 지하 금강이라고 불리는 그랜드 캐년으로 갔다. 이곳에서는 고루는 혹서를 무릅쓰고 도보로 걷다가 구사일생으로 목숨을 건지기도 하였다.36) 8월 21, 22일 이틀 동안 LA에 머물면서 고무공장, 석유공장 등을 시찰하고 국민회 주최로 열린 환영 식상에서 한글 문세를 가지고 강연을 하였다. 이어 샌프란시스코로 가서 5일 동안 머물며 한글에 대한 강연도 하면서 교민들의 환영을 받았다.

1928년 8월 28일 고루는 샌프란시스코에서 배를 타고 하와이로 향하였다. 이곳에서 고루는 한 달 동안 머물면서 이승만(전 대통령)을 만나 그곳 사정을 자세히 들었다. 이미 상해 시절에 유학생 총무를 지낼 때 신탁통치 문제로 이승만을 성토한 일도 있어 친면이 있었던 것으로 보인다. 이승만은 그때 하와이에서 동지촌(同志村)을 경영하고 있었다. 고루는 하와이에서 교민들을 상대로 경제 문제, 교육 문제, 조선어 문제에 대하여 강연을

---

35) 한국학 중앙연구원(구 한국정신문화연구원), 편(1992), 『민속문화백과사전』 '고추' 표제어 참조.
36) 일기자(1937. 7. 18), 米南方의 地下金剛-그 산 그 바다 「語學者, 李克魯氏), 東亞日報

하였다. 10월 2일에 고루는 호놀룰루항을 출발하여 일본의 요코하마(橫濱)로 떠났다. 10월 12일에 일본에 도착하였다. 요코하마에 도착한 고루는 미국 여행시와 같이 도쿄, 교토, 오사카 등의 상공업 시설, 그리고 16개 전문학교와 회사 시설을 시찰하였다. 1929년 1월에 가족들의 마중을 받으면서 부산항에 도착하였다. 고향에 돌아가 며칠 쉬고 우리나라를 돌아보려고 먼저 서울로 올라갔다. 고루가 시베리아를 거치지 않고 여정을 바꾼 것이 모두 모종의 뜻이 있었기 때문이었다.(뒤에 나옴)

(3) 귀국 후의 전국 시찰과 주유(周遊) 소감

서울에 도착하자 고루는 4월에 조선어연구회에 입회하였다[37]. 당시 조선어연구회는 5명의 회원(권덕규, 이병기, 최현배, 정렬모, 신명균)이 얄팍한 동인지 같이 『한글』을 몇 권 낸 바 있고 조선총독부를 상대로 한글식 맞춤법의 관철을 위하여 투쟁하던 때였다.[38] 고루는 조선어연구회 입회 뒤에 8개월 동안 조선을 시찰하는 프로그램을 짰다. 첫째 길[第1路]로 경의선, 둘째 길[第2路]로 호남선, 셋째 길[第3路]로 경부선, 넷째 길[第4路] 함경선이었다. 여기에는 만주의 안동시와 용정시도 포함되어 있었다. 실업계, 교육계, 사상계를 중심으로 하고 명승 고적을 가미하였다. 그는 주로 신문사 지국을 이용하여 안내자를 확보하였다. 8개월 간의 시찰 대상은

---

37) '고투'의 「朝鮮語學會와 나의 半生」('苦鬪' 63쪽)에는 1929년 4월에 조선어연구회에 입회하였다고 적혀 있다. 한편 이병기의 『가람일기』(1975)를 보면 1929년 4월 7일에 횡서 문제로 이극로, 최현배, 이상춘, 신명균, 정렬모의 5명이 모였다고 하는데 이날이 고루의 입회일일 가능성이 많다. 그런 다음 이극로의 이름이 1929년 10월 31일에 처음 나온다.(위의 책, 339쪽). 이 날은 조선어사전편찬회가 조직된 날이다.(뒤에 나옴). 고루가 전국 유람을 마친 것이 8월임을 보면(1939. 3가, '金剛勝景의 ~'), 실제의 계획보다 빨랐던 것으로 보인다.

38) 1929년 전후의 조선어연구회의 활동에 대하여는 고영근(1998: 제1부/본서 372-382쪽)을 보라.

공장을 비롯하여 광산, 농장, 어장, 도서관, 신문사, 사찰 등 모두 224 군데 였다.

위와 같이 조선 전국을 순회하는 중 장진 수력발전소를 구경하고 장진 호에서 뱃놀이를 한 일이 있었는데 갑자기 풍랑이 일어 배가 뒤집힐 순간에 기지(機智)를 발휘하여 목숨을 건지기도 하였다.(1937. 8, '死線突破의 ~'). 고루의 전국 여행의 마지막 목적지는 금강산이었다. 고루는 금강산 토굴에서 혼자 산제 불공을 하는 할머니를 통하여 종교적 신앙의 위대함 을 느끼기도 하였고(1939. 3가, '金剛勝景의 ~'), 금강산을 개발해도 좋으냐는 월간지 『朝光』의 각계 인사의 의견 청취에 대하여 자원 개발은 일시적 이익에 그치는 것이지마는 명승지 보존은 영구적으로 혜택을 받는다고 하면서 개발에 반대 견해를 표명한 것(1938. 3, '資源으로 ~')도 전국 여행 중에 터득한 금강산에 대한 이미지가 크게 작용한 것으로 보인다.

끝으로 고루는 국외 여행과 국내 여행을 비교하여 그 소감을 피력하였 다.[39] 우리나라는 반도로서 풍광, 물산, 기후 등을 미루어 볼 때 이상적인 낙원이라고 하였다. 그러나 한 국민이 안락에 빠지면 미약해지거나 멸망 하기 쉽다고 말하고 만주대륙으로 진출하여 고구려의 무강(武強)을 본받 아야 한다고 하였다. 고루가 평소에 지니고 있었던 역사관이 표출되었다 고 하겠다. 고루의 소감을 통하여 고루가 어째서 여정을 바꾸어 영국과 미국의 산업시설과 교육시설을 샅샅이 살펴보았는지 이해할 수 있다. 고루의 유학과 견문은 우리의 말과 글을 회복하고 발전시켜 독립을 쟁취 하는 바탕을 삼는 데 그 궁극적 목표가 있었다.

---

39) 이 부분은 『朝光』 연재분(1936. 8, '歸省途中에 ~')에는 없고 '苦鬪'(53쪽)에만 나온다. 『朝光』 연재분에는 구미 및 조선의 시찰 비용을 대어 준 사람은 이우식 이었음을 특별히 밝히고 그 후의를 영원히 잊지 못한다는 말로 끝내었다.

3. 사회사상과 민족어운동

1) 사회사상

고루 이극로는 베를린대학에서 경제학과 정치학과 같은 사회과학을 주전공으로 선택하였음에도 불구하고 귀국하여서는 부전공의 위치에 놓여 있었던 언어학 지식을 활용하는 방면에 주력하였고 해방 후 북쪽으로 가서도 이 방면의 연구와 실천에 한 평생을 바쳤다. 우리는 이 자리에서 잠깐 개화기 이후의 우리 어문학자들의 행동반경을 되돌아 보기로 한다.

서재필은 일찍이 개화사상에 영향을 받아 갑신정변에 가담한 일이 있고 미국으로 망명하여 의학을 공부하였으며 갑오경장 후에 귀국하여 독립신문을 국문으로 간행함으로써 한글보급의 견인차 노릇을 하였다.[40] 유길준은 문명진보사관을 등에 짊어지고 한문은 버리되 한자는 버릴 수 없다는 전제 아래 국한문 혼용론을 주장하면서 30년의 세월을 국어문법의 체계화에 진력하였다.[41] 한편 주시경은 서재필에게서 만국지지를 배워 우리 민족어운동의 줄기를 세우고 창의성이 넘치는 국어문법의 저술에 공헌하였다.[42] 박승빈은 법률가로서 법률문장의 대중화에서 우리말 연구의 동기를 얻어 그 나름의 민족어운동을 주도하였으며 역시 창의성이 넘치는 문법저술을 남겼다.[43] 이윤재는 중국유학을 통하여 역사연구와 어문연구의 동기를 얻어 우리의 민족어운동에 동참하였고 최현배는 주시

---

40) 서재필의 민족어운동에 대하여는 이기문(1989)에 자세하다.
41) 유길준의 국문관과 사회사상에 대하여는 고영근(2004/본서 61-74쪽)를 보라.
42) 주시경의 민족어운동에 대하여는 김민수(1986: 147-157), 고영근(1983가/1994: 236-74쪽 및 본서 84-130쪽)을 보라.
43) 박승빈의 민족어운동은 고영근(1998: 9-18 및 본서 316-325쪽), 문법연구는 차현실(1990)을 보라.

경의 문하에서 민족어운동과 어문연구의 동기를 찾았으며 일본유학에서 교육학을 공부하여 결국은 우리말 문법을 체계적으로 서술하는 데 성공하였다.[44]

위에 든 어문학자들의 공통적인 특징은 서재필 이래로 도도하게 흘러온 어문민족주의[45]를 등에 엎고 그 나름의 사회사상을 창도·발전시키면서 우리 민족어운동에 헌신하고 우리말의 소리와 문법을 연구하였다는 공통성을 지니고 있다. 이윤재는 역사 연구에도 헌신하여 문화민족주의를 창도하기까지 하였다. 이들은 민족어운동 밖에 풍수지리, 미신타파, 조혼풍습 등 우리 사회의 부조리를 척결하는 면에도 부단한 관심을 기울였다. 대표적으로 유길준은 『西遊見聞』을 통하여 사회개조사상을 부르짖었고 주시경은 하기국어강습소, 조선어강습원, 언론기관을 통하여 애국계몽사상을 전파하였다. 박승빈은 계명구락부를 통하여 신생활운동을 전개하였고 최현배는 『朝鮮民族更生의 道』(1926/1930)를 통하여 민족개조사상을 체계화하였다.

고루 이극로의 경우는 어떠한가. 고루는 비록 대학에서 경제학으로 박사학위를 취득하기는 하였으나 초지일관(初志一貫)하여 그의 뇌리에 잠재하고 있었던 것은 민족어운동을 활성화하여 민족혁명의 기초를 세우는 일이었다. 그가 귀국하자마자 조선어교육의 현황을 조사하고 조선어연구회에 입회한 것은 어문문제가 곧 민족문제라는 것을 각성하였으며 조선어를 그대로 두었다가는 조만간 멸망할 것이라고 예견하였기 때문이다. 고루는 민족어운동을 일으키지 않으면 안되는 필연성을 회원들에게 주지시켰다. 고루의 우리말과 우리글을 표준화시키려는 운동, 곧 어문표준화

---

44) 최현배의 민족어운동의 특수성에 대하여는 고영근(1995가)의 여기저기를 보라.
45) 조태린(1997)에서는 어문을 민족이나 국가의 형성과 관련시키는 견해를 '언어사상일체관'이라고 하였다.

운동은 방랑과 유학에서 얻은 세 가지 동기에서 비롯되었다고 함은 이미 앞에서 본 바 있다. 의사소통에 장애를 일으킬 정도의 방언분화, 주시경과 그의 우리말 연구를 알게 된 것, 베를린대학에서 사전 하나 없다고 수강생들에게 당한 수모에서 민족어운동에 헌신하게 된 직접적인 동기를 찾을 수 있다. 이렇게 보면 고루의 사회사상은 유길준, 주시경, 박승빈, 최현배와 같이 어문민족주의의 선상에 있다고 할 수 있다. 그러나 이는 단순 비교의 차원을 넘어서지 않는다.

  고루는 앞에서 본 바와 같이 환인현에서 대종교의 시교사이자 동창학교 교주였던 윤세복의 감화를 받아 대종교에 입교하였다.46) 고루는 뒤에도 윤세복과 교류하면서 한얼노래(1942, '한얼 ~')를 짓는 등 대종교에 대한 신앙이 매우 돈독하였다. 대종교는 단군을 모시는 민족종교이다. 주시경과, 그의 제자인 김두봉과 정렬모가 모두 대종교 신자였다.47) 또 고루는 환인현에서 신재호와 박은식을 만나고 광개토대왕릉을 답사하였다. 이러한 인사들과의 접촉은 고루로 하여금 단군을 정점으로 하는 우리의 역사에 대한 인식을 새로이 하였다. 이런 사실은 고루가 베를린대학 시절에 저술한 『조선의 독립운동과 일본의 침략정책』(1924), 『조선과 대일본 제국주의 독립투쟁』(1928)과 관련시킬 때,48) 고루는 신채호, 박은식과 같은 역사민족주의의 선상에 있다고 말할 수 있다. 고루는 한편으로는 어문민족주의, 다른 한편으로는 역사민족주의의 기조를 지니고 있었다. 곧 문화민족주의의 계열에 속한다고 말할 수 있다.49) 강도는 덜하지만 이극로는

---

46) 관련 논의는 박용규(2005: 41쪽)를 보라.
47) 김민수(1977/1986: 3, 30쪽)에 이런 사실이 기록되어 있다.
48) 브뤼셀에서 상정한 의제의 내용도 대동소이하다. 이는 그 의제의 초안 작상자가 고루임을 뒷받침한다.(앞에 나옴)
49) 고영근(2006다)에서는 고영근(1992나)를 따라 '어문민족주의'와 '역사민족주의'를 포괄하여 '문사민족주의'를 택하였으나 초고의 결론 부분을 읽은 조동일 서울대 명예교수는 '문사민족주의'보다는 '문화민족주의'가 더 적실하다고 하였다.

이윤재에 앞서 문화민족주의를 열었다고 말할 수 있다.[50]

고루는 1942년 9월 5일에 윤세복 대종교 교주에게 보낸 편지에 「널리 펴는 말」이라는 격문을 넣어 보냈다.[51] 일제는 이를 압수하여 사진을 찍고 제목을 '조선독립선언서'라 바꾸고 '일어나라, 움직이라'를 '봉기하자, 폭동하자'로 고쳐 번역하여 대종교와 조선어학회를 일시에 제거하고자 하였다는 견해가 있다.[52] 고루의 글에는 여러 천년에 걸쳐 삼신을 믿고 살아온 우리 대종교인들은 머지않아 광명의 세계를 맞이한다는 내용이 실려 있다. 고루가 비록 민족어운동을 주도하기는 하였지만 이 역시 크게 보면 고루가 항상 말하는 4000년의 역사를 바탕으로 한 민족주의의 산물이라고 할 수 있다.[53] 이 무렵 고루는 대종교 노래 27장을 작사하기도 하였다고 한다.[54]

일제 강점기의 고루의 사상적 기저는 문화민족주의라고 하였는데 이는

사실 '문사민족주의'란 말은 지은이가 1992년에 이윤재의 「이윤재의 사상체계」(周時經學報 10)를 집필할 때 당시 서울대 사회학과에 근무하던 신용하 교수가 제안한 이름이다. 이 곳에서는 조 교수의 견해를 따라 '문화민족주의'로 바꾸기로 한다. 이 곳의 '문화민족주의'는 '문화운동'을 뜻하는 개화기 이후의 '문화적 민족주의'와는 성격을 달리한다. '문화적 민족주의'에 대하여는 로빈슨(1988)/김민환(金珉煥)(1990: 121-25), 조태린(1997: 98-112쪽)을 보라.

50) 김하수(1992가)에서는 고루의 민족어운동을 주시경 등의 낭만적 애국계몽운동의 테두리를 벗어나 '민족국가건설'을 지향한 독립운동으로 파악하였다. 정당한 인식으로 보인다.

51) 박영석(1984: 329쪽)에 적힌 '개천 4299년 9월 5일'의 '4299'년은 4275년의 잘못인 것 같다. 박용규(2005: 188쪽)에는 괄호 안에 '1942'를 넣었다. 원전을 대조할 필요가 있다.

52) 관련 논의는 박영석(1984: 314-29쪽), 박용규(2005: 187-190쪽)를 보라.

53) 고루를 중심으로 한 조선어학회의 민족어운동은 그 회원들이 만주의 동북 지역에서 활약하고 있던 조국 광복회와 접속이 되어 있었고 광복회 회원이었던 최일천이 국내에 잠입하여 이극로와 접선함으로써 민족어운동이 가속화하였다는 견해가 있다. 이 견해는 김일성의 『세기와 더불어』(1, 2)(1992)에서 훤전(喧傳)되기 시작하여 정순기·정용호(2000: 20, 32, 40)에 수용되어 있다. 이 견해가 동의를 얻으려면 1차 사료의 뒷받침을 받아야 한다.

54) 이 자료는 아직 보지 못하였다. 관련 논의는 박용규(2005: 192쪽)를 보라.

해방을 맞이하면서 더 구체화되었다. 고루는 우리 민족성의 우수함을 다각도로 증명하여 보이고 조상 전래로 이어져 온 민주주의를 바탕으로 민족통일을 이루자고 하였다.(1948. 5, '朝鮮 民族性 ~'). 고루는 신탁통치에 대하여 어떻게 생각하느냐는 설문에 대하여 다음과 같이 답변함으로써 자신의 정치적 소견을 피력하였다.(1946. 1, '四千餘年의 ~')

> 신탁이라는 술어부터가 매우 불유쾌한데 우리에게 신탁을 한다고 하니 삼천만이 총집 결하여 이와 싸우지 않으면 안 된다. 조선은 아직 자주 독립할 능력이 없어서 신탁통치를 한다는 것은 우리의 역사를 무시하고 우리 민족을 모욕하는 말이다. 조선은 36년 전까지 독립국이었던 4천여년의 역사가 있었고 사실에 있어서 우리는 지금 독립국가로서 넉넉히 살아 갈 자신이 있다. (현대역)

4000년의 역사를 가진 우리 민족이 자립할 수 있다는 생각은 이미 상해 유학시절에 보였던 이승만에 대한 성토문과, 독일 유학 시절에 유럽 각 나라에 돌린 책자에도 분명히 표백되어 있다. 이렇게 보면 고루는 철저한 민족주의자였다고 단언할 수 있다.[55]

철저한 민족주의는 찬탁을 부르짖고 친일세력을 끌어안는 세력과는 언제든지 등을 돌릴 수 있는 가능성을 내포하고 있다.[56] 고루의 민족주의 지향의 사상은 미소 공동위원회에 38선을 없애고 남북을 망라한 임시정부를 수립해 달라는 제언에서도 잘 나타나 있다.(1947. 11, '美蘇共委 ~').

---

55) 초고를 읽은 박용규 선생은 고루를 사회주의를 포용하는 진보적 민족주의자라는 사견을 피력한 바 있다. 앞으로 더 폭넓은 평가가 있기를 기대한다.

56) 고루와 동향으로서 역시 상해 동제대학을 거쳐 독일에 유학하여 철학박사를 취득한 안호상은 1980년대초 한국 훔볼트회(당시 고문) 야유회에서 고루는 철저한 민족주의자이지 공산주의와는 상관이 없다고 지은이에게 증언한 일이 있다. 고루의 종손자 이종무는 해방후 고루로부터 공산주의는 시대에 맞지 않는 사상이라는 말을 들었다고 한다.(이종룡 1992)

친일파와 민족 반역자를 배제하고 혁명투사와 고절(孤節)주의자 중심의
민주국가를 세워야 한다는 것이었다.[57] 고루의 민족주의가 단군 이래의
4000년의 역사를 바탕으로 하고 있다는 것은 '교육조선건설론'을 전개하
는 마당에서도 분명히 드러나 있다.(1947. 11, '敎育朝鮮 ~'). 고루는 해방
후에도 대종교에 대한 신앙심이 여전하였다. 해방후 두 번째 맞는 개천절
을 맞아 마리산(摩尼山)에 올라 한배검(단군)의 큰 덕을 기리는 국문시와
한시를 읊기도 하였다.(1946. 11, '마리산에 ~')

　고루의 사회사상은 여러 군데서 엿볼 수 있다. 근검저축, 조혼폐습,
미신타파의 구체안을 제시한 것을 비롯하여('有形財産과 無形財産' 1930.1939.
7, '誓約文을 ~', 1934. 6, '몬져 ~'), 공중도덕(1941. 1, '公衆道德 ~'), 음식도덕(1939.
5, '飮食道德 ~'), 씨름 장려(1940. 4, '씨름은 ~'), 농업 장려와 농업협동조합의
진흥(1933.7, '千年故土를 ~', 1930. 5, '自作自給'), 어머니와 자녀교육(1945. 12,
'어머니의 ~'), 언론자유(1930. 1. 2, '言論市場 ~'), 중학교 입학난의 해소 방안
(1939. 6, '中等學校 ~'), 유치원 교육의 활성화(1935.1, '絶對로 ~'), 조선 고유의
운동경기의 현대화와 대중화(1939.1. 3, '音樂의 ~'), 양사원(養士院)의 설립[58]
등이 모두 고루의 사회사상을 대변하는 글들이다. 이런 사회사상은 이미
유길준 시대부터 음으로 양으로 주장하여 오던 내용이 형태를 달리한
것이지만 고루의 경우는 앞에서 본 바와 같이 독일 유학을 통하여 그것을
몸에 배게 터득하였다는 차이점을 지니고 있다. 고루는 베를린대학의
철문을 무겁게 만든 것이 정신 노동을 하는 학생들에게 운동을 시키고자
함에서 설계된 것이라고 말하고 운동이 가장 중요하며 그 중에서도 도보
운동을 권장하였다.(1936. 8라, '白林大學 ~')

　고루는 30세가 넘도록 미혼으로 있다가 중매를 통하여 결혼을 하였는

---

57) 해방후의 고루의 정치적 행보에 대하여는 이종룡(1993: 21-37쪽)을 보라.
58) '양사원'의 설립에 얽힌 이야기는 박용규(2005: 172-74쪽)를 보라.

데 혼인 예식의 방식이 너무나 특이하여 신문의 학예면을 장식할 정도로 장안의 화제가 되기도 하였다. 전통예식을 주축으로 하되 신식을 가미한 독창적인 결혼식이었다.(1939. 7, '誓約文을 ~'). 이런 데서도 고루의 사회사상이 얼마나 전통지향적이고 실용적인가를 알 수 있다. 이러한 사회사상은 독일 유학과 세계 및 우리 민족 거주지를 두루 돌아 본 바탕 위에서 길러진 것이 틀림없다. 고루의 인생철학 역시 특이한 곳이 많다.(1936. 3다, '나의 ~', 1936. 4마, '나의 警句 ~')59)

2) 고루와 민족어 수호운동60)

앞에서 지은이는 고루가 귀국하던 1929년 4월에 조선어학회에 입회하였고 국내 여행이 끝난 10월부터 민족어운동을 가시화하였다고 하였다. 고루는 그의 이력서(1938.1나, '나의 ~')에 기대면 1929년 10월에 조선어사전 편찬회를 조직하고 그 간사장이 되었다.61) 조선어사전편찬회는 108인의 발기로 조직되었으며 준비위원은 권덕규 등 32인이고 집행위원은 신명균, 이극로, 이윤재, 이중화, 최현배의 4인이었다. 사전 편찬취지서의 첫 머리를 인용하면 다음과 같다.

---

59) 고루의 인생철학, 가정생활에 대하여는 박용규(2005: 213-22쪽)를 보라.
60) 고루의 민족어운동에 대하여는 조남호(1991), 김하수(1992가), 조태린(1997), 박용규(2005)에서 자세히 다루어졌다.
61) 그런데 고루는 여행 중에도 민족어운동에 대한 자신의 생각을 신문지상을 통하여 피력하였다. 당시 朝鮮日報는 총독부의 철자법 개정안에 대하여 「한글 整理는 어떻게 할가」라는 설문을 우리의 재야 어학자들에게 던진 일이 있다.(1929. 6.20, '한글 整理는 ~'). 고루는 '前伯林大學朝鮮語講師'라는 직함으로써 답변을 하였다. 『文』3.22에는 이윤재, 안일영, 김윤경, 이상춘, 어윤적, 채필근, 조만식, 김진호, 백남규, 이규방·정대현, 이탁, 남상찬, 이극로의 14명은 빠져 있다. 『歷文』의 자료만 본 고영근(1998: 62쪽)의 서술은 본서에서 보충되었음을 밝혀 둔다.(본서 376쪽)

인류의 행복은 문화의 향상을 따라 증진되는 것이요 문화의 발전은 언어
및 문자의 합리적 정리와 통일로 말미암아 촉성되는 것이다. 그러므로
어문의 정리와 통일은 제반 문화의 기초를 이루며 또 인류행복의 원천이
되는 것이다. (한글학회 1971: 263쪽)

문화발전은 언어와 문자의 합리적 정리와 통일에 의하여 촉진된다고
말하고 전민족적으로 발기인을 구성하여 사전을 편찬하기로 하였으니
강호의 동지들은 민족적 대계에 협조할 것을 당부하였다. 사전편찬위원
회는 어휘수집을 진행하고 어학회는 철자법, 표준어, 외래어 표기법을
만들어 두 단체가 상호보완의 역할을 담당하도록 하였다.[62) 그러나 1936
년 3월에 사전편찬위원회는 그 업무를 어학회에 넘기지 않으면 안 되었
다.[63)

　이어 고루는 조선어사전편찬회의 취지와 같은 내용의 글을 쓰고(1929.
12, '朝鮮語 ~'), 이와 동시에 이윤재, 신명균과 함께 월간지『別乾坤』기자
를 만나 역시 같은 취지로 우리말 사전 편찬의 당위성을 홍보하였다.[64)
조선광문회에서 주시경 중심의 사전 편찬이 우리 나라 사전 편찬의 효시
이고 다음으로 권덕규, 김두봉, 이상춘, 계명구락부 등이 사전 편찬을
시도하였으며 이상춘의 사전 원고는 가행부터 하행까지 9만여 어휘에
달한다는 정보도 공개하였다. 사실 이윤재는 상해로 가서 김두봉을 만나
어휘 수집이 수만을 돌파하여 일년만 더 노력하면 완성된다는 정보도
얻었다.[65) 항간에 떠도는 말로는 김두봉이 돈을 너무 많이 요구하여 원고

---

62) '苦鬪'(63쪽)에 실린「朝鮮語學會와 나의 半生」,『한글학회 50년사』266쪽을
　　보라.
63) 조선어학회 제6회 정기총회 회의록(『한글』4.5,『큰사전』1(ㄱ ~ 깊)의「편찬의
　　경파」, 그리고『한글학회 50년사』(267쪽)을 보라.
64) 일기자(1929. 12),「朝鮮語辭典編纂會訪問記」,『新生』12
65) 이윤재(1929),「한글 大家 金杜奉氏 訪問記」,『別乾坤』4.7을 보라.

인수가 불가능했다고 한다. 당시는『改正綴字法』이 마무리되어 공포 직
전에 있었다.

고루는 비록 우리말 사전의 편찬에 주력하였지만 철자법 제정 및 수정
위원으로 활약하였으며 보급하는 마당에 있어서는 언론기관을 통하여
홍보도 하고(1934. 10. 28, '한글綴字法 ~'),『한글』의 통일안 해설 지상강좌에
도 참여하였다.(1934. 11나, '한글마춤법 ~'). 표준어 사정 발표에서도 언론기관
은 고루의 사진을 보이고 '文筆方面에서 먼저 活用하기'를 바란다는 요지
의 회견을 대서특필하였다.[66]

한편 朝鮮日報는 위기에 처한 당시의 사회과학을 진흥시키기 위한
정초작업으로서 경제학, 사회학, 어학 분야의 전문가 7명(이순택, 하경덕,
이선근, 김두헌, 이극로, 허연, 최현배)을 대상으로 '사회과학을 연구하는 학회의
건설 및 확충책'과 '사회과학을 연구하는 전문잡지의 발간책' 대한 설문을
제시한 바 있다. 고루는 조선어학회는 맞춤법 통일안을 끝내고 현재 표준말
사정을 마무리 짓기 위한 작업에 몰두하고 있다는 것과 기관지『한글』을
전문지가 아닌 맞춤법 보급의 대중지로 전향한다는 방침을 천명한 바 있
다.[67]

1936년 10월 28일에 표준말 사정이 공포되자 고루는 언론기관을 통하
여『조선어표준말모음』사정의 경과 및 원칙을 해설하는 글을 기고하였
다.(1936. 11. 1, '標準語 發表에 ~'). 당시의 신문은 고루를 표준어 사정의
'으뜸되는 殊勳者'라고 칭송해 마지 않았다.[68] 이곳에서는 앞에서 언급한
바와 같이 고루가 우리 민족어운동에 헌신하게 된 세 동기가 자세하게
서술되어 있다. 이 기사는「우리네 文化를 琢磨하는 硏究室內의 名匠들」

---

66) 朝鮮日報 1936. 9. 29일자 2면에는 표준어 사정을 머리기사로 다루고 '반석
　　위에 놓인 朝鮮語, 燦然 朝鮮語學會의 偉功'이라고 크게 보도하였다.
67) L 기자, 1935. 1. 8,「新文化建設提唱」, 朝鮮日報를 보라.
68) 앞의 일기자(1937.1.1)를 보라.

의 제목에서 보다시피 '朝鮮語學會 李克魯', '朝鮮食品研究家 李錫申', '李王職 雅樂師長 咸和鎭 ', '民俗學의 權威 孫晋泰', '朝鮮社會經濟史 著者 白南雲', '鄕歌硏究家 梁柱東', '植物大家 鄭台鉉' 7명의 거장(巨匠)들을 순서대로 놓고 그 업적을 부각하였다. 외래어 표기법을 공포하는 마당에서도 언론은 대방의 비판을 바란다는 고루의 말을 인용하면서 조선어학회의 업적과 활동을 부각시켰다.

맞춤법의 제정과 표준어 사정이 끝난 뒤 조선어학회 앞에 놓인 과업은 숙원의 우리말 사전을 편찬하는 것이었다. 고루는 어문정리의 3대 기초작업으로 철자법 통일안 작성, 표준어 사정, 외래어 사정을 들고 다음과 같이 어문정리의 과제를 명세하였다.(1936. 1나, '朝鮮語文 ~')

1. 품사의 통일
2. 철자법 사전 편찬
3. 주해 대사전편찬
4. 한글 학습
5. 한글사범강습소와 사범강습소
6. 출판계 통제

1은 전문위원 다섯 사람을 뽑아 연구하기로 하였으니 조만간 그 결과가 나온다고 하였으나 문면화한 것은 보지 못하였고 혹시 『큰사전』의 「범례」에 나오는 '문법형태의 표시'가 그 결실이 아닌가 한다. 사실 이 문제는 우리말의 표준화 과제 가운데서 가장 어려운 것임은 학교문법의 통일화 과정을 통해서도 잘 알 수 있다.[69] 2는 철자법이 달라졌으니 신구 철자법을 대조해야 하고 문명국에서도 이런 사전이 있느니만큼 반드시 필요하다고 하였다. 3은 전분용어를 풀이한 백과사전식 어휘 풀이를 가리킨다.

---

69) 관련 논의는 고영근(1989/1994: 298-318쪽)을 보라.

4는 각급 학교의 한글 학습서를 가리키는데 철자사전이 끝나면 곧 출판된다고 하였다. 5는 서울에는 한글사범강습소를, 지방에서는 사범강습소를 두어 교원과 일반 사람들에게 강습을 시킨다는 것이다. 6은 새 철자법을 보급하는 데 있어서는 출판계의 역할이 크며 학회에서도 교정 부서를 두어 신철자법을 보급한다는 것이다. 이런 내용은 1935. 1가, '한글運動'에도 다루어져 있다.

고루는 사전 편찬의 어려움을 여러번 실토하였다. 사전편찬의 진행방침을 명세하는가 하면(1934. 5, '朝鮮語辭典 ~'), 단어를 정립하는 기준, 곧 표제어를 정하는 문제를 제기하였다. 우리말 연구가 심화된 요즈음도 표제어 정하기가 쉽지 않은데 철자법만 겨우 통일한 당시로는 그 기준을 세우기가 그리 쉽지 않았을 것이다. 이 문제는 1936. 11, '한글統一運動 ~'에서 자세히 거론되었다. 철자법과 표준어의 통일을 비롯하여 다음과 같은 문제를 제기하였다.

1. 어법 통일
2. 단어 통일
3. 외래어의 표준형과 철자법 통일
4. 독법 통일

'1. 어법 통일'에서는 주시경, 김두봉, 최현배의 품사분류를 들고 알타이어의 문법과 보조를 같이하여 조사도 어미와 같이 격을 표시하는 어미로 보는 것이 좋다고 말하고 통일안의 띄어쓰기 규정에 나오는 '토'가 바로 그것을 지칭한다고 하였다. '2. 단어 통일'은 앞에서 본 표제어 선정 기준을 말한다. 고루가 이곳에서 거론하는 단어 정립에 관한 문제를 들어 보기로 한다.

　　가. 관형사와 접두사
　　나. 명수사의 독립성
　　다. 불완전명사의 독립성
　　라. 수사의 단어
　　마. '하다'와 '되다'의 띄어쓰기 여부

(가)에서는 관형사, 접두사, 합성어를 정립하는 기준을 거론하였다. 접두사는 관형사와 비슷하기는 하나 특수한 명사에만 쓰이며 합성어는 새로운 뜻이 추가된 것으로 보았다. (나)에서는 명수사는 수관형사 아래 쓰이는 독립된 단어이며 보통불완전명사는 한 단어이나 경우에 따라 '이것, 젊은이'와 같이 한 단어의 구성성분이 되기도 한다. (라)는 수사는 '단십백천'과 같이 4위를 한 단위로 쓰는 것이 좋으며 '년, 시'는 띄어쓰고 '월, 일'은 붙여쓰기를 제안하였다. (마)에서는 '하다'와 '되다'가 붙어 동사와 형용사가 된 단어는 붙여써야 한다고 하였다. 앞에서 본 『큰사전』의 범례가 모두 이런 기초 연구를 바탕으로 작성되었음을 알 수 있다.

　'3. 외래어의 표준형과 철자법 통일'에서는 외래어도 표준형을 정하고 철자법을 통일시켜야 한다는 내용이다. '택시'와 '다구시', '런던'과 '윤돈' 중에서 하나를 표준형으로 정하고 그 철자법을 통일한다는 뜻이다. '4. 독법 통일'에서는 홑받침과 겹받침의 연음현상, 격음(농음)현상, 절음(묵음) 현상 등의 발음원리를 잘 알아 독법을 통일해야 한다는 내용을 서술하였다.

　고루의 한글운동은 우리말과 우리글을 과학화하는 것이며 이는 통일과 보급을 의미한다. 한글운동을 일으킨 기관은 주시경의 업적과 활동을 이은 조선어학회에 의하여 조직화되었다고 말하고 그 과제를 다음과 같이 명세하였다.(1935.1가, '한글運動')

　　1. 과학적 노력

    가. 조선어철자법 통일안 작성
    나. 실험음성학적 수확
    다. 방언조사
    라. 조선말 소리와 만국성음기호와 로마자와의 대조안 작성과 외국
       고유명사 사전편찬
    마. 철자사전
    바. 조선어대사전 편찬
    사. 월례회와 특별 토론회
  2. 보급운동
    가. 한글강습회
    나. 신문, 잡지, 자전의 교정

이 가운데는 당시 이미 실현된 것도 있고 그렇지 않은 것도 있다. 고루의 위와 같은 얼개를 통하여 1930년대의 한글운동이 매우 조직적으로 수행되었음을 알 수 있다. 조선어학회의 마지막 목표는 조선어대사전을 편찬하는 일이었다. 다음에 사전편찬이 어떻게 진행되어 가고 있는가를 보기로 한다.

  고루는 조선어학회의 신년계획을 묻는 『朝光』 기자의 물음에 대하여[70] 어휘에 주석을 달고 전문용어를 정리하는 중이며 이는 이광수(문학)를 비롯하여 각계 전문가들이 맡았다고 하였다. 가장 어려운 것은 앞에서 지적한 외래어 표기와 어법 체계의 통일이라고 하였다. 같은 해 5월 다시 찾은 『新東亞』의 K기자에게 고루는 앞에서 든 품사체계의 통일이 가장 어렵다고 실토하였다. 그리고 당시까지 동원된 인력은 3,40명 정도였다.[71] K기자는 "熱, 熱! 조선의 文化를 끝없이 사랑하는 피 끓는 熱이다"라

---

70) 일기자(1938), 「우리 團體의 新年計劃 – 한글運動과 朝鮮語辭典」, 『朝光』 4.1
    을 보라.
71) K기자(1938), 「朝鮮語辭典編纂과 그經過報告書」, 『朝光』 4.5를 보라.

고 고루의 사전 편찬에 대한 열의에 감복하였다. 그러나 우리말사전은 1942년 봄에 탈고되어 일부는 조판에 착수하였으나 이어 조선어학회 사건이 터짐으로써 출판이 중단되고 우리 민족어운동은 조선어 말살정책의 영향을 받아 모든 활동이 중지되었다.

고루의 우리 민족어운동은 8.15 해방을 맞아 새로운 형태를 띠고 다시 닻을 올렸다. 고루는 한편으로는 조선어학회 간사장으로서 학회를 정비하고 다른 한편으로는 좌우합작을 주도하면서 정치활동에 관여하기도 하였다. 고루가 정치활동에 관여하게 된 것은 상해 시절에 유학생 총무를 맡으면서 임정요인들과 접촉이 많았고 베를린 유학 시절에 독립운동에 가담한 바 있고 귀국할 때 해외의 이곳저곳에서 많은 독립운동가들과 교분을 나누었던 사실과도 무관하지 않다. 조선어학회는 한글 반포 499년을 맞아 천도교 강당에서 한글날 기념식을 거행하였다. 장지영의 훈민정음 서문 낭독, 이극로의 식사, 정인승의 한글날 유래 설명, 권동진, 유억겸의 축사가 있은 다음, 대구 만세를 고창(高唱)하였다. 이어 함흥 감옥에서 옥사한 이윤재, 한 징 두 분의 추도식을 거행하였다. 학생들은 수송국민학교에 모여 한글 노래를 부르기도 하였다.(1945. 12가, '한글 紀念日 ~'). 한글노래는 이극로 작사 채동선 작곡이었는데(1945. 12. '한글 노래'),[72] 해방후 한참 동안 불려지다가 나중에 최현배 작사의 '강산도 빼어 났다 배달의 나라 ~'로 바뀌었다.

> 세종 임금 한글 펴니 스물 여덟 글짜
> 사람마다 쉬 배워서 쓰기도 편하다.

---

72) 정수기·정용호(2000: 23쪽)에는 고루가 한글 노래를 일제 강점기에 직사한 것으로 서술하고 있으나 이는 해방 후 1945년 10월에 처음 불려지고(앞에 나옴), 12월에 지상에 공개되었다.(1945. 12다, '한글 ~'). 한글노래가 일제 강점기에 지어졌다는 이야기는 아무데서도 찾을 수 없다.

　「후렴」
　슬기에 주린 무리 이 한글 나라로
　모든 문화 그 근본을 밝히러 갈거나

이곳에서도 '한글'이 민족문화 창조의 근본이 된다는 어문민족주의 사상
이 투영되어 있다. 고루는 함흥 형무소에서 지은 한시를 지상에 공개하기
도 하였다.(1943~1945, '咸興 刑務所에서'). 어려움을 무릅쓰고 사전을 만들었
으니 선비의 의무를 다하였다는 내용이다.

　고루는 해방 후 처음으로 맞는 한글날 기념일을 맞아 기념 방송을
하였다. 한글날의 유래를 설명하고 한글날을 정성껏 지키는 것이 우리의
도리라는 것을 강조하였다.(1945. 10. 9, '한글날을 ~'). 그리고 이어 조선어학
회의 임무를 밝혔다.(1945. 11, '朝鮮語學會의 ~'). 고루는 장구한 세월 그
정당한 발전이 저해된 우리말이 재생하였다고 전제하고 조선어학회가
해야 할 일을 다음과 같이 명세하였다.

　　1. 한글 강습의 시작과 사범학교의 증설
　　2. 독자의 수준에 맞는 한글서적의 출판
　　3. 강습회와 한글 보급
　　4. 교정부의 설치
　　5. 한문 고전의 번역

마지막만 제외하고는 이미 일제 강점기에 그 기반이 닦여 있었다.(1935.
1가, '한글運動'). 고루는 『한글』 속간호의 간행사를 쓰기도 하였다.(1946.
4가, '한글 ~'). 한글 강습 등으로 『한글』의 간행이 늦어졌다고 말하고 국어
의 발전을 위하여 편달해 달라고 하였다. 조선어학회의 기관지 『한글』은
9권 8호(통권93호)(1941. 9. 1)로써 휴간된 바 있다. 고루는 국제공통어인
에스페란토를 배울 것을 주장하였다. 우리나라에 에스페란토가 소개된

것이 1910년대 후반이고 그 이후에도 학습이 이어지고 관련 참고서가 나타났는데,[73] 고루는 해방이 된 뒤에도 에스페란토의 학습을 권장하였다. 국제공통어를 잘 배우면 오히려 약소 민족의 언어를 보호할 수 있다고 보고 소학교 시대부터 에스어를 가르칠 필요가 있다고 하였다. 당시 많은 지성인들이 에스어에 관심을 돌린 것의 결코 우연이 아님을 알 수 있다.

고루는 해방후 조선정경학회와 조선인류학회를 조직하여 그 회장에 취임하기도 하였는데 이는 고루의 베를린대학 시절의 전공 분야와 관련이 있다. 주전공대로 경제학을 연구하였더라면 해방 후 유수한 국립대학의 경제학 교수가 되었을 것이다. 민족어운동에 종사하기는 하였으나 동료였던, 전공을 바꾼 최현배와 비교할 때 업적이 비교가 되지 않았다. 고루가 어문운동에 모든 것을 바치는 사이에 외솔은 '우리 말본'의 체계화와 종합화, 그리고 '한글갈'의 저술에 심혈을 기울였다. 해방 후 서울대학교 문리과대학 예과 교수설도 있었으나,[74] 여러 방면에 걸친 그의 학문 편력으로 볼 때 선뜻 수용되지 않았던 것이 아닌가 한다. 고루와 같은 사람이 있었기 때문에 일제 강점기에 우리 민족어운동이 실효를 거둔 것은 사실이나 개인의 학문 신장을 위하여는 큰 걸림돌이 되었다. 고루는 우리의 말과 글을 지키기 위하여 멸사봉공(滅私奉公)하는 자세로 민족어운동에 뛰어들었던 것이다. 북행 전에는 홍익대학교 국문과 교수로 봉직하였다는 말이 있으나 공식적으로 확인되지 않는다.[75]

---

73) 관련 논의는 고영근(1998: 36쪽/본서 343-45쪽)을 보라.
74) 이는 은사이신 일석 이희승 선생이 『한글모 죽보기』가 나온 해인 1981년 국어학회 겨울공동연구회에서 지은이에게 증언하신 바 있다.
74) 박일용 교수에 의하면 이극로와 정렬모가 해방 직후에 홍익대학에 근무하였다는 말을 문덕수 교수로부터 들었다고 증언한 바 있다. 한국전쟁 전의 자료는 모두 소실되었다고 하였다.

3) 고루와 북한의 민족어 운동

고루 이극로는 건민회 대표로서 1948년 4월 16일 백범 김구와 함께 남북연석회의 참석차 평양을 방문하였다. 그러나 고루는 돌아오지 않고 그곳에 머물러 북쪽의 정권 창출에 협력하였다.[76] 고루는 조선어문연구회를 재건하여 북쪽의 어문정책을 수립하고 이를 실천하는 데 진력하였다. 조선어문연구회는 해방후 민간단체로 출범하였다. 뒤에 김일성대학으로 자리를 옮겼으며 1948년 조선민주주의 인민공화국이 발족함에 따라 이를 교육성 안에 두었다. 이극로 무임소 장관에게 그 조직 책임을 위임함에 따라 고루가 초대 회장으로 취임한 것이다.

고루는 북쪽의 어학전문잡지『조선어연구』창간호(1949.3)의 창간사에서 다음과 같이 적었다.

> 위대한 쏘련 군대의 승리는 민주주의 새 세계를 세우는 힘과 빛을 온 세계에 널리 주었다. 이에 따라 우리 조선도 그 혜택을 입게 된 바 8 · 15 해방이란 커다란 력사적 사실이 나타났다. 일본 제국주의가 팽창할 대로 팽창한 그때에, 그들의 정신병적 식민지 동화정책은 무엇보다도 먼저 조선말을 못 쓰게 한 것이었다. … 이러한 폭풍우 암흑시대도 위대한 해방군인 쏘련 군대의 은혜로 다 지나가고 이제는 찬란한 아침해'빛이 동녘하늘에 떠오르는 밝고 맑은 느낌을 주는 새로운 세계가 왔다. (원문대로)

학생 시절에 벌써 공산주의에 매력을 잃었고 해방 후에도 오히려 우파에 가까웠던 고루가 무슨 까닭으로 북행하여 위와 같이 소련 군대의 승리를

---

76) 고루가 그 당시 북쪽에 머물게 된 이유에 대하여는 해석이 구구하다. 이희승 선생은 상해 시절의 동료였던 김두봉의 권유를 따랐을 가능성이 많다고 하였고 로동신문(1988. 5. 16)은 김일성의 권유를 따랐다고 보도하였다. 로동신문 자료는 오래전에 국립국어원의 전수태 박사가 제공하였다.

찬양하고 북쪽 정권에 협력하였는지 선뜻 이해가 되지 않는다. 앞에서도 잠시 언급한 바 있듯이 고루는 친일파를 정권수립에 제외해야 한다고 주장해 왔기 때문에 친일파를 영입한 남쪽보다는 이를 배제한 북쪽이 더 자신의 정치 철학에 맞다고 생각하였을 가능성이 많다. 어쨌든 일제 강점기에 반생을 바쳐 가며 조선어학회를 이끌어 온 고루가 자신과는 정치적 노선이 반드시 같다고 할 수 없는 조선민주주의 인민공화국에서 또 다시『한글』과 성격이 비슷한『조선어연구』의 창간사를 쓰게 되었으니 만감이 교차하였으리라고 짐작된다.

고루는『조선어연구』2권 1호(1950. 1. 1)의「1950년을 맞이하면서」에서는 더 성숙된 모습으로 간행사를 적었다. 먼저 북쪽의 초등학교 의무교육 실시를 비롯하여 정치, 경제, 문화적 토대를 튼튼히 하여 통일국가 수립을 위한 기초를 충분히 쌓았다고 말하고 다음과 같은 사업계획을 명세하였다.

1. 마르크스 · 레닌의 세계관에 입각한 철자법. 문법, 사전의 편찬
2. 비과학적이고 관념론적인 경향을 배격하는 방향의 어문정리사업의 수행
3. 과학적 법칙과 유물론적 세계를 실천을 통하여 발전시킴
4. 조선어문에 관한 교양 및 연구 자료의 출판

끝으로 고루는 미제국주의자들의 침략적 책동을 분쇄하고 이승만 괴뢰정부를 타도하여 조국의 완전 통일과 조선어문의 최후적 승리를 쟁취하기 위한 투쟁에 총 매진하자는 구호를 내걸었다. 고루는 이어「중국의 새 글자 운동」을 소개하였는데 이는 북쪽의 문자개혁의 당위성을 강조하기 위하여 집필된 것으로 보인다.

고루는 1952년 10월 9일에 과학원 후보원사가 되고 동시에 조선어 및 조선문학 연구소 소장에 취임하였다. 고루는 스탈린의『맑쓰주의와 언어학의 제문제』[77]를 중심으로 민주주의 인민공화국의 언어학의 현황

과 당면과제를 논하였다. 북쪽의 '언어학'이란 일반언어학은 물론이고
남쪽에서 '국어학'이라고 하는 개별 언어학도 모두 포함시키며 언어정책
론도 모두 언어학에 귀속시킨다. 1950년 여름에 소련에서는 언어학 대토
론회가 열린 바 있다. 이 토론회에서는 언어를 토대 위의 상부구조로
본 마르(Marr)를 비판하고 언어와 상부구조 사이에 어떤 관련성도 인정하
지 않는 이론, 곧 스탈린 언어학을 표면에 내세웠다.[78]

고루는 『맑쓰주의와 언어학의 제문제』의 발표 3주년을 맞아 「쓰딸린의
로작 『맑쓰주의와 언어학의 제문제』에 비추어 본 공화국 언어학의 정형
과 그 당면 과업」[79]을 과학원의 기관지 『학보』 2(1953)에 발표하였던 것이
다. 그 목차를 보이면 다음과 같다.

1. 이 · 웨 · 스딸린의 로작 『맑스주의와 언어학의 제문제』가 맑쓰주의 언어
   과학의 발전에 있어 가지는 력사적 의의
2. 언어학에 관한 이 · 웨 · 스딸린의 로작 발표 이후의 공화국 언어학의
   정형
3. 공화국의 언어학을 비약적으로 발전시키기 위한 조선 언어학도들의 당면
   과업

1에서는 스탈린의 노작에 힘입어 마르크스주의적인 규정을 더 정밀하게
얻게 되었으며 이에 의하여 언어학을 더 비약적으로 발전시킬 수 있다고
보았다. 2에서는 마르크스주의적 조선 언어학을 건설하고 조국의 우수한
언어 연구의 전통을 계승하여 애국심을 제고하였다고 하였다. 3에서는

---

77) 이 책은 북한에서 1965년에 번역되었다. 자료는 김민수(1985/1989나)를 보라.
78) 북쪽의 소련 언어학의 수용양상과 적용문제에 대하여는 고영근(1994: 473-528쪽,
    1999: 274-97쪽)을 보라.
79) 이 논문은 연변대학교 이득춘 교수가 팩스로 보내왔다. 이에 고마운 인사를
    표한다.

조선 민족어의 발전을 보장할 수 있는 방안의 탐색에 주력해야 한다고
하였다. 요컨대 전체 언어학도들은 노작 발표 3주년을 맞아 선진적 언어
학을 수용하여 우리의 언어 문제를 해결하는 문제에 매진해야 한다고
하였다. 실제로 1960년대 전반까지 이루어진 북한의 민족어운동과 언어
학 연구는 스탈린 언어학에서 명문화된 지침에 따라 수행되었다.[80] 고루
는 이 무렵 러시아어로 남한의 어문정책을 비판하는 글을 쓰기도 하였
다.(1954, 'Varvarskoe ~')[81]

고루는 우리 문자의 창조적 계승·발전을 위한 방안을 제시하기도
하였다.(1957, '조선문자의 ~'). 이곳의 창조적 발전이란 묶어쓰기(흔히 모아쓰
기)의 철자를 취하고 있는 현행 철자를 풀어쓰기의 철자로 바꾸는 문자개
혁을 가리킨다. 고루는 주시경 이래의 가로풀어쓰기의 역사와 외국의
문자개혁의 역사를 개관한 바탕 위에서 김두봉의 안을 중심으로 공동연구
를 수행하여 문자개혁을 추진해야 한다고 하였다. 그런데 고루는 얼마후
그의 절친한 벗이자 동료였던 김두봉이 종파분자로 몰려 정치적 힘을
빼앗기자 『조선어신철자법』에서 제안된 신문자 '6자모'의 허구성을 낱낱
이 고발하였다.(1958, '소위 ~'). 그렇게도 칭송해 마지 않던 김두봉의 문자
개혁안이 그의 동료와 후배들의 손으로 땅에 묻히고 말았다.[82] 고루의
민족어운동에 관한 자료는 6자모의 비과학성을 폭로한 글 이외에는 더
보이지 않는다. 1960년대 후반부터 실시한 문화어운동을 고루가 주도하

---

80) 관련 논의는 고영근(1994: 499-525쪽)을 보라.
81) 이 글은 아직 보지 못하였다. 이 글은 서양어로 된 범세계적인 『韓國學著書目錄』
   (A bibliography of Korean studies, Institute of Oriental Languages, Stockholm
   University)(p.60)에 등록되어 있다. 이 책을 편찬한 스톡홀름대학의 로센(S.
   Rosén) 교수에 의하면 이 논문을 모스크바의 한 도서관에서 보았다고 말하고
   내용은 남쪽의 언어정책을 비난한 것이라고 하였다. (2006. 3. 21일자 전자우편
   에 의함)
82) 북한의 문자개혁과 김두봉의 숙청에 대하여는 고영근(1994: 189-97쪽)을 보라.

였다는 말이 없지 않으나,[83] 관련되는 자료를 접하지 못하였다. 고루의 사상적 취향이 문화민족주의였고 북행 이후로는 언어를 혁명과 건설의 무기로 보는 유물론적 언어학의 영향을 받았기 때문에 특히 말다듬기 사업은 고루의 입김이 크게 작용한 것이 틀림없어 보인다.

4. 마무리

　지금까지 지은이는 고루의 사회사상이 문화민족주의를 바탕으로 하고 있었으며 그것은 청장년 시절의 방랑과 수학의 과정에서 형성되었음을 실증하였다. 문화민족주의란 언어와 역사를 되찾음으로써 민족의 정체성을 확보하는 민족주의의 하나이다. 개화기 이래로 우리의 지성계에는 어문민족주의, 역사민족주의의 두 큰 기둥이 양립해 있었고 사람에 따라서는 문화민족주의를 표방하는 일도 있었다. 고루의 사회사상은 개화기 이래로 도도하게 흘러 온 애국애족의 계몽사상의 선상에 놓여 있었다. 고루는 우리가 4000년의 역사를 지닌 독립국가였으며 언어와 문자가 문화창조의 기초가 된다는 명제를 짊어지고 민족어운동을 주도하였다. 고루는 밖에서는 수학 도중에도 일본의 압제에서 벗어나기 위하여 독립운동을 펼쳤고 돌아와서는 민족어운동을 추진하면서 풍전등화의 위기에 놓여 있었던 우리말과 우리글을 지키고 이를 표준화하는 일에 거의 반생을 바치다시피 하였다.

　해방 공간에는 신탁통치를 반대하면서 친일파를 배제한 자주독립국가의 수립을 열망하였으며 남북연석회의에 참석차 평양으로 갔다가 그곳에 머물렀다. 북쪽 정부의 요직(무임소상)과, 어문단체와 어문기관의 책임자

---

83) 『민족문화대백과사전』의 '이극로'(조재수 집필)에 이런 말이 보인다.

로 있으면서 어문정책을 수립하고 이를 실천하는 데 중심적인 위치에 놓여 있었다. 1960년대 후반부터 전개된 문화어운동이 고유의 우리말을 살려 내고 우리말에 바탕을 둔 어휘 창조에 많은 성과를 거둔 것도 크게 보면 고루가 지니고 있었던 민족주의 사상의 산물이라 여겨진다. 물론 이 과정에서 고루는 자의건 타의건 유물사상에 젖어 문화어운동을 혁명과업의 한 수단으로 치부한 면이 없지 않으나 이런 이념적 측면을 제외하면 고루가 추진한 문화어운동은 우리말 순화운동의 테두리로 수렴될 수 있다.

앞에서도 언급한 바와 같이 고루는 1930년대 당시의 우리 조고계의 혜성과 같은 존재였다. 조선어학회를 주도하고 있었다는 점 말고도 독일 박사라는 타이틀과 갖은 고초를 다 겪으며 해외에서 박사 학위를 받은 경력 때문에 늘 지성계와 언론계의 주목을 받았다. 당시의 신문(동아, 조선 등)과 종합지(『朝光』, 『新東亞』, 『別乾坤』 등)는 기사거리가 있으면 언제든지 고루에게 원고청탁을 하거나 대담과 좌담을 요청하였다 어떤 해에는 한 달에 5편의 글을 쓸 정도로 원고 청탁이 쇄도하였었다. 앞에서 본 바와 같이 표준어 사정을 발표하는 마당에서도 신문사는 고루의 사진과 함께 대담 내용을 실었으며 고루를 표준어 사정의 '으뜸되는 殊勳者'라 표현하기도 하였고 외래어 표기법을 공포하는 마당에서도 학회를 대표하여 소견을 피력한 바 있다. 그리고 우리말 사전 편찬의 진척 상황을 알아볼 때에도 고루는 항상 언론의 조명을 받았다. 고루는 1930년대의 우리의 지성계를 대표하는 중요한 인물 중의 한 사람이었다.

고루의 박사 논문은 20세기 초 중국의 산업에서 중요 위치를 차지하고 있었던 생사공업 문제를 다루었다는 점에서 동아시사 경제사에서 한번은 평가를 받을 필요가 있다. 그리고 학생 시절에 유럽 각 나라에 돌린 『조선의 독립운동과 일본의 침략정책』, 『조선과 대일본 제국주의 독립투쟁』의 두 책자와 약소민족대회에 제출한 『조선의 문제』는 독립운동사 자료로 다시 평가할 가치가 있다. 고루가 남긴 한시 『獄中吟』과 『朝光』연재 기행문은 이미 국문학 사가(史家)들에게 주목되어 그 가치가 평가된 일이 있다.[84] 방랑과 유학, 그리고 주유(周遊)에서 겪은 크고 작은 사건들은 파노라마 사진을 대하는 것 같으며 그 가운데는 극적인 요소도 적지 않아 드라마의 소재로도 활용될 수 있다.

지은이는 이상과 같은 논의결과를 중심으로 몇 가지 사업을 제안하는 바이다. 우선 『이극로 전집』(임시이름)을 간행해야 한다. 고루에 대하여는 지난 60여년 간 그의 북행의 이력 때문에 자료조차 보는 것이 허락되지 않았다. 우선 고루의 해방 전 업적을 평가하는 데는 국내외에 흩어져 있는 자료의 집성이 필수적이다. 북행 이후의 자료는 북쪽의 협조를 구할 수 있다. 다음으로는 생가를 복원하여 경상남도 문화재로 지정할 필요가 있다. 여기에는 경남도 당국의 솔선적인 사업계획이 요망된다. 지은이는 지난 2월 24일 고루의 생가를 방문한 일이 있다. 이를 원 모습대로 중수(重修)하여 청소년들의 독립유공자 견학장소로 삼을 필요가 있다. 고루가 북행하지 않았더라면 이런 사업이 벌써 이루어졌을 것이다.

셋째로는 고루를 10월의 문화인물로 지정하여 생애와 업적을 전면적으로 조명할 필요가 있다. 문화관광부는 국립국어원과 관련 학회의 협조를 받아 문화인물로 지정하는 일을 서둘러야 한다. 고루는 조선어학회 사건 시 죄질이 가장 무거운 6년의 선고를 받았다. 형량이 이극로, 최현배, 이희승, 정인승의 순서였으니 고루가 조선어학회에서 차지하는 비중이나 역할이 어느 정도였는가를 알 수 있다. 협력과 화해의 시대를 만나 하루바삐 문화인물로 지정하여 독립운동가이자 사회사상가였던 고루 이극로의

---

84) 조동일(2005: 537, 556쪽)을 보라. 고루의 장편 서사시들도 평가의 대상이 되어야 한다.

행적과 면모를 복원할 것을 제안하는 바이다. 이와 함께 김두봉, 정렬모, 홍기문 등도 언젠가는 문화인물로 지정하여 우리 민족어운동사의 공백을 메꾸어야 한다.

남북의 두 정치체제는 언젠가는 한 나라로 통일되어야 할 것이다. 그런 경우, 우리는 지금까지 다른 목적과 방법으로 추진하여 오던 남쪽의 '국어 순화운동'과 북쪽의 '문화어운동'을 하나로 묶을 수 있다. 이념을 배제한다면 두 민족어운동은 개화기 이래로 큰 흐름을 이루어 오던 민족어 표준화 및 민족어 순화운동의 큰 물줄기로 합칠 수 있다. 이를 뒷받침하는 철학은 바로 '민족어 발전철학'이다. 민족어 발전철학을 잘만 수립하면 두 언어운동은 한 곳으로 합류될 수 있다고 생각한다.[85]

---

85) 민족어 발전철학은 고영근(2006가, 본서 55-57쪽)에서 자세히 논한 바 있다.

붙 임

이극로 저술목록[*]

　[*] 이 목록은 이극로의 저술을 연대순으로 배열한 것이다. 그의 저술은 독일어, 우리말, 러시아어로 발표되었다. 신문은 연월일을, 종합지 내지 학술지는 연월을 밝혔다. 후자의 경우, 같은 달에 두 편 이상이 발표되었으면 '가, 나' 등으로 구분하였다. 성명은 독일 유학시절에는 'Kolu Li'가, 일제 강점기에는 대부분 '李克魯'이었으며 간혹 '고루'도 보였다. 해방 공간에는 '李克魯'와 '이극로'를 같이 사용하였으나 '고루'도 보였다. 북쪽으로 간 뒤에는 그쪽 맞춤법을 따라 '리극로'로 적었다. 그리고 일제 강점기에는 주로 국한문을 혼용하였고 해방 공간에는 국한문과 한글전용을 병행하였다. 이 목록의 제목은 발표 당시의 표기대로 적는 것을 원칙으로 하였다. 이극로의 저술이 뒤에 단행본에 전재된 것은 그것을 밝혔다. 다음 세 책에 이극로의 저술이 전재되어 있다. 특히 민족어학에 관련된 업적의 자세한 서지는 고영근(2008)의 '평가 대상의 국어학 및 일반 언어학 업적'을 참고하기 바란다. 보지 못한 것은 '未見'이라 표시하여 뒷 사람의 조사 과제로 남겨 두었다. 그리고 저술 목록의 끝에 고루의 사상을 측면에서 엿볼 수 있는 '대답, 회견, 설문응답, 좌담회, 신문사 조사 자료 등을 붙였다.

金敏洙・河東鎬・高永根(공편)(1977~1986), 『歷代韓國文法大系』. 탑출판사. [『歷文』으로 줄여 부름]

金敏洙・高永根(공편)(2008), 『歷代韓國文法大系』.(제2판)[『歷文』으로 줄여 부름]

李克魯, 『國語學論叢』, 正音社('國語學論叢'으로 대신함)

李克魯, 『苦鬪 四十年, 乙酉文化社[*]('苦鬪'로 표시함)
　　[*]『國學硏究』4(韓國大倧 思想研究會, 1998, 201-273쪽)에 원문대로 재현되어 실려 있음.

1900(8세)   李克魯   春來千山和氣 一日人人作文, 『苦鬪』에 실림.
                          *동네 서당 斗南齋에서.
1901(9세)   李克魯   芳草長岸詩四句 開花幽谷興萬方[1), 『苦鬪』에 실림.
                          *전의 이씨 齋室 永慕齋에서.
1902(10여세)   李克魯   十里風景生詩句 百年憂樂在書琴, 『苦鬪』에 실림.
1921.6가   李克魯   埃及金子塔上感吟(한시)[2), 『苦鬪』에 실림.
1921.6나[3)   李克魯   吟羅馬敎皇廳(한시), 『苦鬪』에 실림.
1921.6다   李克魯   吟羅馬市(한시), 독일로 가는 길에서.
1924.2   Kolu Li   *Unabhängigkeitsbewegung Koreas und japanische
                          Eroberrungs-politik* (조선의 독립운동과 일본의
                          침략정책), Berlin.

1927.5.27   Kolu Li   *Die Seidenindustrie in China* (중국의 생사공업),
                          Inaugral-Dissertation zur Erlangen der Doktorwürde
                          genehmigt von der Hohen Philosophischen
                          Fakultät der Friedrich Wilhelms-Universität zu
                          Berlin.

192/   Li Kolu   "Aus dem Leben eines koreanischen Gelehrten"-
                          Aus dem Koreanischen" (조선의 한 학자의 생애)
                          übersetzt von Dr. Li Kolu, *Mitteilung des
                          Seminars für Orientarische Sprachen zu Berlin*,
                          Jahrgang XXX Abteilung 1 Ostasiatische Studien,
                          (Sonderausdruk), 99-110.

1928.5   *KOREA und sein Unabhänggigkeiskampf gegen
                          den japanischen Imperialismus*(조선과 대일본 독
                          립투쟁), Berlin.

---

1) 원문에는 1901. 6으로 되어 있으나 1921년의 오식이다. 독일 유학하던 해(1921)
   에 에집트에서 지은 시다.
2) 원문에는 1901.6으로 되어 있으나 1921년의 오식이다. 독일 유학하던 해(1921)
   에 지은 것이다.
3) 이 역시 1901.6으로 되어 있으나 앞의 것과 같이 오식이다.

1929.6.20	李克魯	「한글整理는 어떻게 할가」(13), 朝鮮日報.
1929.9	李克魯	「조선말 소리갈」,『新生』3.9.
		*『歷文』③23(1150-1151쪽)에 다시 실림.
1930.1.2	李克魯	「倫敦 言論市場 實際 視察談」, 東亞日報.
1930.2	李克魯	「有形財産과 無形財産」,『別乾坤』5.2.
1930.5	李克魯	「自作自給」,『農民』1.1.[4]
1930.7	李克魯	「白頭山」－神域三千里八道名山巡禮,『學生』2. 7.
1930.9	李克魯	「조선말 소리갈」,『新生』3.9.
		*『歷文』③23(1108쪽)에 다시 실림.
1930.11.19	李克魯	「標準文法과 標準辭典」, 朝鮮日報.
		*『歷文』③22(146쪽)에 다시 실림.
1930.12	李克魯	「滿洲王 張學良氏 會見記」,『別乾坤』5.11.
1932.1	李克魯	「조선말의 사투리」,『東光』1.
		*『國語學論叢』에 다시 실림.
1932.5	李克魯	「朝鮮語 辭典 編纂에 대하여」,『한글』1.1(1호).
1932.6	李克魯	「말소리는 어디서 어떠케 나는가?」,『한글』1.2(2호).
1932.7,1/3	李克魯	「조선말과 글의 합리화」, 朝鮮日報.
1932.7	李克魯	「中國은 表意文字에서 表音文字로」,『한글』 1.3(3호).
		*『國語學論叢』에「중국은 뜻 글자에서 소리 글자로」라는 제목으로 다시 실림.
1932.9	李克魯	「조선말의 홋소리」,『한글』1.4(4호).
1932.10	李克魯	「訓民正音의 獨特한 聲音 觀察」,『한글』1.5(5호).
		*『國語學論叢』에「훈민정음의 독특한 관찰」이라는 제목으로 다시 실림.

---

4) 고영근(2006다: 388쪽)에서는 고루의「自給自作」을「農民大衆에 대한 企待와 希望－自給自作」이라고 적었으나 원전 대조 결과 위와 같이 수정하였다. 그리고 '1935.2'에도 이주을 넣었는데 이 책에서는 뺐다. 위의 자료는 독립운동연구소 이명화 연구관이 제공하였다.

1932.12	李克魯	「記念塔 1932」, 『第一線』(『彗星』 개제).
1933.1	李克魯	「잊을 수 없는 어머니 말씀」, 『新家政』 1.
1933.6	李克魯	「朝鮮民族과 한글」, 『農民』 6.
1933.7	李克魯	「千年故土를 固守함에 意義가 있다」, 『農民』 7.
1933.8	李克魯	「소리들이 만나면 어찌 되나?」, 『한글』 1.9(9호).
1934.5	李克魯	「朝鮮語辭典編纂에 對하여」, 『學燈』 5. *『歷文』 ③23(535쪽)에 실림.
1934.6	李克魯	「몬저 民智를 열어야」-迷信打破策具體案, 『新東亞』 4.6.
1934.8	李克魯	「조선말소리(朝鮮語聲音)」, 『한글』 2.5(15호).
1934.10	李克魯	「白頭山 곰 산양」, 『新東亞』 4.10.
1934.10.28	李克魯	「한글 綴字法 統一案 普及에 對하여」, 東亞日報. *『歷文』 ③22(865쪽)에 다시 실림
1934.11가	李克魯	「地球는 人類文化의 公園」, 『新東亞』 4.11.
1934.11나	李克魯	「한글마춤법 統一案解說」(5, 6, 7, 附錄), 『한글』 2.8(18호).
1935.1가	李克魯	「한글運動」, 『新東亞』 5.1. *『歷文』 ③23(581쪽)에 다시 실림.
1935.1나	李克魯	「조선말 임자씨의 토」(1), 『한글』 3.1(20호). *『國語學論叢』에 다시 실림.
1935.1.3	李克魯	「安逸病-우리의 病根打診」(新參移動座談會), 東亞日報.
1935.2	李克魯	「조선말 임자씨의 토」(2), 『한글』 3.2(21호). *『國語學論叢』에 다시 실림.
1935.3가	李克魯	「절대로 필요한 것」-幼稚園 可否論」, 『新家庭』 3.
1935.3나	李克魯	「朴勝彬氏에게」-合作交涉의 顚末, 『한글』 3.3(22호).
1935.4가	李克魯	「獨逸學生氣質」, 『新東亞』 5.4.
1935.4나	李克魯	「조선말 임자씨의 토(3), 『한글』 3.4(23호).

		*『國語學論叢』에 다시 실림.
1935.5	李克魯	「獨逸女子의 氣質」, 『新東亞』 5.
1935.8가	李克魯	「채케리크에서 한여름」, 『新東亞』 5.8.
1935.8나	李克魯	「白頭山과 天池-내가 좋아하는 山水」, 『新東亞』 5.8.
1935.8다	李克魯	「朝鮮語學會의 發展, 『한글』 3.6(25호).
1935.8라	李克魯	「外來語 表記에 대하여」, 『한글』 3(25호). *『國語學論叢』에 「외래어의 표기에 대하여」라는 제목으로 다시 실림.
1935.9	李克魯	「아메리카 紅人種村을 찾아서」, 『新家政』 9.
1935.10.11	李克魯	「한글 바루 쓰고 바루 읽는 법」, 朝鮮中央日報. *『歷文』 ③22(633쪽)에 다시 실림.
1935.10.28	李克魯	「朝鮮語文整理運動의 今後」, 朝鮮日報. *『歷文』 ③22(669쪽), 『國語學論叢』에 다시 실림
1935.11.4~5	李克魯	「한글 發達에 대한 回顧와 및 新展望」, 朝鮮日報. *『歷文』 ③22(678쪽)에 다시 실림.
1935.11	李克魯	「朝鮮語의 時間 表示法」, 『한글』 3.9(28호). *『國語學論叢』에 「조선말의 시간 표싯법」이란 제목으로 다시 실림.
1935.12가	李克魯	「獨逸留學篇-海外留學 印象記」, 『學燈』 21.
1935.12나	李克魯	「朝鮮語文整理運動의 今後」, 『한글』 3.10(29호). *『國語學論叢』에 실림.
1936.1가	李克魯	「朝鮮語文整理運動의 今後計劃」, 『新東亞』 1. *『歷文』 ③23(655쪽)에 다시 실림.
1936.1나	李克魯	「剛毅의 人, 尹檀崖 先生」-나의 스승, 『朝光』 2.1.
1936.1다	李克魯	「海外로 留學하고 싶은 분에게, 『學燈』 1.
1936.1라	李克魯	「辭典 編纂이 왜 어려운가?, 『한글』 4.2(31호).
1936.3.가	李克魯	「한글 所感」, 『中央』 4.3.
1936.3.나	李克魯	「朝鮮을 떠나 다시 朝鮮으로」-家政形便과 朝鮮

		內의 敎育과 西間島行,『朝光』 3.2.
1936.3다	李克魯	「나의 大學卒業時代의 追憶」,『學燈』1(통권 22).
1936.4가	李克魯	「訓民正音과 龍飛御天歌」,『新東亞』 6.4.
		*『歷文』③23(669쪽)에 다시 실림.
1936.4나	李克魯	「設問」,『新東亞』 6.4.
1936.4다	李克魯	「西伯利亞에서 머슴사리」-滿洲와 西比利亞에서 放浪生活하던 때와 그 뒤,『朝光』 2.4.
1936.4라	李克魯	「西間島 時代의 申采浩先生,『朝光』 2.4.
1936.4마	李克魯	「나의 警句」,『朝光』 2.4.
1936.5가	李克魯	「中國上海의 大學生活」-中國上海에서 留學하던 때와 그 뒤,『朝光』 2.5.
1936.5나	李克魯	「朝鮮語文 整理運動의 現象」,『四海公論』 2.5.
1936.6가	李克魯	「獨逸 伯林에서 留學하던 때와 그 뒤」-二十萬里 周遊記,『朝光』 2.6.
1936.6나	李克魯	「너무 形式的이 된다」-어린이 相互間에 敬語를 쓸가,『朝光』 2.6.
1936.7가	李克魯	「結婚, 新婚」,『新東亞』 6.7.
1936.7나	李克魯	「英國 倫敦에서 留學하던 때와 그 뒤」-水陸 二十萬里 周遊記,『朝光』 2.7.
1936.8가	李克魯	「잘 때에는 전등을 끄라」,『新東亞』 6.8.
1936.8나	李克魯	「歸國途中에 米國視察하던 때와 그 뒤」-水陸 二十萬里 周遊記,『朝光』 2.8.
1936.8다	李克魯	「朝鮮語 單語 成立의 分界線」,『한글』 4.2(36호).
		*『國語學論叢』에 「조선말 낱말 성립의 분계」라는 제목으로 다시 실림.
1936.8라	李克魯	「伯林大學 鐵門」,『新人文學』 12.8.
1936.8마	李克魯	「大學生活座談會」,『新人文學』 12.8.
1936.9	李克魯	「歐美留學時代의 回顧」,『우라키』 7.
1936.11.1	李克魯	「標準語發表에 際하여」, 朝鮮日報.
1936.11	李克魯	「한글 統一運動의 社會的 意義」,『朝光』 2.11.

1937.4	李克魯	「문쥐노름한다고」－종아리 맞은 이야기,『少年』 1.1.
1937.6	李克魯	「言語의 起源說」,『한글』5.6(46호). *『國語學論叢』에 다시 실림
1937.7	李克魯	「標準語와 辭典」,『한글』5.7(47호).
1937.8	李克魯	「死線突破의 最後－線」－感激된 그 瞬間의 追憶, 名士들의 感化集,『朝光』2.8.
1937.9.4	李克魯	「龍歌와 松江歌辭」, 東亞日報.
1937.9가	李克魯	「빈주먹 하나로 도적을 쫓아」－이긴 이야기,『少年』6.9.
1937.9나	李克魯	「제자리」,『少年』6.9.
1937.9다	李克魯	「'·'의 음가에 대하여」,『한글』5.8(48호). *『國語學論叢』에「'·'의 소리값에 대하여」라는 제목으로 다시 실림.
1937.10	李克魯	「馬賊에게 死刑宣告를 當한 瞬間」－白頭山에서 산양하다 부뜰리어,『朝光』3.10.
1937.11	李克魯	「짓말(態語)에 대하여」,『한글 5.10(50호). *『國語學論叢』에 실림.
1937.12.8	李克魯	「'임꺽정'은 朝鮮語 鑛區의 노다지」－語學的으로 본, 朝鮮日報.
1937.12가	李克魯	「나는 언제나 成功뿐」－나의－年總決算,『朝光』3.12.
1937.12나	李克魯	「動物界의 言語現象,『한글』5.11(51호). *『國語學論叢』에 다시 실림
1938.1가	李克魯	「나의 十年計劃」,『朝光』4.1.
1938.1나	李克魯	「半生記－나의 履歷書」,『朝光』4.1.
1938.1다	李克魯	「우리團體의 新年計劃」－한글運動과 朝鮮語辭典－朝鮮語學會의 飛躍的 事業,『朝光』4.1.
1938.1라	李克魯	「完成途程의 朝鮮語辭典」(상,하), 東亞日報.
1938.2	李克魯	「아버지 棺 앞에서」－그러나 깨어보니 일장춘몽,

『朝光』 4.2.

1938.3	李克魯	「資源으로 開發되는 金剛山」－金剛山을 資源으로 開發해도 좋은가, 『朝光』 4.3.
1938.5.24	李克魯	「조선의 문학자일진댄 조선말을 알라」, 東亞日報.
1938.5.5	李克魯	「新刊評: 李熙昇近著『歷代朝鮮文學精華』」, 朝鮮日報.
1938.7가	李克魯	「辭典 註解難」, 『한글』 6.7(58호).
1938.7나	李克魯	「바른 글과 바른 말을 쓰라」, 『四海公論』 4.7. *『歷文』 ③23(794쪽)에 다시 실림.
1938.8	李克魯	「印度洋上의 喜悲劇」, 『朝光』 4.8.
1938.9	李克魯	「씨름의 체육적 가치」, 『四海公論』 4.9.
1938.10	李克魯	「語文整理와 出版業」, 『博文』 1.
1938.11가	李克魯	「世界的 人物 會見記」－世界 各國의 諸偉人의 面影, 『朝光 4.11.
1938.11나	李克魯	「訓民正音의 ‘中間 ㅅ’, 表記法」, 『한글』 6.10(61호). *『國語學論叢』에 「훈민정음의 『사이 ㅅ』 표깃법」이란 제목으로 다시 실림.
1939.1.1	李克魯	「世界大戰當時獨國民의 忍耐性」－戰時生活現地體驗記, 朝鮮日報.
1939.1.3	李克魯	「音樂의 協調가 必要」－朝鮮固有運動競技의 現代 大衆化〈各界 人士의 提言〉), 東亞日報.
1939.1가	李克魯	「일 잘하고 儉朴한 獨逸女子」－世界女性의 氣質, 『女性』 4.1.
1939.1나	李克魯	「言語의 形態的 分類」, 『한글』 7.1(63호). *『國語學論叢』에 다시 실림.
1939.2.2	李克魯	「나의 취미 오락」, 東亞日報.
1939.2	李克魯	「한글은 한 時間에」, 『朝光』 5.2.
1939.3가	李克魯	「金剛勝景의 土窟」－生에 잊지 못하는 感激의

		이야기, 『女性』 4.3.
1939.3나	李克魯	「나의 고학시대」 – 인단장수, 머슴살이(未見),『少年』 3.4.
1939.5가	李克魯	「엿장수가 되고 농부가 되고」 – 아까운 동무들,『少年』 3.5.
1939.5.나	李克魯	「나의 고학시대」 – 인단장수/머슴살이, 『少年』 3.5.
1939.5.다	李克魯	「飮食道德」,『博文』 7.
1939.5.라	李克魯	「시방 생각해도 미안한 일」 – 때린 아이집에 불을 놓으려고 『少年』 3.5.
1939.6	李克魯	「中等學校 入學難과 그 對策」 – 根本策과 臨時策, 『朝光』 5.6.
1939.7	李克魯	「誓約文을 交換하던 날」,『朝光』 5.7.
1939.8	李克魯	「방랑객 – 나는 무엇이 되려고 했나」,『朝光』 5.8.
1939.8.18~20	李克魯	「여름의 나라『하와이』」, 每日新報.
1939.10	李克魯	「낙동강」,『苦鬪』에 실림.
1940.1	李克魯	「公衆道德」,『文章』 3.1.
1940.4.3	李克魯	「나의 二十歲 靑年時代」, 東亞日報.
1940.7	李克魯	「斷想」,『博文』 1.
1940.8.3	李克魯	「한글발달사」 – 朝鮮學界總動員16(夏期特別論文), 朝鮮日報.
1940.10가	李克魯	「핀란드 말의 音韻과 名詞의 格」,『한글』 8.7 (80호).
		*『國語學論叢』에 「핀랜드말의 이름씨와 토」란 제목으로 실림.
1940.10나	고루	「外來語 表記 統一難」,『한글』 8.7(80호).
		*『國語學論叢』에 「외래어 표기 통일의 까다로움」 이란 제목으로 다시 실림.
1941.1	李克魯	「[ㆍ]음가를 밝힘」,『한글』 9.1(83호).
		*『國語學論叢』에 같은 이름으로 실림.

1941.3가	李克魯	「굳건한 信念을 가지도록 합시다」－卒業生에게 붙이는 말,『朝光』7.3.
1941.3나	李克魯	「漢江 노래」,『苦鬪』에 실림.
1941.4	李克魯	「씨름은 體育的藝術」,『三千里』4.
1941.6	李克魯	「내가 밤을 새고 읽은 책」－좀바르트 저 現代資本主義,『春秋』6.
1942. 9.5	李克魯	「널리 펴는 말」 * 박영석(1984: 328), 박용규(2005: 187-188를 보라)
1942－	李克魯	「한얼노래」, 大倧敎總本司(?).
1943~1945⁵⁾	李克魯	「咸興 刑務所에서」(한시),『苦鬪』에 실림.
1945.10.9	이극로	「한글날을 맞으며」(제499주년 한글날 기념 방송원고),『한글』11.1(통권 94).
1945.10	李克魯	「朝鮮文化와 한글」(未見), 中央新聞.
1945.11	李克魯	「朝鮮語學會의 任務」,『民衆朝鮮』.
1945.12가	李克魯	「한글 紀念日과 한글노래」,『白民』1.
1945.12나	李克魯	「어머니의 責務」,『女性文化』1(창간호).
1945.12디	李克魯	「한글노래」,『女性文化』1(창간호).
1946.1가	李克魯	「獄中吟」⁶⁾,『開闢』復刊 新年號.
1946.1나	李克魯	「4千年의 歷史가 있다」(信託統治反對特輯),『大潮』창간호.
1946.1다	李克魯	「藝術과 道德」(未見),『女性公論』.
1946.3	李克魯	「三一運動의 추억」(未見),『朝光』12.1.
1946.4가	고루	「한글 속간호 머리ㅅ말」,『한글』11.1(94호).
1946.4나	李克魯	「한자 폐지에 대하여(未見),『한글문화』103.

---

5) 원전에는 '咸興 刑務所에서'에만 되어 있고 날짜가 없어 함흥형무소 복역기간이 1943~1945이기 때문에 그렇게 잡았다.

6) 이 작품은 1943~1945년 사이의 '함흥형무소에서'와 같은 작품을 제목을 달리한 것이다. 조동일의『한국문학통사』5(2005)(제4판), 205, 537쪽에『開闢』복간호 (1946)의 '獄中吟'을 중심으로 일부 내용이 소개되어 있고 김윤경의「朝鮮語學會受難期」(『한글』11.1, 속간 4월호, 63쪽)에는 '咸興 刑務所에서'라는 제목으로 이희승 등의 조선어학회 회원들의 한시와 함께 소개한 바 있다.

1946.5가	李克魯	「에스페란토와 民族語」,『한글』 11.2(95호).
		*『國語學論叢』에 「에스페란토와 민족말」이란 제목으로 다시 실림.
1946.5나	李克魯	「한얼의 첫걸음을 축복하며」(축사)(未見),『한얼』 1.
1946.7	李克魯	「전문학교의 국어 입학시험에 대하여」,『한글』 11.3(96호).
1946.10가	李克魯	「민족 장래를 위하여」(未見),『新生』 4호.
1946.10나	李克魯	「예술과 도덕」,『女性公論』
1946.10다	李克魯	「진혼곡(鎭魂曲)」,『苦鬪』에 실림.
1946.11	李克魯	「마리산에 올라서」,『한글』 11.5(98호).
1946.12.10	李克魯	「美蘇共委 促開와 나의 提言」, 독립신보.
1946가	李克魯	「한글반포 오백주년 기념일을 맞으며」,『학생신문』
1946나	李克魯	「조선어학회 투사」(未見), 自由新聞.
1946다	李克魯	「이미 세상을 떠난 國學者들」(未見), 京鄕新聞.
1946.라	이극로	「언어의 기원」,『중등국어교본』(하).
1947가	李克魯	『苦鬪 四十年』, 서울: 을유문화사.
1947나	李克魯	『實驗 圖解 朝鮮語 音聲學』, 서울: 아문각.
1947.11	李克魯	「敎育 朝鮮 建設論」,『新敎育建設 2.
	李克魯	「연무관의 노래」(未見)
1948.3가	李克魯	「나의 獄中 回想記」(未見),『刑政』 7호.
1948.3나	李克魯	「朝鮮 民族性과 民主政治」,『開闢』 77.
1948.6	李克魯	「머리말: 유열, 훈민정음풀이」, 서울: 보신각.
1948.11	李克魯	『國語學論叢』, 서울: 정음사.
1949	리극로	『[실험도해] 조선음성학』, 평양: 조선어문연구회.
1949.3	리극로	「창간사,『조선어연구』」 1.1, 조선어문연구회.
1950.2	리극로	「1950년을 맞이하면서」,『조선어연구』2.1, 조선어문연구회.
1950.5	리극로	「중국의 새글자운동」,『조선어연구』 2.2, 조선어문연구회.

1953	리극로	「이·웨·쓰딸린의 로작 『맑쓰주의와 언어학의 제문제』에 비추어 본 공화국 언어학의 정형과 그 당면 과업」, 『학보』 2, 과학원.
1954	Li Gyk No	"Varvarskoe nasilie nad jazikom Novaja", Koreja No 9, stra 16-17(언어에 대한 무지의 폭압)(새조선).
1957가	리극로	「조선말의 력점연구」, 『과학원 5주년 론문집』, 과학원출판사.
1957나	리극로	「조선문자의 창조적 계승발전을 위하여」, 『조선어문』 57.1.
1958	리극로	「소위 '6자모'의 비과학성」, 『조선어문』 58.4.
1960	리극로	「조선말 악센트」, 『말과 글』 60.3(未見).
1963	리극로	「북청방언의 조연구」, 『조선어학』 63.3.
1964	리극로	「체언에 붙는 접미사 「이」의 본질」, 『조선어학』 64.3.
1966.3	리극로	『조선어 조 연구』, 사회과학원출판사.

강연, 대담, 회견, 설문 응답, 좌담회

일기자, 1929,12, 朝鮮語辭典編纂會訪問記, 『新生』12.

강연, 1930. 12. 13, 「朴宇天氏의 朝鮮語文法」에 대하여(조선어연구회)[7]

강연, 1931. 4. 11, 「조선말 소리와 萬國 標音 記號와의 對照問題」(조선어연구회)[8]

일기자, 1932.12, 街頭에서 본 李克魯氏 『彗星』12.

R 기자, 1932.2.11, 고루 李克魯氏 - 脫線 經濟學 博士, 조선일보.

좌담회, 1935.1.3, 李克魯 - 安逸病 - 우리의 病根打診(新參移動座談會), 東亞日報.

L 기자, 1935.7.8, 新文化建設提唱을 위한 다음의 설문 답변.

---

7) 기관지 『한글』창간호(1.1)(1932)의 「本會重要日誌」를 보라.
8) 기관지 『한글』창간호(1.1)(1932)의 「本會重要日誌」를 보라.

1. 社會科學을 硏究하는 學會의 建設 및 擴充策.
1. 社會科學을 硏究하는 專門雜誌의 發刊策, 朝鮮日報.
좌담회, 1936.8, 李克魯 大學生活座談會, 『新人文學』 12.8.
일기자, 1936.10.29, 文筆方面에서 먼저 活用하기를－李克魯氏談, 朝鮮日報.
일기자, 1937.1.1, 朝鮮語學會 李克魯氏－우리네 문화를 탁마하는 연구실 내의 명장들－, 朝鮮日報 2,3면.
일기자, 1937.9, 한글학자이극로씨, 주택, 『朝光』 3.9.
일기자, 1838.1, 「우리 團體의 新年計劃」－한글運動과 朝鮮語辭典, 『朝光』 4.1.
1938.1.4, 朝鮮語技術問題座談會(김광섭, 이극로, 유치진, 송석하, 조윤제, 최익한, 최현배), 朝鮮日報.
  *書寫方法, 外來語標音問題, 符號存廢의 問題
K기자, 1938.5, 朝鮮語辭典編纂과그經過報告書, 『朝光』 4.
일기자, 1938.5, (이극로씨와의 대담), 한글운동과 朝鮮語辭典朝光 4.1. (『歷文』 ③23, 750쪽)
편집부, 1940.3, 우리家庭카드(李克魯)－長安紳士家庭名簿, 『三千里』 3.
일기자, 1940.6.8, 大方,의 批判을, 朝鮮語學會 李克魯氏: 談(外來語 表記案), 朝鮮日報.

일제 강점기의 민족어문의 표준화와
민족문화 창조의 기반 구축

| 제3부 **3장** |

1. 들어가기

오늘날 반도 남쪽의 언어사회는 표면상으로는 한글이 지배적 표기체계의 역할을 다하고 있지마는 내용을 자세히 들여다보면 아직도 한자의 뿌리가 우리 언어생활의 구석구석에까지 뻗쳐 있으며 최근에 와서는 로마자가 우리 언어생활의 깊은 곳까지 침투하고 있어 언어생활의 표준을 어디에 두어야 할지 가늠하기에 어려운 처지에 놓여 있다. 한편 통일시대를 맞아 우리 민족이 풀어야 할 언어상의 갈등(葛藤) 또한 심상하지 않다. 남북 양쪽의 맞춤법이 차이를 드러내고 있고 표준어와 문화어의 사정 기준이 달라 두 개의 공통어가 첨예(尖銳)하게 대립되어 있으니 이런 생각을 하지 않을 수 없다. 우리 민족이 당면하고 있는 어문생활의 난제(難題)를 풀어 나가는 데 있어서는 여러 가지 방안이 제시될 수 있겠으나 지은이는 개화기 이후의 우리의 어문문제의 역사를 정밀하게 추적하는 일이 현재의 어문문제를 풀어 낼 수 있는 과제의 하나라 믿고 1910년대 중반부

터 1930년대 중반에 이르기까지의 민족어문의 표준화에 관련된 문제를
집중적으로 다루어 보고자 한다.

우리 민족어문의 표준화에 대하여는 1933년 한글맞춤법통일안의 제정
을 앞뒤로 하여 연구된 것이 많고 특히 주시경학파와 박승빈학파 사이에
전개된 철자법 논쟁은 민족어문의 표준화 과정에서 주목할 만한 사건이었
다.1) 해방 후에는, 남쪽은 이른바 한글 간소화 파동을 계기로 하여 '30년대
의 묵은 문제들이 재론된 바 있고2), 북쪽은 정권 창출 초기에는 유물론적
언어관을 바탕으로 언어정책을 수립하려는 의도에서 맞춤법과 표준어
등의 문제를 논의의 대상으로 삼은 바 있으며 1960년대 후반부터 주체적
언어이론에 기댄 어학혁명을 뒷받침할 목적으로 민족어문의 표준화 전반
에 걸친 문제점의 해결에 많은 힘을 기울인 바 있다.3) 한편 60년대로부터
90년대에 이르는 사이에는 15세기와 그 이후의 국어 표기법의 역사에
대한 연구가 꾸준히 이어졌다.4) 특히 1980년대에 들어오면서는 한글맞춤
법통일안에 대한 전면적 검토와 함께 개화기 및 총독부 철자법에 대한
연구가 성황을 이루었다.5) 특히 1980년대 후반부터 일기 시작한 북한어
문에 관한 연구는 북한맞춤법의 원리와 역사에 대하여도 올바른 이해의
길을 열어 주었다.6) 그러나 정작 한글맞춤법의 모태가 되는 1920년대
후반의 철자법 논쟁에 대하여는 남북 어느쪽도 관심을 기울이지 못하였

---

1) 한글학회(1972)와 김민수(1973)에서 관련정보를 얻을 수 있다.
2) 김민수(1973: 238쪽)를 보라.
3) 고영근(1994: 29-48, 53-93, 97-119, 167-234, 473-527쪽)에 이런 문제가 깊이
   다루어져 있다.
4) 대표적으로 이기문(1963), 지춘수(1986), 김중진(1987), 이익섭(1992), 홍윤표
   (1993)을 보라.
5) 한글맞춤법의 개정 경위에 대하여는 이희승·안병희(1989: 151-30쪽을 보라.
   그리고 맞춤법에 대한 이론적 연구는 이익섭(1992: 357-96), 신창순(1992: 11-173
   쪽), 신창순 밖에(1992: 133-278쪽) 등이 있다.
6) 김민수 편(1991가: 권2), 고영근(1994: 454-59쪽)에서 관련 정보를 얻을 수 있다.

다. 그것은 이 방면에 관련된 자료가 최근에 얼굴을 내민 사실과도 관련이 없지 않은 것 같다.

지은이는 『역대한국문법대계』의 제3부에 실려 있는 『국문론 집성』과 『한글論爭·論說集』의 자료7)를 주축으로 하되, 제1, 2부의 문법서 및 기타 관련자료를 보완하여 철자법 문제를 비롯한 민족어문의 표준화에 대한 문제를 건드려 보려고 한다. 민족어문의 표준화 과제로는 철자법과 표준어, 외래어와 로마자 표기법, 한자폐지/한글전용, 가로풀어쓰기, 구두점, 속기법이 포함되며 국제공통어문제 등 외국어 학습도 이 범주에 넣을 수 있다. 국제공통어에 대하여는 당시에 국제적으로 각광을 받고 있었던 에스페란토의 보급 문제만 다루기로 한다.

2. 1910년대 중반~1920년대 전반의 표준화운동

1) 주시경 사후의 표준화운동과 이에 대한 도전 세력

가) 김두봉의 표준화운동

알려진 바와 같이 개화기에 우리의 어문을 연구하여 표준화를 겨냥한 대표적인 인물은 주시경이다. 그는 자신의 연구결과를 교육기관을 통하여 보급하고 국어연구학회를 창립하여 연구 분위기를 조성하는 한편, 당시 학부에 설치된 국문연구소의 주임위원으로 참여하면서 훈민정음 예의편의 '終聲復用初聲'의 규정을 등에 짊어지고 형태음소적 철자법을

---

7) 참고문헌에 제시한 김민수 밖에 공편(1985, 1986: 『歷文』③06, 22, 23.2)와 김민수·고영근 공편(2008)의 『歷代韓國文法大系』를 가리킨다. 앞으로 편의를 위하여 두 책을 인용할 때에는 『歷文』이라는 줄임말을 쓰기도 할 것이다.

정립하는 데 기여하였다. 그러나 국권피탈(被奪) 후 1912년에 공포된 「보통학교용 언문철자법」은 국문연구소의 표기법을 외면하고 관습적인 음소적 표기법8)을 채택하여 보통학교 조선어 교육을 통제하였다.9) 그러한 상황 속에서도 주시경과 그의 후계들은 민족어문의 표준화운동을 성취시킬 목적으로 형태음소적 원리를 등에 짊어지고 조선언문회(俗稱 한글모)를 조직하고 그 아래 조선어강습원을 두어 후학들을 양성하면서 표준화에 관련되는 사업을 지속적으로 전개하였다.10) 세 번에 걸친『國語文法』의 간행과『말의 소리』(1914)의 저술은 주시경의 업적이며『말모이』의 편찬은 주시경과 그의 후계들의 공동작업의 산물이다.11) 이들은 철자법과 어휘의 표준화를 위한 노력의 한 고리로 진행되었다. 주시경이 죽은 다음, 주시경 후학들은 주시경이 맡아 가르치던 서울 시내의 국어과목을 나누어 맡으며,12) 그런 대로 한글의 보급과 연구를 게을리하지 않았다. 김두봉의 『조선말본』(1916)(『歷文』①22), 이규영의 『한글적새』(1915-1919?)(『歷文』① 114, 115)와『現今朝鮮文典』(1920)(『歷文』①27), 강매의『朝鮮語文法提要 상편』(1921)(『歷文』①30) 등이 그 결실이다. 이규영의 책은 단어별로 띄어쓰기를 하였다는 특징이 있다. 조사는 물론 어미부도 어간과 띄어 썼다. 주시경이『訓蒙字會』를 다시 간행할 때 한글의 자체(字體)를 교정한 바 있었는데,13) 강매는 자신의 문법서에서 이를 다시 인용함으로써 주시경의 교정

---

8) 조선 총독부가 채택한 관습적인 표기법이란 초기 서양인들에 의해 확립된 성경번역의 표기법이란 견해가 있다.(지춘수 1971, 신창순 2003: 21-66)
9) 주시경을 중심으로 한 국문연구소의 표기법과 언문철자법의 상관관계에 대하여는 이익섭(1992: 358-65), 신창순(1997/2003: 67-109쪽)을 보라.
10) 개화기와 일제 초기의 어문 운동과 어문 연구의 결실에 대하여는 고영근(1983가/1994: 236-74쪽) 및 본서 84-130쪽을 보라.
11)『말모이』의 편찬 경위에 대하여는 김민수(1983/1986: 310-55쪽)를 보라.
12) 장지영의 회고록에 기대면 김두봉은 휘문, 권덕규는 중앙, 신명균은 보성, 장지영은 경신과 배재에서 가르쳤다고 한다.(『나라사랑』 29, '78)
13) 김민수 편(1992나 권4: 73쪽)을 보라.

자체를 한글 자체의 본으로 삼을 수 있다고 하면서 한글 자체의 표준화를 위한 노력을 기울였다. 특히 이규영이 편찬한 『한글모 죽보기』[14]는 주시경을 비롯한 개화기와 일제 초기의 국문보급활동을 소상하게 알려 준다는 점에서 민족어문의 표준화를 위한 중요한 자료로 평가되고 있다.

한글전용/한자폐지는 19세기말 서재필과 주시경을 거치는 사이에 밀도 있게 진행되어 왔는데 이미 개화기 당시부터 옳고 그름을 둘러싸고 논의가 분분하였다.[15] 이러한 기운은 일제 초기에도 계속되었으니 박원종의 「漢文不可廢」(1916, 『歷文』 ①23, 28쪽)가 대표적이다. 이곳에서 박원종은 음식을 먹지 못하면 죽음에 이르는 것과 마찬가지로 한문을 버리면 야매(野昧)를 면하지 못한다는 논리를 내세워 한자폐지를 극력 반대하였다. 오래 동안 한자를 공용해 왔기 때문에 한자를 버릴 수 없다는 것이었다. 현재도 한자폐지를 둘러싸고 논의가 분분한데 국문이 공용문자로 자리를 잡지 못한 당시로서는 얼마든지 있을 수 있는 견해의 표명이라 하겠다.

한자폐지반대보다 더 주목해아 할 것은 가로풀어쓰기[16]를 중심으로 한 한글의 개량문제이다. 가로풀어쓰기는 1909년의 『國文硏究議定案』에서 주시경이 처음으로 주장하고 『말의 소리』(1914)에서 완성된 체계가 드러난 것으로 보고 있으나 이보다 먼저 선교사들에 의하여 착상되었다는 견해가 나오고 있다.[17] 당시 주시경이 선교사들과 접촉이 잦았다는 점에

---

14) 이 책은 김민수 편(1992나 권6)과 『한힌샘연구』 1(한글학회)에 영인되어 있고 내용분석은 고영근(1983가/1994: 236-74쪽)와 본서 84-130쪽에서 이루어졌다.
15) 이 방면의 자료에 대하여는 김민수 밖에 편(1985: 『歷文』 06)에 집성되어 있다. 그리고 개화기의 한글전용과 국한문혼용에 대하여는 고영근(1997나/ 2001가: 181-198쪽)을 보라.
16) 가로풀어쓰기에 대하여는 '橫書, 가로쓰기' 등으로 말하기도 하나 이곳에서는 '縱書'에 반대되는 '橫書'와 혼동을 피한다는 뜻에서 '가로풀어쓰기'란 용어를 일관성 있게 사용하기로 한다.

서 이들로부터 정보를 얻었을 가능성이 충분하다. 그것은 어쨌든 김두봉은 「한글 새로 쓰자는 말」(1915, 『歷文』 ③23, 17쪽)18)에서 한글이 훌륭한 글자이기는 하나 창제자의 거룩한 뜻을 잇고 글자를 모르는 사람의 노고를 덜게 하려면 글자를 개량하지 않을 수 없다고 말하고 다음과 같이 그 까닭을 들었다.

(1) 김두봉의 가로풀어쓰기의 근거
   가. 글씨 자리를 한결같이 씀
   나. 읽기에 좋음
   다. 쓰기에 좋음
   라. 박기에 좋음
   마. 낱말을 낱덩이로 함
   바. 말몸을 한결같이 함

주시경은 『말의 소리』에서 가장 좋은 글은 가로쓰는 것이며 이렇게 되어야만 쓰기, 보기, 박기에 좋다는 견해를 표출한 바 있는데,19) (1)에서 김두봉은 그 까닭을 6개 항목에 걸쳐 명시하였다. (1바)에서는 ' ㆍ'와 'ㅇ'가 불필요한 글자라는 사실을 주장하였다. 이러한 김두봉의 견해는 가로풀어쓰기의 이론적 근거를 처음으로 마련하였고 동시에 주시경 후계 학자들의 가로풀어쓰기론의 이론적 원류(源流)를 이루었다는 점에서 그 가치가 다시금 인식될 필요가 있다.(뒤에 나옴)

---

17) 킹(R. King)(1996)에 기대면 가로풀어쓰기는 1905년 선교사들에 의해 제안되었다고 한다.
18) 이글은 『靑春』에 실려 있는데 내용과 문체로 볼 때 김두봉으로 추정된다. 『청춘』에는 필자 없는 기고문이 많은데 이는 대부분 최남선의 글이라는 소견이 있기는 하나 내용, 어휘, 문체 등으로 볼 때 이글의 필자는 김두봉임이 틀림없다.
19) 김민수(1977/1986나: 156쪽)에서 관련 정보를 얻을 수 있다.

나. 안확과 박승빈의 표준화 연구

이곳에서 특히 주목할 것은 주시경과 그의 후계들에 대한 반대 세력이다. 이러한 기운은 주시경의 작고 직후부터 얼굴을 내밀었다. 그 대표적인 사람이 안확(安廓, 雅號는 自山)과 박승빈(朴勝彬, 雅號 學凡)이었다.

안확은 국어학, 국문학, 역사학, 음악학 등 관심 영역이 우리 학문의 거의 모든 분야에 걸쳐 있었으며 국어학 방면은 일찍부터 주의를 기울여 그 나름대로 국어학사를 포함한 국어학의 체계를 정립한 바 있다.[20] 그는 국어연구에 발을 들여 놓을 때부터 주시경의 이론을 비판하는 관점에 서서 자신의 어문관(語文觀)을 전개하였다. 「朝鮮語의 價値」(1915:『歷文』③ 23, 20쪽)에서는 주시경이 우리의 어문 연구에 매진(邁進)하였으나 불행히도 일찍 죽어 우리말의 참된 가치를 발현시킬 수 있는 어학자가 없어졌음을 통탄하면서 특히 외래어를 없애고 옛말을 부활하려는 당시의 풍조를 매섭게 비판하였다. 이는 주로 주시경과 그 후계들을 겨냥한 비판인 것으로 보인다. 하루 바삐 성음과 문법의 소직을 구명하여 우리의 언어와 문자를 빛낼 수 있는 어학자가 도래(到來)하여야 한다는 점을 강조하였다.

안확은 이어 「朝鮮文字의 小論」[21](1915)(『歷文』③23, 28쪽)에서도 비슷한 견해를 펼치었다. 이곳에서는 여자들의 공덕으로 언문이 명맥을 유지하여 왔으며 언문의 연구와 보급에 힘쓴 서재필, 윤치호, 유길준, 지석영, 국문연구소의 공로를 되새기면서 주시경의 언문 개량론을 특기하였다. 그런데 「朝鮮 語學者의 誤解」(1916)(『歷文』③23, 30쪽)[22]에서는 일관된 체계

---

20) 안확의 국어학 업적에 대한 평가는 이기문(1988), 고영근(1992가, 심재기(1992) 에서 이루어진 바 있다. 안확의 저술은 최근 권오성·이태진·최원식으로 손으로 『自山安廓國學論著集』(1994, 여강)이란 이름 아래 6권으로 집성된 바 있으며 마지막 권6에 관련 분야에 대한 자세한 논의가 종합되어 있다.
21) 이글은 필자가 '研語生'으로 되어 있어 확실한 필자는 미상이나 내용과 문체로 볼 때 안확을 가리킴이 틀림없으므로 안확의 업적으로 간주하였다.
22) 이 글 역시 '연어생'으로 적혀 있다. 안확의 글로 간주한다.

와 용어를 지키지 않고 우리말을 연구하는 주시경의 태도를 비판하면서도
받침 부활론과 횡철론을 긍정적으로 평가하였다. 이곳에서는 또 한자를
폐지하고 옛말을 부활시키자는 일부 학자들의 연구 태도를 비판하였으며
언어학의 지식을 갖춘 참다운 성음학자와 문법학자의 출현을 촉구하였
다. 안확은 『朝鮮文法』(1917)(『歷文』①26)의 「著述要旨」에서 항간에 유포
되는 문법이 보편적인 원리를 무시하고 지나치게 이론적·국수적인 색채
를 띠고 있다고 비판하기도 하였는데 이는 물론 주시경과 그의 후계들을
겨냥한 비판이다. 이곳의 문법이라 함은 철자법을 포함한 넓은 뜻으로
쓰였다. 이 시기에는 무명씨의 「京城語의 硏究」(1918 『歷文』③23, 108쪽)가
나오기도 하였는데 경성어가 우리말의 조종(祖宗)이 될 수 있는 충분한
조건을 갖춘 만큼 이에 대한 연구의 필요성을 강조하였다. 서울 중심의
어문표준화의 기운이 서서히 굼틀거리는 전주곡으로 해석하고자 한다.

박승빈은 법학을 전공하여 특히 법률문장의 국어화에 기여할 목적으로
대한제국 시절부터 우리말에 연구에 전념하여 『言文一致日本國六法全書』
(1908)에서 자신의 철자법이론을 응용한 바 있다.[23] 그는 1918년 1월에
민대식(閔大植) 등 동지들과 손을 잡고 민족계몽과 학술연구를 목적으로
'啓明俱樂部'(처음 이름은 '漢陽俱樂部')를 창립하여 1921년에 기관지 『啓明』[24]
을 창간하였다. 계명구락부는 1920년부터 본격적인 활동에 들어가 다음
과 같은 어문 관련의 주제를 중심으로 민족어문의 표준화문제를 논의하였
다.[25]

---

23) 관련내용은 『啓明』 3(1921)에 실린 「朝鮮言文에 關한 要求」를 보고 박승빈의
   전기적 측면에 대하여는 김완진(1985)를 보라. 박승빈의 저서는 현재 소장처가
   밝혀져 있지 않다.
24) 『啓明』은 전권이 전하지 않고 있다. 1, 2, 3, 4, 8 정도가 확인되어 있다.
25) 관련 정보는 『啓明』 창간호에 붙어 있는 「啓明俱樂部錄事」에서 얻을 수 있다.

(2) 계명구락부의 어문 표준화 주제

　　가. 성명 아래 사용하는 경칭어를 무엇으로 정할 것인가?

　　나. 2인칭 대명사의 보편적 용어를 어떻게 정할 것인가?

계명구락부는 한 주제를 해결하는 데 있어 수명의 연구위원을 선출하여 일정 기간이 지난 후에 평의원회에서 의견을 조정하는 방식을 택하였다.

(2가)에 대하여는 성명 아래의 경칭어는 남녀를 구별하지 않고 '씨'(氏)라는 용어를 사용하기로 결정하였다. 그리고 (2나)에 대하여는 '당신'(當身)이라는 용어를 사용하되 과공(過恭)이라고 생각할 때에는 '군'(君) 또는 '그대'를 사용하기로 하였다. 인위적인 바른말 사용의 지침을 제공한 예라 하겠다. 상황에 어울리는 말씨 사용의 용법을 인위적으로 사정(査定)한 일이 그 전에 있었는지 모르지만 계명구락부의 이러한 조처는 우리가 본받아야 할 바른말 사용의 사정(査定)에 대한 좋은 모범을 남겼다고 할 만하다.26)

계명구락부는 1921년 2월 5일에 1,000명에 가까운 청중이 모인 자리에서 박승빈을 연사로 삼아 「言文에 관한 緊急한 要求」27)란 제목의 강연회를 갖기도 하였다. 박승빈은 사회의 변천에 순응하려면 몇 가지의 언어관습을 고쳐야 한다고 말하고 다음 몇 주제를 거론하였다.

(3) 박승빈의 「언문에 관한 긴급한 요구」의 내용

　　가. 兒童 互相間에 敬語(하오)를 쓰게 할 것

　　나. 한자의 훈독(訓讀)을 許할 것

　　다. 諺文使用의 法則을 整理하는 事

---

26) 특히 (2가)의 '씨'의 사용에 관련되는 논의의 전말(顚末)은 『계명』 1(1921. 5. 1)에 실린 박승빈의 「姓名下敬稱語의決定」에 종합되어 있다.

27) 강연 내용은 『계명』 1(1921. 5), 2(1921. 6), 3(1922. 9)에 「朝鮮言文에 關한 要求」란 제목으로 3회에 걸쳐 실려 있다.

(3가)에서는 어린이 상호 간에 하오체를 사용함은 물론, 어른이 어린이를 대할 때에도 경어를 사용할 것을 권장하는 내용이다. 그런 주장을 펴게 된 이유를 박승빈은 다음과 같이 베풀었다.

> (3') 가. 어린이로 하여금 경신(敬身)의 관념을 생기게 할 수 있다.
> 나. 어린이 상호간에 인격을 존중히 여기는 습관을 길들일 수 있다.
> 다. 친애의 정을 함양할 수 있다.
> 라. 어른이 될 때에 대비한 사회 교제의 실지 학습이 될 수 있다.
> 마. 문벌에 의한 계급제도의 습관을 평등의 관념으로 이끌 수 있다.

박승빈이 어린이 상호간의 경어 사용을 권장하는 것은 언어에 실질적 사물을 유도(誘導·牽制)하는 기능이 있다고 하는 그의 언어관에서 비롯된 다.[28]

이어 계명구락부는 같은 해 5월에 이사회를 열고 아동 상호 간에 경어를 사용하는 문제를 조선총독부 당국과 각 보통학교 교장에게 건의하기로 결의하고 건의서를 작성하였다. 앞에서 본 바와 같이 계명구락부는 1921년 1월 이사회에서는 성명 아래의 경칭의 보편적 용어로 '씨'(氏)를 사용하도록 결의한 바 있다.[29] 당시 영어와 일본어를 아는 사람들이 '미시터 김, 김 상'이라 부르는 것을 옳지 않다고 비판하면서 역사적 전거(典據)를 대어 가면서 남녀를 묻지 않고 '씨'를 쓰는 것이 좋다는 의견을 모았다. 이러한 태도는 고유명사 아래 '님'을 붙여 쓰는 주시경학파와는 반대되는

---

28) 박승빈의 언어관은 훔볼트의 세계관 이론을 짊어지고 형성되었다.(고영근 1990/1994: 329). 지금까지는 박승빈의 언어관을 『조선어학』(1935)의 「서언」을 통해서만 엿볼 수 있었는데 이미 「조선언문의 관한 요구」에서 자세하게 진술되어 있음을 확인할 수 있다. 훔볼트의 언어철학을 처음으로 우리말의 연구에 적용하였다고 평가하여 온 최현배의 『민족갱생의 도』(1926)보다 5년이나 앞선다.

29) 관련 자료는 『계명』 4(1921. 11)에 실린 「啓明俱樂錄事」와 『啓明十五年』(1933. 2. 27)」를 보라.

견해로서 박승빈학파의 어문 표준화의 정신을 엿볼 수 있는 중요한 자료가 된다.

(3나)에서는 한자폐지론에 반대하면서 한자를 훈독(訓讀)하자고 제안하였다. 박승빈은 당시에 사용되던 문체를 제1문체, 제2문체, 제3문체로 가르고 그 장단점을 논하였다. 제1문체란 '弟가 兄을 隨하야 兄弟가 同히 學校에 往來하오'[30]와 같이 한자를 음독하는 방식을 가리킨다. 제2문체란 '아우가 兄을 따라서 兄弟가 같이 학교에 가오'와 같이 우리말에 없는 한자어는 음독하고 그렇지 않은 것은 모두 훈독하는 방식이다. 제3의 문체는 앞의 두 문체를 절충한 것으로 음독과 훈독을 병행하는 것이다. 이러한 견해는 이미 유길준에게서도 볼 수 있는데,[31] 한자폐지를 반대하는 관점을 취하면 얼마든지 나올 수 있는 견해이다. 우리도 고대 단계에는 훈독을 하였고 이웃 일본에서는 훈독의 전통이 지금까지 이어지고 있다. 유길준과 박승빈의 훈독법이 고대의 우리의 훈독에서 단서를 얻었다기보다 일본의 영향이 크지 않았나 한다. 두 사람은 모두 일본유학생들이다.

(3다)에시는 조선총독부 철자법과 주시경학파의 철자법의 불합리한 점을 비판하고 자신의 견해를 제시하였다. 앞에서 우리는 박승빈이 구한말에 육법전서를 통하여 자신의 철자법 이론을 응용하였음을 확인한 바 있는데 이 자리에서 그는 자신의 관점에서 두 철자법의 잘못된 점을 낱낱이 비판하였다. 총독부 철자법에 대하여는 어간과 어미를 구분하지 않고 어미의 변화를 인정하지 않은 점 등의 6개 항목에 걸쳐 불합리한 점을 지적하였고 주시경학파의 철자법에 대하여는 대부분 자기와 의견을 같이하나 어미변화를 무시하고 'ㅎ' 받침을 인정한 점은 동의할 수 없다고

---

30) 표기법은 모두 현행 맞춤법을 따라 고쳐 적었다.
31) 이기문(1970: 15)과 고영근(2004) 및 본서 77-81쪽에서 관련 정보를 얻을 수 있다.

하였다. 두 철자법에 대한 비판을 토대로 하여 박승빈은 자신의 언문정리의 방침을 다음과 같이 들었다.

    (3다) 가. 發聲原理의 闡明
            나. 實用上 便易
            다. 元素語의 保護
            라. 固有朝鮮語와 漢文字의 配合
            마. 各地方의 言語의 採用
            바. 歷史上의 言語의 採用
            사. 他民族의 語와 對照研究

(가)는 음과 문자는 밀접한 연관이 있기 때문에 발성의 원리를 지켜야 한다는 뜻으로 보이는데 이를 고려하지 않은 총독부의 철자법을 겨냥한 발언으로 보인다. (나)는 실용과 응용에 편하도록 해야 한다는 뜻으로서 주로 주시경학파를 겨냥한 발언으로 보인다. (다)의 「元素語의 保護」란 새말을 만들지 말고 고유어를 중시해야 한다는 뜻으로 이해된다. 특이한 용어를 만들어 내는 주시경학파를 의식한 견해의 피력으로 보인다. (라)는 우리말에는 고유어가 드물어 한자어가 고유어처럼 사용되는 것이 많으니 이를 버리지 말고 한자로 적어야 한다는 것이다. 이 역시 한글전용론을 내거는 주시경학파를 겨냥한 견해로 보인다.

    (마)는 표준어 사정의 조건을 말한 것인데 특수한 경우에는 경성어에 국한하지 말고 지방어를 받아들여야 한다는 뜻이다. 이는 30년대의 표준어 사정에서 준수한 기준으로서 누구든지 공명할 수 있는 어휘 사정의 원칙이다. (바)는 특수한 경우에는 사라진 옛말을 복구하여 어휘 사정의 대상으로 삼는다는 것인데 지방어의 채택과 함께 누구든지 공명할 수 있다. (사)는 한 민족의 언어의 법칙을 연구함에 있어서는 다른 민족의

언어를 참고한다는 뜻인데 이는 대조문법적 발상으로 해석된다. 우리 문법가 가운데 대조문법의 필요성을 역설하고 이를 처음으로 실천에 옮긴 사람은 박승빈인데 그는 일찍부터 이런 생각을 굳히고 있었다.[32]

박승빈은 3회에 걸친「朝鮮言文에 관한 要求」를 마치면서 다음과 같이 자신의 민족어문의 표준화에 관련된 자신의 내력을 적었다.

(3") 이에 조선언문에 관한 필(筆)을 그칩니다. 일찍이 메이지(明治) 43년 중에 우리 집 아이가 어느 보통학교에 통학 할 때에 내가 느낀 바 있어 그 학교에 대하여 학생 상호 간에 경어를 사용하도록 지도하기를 요구하였으나 아무런 결과가 없었고 메이지 40년에 내가『言文一致日本國六法全書』라는 책을 번역하여 같은 41년에 간행하였는바 이에 한문(漢文) 훈독법(訓讀法)을 취하고 언문을 나의 소정 법칙에 의하여 적어 사회에 의견을 제공하였으나 역시 아무런 반향을 얻지 못하였던 바 이제 나는 우리 사회의 의식의 변천이 있음을 보고 다시 이 문제를 제공하여 실제상의 해결을 요구하는 바입니다. (『啓明』3, 현대역)

위의 글을 통하여 우리는 (3가)의 계명구락부의 어린이의 경어 사용 운동이 이미 구한말의 박승빈의 머릿속에서 싹튼 것임을 알 수 있고 한문훈독법을 비롯하여 철자법을 비롯한 민족어문의 표준화에 관련되는 견해가 그의 육법전서의 번역에서 이미 굳어 있었음을 확인할 수 있다.

박승빈의 문법에 관련된 최초의 견해는「諺文後解 뒤푸리」에서 볼 수 있다. '後解'의 옆에 '뒤푸리'를 붙인 것은 앞에서 본 훈독과 관련되는 작위(作爲)인 것 같다. 그 목차를 보이면 다음과 같다.

---

32) 이 문제와 관련된 논의는 고영근(1983라: 57쪽)을 보라.

(4) 「언문 후해」의 목차

편성을 보면 장문(長文)의 연재물일 것 같은데 현재는 중간 중간에 결호(缺號)가 있어 위의 내용밖에는 볼 수 없다. 「序言」에서는 우리의 언문이 잘 만들어지고 배우기 쉬운 글자이기는 하나 후세의 사람들이 연구를 게을리하여 다듬어지지 못하였다고 말하고 평소에 생각하던 바를 발표하여 독자들의 질정을 구한다고 하였다.

제1절에서는 자음의 이름에 대하여 몇 가지 명칭법을 개관하고 그 불합리한 점을 지적하면서 자기 나름의 견해를 제시하였다. 'ㄱ'부터 'ㅇ'까지는 '기윽, 니은, 디읃, 리을, 미음, 비읍, 시읏, 이응'을 제안하고 그 사이 이름을 얻지 못한 'ㅈ'부터 'ㅎ'까지는 '지으ㅈ, 치으ㅊ, 키으ㅋ, 티으ㅌ, ㅎ'로 결정하였다. 이름을 이렇게 정한 것은 박승빈이 'ㅈ'부터 'ㅎ'까지는 종성으로 사용되지 않았기 때문에 발음에 주저할 사람이 있을 수 있음을 고려하여 구체적인 발음은 '지읏, 치읏, 키윽, 티읏, 피읍, 흐'라고 규정하였다.[33] 특별히 'ㅎ'를 '흐'라고 부른 것은 그것이 받침으로 쓰일 수 없다는 주장에 근거한다. 'ㅈ'부터 'ㅍ'까지 받침을 'ㅅ, ㄱ, ㅂ'으로 통일한 것은 현실적으로 '지읏이, 키윽이, 피읖이' 등이 '지으시, 키으기, 피으비'로 발음된다는 사실과 관련시키면 긍정할 수 있는 견해로 보인다.

---

33) 박승빈의 자모 명칭은 초기와 후기가 다르다. 후기는 『簡易朝鮮語文法』(1937)(『歷文』 ①49)에서 볼 수 있어 김민수(1973: 706)에 소개된 바 있으나 지은이가 보인 초기의 명칭은 아무도 주목하지 않았다.

'ㅎ'를 받침으로 인정하지 않는 것은 박승빈의 일관된 견해인데 이렇게 일찍부터 확립되어 있었다. 이점이 주시경학파와 대립되는 첨예한 이론상의 차이점인 것이다.(뒤에 나옴)

제2절에서는 모음의 조직을 다루었다. 모음에는 'ㅏ ㅑ ㅓ ㅕ ㅗ ㅛ ㅜ ㅠ ㅡ ㅣ ㅘ ㅝ'의 12개를 두어 양음(陽音)과 음음(陰音)으로 구분하였다. 모든 양음은 'ㅡ'로부터 발원되고 모든 음음은 'ㅣ'로부터 발원된다는 성리학적 해석을 가하였다. 'ㅘ ㅝ'를 반절표와 같이 별행에 넣지 않고 합친 사유를 그 나름대로 베풀었다.

제3절에서는 전통적인 반절법의 불합리한 점을 비판하고 자신의 안을 보이었다. '아야 줄은 'ㅏ ㅑ'로 읽어야 하며 된소리에 대하여는 주시경학파의 겹자음 대신에 전통적인 된시옷을 반절표에 넣기를 주장하였고 된리을 'ㅼ'도 제안하였다. 결국 박승빈은 전통적 14행에 경음 6행을 더하여 20줄을 두었다. 박승빈의 반절표는 최현배의 말년의 자모배열론이나 북한의 자모배열과 비슷한 점이 많다.[34]

제4절에서는 된소리 표기에 겹자음을 사용하자고 주장하는 주시경학파의 견해를 비판하고 전통적인 된시옷 표기의 옳음을 논증하였다. 격음이 평음에 격음의 요소를 더하여 성립하듯이 경음 역시 평음에 이른바 '硬音調'를 더하여 성립된다는 논리를 전개하였다. 박승빈의 된시옷론은 현대적 관점에 서면 된소리를 독립된 음소로 인정하는 것인데 그 나름의 이유가 충분히 인정된다고 하겠다.

제5, 6절은 자료가 갖추어지지 않아 내용을 잘 알 수 없으나 그의『조선어학』(1935)의 차례배열을 참고하면 음절과 받침의 표기를 다룬 것이 아닌가 한다. 제7절은 장음을 표시하기 위하여 글자의 오른편이나 왼편에

---

34) 관련 논의는 고영근(1995가: 716쪽)을 보라.

점을 찍는 것보다 부호 'ㅣ'를 해당 모음 아래 적는 방식이 더 좋다고
하였다. 이를테면 '눈(雪)'의 장음성을 표시할 때 '누'의 아래 'ㅣ'를 적고
그 아래 'ㄴ'을 적는 방식을 가리킨다.

우리는 (4)에서 'ㅎ' 받침을 중심으로 하여 박승빈이 주시경학파에 대하
여 반대의견을 가지고 있음을 보았는데 두 학파의 최초의 대결은 1921년
10월 11일에 중앙청년회관에서 열린 「朝鮮文法에 대하야」(1922, 『歷文』③
23, 122쪽)35)란 강연회에서 볼 수 있다. 이 문제에 대하여 장지영은 그의
회고록 「내가 걸어온 길」36)에서 다음과 같이 술회하였다.

> (5) 그 무렵 박승빈이라는 사람이 계명구락부를 조직하고 기관지 『啓明』을
> 내고 있었는데 그도 국어학에 관심을 가지고 의견을 발표하기 시작하였
> 다. 그러나 그의 체계란 일본문법 그대로 흉내 낸 것이다. …… 여기에
> 동조하는 이가 정규창, 최남선씨 등이었는데 기관지가 있고 하여서 그
> 세력이 굉장하였다. …… 그래서 우리는 개별적으로 논쟁하다가 어느
> 날 임경재, 최두선, 권덕규, 나 이렇게 모인 자리에서 이 문제를 논의한
> 끝에 그들과 공개토론으로 대결하여 그들의 그릇된 주장을 타도하기로
> 결정하였다. 그들도 우리 제의에 응락하였으므로 3일간 청년회관에서
> 공개토론회를 열고 그들 주장의 그릇됨을 통박하였다.

위의 글과 관련시킬 때, 앞에서 든 박승빈의 글은 청년회관의 공개토론회
의 연설 내용을 요약한 것이 틀림없다. 특히 끝에는 문법(=철자법)에 관한
설명은 지리(支離)하여 생략하며 자세한 것은 『啓明』을 보라고 하였다.
이로 미루어 보면 「언문후해」가 꽤 오래 동안 연재되었음을 알 수 있다.

박승빈은 중앙청년회관의 강연에서 현행의 문법을 관용식, 주씨식,
박씨식의 세 파로 분류하였다. 관용식은 당시 통용되던 보통학교용 언문

---

35) 이글은 『時事講演錄』 4(1922. 6)에 실려 있는데 부제에 강연 일자가 적혀 있다.
36) 월간 『중앙』 3(1973)과 『나라사랑』 29(외솔회)에 실려 있다.

철자법을, 주씨식은 주시경의 철자법을, 박씨식은 박승빈의 철자법을 가리킨다. 관용식은 문법을 무시하였기 때문에 문제가 많고 다만 주시경과 자기식은 거의 같고 차이점은 10분의 2,3에 불과하다고 하였다. 요컨대 박승빈은 자기가 주시경과 총독부 철자법의 중간 형태를 취하였기 때문에 실용에 매우 편리하다는 점을 강조하였다.

다. 김영창의 문장부호 연구

이곳에서 주목할 것은 당시 상해에 머물고 있었던 김영창(金永昌)의 활동이다. 김영창은 「點句法」(1921, 『歷文』 ③23, 109쪽)에서 먼저 접구법을 문자로 글을 쓸 때 간간이 끼어 넣는 기호라고 정의하고 '圈[온점], 逗點[반점], 支點[쌍반점]'37) 등 11개의 문장부호를 제시하고 우리의 문장을 중심으로 그 용법을 밝히었다. 용법은 오늘날과 큰 차이가 없다. 비록 중국의 문장부호의 용어를 사용하기는 하였으나 그 예가 우리말로 되어 있는 이상, 최초로 문장부호를 도입하여 국어문장에 응용하였다는 평가를 받을 수 있다.

2) 조선어연구회의 창립과 주시경후계들의 표준화운동

주시경이 작고한 뒤, 주시경 후학들은 조선언문회를 중심으로 연구와 보급을 계속하기는 하였으나 주시경의 생전만큼 활발하지는 못하였다. 더구나 김두봉의 상해 망명(1919년)38)은 국문보급의 분위기를 더욱 위축시켰을 가능성이 많다. 이러한 상황의 움직임 속에서 탄생한 것이 1921년

---

37) 괄호 안의 용어는 현행용어이다.
38) 김두봉의 상해 망명은 1917년설, 1919년설 두 가지가 있다. 이곳에서는 김수경의 증언(『周時經學報』 8, 1991: 216)을 따라 후자를 택하였다.

12월의 조선어연구회가 아닌가 한다.[39] 겉으로는 '조선어의 정확한 법리
를 연구함을 목적'으로 한다고 표방하였지만 그 동기는 장지영의 증언대
로 박승빈학파에 맞서 주시경학파를 결속한다는 의미도 적지 않았던 것으
로 보인다.[40] 그리고 제2차 언문철자법의 개정안이 같은 해 3월에 확정되
었는데 권덕규, 최두선 등의 주시경학파의 참여에도 불구하고 새받침의
채택이 보류된 점과도 또한 관련이 없지 않은 것 같다.[41] 새받침을 비롯한
주시경의 철자법 이론을 관철하고 박승빈 등의 계명구락부의 반대 논의를
막는 데 있어서는 그들 나름의 연구회가 필요함을 절감하였을 가능성이
많다. 여기에는 물론 3·1 운동을 계기로 하여 일제가 무단정치로부터
문화정치로 정책전환을 한 사회적 배경이 크게 작용하였다. 그것은 어쨌
든 새로 세운 조선어연구회는 옛 대한제국 초의 國文同式會, 그 뒤의
國語硏究學會, 일제 초기의 朝鮮言文會와 자연스럽게 연결되는 주시경
학파의 어문연구단체라 규정할 수 있다.[42]

(1) 김두봉의 표준화연구

조선어연구회가 창립되기는 하였으나 창립에 직접 참여한 사람들의

---

39) 조선어연구회의 창립경위에 대하여는 김민수(1990)에서 많은 정보를 얻을 수
있다.
40) 장지영은 그의 회고록(앞에 나옴)에서 "박승빈 같은 이는 계명구락부라는 조직체
를 가지고 활발하게 움직이고 또 많이 선전하고 있는데 우리도 조직체를 하나
만들자"라고 증언하였다.
41) 제2차 언문철자법 개정안, 곧 『普通學校用 諺文綴字法大要』의 8항에는 새받침
의 채택에 대하여 아직 연구를 요한다는 설명이 붙어 있다. 이를 보면 당시
주시경학파의 새받침의 채택 문제를 둘러싸고 조사원들 사이에 심각한 의견대
립이 있었음을 알 수 있다. 이 문제에 대하여는 김민수 밖에 공편(1985)/김민
수·고영근(2008): 『歷文』 ③16의 해설과 신창순(1997)을 보라. 후자에서는 언
문철자법의 조사원과 조선어 연구회의 발기인이 두 사람(권덕규, 최두선)으로
겹친다는 점에 주목하여 조선어연구회의 창립의 근거를 찾기도 하였다.
42) 이 문제에 대하여는 고영근(1983가/1994: 270, 본서 125쪽)을 보라.

활동이 당장은 그렇게 두드러지지 않았다. 개화기에 이루어진 업적을 기초로 문법서를 저술하는 정도의 수준을 벗어나지 못하였다.(뒤에 나옴). 오히려 반도 밖에서 이루어진 업적이 눈길을 끈다. 외국에 머물러 있었던 탓으로 학회의 창립에는 직접 참여하지는 않았으나 민족어문의 연구와 표준화운동을 이끌었던 김두봉, 최현배, 이윤재가 그런 사람들이다. 김두봉과 이윤재는 상해와 북경에 머물고 있었고 최현배는 일본 유학중이었다. 이들은 동향인(경남)이라는 점에서 공통되며 특히 김두봉과 최현배는 주시경의 국어연구학회 강습소와 조선어강습원의 제자라는 공통성을 띠고 있다. 김두봉은『깁더조선말본』(1922,『歷文』①23)43)을 내고 최현배는 방학중 귀국하여 하기순회강연회에서「우리말과 글에 대하야」(1922)44)를 구두로 발표하고 곧 이를 東亞日報에 기고·연재하였다. 이밖에 북경에 머물고 있었던 양명(梁明)의 활동도 주목된다.

김두봉은 1922년에 이전에 낸『조선말본』(1916)을 깁고 더하여『깁더조선말본』을 상해에서 펴내었다. 민족어문의 표준화에 관련된 내용이 추가된 것이 이책의 큰 특징의 하나이다. 붙임에 들어 있는 '좋을글, 날적, 표준말'이 그것이다.

먼저「좋을글」의 목차를 보기로 한다.

(6) 좋을글의 목차(136쪽)
　　가. 글씨
　　나. 낱말
　　다. 월

---

43)『깁더조선말본』의 원본은 읽기가 매우 어려워『歷文』에서는 다시 조판을 하였다. 이곳에서는 조판한 쪽수를 보이기로 한다.
44) 이 글은 1922. 8. 29-9. 23일 사이에 東亞日報에 23회 연재되었다. 그 내용에 대하여는 고영근(1995가: 53-76)을 보라.

김두봉은 '글씨', 곧 문자를 '뜻글씨'와 '소리글씨'로 나누고 후자가 전자에
비하여 우수하다고 말하고 (6가)에서 소리글씨를 다시 '낱글씨'와 '줄글씨'
로 나눈 다음, 우리 문자의 고쳐야 할 점을 거론하였다. 곧 일반 문자론을
전개한 바탕 위에서 한글의 부족한 점을 고치는 방안을 제안하였다.

　김두봉은 가장 좋은 소리글씨가 될 수 있는 조건으로 다음 네 가지를
들었다.

　(7) 좋은 소리글씨가 갖추어야 할 조건(136쪽)
　　가. 소리결에 맞아야 할 것
　　나. 획이 쉬워야 할 것
　　다. 꼴이 고와야 할 것
　　라. 수효가 알맞아야 할 것

(7)은 일반 문자론을 전개한 것으로서 소리글자의 제정 원리를 베푼 것이
다. 한글을 비롯하여 알파벳의 잘못을 지적하면서 한글이나 '말보글씨'(視
話文字)[45]가 비교적 (7)의 조건을 갖춘 문자라고 평가하였다.

　낱글씨, 곧 개별 글자가 (7)의 네 가지 조건을 갖추었다고 하더라도
운용하는 방법이 좋지 못하거나 묶는 덩어리가 좋지 못하면 좋은 문자가
될 수 없다고 하였다. 김두봉은 범(梵)문자, 로마글자, 몽고·만주문자,
일본문자, 달탄문자 등의 예를 들면서 음절을 한 덩어리로 묶는 것보다
낱말 단위로 묶되 왼쪽에서 오른쪽으로 잇달아 쓰는 '줄글씨'가 가장 좋은
문자라고 하였다. 이어 김두봉은 우리글을 고치는 길은 개별 글자보다는
'줄글씨'의 방향으로 고치는 것이 급하다고 말하고 그 까닭을 다음과 같이
베풀었다.

---

45) 시화문자(視話文字)에 대해서는 『周時經學報』 8(219쪽)에 실린 최호철의 주석
　을 보라.

(8) 우리글을 고쳐야 하는 까닭(139쪽)

　가. 낱말을 낱덩이로 할 것

　나. 글씨의 자리를 소리나는 대로 할 것

　다. 쓰기에 쉽게 할 것

　라. 보기에 쉽게 할 것

　마. 박기에 쉽게 할 것

　바. 쓸데없는 어수선을 덜 것

(8)은 김두봉이 1915년에 발표한 (1)의 내용을 순서를 더러 바꾸어 가면서 더 자세하게 설명한 것이다. (8가)는 (1마)와, (8나)는 (1나)와, (8다, 라, 마)는 (1나, 다, 라)와, (8바)는 (1바)와 각각 그 내용에 있어서 차이가 없다. 이렇게 김두봉은 망명지 상해에서도 가로풀어쓰기를 주축으로 하는 문자개량론을 전개하였음을 확인할 수 있다.

　김두봉은 (8)의 여섯 가지 이유에 근거하여 우리글의 고쳐야할 점을 13개 항목에 걸쳐 제시하였다. 그는 주시경이 마련한 글자체를 조금씩 ㄱ친다든지, 하향이중모음의 부음 'ㅣ'를 주유 '이'와 구별히기 위하여 자체를 변형시킨다든지, 장음 부호를 도입하는 등의 글자체의 변용을 시도하면서 여러 가지의 문장부호도 도입하였으며 흘림글씨, 곧 필기체의 고안 방향을 제시하면서 그 나름의 필기체를 제시하는 등 가로풀어쓰기의 문자개혁의 구체적인 방안을 제시하였다. 상해에 머물고 있었던 김영창은 이미 그 앞 해에 종서(縱書) 중심의 구두점을 응용한 바 있다.(앞에서 나옴)

　(6나)는 대부분 본문의 품사론 부분에 대한 보충설명이다. 그러나 마지막의 '표준말'은 민족어문의 표준화와 직접 관련되는 항목이다. 김두봉은 표준말의 사정기준을 다음과 같이 명세하였다.

(9) 김두봉의 표준말의 사정 기준
　　가. 소리 좋은 것을 뽑을 것
　　나. 곳에 따라 모습이 다르면 그 나라의 서울말을 표준할 것
　　다. 규칙을 어기고 특별히 달리 쓰이는 말은 규칙을 따라 바로 잡는
　　　　것이 좋으나 경우에 따라서는 버릇을 좇음이 좋음

(9)는 한 나라의 표준어 사정기준으로 어느 나라에나 적용될 수 있는
보편적 기준이다.(뒤에 나옴)

(6다)는 문장의 성분과 그들의 상호관계를 언급한 것으로 표준화 문제
와 직접 관련이 없으므로 이곳에서는 깊이 들어가지 않기로 한다.[46]
둘째로 '날적'에 대한 문제를 건드리기로 한다. '날적'은 속기법을 가리
킨다. '날 듯이 적는다'에 나타나는 '날'과 '적'을 합성하여 '날적'이라는
말을 만들어 낸 것 같다. 먼저 김두봉은 '날적'의 효력을 다음과 베풀고
있다.

(10) '날적'의 효력
　　'날적'은 빠르게 적는 법을 말함이라. 말을 빠르게 적으려면 첫째 글씨가
　　간단하여야 할 것이요, 둘째 말이 간단하여야 될지니 글씨가 아무리
　　간단하여도 말이 너무 거칠고 길면 그 효력을 얻을 수 없고 말이 비록
　　간단할지라도 글씨의 획이 많고 쓰기에 까다로우면 그 효력을 얻을
　　수 없을지니 이러하므로 날적에는 반드시 글씨와 말 두 가지를 다
　　간단하게 쓰도록 하여야 완전한 효력을 얻을지니라.
　　　　　　　　　　　　　　　　　(현대맞춤법에 따라 고쳐적음, 193쪽)

곧 속기법은 글자와 말을 간단하게 쓰도록 해야 소기의 효과를 거둘
수 있다는 것이다.
먼저 목차를 보이기로 한다.

---

46) 이 문제에 대하여는 고영근(1983라: 47쪽, 2001다: 82쪽)을 보라.

    (11) 가. 글씨의 날적
        ㄱ. 이치와 날적 글씨,
        ㄴ. 우리 글씨와 날적 글씨
      나. 말의 날적
        ㄱ. 규칙 있는 줄임
        ㄴ. 수단의 줄임

이밖에도 원전에는 내용이 세분되어 있으나 장과 절 부분만 보이고 나머지는 내용을 검토하는 자리에서 언급하기로 한다.
    (11가ㄱ)에서는 글을 빨리 쓰기에 가장 알맞도록 하는 조건으로 다음 네 가지를 들었다.

    (12) 빨리 쓰기에 알맞은 조건
      가. 획이 간단할 것
      나. 잇달아 쓰는 법이 좋아야 함
      다. 종류가 알아ㅂ기에 뚜뚜해야 함
      라. 글자 종류의 수효가 알맞아야 함

위의 네 가지 조건을 갖추어야지 어느 한 가지만 갖추어서는 효력을 발휘하지 못한다고 말하고 글씨의 모양은 가급적 구부러지게 하되 소리결에 맞도록 만들어야 함을 덧붙였다.
    (12)의 원리에 따라 김두봉은 우리글의 속기법을 창안하였다. 먼저 '점'을 상하 좌우로 운용하고 '금'을 가로, 세로, 아래, 위로 모양을 달리한다는 원칙을 세우고 속기체를 자음과 모음에 걸쳐 제시하였으며 양자의 결합규칙도 보이었다. 김두봉의 속기법은 그뒤의 우리의 속기법 연구에 큰 영향을 미쳤다는 점에서 주목된다.(뒤에 나옴)
    (11나ㄱ)에서는 말을 적을 때 유의해야 할 규칙인 줄임 현상을 들었

다. 이를 들어 보면 다음과 같다.

> (13) 규칙 있는 줄임
> > 가. 격토의 뺌과 줄임
> > 나. 바꿈과 어우름의 줄임
> > 다. 일과 거듭의 줄임
> > 라. 셈의 줄임[47]

(13가)에서는 체언 아래 붙는 관형격 '의', 관형사형어미 '(으)ㄴ, (으)ㄹ, 는, 던'은 원칙적으로 빼어도 좋으나, '큰 좋은 일'의 '큰'에서 'ㄴ'을 빼면 '크게 좋은 일'과 혼동되므로 생략할 수 없다. 의미상의 혼동을 가져오는 경우에는 토를 줄일 수 없다는 것이다.

  (13나)에서는 명사를 형용사로 바꾸는 '스럽, 답'은 'ㅂ'으로 줄여 쓴다는 것이요, 합성명사 '닭의 알'과 같은 예는 '의'를 줄인다는 것이다.

  (13다)에서는 두 가지의 줄임 현상을 들었다. 먼저 어법상으로는 뺄 수 없으나 일로는 뺄 수 있는 예들을 들었다. 이곳의 '일'은 현대 기호학의 지칭대상을 뜻한다.[48] '빠르게 손을 잡다'의 '게'는 어법상으로나 일(지칭대상)로도 뺄 수 없는데 이는 말뜻을 바꾸기 때문이다. 그러나 '빠르게 밥을 먹다'의 '게'는 어법상으로는 빼지 못하지만 일로는 뺄 수 있다고 하였는데 이는 '게'를 빼어도 그 뜻이 한 가지만 잡히기 때문이다. 속기에서 줄이고 줄이지 않는 사실을 의미론적 문제와 결부시켜 해석한 것은 음미의 대상이 된다. 다음으로 '단단하다'처럼 거듭되는 부분이 있을 때에는 '단:하다'로 적는다는 것이다. 전자가 의미론적 현상이라면 후자는 음절의 반복인

---

47) 원전(206쪽)에는 '6'으로 되어 있으나 '4'의 잘못으로 보고 '라'에 배치하였다.
48) '일'은 주시경의 『國語文法』에 나온다. 이에 대한 기호학적 해석은 고영근
  (1982/1983: 299쪽)를 보라.

데 같이 다루는 것이 어느 정도 합리적인지 의심스럽다.

(13라)는 열, 백, 천 등의 숫자 다음에 0이 있을 때에는 표를 하여 정해진 부호를 쓴다는 것이다.

(11나ㄴ)의 수단의 줄임에서는 다음 세 가지 사항을 다루었다.

(14) 수단의 줄임
　　가. 버릇을 좇을 것
　　나. 흔히 쓰이는 말투를 줄일 것
　　다. 때에 따라 줄일 것

(14가)는 어법으로는 맞지 않으나 버릇으로 알 수 있는 것은 그대로 적으라는 것이다. 이를테면 'ㄹ, ㅅ' 받침을 가진 용언이 탈락되는 경우, 그대로 적고 '하여'가 '해'로 줄어들지라도 버릇을 따라 그대로 적는 것을 가리킨다. 이는 주시경학파의 철자법으로는 어법에 맞지 않기 때문에 이런 말을 한 것이다. (14나)는 '까닭으로, 어찌하여, 왜 그러냐 하면, 그렇지마는'과 같은 말들은 흔히 쓰이는 말투이기 때문에 줄여도 좋다는 것이다. (14다)는 강연에서 반복되는 말씨는 특별한 표를 할 수 있다는 뜻이다.

(11나)의 '말의 날적'은 우리가 강의나 강연을 받아 쓸 때, 흔히 사용하는 줄임 현상을 규칙화한 것이라고 평가할 수 있다.

마지막으로 김두봉의 세 번째 표준화의 문제인 '표준말'을 건드려 보기로 한다. 이 문제는 이미 (9)에서도 잠시 언급한 바 있으나 이곳에서는 사정 조건을 더 자세히 논의하고 있다.

먼저 주요 내용을 뽑아 보기로 한다.

(15) 표준말의 사정조건(209쪽)
　　가. 소리와 표준말

나. 규칙과 표준말
다. 말뿌리와 표준말
라. 사투리와 표준말
마. 앞길과 표준말

(15가)는 (9가)와 관련되는데 같은 뜻을 가진 말이 여럿이 있을 때에는 좋은 소리를 골라서 표준말을 정하되 특히 소리의 덩어리가 다를 때에는 둘 다 표준말로 인정할 수 있다고 하였다. 좋은 소리라 함은 발음하기 쉽고 단음이며 바꾸지 않는 소리를 뜻한다. '얼골'과 '낯'은 소리 덩어리가 다르므로 둘 다 표준말로 인정해야 하며 특히 '낯'과 같이 '낫, 낱'으로 발음하는 경우, 어떤 기준에 따라 어형을 선택해야 하는가를 논의하였다. 풀베는 '낫'과 구별하고 단위성 의존명사로 쓰이는 '낱'과 구별하기 위하여 는 '낯'을 표준말로 정한다고 하였다. 표준말 사정의 기준을 올바르게 정립한 것으로 보인다. 이러한 사정 기준은 30년대 중반의 표준어 사정에 적지 않은 영향을 미친 것으로 보인다.

(15나)는 (9다)와 관련된다. 김두봉은 규칙을 어기고 달리 쓰이는 것은 규칙을 따라 바루되 알아보기에 거북한 것은 그대로 두자는 견해를 폈다. 'ㅂ' 받침을 가진 용언이 불규칙활용하는 '덥, 더우'는 '덥'으로 바로잡을 수 있으나 '것, 거르'에 나타나는 '르'를 'ㅅ'으로 바꾸면 알아 보기에 힘들 것 같아 그대로 둔다는 것이다. 후자는 'ㄷ' 불규칙동사의 어간을 바로잡 지 못한 데서 오는 잘못된 해석이다.

(15다)는 말뿌리, 곧 어근을 바꾸어 된 말은 가능한 한 이를 바루되 서투르게 되는 것은 그대로 두자는 것이다. '돋보(다)'는 '돋'과 '보'의 합성 이 명백하므로 '돗보'로 쓰는 것이 잘못이지마는 '모자라(다)'는 설사 어원 적으로 '못'과 '자라'의 합성이라 할지라도 '못자라'로 바로잡으면 서투르게 된다고 하였다. 어원 밝히기의 문제를 상당히 객관적으로 풀었다고 할

수 있다. 이러한 견해는 30년대 초반의 맞춤법 제정에 적지 않은 영향을 미친 것으로 보인다. 이 밖에 외래어의 사정 기준도 언급하였다. '마이루'는 '마일'이라 사정할 수 있으나 '구두'는 '구쭈'로 할 수 없다는 견해를 내세웠다. 이러한 견해 역시 타당성을 지니고 있다.

(15라)는 (9나)와 관련된다. 같은 뜻을 가진 말이 곳에 따라 다를 때에는 서울말로 표준을 정한다는 것이다. 이런 규정은 총독부 철자법에 이미 명문화되어 있고 '10년대 후반에도 무명씨가 이런 견해를 이미 표명하였음을 확인한 바 있다. 그러나 김두봉은 서울말이라고 해서 모두 표준말이 되는 것이 아니며 사투리도 경우에 따라서는 표준말이 될 수 있다고 하였다. 이러한 김두봉의 견해는 나중의 『한글맞춤법통일안』의 표준어 사정 원리와 근본적으로 일치한다는 점에서 역시 주목의 값어치가 충분히 있어 보인다.

(15마)는 국어순화의 원리와 한자폐지론을 언급한 것이다. 전자는 한자어로 된 고급용어를 우리말로 바꾸는 것이 한자를 모르는 사람들에게 도움이 되며 다른 외래어도 그런 방식으로 순화를 해야 한다는 것이다.[49] 후자는 한자를 갑자기 없애자는 것이 아니고 차츰 없어지게 한다는 것이다. 곧 국어순화운동과 한자폐지를 점진적으로 실행해야 한다는 뜻이다. 김두봉은 이곳에서 자기가 개발한 합성법에 따라 용어를 지으면 길이도 짧아지는 이득이 있다고 하였다.[50] 김두봉의 언어순화론은 주시경의 이론을 계승·발전시킨 것인데 적지 않은 문제점이 있다.[51]

---

49) 김두봉의 언어순화론에 대하여는 이미 고영근(1995가: 165-68쪽), 1995라/2001: 268-72)에서 언급한 바 있다.
50) 김두봉의 고유어 학술용어는 이윤재가 상해 방문에서 언어온 자료를 이만규가 정리하여 『한글』 1.4(1932: 177쪽)에 「과학술어와 우리말」(이만규 정리)이라는 제목으로 실었다.
51) 관련 논의는 고영근(1995라)를 보라.

표준말을 마무리하는 자리에서 김두봉은 흔히 쓰이는 낱말을 모아 표준을 정하려고 식자까지 해 놓았으나 사정이 있어 박지 못하여 애석하게 생각한다고 한 것을 보면 그 나름의 표준어 사정을 일단 끝낸 것으로 볼 수 있다. 이미 광문회에서 주시경을 도와『말모이』의 편찬에 종사했던 김두봉은 상해에 가서도 표준말 사정을 비롯한 민족어문의 여러 문제에 대하여 꾸준한 관심을 보여 왔음을 짐작할 수 있다. 중국 망명 3년의 짧은 기간이었지마는 큰 성과를 거두었다고 평가할 수 있다. 특히 김두봉은 분할체 활자를 고안하기도 하였다.『깁더조선말본』이 바로 분할체로 간행되었으며 이극로는 이 활자를 김두봉으로부터 얻어 이광수의『허생전』을 한글로 재현하고 독일어로 번역하였던 것이다. 사진 (1)(2)(251쪽)를 비교하면 같은 활자에 의한 조판임을 쉬이 알 수 있다.[52]

(2) 최현배, 이윤재, 양명의 표준화 연구

최현배는「우리말과 글에 대하야」(1922)라는 논설을 통하여 문자 개량론을 전개하였다. 최현배는 우리말과 우리글의 어제와 오늘을 돌이켜 본 바탕 위에서 민족어문의 표준화에 관한 청사진을 그려내고 특히 우리글자의 부족한 점을 진단하면서 그 나름의 흘림체안을 고안하였다. 이과정에서 최현배는 주시경의 가로풀어쓰기안과, (1)에서 보인 김두봉의 초기 업적과『깁더조선말본』을 많이 참고한 것으로 보인다. 특히 좋은 글의 조건과 우리글의 고쳐야 할 점 등은 김두봉의 영향이 커 보이며 흘림체안도 상당한 유사점이 보인다.

이윤재는 1921년부터 3년 동안 북경대학을 근거로 삼아 동양학을 연구하였는데 주로 1922년 11월부터 중국의 문자개혁운동, 문학운동 등 당시

---

52) 이광수의『허생전』의 조판과 독일어 번역에 대하여는 고영근(2006다: 334쪽, 본서 250쪽)을 보라.

의 중국의 정정(政情)에 관련된 각종 정보를 『東明』 지상에 보내왔다.53)
그 가운데서 「중국의 새 문자」(1922)와 「胡適氏의 建設的 文學革命論」
(1923)이 우리의 논의와 직접 관련된다. 전자는 중국이 한자를 폐지할
생각으로 주음문자를 발명하여 문자개혁을 실시하고 있음을 보고한 것인
데 이 자리에서 이윤재는 한글을 주음문자와 비교하면서 한글의 우수성을
실증한 다음, 표음문자인 한글로써 국어운동을 벌이자고 하였다. 후자는
비록 번역이기는 하지만 그 의도는 한문학과 같은 죽은 문학[死文學]을
숭상하는 우리 민족에게 자극을 주는 데 중요 의도가 있었다. 환산의
당시의 중국 소식은 침체상태에 빠져 있던 민족어문의 표준화운동에 적지
않은 자극이 되었다고 믿는다.(뒤에 나옴)

양명(梁明)의 「新文學 建設과 한글整理」(1923, 『歷文』 ③23, 126쪽)도 이윤
재의 보고와 같은 성격을 띠고 있는데 구체적인 실천 방안이 제시된
점이 다르다. 그는 먼저 외국인들이 우리의 고유한 문자와 언어가 있다는
사실을 모르는 것은 한자와 한문만 중시하고 우리글과 우리말을 멸시해
온 탓에 있다는 사실을 지적하고 호적의 「建設的 文學革命論」을 거울로
삼아 우리의 언어와 문자를 중심으로 하여 신문학건설 운동을 벌이자고
주장하였다. 그 실천방안으로 다음 6개 항목을 제시하였다.

(16) 양명의 신문학 건설방안
　　가. 현재의 우리말로 쓸 것
　　나. 한자를 제한할 것
　　다. 문법에 맞추어 쓸 것
　　라. 구점(句點)과 부호를 사용할 것
　　마. 글을 위하여 글을 쓰지 말 것

---

53) 이윤재의 북경 유학시절의 활동에 대하여는 고영근(1988, 1992나, 본서 202-11쪽)
을 보라.

바. 번역은 번역으로 창작은 창작으로 할 것

(16가)에서는 신문학 건설의 제1보는 현대어와 부합되지 않는 문체는 모두 버리고 현대어를 준거로 하여 쉽고 자연스런 문체를 건설하는 것이라고 하였다. (16나)에서는 우리의 문학과 교육이 한문의 전제(專制) 밑에서 압박을 받아 온 점을 생각하면 '漢字全廢論'을 주장하고 싶지마는 현재로는 그것을 실현하기가 어려우니 한자를 제한하여 쓰는 것이 좋다고 말하고 다음 4개항에 걸쳐 제한의 방법론을 제안하였다.

(17) 양명의 한자 제한론의 실천방안
　　가. 통용하는 한자를 일정한 자수로 제한할 것
　　나. 외래어와 인명, 지명의 고유명사는 전부 국문으로 쓰고 한문의
　　　　인명, 지명에는 한자를 밑에 쓸 것
　　다. 통용자만으로 자전을 만들 것
　　라. 보통학교 교과서에 통용자 전부를 편입시킬 것

양명의 한자 제한론은 당시로서는 혁신적인 발상이라 믿는다. 특히 (17나)와 같은 제안은 지금도 현실성이 있어 보인다. 앞에서도 더러 보았지만 개화기와 일제 초기의 지식인들은 한글전용과 국한문혼용의 소용돌이 속에서 대체로 한자를 제한하여 사용해야 한다는 생각을 가지고 있었다.

(16다)에서는 '사람'과 같은 단어를 다섯 가지 형태로 적고 조사 '는'도 '난, 눈'과 같이 불규칙하게 적으며 띄어쓰기를 하지 않는 당시의 문자생활의 실태를 비판하였다. 띄어쓰기 문제는 19세기 말부터 부분적으로 시행되었는데 양명은 이곳에서 실지의 예를 들어 가면서 그 필요성을 주장하였다. 띄어쓰기에 대한 최초의 공식적 논의가 아닌가 한다.[54] 이곳의

---

54) 띄어쓰기는 19세기 말부터 그 흔적을 볼 수 있다. 띄어쓰기의 발자취에 대하여는

문법이란 철자법을 뜻한다. 문법을 통일하려면 주시경, 김두봉, 이규영과 같은 전문적인 어학자에게만 맡길 것이 아니라 문학자의 노력이 수반되어야 한다고 하였다. 양명은 이 자리에서 앞에서 언급한 김두봉의『깁더조선말본』의 '좋을글'과 '날적'을 인용하면서 문법통일의 필요성을 주장하였다. 문자통일사업에는 문법의 완성과 사전의 편찬이 필요한 동시에 그것을 일반에게 보급하는 사업을 병행해야 한다는 그 나름의 사업계획을 명시하였다. 양명이 이런 생각을 진술하게 된 것은 자신이 직접 겪었던 당시의 중국의 '文學革命論'에 영향을 받고 김두봉 등의 우리 어학자들의 활동을 두루 살펴 본 끝에 얻은 결론인 것으로 보인다.

(16라)에서는 '구점'과 '부호'는 문자의 불완전성을 보충하는 수단이 되므로 이에 대한 배려가 필요하다고 하고 우리 문장을 중심으로 온점, 반점, 느낌표 등의 문장부호 사용의 필요성을 강조하였다. 우리는 앞에서 상해에 머물고 있었던 김영창이 문장부호의 필요성을 주장하면서 우리 문장에 적용할 것을 주장하였음을 본 바 있었는데 양명도 같은 생각을 지니고 있었다. 김영창과 함께 국어 문장부호의 역사를 엮는 데 참고할 만한 업적이라고 생각한다.[55]

(16마)는 문학의 참된 가치가 내용에 있다는 것을 강조하고 너무 수식과 기교에 얽매어서는 좋은 글이 될 수 없다는 것을 강조하였다. 이는 수사법의 표준화를 위한 견해를 펼친 것이라 할 만하다. (16바)는 당시에 유행하고 있었던 축역(縮譯)과 의역(意譯), 그리고 모방작, 표절작(剽竊作)을 비판하고 번역과 창작을 명백히 구분할 것을 제안하였다. 양명의 견해

지춘수(1971), 고영근(1983라: 33쪽), 申昌淳(1992: 158-63쪽), 서종학(1996)을 보라.

55) 문장부호의 발자취에 대하여는 더 정밀하게 추적될 필요가 있다. 우선 고영근(1983라: 52쪽, 212쪽, 장소원(1983), 고영근(1995가: 430-35쪽), 양명희(1996)을 보라.

는 이 땅 최초의 번역론이 아닌가 한다.

우리는 앞 시기에서 검토한 김영창과 그리고 이곳의 김두봉, 최현배, 이윤재, 양명의 논의를 통하여 1920년대 전반기에는 중국과 일본을 무대로 활약하던 우리의 어학자들의 표준화를 위한 노력이 오히려 국내의 활동에 앞서 있었다는 사실을 알 수 있다.

(3) 권덕규, 이필수, 이상춘 등의 표준화 연구와 안확의 도전

앞에서 지은이는 주시경 후계학자들이 조선어연구회를 창립하기는 하였으나 그렇게 두드러진 활동을 펴지 못하였다고 하였다. 이들은 사람에 따라 한글전용을 하는 일도 있고 국한문혼용을 하는 일이 있어 다소 전열(戰列)이 흐트러진 면이 없지 않았지만 총독부의 철자법을 외면하고 주시경 학파의 맞춤법을 준수하면서 꾸준히 문법책을 내고 표준화를 위한 노력을 그 나름대로 보이었다.56) 김두봉과 이규영은 앞 시기에 이미 주시경의 철자법 이론을 등에 지고 문법책을 저술한 바 있거니와 김원우 『歷文』 ①28, 이규방(『歷文』 ①29), 이필수(『歷文』 ①34, 35), 권덕규(1923)57), 장지영(1924)58), 김윤경(1925)59)도 그런 흐름에 동참하고 있었다. 이들은 특히 음성·문자론을 전개하면서 주시경의 형태음소적 원리를 계속 준수·응용하는 방향으로 표준화 문제를 밀고 나가고 있었다. 물론 세부적으로는 차이가 없지 않지만 받침의 부활, 각자병서의 채용, 원형 밝히기 등의 문제는 주시경의 이론을 그대로 따르고 있다. 이 가운데서 특기할

---

56) 이 문제에 대하여는 이미 신창순(1997가)에서 지적된 바 있다.

57) 권덕규의 저술은 『朝鮮語文經緯』(1923)을 가리킨다.

58) 장지영은 1924년에 『조선어전』을 유인본으로 낸 바 있다. 자세한 정보는 고영근(1997)을 보라.

59) 김윤경은 1925년에 『조선말과 글』을 유인본으로 찍어 낸 일이 있다. 관련된 논의는 고영근(1995나)를 보라.

것은 권덕규, 검·시어덤, 이규방, 이필수의 표준화연구이다.

권덕규의 『朝鮮語文經緯』(1923)는 현대의 문자/음성론, 문자사, 음운사, 어휘사, 어학사, 옛노래 해독, 표준어, 가로풀어쓰기 등에 관련된 논의를 전개하면서 군데군데 읽을거리를 넣어 우리 어문의 연구와 보급에 기여할 목적으로 저술한 책이다. 이 가운데서 특히 민족어문의 표준화에 관련된 논의는 자모의 명칭, 표준말, 가로풀어쓰기이다. 이 세 문제에 대한 권덕규의 견해를 보기로 한다.

첫째, 권덕규는 모음은 소리대로 읽으면 된다고 하면서 자음의 명칭을 다음과 같이 정하자고 하였다.

(18) 권덕규의 자음명칭(11쪽)

ㄱ 그윽 ㄴ 느은 ㄷ 드읃 ㄹ 르을 ㅁ 므음 ㅂ 브읍
ㅅ 스읏 ㆁ 으응 ㅈ 즈읏 ㅎ 흐흫 ㅋ 크윽 ㅌ 트읃
ㅍ 프읖 ㅊ 츠읓 ㅇ 으응

종래에 이름이 없던 'ㅈ, ㅋ, ㅌ, ㅍ, ㅎ'을 '지읏 …… 히흫' 등으로 부르는 것은 최세진의 훈몽자회를 지나치게 준수한다는 점에서 취할 수가 없다고 하였다. 최세진은 한자로 이름을 지어 한글의 참된 모습을 잃었다고 보았기 때문에 이런 생각을 하게 된 것이다. 이론적으로 보면 '그, 느' 등과 같이 부르는 것이 옳다고 하겠으나 너무 급진적이기 때문에 자신은 위와 같은 이름을 주었다고 하였다. 한글 자모, 특히 자음의 명칭은 19세기 말부터 많은 견해가 제안되었으며,[60] 박승빈도 이미 그 나름의 견해를 일찍부터 펼친 바 있다.(앞에서 나옴). 그런데 'ㆁ'과 'ㅇ'을 따로 세워 자모를 15개로 잡고 자음의 순서를 달리한 점에 대하여는 아무런 설명이 없다.

---

60) 자모의 명칭에 대한 어학자들의 견해는 김민수(1973: 696-707쪽)을 보라.

'ㅎ'을 '히읗'으로 정한 것은 주시경과 같이 'ㅎ'을 받침으로 인정하기 때문이다. 총독부 철자법일망정 자모의 명칭을 규정하지 않은 당시의 사정을 고려할 때 얼마든지 나올 수 있는 견해라고 생각한다.

둘째, 권덕규는 표준어의 사정 원칙과 그 실제적 문제를 논의하였다. 먼저 그는 표준어의 사정 기준을 다음과 같이 명세하였다.

> (19) 標準말을 定하려하면 爲先말을싫는소리를 定하여야 할지라 소리의 標準은 發音하는 입의形相을 떫아 學理에맞도록 定하는 것이 原則이요 한나라말의 標準소리는 그나라各곧의 소리가 갖후여된서울말의 소리를 標準하야定하는 것이 좋으나 그러나 習慣소리까지도 죄다 쫓을수는 없는 것이요 標準말은 한갓소리만뽑아定할 것이아니라 소리와 規則과 語意와地方들의 여러가지關係를 參酌하야 定하여야 할지니(183쪽) (원문대로)

대체로 앞의 (15)에서 본 김두봉(1922)의 표준어 사정 기준과 큰 차이가 없다. 권덕규의 표준화 주제는 어형의 확정, 서울말의 표준어 삼기, 습관소리의 배제로 요약할 수 있는데 특히 학리와 규칙을 중시할 것을 강조하였다. 학리와 규칙이란 '구슬(珠)'과 '구실(官)'은 서로 섞어쓰는 일이 많으나 전자는 '이슬'과, 후자는 '벼실(官)'과 보조를 맞추어 어형을 맞춘다는 뜻이다. 이러한 태도는 어형의 사정에 있어서 인위적인 가공을 하는 것으로 그의 스승 주시경으로부터 물려받은 유산임에 틀림없다. 사정의 실제를 따르는 마당에서는 김두봉이 들었던 예를 반복한 것도 없지 않다. '모자라다'의 어형 사정이 그러하다.

셋째, 권덕규는 (1)과 (8)에서 든 김두봉(1915, 1922)의 가로쓰기에 관한 내용을 거의 그대로 반복하면서 가로풀어쓰기의 필요성을 역설하였다. 더구나 이곳에서는 김두봉의 『깁더조선말본』의 관련 부분을 참고하라는 말까지 붙여 놓고 있다. 우리는 앞에서 가로풀어쓰기가 서양 선교사와 주시경을 거쳐 김두봉과 최현배에 이르러 거의 이론적 근거가 다져지고 어떤 완성된 안이 제안되었음을 본 일이 있었는데 이런 흐름은 주시경학파에서 커다란 물줄기를 형성하고 있었다.

가로풀어쓰기는 검·시어덤61)의 「우리의 글자」(『歷文』 ③23)에서 더 구체적으로 전개된다. 그는 한글의 단점을 예시하면서 가로풀어쓰는 방향으로 문자개혁할 것을 제안하면서 그 나름의 풀어쓰기안을 제시하였다. 단음문자이면서 운용 과정에 있어서는 음절문자의 속성을 띠고 있고 오른편에서 왼편으로 쓰고 있으니 당시 우리 문자에 관심을 가진 사람은 누구든지 한번씩 생각해 볼 만한 문제였다. 검·시어덤 역시 김두봉의 가로풀어쓰기 이론을 적지 않게 수용한 것 같다. 그는 자음과 모음에 걸쳐 글자체를 고안하였다.(146쪽). 주시경, 김두봉, 최현배에 이은 네 번째 시도인 것이다. 검·시어덤이 고안한 글씨체는 흘림체였다.

이규방은 『朝鮮語法』(1922)의 「附錄」에서 당시의 혼란한 어문문제를 구체적으로 들면서 바로잡는 길을 제시하였다. 이를 간추려 보기로 한다.

    (20) 이규방의 표준화연구
        가. 장음 적기의 잘못
        나. 조사용법의 잘못
        다. 조동사 및 종성용법의 잘못

(20가)는 장음을 표시하는 특별한 부호를 써야 한다는 것이다. 장음 옆에는 점을 찍는 것이 좋다고 하였다. (20나)는 주격조사 '가'를 써야 할 자리에 '이'를 쓰는 일이 있다고 하면서 이를 바로잡았다. 이를테면 '하나

---

61) 검·시어덤이 구체적으로 누구를 가리키는지 아직 구명해 보지 못하였다. 한글
    전용 위주의 글을 쓴 것을 보면 주시경학파인 것 같으나 철자법은 그렇지 않다.

가' 할 자리에 '하나이'를 쓴다는 것이다. 주시경의 표준화 이론을 구체적인 사례를 들어 응용한 대표적 저술로 보인다.

이필수는 『正音文典』(1923)에서 모음론에서 특히 'ㅓ'음이 소리에 정확하게 대응되는 글자가 못됨을 지적하고 '거래(去來)'와 같이 초성 아래 'ㅡ'를 덧붙이는 등의 문자를 고안하였다. 그리하여 자신의 책이름도 『졍음문젼』이라고 표기하였다. 자음의 명칭은 (18)의 권덕규의 안을 따르고 있다. 이필수의 저술에서 주목의 대상이 되는 것은 한글의 가로풀어쓰기에 대비한 한글 초서의 개발이다. 그는 대체로 김두봉과 최현배의 이론에 기대어 가로풀어쓰기의 필요성을 주장하되 자음은 물형(物形)으로, 모음은 음조로 풀어 한글의 초서체를 마련하였다.(138-42쪽). 앞의 두 사람과는 달리 제자 근거를 분명히 하였다. 따라서 자체에서 특이한 것이 적지 않다. 검·시어덤에 이은 다섯 번째 흘림체의 고안인 것이다. 이필수가 고안한 새 문자와 흘림체는 『글에 대한 문답』(1925, 『歷文』③24)에서 더 구체적으로 전개되었다.

이 시기에서 주목할 것은 문법서에 문장부호가 도입되어 있다는 사실이다. 앞에서 우리는 북경의 김영창, 상해의 양명이 문장부호를 도입한 일이 있음을 보았는데 이상춘은 『朝鮮語文法』(1925)에서 13개 항에 걸쳐 문장부호를 도입하고 그 용법을 소개하였다. 이상춘의 이러한 시도는 나라 밖의 어학자들의 문장부호의 도입과 결코 무관하게 이루어진 것 같지 않다. 문장부호는 엄격히 말하면 수사학, 곧 작문법의 소관이라 할 수 있으나 그것이 언어학적 의의와 관련하여 사용되어야 할 경우가 많기 때문에 문법에서도 다루어진다.[62] 주시경학파에 속하면서도 한글전용을 하는 사람도 있고 국한문혼용을 하는 사람도 있다고 하였는데 이상

---

62) 이 문제에 대하여는 고영근(1995가: 432쪽, 609-29쪽)을 보라.

춘은 국한문혼용을 하면서 주시경의 이론을 충실히 따르는 사람이었다. 그는 이규영의『現今 朝鮮文典』과 마찬가지로 제1유형의 단어별 띄어쓰기를 준수하였다. 이는 한글전용/국한문혼용 및 띄어쓰기를 둘러싸고 같은 학파 사이에서도 의견이 갈려 있었다는 방증으로 풀이할 수 있다.

이 시기에도 주시경학파에 대한 도전이 지속되었다. 이미 안확은 1910년대 중반에 주시경학파에 대하여 도전장을 내고 문법과 철자법이 지나치게 독단적이고 이론적이어서 현실성이 부족하다고 비판을 가한 일이 있었음을 보았는데 이 시기에 와서는 한층 강도를 높여 비판의 화살을 당기었다.『朝鮮文學史』의 附編「朝鮮語原論」에서 안확은 구체적으로「周氏一派의曲說」이라는 제목을 내세우고 주시경이 저술을 내고 후진을 양성한 공은 있지마는 오해(誤解)와 곡설(曲說)이 많아 후학들을 오도할 가능성이 많다고 말하고 성음, 어법, 외래어 추방, 표기법 개량 등의 문제에 걸쳐 구체적으로 잘못을 비판하였다. 요컨대 주시경학파는 문자와 어법을 혼동하여 괴벽한 이론을 전개하였다고 하면서 전일의 주장을 되풀이하였다.[63]

(4) 국제공통어에 대한 관심

1920년대의 우리의 어학자들은 민족어문의 표준화 문제 밖에도 당시 국제공통어로서 널리 보급되고 있었던 에스페란토의 보급에도 관심을 기울이는 사람들이 줄을 이었다. 이 시기에 나타난 대표적인 업적으로는 김억의「國際共通語에 대하야」(1922『歷文』③23」, 114쪽),「에스페란토의 世界的 價値」(『계명』12, 1922),『에쓰페란토 獨習』(1923, 2.64)와 원종린의『에스페란토 獨習』(1925, 2.64)이 있다. 그 밖에 백남규의「에스페란토」語

---

63)『朝鮮語原論』에 대하여는 이미 이기문(1988)에서 자세히 검토된 바 있기 때문에 이곳에서는 상론을 피한다.

十六'個條文法」(『啓明』22, 1932)도 추가할 수 있다.

김억은 시인으로서 널리 알려져 있지마는 에스페란토에 관한 논설과 한 권의 저서를 가지고 있다. 『啓明』 기고문은 기고자의 이름이 밝혀져 있지 않다. 에스페란토의 연혁, 관련학회와 국제협회를 비롯하여 상용, 교육, 국제회의에서 널리 실용되고 있는 소식을 전하면서 조선에도 하루 빨리 이 언어가 보급되기를 촉구하는 내용을 담고 있다. 『에쓰페란토 獨習』의 서문에 기대면 김억은 1917~18년 사이에 중학교 교사로 있을 때 에스페란토를 가르친 일이 있다고 하니 이를 기준으로 하면 우리나라에 이 언어가 소개된 것은 1910년대 후반임을 짐작할 수 있다. 그후 그는 서울 기독교 청년회관에서 공개 강연을 한 일이 있는데 우리나라에서는 에스페란토가 공개되기는 처음이라고 하였다. 여기서 먼저 주목의 대상이 되는 것은 김억의 「國際共通語에 대하야」라는 논설이다. 그가 국제공통어에 관심을 기울이는 것은 그것이 조선의 문화와 실업은 물론, 세계적 사조의 순응에 큰 관계를 맺고 있기 때문이라고 보았다.

민족과 국민이 서로 분열하고 반목하는 것은 언어가 통용되지 못하는 것이 큰 원인으로 작용한다고 보고 이를 해소하는 길은 어느 특정 언어에 기울어지지 않는 국제공통어의 학습밖에 딴 길이 없다고 하였다. 김억은 우리에게 우선적으로 필요한 것은 모국어의 학습과 국제어 에스페란토의 학습의 필요성을 강조하였다. 영어를 국제어라고 하면서 에스페란토의 학습을 반대하는 사람들의 견해가 옳지 못하다고 비판을 가하고 동양 사람들과 같이 문화적으로 뒤떨어진 나라의 사람들이 서양책을 읽으려면 2,3개국어는 알아야 하는데 그것이 어떻게 가능하겠는가 하고 물은 다음, 다른 나라의 예를 들어 에스페란토어의 학습 필요성을 강조하였다.

원종린도 김억과 비슷한 생각을 지니고 있었다. 국가와 국가가 대치하고 있고 민족과 민족이 반목하고 있고 인종끼리 멸시하는 풍조를 없애는 유일한 길은 에스페란토의 학습 밖에는 없다고 하였다. 일제 식민지 치하 (治下)와는 정세가 다른 오늘날의 관점에 설 때 이들 두 어학자의 견해가 어느 정도 타당성이 있을지 속단할 수 없으나 아직도 에스페란토가 국제 어로서 생명이 지속되고 있는 현재의 상황을 고려할 때 한번쯤은 되돌아 보아야 할 가치 있는 발상이었다고 생각된다. 두 사람 모두 에스페란토의 문자 및 표기법, 품사와 조어법, 문장구성법을 골고루 다루고 있다.

에스페란토에 대한 관심은 1930년대에도 보인다. 백남규는 앞서 든 강매가 『啓明』12, 13호에 에스어에 관한 논문과 시가를 발표한 적이 있다고 말하고 에스페란토 문법 15개조를 소개하였으며 『啓明』22호에는 「계명구락부 연혁」을 국한문과 에스로 대역하고 있어 당시 우리 지성계 의 에스에 대한 관심이 어느 정도였는가를 짐작할 수 있다.

(5) 훈민정음 창제기념행사

이 시기에서 특기할 것은 1921년에 창립된 조선어연구회에서 최초로 훈민정음 창제기념행사를 베풀었다는 점이다. 훈민정음은 음력으로 1443 년(癸亥) 12월에 창제되었다. 조선어연구회는 1924년 2월 1일 오후 4시부 터 휘문고등보통학교에서 훈민정음 창제 8회갑 기념회를 가졌다. 동아일 보는 1924년 2월 1일자(癸亥 12월 27일)에 '금월 27일에'라는 부제와 함께 '正音創造'라는 제호로 다음과 같이 보도하였다.

(20)-1. 음력 계해년은 세종대왕께서 우리 조선말의 근본인 훈민정음을 창
조·반포한 지 칠십일주 회갑에 해당하므로 시내 휘문 고등보통학교
안에 있는 조선어연구회에서는 음력 금월 이십 칠일 오후 세시 반에
훈민정음 창작·반포 칠십일 주 회갑 기념식을 원동 휘문고능보통학교
에서 개최할 터이며 …(현대 맞춤법에 따라 고쳐적음)

이어 동아일보는 몇몇 명사를 초청하여 우리말의 기원과 연혁에 대한 강연이 있다고 보도하고 훈민정음 창제는 세종 25년이지만 반포는 가세종 27년이므로 이십칠의 의미를 취하여 27일에 기념식을 거행한다고 하였다. 이곳의 27년은 28년의 잘못이다.

한편 이병기는 그의 『가람일기』(1)[64]에서 훈민정음 창제 기념식을 다음과 같이 적었다.

> (20)-2. 오후 4시부터 휘문고등보통학교에서 훈민정음(訓民正音) 8회갑(回甲) 기념회를 하였다. 모인 이가 수십 명, 그 중에 다수는 조선어 연구회원(朝鮮語研究會員)이고 나머지는 동지자(同志者)들이다. 동 교장 임경재(任璟宰)씨의 사회로 개회사를 마치고 신명균(申明均) 군의 세종대왕(世宗大王)의 공적에 대한 이야기가 있었고 그 다음에는 내가 나서 훈민정음에 대한 강화(講話)가 있었고 그 다음에는 권덕규(權悳奎) 군의 정음의 유래에 대한 이야기가 있었고 그만 폐회하였다.

뒤에서 보겠지만 훈민정음 관계 기념은 1926년부터는 '가갸날/한글날'이라고 하여 반포일을 기준으로 하여 행사가 치러졌다.[65]

3. 1920년대 후반의 표준화운동

1) 가갸날/한글날의 제정을 전후한 표준화를 위한 토론 전개

1920년 후반으로 접어들면서 민족어문의 표준화운동은 새로운 양상을

---

64) 이병기/정병욱 · 최승범 편(1975-1: 229쪽)를 보라.
65) (20-1)과 (20-2)의 기록은 김민수(1990: 59쪽)에서 공개된 바 있다.

띠게 되었다. 첫째로는 해외에서 어문연구의 기초학문인 일반언어학과, 외국 민족어운동의 동향을 연구하거나 지켜보던 많은 어학자들이 귀국하였다는 사실을 들 수 있다. 1924년에는 중국에서 동양학과 어문문제의 동향을 지켜보던 이윤재가 귀국하고 1926년에는 일본에서 학업을 마친 최현배와 정렬모가 돌아왔으며 1929년에는 독일과 일본에 각각 유학하던 이극로와 김윤경이 돌아왔다.[66] 말하자면 이들 어학자들의 귀국이 계기가 되어 국내파를 중심으로 진행되던 민족어문의 연구와 보급에 활력을 불어넣을 수 있는 분위기가 형성되어 갔다고 할 수 있다.

이보다 더 손꼽아야 할 일은 1926년 11월에 훈민정음 반포 480돌(8주갑)을 기념하는 행사를 가졌다는 사실이다. 조선어연구회는 新民사와 공동으로 음력 9월 29일을 '가갸날'(1928년부터는 '한글날'로 이름을 바꿈)로 정하여 기념하였다.[67] 조선어연구회는 이날을 기념하는 강연회를 열고 기념강좌를 열었으며 東亞日報와 朝鮮日報에 「正音欄」을 두어 한글보급에 진력하자는 결정을 보면서 어문연구를 조직적으로 실행할 수 있는 터전은 닦이어 나갔다. 우리는 앞에서 조선어 연구회가 1924년 2월 1일에 훈민정음 창제 8주갑 행사를 치렀음을 본 바 있다.

해가 갈수록 어문 연구의 열기가 뜨거워져 마침내 조선총독부로 하여금 종전에 사용하여 오던 『諺文綴字法』을 개정하게 하고 『한글마춤법통일안』의 제정에 착수하였다는 사실이다. 이 시기에는 조선어연구회의

---

66) 관련 내용은 『周時經學報』 4호 및 10호에 실린 김민수, 고영근, 김하수의 정렬모, 이윤재, 이극로의 연보, 고영근(1995가)에 실린 최현배의 연보, 『한결 김윤경 선생』(보성문화사, 1979)에 실린 김윤경의 연보 등에서 얻을 수 있다.

67) 가갸날에 대한 공식기록은 우선 한글학회(1971: 6)이 참고된다. 이를 뒷받침하는 자료들이 적지 않다. 우선 1926년 11월 4일부터 11월 23일까지 東亞日報와 朝鮮日報에서 이를 크게 보도하였다. 관련자료는 국립국어연구원(1991, 31-32쪽)에서 볼 수 있다. 그리고 동인지 『한글』의 창간사(1927. 2)와 이병기/정병욱·최승범 공편(1975-I, 296쪽) 등도 참고된다.

동인지『한글』이 창간되고『東光』,『別乾坤』,『新民』,『新生』,『한빛』
등의 종합지가 창간되어 민족어문의 표준화 문제에 대하여 각별한 관심을
기울였고 東亞日報와 朝鮮日報 등의 민족지가 앞다투어 어문의 표준화
문제를 거론하고 그 보급에 협조하였다는 점이다.

1926년 2월호『新生』지는「훈민정음 반포 제8회 회갑기념 투고난」[68]
을 마련하고 다음 세 가지 항목에 걸쳐 독자들의 의견을 수렴하였다.

> (21)『新生』지의 표준화 물음
> 가. 반포 당시의 문자대로 쓰는 것이 옳으냐
> 나. 한자음을 적는 데 있어 원음대로 적을 것이냐 현실 발음대로 적을
>   것이냐
> 다. 기타

(21가)의 '문자'란 표기법을 뜻한다. 이를테면 '둏'(好)을 원래대로 쓸
것이냐, 아니면 현실음대로 '좋'으로 써야 한 것인가에 대한 물음이다.
(21나)는 한자음을 역사적으로 사용해 오던 대로 '텬디'로 적을 것인가
아니면 현실음대로 적을 것인가에 대한 물음이다.『新民』사는 함경북도
길주의 김화순(金華舜) 밖에 5명의 답변을 실었다. 대체로 현실발음대로
적자는 의견이 우세하였다. (21)을 통하여 우리는 1920년대 후반의 표준
화의 관심이 일차적으로 어디에 있었는가를 알 수 있다.

이어『新民』도 민족어문의 통일과 표준화에 대하여 큰 관심을 기울였
다. 그 2권 5호(1926.5)는 이능화, 안확, 이윤재, 이병도, 사공환, 정렬모
등이 민족어문의 역사와 통일에 관련된 문제를 집중적으로 조명하였다.
(『歷文』③23, 1066-1093쪽). 이 가운데서 지금까지 주목되지 않은 것은 사공환

---

68) 이 자료는『歷文』③23, 1123쪽에 실려 있다.

(司空桓)의「朝鮮文의 史的硏究」이다. 사공환은 어떤 인물인지 상고(詳考)
해 보지 못하였으나 민족어문의 역사와 당면 문제에 대하여 해박한
지식을 지니고 있었다. 그는 민족어문의 통일과 보급은 민족의 정신
통일을 도모하고 다른 민족과의 결합을 촉진시킬 수 있는 첩경임을
천명하였다. 이어 사공환은 상대로부터 훈민정음 창제를 거쳐 개화기의
주시경에 이르는 역사를 개관하고 한문을 귀히 여기고 방음(方音)을 천시
하는 당시의 소국적(小國的) 악습을 매섭게 비판하고 민족어문의 통일을
위하여 매진해야 한다고 하였다. 훈민정음 반포 8주갑을 기념하여 국문
강연회를 열고 반절표를 5만부를 만들어 무료·배포한다는 계획까지
세웠다.

　같은『新民』지상의 기고에서 특별히 주목할 것은 이윤재의「조선글은
조선적으로」(1926. 5,『歷文』③23, 1083쪽)이다. 이윤재는 당시 통용되고 있
었던 총독부의 철자법을 비판하고 주시경의 문법식이 우리의 철자법으로
채용되어야 한다는 주장을 폈다. 그는 한글 정리의 과제로 '철자법의
개정, 표준어의 제정, 한자어의 처리'의 세 가지를 들면서 특히 투철한
역사 인식을 기초로 하여 주시경과 김두봉 등의 주시경학파의 철자법
이론을 계승·발전시키는 문제를 논의하였다.[69] 이윤재는「筆 不精의
恥」(1926. 11)와「朝鮮文과 語의 講習을 實行하자」(1926)에서 민족어문의
표준화와 그 보급책에 대한 견해를 토로하기도 하였는데 이는 물론 중국
유학을 통해 길러진 안목으로 보인다.[70]

　이윤재의 표준화에 대한 기고에 뒤이어 우리가 주목할 것은 1926년

---

[69] 이윤재의 표준화이론에 대하여는 고영근(1988)을 보라.
[70] 이윤재의 연보와 저술목록에 대하여는『주시경학보』10에 실린「이윤재의 걸어
　　온 길」과「이윤재의 저술목록」을 보라. 이들은 모두 본서(215-38쪽)에 수정하여
　　실었다.

5월 안창호의 홍사단을 배경으로 창간된 『東光』의 어문표준화에 대한 관심과 실천이다.

『東光』 편집부는 제5호(1926. 9)에서 「조선말과 글의 研究」(한글의 研究/正音文法研究欄)[71]라는 난을 마련한 데서 실마리를 찾을 수 있다. 『東光』 편집기자는 「편집기자의 생각」에서

> (22) 조선글은 우리가 가진 오직 하나의 보배외다. 이로써 능히 높고 낮은 모든 사람을 글 보게 하는 일이 수히 되고 딸아서 우리의 앞 길을 개척하는 대 우리의 문화를 건설하는 대 좋은 쟁긔가 되는 것입니다. 그런데 이제 그 글을 쓰는 사람의 글을 보면 이이는 이렇게 쓰고 저이는 저렇게 쓰어 한가지로 통일됨이 없어 보는 자로 하여금 뒤숭숭하게 하며 딸아오는 자로 길을 잃게 합니다. (원문대로)

와 같이 우리 민족이 좋은 문자를 가지고는 있으나 적는 법이 통일되지 않아 바른 길을 찾지 못하고 있다고 하면서 민족어문의 표준화에 관련된 글을 계속하여 싣겠다고 하였다. 그리고 문법식 철자법의 주장을 따라써 보려고 하나 인쇄소의 설비 불비로 원만하게 되지 못하였다고 사정을 전하였다. (22)에 나타난 '높고, 쓰어, 딸아, 잃게' 등의 표기가 문법식에 따른 표기인데 이를 통하여 우리는 당시 『東光』지가 주시경의 철자법을 준수함을 원칙으로 삼았음을 확인할 수 있다.

이 난에는 그 첫 시험으로 한결(김윤경), 天民子(白定木)[72], 李周萬의 세 사람의 글을 실었다. 한결은 「조선말과 글에 바루잡을것」을 기고하였는데 이는 그의 유인본 『조선말과 글』(1925. 6)에서 뽑아 실은 것이다.[73]

---

71) 호마다 제목이 조금씩 바꾸어 있다.
72) '天民子'는 『東光』 9(1927. 1)에 '白定木'이란 이름으로 기고하기도 하였다.
73) 양자간의 관계에 대하여는 고영근(1995나)를 보라.

대체로 주시경학파의 표준화 이론을 계승·발전시키는 원칙을 지켰다. 굳이 특징을 들자면 긴소리는 왼쪽에 한점을 찍어 짧은소리와 구별해야 한다는 정도이다. 이곳에서도 가로풀어쓰기의 당위성을 강력하게 주장하였다. 백정목은 「母音의 硏究」를 기고하였는데 「本文의 新硏究」에서 「抄錄」이라는 부제를 붙였다. 그는 복모음으로 처리해 온 'ㅢ, ㅓ, ㅚ, ㅐ, ㅟ, ㅔ'를 단모음으로 간주한 자신의 선배인 최예황(崔叡恒)의 소견을 인용하면서 'ㅊ, ㅋ, ㅌ, ㅍ'을 합성으로 처리한 주시경의 소론과 함께 일대(一代)의 쌍벽(雙璧)이라 평가하고 국어의 모음체계를 정모(正母)와 변모(變母)의 관점에서 해석하였다.[74] '최예황이 누구인지 정확하게 알려져 있지 않으나 종래 복모음으로 처리해 온 이른바 변모음 종류를 단모음으로 처리한 것은 국어음운론 연구사를 다시 쓰게 하는 중요한 발견으로 간주된다.[75] 이주만은 「斷行期에臨한正音文法」에서 『東光』의 발간이 계기가 되어 어문통일을 위한 기초연구에 매진하자는 단상(斷想)을 베풀었다.

『東光』 편집부는 석달 뒤 『東光』 8호(1926. 12)에서 민족어문의 통일에 관련되는 의견을 계속 기고(寄稿)하여 줄 것을 부탁하면서 다음과 같이 토론의 필요성을 베풀었다.

(23) 우리글은 가장 混雜不一하여 그 쓰는 법이 다 各其 다르니 딸아서 硏究도 다 各其 다를 줄 압니다. 그 中에서 바른것 한가지를 標準글로 定하여 쓰려고 할찐대 다만 한 사람의 立論을 고대로 盲從하여 딸아갈것이 아니며 또 자긔의 意見만 固執하여 세울 것도 아니라 반듯이 여러 사람의 意見을 綜合하여야 할찌니 한가지 問題를 가지고 批判도 하며 討論도

---

74) 천민자이 글에 대하여는 현대석 관점에서 다시금 평가할 필요가 있어 보인다.
75) 이에 대하여는 따로 평가할 가치가 있다. 천민자의 내용분석에 있어서는 이진호 군의 도움이 컸으며 이는 이진호(2000)으로 발전하였다.

하며 反駁도 하여 바른 본 하나를 찾도록 硏究하여 나아갈 것이외다.
(원문대로)

요컨대 중지를 모은 통일안을 만들어 보겠다는 기획이었다.

(23)의 방침에 따라『東光』지는 자산(自山) 안확(安廓)의「朝鮮語硏究의 實際」를 실었다.『東光』편집부는 안확의 논지가 자신들의 주장과 다르기는 하나 토론의 계기를 마련한다는 뜻에서 싣는다고 하였다. 당시『東光』의 맞춤법은 주시경의 것을 따르고 있었기 때문에 주시경의 맞춤법에 반기를 든 안확의 주장이 자신들과 다르다고 한 것으로 보인다. 안확은 우리말 연구의 주제를 어원, 음성, 문법에 걸쳐 제시하고 당시 어문학계의 관심의 대상이 되어 있었던 어원 밝히기, 받침 늘이기, 각자병서의 살려쓰기, 구개음화 이전대로의 읽기의 네 문제에 대하여 그 부당성을 비판하였다. 안확은 이미 1910년대 중반에 주시경학파에 도전장을 낸 바 있었는데 20년대 후반에 와서는 더 격렬하게 주시경학파를 비판하였다. 그는 철자법을 정리할 필요가 없다는 극단적인 발언도 서슴지 않았다. 주시경학파에 대하여 2차 도전장을 낸 것이다.

안확의 민족어문에 대한 견해는 뒤이어 많은 사람들, 특히 주시경후계 학자들의 비판의 대상이 되었다. 이 문제를 살펴보기에 앞서 우리는『東光』9호(1927. 1)에 실린「우리글 表記例의 몇몇」을 중심으로 당시의 어문학자들이 품고 있었던 어문통일에 대한 생각의 가닥들을 검토해 보기로 한다.『東光』편집부는

(24) 元來 國字 改良의 事業이란것이 진실로 一時一人의 主張으로 써 그리 얼른 되는 것이 아니매 이로붙어 多數한 時日을 두고 多數한 사람의 硏究의 힘으로 써라야 필경 바루잡힐 날이 있을 것이라 합니다. 그러나 爲先 하로 바삐 곧히어 쓰지아니하면 안될 우리글 表記함에 用例 몇몇

을 뽑아서 都下 專門學校 高等普通學校에 우리말 擔任하여 계신 여러
先生님께와 및 斯界에 造詣가 깊으신 몇분 어른에게 해답을 求하였던
바 다행히 일쯕 붙어 本誌를 사랑하여 주신 여러분께로 붙어 懇篤한
回答이 오왔습니다. (원문대로)

와 같이 여론조사의 당위성과 조사의 경과를 설명하고 원고 도착 순서에
따라 다음과 같이 회신을 보내 온 18명의 어문학자들의 이름을 밝히었다.

  (25) '우리글 表記例의 몇몇'의 설문조사에 응한 어문학자의 명단과 재직처
      金鎭浩(배재고보), 金智煥(배화여자고보), 李萬珪(배화여자고보), 鄭烈
      模(중동학교), 權悳奎(중앙고보), 李奎昉(보성고보), 張膺震(경기여자
      고보), 李常春(송도고보), 魚允迪(경성제국대학), 張志暎(경신학교), 한
      결(동경), 白定木(天民子), 朴勝彬(보성전문학교), 李秉岐(휘문고보), 李
      起奭, 姜 邁(배재고보), 崔鉉培(연희전문학교), 申命均(신소년사)

이 가운데서 주시경 후계하자로'서 분명한 사람은 김진호, 이만규, 정렬모,
권덕규, 이규방, 이상춘, 장지영, 한결(김윤경), 이병기, 강매, 최현배, 신명
균의 12명이며 김지환도 당시 한결과 함께 배화여자고보에 일하고 있었
던 점을 고려할 때 이 계열에 넣을 수 있다. 답변에 응한 2/3 이상이
주시경 계열임을 확인할 수 있다. 재직처가 적혀 있지 않은 백정목은
『東光』 5호에 기고한 '천민자'의 딴 이름이며(앞에서 나옴), 이기석과 함께
어떠한 인물인지 분명하지 않다.
  『東光』 편집부가 돌린 설문 내용은 다음과 같이 간추릴 수 있다.

  (26) 설문 내용
     가. ㆍ를 사용하지 않아도 좋은가?
     나. 된시옷을 'ㄲ ㄸ' 등의 병서체로 써도 좋은가?
     다. 'ㄷ ㅅ ㅈ ㅊ ㅌ'행에 'ㅑ ㅕ ㅛ ㅠ' 등의 복모음을 써도 좋은가?

라. 말의 첫머리가 ㄴ행으로 되어 있을 때 ㅇ으로 바꾸어도 좋은가?

마. 첫소리에 쓰이는 자음을 다 받침으로 써도 좋은가?

바. '들어가, 벗어'처럼 어간과 어미를 끊어적어도 좋은가?

사. '되여서, 그려서'와 '되어서, 그리어서' 중 어느것을 표준으로 삼을 것인가?

아. '더우니, 지으니, 우니'와 '덥으니, 짓으니, 울니' 중 어느것을 표준으로 삼을 것인가?

자. 한자어 '십월(十月), 녀자(女子), 리천(利川)' 등을 한글로 적을 때 '시월, 여자, 이천'으로 적어도 좋은가?

차. '天, 名, 兒'를 뜻하는 '한울, 하늘, 하날; 일음, 이름, 일홈; 아희, 아이, 아해'의 세 가지 가운데서 어느 것을 표준으로 삼아야 하는가?

『東光』 편집부는 응답 지면의 맨 끝에서 응답자의 견해를 종합하여 통계로 제시하고 있다. 그 내용을 간추리면 다음과 같다.

(26') 응답자의 견해에 대한 종합통계

가. 좋음(8), 안됨(8), 조건부(2)

나. 좋음(15), 안됨(1), 조건부(2)

다. 좋음(10), 안됨(2), 조건부(6)

라. 좋음(6), 안됨(11)

마. 좋음(18), 안됨(없음)

바. 좋음(16), 안됨(2)

사. '되어서, 그리어서'가 좋음(8), '되여서, 그려서'가 좋음(4), '되여, 막히여'가 좋음

아. '덥으니, 짓으니, 울니'가 좋음(8), '더우니, 지으니, 우니'가 좋음(5), 양쪽 다 좋음(3), 기타(1)

자. 실제의 발음대로(11), 원음대로(5)

차. '하늘'과 '한울'이 각 6명이고 '이름'과 '아이'가 각각 8명으로 가장 많았음.

(26가)의 아래 아자의 사용 문제는 의견이 반반씩이고 보류가 2명이다. 버려도 좋다는 의견을 가진 사람들의 근거는 이미 없어진 소리이기 때문이라는 것이고 버려서는 안된다는 견해의 근거는 그것이 훈민정음 당시부터 중심 모음이었다는 점을 내세웠다. 조건부는 아직 그 가부(可否)를 결정할 수 없으니 깊은 연구를 기다린 다음에 결정하자는 것이다. 아래 아를 사용하지 말자는 의견은 주시경 후계학자들의 공통된 견해인데 이는 주시경의 『國語文法』(1910)의 원고본에서 활판본을 거치는 사이에 이미 폐기되었다.76) 우리의 맞춤법에서 이 글자가 정식으로 자취를 감춘 것은 『諺文綴字法』(1930)에서 비롯되며 『한글마춤법통일안』(1933)에도 그렇게 되어 있다. 『諺文綴字法』에서 아래아를 폐기한 것은 『東光』의 설문지에서 찬성의 견해를 내 놓은 주시경 후계학자의 견해가 반영된 것으로 보인다.(뒤에 나옴)

(26나)의 병서부활은 박승빈을 제외하고는 모두 찬성하였다. 이는 원래 주시경이 주장하였던 것인데 통계가 절대 다수로 나온 것은 주시경의 견해가 당시 대부분의 어문학자들의 공감을 얻었다고 해석할 수 있다. 『東光』지에 반영된 이와 같은 여론은 뒤의 『언문철자법』에서 먼저 채택되었고 『통일안』에도 그대로 이어지고 있다.

(26다)는 치음 뒤에 복모음을 사용해도 좋다는 의견이 10명인데 이들은 간음(間音)과 외국어의 표기에 쓰인다는 점을 근거로 내세웠으며 한자어의 경우는 복모음을 쓸 필요가 없이 실제의 발음을 좇아야 한다고 하였다. 한자어의 경우에 한하여 복모음을 버려야 한다는 『東光』지의 여론은 뒤의 『언문철자법』과 『통일안』에 그대로 수용되어 있다.

(26라)는 '녀름, 니르다와 같이 첫머리에 'ㄴ'을 가진 말을 'ㅇ'으로 바꿀

---

76) 관련 논의는 고영근(1995다)를 보라.

것인가 하는 문제인데 반대 의견이 11명으로 다수를 차지하고 있다. 반대 근거로 역시 본음을 지키는 것이 옳다는 것과 지방에 따라 'ㄴ'을 발음하는 곳이 있다는 사실을 들었으며 찬성의 근거로는 소리대로 적어야 한다는 점을 내세웠다. 『普通學校用諺文綴字法大要』(1921)에서는 모두 'ㄴ'음을 밝히기로 명문화한 바 있는데 주시경학파에서 이를 수용한 것은 그것이 그들의 형태음소적 원리에 합당하다고 믿었기 때문이었다. 그런데 그 뒤의 『언문철자법』(1930)에는 『東光』지의 소수의견이었던 'ㅇ'표기(탈락형)가 채택되어 있으며 통일안에는 명문화된 규정이 보이지 않는데 이는 한자어의 어두의 'ㄴ − ㅇ' 표기와 상관성이 있다는 사실을 고려하였을 가능성이 많다.

(26마)는 반대하는 사람이 하나도 없는 것으로 통계 처리되어 있지마는 사실은 그렇지 않다. 특히 박승빈은 'ㅎ'만은 받침으로 쓸 수 없다는 견해를 명백히 하였다. 'ㅎ'은 후음이기 때문에 받침될 자격이 없다고 보았다. 이는 박승빈의 일관된 견해로서 (4)에서도 이미 표백된 바 있다. 박승빈의 'ㅎ'음에 대한 견해는 1932년의 '한글토론회'에서 주시경학파와 날카롭게 대립된 주제의 하나였다.(뒤에 나옴). 그런데 『언문철자법』에서는 박승빈의 견해가 채택되어 'ㅎ'을 받침으로 인정하지 않았으며(뒤에 나옴), 『통일안』에서는 주시경학파의 견해가 그대로 수용되어 'ㅎ'을 받침의 한 가지로 인정하였다.

(26바)는 2명만 제외하고는 모두 어간과 어미의 끊어적기를 찬성하였다. 이러한 표기법은 『普通學校用 諺文綴字法』(1912)에서부터 시행해 오던 것으로 『언문철자법』과 『통일안』에 그대로 이어지고 있다.

(26사)는 의견이 많다. 그것은 동화된 형태(되어서›되여서)와 축약된 형태(그리어서›그려서)를 섞어 보인 데 까닭이 있어 보인다. 대부분의 응답자는 양자의 성격이 다름을 이해하고 있다. 어미의 원형을 밝혀적는 의견이

우세하기는 하나『언문철자법』에서는『東光』에서 소수의견이었던 '되여서, 막히여'가 채택되었으며『통일안』에서는『東光』의 다수의견이 채택되어 '되어서, 막히어'를 표준으로 삼았다. 그런데 북한은 '되여서, 막히여'를『조선어신철자법』에서부터 지금까지 변함없이 사용하고 있다. 이는 '여'불규칙활용과의 보조를 같이한다는 취지에서 취한 조처이기는 하나 역사적으로는『東光』의 소수 의견과『언문철자법』의 표기를 수용하였다고 말할 수 있다.

(26아)는 이른바 불규칙용언에 대한 표기인데 어간의 원형을 밝히자는 견해가 절반 정도이고 소리나는 대로 적자는 견해가 5명으로 소수를 차지하고 있다. 전자는 대부분 주시경학파의 주장인데 그 가운데서도 어떤 사람은 적을 때에는 원형을 밝히되 발음은 현실음을 따르자는 견해를 내 놓은 사람도 있다. 그러나 '울니'의 경우는 철자와 발음의 거리가 머니 그냥 '우니'를 적자고 하였다. 그런데『언문철자법』에는『東光』의 소수의견이 채택되었고『통일안』에도 대체로 그대로 반영되어 있다. 주시경학파의 불규칙용언의 원형 밝히기는 나머지 주제와는 달리 지나친 어원주의라 하여 당시 사람들에게 많은 거부감을 불러일으켰다. 북한의 초기 철자법이었던『조선어신철자법』에서는 주시경의 형태주의 맞춤법을 계승하고 동시에 가로풀어쓰기에 대비한다는 뜻에서 문자를 새로 만드는 조처를 취하였으나『조선어철자법』(1954)에서는『통일안』을 따랐다.

(26자)는 실제의 발음대로 적자는 의견이 2/3를 차지하고 있으며 한자의 본음을 밝히자는 사람이 1/3 밖에 안되어 소수의견으로 처리되어 있다. 사실 이 문제는 (5라)의 고유어와 함께『보통학교용 언문철자법대요』(1921)에서부터 주목되어(앞에서 나옴), 어두에 'ㄴ, ㄹ'을 밝혀적어 왔으나『언문철자법』에서는 고유어에 한하여 소리대로 적고 한자어는 원음을 밝혀적기로 하였다. 전자는『東光』에서 소수의견이었고 후자 역시『東光

의 소수의견이었다. 그러나 『통일안』에서는 한자어를 중심으로 『東光』의 다수의견을 거두어들이는 선에서 두음법칙을 준수하는 방향의 표기법을 선택하였다. 북한에서는 한자어의 원음을 밝혀적어 결과적으로 두음규칙에 어긋나는 표기를 일찍부터 선택하여 왔는데 이는 가까이는 철저한 형태음소적 원리의 준수와 가로풀어쓰기에 대비한다는 필요성에서 이론적 근거를 찾을 수 있지만 역사적으로는 『東光』의 소수의견을 거두어들였다고 평가할 수 있다.

(26차)는 어휘사정에 관련된 것인데 뒤에 조선어학회의 표준어 사정때 '하늘, 이름, 아이'가 채택된 것으로 보아 이런 자료가 표준어 사정에 음양으로 영향을 미쳤을 것으로 보인다.

앞에서 우리는 안확이 『東光』 8호(1926. 12)에 「朝鮮語研究의 實際」를 발표하여 토론의 빌미를 제공하였음을 확인한 바 있었는데 바로 이어 『東光』 9호(1927. 1)부터는 안확과 어문학자들 사이에 격렬한 논쟁이 벌어졌다. 토론에 참여한 어문학자들은 한빛(김희상), 한결(김윤경), 한뫼(이윤재), 정렬모 등 모두 주시경 후계학자들이다. 이제 그 사정을 구체적으로 검토해 보기로 한다.

먼저 안확이 주장한 조선어 연구의 실제의 내용은 다음 5개 항목으로 간추릴 수 있다.

(27) 안확의 「조선어연구의 실제」의 내용
　　가. 조선어의 연구태도가 과학적이 아니고 감정적이다.
　　나. 어원을 조선식으로 해석한다.
　　다. 음성학을 무시한 합음이론을 전개한다
　　라. 문법학에 치중한 과학적 연구가 부족하다
　　마. 철자법을 개량 문제가 비과학적이다.

(27가)는 전통에 반하는 조선어 연구는 학술적인 것과는 거리가 먼, 감정에 치우친 태도이며 무조건 외래어를 추방하는 것은 옳지 못하다고 다른 나라의 예를 들어 그 부당성을 비판하였다. 안확의 과학적인 조선어연구의 태도가 무엇인지 구체적으로 논증되지 않아 비판의 상도(常道)를 벗어난 점이 없지 않다. 그러나 외래어를 무조건 추방하는 데 대한 비판은 다소 경청(傾聽)의 일면이 있다. (27나)는 우리말에는 각 언어에서 들어온 외래어가 많은데 그 어원을 우리말 안에서 찾는 것은 옳지 못하다는 것이다. 이러한 비판 역시 동의를 얻기 어렵다. 조선식으로 어원을 탐구하는 구체적인 예가 나와 있지 않기 때문이다. 안확은 이곳에서 '늦(晚)'과 '늘(延)'이 밀폐음 'ㅅ'과 동설음(動舌音) 'ㄹ'에 의하여 정적 의미와 동적 의미가 각각 주어진다고 하는데 이런 어원론이 어느 정도 과학성을 띠고 있는지 문제가 적지 않다. 그러나 '이: 요'처럼 모음의 교체에 의하여 의미의 미세한 차이를 수반한다는 사실의 관찰은 주목의 대상이 되나 그것을 든 의도가 무엇인지 분명하지 못하다.

(27다)는 'ㅑ, ㅕ' 등의 복모음이 'ㅣㅏ, ㅣㅓ'의 합음이라는 견해가 잘못되었다고 말하고 '검(黑), 돈(錢)'의 'ㅓ, ㅗ'를 각각 'ㅓ ㅡ, ㅗ ㅡ'의 중간음으로 해석하였다. 명백한 증거를 제시하지 않았기 때문에 동의를 얻기 어렵지 않은가 한다. (27라)는 '와서, 되여, 누워'를 '오아서, 되어, 눕어'로 적는 것이 실제 어법에 없다고 하면서 부당성을 지적하였다. 그러나 안확의 어법이 무엇인지 분명하게 제시되어 있지 않은 이상 정당한 비판으로 보기가 어렵다고 하겠다. (27마)는 어원문제, 받침, 병서 문제에 대한 주시경학파의 견해는 관용과 어그러지니 역시 잘못이라고 하였다. 안확의 '문법'은 관용화한 전통적 철자법을 뜻하는 것 같기도 하나 분명치 못한 점이 많다. 개화기와 일제 강점기는 일반적으로 주시경식 철자법을 '문법'으로 부르는 일이 많았다.(앞에 나옴). 요컨대 안확은

문법학, 음성학, 언어학, 문자학에 대한 지식을 닦은 후에 조선어를 연구하는 것이 과학적이라는 말을 덧붙였다. 기본구도에 있어서는 1910년 후반과 1920년대 전반에 베풀었던 내용과 큰 차이가 없다. 좀 더 구체성을 띠었을 뿐이다. 주시경학파에 대하여 제3차 도전장을 낸 것이다.

이상과 같은 안확의 문제 제기가 계기가 되어 주시경학파와 안학은 『東光』 9호(1927. 1)부터 16호(1927. 8)에 이르기까지 논쟁을 거듭하였다. 안확은 당시 『新民』 등에도 언문에 관련된 글을 기고하였는데 토론에 참가한 사람들은 이들에 대해서도 함께 비판하는 일도 있었다. 한빛 김희상[77]은 「안확씨의 〈조선어연구의 실제〉를 보고」(1927. 1, 『歷文』 ③23, 214쪽)에서 안확의 논의에 대하여 반대를 위한 반대에 지나지 않는다고 비판하면서 조선어의 통일과 발전을 방해하는 사람이라고 응수하였다. 'ㅎ ㄱ生'은 「安廓氏의 無識을 笑함」, 『歷文』(③23, 216쪽)에서 정음을 음악적 창작이라고 보는 견해와 더불어 몰상식하고 혼란만 야기하는 글이라고 혹평을 가하였다. 'ㅎ ㄱ'은 김윤경의 아호 '한결'의 첫 글자를 딴 것인데 그는 당시 유학차 일본 동경에 머물고 있었다. 한뫼는 「安廓君의 妄論을 駁함」(『歷文』 ③23, 217쪽)에서 안확은 문법과 문자를 혼동하는 잘못을 범하고 있다고 하면서 대질할 가치가 없다고 비판을 가하였다. '한뫼'는 이윤재의 아호이다.

위의 세 사람에 비판에 대해 안확은 「병서불가론」(1927. 3, 『歷文』 ③23, 219쪽)란 글을 투고하였다. 안확은 먼저 주시경학파의 병서론은 원시적이요, 전통적인 된시옷이 진화적이라고 하면서 병서론이 부당하다고 하였다. 그는 훈민정음의 병서론이 잘못되었으며 그렇지 않다고 하더라도

---

77) 기고문에는 '한빛'만 나와 있으나 이는 김희상을 가리킨다. 김희상은 주시경과 거의 같은 시대에 국어문법책을 저술하였다. 후기 저술을 대상으로 할 때, 적어도 철자법에 관한 한, 주시경학파에 소속시켜도 좋아 보인다.

이미 관습화된 것을 굳이 바꿀 필요가 없다는 것이다. 그리고 훈민정음의
병서는 한자음의 탁음을 적는 데 사용하였지 고유어는 모두 된시옷으로
적었다고 하면서 병서의 부당성을 비판하였다. 그는 이 자리에서 당시까
지 나온 10여종의 문전류를 들면서 세상에서 주시경을 무슨 이유로 민족
어문 연구의 대표자로 추대하는지 이해할 수 없다고 하면서 정음의 명칭,
표준어 사정의 기준, 고유어 중심의 문법용어의 개발 문제를 매섭게 비판
하였다. 안확은 종래의 관습을 혁신하여 새로운 시대에 부응하고자 하는
주시경학파의 주장이 대부분 잘못되었다는 생각을 지니고 있었다. 한글
이 한자의 종속문자에서 벗어나 공용문자의 기능을 발휘해야 하는 새로운
시대에 부응하기 위하여는 주시경과 같이 정리와 개혁의 손길을 미치지
않을 수 없었다고 생각한다.

안확의 논의와 답변에 대한 비판은 계속되었다. 정렬모는 「안확군에게
與함」에서 안확을 정신 이상자라고 혹평한 다음, 과학은 경험을 중심으로
분류하고 조직하는 것인데 혼돈과 산만함을 그대로 두자는 안확의 주장은
과학이 무엇인지 모르는 소리라고 비판을 가하였다. 이어 정렬모는 어원,
음향, 문법의 철자법의 개량을 비롯하여 안확이 당시까지 발표한 어문에
관련된 업적을 종합적으로 비판하였다. 이에 대해 안확은 「탄초(嘆弔)냐
구설(口說)이냐」(『歷文』 ③23, 240쪽)에서 자신의 학설을 잘못 이해하였다고
하면서 자신을 방어하였으나 정당한 방어의 논리를 폈다고 보기가 어려운
점이 적지 않다.

2) 표준화를 위한 기초적 연구의 성황

앞에서 우리는 조선어연구회가 바로 전 해(1926)에 훈민정음 반포 480
주갑을 맞아 가갸날 기념행사를 베풀었음을 보았는데 두 번째 맞는 가갸

날을 맞아서도 갖가지 행사를 베풀었다. 1927년 10월 24일에는 朝鮮日報
와 東亞日報에서 사설이나 기사, 그리고 어문학자들의 개인적인 기고(寄
稿)를 통하여 조선 민족 운동의 일부로서 어문을 통일하자는 큰 결의를
보여 주었으며,78) 동인지『한글』과 종합지『新生』에서는 주시경 서거
13, 15주기를 맞아 추모사를 쓰기도 하고 특집호를 내어 민족어문의 표준
화를 위하여 한 평생을 바친 주시경을 추모하였다.79) 이와 함께 언론기관
에서는 총독부 철자법을 개정하여 줄 것을 요망하는가 하면(뒤에 나옴),
1929년에는 이극로 등 108인의 발기로 조선어사전편찬회가 조직되었
다.80) 이러한 사회적 분위기는 주시경 사후 다소 움츠러들었던 민족어문
의 표준화를 연구와 정리 및 보급을 가속화시키는 동인이 되었다.

먼저 어문학자들의 표준화를 위한 기초적 연구가 어떤 방식으로 진행
되었는가를 검토해 보기로 한다. 우리는 앞에서 주시경학파와 안확 사이
에 격렬한 논쟁이 벌어졌음을 보았는데 안확과 대결을 펼치는 소용돌이
속에서도 주시경학파가 중심이 된 조선어연구회 회원들은 동인지『한글』
(1927. 7)을 창간하면서 기초연구를 성실하게 수행하였다. 동인지『한글』
은「첨 내는 말」에서 다음과 같이 창간취지를 베풀었다.

(28) 갓난아이인「한글」은 힘이적으나 그할일인즉 크도다. 아득한속에서
묵은옛말을 찾으며 어질어진가온대에서 바른學理法則을 찾으며 밖으
론 世界語文을 參酌하며 안으로 우리말과글을 바로잡아 統一된 標準
語의 査定을 꾀하며 完全한 문법의 成立을 벼르며 홀륭('륭'의 잘못 — 인
용자 고침)한 字典의實現을 뜻하니 그할일이 어찌 끔직하지 아니 한가.
(원문대로)

<hr />

78) 관련자료는 국립국어연구원(1991, 32쪽)과『歷文』③22, 23-76쪽을 보라.
79) 관련자료와 논의는 고영근(1988가)를 보라.
80) 관련자료는『歷文』③23, 328, 354쪽을 보라.

위의 창간사를 통하여 동인지『한글』의 창간 목표가 표준어를 사정하고
문법(=철자법)을 제정하여 사전을 편찬함으로써 민족어문을 통일하는 데
있음을 확인할 수 있다.『한글』은 우리 민족어문의 표준화를 뒷받침하기
위한 기초연구의 결과를 싣는 역할을 다하기 위해서 탄생된 것이다.[81]
동인은 권덕규, 이병기, 최현배, 정렬모, 신명균이었다. 이들은 각 호의
권두언에서 새로운 역사를 창조하고 자신들이 믿는 진리를 관철하기 위하
여 어떤 어려움도 참고 견디면서 차근차근 나아간다는 취지의 말을 붙였
다. 민족어문의 표준화를 향한 거보(巨步)가 한 발욱씩 나아가고 있을
느낄 수 있다.

한편 창간호의 책 끝에 나와 있는「편집실에서」를 보면 조선어연구회
동인들은 그들 나름의 '정리한 철자법'[82]을 가지고 있었음을 알 수 있다.

(29) 본지는 이론보다도 실제적 훈련을 존중히 아(하?－인용자)는 까닭에
본지에 나타나는 조선문 철자는 그 전부를 정리한 철자법을 사용하여
학리를 연구하는 일방으로 정리된 철자문의 독시력까지 양신되시도록
꾀하였습니다. 그리고 한자음에 대하여는 그 전부를 표음식을 쓰기로
하였습니다. (현대맞춤법에 따라 고쳐적음)

어떤 명문화된 규정은 없지만 대체로 각자병서의 채용, 새 받침의 사용,
모음어미와 접미사의 끊어적기, 두음법칙에 따른 표기를 비롯하여 한자
음의 현실음 표기 등이 그 골자를 이루지 않았나 한다. 앞의 세 규정은

---

81) 실제로 신명균은 東亞日報에 기고한「훈민정음 원본에 대하여」(1927. 10. 24)에
서 "조선어 정리운동을 성취하려면 조선어연구회의 한 기관만 가지는 것보다는
발표기관으로 잡지 하나를 경영하는 것이 좋겠다는 의논이 있어 가지고"(『歷文』
③22. 36쪽)라는 말을 하고 있다.
82) 동인지『한글』의 '정리한 철자법'은 안병희(1996)에서 처음으로 주목되어 몇
가지 규정이 재구성되기도 하였다.

주시경 이후부터 주장되어 왔기 때문에 그다지 새롭지 않으나 마지막의 한자음 표기는 그 결정이 늦었던 같다. 『가람일기』 1(1975) 1926년 12월 10일자를 보면 신문의 정음난에 사용할 철자법을 정하였다는 구절이 나오는데 한자어의 경우 표음주의에 따를 것을 결정하였다. 그것은 어쨌든 『한글』의 '정리한 철자법'은 앞서 검토한 『東光』지의 설문에 대한 응답결과와 일치하는 것이 많다는 점에서 양자의 긴밀한 상관관계가 인식된다.

동인지 『한글』의 기고자 중 민족어문의 표준화에 관련된 주제를 다룬 사람은 최현배, 신명균, 정렬모이다. 최현배는 『한글』뿐만 아니라 다른 지상에도 기고하였으며 민족어 음성학의 체계를 세우는 일에도 주의를 기울였다. 최현배가 이 당시 다룬 주제는 가로풀어쓰기를 포함한 문자개량론, 한글의 세계 문자사상의 위치, 우리말의 형태·계통적 특징, 자음과 모음론, 유성음론, 모음조화, 한글자모의 명칭론, 비교문자론, 조선어와 조선문학가의 사명 등인데 이런 주제들은 대부분 유인본 『우리말본 상』을 거쳐 『우리말본』 첫재매(1929)에 집성되어 있다.[83] 이와 함께 최현배는 자신의 기초적 연구가 민족어문의 표준화에 실용될 수 있는 방안을 꾸준히 모색하였다. 앞의 『東光』 설문지 (26)(355쪽)에 대한 답변에 벌써 자신의 철자법이론이 반영되어 있었음을 본 바 있었는데 이런 실천적 운동은 그 뒤에도 지속되었다.

최현배 다음으로 표준화를 위한 기초연구에 몰두한 사람은 신명균이었다. 그는 「한글과 주시경 선생」(1927.7, 『한글』1.1)에서 한글이 주시경으로 말미암아 과학적 체계를 얻게 되고 학문의 반열에 서게 되었다고 평가하면서 계속하여 「한자음 문제에 대하여」를 기고하였다. 이곳에서 그는 역사적 전거를 대어 가며 'ㆍ'를 비롯하여 '랴'행의 한자음을 모두 표음주의

---

83) 외솔의 초기의 음성·문자 이론의 특수성과 음학 체계의 성격에 대하여는 고영근(1995가: 76-172쪽)을 보라.

에 따라 적는 것이 하등 잘못이 아니라는 점을 주장하고 있다. (25)의 『東光』 설문지의 답변에서도 그것을 확인하였고 이병기의 일기에서도 그런 점이 발견되는 만큼 신명균의 논의는 이런 흐름과도 무관하지 않다. 이어 신명균은 「된시옷이란 무엇인가」(『한글』1.6, 1927. 8)에서 'ㅅ' 계열의 이른바 된시옷의 역사를 추구한 바탕 위에서 된시옷을 쓰자는 박승빈 일파의 주장의 잘못을 비판하고 각자병서를 채용해야 함을 주장하고 있는데 주시경 이래의 병서론을 뒷받침하는 기초 연구인 것이다.

그런데 희한하게도 신명균은 「조선글 마침법」(『한글』 2.2, 1928. 10)에서 주시경학파의 철자법과는 어긋나는 생각을 베풀기도 하였다. 그는 조선어의 '마침법', 곧 철자법을 이상적으로 만들려면 성음학적 원리와 언어학적 법칙을 두루 참조해야 한다고 말하고 '사람이 범을 잡으러 간다'와 같이 '분석적으로', 곧 끊어적기보다는 '사라미 바믈 자브러 간다'와 같이 '종합적으로', 곧 이어적기가 더 배우기 쉽다고 하여 종합적 마침법을 지지한다고 하였다. 이는 우리의 철자법을, 부분적이기는 하지만, 15세기의 음소적 원리로 회기한다는 뜻이다. 체언과 용언을 가리지 않거나 체언에 한정하여 끊어적기를 하자는 견해가 대립되어 있었던 당시에 신명균의 견해는 분명히 혁명적인 제안이었을 가능성이 많다. 그럼에도 불구하고 이에 대한 찬반의 토론이 보이지 않음은 당시 이 제안이 전면적인 끊어적기라는 큰 흐름을 역전시키기에는 너무나 시의(時宜)에 맞지 않았던 것이 아닌가 한다.

정렬모는 실천적 문제와는 거리가 먼 방면에 주의를 기울였다. 그는 「성음학상으로 본 정음」(『한글』 1.1, 1927. 2)에서 10모음 중심의 모음론과 비교자음론을 전개하고 완성되지는 않았지만 우리의 국어학사상에서 처음으로 국어학개론을 읽었나.[84] 이와 함께 그는 「국어문법론」을 전개하기도 하였는데,[85] 이런 업적은 크게 보면 민족어문의 표준화를 위한 밑거름이 되었음에 틀림없다. 이밖에 이병기, 이상춘 등의 기고가 있으나 특기할 만한 것을 찾기 어렵다. 다만 이병기는 「조선문법강화」(1929, 『歷文』 ①41)를 집필하기도 하였는데 이 역시 당시 왕성하게 타오르던 표준화의 불 후계는 아니지만 주시경학파와 표준화에 있어 거리를 두고 있지 않았 던 김희상의 활동도 눈여겨 볼 만하다. 앞에서 우리는 김희상이 안확의 「조선어 연구의 실제」에 대하여 반대를 위한 반대라고 비판하였음을 본 바 있는데 그의 『울이글틀』(1927, 『歷文』 ①21)을 통하여 새 받침, 병서, 어원 밝히기 등 주시경의 철자법을 따르면서 개화기에 세웠던 자신의 문법체계를 다듬기도 하였다. 특히 철자법은 어떤 점에 있어서는 주시경 학파 이상의 형태음소적 원리를 지향하고 있었다. 이를테면 '우리 글틀'이 라고 적어야 할 것을 '울이 글틀'이라 적는 데서 그런 점을 엿볼 수 있다.86) 더욱이 책 끝의 '참고'에 주시경, 김두봉, 이필수의 가로풀어쓰기를 소개한 것은 김희상의 취향이 주시경학파와 근본적으로 일치함을 알 수 있다. 김희상이 뒤에 표준어 사정 제2독회 수정위원이 된 것87)도 우연의 일이 아님을 알 수 있다.

주시경학파가 안확과 대결을 벌이면서 표준화를 기초연구를 수행하고 있을 때, 앞 시대에 주시경학파에 대하여 도전장을 낸 일이 있었던 박승빈 은 제2차 도전장을 내었으며 홍기문도 주시경학파에 반대되는 태도를 취하였다. 박승빈은 『現代評論』8. 10(1927.9.10-1928.1)(『歷文』 ③23, 249쪽)의 「朝鮮語法講論」 난에 기고한 「'ㆆ'는 무엇인가」(『歷文』 ③23, 249-69쪽)에서 'ㆆ' 음에 대하여 자신의 견해를 다음과 같이 베풀었다. 주시경학파에

---

84) 이 문제에 대하여는 고영근(1992가)을 보라.
85) 정렬모의 문법론에 대하여는 김민수(1989가)를 보라.
86) 김희상의 문법서에 대한 총체적 고찰은 황국정(2002)에서 이루어졌다.
87) 한글학회(1971: 201쪽)를 보라.

대하여 제2차 도전장을 내었다.

(30) 박승빈의 'ㅎ'에 대한 견해
　　가. 'ㅎ'는 조선어의 하야행의 음을 표시할 때 사용되는 자음이다.
　　나. 'ㅎ'는 형식상 자음이지마는 본질은 모음의 격음이다.
　　다. 'ㅎ'는 支音(받침의 뜻)이 될 수 없다.

우리는 앞의 (4)(321쪽)에서 박승빈이 'ㅎ'이 종성으로 쓰일 수 없다고 하였음을 본 바 있는데 이곳에서 그 까닭을 자세히 밝혔다. (30가)에서는 대조 음운론에 근거하여 'ㅎ'음이 영어의 'h'나 일본어의 ハ행의 음과 마찬가지로 후음에 속한다고 하였다. (30나)에서는 'ㅎ'가 모음의 격음이라는 사실을 주장하였다. (30다)는 'ㅎ'가 모음성을 지닌 자음이기 때문에 받침으로 사용될 수 없다는 내용이다. 이와 함께 박승빈은 조선어 연구에 끼친 주시경의 공적을 높이 평가하면서도 'ㅎ'을 받침으로 사용한다든지, 'ㄱ+ㅎ=ㅋ, ㅂ+ㅎ=ㅍ'와 같이 형식화한 것은 살못이라고 비판하였다. 그런데 박승빈의 논의와 주시경에 대한 비판에는 음성학적으로 볼 때 동의하기 어려운 점이 적지 않다는 점만 지적해 두기로 한다. 이런 점 때문에 (4)에서 본 바와 같이 제1차 도전 시에 장지영 등의 주시경학파로부터 비판을 받은 것이 아닌가 한다. 박승빈학파와 주시경학파와의 대결은 30년대 전반에 또 한 차례가 전개된다.(뒤에 나옴)

　다음으로 홍기문은 「朝鮮文典要領」(1927. 4, 『歷文』①38)의 '제5장 철자에 관한 주의'에서 당시 사용되던 철자법이 조리와 조직이 없다고 비판하고 잘못 쓰는 맞춤법의 예를 들면서 자신의 철자법관을 다음과 같이 베풀었다.

(31) 홍기문의 철자법관
　　가. 현실적인 발음을 무시한 철자법은 옳지 않다.
　　나. 억측적 문법을 만들기 위하여 무리한 음을 가하는 것은 옳지 않다.
　　다. 원형의 언어를 고수하여 현실적 변동을 무시하는 것은 옳지 않다.

(31가)는 '담고, 담지; 할수, 할것'은 발음대로 '담꼬, 담찌; 할쑤, 할껏'으로 적어야 하며 (31나)는 '판다, 안다'를 그대로 적어야지 '팔는다, 알는다'로 적는 것은 잘못이라는 것이다. (31다)는 '써서, 날라서'를 '어서, 나르어서'와 같이 원형을 밝혀적는 것은 옳지 못하다고 하였다. 홍기문의 표적은 모두 주시경학파에 대한 비판이다. 그는 소리대로 쓰는 것이 철자법의 이상인 것처럼 말하고 있으나 오히려 자신의 철자법이 조리가 없고 조직이 없다고 보아야 하지 않을까 한다. 그것은 어쨌든 홍기문의 문법연구는 주시경학파 중심으로 이루어져 온 당시의 문법학계에 각성을 불러일으켰음이 틀림없어 보인다.[88]

　앞에서 우리는 제2회 가갸날 행사(1927. 10) 때 東亞日報와 朝鮮日報 등의 언론기관에서 민족어문의 표준화를 위한 각종 기사를 실었다고 하였는데 이제 그 구체적인 사정을 검토하기로 한다.

　최현배는 1927년 10월 24일 東亞日報와 朝鮮日報에 한글 정리 문제를 기고하였다. 먼저 東亞日報에 기고한 「한글을 어떻게 정리할까」(『歷文』③ 23, 32쪽)에서 최현배는 한글이 한자보다 우월함을 강조하고 무엇보다 문정(文政)의 권(權)이 우리 손에 들어와야 한글이 본연의 기능을 다할 수 있고 훈민정음 반포 8주갑의 기념일이 계기가 되어 한글에 대한 생각이 더 깊어졌다고 말하면서 병서, 새받침의 사용, 아래 아의 폐지, 가로풀어쓰기의 4가지가 한글정리의 주제임을 주장하였다. 그러면서 그는 東亞日報가

---

88) 홍기문의 문법연구는 광복 후 체계화되었다. 관련 논의는 유목상(1990)을 보라.

한글정리운동에 앞서 줄 것을 당부하였다. 그는 이 자리에서 새 받침을 반대하는 박승빈의 견해의 옳지 않음을 거론하였는데 앞서 언급한 『현대 평론』의 기고를 염두에 둔 것 같다. 또 최현배는 朝鮮日報에 기고한 「한글 문제를 어떻게 해결하여 나갈 것인가」(『歷文』 ③22, 61쪽)에서 한글문제가 우리 민족에게 부과된 중요한 문제 중의 하나라고 강조하고 가갸날의 기념으로 조선어연구회의 활동이 새로워졌으며 특히 朝鮮日報의 한글난 설치가 민중교화에 기여하는 바가 클 것임을 강조하였다. 장지영은 같은 날짜의 朝鮮日報에 기고한 「가갸날 기념에 대하여」(『歷文』 ③22, 26쪽)에서 가갸날을 민족갱생의 기념일이라고 말하면서 이날을 영원히 기념하자고 하였다.

정렬모는 朝鮮日報에 기고한 「이 날을 기념하여 – 조선어독본 결점과 다행한 소식」(『歷文』 ③22, 42쪽)에서 당시 사용하고 있던 조선어독본의 결점을 개탄하여 그 개정을 건의한다는 보통학교 교원들의 움직임에 대한 소식을 전하고 있는데 이는 소선총녹부 철자법의 개정을 촉구하는 여론의 한 가닥이 표출되는 것으로 보고자 한다.(뒤에 나옴). 이상춘은 朝鮮日報에 기고한 「한글의 통일을 목표로」에서 자기의 학설만을 고집하지 말고 대중을 위한 한글의 통일에 동참해 줄 것을 간곡히 당부하였다. 이병기는 같은 곳에서 잘못 쓰는 철자법의 예를 들면서 한글 운동의 필요성을 주장하기도 하였다. 홍기문은 「문맹퇴치 의미로 기념하자」(1927. 10. 25, 『歷文』 ③22, 70쪽)에서 '민족혼'이나 '민족정신'의 선양보다는 '문맹퇴치'와 같은 단순한 뜻으로 기념하자는 견해를 내세웠다. (31)에도 본 바 있지만 홍기문은 처음부터 주시경학파에 대하여 반대의 입장을 취하였다.

이곳에서 주목하고 싶은 것은 朝鮮日報의 같은 날짜에 「한글 普及策 과 男女 各校의 方針 – 연구열 왕성한 近日」(『歷文』 ③22, 45쪽)이라는 제목 으로 당시 중등학교에 일하고 있었던 강매, 조동식, 김지환, 정대현 등

10명으로부터 조선어교육 실태에 대한 의견을 듣고 이를 기사화한 사실
이다. 학교에 따라서 한글 수업을 제대로 하는 곳이 있는가 하면 그렇지
못한 곳도 적지 않았으며 한글 연구에 관심을 가진 교사가 있는 학교는
어떤 형태로든지 한글교육이 실시되고 있으나 그렇지 않은 학교도 적지
아니함을 확인할 수 있다. 어쨌든 가갸날의 기념을 계기로 하여 한글에
대한 관심이 늘어났다는 대체적인 경향을 파악할 수 있다. 당시의 각급학
교 교과과정을 보면 보통학교와 고등보통학교는 조선어가 필수과목으로
지정되어 있었는데,[89] 서울시내의 모든 고등보통학교의 조선어교육의
실태가 유명무실하다시피 하였으니 조선어교육의 강화를 위한 대책이
강구되지 않을 수 없었다고 생각한다.

　朝鮮日報는 같은 날짜에 「漢字廢止論」(『歷文』 ③22, 23쪽)이라는 사설
을 실었는데 한자를 폐지하는 바탕 위에서만 우리의 글이 원만하게 발전
될 수 있다고 주장하였다. 최성우의 「조선말과 글을 일치하게」(『歷文』
③22, 270쪽)도 같은 계열의 글이다. 이곳에서는 한자어를 버리고 노동자의
말을 중시하여 언문일치가 이루어지도록 해야 한다고 주장하였다. 한편
東亞日報에서는 두 번째 맞는 가갸날을 기념하는 기사를 싣고 「가갸날
기념」(『歷文』 ③22, 38쪽)이라는 사설을 통하여 한글의 통일만이 조선사람의
의식을 더 굳게 할 수 있다고 하면서 문맹타파운동이 더 힘차게 수행되어
야 한다고 촉구하였다. 말과 글을 일치시키고 한글 중심의 문자생활을
영위하게 되면 필연적으로 어려운 한자어의 처리문제가 제기되고 한자
폐지 문제가 거론된다.

---

89) 관련 정보는 정국채의 『現行朝鮮語法』(『歷文』 ②42, 1-2쪽)을 보라.

3) 언문철자법의 개정

두번째 맞는 가갸날의 기념은 민족어문의 표준화를 위한 요구를 한층 절실하게 하였으며 이는 바로 총독부 철자법의 개정을 부추기는 기운으로 확산되어 갔다. 특히 이 해에는 훈민정음 창제를 비롯하여 우리의 문자사에 대한 글들이 많이 발표되었다.[90] 이는 총독부 철자법을 개정할 수 있는 분위기가 그만큼 무르익어 있었음을 뒷받침한다고 하겠다. 당시 시행되고 있었던 총독부 철자법이 문제가 많았던 것은 이미 1921년 제2차 언문철자법의 개정안에 배태되어 있었다. 총독부 철자법의 개정의 소식은 1928년 3월의 신문보 도로 세상에 알려졌고,[91] 교과서 조사 위원회에서는 같은 해 8월에 보통학교 교과서를 개편하되 새로 개정하는 언문철자법을 따르기로 하였다.[92] 총독부는 언문철자법의 개정 사유를 다음의 세 가지로 명세하였다.[93]

(32) 가. 아동들의 학습부담을 경감하고 학습능률을 증진시킬 수 있다.
　　　 나. 시대에 순응하는 학교교육울 할 수 있고 그 사이 연구된 언문철자법의 성과를 받아들일 수 있다.
　　　 다. 언문철자법의 제정 역사로 볼 때 지금이 적기이다.

(32)의 사유에 따라 총독부는 9월초부터 다음해(1929) 1월까지 1차 조사위

---

90) 『歷文』 ③23, 284-99쪽을 보라.
91) 신창순(1997가: 167쪽)에 기대면 東亞日報 사설에 「普通學校 敎科書 改編說」이 실린 바 있다고 한다.
92) 총독부의 어떤 문건으로 교과서 개편이 기획되었는가 하는 문제가 앞으로 밝혀져야 할 과제이다.
93) 이 부분은 김윤경(1938: 580쪽)에서 『普通學校朝鮮語讀本卷一編纂趣意書』(1930)에서 가져온 것이 틀림없다. 이는 『歷文』 ③17에 실려 있다.

원회(흔히 '소위원회')를 열어 원안을 작성하였다. 원안 작성에 참여한 사람
은 심의린, 박영빈, 박승두, 이세정이었고 경성제국대학 교수 오구라(小倉
進平)도 열석(列席)하였다.

   총독부 1차조사위원회의 철자법 심의를 뒷받침하는 증언을 우리는
이병기의 9월 8일자 일기에서 찾을 수 있다.

> (33) 조선교육협회에서 저녁에 조선어연구회원 이규방, 권덕규, 이호성, 최현
> 배, 신명균, 정열모 군들과 같이 모여 학무국에서 연다는 철자법개량조
> 사위원회에 대하여 건의서를 제출하자고 하였다. 그 건의서 기초 위원은
> 신명균, 정열모, 나 3 사람이 되었다. (『가람일기 상』(326쪽)

(33가)를 통하여 조선어연구회는 그 나름의 견해를 제안할 준비를 하였음
을 확인할 수 있다.[94]

   조선총독부의 개정철자법 원안에는 그 사이 주시경학파 등 민간학자들
이 주장해 온 새 받침의 설정과 병서 문제가 반영되지 않았으며 다만
한자음만 현실음대로 적는 정도의 내용만 반영하였고 새받침의 설정과
병서 문제는 결론을 얻지 못하였다. 이러한 토의 결과가 일간 신문에
보도되어 철자법 개정의 비합리성에 대한 비판이 줄을 이었다.[95] 마침
토의 기간이 한글날과 겹쳐 있었기 때문에 언론 기관에서는 철자법 개정
에 관련되는 문제를 집중적으로 다루었다. 東亞日報는 「한글 整理에
대한 諸家의 意見」(1928. 11. 3, 『歷文』 ③23, 77쪽)[96]이라는 제목을 내걸고

---

94) 이는 안병희(1996)에서도 지적된 바 있다.
95) 이 문제에 대하여는 신창순(1997가: 169-71쪽)을 보라. 이하 언문철자법 토론에
   관련되는 정보도 모두 위의 글에 기대었다.
96) 11. 23일까지 23회 연재되었다. 『歷文』에는 최현배의 의견만 나와 있다. 나머지
   는 東亞日報에서 뽑아 낸 것이다.

(34) 現今 朝鮮에서 慣用되는 朝鮮語綴字法은 各家가 各見을 가져서 統一
　　되지 못한 現況에 잇습니다. 때마츰 學務當局에서 敎科書의 綴字法
　　改正이 問題되어 잇습니다. 本社에서 斯界 權威 諸氏에게 朝鮮語철자
　　법에 關한 意見을 左記와 가티 設問하얏든 바…(『歷文』 ③23: 77쪽)

와 같이 말함으로써 당시의 표기법이 통일되지 못한 탓으로 당국에 의하
여 개정의 작업이 진행되고 있다는 소식을 전하고 당시 철자법의 존속여
부, 병서, 표음 문제, 초성의 종성 채택 문제에 대하여 어문학자들의 견해
를 들었다.[97]

　설문에 응답한 사람은 최현배, 박승빈, 이윤재, 신명균, 이병기, 이상춘,
김윤경의 7명이었다. 박승빈을 제외하고는 모두 주시경학파에 속한다.
박승빈은 시간을 두고 연구를 하면서 천천히 개정하자고 하였고 나머지
주시경 후계들은 개정의 필요성을 역설하였다. 박승빈은 『啓明』3/4
(1921), 9/11에 발표한 내용을 그대로 반복하였고(앞에서 나옴), 나머지 사람
들도 이미 『東光』의 실문에서 밝힌 답변과 큰 차이가 없다. 다른 점이
있다면 표음의 문제에 있어 이를테면 어두의 'ㄹ, ㄴ'을 원음대로 적을
것인가, 아니면 소리나는 대로 적을 것인가에 대하여 이견을 보이는 정도
였다. 더욱이 東亞日報는 11월 11일 '한글날' 특집을 마련하고 철자법
정리위원들에게 철자법을 합리적으로 개정하여 줄 것을 요망하고 한글의
보급문제에 대하여 각계 인사들의 의견을 실었다.

　철자법 개정의 비합리성을 비판하는 여론에 영향을 받은 탓인지 모르
나 총독부는 이듬해 3월에 제2차 조사위원회를 구성하였는데 14명 가운
데서 조선인들은 거의 주시경학파로 되어 있었다. 장지영, 이세정, 정렬
모, 권덕규, 최현배, 신명균 등이 그러한 사람이다. 제2차 조사위원회는

---

97) 이 문제에 대하여는 이미 지은이가 거론한 바 있다. 고영근(1995가: 206)을
　　보라.

1929년 5월부터 7월에 이르기까지 네 번의 회의를 거쳐 한자어의 표음주의 채택을 비롯하여 주시경학파의 가장 중요한 철자법의 원리인 새 받침과 병서를 채택하기로 하였다.

제2차 조사위원회가 진행되는 동안 우리의 민간 언론 기관은 그 나름대로, 총독부는 그 나름대로 각계의 의견을 묻기도 하였다. 朝鮮日報는 「한글정리는 어떻게 할까」라는 설문을 내어 앞의 東亞日報가 마련하였던 비슷한 주제의 병서, 새받침, 한자음에 걸쳐 어학계 전문가의 견해를 들었다. 우선 설문에 응한 사람들의 방명과 재직처를 적으면 다음과 같다.

> (34-1) 「한글 整理는 어떻게 할가」의 설문 응답자와 재직처
> 權相老(佛敎社), 張膺震(京城女子高普), 李秉岐(徽文高普), 李萬珪(培花女高普), 李允宰(儆新學校), 安一英(中東學校), 金允經(培花女高普), 李常春(松都高普), 魚允迪(京城帝大), 蔡弼近(崇實專門), 曺晩植(平壤), 金鎭浩(培材高普), 白南圭(同德女高普), 李圭昉 鄭大鉉(普成高普), 李鐸(五山高普), 南相瓚(進明女高普), 金東鳴(元山靑年學館), 李克魯(前伯林大學朝鮮語講師)

1929년 5월 28일부터 6월 19일까지 13회에 걸쳐 19명이 답변을 보내왔다.[98] 한자음 표기에서만 부분적인 의견의 차이만 있을뿐 나머지 주제는 반대하는 사람이 없었다. 19명 중 이병기, 이만규, 이윤재, 김윤경, 이상춘,

---

[98] 고영근(1997나, 1998: 62쪽)을 집필할 때에는 『歷文』 ③22, 839쪽에 실려 있는 자료를 이용하였다. 이 책에는 출전이 밝혀져 있지 않았는데, 조남호 박사(국립연구원)의 노력으로 출전을 밝힐 수 있었다. 그 뒤 지은이는 고영근(2006다)에서 이극로의 사회시상과 민족어운동을 다루면서 신용하 교수의 제보로 朝鮮日報의 한글정리에 관한 설문이 3주간에 걸쳐 보도되었음을 알았다. 이번에 원고를 개편함에 즈음하여 지은이는 朝鮮日報『월간조선』김덕한 기자와 독자 서비스 코너의 김선주 님의 협조로 전 자료를 다 입수하여 다시 서술한다는 것을 밝혀 둔다.

김진호, 이규방, 이극로 등의 8명만 주시경학파가 분명하고 나머지 사람
은 소속이 분명하지 않은데도 불구하고 주시경의 철자법 이론을 지지한
것을 보면 당시 주시경의 이론이 적어도 우리의 어문에 대하여 전문
지식을 가지고 있는 사람에게 널리 공감을 사고 있었음을 알 수 있다.
이극로는 당시 독일 유학을 마치고 귀국하여 조선어연구회에 입회하여
전국을 유람 중에 있었다.99) 특기할 것은 경성제국대학 강사인 어윤적의
견해가 다소 다르다. 그는 각자 병사와 합용병서를 존치하는 것이 좋고
한자음은 현실음보다도 역사음을 따르는 것이 좋다고 하였으며 아래 아를
버려서는 안된다고 하였다.100)

　『朝鮮思想通信』은 12회(1929. 7. 3~7. 26)에 걸쳐「總督府의 朝鮮文綴字
法을 보고서」라는 제목으로 20여명의 인사들에게 의견을 듣는 특집을
마련하였다.101) 개정안 원안이 새어 나가 격렬한 논쟁이 일고 있다고
보도하고 당국의 정책 수립에 참고가 될까 하여 의견을 싣는다고 하였다.
의견을 낸 사람은 박승빈, 유일선, 지석영, 변석윤, 임규, 권상노 등의
어문학자가 끼어 있고 나머지는 일본인과 신문사 직원 및 학교 교원으로
구성되어 있다. 반대론이 대체로 우세하였으며 찬성을 한다고 해도 너무
이론적이어서 실시하기가 쉽지 않을 것이라는 소견을 붙이는 사람도 있었
다. 주시경학파에 맞서 온 박승빈과 그를 따르는 사람들은 개정의 필요가
없다는 극단적 발언을 서슴지 않았다.『조선사상통신』의 기고자에 대한
비판은 신명균의「한글정리를 반대하는 曲解者에게」(『歷文』③22, 85쪽)에
서 볼 수 있다. 그는 박승빈, 변석윤, 유일선의 3 사람의 견해를 중점적으
로 비판하면서 학문적 논리를 갖추지 못한, 일분(一分)의 가치도 인정할

---

99) 퓌뎌 눗의는 고영근(2006: 351쪽)과 본서 270-71쪽을 보라.
100) 朝鮮日報의 설문과 답변은 그 내용을 정밀하게 분석할 필요가 있다.
100) 이 자료는 신창순 교수가 발굴하여 필자에게 알려 주었다.

수 없는 견해라고 응수하였다.

『개정 언문철자법』이 거의 마무리 단계에 접어들었을 때 안확은 「각국의 철자론과 한글문제」(1930. 1),[102] 「綴字法 論難의 階梯」(1930. 2, 『新生』3.2)에서 각 나라의 철자법 개정운동을 개관하면서 그 성과가 좋지 못하다고 말하고 철자법 개정에 부정적인 태도를 취하였다. 안확의 이런 태도는 초기부터 변함이 없는데 언문철자법의 개정에 즈음하여 같은 의견을 진술하고 있는 것이다. 안확은 그 사이 죄인시하던 최세진을 옹호하면서 이상적인 철자법은 기대하기 어려우니 싸우지 말고 민족의 장래를 위하여 편리한 것을 좇음이 좋다고 하면서 자신의 안은 뒤로 미루었다. 20년대 후반에 이어 제4차 도전장을 낸 것이다.

조선총독부 철자법의 개정을 위한 모임이 진행되는 동안 조선어연구회 회원들은 다각도로 자신들의 철자법 이론이 정당하다는 것을 주장하면서 일반 사람을 계몽시키는 글을 쓰거나 행사를 가지기도 하였다. 『학생계』의 「朝鮮語問題」 난(1929. 4)에 기고한 글을 통해서 권덕규와 이병기는 '가갸도 학문이다'는 표어를 내 걸면서 가갸를 숭상하여 가갸시대를 열 것을 학생들에게 당부하는가 하면 교과과정에 조선어 작문을 넣을 것을 제안하였다. 이상춘, 김윤경, 이병기는 『文藝公論』이 마련한 「社會 각 方面 人士의 朝鮮文壇觀」(1929. 5, 『歷文』 ③335쪽)에서 문인들이 한글철자법을 등한시하지 말고 관심을 가져 줄 것을 요망하였다. 조선어연구회 회원들은 중앙 기독교청년회관에서 수백 명이 참석한 가운데 철자법 강연회를 가지기도 하였다.[103] 앞에서 우리는 이윤재가 귀국 후 민족어문의

---

102) 이글에 대하여는 이기문(1988)에서 자세한 평가가 내려졌다. 『自山安廓國學論著集』 5(이태진밖에 공편, 여강, 1994)에는 1915년 『朝鮮』에 발표한 것으로 되어 있으나 1930년 2월 『朝鮮』(朝鮮文)에 발표되었다. 『朝鮮』지는 일본문과 조선문의 두 가지가 발행되었다. 이에 대해서는 이태진 교수의 조언이 컸다.

표준화에 앞장을 섰음을 앞에서 보았는데 『新生』에 「한글강화」(1929. 9-1930. 6)『歷文』③23, 344쪽)를 여덟 차례 연재함으로써 주시경학파의 철자법 보급에 심혈을 기울였다.

이곳에서 주목하고 싶은 것은 네 번째 맞는 한글날을 계기로 하여 1929년 10월 30일에 결성된 조선어사전편찬회의 사명과 활동이다. 편찬위원회는 인류의 행복은 문화의 향상을 따라 증진되고 문화의 발전은 언어 및 문자의 합리적 정리와 통일에 기대어 촉성(促成)되기 때문에 어문의 정리와 통일은 제반 문화의 기초를 이루며 인류 행복의 원천이 된다고 말하고 당시의 우리 어문의 실태를 다음과 같이 진단하였다.104)

> (35) 조선의 언어는......어음, 어의, 어법의 각 방면으로 표준이 없고 통일이 없으므로 인하여 동일한 사람으로도 조석이 다르고 동일한 사실로도 경향이 불일할 뿐만 아니라, 또는 어의의 미상한 바가 있어도 이를 결정할 만한 증거가 없기 때문에 의사와 감정이 원만히 소통되고 충분히 이해될 길이 바이없다.

여기에서 어음과 어법의 표준과 통일이 없다고 함은 발음법과 표기법의 표준화가 이루어지지 않았다는 뜻이고 어의의 표준과 통일이 없다고 함은 낱말의 뜻매김의 기준과 방식이 통일되어 있지 않다는 뜻이다. 다시 말하면 이는 사전 편찬의 기초공사가 발음, 맞춤법, 어휘의 표준화를 전제로 한다는 것이다. 이러한 점은 사전 편찬의 실무자였던 이극로의 「조선어

---

103) 李秉岐著/鄭炳昱·崔勝範 공편(1975-I: 335쪽)을 보라.
104) 사전편찬의 취지서에 대하여는 한글학회(1971: 263쪽)를 보고 관련자료는 「조선어사전편찬회 방문기」(1929. 12, 『歷文』③23, 354쪽), 이극로, 「조선어 사전과 조선인」(1929. 12, 『歷文』③23, 1108쪽)을 보라. 후자는 『歷文』제1판에 출전이 밝혀져 있지 않은데 『別乾坤』 4.7(1929. 12)에 발표된 것이다. 제2판(2008)에는 출전을 밝혔다.

사전과 조선인」(『歷文』③23, 1108쪽)[105)]에도 우리의 경우는 사전편찬의 기초공사인 철자법과 표준말을 정하는 것이 우선해야 한다고 말하였다. 처음 출발 당시는 사전편찬은 조선어사전편찬회에서 맡고 철자법은 조선어연구회에서 맡기로 한 점과 관련시킬 때,[106)] 이미 한글맞춤법의 제정이 사전편찬과 함께 계획되어 있었다고 보아야 한다.(뒤에 나옴) 더욱이 이윤재의 다음과 같은 증언은 이를 더 확실하게 뒷받침한다고 하겠다.

    (36) 1929년 한글날로서 각계 인사의 발기로 조선어 사전 편찬회가 성립되고
        이를 이어 맞춤법, 말본(文法), 가로쓰기(橫書), 한문글씨 줄임(漢字制
        限), 외국말 소리 적기(外國 語音表記) 등 여러 가지를 제정하자는
        것이 조선어학회의 새 계획으로 작성되었다.

                                        (『한글』 1.10, 1934. 1. 25)

비록 간접적인 자료이기는 하지만 철자법의 제정이 이미 사전편찬과 함께 기획되어 있었음을 확인할 수 있다.

    우리는 이미 1922년 김두봉의 손으로 한글 중심의 속기법이 성안되었을 본 바 있는데 20년대 후반에 와서도 이러한 시도를 볼 수 있다. 엄정우의 「조선 속기술에 대하여」(1929. 6, 『歷文』③23, 338-43쪽)에서 다음과 같은 구도(構圖) 위에서 조선어 속기의 제 문제를 다루었다.

    (37) 엄정우의 조선어 속기술 연구
        가. 머리말
        나. 정음과 조선 속기술

---

105) 『歷文』제1판에는 출전이 밝혀져 있지 않다. 조남호(1991)에 기대면 『別乾坤』
    4.7에 실려 있다. 『歷文』제2판에서는 출전을 밝혔다.
106) 이 문제에 대하여는 조선어학회 편 『큰사전』1(1947)의 「머리말」과 조남호
    (1991)을 보라.

　　다. 속기술은 무엇인가
　　라. 속기술의 현상

(37가)에서는 속기술이 언론 발달에 공헌이 큰 만큼 그에 대한 연구를
게을리 해서는 안된다고 하였다. (37나)에서는 우리의 문자, 정음은 우수
한 점을 많이 가지고 있기 때문에 이를 잘 변형하면 좋은 속기법을 마련할
수 있다고 하였다. (37다)에서는 「속기술이 언어의 사진」인 만큼 누구에
게나 필요하며 복잡한 정음의 획을 간결화할 수 있는 방안을 찾는다면
좋은 속기문자를 만들어 낼 수 있다고 하였다. (37라)에서는 김두봉을
비롯한 조선어 속기법의 연구사를 개관하였다. 이곳에서는 1927년 9월에
엄정우를 비롯한 10여명이 '朝鮮速記術硏究會'를 창립하고 강습회까지
연 사실을 언급하면서 강연록의 필요성을 주장하였다. 나아가 그는 속기
술 발달이 지연된 원인을 탐색하고 보통 문자의 불완전성을 지적하면서
과학적 속기 문자의 출현을 강조하였다. 김두봉처럼 속기문자를 창안한
흔적은 볼 수 없고 당시의 왕성하던 우리 민족어문의 연구와 관련시켜
속기 문자의 필요성을 강조하고 그 보급이 절실하다는 정도의 기여를
하였다고 평가할 수 있다.

　거의 2년에 가까운 세월을 보내는 동안 사회 각 계층의 여론을 거두어
들여가며 조선총독부는 철자법 개정을 완료하고 드디어 1930년 2월에
개정한 언문철자법을 공포하기에 이르렀다.[107] 이 철자법은 종래의 교과
서 편찬용이란 굴레를 쓸 명분이 없어졌기 때문에 이름도 『언문철자법개
정안』으로 바뀌었다. 앞에서 우리는 『東光』 설문지의 응답자가 대부분
주시경학파의 철자법 이론과 방향을 같이하고 있었으며 동인지 『한글』이

---

107) 철자법 개정에 얽힌 뒷이야기는 장지영의 회고록 「내가 걸어온 길」(『나라사랑』
　　 29, 1978)에 비교적 자세하다.

'정리된 철자법'을 가지고 있었고 이병기의 증언을 통하여 총독부에 제출할 철자법의 초안도 마련하였음을 확인한 바 있다. 이들의 철자법 원리는 주시경과 국문연구소의 형태음소적 원리를 계승·발전시킨 것인데 총독부의 제2차 조사회에 주시경학파가 대거 참여함으로써 그들의 주장을 관철시킨 것이다. 발음에 있어서는 표음주의를 택하고 병서도 그대로 수용되었다.

그러나 받침에 관한 한, 'ㅎ'과 이것과 결합된 받침 및 'ㅋ'을 제외한 것이 주시경학파와의 차이점이다.[108] 'ㅎ'이 제외된 경위는 이를 꾸준히 반대해 온 박승빈의 소론도 참고하였겠지만 당시 서울에 와 있었던 가나자와(金澤庄三郎)의 발언이 결정적이었다. 이 문제에 대하여 철자법 개정에 직접 참여한 장지영은 앞에서 든 회고록에서 다음과 같이 말하고 있다.

> (38) 합의된 통일안은 우리가 생각한 대로 비교적 잘 되었다. 그래서 이대로 결정하자고 하였더니 일본 관리들이 이것은 우리끼리 결정하였으니 국내에서 조선어의 최고 권위 학자에게 의견을 들어야 최종 결정할 수 있다고 한다. 그 사람이 누군가 하였더니 가나자와였다. 그는 며칠 후 나타나 우리의 안을 훑어 보고 다 좋은데 'ㅎ'받침만은 쓸 수 없다고 하고는 바쁘다는 핑계로 총총히 일본으로 떠나 버렸다. 잠간 와서 'ㅎ'받침 하나를 떼 먹고 간 것이다. (『나라사랑』 29, 40쪽)

다시 말하면 일본의 조선어학자 가나자와 때문에 주시경학파가 수십 년 동안 공들여 쌓아 온 형태음소적 철자법이 그만 절름발이가 되어 버린 것이다. 그러나 이 정도라도 우리의 어학자들의 결집된 노력이 식민지 통치기관의 어문정책을 바꾸어 놓은 것은 민족문화정책의 큰 승리라고 하지 않을 수 없다.[109]

---

108) 개정 언문철자법의 특징에 대하여는 신창순(1997나)에 자세하다.

4. 1930년대 전반의 표준화운동

1) 개정 언문철자법의 보급

지금까지의 논의를 발판으로 삼아 언문철자법이 어떻게 보급되고 동시에 그것이 조선어연구회의 어문정리사업과 어떤 관련을 맺어 가면서 민족어문의 표준화가 이루어져 나가는가를 검토해 보기로 한다.110) 개정된 『諺文綴字法』은 『新民』 56(1930. 2)에 「한글 綴字法 改正案」이란 이름으로 일반에게 알려졌고(『歷文』 ③23, 376쪽), 東亞日報(1930. 3. 24)에서도 「朝鮮文綴字法」이란 이름으로 소개되기도 하였다. 원래는 일본문으로 공포되었으나,111) 『新民』과 東亞日報는 번역문을 싣되 이름까지 바꾸었다.112) 한편 동아, 중외일보 등의 언론기관에서는 개정된 언문철자법에 대한 일반의 찬반 의견을 거두어 보도하기도 하였다.113) 어문철자법의 보급에서 우선적으로 주목해애 할 것은 조선어연구회 회원이었던 장지영과 이희승의 활동이다.

앞에서 본 바와 같이, 장지영은 총독부 제2차 조사회에 참석하여 언문철자법의 최종안의 확정에 관여하였다. 장지영은 주시경 후계학자로서

---

109) 최현배는 신철자법이 일본의 유수한 언어학자와 개정위원회의 말석을 차지한 우리 한글 운동자의 진실한 주장이 저들의 동의를 얻은 때문이라고 평가하였다. 고영근 (1995가: 209쪽)을 보라.
110) 지은이는 고영근(1995가: 211쪽 주 174)에서 조선어연구회의 어문정리사업이 총독부의 언문철자법의 제정 및 개정과 어떻게 연결하여 해석할 것인가 하는 문제를 숙제로 남겨 두었었다.
111) 일본문 원안은 「普通學校朝鮮語讀本卷一編纂趣意書」(1930. 3)와 김윤경이 『한글』 1.3(1932. 7)에 기고한 「한글 적기의 바뀜」에 실려 있다. 전자는 『歷文』 ③17에 원본대로 영인하여 실었다.
112) 번역문은 김윤경(1938)과 『歷文』 ③17에 실려 있다.
113) 관련자료는 국립국어연구원(1991: 71-2쪽)을 보라.

1924년에『朝鮮語典』이란 원고본을 남겼고『東光』지상의 설문지에 응답하기도 하였으며 신문에 관련 논설을 쓰면서 표준화운동을 전개한 바 있다.(앞에서 나옴). 그는 먼저 1930년 3월 18일자 朝鮮日報에서 철자법강좌를 연재하게 된 경위를 설명하고 4월 1일부터 55회에 걸쳐「조선어 철자법강좌」를 연재하였으며 8월에는『조선어 철자법 강좌』라는 이름의 단행본을 출판하였다.[114] 장지영은 새로 공포된 언문철자법을 일반에게 계몽할 목적으로 이 책을 집필하였던 것이다. 이책은 장지영이 언문철자법의 제2차 조사회에 참석하면서 그나름대로 세워 본 철자법 이론서이자 계몽서이다. 크게 보면 주시경학파의 이론을 대변하는 저술이라고 하겠으나 그 나름의 독특한 견해가 투영된 곳도 없지 않다. 그의 책에는 언문철자법에서 외면당한 받침 'ㅎ, ㅋ, ㅆ, ㅀ, ㅆ'과 'ㄲ, ㄹ'이 들어 있다. 후자는 주시경학파가 꾸준히 주장해 온 받침인데 언문철자법에는 물론, 한글맞춤법통일안에서도 채택되지 않았다. 앞의『東光』설문지에서는 변칙용언을 김두봉 등의 주시경 후계학자들과 같이 원형을 밝히는 것이 옳다고 하였으나 이곳에서는 소리대로 적는 것이 옳다고 하였다. 그 사이 견해가 바뀐 것이다. 장지영은 일상화된 한자어는 버리지 말고 그대로 살려 쓰자고 주장하였다. 이는 주시경학파와는 반대되는 의견이며 오히려 안확과 맥을 같이 한다고 하겠다. 그는 새로 들어오는 학술용어는 가급적 우리말로 지어쓰자는 견해를 내 놓았는데 이는 주시경학파의 주장을 대변한 것이다.

　한편 이희승은『改正綴字法』이 발효되고 나서 처음 맞는 484회 한글날을 기념하는 뜻에서 기고한「新綴字法에 關하야 바라는 몇 가지」(1930. 11. 19-21,『歷文』③22, 148쪽)를 통하여 신철자법의 개정경위와 특징, 보급원

---

114) 장지영 철자법 이론의 특징에 대하여는 고영근(1997가)을 보라.

칙에 대하여 다음과 같은 의견을 베풀었다.

> (39) 이 개정 철자법은 이것이 창도(唱導)된 지 근(近) 삼십년의 긴 세월을 경(經)하였으며 기다(幾多)의 전문연구가와 실제 교육가의 공통적 요구에 의하여, 즉 논리와 법칙을 욕구하는 인간성의 본능적 갈망에 의하여 실현된 것이다. 따라서 그 이면(裏面)에는 힘 있는 필연성과 당위성이 있음으로써 된 것이요, 결코 일시적 해학(諧謔)이나 혹은 일개인의 호사(好事)에서 나온 것은 아니다. 그리하여 이번에 개정된 안은 그중 이삼(二三)의 예를 제외하고는 대체로 오인(吾人)의 요구에 부(副)하였다 생각한다. 그러므로 지금은 벌써 이론 투쟁의 시기가 아니요 우리는 전 민족이 일치단결하여 신안의 실용화 보급화운동에 전력을 경주치 아니하면 아니될 것이라 한다. (현대맞춤법에 따라 고쳐적음)

'이삼의 예외를 제외하고는 오인의 요구에 부한다고 한 것'은 'ㅎ'을 비롯한 몇몇의 받침이 제외된 것을 가리키며 크게 보면 주시경학파의 철자법 이론이 관철되었다는 뜻이다. 이어 이희승은 교육가, 저술가, 출판업자, 문맹타파 운동자를 대상으로 하여 구체적인 보급방안을 제시하였다. 『개정 언문철자법』은 이러한 기운을 타고 보급의 활로를 찾아 나서기 시작하였다.

『改正諺文綴字法』은 1930년 4월 신학기에 나온 교과서에 적용되어 교육계에서는 벌써 실용화의 단계로 접어들었다.[115] 이에 발맞추어 교육계, 출판계, 언론계 등에서도 점차 응용 방안을 여러 가지로 강구하였다.[116] 보급에 앞장을 선 언론기관은 東亞日報였다. 東亞日報는 1930년 3월 25일부터 최현배와 신명균을 강사로 불러 초등학교 교원을 상대로

---

115) 관련 정보는 김윤경(1958: 582쪽)을 보라.
116) 관련정보는 이갑의 「한글 운동의 현상과 전망」(1932. 10. 29, 『歷文』 ③22, 250쪽)을 보라.

하여 언문철자법을 보급하기 시작하였다.[117] 백세명은 농민 대상의 잡지
『農民』에 기고한 「한글강좌」(1930. 11/12, 『歷文』 ③22, 376쪽)에서 문법에
맞추어서 정리된 글을 '한글'이라 부르고 말과 글의 관계, 민족과 어문과의
관계를 베푼 바탕 위에서 발음법, 철자법 등에 걸쳐 언문철자법의 중요
변개항목을 해설하였다. 장지영은 「한글의 양대운동」(朝鮮日報 1931.1)[118]
에서 신철자법에 의한 글쓰기와 교과서 개편을 '한글의 정리 운동'으로,
문맹타파의 성과를 올리는 것을 '한글의 보급 운동'으로 보아 이 두 운동이
신년의 과제임을 밝히었다.

　일반 대중에 대한 개정 언문철자법의 본격적 보급은 이듬해부터 진행
되었다. 심의린은 일본인들의 우리말 연구단체였던 조선어연구회에서
낸『中等朝鮮語講座』[119]에서 초중등학교 교사들을 위한 「改正諺文綴字
法講義」(1931. 6-1932. ?)를 연재하여 그 보급에 힘썼다. 그는 항간에 사용되
던 각종 철자법과 비교해 가면서 개정 언문철자법의 내용을 평설하였다.
강현의 『改正綴字法』(1932. 1, 『歷文』 ③19) 역시 개정된 철자법을 보급할
목적으로 저술된 것이며 신구철자법을 대조하여 익히기 쉽게 하였다.
박상준의 『改正綴字準據 朝鮮語法』(1932. 1, 『歷文』 ①51), 최현배의 『中等
教育朝鮮語法』(1936. 5)[120], 심의린의 『中等學校 朝鮮語文法』(1936. 6, 『歷文』
①59)도 개정 언문철자법에 근거하여 저술한 문법서이다. 1920년대에는
주시경학파들이 총독부 철자법을 따르지 않았는데 '30년대에 들어오면서
는 언문철자법을 따르고 있는 것이다. 그것은 개정안에 자신들의 이론이

---

117) 東亞日報 1930. 3. 22일자 기사를 보라.
118) 이 논설은 朝鮮日報 1931. 1.1일자에 실려 있다. 관련된 내용은 고영근(1997
　　가/1998: 227쪽)을 보라.
119) 이 책의 창간호는 서울대학교 중앙도서관 심악문고 소장본이다. 이책을
　　깨끗하게 보관해 주신 선생의 생전의 가르침이 새롭다.
120) 최현배의 『중등조선어법』의 특수성에 대하여는 고영근(1983라: 63쪽, 1995
　　가: 244-48쪽)을 보라.

많이 반영되었기 때문이다.

여기서 특기할 것은 東亞日報의 「한글좌담회」(1931. 10. 29-31, 『歷文』 ③22, 180쪽)의 개최이다. 東亞日報는 485회 한글날을 맞아 다음과 같은 주제 아래 좌담회를 열었다.

(40) 東亞日報의 한글좌담회의 주제
　　가. 한자제한의 실제방법
　　나. 개정 철자법의 보급방법
　　다. 횡서의 可否, 可하다면 그 보급방법
　　라. 조선어의 평이화의 실제방법

여기에 참석한 어문학자들은 이윤재, 신명균, 최현배, 김윤경, 이병기, 이극로, 김선기, 장지영, 김희상이었고 동아일보사에서는 주요한, 서항석, 김철중이 참가하였다. 어문학자들은 모두 주시경학파가 아니면 그에 동조하는 사람들로 구성되어 있었다.

(40가)의 한자문제는 전폐론과 제한론이 맞섰다. 이런 상충된 견해는 개화기와 일제 초기에서도 볼 수 있었으며,121) 20년대 후반에서도 마찬가지였다. 결론은 궁극적으로는 한자를 폐지하되 그때까지는 한자를 적게 쓰는 방향으로 나아가야 한다는 것이었다. 이 좌담회에 참석하였던 주요한은 「新聞製作과 朝鮮文字」(1930. 9, 『歷文』 ③23, 388쪽)에서 한자 제한론자와 불가능론자들의 견해를 일일이 비판하고 한글전용만이 앞으로 걸어야 할 길이라고 주장한 바 있다. 지은이가 아는 한, 한글전용의 당위성을 이만큼 체계 있게 제시한 일은 이전에는 없었다고 생각한다.

(40나)의 개정 철자법 보급문제는 그렇게 어렵지 않다는 의견이 지배적

---

121) 관련 논의는 고영근(1998/2001: 181-198쪽)을 보라.

이었다. 그 사이 교육계, 출판계 등의 협조로 많이 보급되었다고 하였다. 문제는 문인들의 문법에 대한 안목 부족으로 철자법 보급이 잘 안된다는 지적이 나왔으며 무엇보다 주목할 것은 다음과 같은 서항석과 신명균의 대담이다.

> (41) 서항석: 그러자면 우선 철자법을 통일하여야지요. 여러 선생님들이 쓰시
> 는 철자법도 모다들 다른 것이 있습디다. 다 같이 일정하게
> 써 주었으면 좋겠다고 생각합니다.
> 　신명균: 그 어학회에서도 기초안은 되어 있으니까 차차 통일안을 작성하
> 겠습니다. (현대맞춤법에 따라 고쳐적음)

(41)의 신명균의 증언을 (39)의 이희승의 증언과 관련시켜 보면 언문 철자법이 개정되었어도 만족할 만한 수준에는 이르지 못하여 보완의 여지가 많으며 이를 메우기 위하여 조선어학회(1931. 1월에 이름을 바꿈)에서는 따로 통일안을 만들고 있었음도 확인할 수 있다.(뒤에 나옴)

　(40다)에서는 조선글을 근본적으로 해결하는 길은 횡서, 곧 알파벳식으로 가로풀어쓰는 길밖에는 딴 방도가 없으며 신문사나 잡지사에서 이를 먼저 시행해야 한다는 방향으로 의견을 모았다. 주요한은 앞서 든 글에서 한글전용과 함께 궁극적으로는 가로풀어쓰기밖에는 딴 길이 없음을 주장한 바 있다. 그래야만 활자문제가 해결된다고 보았다. 주시경, 김두봉, 최현배 등의 주시경학파가 한글전용을 부르짖으면서 가로풀어쓰기를 주장해 온 것도 이런 사실과 밀접한 관계가 있으며 언문철자법을 개정할 때, 새 받침의 설정을 반대한 것도 새 활자의 주조 등의 경제적 문제와 깊은 관련이 있는 것이다.(앞에서 나옴)

　(40라)에서는 조선말을 쉽게 하는 길은 쉬운 말을 쓰는 길밖에는 딴 도리가 없다는 점에 의견의 일치를 보았다. (40나)에서 본 바와 같이

한자를 완전히 폐지하고 교육 용어도 조선말로 하여 가르쳐야 하는데 그렇지 못한 현실을 개탄하는 발언도 있었다. 당시 우리가 일제 식민지 아래 있었기 때문에 이런 말이 나오게 된 것이다.

이상과 같이 개정된 언문 철자법이 보급되는 동안 개정 철자법에 대한 비판의 소리도 적지 않았다. 권영달122)은 「朝鮮文 綴字法」(1930. 10. 18-26, 『歷文』 ③22, 139쪽)에서 장지영의 앞의 저술을 포함한 주시경학파와 박승빈 까지의 철자법이론을 비판하고 자신의 안이 가장 합리적이라고 주장하였 다. 다시 말하면 한글이 음표문자이므로 소리대로만 적는 것이 가장 이상 적이라고 하였다. 이에 앞서 권영달은 「高音의 本質과 記寫事」(1930. 1.29-2.6, 『歷文』 ③22, 102쪽)에서 주시경의 병서식 표기법을 비판하였다. 권영달의 활동을 통하여 우리는 반주시경학파로서 앞서 든 안확, 박승빈 밖에 권영달도 반열에 설 수 있음을 확인할 수 있다. 박승빈은 언문철자법 의 보급에 즈음하여 「朝鮮語의 音理와 記寫法」(1931. 6, 『중등조선어강좌』, 조선어연구회)을 통하여 병서, 'ㆆ'을 비롯한 새 받침 등에 대한 송래의 견해를 반복하여 주장하면서 주시경학파의 철자법 이론을 비판하였 다.123) 20년대 후반에 이은 제3차 도전이다.

주시경학파는 총독부의 철자법을 자신들의 이론으로 개정시키면서 표 준화를 위한 기초적 연구를 소홀히 하지 않았다. 그 대표적인 사람이 이극로, 최현배, 김석곤이었다. 이극로는 이윤재와 함께 주시경의 직접적

---

122) 권영달은 뒤에 『朝鮮語文正體』(1941, 『歷文』 ①58)를 내기도 하였다. 그런데 생몰연월 이 분명치 못하여 해설(하동호 집필)에서 공백으로 남겨 두었는데 뒤에 그의 제자인 김경한 옹의 협조로 자세한 사항을 알 수 있었다. 1902. 3. 15 경북 안동군 풍천면 가곡동 출생, 휘문의숙을 졸업하고 경성고상 수학, 1945. 6. 24일 가출 행방불명. 권영달의 문법체계의 특수성에 대하여는 고영근(1983라. 66쪽)을 보라. 『歷文』제2판(2008)에서 위의 사항을 보충하였 음을 밝혀 둔다.

123) 같은 내용이 『조선어학강의요지』(1931, 『歷文』 ①48에도 실려 있다.

인 후계학자는 아니었으나 주시경학파와 취향을 같이하는 주시경 후계학
파에 속한다. 이극로는 중국 유학 시 주시경의 제자인 김진과 박건병,
김두봉을 통하여 주시경의 저술에 접하였던 것이다.124) 그는 독일과 프랑
스에서 닦은 실험음성학의 지식을 활용하여 「조선말 소리갈」(1930. 9,『歷文』
③23, 1150쪽)을 발표하였는데, 그의 음운체계는 모음 8개와 자음 22개를
설정하였다. 전자는 결과적으로 김두봉과 같아졌다. 후자에는 'ㄹ'과 반자
음 'ㅜ(w), y(l)'가 들어간 것이 특징이다.125)

다음으로 최현배는 이미 20년대 전반부터 표준화에 관한 기초적 연구
에 손을 대어 20년대 후반에는 우리말의 음성 문제를 연구함으로써『우리
말본』(첫재매)를 낸 바 있음을 보았다. 그는 언문철자법의 개정을 앞뒤로
하여 「맞춤법의 이론과 실제」란 논문을 썼고 1930년 12월에는 「朝鮮語品
詞分類論」을 발표하였다. 특히 마지막 논문은 국어문법체계의 이론적
구성에도 크게 기여하였지만 그보다도 학회 나름의 규범문법이 마련되어
있지 않았던 당시의 학계의 사정으로 볼 때, 민족어문의 표준화를 위한
기초 문법의 역할을 적지 않게 한 것으로 보인다.126) 그리고 「한글의
낱낱의 쓰히는 번수」(1930. 12)과 「훈민정음의 글자의 모양과 벌림에 대하
여」(1932)도 주목의 대상이 된다. 전자에서는 사전 편찬의 기초 자료로
삼기 위하여 빈도에 따른 글자의 순서를 결정한 것이고 후자는 한글의
개별 글자가 형성되는 과정을 그 나름대로 재구한 것인데 문자사에 관련
된 내용이다.127)

가로풀어쓰기는 주시경, 김두봉, 최현배, 권덕규, 검・시어덤, 이필수

---

124) 관련 논의는 고영근(2006다)와 본서 243쪽을 보라.
125) 이극로의 음성학 연구의 특수성과 변모양상에 대하여는 조남호(1991), 고영
    근(2008)을 보라.
126) 이 논문에 대한 자세한 평가는 고영근(1995가: 173-88쪽)을 보라.
127) 관련 내용은 고영근(1995가: 97-109쪽)을 보라.

등을 거치는 사이에 필요성이 공인되었고 주요한도 그런 견해를 표명한 바 있으며 (40)의 東亞日報의 「한글 座談會」에서도 반대하는 사람이 없었다. 그런데 30년대에 들어오면서는 가로풀어쓰기만을 전문적으로 연구하는 사람이 나왔는데 김석곤이 바로 그러하였다.

김석곤은 먼저 「가로쓰기에 대하야」(1931. 2. 24-3. 1, 『歷文』 ③22, 209쪽)에서 조선어학회의 연구 분위기에 힘입어서 가로쓰기를 주장하는 이유, 가로쓰는 방법에 걸쳐 자신의 견해를 펼치었다. 대체로 김두봉과 최현배가 세운 이론을 이어받으면서도 그 나름의 독자적인 견해를 내세운 곳이 적지 않다. 그는 이를 발판으로 삼아 「가로쓰기」(1932. 6. 14-7. 20, 『歷文』. ③22, 209쪽)에서 한글의 가로풀어쓰기를 체계화하였는데 석판 인쇄를 하여 東亞日報에 실었다. 38쪽의 장편의 논문으로 단행본의 체제를 띠고 있다.

(42) 김석곤의 "한글가로쓰기"의 목차
    머리말
    첫째 가름 우리글의 고치어야 할 것과 가로쓰기를 주장하는 까닭
    둘째 가름 글씨
        (1) 으뜸이 되는 글씨, (2) 닿소리의 짝거듭
        (3) 홀소리에서 닿소리로 바뀐 소리, (4) 바뀐 홀소리
        (5) 우리말을 적는 데에는 쓰이지 않는 소리
        (6) 긴소리와 짧은소리
    셋째 가름 낱말
        (1) 이름씨, (2) 대이름씨, (3) 셈씨, (4) 움직임씨, (5) 생김씨,
        (6)잡음씨, (7) 어떤씨, (8) 어찌씨, (9) 걸힘씨, (10) 두레씨,
        (11) 지름씨
    넷째 가름 보람과 큰 글씨
    다섯째 가름 기역 니은 차례의 쓰임
    여섯째 기름 익힘

「머리말」에서는 가로풀어쓰기에 대한 자신의 연구의 경력을 밝히면서 한글이 아무리 우수한 글자라고 해도 이를 개선하지 않으면 안된다는 문자개혁의 필요성을 역설하였다. '첫째가름'에서는 김두봉과 최현배가 정립한 가로풀어쓰기의 이론을 종합하였다. '둘째 가름'에서는 박음글씨와 흘림글씨를 두었다. 이전 사람과 차이가 크지 않다. 된소리는 단자음이라는 점에 착안하여 단일 글자를 만들었고 '와, 위' 등은 자음이라는 점을 감안하여 위에 반달 모양의 부호를 붙였다. 그리고 '애, 외' 등의 거듭글자는 'ㅏ, ㅗ' 위에 삐침을 두었으며 장단음 표시의 부호도 고안하였다. '셋째 가름' 낱말에서는 자기 나름의 품사를 11개로 세워 품사에 따라 적는 방식을 고안하였다. 이를테면 고유명사의 첫 글자는 대문자로 쓰고 변칙활용은 변한 대로 적었으며 조사는 띄어쓰고 어미는 어간에 붙여 쓰도록 하였다. '넷째 가름'에서는 가로풀어쓰기에 필요한 문장부호를 도입하였다. '다섯째 가름'에서는 자모의 순서를 보이었는데 맞춤법통일안과 차이가 없다. 당시 이미 초안이 완성되어 있었으니 참고하였을 가능성이 많다. '여섯째 가름' 익힘에서는 속담, 시조와 시, 긴 글에 걸쳐 박음글씨와 흘림글씨를 보이었다. 이전의 이 방면의 업적을 착실하게 종합하여 그 나름의 글자를 고안하고 문장부호까지 곁들여 처음으로 완성된 안을 내었다는 평가를 받을 수 있다.

2) 표준화를 위한 기초연구와 한글맞춤법통일안의 제정
— 조선어학회와 조선어학연구회의 대결 —

조선어연구회는 1927~28년 사이에 동인지 『한글』을 내면서 민족어문의 표준화를 위한 기초연구에 전념하였고 1929년 10월에는 조선어 사전편찬 위원회에 참여하여 사전편찬에 협동하는가 하면 조선총독부의 언문철자법에 개정에 참여하면서 어문의 표준화와 그 보급을 위하여 줄기찬 노력을 기울였다. 1930년에 들어서면서는 그 사이 동인지의 결간(缺刊)으로 다소 소강상태에 빠졌던 연구분위기가 만회(挽回)되기 시작하였다. 그들은 월례 발표회와 강연회를 매월 한번씩 개최하고 한글날을 계속 기리었다. 발표자는 신명균, 이극로, 최현배, 이희승, 신명균, 이윤재, 정렬모, 이병기, 김윤경, 정인섭 등이었으며 주제는 경음론, 한자음, ᆞ음의 성격, 문법, 철자법, 문헌, 한글 기원론, 비교문자론 등이었다.[128]

조선어연구회는 1930년 12월 13일 총회의 결의로 『한글맞춤법통일안』을 제정하기로 하고 이희승 등 12명에게 원안 작성을 의뢰하였다.[129] 이듬해 1931년 1월에는 조선어연구회를 조선어학회로 바꾸고 회칙을 손질하되 학회의 목적을 '조선어문의 연구와 통일을 목적으로 함'으로 고침으로써 본격적인 표준화를 위한 기반을 조성하였다. 조선어연구회의 창립목적은 '조선어의 법리를 연구함을 목적'으로 한다고 하였는데(앞에서 나옴), 정식 학회로 발족함에 즈음하여서는 '조선어문의 통일'을 목적으로 한다고 하여 민족어문의 표준화에 학회의 직접적인 목적이 있음을 분명히 하였다. 이어 1932년 5월 1일에는 기관지 『한글』을 창간하였다.

조선어학회의 새로운 발족은 또 하나의 어문연구 단체를 탄생시키는 계기가 되었다. 1921년초 부터 계명구락부를 근거로 하여 민족어문의 표준화를 비롯하여 우리의 생활 양식의 개선에 힘을 기울여 오던 박승빈은 처음부터 주시경학파와 반대되는 철자법 이론을 전개하면서 3차례나 도전해 왔는데 1931년 12월에는 동조자들을 규합하여 정식으로 조선어학연구회를 창립함으로써 조선어학연구회와 맞서 싸울 수 있는 바탕을 마련

---

128) 관련자료는 기관지 『한글』 창간호(1932. 5)의 「본회 중요 일시」를 보라.
129) 관련정보는 『한글마춤법통일안』(1933). 10. 29, 『歷文』 ③20, 『한글』 1.10)의 「머리말」을 보라.

하였다.[130] 이들은 매월 월례 연구발표회를 정기적으로 개최하고 1934년 2월에는 기관지 『正音』을 창간하였다. 1921년에 닻을 올린 조선어연구회가 계명구락부를 의식하여 창립된 것과는 정히 대조되는 상황이었다. 역사 전개의 아이러니를 실감케 한다. 이렇게 민족어문의 표준화를 겨냥하는 두 어문 단체가 발족되었다는 것은 어문 표준화를 지연시킬 수 있는 부정적인 측면은 있지만, 상대방 단체의 독주(獨走)를 견제할 수 있어 결과적으로는 민족어문의 표준화를 바른 길로 이끌 수 있는 측면이 있었다고 생각한다.[131]

이갑(李鉀)은 『한글맞춤법통일안』이 한창 심의되고 있을 때, 「철자법의 이론과 ㆆ, ㅆ의 종성문제」(1932. 3. 5-17, 『歷文』 ③22, 192쪽)를 통하여 총독부 철자법의 부당성을 비판하고 주시경학파의 철자법을 이론적으로 뒷받침하였다. 이 글은 이듬해 다시 다듬어서 발표하게 된다.(뒤에 나옴). 이갑은 개정 언문철자법에 'ㆆ, ㅆ'이 받침으로 들어 있지 않은 것을 비판하였다. 표음문자인 한글의 단점을 보완하려면 표의화를 지향해야 하는데 'ㆆ, ㅆ'을 받침으로 채택하지 않았기 때문에 그 목적이 달성될 수 없다고 하였다. 그러나 이갑은 '나, 라' 행의 음을 소리대로 적기로 한 총독부 철자법에 찬성한다는 견해를 베풀었다. 그는 단어의 표의화를 위하여 옛 문자를 부활하자는 백씨(伯氏) 이탁(李鐸)의 견해를 지지하였다. 이갑의 기고를 통하여 한글맞춤법의 탄생 동기의 하나가 총독부 철자법의 불완전성의 극복에도 있다는 것을 알 수 있다.(뒤에 나옴)

---

130) 관련자료는 『正音』 창간호(1934. 2)에 실린 「本會錄事」와 김민수(1973: 235쪽)를 보라.
131) 두 학회의 대립의 씨는 광문회에서 같이 사전을 편찬하던 주시경과 최남선이 분리되면서 배태되었다고 한다. 한글파인 주시경학파가 야당적이라면 정음파인 박승빈학파는 여당적인 면이 없지 않다는 견해가 있다. 관련 정보는 『歷文』 ③23(767쪽)을 보라.

이갑의 'ㅎ, ㅆ'에 대한 기고에 이어 나온 것이 박승빈의 「'·ㅎ'의 바팀과 激音에 관한 견해」(1932. 4, 『歷文』 ③23, 439쪽)이다. 'ㅎ'이 받침으로 사용될 수 없다는 것인데 종전의 내용과 큰 차이가 없다. 훈민정음의 '初聲復用 初聲'은 받침규정이 아니라 제자의 문제라는 지적은 현대적인 관점에 설 때 올바른 지적으로 보인다. 1931년에 이은 제4차 도전장인 셈이다. 김진동의 「한글식 철자법의 근본적 오해」(1932. 4, 『歷文』 ③23)도 내용상으로 박승빈과 별 차이가 없다. 'ㅎ'이 받침될 수 없고 어근은 '믿'이 아닌 '미드'로 잡아야 한다는 것이다. 여기서 한가지 짚어야 할 것은 주시경학파는 같은 문제를 다루어도 시각이 달라지는 면을 발견할 수 있는데 박승빈 학파는 박승빈을 비롯한 대부분의 사람들이 진전이 없는 내용의 반복일 경우가 많다는 것이다.132)

이갑과 박승빈이 철자법에 관한 그 나름의 견해를 펼치고 있을 때, 『東光』지는 어문학자들을 대상으로 「한글 綴字에 대한 新異論檢討」 (1932. 4, 『歷文』 ③23, 457쪽)란 제목의 설문을 보내어 그 회답을 실었다. 『東光』지는 이미 1927년에 「우리 글 표기례의 몇몇」을 실어 10개 항목에 걸쳐 어문학자들의 견해를 게재·종합한 일이 있는데 5년 뒤에 다시 비슷한 시도를 하게 되었다. 『東光』지는 이렇게 민족어문의 표준화를 위하여 처음부터 기여한 바가 적지 않았다. 더욱이 『한글』 1.2(1932. 6)의 광고에서 『東光』을 '한글 운동의 선구는 오직 이 東光! 전부 신철자로 쓴 잡지는 이 東光!'과 같은 광고 문안에서도 그런 점을 엿볼 수 있다. 1920년대 후반은 안확의 이의(異議) 제기가 토론 광장을 마련한 계기가 되었는데 이번에는 박승빈학파의 도전이 계기가 된 점이 다르다. 『東光』 편지부는 다음과 같이 여론 수렴의 의의를 진술하였다.

---

132) 이 점에 대하여는 천소영 교수도 전화 통화에서 같은 의견을 진술한 바 있다.

(43) 朝鮮語文法은 아직 統一되지 못하야 한글 表現에 대한 異論은 紛紛하
고 그 統一될 바를 아지 못한다. 이것은 統一過程의 一現象으로 不可避
한 일이나 우리는 實地에 則한 眞摯한 研究이 解決을 위하야 最大의
努力을 繼續하야 하겠다. (원문대로)

이곳의 '조선어문법'이란 앞에서 여러번 본 바와 같이 철자법을 뜻한다.
문법이 통일되지 못하였다는 것은 1930년에 개정된 총독부 철자법이 일
반의 요구를 충족시키는 데 아직도 부족하다는 뜻이요, 이론이 분분하다
는 것은 박승빈 일파나 안확 등의 반대 의견을 의식하였을 가능성이
많다.

『東光』지는 박승빈, 김윤경, 이상춘, 백남규, 이극로, 최현배, 조윤제,
김재철, 이규방, 신명균, 권덕규, 김태준, 이윤재, 이희승 등 14명에게
의견을 구하였으나 회답을 보낸 사람은 김윤경, 이규방, 이윤재, 이극로,
최현배, 김태준 등 6명이었다. 설문은 박승빈파가 주장해 온 병서불가론,
'ㆆ' 받침 불가론, '머그, 미드'의 어근론 등이었다. 그런데 김태준을 제외한
사람은 모두 반대하는 입장이었다. '이미 상식화된 것을 왜 또 문제삼는가,
귀기울일 것 없다, 대답할 나위도 없다, 후일에 엄정비판, 어법상 불합리'
와 같이 답변하였다. 이들은 모두 주시경 후계학파에 속한다.

김태준은 경성제국대학 출신의 조선문학자인데 선학들을 우상처럼 숭
배하는 풍조를 비판하고 '말갈'과 같은 신어를 만들어 내는 주시경학파의
태도를 부정적으로 평가하였다.[133] 그는 우선 철자법이 쉬워야 한다는
논리를 펴면서 다른 것은 주시경학파의 이론에 찬성하나 'ㆆ'을 받침으로
인정하는 것은 반대한다는 의견을 내 놓았다. 그 나름의 타당성이 없지
않으나 일관성 있는 문법을 세우려면 역시 인정하는 쪽을 택하는 것이

---

133) 주시경학파의 맞춤법의 불합리성에 대한 최근의 연구는 신창순(1997나)가
있다.

좋다고 생각한다.

철자법에 대한 기초 연구의 큰 원칙은 주시경이 세우고 김두봉 등의 주시경 후계학자들이 다듬은 것인데 이미 20년대 후반의 동인지『한글』 등의 기고나 기타 신문 지상의 토론을 통하여 그 타당성이 논증·확인된 바 있으나 이 시기에는 그에 반기를 드는 사람들이 있어 재론되기도 하였고 표의성의 문제를 어떻게 반영할 것인가 하는 문제에 관심을 기울이는 일이 많았다.[134] 이에 대한 기초적 연구는 주로 기관지『한글』을 중심으로 전개되었다.『한글』편집자는 기관지『한글』의 각 호의 머리에 마련된 '綴字法에 關한 本誌의 態度'를 통하여 진행중에 있는 철자법의 완전한 통일을 위하여 토론의 마당을 마련하며 '標準의 形式'을 가지고 이윤재가 교정을 하기로 하였다는 요지의 창간 의도를 베풀었다. 이곳의 '표준의 형식'이라 함은 당시 마련되어 있었던 맞춤법 초안이었던 것으로 보인다. 이는 동인지『한글』의 '정리된 철자법'과 그 성격이 비슷하지 않았나 한다. 물론 내용에 있어서는 약간의 차이점이 있을 것임은 물론이나. 이를테면 총독부 철자법에다가 'ㆆ, ㅋ' 등의 받침을 인정한 그러한 내용이 중심이 되었던 것으로 보인다.

철자법의 기초 연구에 관련되는 글은『한글』1.3(1932. 7)에 주로 실려 있다.『한글』편집자 이윤재는 주시경 서거 18주기를 기념한다는 뜻에서 철자법특집을 마련하고「머리말」에서 그 의의를 다음과 같이 베풀었다.

(44) 이제 우리는 스승을 생각하는 한 보람으로, 여기에서「한글 글씨 맞힘」을 따로이 실으기로 한것입니다. 이는 첫재로 스승의 끼치신 뜻을 이으려 함이며 다음으로 오늘날 여러 사람들이 모두 알고 싶어하는 뜻을

---

134) 한글맞춤법의 제정을 통한 기초 연구는 이미 한글학회(1971: 156-64쪽)에서 자세히 서술된 바 있다. 지은이는 이러한 서술을 바탕으로 기초 연구의 성과를 다시 정리하였다.

　　맞후려 함입니다. (원문대로)

요컨대 민족어문 운동의 선구자인 주시경의 뜻을 계승하여 그것을 오늘의
어문 표준화와 관련시켜 일반의 궁금증을 풀어 주는 데 특집 마련의
목표를 두었다. 우리는 이미 동인지 『한글』과, 『新生』지에서 주시경 서거
기념특집을 마련한 바 있었음을 보았는데 주시경 후계학자들은 어문 표준
화의 특별한 계기가 주어질 때마다 기념 행사를 베풀었다. 이곳에서는
우선 기관지 『한글』의 1.1(1932. 5)부터 1.5(1933. 10)에 기고된 논문을 중심
으로 연구상의 특수성을 가려내 보기로 한다.

　　(45) 표준화에 관련된 연구 주제
　　　　가. 기초적 연구
　　　　나. 이론적 문제
　　　　다. 표음화와 표의화 문제
　　　　라. 새 받침의 설정문제
　　　　마. 한자 및 각국의 문자운동
　　　　바. 보급 기타

(45가)는 성음, 문법, 표기법의 역사, 문법사, 민족어운동사에 관련된 내용
이 주축을 이루고 있다. 이극로의 「우리말의 홋소리」(朝鮮語의 單音)(1932.
9, 『한글』 1.4)는 우리말의 음운체계를 전반적으로 재구성한 것이다. 앞의
『新生』의 기고문에서는 'ㅚ, ㅟ'를 제외하여 8개로 잡았는데 이곳에서는
이들을 모두 단모음으로 인정하여 10개를 세웠다. 자음은, 『新生』에서는
22개의 단자음을 세웠는데 이곳에서는 'ㆆ'을 더하여 23개를 두었다.[135]

---

135) 이극로의 성음학체계의 특수성과 변모양상에 대하여는 조남호(1991)을
　　　보라.

최현배는 「우리말본의 기역, 니은」(1932. 5. 1『한글』 1.1)에서 자신의 품사체계를 실제의 자료를 통하여 응용·분석하는 예를 보여 주었다. 이어 그는 「이름씨의 細說」(上下)(1932. 9, 『한글』 1.4/1932. 10, 『한글』 1.5)에서 우리말에 근거한 명사의 보편적 지식을 베풀고 불완전명사를 세우는 문제를 논의하였다.

　김윤경은 「한글 적기의 바뀜」(1932. 7, 『한글』1.3)를 통하여 훈민정음 창제 이후의 표기법의 역사를 추적하였다. 그는 또 「사이 소리의 예와 이제」(1932. 7, 『한글』 1.3)에서 사이소리 표기를 역사적으로 고찰하고 새로운 표기법을 고안하였다. 곧 '수캐, 물결'을 '수ㅎ개, 물ㄱ결'과 같이 적는다는 것인데 이러한 표기는 같은 사람의 『조선말본』(1932)에서도 볼 수 있다.136) 정현규는 「한글의 긴급문제인 持格促音字硏究」(1932. 5, 『歷文』 ③23, 465쪽)에서 관형격 '의/의'는 인칭명사에 붙고 'ㄱ, ㅅ, ㅿ' 등 기타의 소리는 선행음의 음성적 환경에 따라 선택된다고 말하고 이를 통계로 제시한 다음, 역사적 변천끼지도 언급하였다. 당시로서는 보기 드문 문법형태사에 관한 업적이며 이는 동시에 사이시옷의 표기를 위한 기초적 연구의 역할도 할 수 있었다. 이윤재는 「한글운동의 회고」(1932. 10. 29-11.2, 『歷文』 ③22, 256쪽)에서 우리의 문자사용의 역사를 정음시대, 언문시대, 국문시대, 한글시대로 나누었는데 이는 한글사용의 역사를 서술하는 뒷 사람들에 큰 영향을 미쳤다.137)

　(45나)는 철자법의 이론적 기반에 관련되는 논의인데 이 방면에 대한 연구가 가장 깊이 있게 수행되었다. 먼저 이상춘은 「철자법 통일 문제를 앞에 놓고」(1932. 5, 『한글』). 1.1에서 당시 초안 작성이 끝난 맞춤법 통일안을 앞에 놓고 완성된 안이 빨리 나오기를 바라는 뜻에서 다음 3개 항목에

---

136) 관련 논의는 고영근(1995나)를 보라.
137) 자세한 논의는 고영근(1988나)를 보라.

걸쳐 철자법이 갖추어야 할 조건을 명시하였다.

(46) 이상춘의 철자법에 대한 견해
　　가. 오늘을 표준으로 해야 한다.
　　나. 될 수 있는대로 쉽게 만들어야 한다.
　　다. 희생적 정신이 필요하다.

(46가)는 철자법은 오늘을 사는 우리들을 위하여 만들어져야지 미래를 생각할 필요가 없다는 뜻이다. 당연한 생각이라 여긴다. (46나)는 "한글은 타국글보다 어렵다"라는 사람들의 비판의 목소리에 귀를 기울여 읽고 쓰고 박기 쉽도록 만들어야 한다는 뜻이다. 문법을 생각하되 너무 이에 얽매여서는 안된다고 하면서 '가서, 치러서, 고파, 비로소, 결코' 등을 '가아서, 치르어서, 고프어, 비롯오, 결ㅎ코' 등으로 적어서는 읽고 쓰기에 거북하다고 하였다. 이는 주시경학파가 처음부터 주장해 온 지나친 원형 밝히기가 일반인들에게 거부 반응을 많이 일으켰다는 점을 의식한 것으로 보인다. 그 사이, 박승빈, 안확, 홍기문 등의 반주시경학파가 주시경학파의 철자법을 어렵다고 한 것이 극단적인 어원 표시에도 한 원인이 있다고 생각할 때 건전한 역사 창조는 밀고 당기는 가운데서 이루어진다는 사실을 알 수 있다. (46다)는 통일을 위해서는 개인의 고집과 학설을 희생해야 한다는 뜻이다. 당연한 논법이라 생각한다.

　신명균도 이상춘과 비슷한 견해를 피력하였다. 그는 「한글 綴字法의 理論과 實際」－마침법의 合理化－1932. 7, 『한글』 1.3)에서 자신들이 추진하고 있는 '마침법, 곧 마춤법의 합리화가 세상에서 걱정하는 바와 같이 그렇게 어려운 것이 아니고 엄정한 과학적 근거 위에 서 있다고 자부하면서 배우기[學習], 읽기[讀書], 박기[印刷]의 세 항목에 걸쳐 그 까닭을 베풀었다. 대체로 동인지 『한글』에서 주장된 내용과 큰 차이가 없다. 그 내용을 간추리면 다음과 같다.

> (47) 신명균의 철자법의 합리화 방안
>> 가. 배우기(學習)
>>> ㄱ. 말의 발음을 현대화함
>>> ㄴ. 발음의 통일과 표시를 현대화함
>>> ㄷ. 글자의 표준을 세움
>>> ㄹ. 글자에 관한 관습을 세울 수 있음
>> 나. 읽기(讀書)
>>> ㄱ. 소리글자인 한글을 뜻글자화할 수 있음
>>> ㄴ. 어원 표시를 해결할 수 있음
>>> ㄷ. 낱글자를 세울 수 있음
>>> ㄹ. 글자의 특색을 세울 수 있음
>> 다. 글자를 통일할 수 있음

(47가ㄱ)은 소리와 글자가 일치되게 적는다는 것이니 이는 우리말뿐만 아니라 한자음도 똑 같이 다룬다는 것이나. 이는 개정 전의 총독부 철자법이 우리말과 한자어를 합쳐서 원음을 표기했던 점을 의식하여 취한 조처로 보인다. (47가ㄴ)은 지방에 따라 달리 발음되는 소리를 통일시킬 수 있다는 뜻이다. (47가ㄷ)은 여러 가지로 적히던 받침 가진 글자가 하나로 통일된다는 뜻이다. (47가ㄹ)은 관습을 어느 정도 고려하면 뜻글자의 특징도 띨 수 있다는 뜻이다. '핫옷' 같은 것이 그러한 예이다. 모두 소리대로 적어 놓으면 뜻이 구별되지 않는다고 하였다.

  (47나ㄱ)은 한글을 소리대로만 쓰면 뜻이 분간되지 않으니 '꽃밭, 밭임자'처럼 기본형태를 밝혀 쓰면 소리글자가 뜻글자의 기능을 갖게 되어 뜻의 구별이 쉽다는 것이다. 주시경 이래 주상되이 온 새 받침의 설정을 뒷받침하는 것이다. (47나ㄴ)은 '노래'와 같은 말이 어원적으로 '놀다'에서

왔다고 하여 '놀애'로 적는 것은 옳지 못하다는 뜻이다. 이미 그것은 '놀다'와는 관련을 시킬 수 없을 정도로 딴 의미를 갖게 되었기 때문에 굳이 원형을 밝힐 필요가 없다고 하였다. 주시경학파의 어원주의 표기법에 대한 반성이 자파(自派) 안에서 일어난 것이다. (47나ㄷ)은 띄어쓰기를 잘하면 독서효과를 높일 수 있다는 뜻이다. 우리는 한글전용을 지향하는 글들에서 띄어쓰기가 더러 시도되기도 하고 그 필요성을 논의한 일을 보았는데 신명균은 이 문제를 정식으로 거론하였다. (47나ㄹ)은 '낮, 낯, 낱, 낫과 같이 단독으로는 같이 발음되지마는 토가 이어질 때에는 소리가 달라지는 일이 있으니 의미의 차별화를 위하여 기본형을 달리 책정해야 한다는 것이다. 이 역시 새 받침의 설정에 관련되는 주시경학파의 이론이다. (47다)는 한자를 폐지하고 음절단위의 표기를 지양하고 가로풀어쓰는 방향의 표기법을 마련해야 한다는 뜻이다. 이 역시 많은 사람들이 공감해 온 것이다.

김선기는 「철자법 원리」(1932. 7, 『한글』 1.3)에서 철자법의 원리를 누구보다도 조리 정연하게 설명하였다. 그는 먼저 철자법을 "우리말을 우리글로 어떻게 적어야 옳은가"를 뜻한다고 정의하고 표음문자라고 해서 무조건 소리나는 대로 적어서는 안된다고 하면서 한글과 같은 음소문자는 음운론적 관점에서 표의화를 중시해야 한다고 하였다. 김선기의 이러한 철자법에 대한 견해에는 실용적 문자 조직은 발음된 소리를 전부 재현함이 목적이 아니요 음성 가운데서 음운론적 가치가 있는 것만을 재현해야 한다는 트로베츠코이(Trubetzkoy)의 음운이론의 영향이 절대적이었다.138) 이렇게 보면 주시경이 주장해 온 새 받침의 설정은 일단 그 이론적인 우위성을 확보하였다고 평가할 수 있다.

---

138) 김선기는 실제로 트루베츠코이의 견해를 직접 인용하고 있다.(116쪽)

위의 원칙 아래에서 김선기는 철자법의 제문제를 다음 5개 항목에 걸쳐 진단하였다.

(48) 김선기의 철자법 문제에 대한 견해
    가. 문자의 문제
    나. 표준어 문제
    다. 성음원리와 철자법
    라. 문법과 철자법
    마. 우리글의 특질에서 오는 문제

(48가)는 옛 문자를 살려 쓴다든지 새 문자를 만들자는 제안이 있기는 하나(뒤에 나옴), 현실적으로 쉽지 않다고 하였다. 전자는 이탁의 제안을 가리키고(뒤에 나옴), 후자는 김두봉의 안이라고 한다.139) (48나)는 철자법의 확립에는 표준어가 먼저 확립되어야 한다는 뜻이다. 표준어형이 먼저 확립되어야만 이를 중심으로 철자가 결정될 수 있기 때문이나. (48다)는 표음문자라 해서 어조(억양), 음색, 고서, 장단 등은 철자법에 반영시킬 필요가 없다는 것이다. 김선기는 앞에서 세운 표의화의 원칙에 근거하여 자음동화 등의 연음 관계나 구개음화 등의 습관음140)의 경우는 원음대로 써야 한다고 하였다. 자동적 교체형은 그 기본형을 밝힌다는 뜻이다. 이러한 견해는 이극로의 「소리들이 만나면 어찌되나」(1933. 5, 『한글』 1.9)에서도 볼 수 있다. 합리적인 철자법은 표음과 표의가 서로 조화를 잃지

---

139) 김두봉의 새 문자가 어디에서 제안되었는지 현재로서는 확인할 수 없고 그의 손으로 기안되었다고 하는 『朝鮮語新綴字法』(1948/1950)에서만 그 모습을 짐작할 수 있다. 지은이는 위의 책을 컴퓨터로 재현하여 공개한 바 있다.(고영근 편 2000: 해설), 『朝鮮語新綴字法』에 얽힌 논의는 고영근(1994: 172-81쪽)을 보라.
140) 습관음 가운데는 표준말의 소관으로 다루어야 할 사항이 들어 있어 문제가 많다.

않는 데 있다고 하였다. (48라)는 명사와 동사는 토와 구별하여 적는
것이 우리말의 본성에 맞는 표기라고 하였다. 곧 끊어적기[分綴]를 해야
한다는 것이다. 그러나 예외도 있음을 덧붙였다.[141] (48마)는 우리글 철자
의 단점이 한자의 영향으로 묶어쓰는 데 있다고 보고 '옭앰이, 옭애미,
올개미' 등 여러 가지로 적히게 되니 가로풀어쓰기를 지향하게 되면 이런
난점이 해소된다고 하였다. 주시경학파가 한결같이 주장해 온 문자개혁
의 방향인 것이다. 그런데 현재처럼 끊어적기를 하는 것은 현재의 철자법
으로서는 어쩔 수 없는 방안이라고 하였다. 그 때문에 소리값 없는 'ㅇ'도
낯을 내게 된다고 하였다. 형태음소적 철자법을 비교적 합리적으로 뒷받
침하였다고 생각한다.

　표음문자의 표의화에 이어 논의된 것은 변격활용의 표기문제였다. 이
문제는 이윤재의 「變格活用의 例」(1932. 7, 『한글』 1.3)에서 먼저 제기되었다.
그는 그의 선학들이 어법의 불규칙을 지나치게 근심한 나머지 '굽어서,
잇으며, 딿야'와 같이 적는 것을 비판하고 소리나는 대로 '구워서, 이으며,
따라'와 같이 적는 것이 옳다고 하였으며 어원을 의식하여 '슬프'를 '슳브'
로 적는 것 또한 옳지 못하다고 비판하면서 이른바 'ㄹ, ㅅ, ㅂ, ㄷ, 으'
불규칙동사의 활용을 소리나는 대로 적자고 하였다. 특히 '종전에 'ㅅ'
받침으로 보아 오던 동사들의 받침을 'ㄷ'으로 잡아 변칙활용으로 처리한
것은 큰 기여로 간주된다.' 이윤재의 견해는 거의 그대로 한글맞춤법에
반영되었다.[142] 앞의 이갑과 김선기의 논의에도 잠시 나온 바 있지마는
이탁은 「ㆆㅿ◇」을 다시 쓰자」(1932. 9, 『한글』 1.4)에서 이른바 변격활용을
표기하기 특이한 문자를 고안하였다. 이른바 'ㅅ' 변격동사를 위하여는
'ㆆ'("여린 ㅎ"이라 부름)의 복구를, 'ㄷ' 변칙동사를 위하여는 'ㅿ'("리읏"이라

---

141) 예외에 대한 예는 교정의 잘못인지 분명치 못한 곳이 있어 언급하지 않는다.
142) 이 문제에 대하여는 이미 고영근(1988나)에서 언급한 바 있다.

부름)의 복구를 제안하였다. 그리고 'ㅂ' 변격동사를 위하여는 '◇'("우읍"이라 부름)라는 새로운 글자를 고안하였다. 모두 변격활용을 규칙화함으로써 표의화를 도모하기 위한 조처이다. 이런 견해는 이극로(1936. 6,『新東亞』6)에서 제안되기도 하였고 해방후 북한의『조선어 신철자법』에서도 볼 수 있다.(앞에서 나옴). 변격동사를 인정하여 소리나는 대로 적기를 주장한 이윤재의 견해와는 상충된다. 그러나 김선기가 비판한 바와 같이, 그와 같은 작위(作爲)가 현대철자법의 원칙에 맞지 않는다는 것을 어떻게 변호해야 할지 문제가 많아 보인다.

(45라)는 주시경학파가 훈민정음 예의의 "終聲復用初聲"에 따라 전통적인 7받침 밖에 새 받침을 꾸준히 주장해 온 것을 다시 확인하는 것이다. 이 문제를 집중적으로 다룬 것은 최현배의「새 받침에 관한 제문제의 해결과 실례의 총람」(1932. 7,『한글』1.3)이다. 최현배는 고전적 근거, 실제적 근거, 과학적 근거를 대어 가며 모든 자음은 받침으로 사용될 수 있다고 하고 그 감식법을 베풀고 새 받침을 가진 밑의 실례를 품사체계에 따라 보이었다. 주시경 이후 연구된 이 방면의 성과를 종합한 것으로 새 받침의 설정을 누구보다도 설득력 있게 개진(開陳)하였다고 평가할 수 있다.

(45마)는 한자폐지와 각국의 문자개혁운동의 사정을 보고한 것이다. 주시경학파는 대부분 궁극적으로는 한자를 버려야 하나 어문정리가 완전히 이루어지기 전까지는 한자 사용의 잣수를 제한한다는 데 의견이 모아졌음을 확인한 바 있는데 그에 대한 참고자료를 제공한다는 뜻에서「日本의 常用漢字」(1932. 6,『한글』1.2)를 소개하였다. 일본의 '國語調査會'에서 정한 1,861자를 부수에 따라 배열하였다. 『한글』편집자는『한글』1.3에「綴字法에 관한 理論과 實際」의 특집과 함께 '各國의 綴字運動'을 실었다. 우리는 이미 20년대 전반에 이윤재가 중국의 문자개혁운동을 소개한 있음을 확인하였는데(203쪽), 이번에는 일본(이희승), 중국(이극로), 유럽과 미

주의 여러나라(이갑), 터키(이윤재) 등 여러 나라의 문자개혁운동을 실어 민족어문 표준화의 타산지석(他山之石)으로 삼으려 하였다. 이갑은 과학적 이론적 근거가 없는 문자정리운동은 생명이 없다는 것을 확인할 수 있었다는 견해를 덧붙였다. 천태산인(天台山人: 김태준)은 「中國의 漢字廢止運動」(1932. 12,『歷文』③23, 472쪽)에서 한자의 결함과 폐해를 낱낱이 파헤치면서 로마자를 사용하는 것이 한자폐지의 대안이라고 하였다. 과연 한자의 사용으로 동양문화가 정체되었는가 하는 문제는 그리 간단히 단정할 수 없다고 생각하는데 당시의 사람들은 대부분 이런 생각을 지니고 있었다. 당시의 사회적 분위기가 그만큼 한자 사용에 염증을 느끼고 있었음을 반증하는 증거라고 하겠다.

(45바)는 한글의 글씨체와 기타 철자법의 보급에 관련되는 사항을 묶었다. 김극배는 「한글 글씨에 대하여」(1932. 5,『한글』1.1)에서 궁체를 중심으로 하여 한글 글씨의 내력을 베풀고 궁체의 법을 소개하였다. 'ㅇ'자가 궁체에서 가장 어려우며 'ㅑ, ㄴ, ㅏ, ㅕ'를 중심으로 쓰는 법을 설명하였다. 특히 그는 이 자리에서 이각경, 이철경 자매의 글씨가 모범이 될 만하다고 하면서 한글 글씨의 체법을 세우기 위한 노력을 보여 주었다. 우리는 앞에서 한글 편집자인 이윤재가 철자법에 대한 '표준의 형식'을 가지고 교정을 책임졌음을 보았는데(395쪽), 이갑은 「만일 내가 신문 기사를 내가 쓴다면」(1932. 5,『한글』1.1)에서 한자어 중심과 신구철자법의 뒤범벅으로 씌어진 기사를 원문으로 내 보이고 우리말 중심과 '표준의 형식'으로 고치어 보이었다. 과도적인 한글 맞춤법의 보급을 대변하는 자료인 것이다. 그는 이어 잘못 쓰기 쉬운 문법을 해설하기도 하였다. 이호성은 「한글 교수에 대하여」(1932. 6,『한글』1.2)에서 우리말을 가르칠 때에는 전통적인 반절식 교수법을 버리고 자모중심주의를 취할 것을 제안하였다. 개정된 총독부 철자법을 현장에서 어떻게 가르칠 것인가 하는 문제를

다루었다.

박승빈이 이끄는 조선어학연구회가 조선어학회에 대하여 4차 도전장을 내고 조선어학회가 표준화를 마무리 짓기 위한 기초 연구에 몰두하고 있을 때, 東亞日報는 1932년 11월 7일부터 9일 사이에 조선어 철자법 토론회를 열었다.[143] 조선어학회의 측에서는 신명균, 이희승, 최현배가, 조선어학연구회의 측에서는 박승빈, 정규창, 백남규가 각각 참석하였다. 제1일에는 쌍서 문제, 제2일에는 겹받침과 받침문제, 제3일에는 어미활용 문제를 토론의 주제로 삼았다. 먼저 가편(可便)과 부편(否便)에서 한 사람씩 주제발표를 하고 양편의 사람들이 나와 자유롭게 토론을 벌이는 형식을 취하였다. 대체로 전일 지상을 통하여 논의된 것을 직접 대면하여 사실 여부를 확인하는 데 큰 목적이 있었다. 당시의 여론은 조선어학회 측이 조선어연구회보다 이론적인 우위성을 견지한 것으로 평가되었다.[144] 그 한 증거는 이듬해『한글맞춤법통일안』이 제정·공포되었음을 통해서 확인된다. 그러나 조선어학회는 그 나름내로 부정적인 측면이 없는 바 아니었고 조선어학연구회는 그 나름대로 긍정적인 면이 없는 바 아니었다.[145] 조선어학회의 최현배, 이희승, 신명균, 김선기는『한글』1.7, 1.8, 1.9를 통하여 박승빈파의 이론상의 허구성을 낱낱이 파헤치기도 하였다.

이갑은 이미 東亞日報 지상에서 이론적 관점에서 'ㅎ, ㅆ'을 중심으로 개정 언문철자법의 모순을 지적한 바 있었다고 하였는데 그는 「철자법의 이론과 실제」(1932. 12,『한글』1.6/1933. 3,『한글』1.7)에서 더 확대된 논의를 전개하였다. 상하(上下) 두 편으로 되어 있는데 대체로 상편(A)은 東亞日報 기고분의 논의를 확대한 것이고 하편(B)은 철자법의 현실적인 문제를

---

143) 당시의 기록은 「한글 토론회 속기록」이란 제목으로 東亞日報에 11월 11일 부터 29일 사이에 연재되있다.『歷文』③22(263쪽)에 실려 있다.
144) 당시의 사정에 대하여는 김윤경(1938: 683-85쪽)를 보라.
145) 이 문제는 앞으로 정밀하게 검토될 필요가 있다. 우선 신창순(2003: 393-447쪽)

다루었다. 이갑은 철자법의 원칙적 기본태도로서 다음 두 가지를 들었다.

(49) 이갑의 철자법의 원칙적 기본태도
    가. 모든 單語는 音理와 語法에 어그러지지 않는 表音的 表記法을 取하되
    나. 그 語綴形을 어느 程度까지 一定不變하게 固定시켜서 그것을 表意化할 것

(49)는 통일안의 "표준말을 그 소리대로 적되 어법에 맞도록 함으로써 원칙을 삼는다"와 그 내용에 있어서 차이가 없다. 앞의 이상춘, 신명균, 김선기와 이론적 성향을 같이한다.

  문제는 어떤 방식으로 단어의 철자를 표의화를 할 것인가에 귀착되는데 이갑은 이를 5개 항목에 걸쳐 명세하였다.

(50) 단어철 표의화의 방법
    가. 단어의 실질부분(실사)과 형식 부분(조사)
    나. 합성어의 합성 분자의 어근 표시
    다. 단어의 관념의 단일화
      1. 화합적 합성어의 표기법
      2. 전성어의 표기법
      3. 의성어와 의태어의 표기법
      4. 단어에 의미 없이 표시된 음절의 정리 표기법
    라. 불규칙 철법의 허여
      1. 어음의 두 가지 표기법
      2. 변격활용어의 표기법
    마. 한자음의 표기법

(50가)는 실질 부분인 체언 및 어간을 형식 부분인 조사 및 어미와 구분하여 적음으로써 본래의 모습을 고정시킨다는 것인데 이는 교착어로서의

국어의 특징을 중시한다는 뜻이다. 종전에는 이어적거나 거듭적었기 때문에 실질 부분과 형식 부분이 제대로 분간되지 않은 점을 고려하여 취한 조처이다. (50나)는 합성어의 표기를 가리킨다. 합성어에는 구성성분의 개념이 살아 있는 '혼합적 합성어'와 그렇지 않은 '화합적 합성어'가 있는데 혼합적 합성어는 각 어근의 원형을 밝혀야 한다는 것이다. 이를테면 '밥알'은 '바발'로 적지 않는다는 뜻이다.

(50다1)은 '미다지'를 '밀닫이'로 적지 않는다는 뜻이다. 화합적 합성어로서 이런 말들은 굳이 원형을 밝힐 필요가 없다는 것이다. 그러나 통일안에서는 이갑의 제안이 수용되지 않았다. 그것은 '-이'를 붙여 명사화하는 접사 '-이'의 생산성을 고려하지 않았기 때문이다. 비슷한 예로 '코뚜레, 솜씨, 여나믄' 등을 들었다. 이런 말들은 변한 대로 적어야 옳다는 것이다. 이는 통일안에 반영되어 있다. (50다2)는 전성어의 표기법을 다룬 것이다. 이갑은 '어름, 노리, 노래'와 같이 항구적으로 독립된 관념을 나타내는 명사를 '고정 전성'이라 부르고 '졺, 깊이, 가기'처럼 임시로 명사화시키는 것을 '변동 전성'이라고 하는데 전자는 원형을 밝힐 필요가 없고 후자에 한하여 원형을 밝혀야 한다고 했다. 그러나 그의 고정전성과 변동전성은 문제가 많다. 통일안에서는 의미의 고정과 전성보다는 형태의 생산성에 기준을 두어 '얼음, 노래'로 적기로 하였다. (50다3)은 의성어와 의태어에서 전성된 말은 모두 원형을 밝히지 않기로 하였다. 전자에는 '꾀꼬리, 개구리' 등이, 후자에는 '살사리, 더퍼리' 등이 각각 속한다. 대체로 통일안에 그대로 수용되어 있다. (50다4)는 아무리 역사적으로는 의미가 있었다 하더라도 현재 그 의미를 인식하기 어려운 것은 표음적으로 적는다는 것이다. '오빠, 토끼, 이쁘다' 등이 그러하다. 역시 통일안에 반영되어 있다.

(50라1)은 '이(齒)'와 같이 환경에 따라 '니'('앞니'처럼)로 소리나는 것은

408 민족어의 수호와 발전

소리대로 적는다는 것이다. 이 가운데는 통일안에서 채택된 것도 있고 그렇지 않은 것도 있다. '앞니'는 채택되어 있고 '떡닢'은 '떡잎'을 택하였다. (50라2)는 변격 활용의 표기법을 규정한 것이다. 대부분의 변격활용은 소리나는 대로 적어야 한다고 하였다. 앞의 이윤재의 생각과 큰 차이가 없다. 차이점은 '그러하다'와 같이 'ㅏ'가 줄어지는 말은 활용부를 '다'와 '타'의 두 가지로 인정하며 '좋다'를 변격으로 인정하는 것이다. 둘 다 통일안에 반영되지 않았다. '좋다'는 변격이 아니며 '거렇다'만이 변칙이다. 국어문법구조에 대한 안목이 부족한 탓으로 돌려야 할 것 같다.

(50마)는 상론을 피하고 원칙만 언급하였다. 앞의 (49)의 기본태도에 따라 한자음도 조선어와 마찬가지로 현실음대로 적어야 한다고 하였다. 이는 개정된 총독부 철자법에 이미 반영되어 있다.

이렇게 조선어학회에서 민족어문의 표준화를 위한 기초 연구를 수행하고 주시경학파와 박승빈학파가 논전과 토론을 거듭하는 사이에 홍기문은 「混亂중의 綴字法, 그 整理의 一案」(1933. 1-3월, 『歷文』 ③22, 333쪽)를 기고하여 자기 나름의 표준화이론을 제시하였다. 대부분의 내용은 문자론, 문자사, 음운사에 관련된 내용이고 철자법에 관한 견해는 마지막의 '제5장 철자법'에 나와 있는데 이는 『朝鮮文典要領』(1927)의 「철자법에 관한 주의」를 바탕으로 내용을 불린 것이다. 20년대 후반에는 주시경학파의 철자법과 표준화 이론을 비판한 바 있었는데 이번에는 양파를 싸잡아 비판하였다. 양파는 모두 철자법 제정의 기본이론인 실용성을 지키지 않고 학리상의 표준에만 치중하고 있다는 것이었다. 논지가 분명하지 않아 잘라 말할 수 없지만 양파가 모두 훈민정음 예 및 문법적 측면을 중시한다는 뜻으로 이해된다. 홍기문은 원리적인 면에서는 박승빈을 비판하였고 용어의 측면에서는 주시경의 태도를 비판하였다. 박승빈의 'ㅎ' 받침 불용론과 어간의 원형론을 우선적으로 비판하였으며 받침은 오히려 박승빈 편에 타당성이 있다는 견해를 폈다. 모음 접사가 붙은 경우는 구별할 것이 아니라 통일하는 것이 좋다는 견해를 내 놓았다. 곧 '웃음'도 '갈래'와 같이 '우슴'으로 적는 것이 옳다는 것이다.

조선어학회의 철자법은 토론을 거듭하고 비판을 받는 사이 먼저 임시 안이 세상에 공개되었다. 1933년 4월 1일자 東亞日報는 부록으로 『新綴字便覽』(『歷文』 ③23, 483쪽)을 간행하고 같은 날부터 이윤재의 「한글철자법─『신철자법 편람』의 해설─(『歷文』 ③22, 387쪽)146)이 22회 연재되었다. 이윤재는 해설의 허두(虛頭)에서

(51) 통일한 새 철자법이 나기를 바라는 세인의 기대는 절박하다. 조선어 연구의 유일한 기관인 조선어학회에서 이미 여러 해를 두고 연구에 연구를 쌓아 통일한 철자법을 제정하기에 진력하는 중이다…… 객년 12월 개성 회의에서 철자법에 관하여 충분히 통일을 수(遂)하고 만무일 실(萬無一失)을 여(慮)하여 더욱 신중히 심의를 지난 후에 세간에 발표 하려는 것이니 불원한 장래에 완전한 통일인이 나올 섯을 믿는다.
(현대맞춤법에 따라 고쳐적음)

와 같이 말하고 東亞日報에서 『신철자법편람』을 배포하여 한글 정리의 선편을 들었다고 평가하면서 '어법에 맞고 현대 어음을 존중하고 평이화를 지향하'는 세 가지 정리의 원칙을 들었다. 이 원칙들은 주시경학파가 수십년 동안 갈고 다듬은 것이며 특히 앞서 든 기초 연구나 다른 사람들의 비판을 받는 가운데서 영글어진 것으로 보인다. 『新綴字法便覽』은 신구 철자법을 대조하는 관점에서 마련되었다. 이곳의 구철자법이란 전통적으로 쓰여오던 관습적인 표기법을 가리킨다. 총칙이 마련되지 않았고 모두 18개항으로 띄어쓰기와 문장부호가 들어 있는 것이 특징이다. 곧 공포될

---

146) 『歷文』에는 8회까지만 나와 있다. 나머지는 신문 연재본을 보았다.

통일안(뒤에 나옴)과 비교해 볼 때, 체계상으로나 내용상으로 볼 때 아직
덜 다듬어진 면이 많다. 『한글철자법편람』은 1932년 12월 개성의 제1독회
에서 축조·심의한 안과 비슷하지 않나 한다.

조선어학회의 철자법은 『新綴字法便覽』과 같은 과도기적인 안을 발
판으로 삼아 제2독회를 거치고 수정을 받아 1933년 10월 29일 한글 반포
487회 기념일에 『한글마춤법통일안』이란 이름으로 세상에 공포되었
다.147) 3개년 동안에 125회의 모임이 있었고 433시간이 소요된 중지(衆智)
의 결정체였다. 주권이 상실된 일제 치하에서 그것도 민간 단체의 힘으로
민족어문의 표준화의 기틀을 잡았다는 우리 문화사의 찬연한 한 페이지를
기록한 쾌거라 하지 않을 수 없다. 앞의 언문철자법의 개정이 식민지
지배 아래의 민족문화 창조의 위대한 승리였다면 한글맞춤법통일안의
제정은 이희승의 표현대로 '우리의 반세기 동안 말과 글에 관한 학술적
노력의 총결산이요, 동시에 광휘(光輝) 있는 고심의 결정체(結晶體)'148)임에
틀림없다.

한글맞춤법은 총론 3항, 각론 7장 총 65항의 세부규정으로 되어 있으며
부록으로 표준어, 문장부호로 구성되어 있다. 멀리는 훈민정음 창제로부
터 조선조 500년간의 관습적 표기와 개화기와 1910년대 이래의 주시경학
파의 표준화운동이 밑거름이 되고 이에 반론을 편 안확, 박승빈, 홍기문
등의 견해가 참작되어 이룩된 성과라고 규정할 수 있다. 총칙을 들어보면
다음과 같다.

---

147) 『한글맞춤법통일안』 제정의 경과에 대하여는 『한글』 1.10(1934. 1)에 실린
   이윤재의 「한글맞춤법통일안 제정기략」을 보라.
148) 『한글』 6.1(1937. 1)에 실린 이희승의 「"한글 맞춤법통일안" 강의」의 '머릿말'
   을 보라.

(52) 『한글맞춤법통일안』의 총칙

    가. 한글 맞춤법(綴字法)은 표준말을 그 소리대로 적되 語法에 맞도록
        함으로써 원칙을 삼는다.

    나. 표준말은 大體로 現在 中流社會에서 쓰는 서울말로 한다.

    다. 文章의 各 單語는 띄어 쓰되 토는 윗말에 붙여 쓴다.

(52가)는 원칙적으로 표준말을 현재의 발음대로 적되 어법을 지킨다는
뜻이다. "어법에 맞춘다"는 것은 표음문자인 한글에 표의문자의 속성을
가미시킨다는 것이다.[149) 이 규정은 주시경학파의 철자법이 지나치게
형태주의 원리(=형태음소적)를 지향하여 맞춤법을 어렵게 만든다는 반주시
경학파의 의견이 많이 참작된 것으로 보이며 특히 『한글』 1.3을 중심으로
한 철자법에 대한 기초연구는 이러한 규정을 낳게 한 직접적인 이론적
바탕이 되었다. 이곳의 '어법'은 문자를 비롯하여 음성적 사실과 형태적
사실을 아우르는 넓은 뜻의 문법으로 봄이 좋다.[150) 통일안에는 글자,
소리, 형태변화, 조어법, 띄어쓰기의 4개의 지식체계가 포괄되어 있기
때문이다.

  (52나)는 당시의 통속 명칭이었던 '서울말'을 표준말로 삼는다는 뜻이
다. 이곳의 서울말은 이미 훈민정음 창제 때부터 인식되어 온 서울 중심의
공통어를 기반으로 하고 있으며,[151) 세 차례에 걸친 총독부의 언문철자법
및 1910년대 후반의 기초연구에서 명시된 '京城語'를 당시의 통속 명칭으
로 바꾼 것이다. 한글맞춤법 제정자들이 공식 명칭이었던 '京城語'를 사용

---

149) '어법에 맞도록'에 대하여 지은이는 이희승(1937)을 따랐으나 이에 대한
    해석이 구구하다. 이에 대한 최근의 논의는 이익섭(1992: 371-90쪽), 안병희
    (1996), 신창순(1997나)에서 볼 수 있다.

150) 지금까지 총론의 '어법'을 각론의 '문법'과 같은 뜻으로 이해해 왔으나(이익
    섭 1992, 신창순 1997), 양자의 개념을 달리 파악해야 한다는 견해가 나왔다.
    안병희(1996)을 보라.

151) 이 문제에 대하여는 고영근(1993: 156-57쪽)을 보라.

하지 않고 통속명칭이었던 '서울말'로 고집한 것은 통일안이 민족적 주체성에 입각한 산물임을 뒷받침한다. 표준말의 구체적인 사정 기준은 『조선어표준말모음』(1936)에서 구체화되지만 이 역시 기록상으로는 훈민정음 창제 이후 중앙에서 발간된 각종 어휘 자료와 개화기 이후의 어휘 수집 및 사전 편찬에 대한 연구가 밑받침이 되어 이루어졌음은 물론이다. 특히 김두봉의 표준말 사정 기준이 크게 반영된 것으로 보인다.(앞에 나옴) 그리고 「부록」의 표준어 규정은 발음규정이라고 할 수 있다. 그 사이 맞춤법과 표준말의 경계가 명백하지 않았던 것을 통일안에서 이를 분명히 하였다는 평가를 받을 수 있다.

(52다)는 문장의 각 단어는 띄어쓴다는 것은 어절 단위로 띄어쓴다는 뜻이다. 이 규정은 개화기 이후로부터 한글 문장에 나타나는 불문율적(不文律的)인 띄어쓰기, 20년대 전반의 양명의 논의 등이 영글어서 이룩된 규정으로 해석된다. 이곳의 '토'는 자립형식에 붙는 조사를 뜻한다고 보기보다 조사와 어미를 총괄한 뜻으로 보는 것이 합리적이다. 맞춤법 통일안 최현배의 종합적 체계를 배경으로 하고 있지만,[152] 띄어쓰기의 '토'에 관한 한, 주시경이나 김두봉의 문법체계에 근거한 것으로 볼 수 있기 때문이다. 실제로 당시 어미도 단어로 보는 사람이 있었다.[153] 1989년 3월 1일부터 시행된 『한글 맞춤법』에서 "문장의 각 단어는 띄어 씀을 원칙으로 삼는다"와 같이 바꾼 것은 통일안의 규정에 모순이 있음을 깨달았기 때문이다.

그러면 이 장의 첫 머리에서 제기한 총독부의 『개정 언문철자법』과, 조선어학회의 『한글맞춤법통일안』이 어떤 관계를 맺고 있는가 하는 문제

---

152) 이 문제에 대하여는 고영근(1993/1996: 237-50쪽)을 보라.
153) 이 문제에 대하여는 이희승(1959: 342-45쪽)를 보라. 실제로 이극로(1936)에서는 어미와 조사를 모두 단어로 인정해야 한다는 생각이 굳어 있었다.

를 풀어 보고자 한다. 연대상으로 볼 때, 통일안은 개정 언문철자법보다 3년이나 뒤에 나왔고 그 제정 위원도 많이 겹치며 원리적인 측면과 세부 조항에서도 공통점이 많이 발견된다. 그럼에도 불구하고 통일안의 「머리 말」에는 이에 관한 한 마디의 언급도 보이지 않는다. 먼저 양자의 철자법 에 대한 어문학자들의 견해를 들어 보기로 한다.

김윤경의 「한글적기의 바뀜」(1932. 7,『한글』1.3)에서는『훈민정음』,『훈 몽자회』,『신정국문』에 바로 이어 총독부의 철자법 제정과 개정 사항만을 기술하고 조항을 소개하는 정도에 머물렀으며 김윤경(1938: 567-602쪽)에서 도 총독부 철자법 다음에 한글맞춤법을 놓는 지극히 기계적인 배열을 취하였을 뿐이다. 이에 대하여 최현배는 「한글운동의 본질과 발전」(1934. 9)에서 '조선어 철자법 개정위원회의 말석에 참여한 우리 한글 운동장자의 진실한 주장이 그네들의 학적 동의를 얻은 때문'이라고 하여 총독부의 개정 철자법이 우리 어문학자의 학문적 투쟁의 결과로 쟁취한 산물임을 증언하였을뿐 통일안과의 관계는 언급하지 않았다.154) 또『한글갈』 (1942/1961: 90쪽)에서도 '세번째의 개정안은 많이 민간 한글 연구가의 의견 을 채용하여, 매우 합리적인 안이 되었으며'라고 하여 총독부 철자법에 우리 어문학자들의 의견이 많이 반영되었다고만 말하고 있다.

한편 한글학회(1971: 145-152쪽)에서 총독부 철자법의 제정과 개정의 역사 를 서술하고 통일안 제정의 경위를 밝히는 첫 머리에서 처음으로 두 철자법의 상관관계에 대하여 언급하였다.155)

---

154) 이 문제는 이미 앞에서 한번 언급한 바 있다. 각주 108을 보라.
155) 이익섭(1992: 각주 14)에서는 한글학회(1971)과 최현배의『한글갈』(앞에 나 옴)에서 한글맞춤법과 총독부의 개정 철자법의 관계에 대하여 일언반구도 없다고 하면서 고의적으로 회피하였다고 말하고 있으나 사실과 다르다는 것을 지적하여 둔다.

(53) 이상이 조선어학회에서 1933년에 제정 발표한 '한글 맞춤법 통일안' 이전의 한글 맞춤법 제정의 연혁과 모습이었다. 총독부에서 제3차 '언문 철자법' 제정에 조선어학회 멤버들이 대거 참여하였다 하더라도, 그때까지 그들의 맞춤법의 연구는 개별적인 것이었고 조선 민족의 슬기를 대표할 수 있는 것은 되지 못하였다.

과연 조선어연구회의 철자법연구가 개별적이라 할 수 있을까. 이미 조선어연구회는 '정리된 철자법'을 가지고 있었고 학무국에 제출할 통일된 안도 마련하고 있었다. 총독부의 철자법이 우리 민족 슬기를 대표할 수 있는 것이 못된다는 것은 얼마든지 긍정할 수 있는 해석이다.

김민수(1973: 195-96쪽)도 두 철자법의 상관관계에 주목하기는 하면서 원리적인 측면에서 두 철자법의 차이를 분명히 하였다.

(54) 한글의 綴字法은 1912년 이른바 朝鮮總督府의 「諺文綴字法」에서 종래의 表音主義를 成文化했었으나, 1930년 그 「改正綴字法」에서 表意主義로 전환한 이후 이 원칙에 입각한 「한글맞춤법통일안」이 1933년에 탄생하였다 …… 「개정 철자법」은 表意主義를 처음으로 明文化한 것이었다. 그러므로, 表意主義는 1930년에 시작해서 주로 1945년 이후에 널리 실시한 「통일안」에 의해서 보급되어 왔다.

개정 철자법은 이전의 표음주의를 표의주의로 바꾸었으며 그것이 한글맞춤법통일안으로 이어진다는 해석을 내렸다. 이어서 김민수는 『개정 언문철자법』과 『맞춤법통일안』을 비교하면서 후자에 와서 형태주의(=표의주의)가 더 철저해졌음도 논증하였다. 같은 조선어연구회 회원들이 두 회의에 참여하였으나 그 결과가 비슷하다는 것은 너무나 당연하다.

최근에 와서 이익섭은 맞춤법통일안이 언문철자법에서 상당 부분을 옮겨 왔다고 하면서 언문철자법이 국문연구소 「國文硏究議定案」과 「한글맞춤법통일」을 이어주는 다리 노릇을 한다고 말하기도 한다.156) 표면 상으로 보면 앞의 김민수와 마찬가지로 그렇게 볼 수 있다. 그런데 안병희 는 '정리한 철자법'(앞에 나옴)이란 명문화되지 않은 새로운 자료의 발굴에 힘입어서 다음과 견해를 진술하고 있다.

> (55) 1927년의 '정리된 맞춤법'과 뒤의 '통일안'의 내용을 개정에 반영하려 노력하여 일정한 성과를 거두기는 하였으나 만족스러운 것은 아니었다. 여기에서 조선어학회는 '통일안'을 제정하기에 이르렀고 그 결과 현대의 맞춤법은 이루어진 것이다.157)

곧 총독부의 『개정 언문철자법』이 조선어연구회 회원들의 노력의 결과로 이루어졌기 때문에 통일안과 비슷해졌지만 그들의 생각이 모두 반영되지 않은 불완전한 것이 되고 말았기 때문에 통일안의 제정을 가져왔다고 해석하는 것이다. 우리는 앞에서 이희승이 개정 철자법이 완전하지 못하 다고 평가한 것을 보았고 이갑이 개정 언문철자법에서 받침 'ㆆ, ㅆ'이 채택되지 않은 섬을 비판하였음을 본 바 있었는데 (55)와 관련시킬 때 총독부의 철자법은 한글맞춤법을 태동시키는 직접적인 동기가 되었다고 생각할 수 있다. 신창순도 'ㆆ' 받침의 불인정과 관련하여 다음과 같은 의견을 진술하였다.

> (56) 본래 주시경의 '새 철자법'에서는 어휘부나 토가 일률적인 형태로 적힐 것이라는 것이 제1의 원리였고 …… 이 'ㆆ' 받침 불인정은 도저히 받아 들일 수 없는 …… 철자법의 정연한 체계에 대한 이들의 집념은 퍽 강한 것이었으므로 'ㆆ' 종성 문제만으로도 조선어연구회원들로서는 그

---

156) 이익섭(1992: 368쪽)을 보라.
157) 안병희(1996)를 보라.

들 뜻대로의 '새로운 철자법'을 제정하지 않으면 안되었다. 통일안 제정의 뜻은 우선 이와 같이 우선 이와 같이 총독부 개정 철자법의 불철저를 고치려는 데 있었다.[158]

요컨대 통일안 제정의 기본 동기가 어문철자법의 불완전성을 시정하려는 데 있었다고 보았다.[159]

과연 『한글맞춤법통일안』의 제정이 단순히 총독부의 개정 철자법의 부족한 점을 시정하려는 데 일차적인 목적이 있었을까. 총독부 철자법의 개정은 통일안 제정의 한 동기는 되었을망정 직접적인 동기는 되지 않는다고 생각한다. 우리는 앞에서 민족어문의 표준화를 위한 노력이 19세기 말부터 태동하여 때로는 총독부의 철자법과 투쟁을 벌이고 때로는 안확, 박승빈, 홍기문, 권영달 등의 반주시경학파와 충돌하면서 형태음소적 원리(=표의주의, 형태주의)에 입각한 철자법의 관철을 위하여 많은 노력을 기울여 왔음을 확인한 바 있다. 그리고 조선어연구회의 철자법 제정은 이미 조선어사전편찬회가 결성되었던 1929년에 학회의 사업으로 계획이 잡혀 있었다는 사실도 (36)(380쪽)에서 확인하였다.

이 문제와 관련하여 이윤재는 「한글 맞춤법 제정의 경과 기략」(1934. 1, 『한글』 1.8)에서 다음과 같이 당시의 소식을 전하고 있다.

(57) 그 사이 관변으로서는 교과서에 쓸 맞춤법(綴字法)을 개정함이 이미 三四차에 이르렀고 민간으로서는 표음식(表音式) 혹 문법식(文法式)의 맞춤법을 시험하고 있다. 이로 말미암아 우리 글이 전보다 더욱 혼란하기 우심하여, 한 통일된 새 방법의 글이 하루 바삐 세상에 나오기를 일반 사회에서 기대함이 더욱 깊었다. (원문대로)

---

158) 신창순(1997나)를 보라.
159) 이러한 견해는 김민수(1980가. 247쪽)에서도 비슷한 내용으로 표현되어 있다.

이곳의 '관변'이라 함은 총독부를 가리키고 '표음식'이라 함은 박승빈파의 철자법을 가리키며 '문법식'이라 함은 조선어학회의 철자법을 뜻한다. 그러니까 세 종류의 철자법이 난무하는 마당이니 중지(衆智)에 바탕을 통일안을 만들지 않을 수 없었다는 것이다. 더욱이 그들은 이미 1929년에 사전편찬과 함께 철자법, 문법, 가로풀어쓰기, 한자제한, 외국어음표기 등의 어문규범의 제정도 계획해 놓았다.

　개정 철자법과 통일안의 내용은 겉으로 보면 같은 형태음소적 원리를 바탕으로 하고 있다는 점에서 전자가 후자에 영향을 미쳤다고 할 수 있으나 실제로는 주시경학파가 한편으로는 총독부와 투쟁을 하면서 자신들의 철자법 이론을 관철시키고 다른 한편으로는 자신들의 노력으로 통일안의 제정을 추진해 왔다는 복잡한 당시의 사정과 관련된다. 요컨대 「한글맞춤법통일안」의 제정은 총독부의 철자법이 공포되기 전에 기획되어 있다가 그것이 공포된 1930년 12월부터 본격적인 심의를 거쳐 1933년 10월에 완성된 것이다. 총독부 개정 철자법이 통일안 세성을 가속화시킨 한 요인은 될 수 있어도 그것만이 절대적인 요인은 아니다. 궁극적으로는 혼란스런 철자법의 규범을 바르게 세우고 사전 편찬이라는 민족적 과업을 성취하기 위한 목적을 달성하기 위한 기초 작업으로서 통일안을 제정·공포하게 되었다고 말할 수 있다. 그러나 이 통일안에는 그 사이 논의된 가로풀어쓰기, 한자제한, 문법은 물론, 속기법, 글씨체는 포함되지 않았다. 이런 문제들은 불요불급(不要不急)한 사업으로 생각하였을 가능성이 많다.

　우리는 1920년대 전반에 국제어 에스페란토가 한반도에 상륙하여 그 학습열이 고조되었음을 보았는데 그러한 기운은 갈수록 열기를 더하여 그 문법을 소개하는 일이 늘었다. 백남규는 『啓明』22(1932. 7)에 기고한 「에스페란토語十六個條文法」에서 에스의 자모와 문법을 해설하였다. 백남규에 의하면 『啓明』 13호에 강매의 기고가 있다고 하였으니 20년대 후반에도 학습열이 꾸준하였음을 짐작할 수 있다. 더욱이 『啓明』 22호에는 계명구락부의 정관을 국한문과 함께 에스페란토어로 나란히 붙이고 있으니 이는 에스어가 국제어로서 우리나라에 뿌리를 내리고 있음을 실증한다고 하겠다.

3) 한글맞춤법통일안 이후의 표준화에 관련된 문제

조선어학회는 1933년의 맞춤법 통일안의 제정을 계기로 하여 기관지 『한글』을 철자법 이론 위주로부터 대중에게 한글맞춤법을 계몽·보급하는 방향으로 편찬 방침을 바꾸었다. 이와 때를 같이하여 1932년에 창립된 박승빈 중심의 조선어학연구회에서는 1934년 2월부터 기관지 『正音』을 간행하였다. 조선어학연구회를 이끌었던 박승빈은 이내 조선어학회의 「한글맞춤법통일안」을 비판하는 「朝鮮語學會査定『한글맞춤법통일』에 對한批判」(1935. 9-36)[160]을 내었으며 그것이 계기가 되어 우리의 어문학계는 일찍이 유례를 볼 수 없는 논쟁의 소용돌이 속에 휘말려들었다.[161] 그러는 가운데서도 조선어학회는 한편으로는 맞춤법을 보급하면서 표준말을 사정하는가 하면 사전 편찬을 추진하면서 우리말의 발전에 관련되는 연구에 충실하였고 조선어학연구회는 외국의 언어이론을 받아들이며 그런 대로 우리말의 발전과 연구에 보탬이 되는 방향으로 업적을 쌓아갔다.[162] 조선어학회 측에서는 최현배가 『중등조선말본』(1934. 4)[163]를

---

160) 이글은 뒤에 단행본으로 발간되었는데 『歷文』 ③21에 실려 있다.
161) 두 학회의 논쟁에 대하여는 김윤경(1938: 683-736쪽)을 보라.
162) 1930년대 중반 이후의 외래 언어이론의 수용은 주로 조선어학연구회를 중심으로 이루어졌다. 관련 논의는 고영근(1989다/2001다: 247-263쪽)을 보라.
163) 최현배의 『중등조선말본』에 대하여는 고영근(1995가: 217-19쪽)을 보라.

내어 통일안을 이론적으로 뒷받침하였고 조선어학연구회 측에서는 박승빈의 『朝鮮語學』(1935. 7)을 내어 자신들의 철자법이론을 뒷받침하였다.

이렇게 두 학회의 논쟁을 거듭하고 있을 때 홍기문은 「朝鮮語硏究의 本領－言語科學과 認識錯誤의 校正」(1935. 10. 5-10. 20)(『歷文』 ③22, 769쪽)164)과, 「現下朝鮮語의 重要論題인 「ㆆ」音에 대한 小論」(1935. 9.23-11.1), (『歷文』 ③22, 650쪽)에서 두 학파를 싸잡아 비판하였다. 대체로 전일에 비판한 내용과 큰 차이가 없다. 언어학에 대한 충실한 소양을 쌓는 것이 중요하고 철자법은 될 수 있는 대로 쉬워야 한다는 견해를 진술하였다. 홍기문은 철자법에 대하여는 어느 파에도 가담하지 않으려는 중도적 입장을 취하고 있어 뚜렷한 주견을 찾기가 어렵다고 할 수밖에 없다. 어떤 문제는 주시경학파를 비판하고 어떤 문제는 박승빈학파를 비판하고 있기 때문이다.

이 시기에서 우리가 주목할 것은 이미 전 시대부터 간간이 시도되던 한글의 글씨체와 속기법에 대한 관심이 꾸준히 이어졌다는 점이나. 심석곤은 1931년과 1932년에 걸쳐 가로풀어쓰기에 대하여 자신의 안을 발표한 바 있었는데 이번에는 다시 한글 자형에 대한 관심을 보이었다. 한글 자형은 이미 김극배가 궁체를 중심으로 한글 자형에 대한 표준화를 논의하였음을 본 바 있었는데 김석곤은 「한글 字形에 대한 科學的 一考察」(1934. 10, 『歷文』 ③22, 572쪽)에서 한글 자모의 모양을 발음기관의 움직임과 관련하여 한글 자형의 과학성을 논증하였다. 관점은 다르지만 한글 자체(字體)에 대한 사색이란 점에서 공통성을 띠고 있다. 훈민정음 해례본이 나오기 전이니 이런 해석은 얼마든지 가능하다고 하겠다. 최현배의 이

---

164) 『歷文』에는 출전이 밝혀져 있지 않다. 조남호 박사의 조사에 기대었다. 제2판에는 출전이 표시되어 있다. 홍기문의 이 글은 洪起文저 金榮福·丁海廉『洪起文 朝鮮文化論選集』(현대실학사, 1997, 269-286쪽)에 실려 있다.

방면의 업적에서 시사(示唆)를 받은 것 같다.165)

　우리는 (37)에서 엄정우가 1929년에 「조선어 속기술 연구」란 논문을 기고한 바 있었음을 보았었는데(380쪽), 이번에는 강준원이 「朝鮮語速記術詳解」(1935. 6. 18-7. 18,『歷文』③22, 740-68쪽)라는 장편의 글을 東亞日報에 기고하였다.166) 그는 먼저 『正音』 5(1934. 11)에 「朝鮮語 速記術에 대하여」를 발표한 바 있는데 東亞日報의 기고문은 뒤의 글을 바탕으로 하여 다시 체계를 세운 것이다. 「自序」 및 「附言」에서 강준원은 말과 글이 인류 문화의 중요한 성분이며 그 중에서도 속기는 모든 민족어운동 중에서도 진보적인 존재라고 규정하였다. 외국에는 국립 속기학교까지 설립되어 있고 우리도 속기의 필요를 절실히 느끼고 있는 실정을 감안하여 '한글 속기문자화'를 도모하게 되었다고 하였다. 그리고 「附言」에서는 표음주의를 취하되 발음과 본음이 어그러지는 한자는 통일안을, 용언의 활용에는 박승빈을 따랐으며 종성의 표기에는 표음주의를 취하였다. 박승빈의 철자법이 속기법에는 일면의 타당성이 있음을 있음을 실증하는 한 증거가 될 수 있다. 다루어진 내용은 속기의 개념, 조선어의 속기, 속기문자의 조직, 조사축자법, 본사(本詞) 축자법, 부호, 약기법, 속기례이다. 일종의 속기술 강의록의 성격을 띠었다.

　김두봉으로부터 엄정우를 거쳐 1934년까지 나온 이 방면의 업적을 개관하고 속기법에 관심을 가진 사람이면 누구든지 접근할 수 있도록 연습문제를 넣어 가며 쉽게 서술하였다. 강준원의 업적을 통하여 비록 일제 치하였다고 하였지만 주로 언론계에 종사하는 사람들을 중심으로 속기에 대한 관심이 꾸준하였다는 것은 민족어문의 표준화가 올바른 길을 걷고 있음을 뒷받침한다고 하겠다. 속기학은 본질적으로 문자학의 대상

---

165) 관련 논의는 고영근(1995가: 105-109쪽)을 보라.
166) 이 글에 대한 자료 정리와 판독은 박진호군의 도움을 받았다.

이며 속기술은 기술과 기교를 의미한다고 양자의 차이점을 명시하였다. 속기학이 문자학에 속한다는 강준원의 생각은 지금까지 속기술을 문자론의 대상으로 삼지 않은 상황을 고려할 때 경청의 대상이 된다고 하겠다. 김두봉과는 달리 강준원은 받침에 대해서는 모양을 조금씩 달리하여 초성과 구별하였으며 보통의 한글 반절표에 유추하여 속기 반절표를 마련한 것도 큰 특징으로 지적될 수 있다.

5. 마무리

지은이는 주시경이 죽고 난 1910년대 중반부터 1930년 중반까지 약 20년에 걸쳐 수행된 민족어문의 표준화 문제를 다루어 보았다. 20년 간의 표준화운동에서 다루어진 주제는 철자법의 제정 원리와 표준말의 사정 기준, 한자문제, 띄어쓰기, 문장부호, 가로풀어쓰기, 속기법, 서체, 국제어 에스페란토의 보급 등이었다. 이 가운데서 큰 흐름을 형성하여 가면서 관심을 기울인 주제는 철자법과 가로풀어쓰기를 포함한 문자개혁이었다

철자법은 음소적 원리를 주축으로 할 것인가, 형태음소적 원리를 주축으로 할 것인가, 아니면 양자를 절충할 것인가가 논의의 초점이었다. 주시경학파는 형태음소적 원리를 밀고나갔고 안확, 박승빈, 홍기문, 권영달은 음소적 원리에 기울어졌다. 그러나 조선총독부 철자법의 개정을 거치고 한글맞춤법을 제정하는 동안 주시경학파는 원래의 의도를 많이 누그러뜨려 표음문자인 한글의 속성을 존중하되 표의문자의 속성을 가미시키는 방향으로 두 극단론을 절충시키는 선에서 맞춤법의 제정을 마무리하였다. 한자는 당분간 제한히여 사용하자는 쪽으로 의견이 모였으며 가로풀어쓰기는 받침의 수효가 늘어나게 되어 이를 극복하는 방안으로

필요성을 인정하는 사람들이 많아 인쇄체와 필기체[흘림체]의 모양을 고안하기도 하였으나 현실적으로는 거기에 매달릴 여유가 없었다. 가로풀어쓰기는 1936년에 사정된 표준말에서 개인의 절충안이 임시안으로 채택되었을 뿐이고,[167] 학회 나름의 통일안은 만들지 못하였다. 시기별로 나누어 고찰한 표준화운동의 특징을 간추려 보기로 한다.

1. 주시경 사후의 표준화운동과 이에 대한 도전세력(1915~1921)

주시경이 죽고난 뒤 주시경 후계들은 주시경의 뜻을 잇는다는 뜻에서 조선언문회와 조선어강습원을 중심으로 국문보급에 매진하면서 문법서를 내고 자신들의 학통을 정립하는 일에 매진하였다. 이러는 가운데서 국학자 안확으로부터 제1차 도전을 받아 시련에 부딪히기도 하였다. 특히 김두봉은 가로풀어쓰기의 이론적 토대를 세우고 문법서를 저술하여 그의 후계들에게 많은 영향을 미쳤다. 한편 계명구락부를 창설하여 민족의식의 개혁을 선도하던 박승빈은 안확에 이어 두 번째로 주시경학파에 반기를 들었다. 이론상의 쟁점은 'ㅎ'을 받침으로 인정하지 않는다는 것이었다. 그러면서 어린이들에게 공대말을 쓰게 한다든지 호칭 문제를 통일한다든지 하여 민족어문의 표준화에 대하여 적지 않은 기여를 하였다.

2. 조선어연구회의 창립과 주시경후계들의 표준화운동(1921~1925)

주시경학파는 수장(首長)인 김두봉이 1919년 3·1운동 후 상해로 망명을 감에 따라 전열이 한때 흐트러졌다가 조선어연구회를 창립하여 박승빈학파를 견제하면서 표준화운동을 추진하였다. 이때에는 오히려 중국과 일본에 거주하던 동포 어학자들의 활동이 컸다. 김두봉은 상해에 있으면서 자신의 문법서를 고쳐쓰고 김영창, 양명 등의 무명 인사들의 기여도 적지 않았다. 최현배는 일본에서 교육학을 전공하면서 가로풀어쓰기 등

---

167) 관련 정보는 김민수(1973: 260쪽)을 보라.

의 어문표준화에 진력(盡力)하였고 이윤재는 중국에서 중국의 문자개혁운동을 목격하면서 그 소식을 전해 오기도 하였다. 권덕규, 이규방, 이필수, 검·시어덤, 장지영, 김윤경, 이상춘 등이 주시경의 표준화이론을 계승·발전시키는 일을 게을리하지 않았다. 이 시기에는 국제어인 에스페란토를 수용·보급시키자는 기운이 고조되어 관련 업적이 나왔다. 앞 시기에 이어 안확은 주시경학파에 대하여 제2차 도전장을 내었다.

3. 가갸날/한글날의 제정을 전후한 표준화를 위한 토론(1926~1927)

훈민정음 반포 8주갑을 맞아 각종 행사가 치러지고 이를 전후하여 표준화를 성취하기 위한 기운이 무르익어 종합잡지 『東光』을 중심으로 한 표준화의 노력이 많은 결실을 거두었다. 이런 분위기가 조성된 것은 중국, 일본, 독일에 유학하던 이윤재, 최현배, 정렬모, 이극로, 김윤경 등이 귀국한 사실과도 깊은 관련이 있다. 『東光』지는 한글토론난을 마련하여 어문표준화를 위한 기반구축에 노력하였고 어문학자들에게 민족어문의 표준화에 관련되는 10개 항의 설문지를 보내어 그 의견을 통계·치리함으로써 한글맞춤법통일안 세성의 실질적 기초를 닦았다. 동아, 조선 등의 민족지도 표준화를 위한 분위기 조성에 크게 협력하였다. 표준화운동에 먼저 화살을 당긴 사람은 이윤재였다. 이 시기에도 안확은 20년대 전반에 이어 3차 도전장을 냄으로써 주시경학파와 열띤 논쟁을 전개하였다.

4. 표준화를 위한 기초적연구(1927~1928)

조선어연구회 회원들은 동인지 『한글』의 창간을 계기로 하여 그 사이 쌓아오던 철자법을 정리하여 시험을 거듭하면서 민족어문 표준화에 관련되는 기초 연구를 많이 수행하였다. 문자론, 음성론, 품사론에 걸친 연구가 성황을 이루었다. 기초연구에 기여를 많이 한 사람은 이윤재, 최현배, 신명균, 정렬모, 이병기, 권덕규 등이었다. 형식적으로 실시하는 조선어

교육을 강화해야 한다는 반성이 일어났고 한자를 폐지해야 한다는 여론이 비등(沸騰)하였다. 이러는 동안 박승빈은 20년대 전반에 이어 2차 도전장을 내었고 홍기문은 1차 도전장을 내어 주시경학파를 공격하였다. 이론적 쟁점은 형태음소적 원리가 맞춤법을 어렵게 한다는 것이었다.

5. 언문철자법의 개정(1928~1930)

조선총독부는 철자법 개정을 부르짖는 여론에 충격을 받아 개정에 착수하였다. 주시경학파는 자신들의 철자법이론을 관철시킬 계획으로 학회 나름의 안을 만들어 여러 갈래로 투쟁을 전개하다가 마지막 회의에 참석하여 자신들의 이론을 관철시켰다. 그러나 'ㅎ' 받침 등이 빠져 철자법이 그들의 의도대로 되지 못하였지만 받침을 부활하여 형태음소적 원리를 관철시킨 것은 일제에 대한 민족문화 창조의 큰 승리였다. 민간학자들을 적극적으로 참여하게 하여 철자법 개정을 성공으로 이끌게 되기까지는 총독부는 총독부대로, 東亞日報 등의 언론기관은 그들 나름대로 설문지를 내어 여론을 널리 들었다. 총독부 철자법의 개정에 참여한 민간학자는 장지영, 이세정, 정렬모, 권덕규, 최현배, 신명균이었다. 이렇게 조선총독부와 투쟁을 하면서 조선어연구회 회원들은 1929년에 사전편찬회를 조직하여 그 기초 작업인 철자법의 제정을 제1차 사업계획으로 확정하였다. 이 무렵 박승빈과 안확은 여러 경로를 통하여 철자법 개정 무용론을 주장하면서 계속 주시경학파에 맞섰다.

6. 언문철자법의 보급(1930~1933)

언문철자법은 비록 'ㅎ' 받침이 빠져 미흡하기는 하였으나 형태음소적 원리를 바닥에 깔고 있었기 때문에 조선어연구회 회원들의 동조를 얻어 어렵지 않게 보급되어 나갔다. 장지영, 이희승, 심의린, 최현배, 신명균, 박상준이 적극적으로 보급에 참여하였으며 東亞日報와 잡지사 『新民』 등도 개정안을 지상에 실어 그 보급에 박차를 가하였다. 철자법 개정안이 보급되고 있을 때 박승빈은 계속 도전장을 내면서 새 받침에 대하여 부정적인 견해를 발표하였으며 권영달도 이에 가세하여 반주시경학파가 늘어났다. 이 시기에도 가로풀어쓰기에 대한 관심이 계속되었다. 김석곤은 김두봉, 최현배 등의 연구결과를 바탕으로 가로풀어쓰기론을 집대성하였다.

7. 『한글맞춤법통일안』의 제정(1930~1933)

조선어연구회는 1929년의 설계안에 따라 1930년 12월부터 학회 나름의 맞춤법에 착수하였으며 1931년에는 학회의 이름을 조선어학회로 바꾸면서 문자, 음성, 품사에 걸친 기초 연구에 몰두하였다. 대체로 표음문자인 한글에 표의문자의 속성을 가미시키는 방향으로 기초 연구가 수행되었다. 언문철자법과 맞춤법제정이 병행되었다고 하겠다. 지나친 형태음소적 측면을 완화시키려는 노력을 보이었다. 이윤재, 신명균, 이상춘, 최현배, 이극로, 이갑, 김선기, 김윤경, 이희승 등이 많은 활약을 하였다. 그러는 가운데서 지금까지 몇 차례 도전장을 내 오던 박승빈과 격돌하게 되어 자신들의 철자법이론의 수월성(秀越性)을 대외적으로 인정받았다.

박승빈학파와의 대결을 통하여 이론적 우위성을 확보한 조선어학회는 드디어 1933년 10월에 『한글마춤법통일안』을 공포하였다. 조선조 500년간의 관습적 표기와 개화기와 1910년대 이래의 주시경학파의 기초연구가 밑거름이 되고 안확, 박승빈, 홍기문, 권영달 등의 반주경학파의 견해가 참작되어 이루어진 성과이다. 한글맞춤법과 총독부의 개정 철자법이 형태음소적 원리를 바닥에 깔고 있기 때문에 전자가 후자의 징검다리 역할을 한다고 생각할 수 있으나 사실은 그렇지 않다. 실제로는 주시경학파가 한편으로는 조선총독부와 투쟁을 전개하면서 자신들의 이론을 관철시키고 다른 한편으로는 자신들의 노력으로 통일안 제정을 추진해 온 것이다. 총독부의 철자법이 맞춤법 통일안의 제정을 가속화한 한 요인은 될 수 있어도 그것만이 절대적인 요인은 아니다. 혼란스런 철자법의 규범을 바로 세우고 사전편찬이라는 민족적 과업을 완수하기 위하여 통일안을 제정한 것이다.

8. 『한글마춤법통일안』 이후의 표준화에 관련된 문제

통일안에 대한 반론은 통일안 이후에도 계속되었다. 박승빈은 장문의 비판문을 통하여 한글 맞춤법의 결함을 그 나름대로 낱낱이 파헤쳤으며 홍기문은 양파를 싸잡아 비판하여 통일안의 보급이 그리 순탄하지 않았다. 이 시기에도 한글 자체(字體) 및 속기술(速記術)에 대한 관심이 이어졌다. 특히 강준원은 속기법이 문자론의 대상임을 밝히고 이전까지의 연구 성과를 종합하여 우리말 속기의 표준화를 위하여 많은 노력을 기울였다. 이 시기에는 에스페란토가 대중 속으로 깊숙이 스며들어 잡지의 정관(定款)을 국문과 에스어로 병기하는 현상을 볼 수 있다.

앞으로 남은 문제는 1930년대 후반으로부터 일제 암흑기에 걸치는 민족어문의 표준화 문제와 민족어 상실 문제를 다루는 것이다. 표준화 문제는 맞춤법 제정만으로 끝나지 않았다. 뒤이어 표준말이 사정되고 외래어와 로마자 표기법이 제정되었다. 그리고 맞춤법이 보급되는 동안 반주시경학파의 저항도 만만치 않았다. 지금까지는 민족어문의 표준화가 주시경학파만의 공적으로 인정되어 왔으나 앞으로는 반주시경학파의 표준화운동도 면밀하게 검토할 필요가 있다.[168] 그들도 민족어문의 표준화를 위하여 기여한 바가 적지 않기 때문이다. 특히 박승빈의 표준화운동은 다시 평가될 필요가 있다. 주시경학파의 그늘에 묻혀 그 공적이 제대로 평가되지 못하였다. 주시경학파의 맞춤법이 절충적 성격을 띤 것도 따지고 보면 반주시경학파의 도전이 있었던 것과 무관하지 않다. 주시경/조선

---

168) 이 방면은 조태린(1997: 61-124쪽)에서 자세히 다루어졌다.

어학회의 맞춤법은 관점을 달리하면 부정적인 측면이 없지 않다. 문법에 대한 높은 지식을 전제로 하고 있어 문법학자가 아니고는 철자를 가려쓰기가 쉽지 않다. 특정 학파에 한정하지 말고 객관적인 관점에서 민족어문의 표준화운동의 발자취를 차근차근 뒤밟아 볼 필요가 있다. 민족어 상실 문제도 반도에만 국한할 것이 아니라 옛 만주 지역과 옛 소련 지역으로 범위를 넓혀야 한다. 이런 문제가 합리적으로 해명되어야만 해방 후의 민족어의 부활문제와 발전문제도 제 가닥을 찾을 수 있다고 생각한다.

옛 소련 고려인 사회의 민족어 수호 운동

‖ 제3부 **4장** ‖

1. 들어가기

민족어문의 표준화에 대한 연구는 개화기를 시발점으로 하여 본격화하였다. 이러한 기운은 국권상실 이후에도 그대로 지속되어 총독부는 그나름대로『諺文綴字法』을 제정하였고 주시경학파는 또 그 나름대로 표준화를 위한 노력을 끊임없이 기울여 1930년에는 총독부로 하여금『언문철자법』을 전면적으로 개편하도록 하는 한편, 1933년에는『한글맞춤법통일안』을 제정·공포하였다. 지은이는 주시경이 죽은 다음 해인 1915년부터 1930년대 중반에 이르는 민족어문의 표준화운동을 집중적으로 조명한바 있다.[1] 이 자리에서는 반도 안의 표준화운동이 반도 밖에서는 어떠한 형태로 전개되어 가고 있었는가 하는 문제를 주로 러시아/옛 소련의 고려인 사회를 중심으로 검토해 보고자 한다.

---

1) 관련 논의는 고영근(1997나, 1998: 2-140쪽) 및 본서 307-427쪽을 보라.

우리 민족이 러시아 땅으로 삶의 발길을 옮기기 시작한 것은 1863년이었다. 그 이후 일본의 국권 침탈이 계기가 되어 이주민은 급격히 늘어 1920년말 소련 거주 고려인들의 수는 25만 명에 육박하였다.[2] 러시아 땅에 거주한 고려인들은 집단촌락을 이루고 살았기 때문에 몇 세대를 거치는 동안에도 모국의 언어를 보존할 수 있었고 특히 1910년 이후는 항일독립운동가들이 그곳으로 망명을 하는 일이 많아 신문도 간행되고 교육기관도 설립되어 민족어교육이 체계적으로 이루어졌다. 특히 1917년 10월 혁명 이후로는 민족어의 보존과 발전을 장려하는 소련 공산당의 언어정책에 힘입어서 그러한 기운이 더욱 박차를 가하였다.[3]

이곳에서는 1930년에 발간된 『고려문전』과 기타 관련 자료를 발판으로 삼아 러시아/소련 고려인 사회의 민족어문의 표준화운동의 전말(顚末)을 밝혀 보고자 한다. 동시에 그곳 고려인 사회의 표준화운동이 당시 왕성하게 진행되던 반도 안의 표준화운동과 어떤 관련을 맺고 있었는가 하는 문제도 함께 풀어 보려고 한다. 나아가서 해방 1937년 후의 중앙 아시아의 민족이 교육과 해방 후의 사할린 지역의 민족어 회복 양상황도 검토해 보기로 한다.

2. 표준화에 관련된 배경적 문제

고려인과 러시아 사람들이 접촉하는 수단으로 처음에는 민족 문자를 키릴문자로 전사하여 민족어에 접근하거나 러시아어를 배우도록 하였다.

---

2) 관련 정보는 한국정신문화연구원 편, 『민족문화대백과사전』 12의 「소련」 표제 항을 보라.
3) 소련의 우리 민족어 표준화에 관련되는 정보는 킹(R. King)(1992), 간노(菅野裕臣)(1997)에서 얻을 수 있다.

이러는 과정에서 그들은 주시경 등의 철자법 이론의 영향을 받아 민족문
자를 가로풀어쓰기하는 문제의 필요성을 인식하였다.

다음의 일절은 1914년 3월에 출판된『대한인정교보』9에서 따 온 것인
데 가로풀어쓰기의 기운이 일찍부터 러시아의 교민사회 속에 스며들어
있었음을 뒷받침한다.

> (1) 그러나 이제 이 모음과 ㅈ음을 가로 쓰기로 하면 활자는 불과 스물에
> 지나지 못할지오 채ㅈ 식ㅈ에 엇는 시간이 ㅅ또한 적지 아니할지며 그
> 쌔끗ㅎ고 보기 쉬움이 ㅅ또 얼마나 ㅎ리오 그러나 이리ㅎ랴면 문법도 만들
> 어야 ㅎ겟고 여러 동포가 각각 힘을 써 이글 보기를 닉혀야 할지니 처음에
> 는 비록 보기 어려온듯ㅎ나 얼마 아니하야 젼보담 훨신 보기 쉽고 편리한
> 줄을 알리이다. (원문대로)

현재의 상태대로 한글을 묶어쓰면 한자에 뒤지지 않게 활자를 만들어야
하니 경비와 시간에 있어 큰 손해를 본다고 말하고 위와 같이 가로풀어쓰
기의 경제적 이득을 들면서 동포가 풀어쓴 글자를 부지런히 익히기를
당부하였다.

'우리 어이'라는 글에는 '암늣, 수늣, 씨, 읖' 등의 주시경적인 용어가
보인다. '어이'는 글자, '암늣'은 모음, '수늣'은 자음, '씨'는 단어/품사, '읖'
은 詩를 뜻한다. '씨'는 주시경의 용어이다. 이 책에는 '지사의 감회'라는
문장을 가로풀어쓰기 한 예도 보이었다. 철자법과 표현 등에 있어 전반적
으로 주시경의 영향을 많이 받고 있음을 느낀다. 위의 자료를 통하여
이미 1910년대 중반에 주시경의 철자법 및 가로풀어쓰기 이론과 언어정
화론이 반도 밖의 교민들에게 영향을 미치고 있었음을 알 수 있다.4)

---

4) 고송무는『한글새소식』89(1980)에 기고한「한글 풀어쓰기 홀림과 그 판독」에서
   반도 밖의 가로풀어쓰기가 자생적이라고 말하고 있으나 반드시 그렇지 않다.

또 『대한인정교보』 10(1914. 5)에는 홀림체가 나와 있는데 이 역시 주시경의 영향을 받지 않았다고 단정할 수 없다.[5]

소련의 민족어 교과서 편찬은 1923년부터 편찬하여 1925년에 완료된 『무식을 없이하는 자란이의 독본』에서 본격화되었다. 이곳의 '자란이'란 '자란 사람', 곧 '어른'의 뜻이다. 비록 철자법에 있어서 다소 일관성이 없는 면이 없지 않으나 대체로 전통적인 음소적 원리보다는 형태음소적 원리를 지향하였다. 끊어적기를 하여 동사의 기본형을 밝히고 있기 때문이다. 그러나 세부로 들어가면 전통적 내지 조선총독부 철자법에 근거한 것도 많이 눈에 뜨인다.[6]

소련 고려인들의 민족어 표준화운동은 1930년에 한 매듭을 지었다. 러시아/소련의 교민들은 전통적으로 그들 자신을 '고려사람/고려인'이라 부르고 그들의 언어를 '고려어/고려말'이라 불러 왔다.[7] 고려인의 표준화 운동의 결실인 吳昌煥 著 『高麗文典』의 「緖言」을 보면 고려인을 위한 표준화의 필요성이 다음과 같이 지적되어 있다.

(2) 우리 邊彊 高麗人敎育, 出版 및 文化等 모든 事業에 高麗文典의 統一되

이런 기운은 이미 구한말의 『國文硏究議定案』(1909)에서 얼굴을 내민 바 있고 그 후에도 각종 서식을 통하여 꾸준히 개선안이 모색되었다는 사실을 고려하면 반도 안의 연구에서 암시를 받았을 가능성이 충분하다. 관련 정보는 고영근(1994: 214-15쪽)를 보라.

5) 고송무는 위의 글에서 당시 반도 안에는 홀림체가 고안되지 않았다고 하였으나 『국문연구의정안』(1909)에는 주시경이 고안한 홀림체가 나와 있다.

6) 킹(1992)에는 당시의 자료에 나타나는 표기법 상의 특징을 28개 항목에 걸쳐 제시한 바 있다.

7) 알마타의 박 넬리 선생은 1997년 6월 서울대학교 국문학과에서 가진 연구발표회에서 "고레사람이 사용하는 언어는 코이네다. 즉 방언들이 혼합된 결과로 생긴 언어이다. 고레사람들은 이 언어를 고레말이라고 부른다. 이 말은 기본적으로 함경도의 두 개의 방언, 즉 명천-길주 방언과 육진방언이 혼용된 것이다"라고 하면서 '고려말'의 정확한 발음은 '고레말'이라고 하였다.

> 지못한 그것이 많은 支障을 일으키는 것은 否認할 수 없는 사실이다.
> 特히 表記法에있어 學校와 學校, 敎員과 敎員, 著作者와 著作者, 乃至
> 學生과學生사이에서 表記法이 各異하고 한사람으로써 記錄된 書類일
> 지라도 꼭 같은 意味를가진句節을 이장과저 장에서 各異하게 表記하는
> 實例까지도많다. (원문대로)

사람에 따라 표기법이 다르고 같은 사람이라도 달리 적는 사례가 많아
철자법을 만들지 않을 수 없었다는 내용이다.

반도 안의 당시의 표기법도 소련의 교민사회와 다를 것이 없었다. 1920
년대 후반에 총독부 맞춤법에 대한 개정의 소리가 높았던 것도 통일되지
못한 철자법 때문이었다.[8] 소련 고려인 사회에서 철자법이 통일되지 않
은 것은 궁극적으로 표준을 삼을 수 있는 문전(文典)이 없기 때문이라고
말하면서 문전편찬과 정서법의 제정의 불필요성을 주장하는 사람들의
견해를 비판하였다. 오창환은 오산중학교 출신인데 연해주의 조선국민회
의 서기로서 1919년 3월 17일『조선독립선언서』를 작성·발표한 사람
중의 한 사람이며 뒤에 상해 임시정부 비서장으로 일한 인사였다.[9]

1920년대 후반 반도 안에서 철자법 개정에 관한 논의가 일어났을 때
안확이 철자법 무용론을 주장한 바 있는데,[10] 당시 소련의 고려인 사회의
대표적 지역이었던 원동(遠東), 곧 연해주에도 그러한 사람이 있었음을
확인할 수 있다. 그들이 참고한 서적은 김두봉의 『조선말본』, 최광옥
내지 유길준의 『대한문전』, 김희상의 『초등국어어전』[11]이었다. 특히 『조

---

8) 관련 논의는 고영근(1997/ 본서: 370-78쪽)을 보라.
9) 한국정신문화연구원 편『민족문화대백과사전』20(1991: 457쪽 가운데), 한득봉
   (1991: 610쪽)을 보라. 독립운동사연구소의 이명화 연구관에 의하면 오창환에
   대하여는 변절문제로 자료가 갖추어져 있지 않다고 한다.
10) 관련된 논의는 고영근(1997, 1998: 63쪽, 본서 375-76쪽)을 보라.
11) 「서언」에는 지은이의 이름은 밝히고 있지 않고 책 이름만 나와 있다. 앞의
   두 책의 지은이는 각각 김두봉과, 최광옥 내지 유길준임이 틀림없고『국어어전』은

선말본』은 고고학적12)으로 되어 있어 현지 고려인에게 맞지 않은 비현실적인 점이 많고『대한문전』은 서양의 것을 지나치게 모방한 '外化的傾向'이 많기 때문에 고려인 교육에 그대로 적용하기 어렵다고 보고 고려어 언문(言文)의 표기와 활용을 통일시킬 목적에서 통일문전을 집필하기로 하였음을 밝혔다. 이리하여 원동변강인민교육부는 고려사범학교 고려어 교원 吳昌煥으로 하여금『고려문전』을 저술하도록 하였다.『고려문전』은 '遠東邊疆人民敎育部 科學方法 소베트'의 인가를 받고 '遠東邊疆人民敎育部'(하바롭스크)에서 1930년 발행되었다. 소련에서 나온 우리 민족어 서적은 표제지에 반드시 러시아로 관련 서지사항을 기록하고 있다. 크기는 신국판, 모두 102쪽이다.

변강교육부는 오창환이 지은『고려문전』을 두 차례에 걸쳐 고려문전 회의의 수정을 받아 완성하였다. 제1차 회의는 1929년 5월에 海港(우라디보스토크)13)에서 열렸는데 桂奉瑀, 姜彩程, 李光, 朴宗根, 金時鐘 등이 참석하였고 제2차 회의는 1930년 1월에 히바롭스'크에서 열렸는데 게봉우,14) 강채정, 선봉 신문사 및 기타 출판 관계의 인사들이 참석하였다. 이 책은 교사 참고용이기 때문에 직진법(直進法)을 사용하였으며 연습문제가 붙어 있지 않다. '직진법'이라 함은 이론 중심적 서술이란 뜻으로 이해된다. 연대상으로 볼 때 반도 안의 언문철자법이 1929년을 전후하여 심의를 거듭하다가 1930년에 공포된 것과 일치된다는 점에서 어떤 의미를 줄

이러한 책이 달리 없기도 하거니와『고려문전』의 문법체계로 볼 때 김희상의
『초등국어어전』과 닮은 점이 많기 때문에 그렇게 보았다.
12) '고고학적'이라 함은 용어가 지나치게 고유어 중심적이라는 뜻으로 이해된다.
13) '海港'을 킹(1991: 156쪽)에는 'Nikol'sk-Ussurijsk'라 추정하고 물음표를 붙였으나,
『선봉』515(1930. 12. 17)에 실린 오창환의 글에 첫 회의가 '해삼위'에서 개최되었다고 적혀 있기 때문에는 '海港'은 '海蔘威'의 다른 이름임을 알 수 있다.
14) 한자음으로는 '계봉우'라고 적어야 하나 고려들은 '게봉우'로 적혀져 나오기 때문에 이를 따랐다.

수 있을 것 같다. 민족어문 표준화운동이 반도 안팎에서 동시에 일어났다는 것은 어떤 형태로든지 상호 교감이 있었을 가능성이 없지 않다. 그것은 어쨌든 소련 변강교육부는 『고려문전』을 공식적으로 간행함으로써 소련 지역의 민족어 교육을 통일적으로 실시할 수 있게 되었다.

3. 『고려문전』의 표준화 내용15)

그러면 『고려문전』의 내용을 검토함으로써 고려어가 소련 지역에서 어떤 방식으로 표준화되어 가고 있었는가 하는 문제를 건드려 보기로 한다. 본서는 크게 3편으로 구성되어 있는데 제1편은 문자, 제2편은 품사, 제3편은 문장을 다루었다.

제1편은 대체로 문자를 포함하여 발음법과 철자법을 규정하였다. 먼저 제1편의 내용을 보이면 다음과 같다.

> (3) 『고려문전』 제1편의 내용
> 　가. 제1장 國子
> 　　ㄱ. 제1절 母音字
> 　　ㄴ. 제2절 子音字
> 　　ㄷ. 제3절 國子의 發音上 調和
> 　　　모음의 조화/자음의 조화/습관성 조화
> 　나. 제2장 漢字

---

15) 『고려문전』은 킹(1991)에서 그 내용이 소개된 바 있으나 지은이는 이에 매이지 않고 그 내용을 소개하면서 그 특수성을 평가하기로 한다. 특히 킹 교수는 『고려문전』이 김두봉의 영향을 많이 받았음을 지적하였다. 지은이에게 이책을 분석한 논문을 기증하고 내용상의 특징을 귀띔해 준 킹 교수에 대하여 고마운 인사를 드리는 바이다.

(3가)에서는 고려어를 기록하는 데 사용되는 문자는 국자와 한자가 있는데 전자가 한글에 해당하는, 우리의 고유문자인 훈민정음을 가리킨다. 그들은 한자에 대립되는 뜻으로 훈민정음을 '國字'라 불렀다. 당시 한반도가 일제 치하에 있었는데 '조선문자' 내지 '한글'을 사용하지 않고 '국자'라고 쓴 것은 『高麗文典』의 '고려'와 함께 정신적으로는 국권이 상실되지 않았음을 교민 사회에 인식시키려는 의도에서 취해진 조처로 보인다. 이는 당시 연해주의 고려인 사회가 독립운동가들의 망명지였다는 사실과도 깊은 관계가 있는 것 같다.

제1절에서는 모음자를 다루었다. '母音'의 괄호 안에 '홀소리'라는 고유어를 넣었다. 이러한 용어 사용을 통하여 우리는 「緖言」에서 언급된 바 있는 김두봉의 『조선말본』(1916)으로부터 직접 영향을 받았음을 알 수 있다.(뒤에 나옴) 모음 10자를 두었는데 단모음은 6개, 나머지는 중모음과 복모음으로 처리하였다. 반모음이 앞서는 모음을 중모음, 뒤에 서는 모음을 복모음으로 처리하였다. 단모음 체계는 주시경의 『國語文法』(1910)과 같고 나머지는 주시경, 김두봉과 일치하지 않는다. 주시경은 반모음이 앞서거나 뒤서거나 '겹소리/거듭소리'라 하였고 김두봉은 『조선말본』(1916)에서 'ㅐ, ㅔ'를 단모음으로 처리하였다는 점에서 그러하다. 'ㅐ, ㅔ, ㅚ'를 단모음으로 처리한 책도 있으나 복모음으로 처리하였다는 언급(9쪽)이 있는 것을 보면 앞서 든 책 밖에도 뒤에 나온 다른 관련 업적을 보았음을 알 수 있다. 이를테면 최현배가 동인지 『한글』에 발표한 모음론을 들 수 있다.[16] 명문화되지는 않았지만 활용된 자료를 보면 초성 뒤의 모음 '예'를 모두 '에'로 적고 있다. '계봉우, 차례'를 '게봉우, 차레'로 적는 것이 그러하다.

---

16) 관련된 논의는 고영근(1995가: 89쪽)를 보라.

제2절은 자음을 다루었다. 자음에는 전통적인 14자음을 들고 단복(單複)에 따라 단자음, 혼음, 쌍음, 첩음으로 하위분류하였다. 단자음체계는 주시경, 김두봉과 같으며 혼음은 평자음과 'ㅎ'이 결합된 것으로 근본적으로 주시경의 체계와 일치한다. '雙音'은 동자(同字) 병서한 이른바 '짝소리'를 가리키는데 주시경의 체계를 그대로 받았다. 첩음은 겹받침을 가리키는데 'ㄳ, ㅺ (시웃지읏?), ㅥ, ㄺ, ㄻ, ㄼ, ㅀ, ㄾ, ㄿ, ㅁㅎ(미음 히읗?), ㅄ'의 11개를 두었다. 이러한 받침체계는 모두 주시경의 것과 일치한다. 초성과 종성에 통용되는 소리로 단자음 10개와 'ㅊ, ㅍ, ㄲ, ㅆ'의 넷을 들고 초성에만 전용되는 것으로 'ㅋ, ㄸ, ㅃ, ㅉ'을 들었다. 받침의 'ㅆ'은 김두봉의 『깁더조선말본』(1922)(앞으로 『깁더』라 줄여 부름)의 영향인 것 같다. 그러나 『깁더』에 나와 있는 'ㅋ' 받침은 보이지 않는다. 대부분 주시경과 김두봉의 영향으로 설정되었음이 틀림없다.17) 자음의 독법은 '그, 느, 드'로 읽고 있는데 이는 김두봉의 『깁더조선말본』에 인용되어 있는 주시경의 안과 같다.18) 맞춤법통일안의 ㄷ − 불규칙용언의 기본형을 '들-'처럼 'ㄹ' 받침을 가진 것으로 잡아 자음 위에서 'ㅅ'으로 바뀐다고 설명하고 있다.(13쪽). 이는 주시경 때부터 'ㅅ'과 'ㄷ'의 수의적 교체형으로 보아 온 것을 'ㄹ' 받침을 기본형으로 삼고 그것이 자음 위에서는 'ㅅ'으로 바뀐다고 본 것이다. 이 현상은 반도 안에서는 이윤재에 의하여 'ㄷ' 불규칙활용으로 처리되었고 이는 다시 한글맞춤법통일안에 반영되었다.19)

제3절에서는 모음의 조화, 자음의 조화, 습관성 조화를 들었다. '모음의

---

17) 오창환은 주시경의 활판본은 물론, 초기 유인 저술도 거의 본 것 같다. 그것은 '類書'라고 표현된 부분에 나오는 용어가 대부분 주시경 용어와 일치하기 때문이다. 역대 문법가의 용어에 대하여는 김민수 밖에 편(1986), 김민수·고영근 편(2008)의 『歷文』의 『총색인』(별책)에서 직접 확인할 수 있다.

18) 주시경의 자음자 이름에 대한 견해는 복잡하게 얽혀 있다. 관련 논의는 고영근(1995: 96쪽)을 보라.

19) 관련된 논의는 고영근(1988/1998: 147쪽)을 보라.

조화'에는 '모음의 장단'과 '母音의 連縮'을 다루었다. 모음의 장단에서는 장음을 표시하기 위하여 왼쪽에 점을 치는 책이 있으나 장음을 가진 말이 너무 많기 때문에 그것을 표시할 필요가 없다고 하였다. 점을 치자는 견해를 보인 책은 지은이가 알기로는 이규방의 『조선어법』(1922)이 처음이 아닌가 한다. '모음의 연축'에서는 '나가앗다, 서어서; 뜨어, 홀르어'의 경우, 발음과 표기를 모두 줄어진 대로 하라고 하였다. 주시경, 김두봉과는 반대되고 오히려 후대의 맞춤법통일안과 비슷하다. 선구적인 면모가 보인다고 하겠다. '자음의 조화'에서는 '자음의 連變'과 '자음의 나는 힘'을 두었다. 전자에서는 자음동화에 의해 소리가 달라지는 경우, 변한 대로 적지 말라고 규정하였다. 후자는 같은 자음이라도 발음에 차이가 있다고 말하고 앞서 든 겹받침의 예를 들었다.

'습관성 조화'라 함은 앞의 두 종류와는 달리 습관성으로 발음되지 않는 현상을 뜻한다고 말하고 독법과 표기법을 달리 규정하였다. 이를테면 '안녕, 라주, 려행, 니마, 니'는 그대로 저되, 발음은 '알링, 나주, 여행, 이마, 이'로 하라는 것이다. 표기법과 녹법을 달리 규정하고 있는 것이다. 특히 두음법칙이 적용되는 예에 대하여 표기와 독법을 달리 규정한 것은 매우 깊이 생각한 끝에 얻은 규정인 것으로 보인다.[20] 앞으로 남북의 어문 통일 과정에서 한번 참고해 볼 만한 사고체계였다고 생각한다. '댜, 탸도 모두 없애고 '자, 차'로 적기로 하였다. 이 역시 맞춤법 통일안과 같다. 현실발음을 존중한 표기를 지향하였다. 그리고 'ㄱ, ㅎ' 구개음화된 단어는 모두 비구개음화된 형태로 적으라고 하였다. 두음법칙에 관련된 표기를 제외한 모든 표기는 맞춤법 통일안과 일치한다. 두 차례에 걸친

---

20) 지은이는 남북 맞춤법을 비교하여 통일 맞춤법을 제안하는 자리에서 어두의 'ㄹ, ㄴ'을 맞춤법에 반영하되 발음은 탈락된 대로 하자는 타협안을 제안한 일이 있다. 관련 논의는 고영근(1990/1994: 131쪽)을 보라.

수정위원회에서 당시 활발하게 논의되던 반도 안의 표준화운동에서 어떤 암시를 받았다고 생각해 볼 수도 있고 그렇지 않으면 자생적인 규정으로 볼 수도 있다. 전자의 가능성이 더 많아 보인다. 이 책에 반도 안의 대부분의 문법서가 참고되었다는 흔적이 많기 때문이다.(뒤에 나옴)

(나)에서는 한자를 다루었다. 고려문전에서 한자를 거론하는 것은 모순되고 골계스러운 일인 것 같지만 일상생활에서 사용되고 있느니만큼 이 문제를 다루지 않을 수 없다고 하였다. 당시의 반도 안도 사정은 같은데 총독부 철자법이나 통일안에서 이 문제를 다루지 않은 것과 매우 대조적이다. 먼저 한자의 육서(六書)와 부수를 소개하고 훈에 주의할 것을 당부하였다. 훈이 우리의 본어(本語)이며 특히 형용사와 동사의 글자는 '르, 을, ㄴ'을 제외한 것을 훈(訓)으로 삼아야 한다고 말하고 한자 사용에 대하여 다음과 같은 견해를 진술하였다.

(4) 한자에 대한 고려문전의 태도
一般國漢字 混交의 記錄에서 「言文一致」를 위하여 한자로 된 熟語 또는 術語外에 그 "訓"과 "音"이 一致되지 않는 한字로의 漢字는 一切로 그 使用을 忌避하고 嚴禁할것이다. (25쪽)

한자 숙어나 술어만 한자로 쓰고 '사람이 가오'에 나타나는 '사람' 대신에 '人'을 사용하는 일이 있어서는 안된다고 하였다. 그렇게 되면 언문일치가 파괴된다고 보았다. 그리고 언문일치에 어긋나는 한자를 만나면 음독하지 말고 훈독할 것도 당부하였다. 동시에 『고려문전』은 고유어 '생각, 동안, 생기다'를 한자로 쓰지 말도록 규정하였다. 반도 안에서는 장지영의 『조선어철자법강좌』(1930)에서 처음 볼 수 있다.21) 당시 반도 안은 한자폐

---

21) 관련 논의는 고영근(1997가/1998: 228쪽)을 보라.

지론과 한글전용론이 맞서 있다가 당분간은 한자제한론으로 의견이 모아
지고 있었는데 소련의 고려인 사회는 국한문혼용에 대비하여 한자 사용에
대한 규범을 그 나름대로 세웠다. 총독부 철자법이나 맞춤법 통일안도
이에 대한 배려를 하지 못하였다. 당시 옥편 종류가 많이 나와 있어서
그럴 필요성을 느끼지 못하였을 수도 있다.

제2편은 품사편이다. 먼저 제2편의 내용을 적어 보기로 한다.

(5) 『고려문전』의 '品詞' 편의 내용
　　　　　總論
　가. 제1장 名詞(임씨)
　　　原名詞/代名詞/名詞의 變化
　나. 제2장 形容詞(언씨)
　　　本來形容詞/轉來形容詞/形容詞의 變化
　다. 제3장 動詞(움씨)
　　　本來動詞/轉來動詞/動詞의 變化
　라. 제4장 助詞(겻씨)
　　　主語助詞/從屬語助詞/補助語助詞/修飾語助詞
　마. 제5장 終止詞(맷씨)
　　　詠嘆終止詞/對語終止詞/疑問終止詞/命令終止詞
　바. 제6장 接續詞(잇씨)
　　　本來接續詞/轉來接續詞
　사. 제7장 副詞(억씨)
　　　本來副詞/轉來副詞/副詞의 用法
　아. 제8장 感歎詞(늑씨)
　　　感歎詞의 種類/感歎詞의 用法

총론에서는 품사체계와 정서법에서 부딪히는 조건을 베풀었다. 품사를
다음과 같이 정의하였다.

(6) 『고려문전』의 단어와 품사 정의

> 모든 音字가 모이어 語字가 되고 그 語字들이 單獨或은 結合하여 어떠
> 한 意義를 所有하게 된 單語(個語)들을 詞(씨)라한다. 그리고 詞는
> 그 性質과 品類로 보아 여러 가지로 區分하게 되므로 이를 品詞라
> 總稱하며 文典에서의 이 部分을 品詞論或 語典이라 한다.
>
> (원문대로, 27쪽)

'音字'란 개별적인 소리를, '語字'는 음절을 뜻하는 것 같다. '음자'란 말은
주시경의 『대한국어문법』에 보이므로 영향관계를 추상할 수 있다. 어자'
는 이전에 달리 사용된 예가 확인되지 않는다. 그리고 '단어'와 詞(씨)'를
같이 보는 것은 주시경 및 김두봉과 연결된다. 괄호 안에 '씨'를 넣고
있는 것이 이를 뒷받침한다. '詞'는 김희상의 『조선어전』(1911)에 이미
나타났다. 詞를 성질과 품류에 따라 구분한 것을 '品詞'라 부르고 있는데
이는 다카하시(高橋亨) 등 당시의 일본의 조선 문법가들 사이에 사용되었
다. 개화기의 "語典"은 문법과 같은 뜻으로 사용되었는데 『고려문전』에
서는 품사와 같은 의미로 사용하였다.

오창환은 고려어의 품사로 다음의 8개를 두었다.

(7) 『고려문전』의 품사체계

> 名詞, 形容詞, 動詞「原詞」
> 助詞, 終止詞, 接續詞「吐詞」,
> 副詞, 感歎詞「混成詞」

관형사가 빠진 것만 제외하고는 대체로 주시경과 김두봉의 품사체계와
비슷하다. '原詞, 吐詞, 混成詞'는 김두봉의 '으뜸씨(元詞), 토씨, 모임씨'를
한자어로 옮겨 놓은 것이다. 오창환은 자신의 품사체계를 세우면서 고려
어는 품사체계가 통일되지 못하여 8품사로부터 10품사에 이르고 있다고

하였는데 8품사는 유길준의 『대한문전』(1909)를, 9품사는 주시경과 김두봉의 것을, 10품사는 안확의 『조선문법』(1917)을 가리킨다. 이로 미루면 오창환은 초기에 반도에서 나온 문법서는 거의 섭렵(涉獵)하였음을 알 수 있다.(뒤에 나옴)

오창환은 품사 상론으로 들어가기 전에 정서법에 관한 몇 개의 조건을 베풀었다. 정서법에서 주의해야 할 것은 어근과 조어, 곧 접미사를 판별하는 일이라고 말하고 먼저 어근 판별의 조건을 다음과 같이 보이었다.

(8) 어근 판별에 대한 조건
　　가. 한 자로 된 말은 발음의 장단을 살펴야 하며 여러 자로 된 말은 그 2음절 이하의 초성을 함부로 종성에 갖다 붙이지 말 것
　　나. 각 원사가 본래적인 것인가, 아니면 전래(轉來)된 것인가에 대하여 주의할 것
　　다. 종성을 가진 원사들의 종성을 판별함에 있어서는 '아' 자행의 토사에 표준할 것
　　라. 형용사와 동사의 어근을 한자에 기대어 판별힐 때에는 훈과 음의 중간에 있는 '(으)ㄴ, (으)ㄹ'을 제외할 것
　　마. 형용사, 동사 중에서 '르'를 가진 단어들이 이어지는 토사들의 발음을 변경시킨다는 점에 주의할 것
　　바. 두 개의 명사가 합하여 한 개의 명사를 만들 때에 중간에 'ㅅ'을 더하지 말 것
　　사. 국자(國字)의 모든 조화상의 성질과 법칙을 항상 고찰하고 이용할 것

(8라, 마)는 앞에서 언급한 바 있고 나머지는 특별한 설명이 필요하지 않다. (8가)와 (8나)는 보충 설명이 필요하다. (8가)의 첫째 조건은, '맘'을 '마음'으로 적는 것은 발음의 장단을 살피지 않는 데서 생기는 착오요, 둘째 조건은, '살피'를 '삶이'로 석는 것은 둘째 음절의 초성을 함부로 종성에 붙이기 때문에 생기는 잘못이라고 하였다. '노래, 노피'와 같이

다른 말에서 전성된 말은 어근과 조어(助語)를 구별하여 '놀애, 높이'와 같이 적어야 한다는 것이다. 이곳의 '조어'란 접미사를 뜻한다. 이러한 표기는 주시경과 김두봉의 영향을 받은 것이지만 그 나름의 근거를 대고 있다는 점이 주목의 대상이 된다.

토사 이용에 대한 조건은 조사, 어미 등의 문법형태소에 대한 정체를 미리 알려 주는 것이다. 오창환은 '이, 아, 앗, 엇, 은, 을' 등의 아 행으로 된 토사를 원사와 혼동되지 않도록 구별하여 써야 함을 강조하였다.

(5가)는 명사에 원명사와 대명사를 두었다. 원명사는 다시 다음의 두 관점에서 세분하였다.

    (5가) 원명사의 분류
        ㄱ. 성질상 구분
           固有名詞/特立名詞/普通名詞
        ㄴ. 조직상 구분
           本來名詞/轉來名詞

(5가ㄱ)의 특징은 '특립명사'인데 '선봉, 불꽃'과 같이 보통명사가 고유명사화한 것을 가리킨다. 유길준의 『대한문전』에 이런 용어가 나오지 않은 바 아니나 고유명사의 뜻으로 사용하였다. 음미의 대상이 되는 명사의 하위분류이다. 특립명사를 적을 때에 큰따옴표(" ")나 낫표 (「 」)로 표시한다는 것도 선구적인 면모를 보여 준다. 원명사를 유형, 무형 등으로 분류할 수 있지마는 이 책에서는 그러한 시도를 하지 않았다. 이런 점을 보면 오창환이 이전의 우리의 문법적 저술을 상당히 비판적으로 수용하였음을 알 수 있다.

(5가ㄴ)의 '본래명사'란 '사람'처럼 고유어를 가리킨다. 전래명사는 외국어나 한자어를 가리키거나 다른 품사에서 전성된 명사를 가리키는데

이를 외래명사, 형명사, 동명사, 부명사라 불렀다. 형명사는 접미사 '-이, -억지, -엉이, -기'가 붙어 이루어진 '높이, 길억지, 펄엉이, 크기'와 같은 말이다. '-기'가 붙은 명사에는 명사형으로 볼 수 있는 것이 들어 있어 문제를 내포하고 있다. 동명사는 '신 ─ 신(다)'처럼 동사에서 직접 명사가 된 말이나, '웃음, 지개'처럼 접사를 붙여서 이루어진 말을 가리킨다. 부명사는 '기럭이'처럼 부사에 접미사가 붙어 이루어진 말이다. 이곳에서 주목의 대상이 되는 것은 명사의 끝에 공통된 접사를 붙여 형태를 가지런히 하자는 제안이다. 이를테면 '성에, 숭에, 술에'에는 '-에'를 공통적으로 붙이고 '무우, 아우, 게우'에는 '-우'를 붙인다는 것이다. 당시 반도 안의 권덕규가 이런 생각을 가졌음을 보았는데,[22] 이에 영향을 받았는지 알 수 없다.

　대명사에는 인대명사, 수대명사, 지시대명사, 관계대명사, 부정대명사를 두었는데 김두봉의 체계와 큰 차이가 없다.

　명사의 변화도 김두봉의 『조선말본』의 '임의 바꿈'의 체계와 큰 차이가 없다. 원명사와 내냉사로 나누어 설명하고 있는 것이 차이점이다. '명사의 의미변화'는 김두봉의 '뜻바꿈'에, '명사의 형질변화'는 '몸바꿈'과 내용이 같다. '명사의 결합'이라 하여 합성어 문제를 다루고 있는데 명사 사이에 결코 사이시옷을 넣지 말라고 규정하였다. 이를테면 '긔발'은, (8바)에서 본 바와 같이, 발음은 '긧발, 긔빨'로 하되 적기는 '긔발'로 하라는 것이다. 북한의 『조선말규범집』(1966)의 규정과 유사한 면이 없지 않다. 대명사의 변화에서는 복수 대명사 '우리, 너희', 수관형사 등을 다루었고 날짜 이름과 가축의 연령을 표시하는 어휘를 다루었다. 어원적 공통성에 근거한 것도 있고 하여 체계가 산만하다는 느낌을 지울 수 없다.

---

22) 관련된 논의는 고영근(1997나, 1998: 33, 본서 340쪽)을 보라.

(5나)의 형용사도 김두봉의 체계를 따랐다. 오창환은 형용사를 동사와 함께 '用言'이라 부르고 괄호 안에 '씀씨'를 넣었으며 이는 '體言(몸씨)'에 대립되는 뜻으로 사용하였다. 이 역시 김두봉의 체계임은 물론이다. 특징은 '어떠하'의 물음에 응대되는 단어를 형용사로 규정한 점이다. 이런 식으로 품사를 알아내는 틀이 마련된 것은 해방 후의 정인승의 『표준중등 말본』(1949)에서 비롯된다. 형용사는 본래형용사와 전래형용사로 하위 분류되어 있다. 본래형용사에는 성질, 형상, 시간, 수량, 지시, 의문 형용사를 두고 있는데 이 역시 김두봉의 체계를 그대로 따랐다. 전래형용사는 명사, 동사, 부사로부터 변형된 형용사를 가리키는데 여기에는 '名形容詞, 動形容詞, 副形容詞, 前置形容詞, 不完全形容詞'의 5개를 두었다. 명형용사는 명사로부터, 동형용사는 동사로부터, 부형용사는 부사로부터 각각 형성된 형용사를 뜻한다.

전치형용사는 김두봉의 '언씨'(冠詞)를 뜻하는데 오창환은 관사를 폐지하고 전치형용사라 하여 형용사에 편입하였다. 다른 문법서에는 관사를 따로 세우나 관사의 원래 뜻에 맞지 않기 때문에 폐지한다고 하였다. 국어문법연구에서 관사, 곧 '관형사'를 처음으로 세운 사람은 김두봉인데 오창환은 이를 취하지 않았다. 옳고 그름과는 관계없이 오창환은 김두봉의 체계를 비판적으로 수용하였음을 알 수 있다. 오창환은 형태적 특성보다는 의미상의 공통성에 치중하여 관사(관형사)를 형용사에 넣었는데 이는 올바른 태도라고 할 수 없다. 불완전형용사는 조사 '과/와'나 어미 '-(으)ㄹ, -고' 등을 매개로 하는 '비슷하다, 듯하다, 싶다'를 가리킨다. 이는 김두봉의 "절언"을 확대·응용한 것이다. 일면의 타당성이 인정된다. 형용사의 의미변화에서는 인도·유럽어의 비교급을 수용하여 '붉다'를 원급, '벍엏다'를 평급, '밝앟다'를 상급, '샛밝앗다'를 최상급으로 보고 있는데 김두봉의 뜻바꿈 체계를 더 개악(改惡)시켰다고 할 수 있다. 김두봉의 뜻바꿈은 현대적 관점에 서면 대부분 어휘·의미론의 소관이다.

(5다)는 '動詞(움씨)'를 다룬 것이다. 앞의 형용사와 같이 '어찌하'의 물음에 응답되는 단어를 동사로 규정하였다. 동사에는 먼저 본래동사와 전래동사를 두었으며 본래동사는 다시 자동사와 타동사를 두었다. 전자에는 '能自動詞, 被自動詞, 互自動詞'로 하위분류하였다. 능자동사는 김두봉의 '홀로제움'(無對自動)에 해당한다. 피자동사는 김두봉의 '더불제움(有對自動)'과 비교해 볼 때, 예는 공통되는 것이 있으나 설명에 있어서는 상반된다. 오히려 김두봉의 견해가 합리적이라 생각한다. 호자동사는 두 개 이상의 주체가 서로 움직이게 하는 동사를 가리키는데 '싸호다, 사괴다, 흘기다' 등을 들었다. 통사구성상의 특징을 감안한 분류로서 현대적 관점에 설 때 음미의 가치가 크다. 타동사에는 '直接他動詞(單對他動), 間接他動詞(複對他動)'로 하위분류하였다. 직접타동사와 간접타동사는 괄호 안의 용어뿐만 아니라 내용에 있어서도 김두봉과 완전히 일치한다.

전래동사에는 '名動詞, 形動詞, 副動詞'를 두었다. 명동사는 명사에서 전성된 동사이다. 여기서 주목할 것은 명사가 동사가 될 수 있으려면 반드시 그 명사가 동사의 의미를 가져야 한다고 지적한 점이다. '사랑, 생각, 鎭靜' 등은 동사의 의미를 지니고 있기 때문에 '하다'를 붙일 수 있으나 '國家, 人間' 등은 그렇지 않기 때문에 동사로 바뀔 수 없다는 것이다. 접사 '하다'의 제약을 비교적 정확하게 지적하였다고 생각한다. 형동사는 '크다, 길우다'와 같이 형용사에서 동사로 전성된 동사를 가리킨다. 부동사는 부사가 '助語', 곧 접미사에 기대어 동사로 전성하는 것이다. '흔들흔들하다'가 그러한 예이다. 끝으로 불완전동사를 두고 있는데 이는 김두봉의 '절움 不完全動'을 바탕으로 하였다. 김두봉은 '되다'만을 두었으나 '되다' 밖에 '하다'를 더 두었다. 앞에서는 '히다'를 조어, 곧 접미사로 다루어 놓고 이곳에서 다시 불완전동사로 본 것은 앞뒤가 맞지 않다.

　　동사의 변화에서는 자동이 자동으로, 타동이 타동으로, 자동이 타동으
로 바뀌는 예를 들었는데 어휘적 의미의 변화와, 접사에 기댄 동사 전성이
섞이어 있어 전체 체계를 가늠하기가 쉽지 않다. 이곳에서는 동사의 존비
법적 변화와 시간을 다루었다. 전자는 주로 보충법에 기댄 동사의 존경법
동사를 다루었고 후자는 동사의 시제를 다루었다. 동사의 시제를 다른
책에서는 조동사에서 다루고 있지마는 이 책에서는 동사에서 다룬다고
하였다. 이곳의 다른 책은 유길준의 『大韓文典』(1909)를 가리킨다. 오창
환은 동사의 시간을 크게 '原時詞, 副時詞, 混時詞'로 나누고 '원시사'에
는 현재의 'ㄴ/는', 과거의 '앗/엇', 미래의 '겟'을 두었으며 관형사형의
시제도 같은 범주에 넣었다. '부시사'에는 '더'와 '앗겟, 앗섯'과 같이 과거
시제를 세밀하게 표현하고자 할 때 쓰인다고 하였다. 재미있는 관찰로
보인다. '혼시사'는 원시사나 부시사에 관형사형이 결합된 시제형을 뜻한
다. 국어의 시제체계를 합리적으로 처리하려고 한 흔적이 곳곳에 드러나
있다.

　　(5라)는 '겻씨'를 다룬 것이다. 겻씨란 '原詞'의 위격을 形成하여 주는
'吐'라고 정의하였는데 이는 모든 원사가 조사를 만나야 비로소 조직 있게
쓰임을 뜻한다. 조사에는 다음 4개를 두었다.

　　(5라) 조사의 갈래
　　　　　주어조사/종속어조사/보조어조사/수식어조사

주어조사는 '直主格, 呼主格, 任意主格'을 두었다. 직주격은 김두봉의 '임
자겻(主語吐)'에, 호주격은 '부름임자격'에 해당한다. 임의주격은 주어로
쓰이는 보조사를 가리키는데 김두봉은 이를 '돕음겻(補助吐)'으로 다루었
다. 종속어조사는 김두봉의 '딸림겻(從屬吐)'과 같은데 관형격조사 '의'와
관형사형어미를 포괄한 범주이다. 조사는 다른 조사의 아래에도 쓰이는

데 이때에는 끝에 쓰이는 조사가 그 격을 형성한다고 하였다. '말에서의'와 같은 예가 그것인데 조사의 분포와 기능을 면밀하게 관찰한 소치로 보고 싶다. 이곳에서 오창환은 다른 책에서 사용하는 '領助格, 形容格, 領格'을 소개하기도 하였는데 이 가운데서 '영격'은 이필수의 『선문통해』(1922)에 보인다. 보조어조사란 다른 문법서의 '관계격'의 일부분을 개칭하였다고 하지만 '表解 十四'가 결락(缺落)되어 정체를 잘 알 수 없다. 대체로 김두봉의 '매임겻(關係吐)'과 겹치는 면이 없지 않은것 같다. 수식어조사는 동사나 형용사 아래에 쓰이어 그 말을 수식어가 되게 하는 조사인데 보조어조사와 함께 조사 중에서 가장 복잡하다고 하였다. '表解十五'로 미루어 볼 때, 김두봉의 매임겻 중에서 동사와 형용사 아래 쓰이는, 부사성이 강한 연결어미를 확대하여 설정한 범주로 보인다.

(5마)(439쪽)는 종지사(맺씨)를 다룬 것이다. '詠嘆, 對語, 疑問, 命令 終止詞'의 넷을 두었다. 영탄종지사는 김두봉의 '홀로맺'과, 대어종지사는 '이름맺'에, 의문종지사는 '물음맺'에, 명령종지사는 '시심맺'에 각각 해당한다. 다소 차이가 있다면 심누봉은 존비의 등분을 해라, 하게, 합쇼/하소서의 3등급으로 나누고 있는데 대하여 오창환은 평교와 존대의 두 등급으로 보고 있다는 점이다. 그의 존비법에는 하게체가 빠져 있어 체계 전반을 잘 마무리했다고 하기가 어렵다.

(5바)는 '接續詞'(잇씨)를 다룬 것이다. 본래접속사와 전래접속사를 두고 있다. 본래접속사에는 접속조사 '과/와, 하고, 및'과 대등적 연결어미를 두었다. 김두봉의 '다맛잇'과 '두로잇'을 종합한 것이다. 전래접속사는 원사와 조사가 혼합하여 일종의 어구처럼 된 접속사를 일컫는데 현행 학교문법의 접속부사와 거의 차이가 없다. 연체접속사와 반복체접속사를 두었다. 전자는 순접접속부사이고 후자는 역섭접속부사이다.

(5사)는 '副詞(억씨)'를 다룬 것이다. 크게 본래부사와 전래부사를 두었

다. 전자에는 지시, 시간, 비교, 인정, 부정, 상태 부사를 두었다. 특히 상태부사에는 寫聲, 寫形 副詞를 두었는데 전자는 의성어, 후자는 의태어를 뜻한다. 대체로 김두봉의 체계를 근간으로 삼되 부분적으로 손질하였다. 김두봉의 '빛갈억'(색태부사) 대신에 '사형부사'를 넣은 것이 그러하다. 전래부사에는 '名副詞, 形副詞, 動副詞'를 두었다. 명부사는 명사가 부사로('방금'), 형부사는 형용사가 부사로('빨리'), 동부사는 동사가 부사로(덜, 넘우) 각각 전성하는 것이다. 김두봉의 책에는 보이지 않는다. 부사의 용법은 현행 학교문법의 용법과 큰 차이가 없다.

(5아)(439쪽)는 感歎詞(늑씨)를 다룬 것이다. '환희, 경악, 멸시, 응답, 긍정, 촉성(促醒), 무익, 유인'을 두었는데 김두봉을 발판으로 삼아 몇 가지를 더하였다. 감탄사의 용법을 문장의 처음에 쓰이는 것과 끝에 쓰이는 것으로 나눈 것이 주목의 대상이 된다.

제3편은 문장을 다루었다. 이곳에서도 '文章'(文 或 월)이라 하여 주시경, 김두봉의 용어인 "월"을 괄호 안에 넣었다. 품사편과는 달리 문장편에서는 완결된 문장자료가 많이 나오는데 내용은 모두 소련의 사회주의 혁명 노선과 관련되어 있다. 전체 목차를 보이면 다음과 같다.

(9) 『고려문전』의 문장편의 목차
　　가. 第一章 文章과 그 成分
　　　　文章의 成分/文章의 成分 排列法
　　나. 第二章 文節/
　　다. 第三章 文章의 種類
　　라. 第四章 文章符號

(9가)는 '문장'을 정의하였다. 진정한 의미의 문전은 문장뿐만 아니라 문장과 품사까지 총괄하여 문전이라 함은 그것을 연구하는 궁극적 목적이

문장에 있기 때문이라고 보았다. 김두봉의 문법에서는 볼 수 없는 상당히 진보적인 문법관을 피력하고 있다고 평가된다.

'문장의 성분'에는 주어, 종속어, 보조어, 수식어, 설명어의 다섯을 두었다. 김두봉보다 하나가 더 많은 것은 김두봉의 '매임겿'을 '보조어조사, 수식어조사'로 나누었기 때문에 이에 따라 성분의 수도 하나가 더 늘어난 것이다.

주어에서는 '單主語, 衆主語, 總主語, 小主語, 節主語, 宗主語'가 도입되어 있는데 이는 간접적으로는 유길준의 『대한문전』(1909)과 관련이 있고 직접적으로는 김두봉의 체계와 연결된다. 단주어는 김두봉의 '홋임자'와, 중주어는 '뭇임자'와, 총주어는 '큰임자'와, 소주어는 '작은임자'와, 절주어는 '마디임자'와, 종주어는 '으뜸임자'와 일치한다. 김두봉의 문법에 나오는 '붙음임자'와 '같음마디'에 대당되는 용어는 보이지 않는다. 김두봉의 주어 분류가 지나치게 추상적임을 깨달았을 가능성이 있다. 설명어에서도 주어의 하위 분류에 보조를 같이하여 '單說明語, 衆說明語, 節說明語, 小說明語, 總說明語, 宗主說明語'를 두고 있는데 주어와 함께 김두봉의 성분체계를 바탕으로 한 것이다. 단설명어는 '홋풀이'와, 중설명어는 '뭇풀이'와, 절설명어는 '마디풀이'와, 소설명어는 '작은풀이'와, 총설명어는 '큰풀이'와, 종주설명어는 '으뜸풀이'와 각각 일치한다. 이곳에서도 김두봉이 설정한 '붙음풀이'와 '같은풀이'는 보이지 않는다. 주어의 경우와 같은 사정으로 뺐을 가능성이 있다.

종속어는 종속격조사가 붙은 현대의 관형어에 일치하는 성분이다. 이곳에도 '單, 衆, 總, 連'에 따른 구분이 나와 있다. '連'은 종속어가 연속된다는 뜻으로 쓴 것 같다. 보조어는 보조격조사가 붙은 성분이다. 이곳에는 '單, 衆'에 따른 구분을 두었다. 수식어는 수식격조사가 붙은 것인데 여기에도 單, 衆의 구별을 두었다. 오창환은 주어와 설명어를 '주성분',

나머지를 '부속성분'으로 처리하였다. 반도 안에서 이런 개념의 용어가 쓰인 것이 훨씬 뒤라는 점과 관련시킬 때 선구적인 측면이 보이기도 한다.

'문장의 성분 배열법'에서는 정치법, 변치법, 문장의 성분생략은 유길준이나 김두봉과 큰 차이가 없다.

(9나)의 '文節'에는 독립절, 부분절, 부속절/원절을 두고 있는데 이는 김두봉의 '홀로마디, 조각마디, 붙음마디, 으뜸마디'와 일치한다.

(9다)는 문장의 구조적 분류이다. '單文, 重文, 複文, 疊文, 混文'의 다섯 가지를 두었다. 김두봉의 체계를 그대로 가져왔다. 단문은 '홋월', 중문은 '줄월', 복문은 '겹월', 첩문은 '덧월', 혼문은 '모월'에 각각 일치한다.

(9라)는 문장부호를 다룬 것이다. 우리말의 문장부호는 일찍이 상해와 북경에서 활동하고 있었던 김영창과 양명에 의하여 필요성이 인식되어 시안이 발표된 바 있고 이상춘의 『조선어문법』(1925)에서 응용화가 모색되었으며 그 이후는 『한글마춤법통일안』에서 정식으로 철자법의 한 부문으로 편입되었음을 확인한 바 있다.[23] 그런데 『고려문전』에서 문장부호가 취급되어 오히려 반도 안보다 먼저 표준화가 이루어졌다. 오창환은 문장부호 사용의 의의와 그 통일에 대하여 다음과 같이 말하고 있다.

> (10) 모든 文章의 意味를 直視的으로 一層 明瞭하게 하기爲하여, 文章의 表記上에 種種의 符號를 사용하는 일이 있다. 그런데, 우리의 一般文章의 表記에 있어서는, 그符號의 사용이 統一的으로 規定된 일이 없다. 그러나 이제붙어는 그 사용을 一般的으로 實行하며 또는 그 用法에서 正當한 慣習을 얻도록 用力할것이다. (원문대로, 97쪽)

---

23) 관련 논의는 고영근(1997나/1998: 17, 30, 35쪽, 본서 323, 337, 332쪽)을 보라.

(10)을 통하여 우리는 문장부호 사용의 의의가 의미를 분명히 하는 데 있다는 것을 알 수 있다. 이전의 누구보다도 그 의의를 적실하게 표현하였다고 평가할 수 있다.

문장부호에는 10개를 두었다. '終止點, 句節點, 重句點, 半重點, 引用號, 連結線, 括線, 括弧, 括感歎票, 問票'가 그것이다. 앞의 김영창과 양명보다는 수효가 적지마는 문장부호의 이름을 주고 용법을 자세히 밝혔다는 점은 주목의 대상이 된다. 우리글의 문장부호의 용법이 언어학적인 토대 위에서 올바로 정립된 것은 최현배의 『우리말본』(1937)에 와서야 가능하였다는 점을 지적해 두는 바이다.[24]

4. 고려어 규범의 보급과 이에 따르는 문제

조선총독부의 『諺文綴字法』과 『한글마춤법통일안』이 보급과정에서 많은 문제점이 있었던 것처럼,[25] 고려어의 규범 역시 그 보급이 순탄하지 않았다. 『高麗文典』이 간행되자 게봉우는 1930년 11월 12일부터 1930년 12월 7일 사이에 9회에 걸쳐 오창환의 저서를 비판하는 「고려문전과 나의 연구」라는 글을 『선봉』에 기고하였으며 오창환은 게봉우의 비판에 대하여 같은 지상에 「고려문전과 나의 연구를 닑고서」를 1930년 12월 17일부터 1931년 3월 17일 사이에 10차례에 걸쳐 기고하였다. 전후 20차례에 가까운 열띤 논전이 해를 넘겨 가며 계속되어 소련의 고려인 사회의 우리 어문의 표준화가 반도 안의 것에 못지 않은 아픔을 겪어 가며 이루어졌다는 사실을 확인할 수 있다.[26] 게봉우는 고향에서 중학교를 마치고

24) 관련 논의는 고영근(1995가: 431-33쪽)을 보라.
25) 관련 논의는 고영근(1997나, 본서 381-418쪽)을 보라.

뒤에 함흥 영생중학교, 간도 광성중학교 등에서 우리말을 가르쳤으며
1924년부터『붉은 아이』등의 우리말 교과서의 편찬에 종사하였고 고려
사범대학 교수를 지내다가 1959년 작고할 때까지 민족어 문법과 교재를
많이 저술하고(뒤에 나옴) 문학사와 역사 방면에도 많은 업적을 쌓았다.27)

먼저 계봉우는 고려어 문전회의가 있고 난 뒤, 현장에서 가르친 경험과
연구한 바에 기대어『고려문전』의 결함을 지적하면서 다음 8개 주제에
걸쳐 오창환의 견해를 비판하고 자신의 대안을 제시하였다.(괄호 안의 숫자
는『선봉』의 홋수를 가리킴)

(11) 계봉우의 오창환에 대한 비판 내용
　　가. '자음'이라는 용어 대신 '초성, 종성'이라는 이름을 사용하는 것이
　　　　옳다.(501호)
　　나. ㅂ-불규칙활용의 원형을 밝혀 적는 것은 옳지 못하며 불규칙동사
　　　　를 인정하여 소리나는 대로 적어야 한다.(502호)
　　다. 옛 이응을 살려 '소아지'와 같이 적는 것이 옳다.(502호)
　　라. ㄷ-불규칙활용을 'ㄹ'에서 'ㅅ'으로 바뀌었다고 보는 것은 옳지
　　　　못하며 사이시옷을 허용하지 않는 것은 잘못이다.(503호)

---

26) 관련 정보는 킹(1992), 고송무(1993)에서 볼 수 있는데 자세한 내용은 전자에서
볼 수 있다. 한편 지은이는『선봉』영인본(고려서점, 1994)을 통하여 관련 자료를
많이 볼 수 있었다. 그러나 이곳에서도 오창환의 답변은 1(515, 1930. 12. 17),
5(527, 1931. 1. 19), 8(535, 1931. 2. 1), 9(545, 1931. 3. 5), 10(546, 1931. 3.
17)의 5회만 볼 수 있고 나머지 기고분은 결락되어 있다. 또 제 545호는 8회로
되어 있으나 중복이 되기 때문에 9회로 바꾸었으며 최종 연재분인 9회도 10회로
고쳤다. 그런데 앞의 킹과 고송무의 기고에는 오창환의 답변이 2회 연재가 전부
인 것으로 보고하고 있으나 10회에걸쳐 연재되었다는 사실을 지적해 두는 바이
다. 어쨌든 1회와 마지막 회의 기고분을 볼 수 있어 논쟁의 전말을 파악하는
크게 부족한 점이 없어 보인다.

27) 관련 내용은 마주르(1991), 고송무(1993),『北愚桂奉瑀資料集』(1)(2)(1996)(1997)
(한국독립운동사자료집)에 실린 조동걸과 윤병석의 해제를 보라. 마주르(1991)
에서는 연희전문학교 제1회 졸업생이라고 말하고 있으나 고송무(1993)의 연보
에는 나경중학교(?)를 다닌 것이 학력의 전부인 것으로 나와 있다.

마. 쌍리을로 소리나는 것은 '홀너'와 같이 'ㄹㄴ'으로 적어야 한다.
   (504호)

바. 장모음을 인정할 필요가 없다. '처음, 마음'을 '첨, 맘'으로 축약하자
   는 것은 어원을 알기 어렵게 하기 때문에 옳지 않다.(506, 507호)

사. 자음동화 규칙이 잘못되었다.(508호)

아. 접미명사와 전치형용사는 잘못이기 때문에 접두어와 접미어로 바
   꾸어야 한다.(509호)

자. '사람, 주검'은 '사름, 주금'으로 적어야 하며 마르(N. Marr)의 'Stadial
   Theory'에 기댄 어원해석을 할 필요가 있다. 후자는 '다리(각)'를
   '닫다'의 불규칙어간 '달'과 관련시키는 것이 그러하다.(511, 512호)

『한글마춤법통일안』의 관점에 서면 계봉우의 비판은 경청의 대상이 되는
것도 없지 않다. 특히 (11나, 라, 바, 아)는 한글맞춤법통일안에 그대로
수용된 것도 없지 않기 때문이다. 그리고 우리말의 어원에 대한 유물론적
해석은 옳고그름과는 관계없이 최초의 시도라는 점에서 주목되어야 한
다. 이런 해석들은 해방후 북한에서 시도되었다.

세봉우는 뒤에 『조선문법』(1947), 『조선말의 되어진 법』('1955), 『이두집
해』(1943), 『북방민족의 말』(1955) 등 우리 어문 전반에 걸친 업적을 많이
남겼고 그밖에 문학, 역사, 농업, 설화 등에 관련된 저술을 남겼는데,[28]
우리 민족어문에 대한 조예가 상당하였다고 보여진다. 그리고 계봉우의
글을 통하여 오창환은 김두봉의 두 번째 저술인『깁더조선말본』을 많이
참고하였다는 사실을 알 수 있다.

한편 오창환은 계봉우의 주장이 터무니없는 변론이라고 지적하고 논쟁
의 경위를 밝히었다. 사실 1929년 해삼위에서 열렸던 제1차 회의에서는

---

28) 관련 정보는 고승무(1993)와 독립기념관 한국독립운동사연구소 편,『북우 계봉
   우 자료집(1)』(1997)의 해제「북우 계봉우의 생애와 저술활동」(조동걸 집필)에서
   볼 수 있다.

오창환의 원고와 게봉우의 원고가 함께 상정되었는데 게봉우의 원고는
내용이 너무나 황당하여 회의에 상정조차 되지 못하였으며 따라서 오창환
의 원고가 두 번의 회의를 거쳐 출판되었기 때문에 그 저작권이 자기에게
귀속되었다고 하였다. 당시 오창환의 이론에 반기를 든 사람은 게봉우와
강채정이었다. 두 사람은 나중에 『고려어 교과서』를 편찬하게 된다.(뒤에
나옴). 오창환의 증언이 사실이라면 게봉우의 비판은 비판의 윤리를 어겼
다고 할 수밖에 없으며 다른 사람의 평가대로 오창환의 승리로 끝났다고
보아야 할 것이다.[29) 고려어 철자법의 심의중에 일어난 비판과 토론이
아니라 『고려문전』이 공간된 다음의 비판이라는 점에서 그렇게 판정해도
잘못이 없다고 하겠다.

　오창환은 게봉우에 대한 비판에서 게봉우의 연구는 관념적·피상적이
며 단어의 성질과 구성법칙을 모른다고 말하고 최종호에서 조선문전의
과업을 다음과 같이 들었다.

　　(12) 조선문전의 당면과업
　　　　가. 표기법의 정리
　　　　나. 언어의 조직법 정리
　　　　다. 통일적 표준어 보급
　　　　라. 군중적 실용화

(12가)는 철자법을 정리하고 문장부호를 정확하게 사용하도록 한다는
것이다. (12나)는 문장을 올바르고 평이하게 조직하도록 해야 한다는
것이다. (12다)는 '남기, 남그, 굼기'와 같은 말을 버리고 '나무, 구무'와
같은 표준어휘를 사용해야 한다는 것이다. (12라)는 철자법을 민중에게

---

29) 관련 논의는 고송무(1993)에서 볼 수 있다. 고송무의 보고에는 이런 자세한
　　내용을 볼 수 없다.

더욱 쉽게 보급될 수 있도록 노력해야 한다는 것이다.

그러면 1930년에 제정·공간된『고려문전』의 철자법과 문법은 어떠한 과정을 밟아 보급되었을까? 이 문제를 풀기 위하여는 당시 원동에서 발간된 잡지나 신문을 먼저 검토해야 하겠으나 현재 그 자료를 볼 수 없어 이곳에서는 지은이가 최근에 입수한 오창환의 중등학교『조선어 문법교과서』(문장론)과, 강채정·계봉우의『고려어 교과서』를 대상으로 하기로 한다.

오창환의『조선어문법교과서』[30]는 원동 변강 인민교육부장의 인준을 받아 1934년 10월에 초판이 나오고 이듬해 1935년 1월에 제2판이 나왔다. 출판사는 "련합국립출판부 - 원동국립출판부"이다. 크기는 신국판, 모두 145쪽이다. 교원 참고용이었던 앞의『고려문전』의 체계와 용어를 중심으로 중등학교 6-7학년용으로 엮은 것이다.

중요 목차를 적어 보인다.

(13) 오창환의『중등학교 조선어문법교과서』
　　　　머릿말
　가. I. 품사론에 대한 련습과 보충
　나. II. 간단한 구어
　다. III. 복잡한 구어
　마. IV. 장문
　　　　부록 - 언어학과 조선어학사의 개요/련습재료

모두 한글 전용으로 되어 있다. 국한문 혼용이었던『고려문전』과는 대조적이다. 당시의 반도 안의 총독부 교과서가 국한문혼용이었던 사실과

---

30) 이 책은 서울대학교 고(故) 김광해 교수가 지은이의 연구를 위하여 특별히 대여해 주셨다. 이 자리를 빌어 고인의 명복을 빌어 마지 않는다.

비교해 보면 당시 소련의 고려인 사회의 민족어에 태도가 어떠하였는가를 짐작할 수 있다. 철자법 규정을 특별히 베풀지는 않고 주로 품사와 문장 및 문장 결합체를 중심으로 실천 위주의 문법을 다루었다. 그러나 지문이나 예문은 모두 고려어 철자법으로 통일시켰다. '머릿말'에는 책의 성격 및 체재를 베풀었다. 앞의 『고려문전』에서는 합성어에서 사이시옷을 쓰지 않기로 하였는데 이곳에서는 「머릿말」에서 보듯이 사이시옷이 사용되었다. 이에 대한 계봉우의 비판이 있었음을 앞에서 보았는데 그 사이 부분적 개정이 있었는지 현재로서는 확인할 길이 없다.

(13가)에서는 명사, 대명사, 동사, 형용사, 부사 등 기본 품사의 식별과 관용적 표현을 다루었다. 특히 이곳에서는 『고려문전』의 '吐詞'를 '관능어'라 달리 부르면서 그 용법을 자세히 베풀었다. (13나)에서는 홑문장의 구성, 성분의 배열, 도해를 다루었는데 성분의 배열을 다루는 마당에서는 쉼표의 용법과 관련시킨 것이 주목된다. (13다)에서는 겹문장의 구성과 도해를 다루었다. (13라)에서는 문장의 결합체인 '장문'의 구성을 다루었다. 이는 현대언어학의 텍스트문법의 전개라 할 수 있는데 이곳에서는 문체와 문장부호에 대한 지식도 도입하였다. 우리 민족의 중등학교 문법 교과서에서 텍스트 단위를 설정한 것은 이책이 처음이 아닌가 한다. 우리 쪽에서는 60년대 후반의 검인정 문법 교과서에 이 문제가 다루어진 일이 있고 80년 중반에 나온 『고등학교 문법』에 "이야기"란 이름 아래 텍스트문법이 얼굴을 내밀었다.[31]

부록에서는 일반언어학과 우리 어학사를 개관하였다. 일반언어학은 언어 발생과 민족어의 성립 등 변증법적 유물론에 근거를 둔 언어학의 지식을 평이하게 서술하였다. 언어가 사회·경제적 발전과 더불어 발전

---

31) 대표적으로 정인승의 『표준문법』(1968), 강복수·유창균의 『문법』(1968)을 들 수 있다.

한다는 명제를 바닥에 깔고 있다. 이러한 명제에 입각하여 조선어 발전의
역사와 문자의 문제를 비롯하여 방언, 문어, 숙어, 이어, 외래어를 다루었
으며 조선어 문법연구의 역사를 자세히 다루었다. 유물론적 관점에서
우리 민족어의 형성과 발전을 다룬 것은 해방 후 북한에서 처음 시도되었
는데,32) 소련의 고려인 사회는 벌써 30년대에 이런 해석을 내려 교과서에
넣고 있는 것이다. 이곳에서는 최광옥(=유길준)으로부터 주시경, 김두봉,
이윤재, 이상춘을 거쳐, 1932년의 東亞日報의 연재물 「新綴字法」(앞에
나옴, 411쪽)까지의 문법연구의 역사를 개관하면서 주시경이 초기에 문법연
구를 많이 하였고 제자를 많이 길러 내었다고 그 공적을 높이 평가하였다.
앞에서 지은이는『고려문전』을 집필할 때 반도 안에서 나온 대부분의
문법서와 관련 정보를 보았으리라고 추정한 일이 있었는데 여기에서 그런
사실이 증명되는 것이다. 사실 계봉우의 기고를 보면 오창환이 김두봉의
저술을 무비판적으로 수용하였다는 언급을 더러 볼 수 있는데 김두봉의
문법은 반도 안뿐만 아니라 반도 밖에서도 큰 영향을 미치고 있었음을
알 수 있는 것이다. 그리고 조선어문법 가운데서도 문장론 방면의 연구가
매우 미진하다는 소견도 붙이었다. 「련습재료」에서는 (11)의 이론적 문제
를 구체적 문장을 가지고 풀어 보는 문제를 내어 이론의 실용화를 꾀하
였다.

　다음으로 참고할 만한 자료는 강채정·계봉우의『고려어교과서』(일권,
일이학년용)인데 레쎄베쎄르 교육인민부 위원부의 인준을 받아 1937년 원
동변강국립출판부(하바롭스크)에서 출판된 것이다. 크기는 신국판, 모두
74쪽이다. 강채정과 계봉우는『고려문전』의 두 차례에 걸친 심의회에
참가한 일이 있고 특히 계봉우는 (11)에서 본 바와 같이 1930년에『고려무

---

32) 북한의 우리 민족어의 형성과 발전에 관한 연구는 류창선이 처음 시도하였다.
　관련 정보는 고영근(1994: 495쪽)를 보라.

전』을 비판한 바 있다.

   (14) 강채정·계봉우의 『고려어 교과서』의 목차
      가. 제일학년급
         말하는 법과 쓰는 법/ 말이 되어진 법과 쓰는 법/ 쓰는 법과 닑는
         법/ 한자 받힘으로 된 말들/두자 받힘으로 된 말들
      나. 제이학년급
         쩌른 말과 긴말/ 모음의 합하고 줄어짐에 대한 련습/ 말줄기와
         말토/일홈으로 된 단어에 쓰이는 토

(14가)의 일학년급에서는 자모 익히기, 발음법, 받침 분별하기를 다루었
다. 자모의 이름은 『고려문전』과 같다. 적을 때에는 '쓰어라'와 같이 원형
을 밝히되 읽을 때에는 '써라'와 같이 발음하라고 하였다. 『고려문전』에서
는 모두 적을 때나 읽을 때나 모두 '써라'와 같이 한다고 규정하였는데
이 책에서는 그 사이 규정이 바뀌었는지 달라져 있다. '짓다(建), 긋다(劃)'
의 어형을 '짛다, 긇다'로 잡은 것이 특이한데 전자는 역사적으로 근거가
있어 경청의 대상이 된다. 띄어쓰기는 '쩌른말'을 단위로 하라고 하였는데
이는 대체로 어절에 해당한다. 『한글마춤법통일안』의 것과 비슷하다.
받침은 28개인데 『고려문전』과 차이가 없다. (14나)의 이학년급에서는
존비법, 문체법, 조사의 용법을 다루었다. 존비법의 체계를 크게 높임과
낮춤으로 보는 점에는 오창환과 차이가 없으나 오창환의 '평교'와 '존대'를
'대등법'과 '존경법'으로 고친 것이 다르다.
    철자법을 보면 『고려문전』에서 사용을 금지한 사이시옷이 부활되어
'일ㅅ수'와 같은 예가 나오는데 사이시옷의 사용은 앞의 오창환의 교과서
에도 볼 수 있었다. 'ㄷ' 불규칙활용의 '듣는다'를 '들는다'로 적고 있는데
이는 오창환이 '듣다'의 어간을 '들다'로 잡은 데 연유한다. 오창환의 '原詞'

를 ‘말줄기’, ‘吐詞’를 ‘말토’로 바꾸었다. 초급학년의 교과서란 점을 감안하여 쉬운 말로 바꾸지 않았나 한다. 이곳에서는 또 극단적인 어원 밝히기의 예가 많이 나온다. ’나이‘를 ’낳이‘로, ‘나쁘다’를 ‘낮브다’로, ‘수컷, 암컷’을 ‘숳것, 앓것’으로, ‘불긋불긋’을 ‘붉잇붉잇’으로, ‘뜨락’을 ‘뜰악’으로, ‘조금’을 ’족음‘으로 적는 것이 그러하다. 이는 모두 극단적 형태음소적 원리를 지향하는 주시경과 김두봉의 철자법이론의 영향을 받았기 때문이다.

이상의 두 교과서의 검토에 의하여 우리는 1930년의『高麗文典』의 철자법과 문법규범이 시행 과정에서 같은 심의위원들의 비판을 받은 바 있고 그러는 과정에서 변색된 바 없지 않았다는 사실을 지적할 수 있었다. 이는『한글마춤법통일안』이 시행과정에서 몇 차례 개정이 이루어진 사실을 고려할 때 그리 큰 문제는 아니다. 어쨌든 규범을 만들어 이를 현실적인 언어생활에 적용하여 민족어교육을 통제하였다는 자체가 중요하다고 생각한다.

5. 고려인 사회와 사할린 지역의 민족어 보급 양상

극동 연해주에 60여년 간 삶의 터전을 일구어 살던 고려인들은 1937년 가을에 불모의 땅 중앙아시아 지역으로 강제 이주를 당하였다. 앞에서 본 바와 같이, 고려인들은 1920년대 중반부터 체계적 교과서 편찬 등 민족어 교육을 실시하기 위한 제반 준비를 진행해 왔으며 1930년에는 오창환의『고려문전』으로 대표되는 민족어 규범을 만들어 언어・문자 생활을 통제하는 데 성공하였다. 처음에는 각 부락마다 신학교 또는 서당을 동하여 민속어 교육을 시켰고 1930년대에는 초등학교가 300여 군데, 초급중학교가 56군데나 설립되었으며 이를 전후하여 사범전문학교가 두

개나 생기고 1931년에는 고려사범대학이 설립되어 민족교육을 담당하는
요원을 양성하기 시작하였다. 해방 후 북한에 와서 김일성대학 러시아
문학과 강좌장을 지내기도 하였고 북한의 초기 문법서『조선어문법』
(1949)의 편수위원이었던 명월(明月)도 1935년에 고려사범대학 조선어문학
부에 입학하였던 사람이었다.[33]

　신한촌에는 조선극장이 있는가 하면 민족어 잡지『고향』과 신문『선봉』,
『레닌의 길대로』가 간행되었다. 고려사범대학 교수로는 앞서 든 오창환
과 계봉우 밖에 심대일, 김도운, 나 헌, 정동호 등 반도로부터 모여 든
사람들로 교수진이 편성되었다. 1930년대 중반기까지는 그야말로 민족어
교육의 전성기였다.[34] 이렇게 민족어 교육이 발흥하게 된 이면에는 소련
공산당의 민족어 장려정책이 뒷받침되어 있기 때문이었다.

　그런데 고려인들의 민족어 교육은 1937년의 강제 이주를 계기로 하여
새로운 국면에 접어들었다. 1938년 1월에 '민족학교 개편에 관한 결정'이
공포되었기 때문이다. 그 내용을 인용하면 다음과 같다.

　(15) 인민교육기관들에서 판을 치는 부르죠아 민족주의자들은 특수 민족학교
　　　들을 만들어 놓고 (독일인, 조선인, 우스베크인, 꾸르드인, 둔간인, 쮸르
　　　크인, 유태인 학교들) 그 학교들을 아동 교육에 대한 부르쥬아－민족주
　　　의 영향의 근원지로 만들었는바 이것은 옳은 교양과 교육에 큰 해를
　　　끼쳤으며 아이들을 쏘베트 생활에 접촉치 못하게 하였으며 그들이 쏘베
　　　트 문화와 과학을 인식치 못하게 하였으며 고등교육기관들과 전문학교
　　　들에서 교육을 받지 못하게 하였다.[35]

33) 명월봉과 함께『조선어문법』편수에 참석하였던 '허익(許翼), 김용성(金龍成)'도
　　고려인이었다. 지은이는 고영근(2001: 184쪽)에서 위의 두 사람이 어떤 인물
　　인지 모른다고 하였다. 그런데 김연수(1986: 71쪽)을 보면 고려인이라고 명기되
　　어 있다.
34) 이 방면의 정보는 한득봉(1991), 명월봉(1991), 마주르(1991)를 보라.
35) 이 인용문은 명월봉(1991)에서 뽑은 것이고 한득봉(1991)에서도 비슷한 내용을

위의 결정에 따라 민족 간부에 대한 대중적 탄압이 계속되었고 민족어 교육과 민족교육에 종사하는 사람들을 인민과 당의 원수라는 딱지를 붙여 놓고 처벌하기 시작하였다. 당시 사범대학에 초빙교수로 와 있던 북한의 민족어학자 김병제가 체포되고 시인 조명희가 목숨을 잃은 것도 모두 소수 민족의 언어와 문화를 말살하고자 하는 소련 공산당의 책동 때문이 었다.

1938년에 금지된 민족어 교육이 언제 부활되었는지 자료가 없어 확언 할 수 없으나 게봉우가 1947년 5월에 낸 『조선문법』의 「머리말」을 보면 우여곡절이 많았음을 알 수 있다. 게봉우는 10년 동안 중단된 민족어 교육이 부활된다는 정책에 따라 각급 학교 민족어 교과서의 편찬에 몰입 하였는데 그 정책이 다시 철회되었다. 그럼에도 불구하고 게봉우는 위의 책을 자신이 직접 필경하여 프린트판으로 간행하였던 것이다.36) 이와는 관계 없이 1949과 1952년에 김병하, 한득봉, 한순천이 짓고 마주르가 ㎖열한 소학교용 『조선이독본』 3권과 『조신말본』이 쏘베트 연방 사회주 의 공화국의 인준을 받아 나온 것을 보면 1940년대 말에 민족어 교과서가 부활된 것이 틀림없다. 그리고 1954년에는 김병하와 황윤준의 중등학교 용 문법 교과서가 나왔다.37) 현재까지는 1958년까지의 자료만 갖추고 있어서 그 이후에 민족어 교육의 상황에 대하여는 유감스럽게도 언급할 수 없다.

다음으로 사할린 지역의 민족어 부활·수호 양상을 보기로 한다. 1926 년의 통계에 의하면 당시의 사할린의 조선인의 수효는 3,500여명이었고 이듬해에는 조선인 소학교가 설립되었다. 1930년대 초에는 240여개의

볼 수 있다.

36) 해방 후의 게봉우의 문법서 서술에 대하여는 고영근(2001다: 217-22쪽)을 보라.
37) 1940년대 말부터 1950년대 말까지의 민족어 교과서 편찬에 대하여는 고영근 (2001다: 222-32쪽)을 보라.

소학교가 세워질 만큼 조선인이 폭증하였다. 1939년부터는 조선인 노무자들이 대거 들어가기 시작하였으며 해방 직후에는 4만 3천여명의 조선인들이 살고 있었다.[38] 그러면 해방이 되면서 조선인들은 어떻게 민족어를 회복하였는가 하는 문제를 구명해 보기로 한다.

해방 후 조국으로 돌아가지 못한 4만여명의 동포가 살고 있었으며 1949년부터는 『레닌의 길로』라는 한글 신문도 나왔다. 사할린은 일제 강점기에는 '華太'(화태)라 불렸었다. 이들 교민들은 조국으로 돌아가는 기회를 얻지 못한 채 일본인들이 남기고 간 교사를 인수하여 민족교육을 실시하였다. 소련 지역의 민족어 교육은 앞에서 본 바와 같이 중앙 아시아 지역만 어느 정도 알려져 있었고 사할린 지역은 자료가 갖추어지지 않아 그 실상을 전혀 알 수 없었다. 사할린에서 거주하던 김병하가 앞에서 본 바와 같이 모스크바를 왕래하면서 민족어 교과서 편찬에 관여하였다는 정도밖에는 알려지지 않았다. 그런데 최근에 얼굴을 내민 유시욱(柳時郁)의 프린프판 『朝鮮文典』(1947)에 의하여 사할린 지역의 민족어 교육의 실상을 어렴풋이나마 짐작할 수 있게 되었다.[39]

유시욱(1920~1962)은 경상북도 의성 고실촌 출신으로서 김천고등보통학교에서 수학하였고 1942년에 사할린에 강제 징용을 당하여 화부(火夫)로 일하였으며 해방 후에 조선 7년제 중학교 국어 교사로 부임하여 민족어

---

38) 이 통계는 김연수(1986: 89-90쪽)에 기대었다. 사할린 지역의 조선인의 이주 상황에 대하여는 앞에서 든 한국정신문화연구원백과사전(권 11)(1989)의 '사할린한인사회', 일제강점하강제동원피해진상위원회 편의 『검은 대륙으로 끌려간 조선인들』(강제동원 구술기록집 ②)(2006)의 '사할린 연표'를 보라. 그런데 김연수가 필자로 되어 있는 앞의 백과사전에는 "1945년 당시에는 약 38만명이 있었다고 하나 중앙아시아 등지로 이주하여 현재 4만여명이 있다"고 기술하고 있으나 이는 백과사전 편집시의 잘못으로 보인다. 수정되기를 바란다. 38만명은 전 사할린에 거주하던 일본인의 숫자이다.

39) 자세한 내용은 유시욱(1947/2006)에 실린 고영근(2006라)의 해설과 장남 유종하 님의 후기를 보라.

교육에 종사하면서 앞에서 언급한 김병하로부터 우리말 문법을 배워『朝鮮文典』을 저술하면서 조선어 교육에 헌신하였었다. 나중에는 조선인 중학교가 폐쇄되어 막노동을 하면서『山中半月記』라는 일기체의 자전적 수상집을 내기도 하였던 인텔리였다 영인본『朝鮮文典』앞에 붙인 4점의 사진을 보면 사할린 조선인민학교 교원 강습, 교원 동화(同化) 방식 협의회가 열렸고 교원 및 학생들과 사진을 찍은 것도 볼 수 있다. 이러한 증거물을 보면 당시의 민족어 교육이 상당히 체계적으로 이루어졌음을 추상할 수 있지만 그 이상의 사정은 알 수 없다. 앞으로 자료가 보강되어 사할린 지역의 민족어 교육의 양상이 더 분명하게 밝혀지기를 바란다.

6. 마무리를 지으며

지금까지 지은이는『고려문전』을 중심으로 1920년대에 수행된 소련 고려인 사회의 민족어문의 표준화운동의 전개 양상과 보급에 관련된 문제를 건드려 보았다. 아울러 해방 후의 사할린 지역의 민족어 부활 양상도 그런 대로 추적하여 보았다. 논의된 바를 간추려 보기로 한다.

1. 소련의 고려인 사회에는 이미 1910년대 중반부터 주시경의 철자법, 가로풀어쓰기, 언어정화의 바람이 불어들어 그곳 고려인 사회의 민족어 교육에 응용되어 오고 있었다.

2. 고려인들이 처음부터 지향해 온 철자법은 대체로 주시경과 김두봉의 형태음소적 원리에 기대고 있었다. 이는 고려인들의 민족어 교육이 본격화한 1920년대 전반부터 하나의 흐름을 이루어 오다가 1929년부터 기틀을 잡아 나가기 시작하였다.

3. 소련 고려인 사회의 표준화 작업은 1930년에『고려문전』에서 완결

되었다. 『고려문전』은 오창환이 저술하여 1929년부터 1930년 사이에 2차에 걸친 심의를 받아 간행된 소련 고려인들의 철자법이자 규범문법서로 주로 교사용 참고서의 성격을 띠고 있었다.

4. 『고려문전』은 3편으로 되어 있다. 제1편은 문자, 제2편은 품사, 제3편은 문장이다. 철자법에 관련된 규정은 제1편에 주로 실려 있고 제2, 3편에도 관련 규정이 있다.

5. 철자법상의 큰 특징은 받침의 종류를 많이 잡아 의미부와 형태부를 밝혀 적는 형태음소적 리를 지향하고 병서를 채택하였으며 가급적 소리나는 대로 적는 관점을 취한 것이다. 경우에 따라 표기법과 독법을 달리 규정한 것도 눈에 띈다. 국한문혼용을 한다는 원칙 아래 한자의 훈과 음에 대한 규정을 두고 문장부호를 표준화하였다는 것도 큰 특징이다.

6. 문법부는 주로 김두봉의 『조선말본』에 기대되 자신들의 관점에서 비판·수용하는 태도를 취하고 있었다. 품사는 8품사로서 김두봉의 체계에서 관사(흔히 관형사)를 제외한 것이 특징이다.

7. 『고려문전』이 나온 뒤, 저자인 오창환과, 반대의 입장에 섰던 게봉우 사이에 토론이 전개되어 아픔을 겪기도 하였지만 일단은 오창환의 승리로 끝났다고 말할 수 있다.

8. 『고려문전』의 철자법과 문법은 오창환의 『조선어문법교과서』(1934)와 강채정·게봉우의 『고려어교과서』(1937)를 거치는 동안 부분적인 굴절을 거치면서 정착되어 나갔다.

9. 사할린은 해방과 동시에 일본인 학교에서 초중등 학교에서 민족어 교육이 실시되었다. 사용된 교재는 김병하와 유시욱의 저술이었다,

『고려문전』이 가장 많이 기댄 문법서는 김두봉의 『조선말본』(1916)이었고 『깁더조선말본』도 참고한 것으로 보인다. 그밖에 유길준의 『대한문

전』(1909), 김희상의『초등국어어전』(1909), 주시경의『국어문법』(1910), 안
확의『조선말본』(1917), 김두봉의『깁더조선말본』(1922)고 일본의 조선어
학자 다카하시의 문법('199)도 보았으며 1920년대 후반의 반도 안의 철자
법 논쟁과 동인지『한글』등의 기고문도 적지 않게 참고한 것으로 보인다.
『고려문전』의 철자법 제정과 문법의 표준화는 반도 안의 흐름에 같이
숨을 쉬면서도 이를 먼저 수행하였고 결과적으로는 뒤의 반도 안의 표준
화와 유기적 관련을 맺을 수 있었다는 데 그 특징을 구할 수 있다. 이는
궁극적으로 당시의 한국어문의 표준화가 크게는 주시경 이래의 형태음소
적 원리라는 큰 흐름을 타고 있었기 때문이었다. 소련의 민족어문의 표준
화를 위한 노력은 해방 후에도 관련 업적을 볼 수 있다. 이들이 북한의
철자법과 어떤 관계를 맺어 왔는가 하는 문제는 다른 기회에 논하고자
한다. 유시욱의『朝鮮文典』은 오창환과 계봉우 등의 고려인들의 문법
연구와 조선어학회의 한글맞춤법 통일안에 기대어 저술되었다.

　지은이는 고려인 사회의 민속어 수호 및 발전에 관한 문제만 다루었다.
우리 민족은 19세기 중반 이래 앞의 소련 지역 밖에도 중국, 특히 옛
만주 지역과 미주 지역으로 이주의 발길을 옮겼으며 일제 강점기에는
일본 지역으로 삶의 터전을 찾아 나섰다. 이들 거주 지역에서는 민족어가
어떻게 보존되고 망각의 과정을 밟아 왔는가 하는 문제에 대하여는 관심
조차 기울이는 일이 없었다. 지난 1세기 반에 걸쳐 우리 민족이 이룩한
발전상은 국가의 인지도를 높이는 데 큰 몫을 하였으며 이에 따라 재외
교민들의 민족적 자긍심도 과거 어느때 보다 높아져 있다. 이른바 '韓流'
바람에 힘입어 우리말이 중요한 외국어로 부상하여 각 나라에 한국학과와
한국어 과정이 나날이 늘어가고 있다. 이러한 시대적 요구에 부응하려면
우리의 민속어가 걸어온 발자취를 세밀하게 추적하는 방면의 연구를 활성
화할 필요가 있다고 생각한다.

참고논저

※이 참고논저에는 원칙적으로 정식 학술지에 실린 것만 게재 면수를 밝히고 학술지나 그에
  준하는 단행본에 실린 것이라도 뒤에 다른 단행본에 실린 것은 게재 면수를 밝히지 않았다.
  같은 사람이 같은 해에 두 편 이상을 집필하였을 때에는 '가,나,다 … ' 로 구분하였다. 그리고
  『歷代韓國文法大系』(제1판: 1977~1986, 제2판: 2008)은 『歷文』이란 약호를 사용한다.
  이 약호는 본문에서도 사용되어 있다. 빗금(/)의 앞의 연대는 처음 발표된 연대를. 뒤의 연대는
  단행본에 실린 연대를 가리킨다. 이곳에서는 원칙적으로 단행본만 제시한다, 성명은 한글로
  적되 과거에 한자 성명을 사용한 학자들이나 일본인 학자들은 특별히 괄호 안에 한자 성명을
  보이었다.

간노(管野裕臣)(1997),「구소련의 한국학 연구」, 서울대학교 인문과학연구소 발표
  논문.

간행위원회 편(2002), 『한국어와 정보화』-愚山 洪允杓 敎授 回甲 紀念論文集
  -, 태학사.

강복수(姜馥樹)(1972), 『國語文法史研究』, 형설출판사.

강신항(姜信沆)(1965),「이윤재」,『한국의 인간상』, 신구문화사.

강신항(1970),「이윤재」,『韓國近代人物百人選』(신동아 별책부록), 동아일보사.

강신항(1990),「訓民正音研究」(增補版), 성균관대학교 출판부

고도흥 편저(1998), 『북한의 음성학 연구』, 한국문화사.

고바야시(小林英夫)(1934), 『言語美論』, 東京岩波書店

고송무(1980),「『대한인정교보』에 실린 한글 풀어쓰기 홀림과 그 판독」,『한글새소
  식』 89.

고송무(Songmoo Ko)(1987), Koreans in Soviet Central Asia (Studia Orientalia 61),
  Helosinki: The Finnish Oriental Society)

고송무(1993),「게봉우의 생애와 우리말 연구」,『한힌샘 주시경 연구』5・6, 111-130.

고영근(高永根)(1979가),「주시경의 문법이론」,『韓國學報』 17(고영근 1983나:
  268-288에 다시 실림).

고영근((1979나),「로우니(L.de Rosny)의 국어연구」,『余泉徐炳國博士回甲紀念論
  文集』(형설출판사), 1-15.

고영근(1982),「주시경의 문법이론에 대한 형태・통사적 접근」,『國語學』 11(고영근
  1983나: 289-310).

고영근(1983가),「개화기의 국어연구단체와 국문보급활동,『韓國學報』 30, 83-127.

고영근(1983나),「'한글'의 유래에 대하여」,『白石趙文濟敎授華甲紀念論文集』(간행
  위원회)(본서 142-154쪽에 제목을 바꾸어 실림)

고영근(1983다), 「외솔의 언어문법관」, 『이응백 박사 회갑기념논문집』(보진재)(고영근, 1983다: 311-328에 다시 실림).

고영근(1983라), 『국어문법의 연구』, 탑출판사.

고영근(1985), 「一石 선생과 國語學 硏究」, 『語文硏究』 47·48(합병호)(고영근 1996: 245-250, 追慕文集刊行委員會編 1994: 133-137에 다시 실림).

고영근(1987), "Aspects of Divergence in Languange and Writing」, Presented at the Seoul Conference on the Consquences of the Division and Chances for the Reunification of Korea and Germany.

고영근(1987), 「주시경 연구의 어제와 오늘」, 『周時經學報』 1, 7-48.

고영근(1988), 「이윤재」-국어학사의 재조명-, 『周時經學報』 2, 192-206.

고영근(1989가), 「남북한 언어문자의 이질화와 극복방안」(2), 『周時經學報』 3, 40-75.

고영근(1989나), 「북한 노동당의 언어정책」, 고영근 편(1989라)에 실림.

고영근(1989다), 「1930년대의 유럽 언어학의 수용양상」, 『이혜숙교수 정년퇴임기념논문집』(한신문화사), 17-32.

고영근(1992가), 「국어학 체계의 형성·발전」, 『國語學硏究 百年史』(일조각), 2-16.

고영근(1992나), 「이윤재의 사상체계」, 『周時經學報』10[고영근 1998: 161-207쪽, 본서 183-238쪽 개고하여 실림]

고영근(1993), 『우리말의 총체서술과 문법체계』, 일지사.

고영근(1994), 『통일시대의 語文問題』, 도서출판 길벗.

고영근(1995가), 『최현배의 학문과 사상』, 집문당.

고영근(1995나), 「김윤경의 문법연구」, 『語文硏究』 24(겨울), 290-306.

고영근(1995다), 「주시경 『국어문법』의 형성에 얽힌 문제」, 『大東文化硏究』 30(성균관대학교), 233-277.

고영근(1995라), 「문법용어와 문법체계, 『韓日語學論叢』(南鶴李鐘徹先生回甲紀念論叢)(국학자료원), 29-64.

고영근(1996), 『우리 언어 문화의 뿌리를 찾아서』, 한신문화사.

고영근(1997가), 「열운 선생의 문법연구와 우리 어문관」, 『새국어생활』(가을), 21-57.

고영근(1997나), 『한국어문의 표준화에 대한 연구』, 서울대학교 한국문화연구소 공동주제 "한국근대화 연구" 보고서.

고영근(1997다), 「1920년대 소련 한인사회의 한국어문 표준화운동」, 『冠嶽語文硏究』 22, 1-28.

고영근(1998), 『한국어문운동과 근대화』, 탑출판사.

고영근(1999), 『북한의 언어문화』, 서울: 서울대학교 출판부.

고영근(2000), 「개화기의 한국어문운동」, 『冠嶽語文硏究』 25, 5-21.

고영근(2001가), 『한국의 언어연구』, 亦樂.

고영근(2001나), 「개화기의 한국어학」, 『語文硏究』 37(어문연구학회), 275-297.

고영근(2001다), 『역대한국문법의 통합적 연구』(韓國文化硏究叢書 33), 서울대학교 출판부.

고영근(2002), 「국어학과 국문학의 통합과 확산」 - 국어국문학: 하나인가, 둘인가- , 『국어국문학』131, 5-25.

고영근(2003가), 「양주동의 국어학 연구」, 『국어국문학』 133, 5-49.

고영근(2003나), 「북한어학 논저목록집 3종 비교 평가」, 『형태론』5.2, 389-397.

고영근(2004), 「俞吉濬의 國文觀과 社會思想」, 『語文硏究』32-1(通卷 121), 405- 425.

고영근(2006가), 「통일언어철학의 탐색 방향」, 『語文學』 91, 1-21.

고영근(2006나), 『한국어의 시제 서법 동작상』(보정판), 태학사.

고영근(2006다), 「이극로의 사회사상과 어문운동」, 『韓國人物史硏究』5(한물인물사 연구소), 325-397.

고영근(2006라), 「해설: 유시욱, 『朝鮮文典』」, 도서출판 역락.

고영근(2008), 『북한의 문법연구와 문법지식의 응용화』, 한국문화사.

고영근편(1989), 『북한의 말과 글』, 을유문화사.

고영근편(1985), 『國語學硏究史』, 학연사.

고영근편(2000), 『북한 및 재외교민의 철자법 집성』, 서울: 도서출판 亦樂.

고영근・구본관・시정곤・연재훈(2004), 『북한의 문법연구와 문법교육』, 서울: 도 서출판 박이정.

고영근・이현희 교주(1986), 『周時經, 國語文法』, 탑출판사.

고종석(1991), 「민족어가 없으면 민족이 없다」, 『발굴 한국현대사 인물』, 백산출판사.

곽충구(1996), 「북한 방언에 대한 연구」, 이상규・백두현 밖에, 『내일을 위한 방언연 구』, 경북대학교 출판부.

국립국어연구원(1991), 『국어학논저목록집』(언어정책)

국어국문학회 편(1973), 『국어국문학회 30년사』, 일조각.

권종성(1994/1996), 『조선어 정보처리』, 평양: 과학백과사전종합출판사/ 한국문화 사(영인).

기퍼(H.P. Gipper)・쉬미터(Schmitter)(1985), *Sprachwissenschaft und Sprachphilosophie im Zeitalter der Romantik*, Tübingen ： Narr.

김광식(2000), 「김법린과 피압박민족대회」(자료발굴), 『佛敎評論』 봄(제2호).

김동환(金東煥) 편(1933), 『朝鮮思想家總觀』-附錄 第1部, 京城: 三千里社.

김민수(金敏洙)(1954), 「國語文法의 類型」, 『국어국문학』 10.

김민수(1957), 「大韓义典攷」, 『論文集』5(人文社會科學)(서울대학교), 129-193.

김민수(1960), 『國語文法論硏究』, 通文館.

김민수(1973), 『國語政策論』, 고대출판부.

김민수(1977), 『周時經研究』, 탑출판사.

김민수(1979), 「周時經 저 소리갈에 대하여」, 『冠嶽語文研究』 3, 79-91.

김민수(1980가), 『新國語學史』(전정판), 일조각.

김민수(1980나), 「李奎榮의 文法研究」, 『韓國學報』 19, 57-86.

김민수(1981), 「이규영: 필사본 말듬(해제)」, 『韓國學報』 23, 209.

김민수(1983), 「『말모이』의 편찬에 대하여」, 『東洋學』 13(단국대)[김민수 1986,
　　　　　 310-355쪽에 실림).

김민수(1986가), 「학교문법론」, 『서정범 박사 화갑기념논문집』(경희대학교 국문과),
　　　　　 124-145.

김민수(1986나), 『周時經研究』(증보판), 탑출판사.

김민수(1989가), 「정렬모 - 국어학사의 재조명」, 『周時經學報』 4, 199-207.

김민수(1989나), 『北韓의 國語研究』(增補版), 일조각.

김민수(1990), 「조선어학회의 창립과 그 연혁」, 『周時經學報』 7, 50-74.

김민수편(1992가), 『북한의 조선어연구사』(모두 4권), 도서출판 녹진.

김민수편(1992나), 『周時經全書』(전6권), 탑출판사.

김민수·하동호·고영근 공편(1977, 1979, 1983, 1985, 1986), 『歷代韓國文法大系』,
　　　　　 탑출판사

김민수·고영근 공편(2008), 『歷代韓國文法大系』(第2版), 도서출판 박이정.

김민수·고영근·이익섭·심재기 공편(1984), 『국어와 민족문화』, 집문당.

김방한(金芳漢)(1983), 『韓國語의 系統』, 민음사.

김방한 역(1982), 『언어학사』(M. Ivič : Trends in Linguistics, 1965), 형설출판사.

김병제(1946), 「한글의 어버이」, 『무궁화』 2.1.

김석득(1979), 『주시경문법론』, 형설출판사.

김석득(1983), 『우리말연구사』, 정음문화사.

김석연(Sek-Yen Kim-Cho)(2001), The Korean Alphabet of 1446, Seoul: Humanity
　　　　　 Books AC Press.

김선기(1973), 「한뫼 선생의 나라사랑」, 『나라사랑』 13.

김연수(金淵洙)(1986), 『소련과 한국문제』, 도서출판 一念.

김영기(Young-Key Kim Renauld)(ed)(1997), The Korean Alphabet: Its History and
　　　　　 Structure, Honolulu: University of Hawaii Press.

김영황·권승모 편(1996)/2001), 『주체의 조선어연구 50년사』, 김일성종합대학 조
　　　　　 선어문학부/도서출판 박이정(영인).

김영호(1971), 「解題」, 『俞吉濬全書』, 일조각.

김완진(金完鎭)(1985), 「박승빈」, 김완진 밖에(1985)에 실림.

김완진·안병희·이병근(1985), 『국어연구의 발자취』, 서울대학교 출판부.

김영황·권승모(1996), 『주체의 조선어연구 50년사』, 김일성종합대학 조선어문학부.

김윤경(1925), 『조선말본』(유인), 김민수 외 공편(1983, 『歷文』 ①52)에 실림.

김윤경(1938), 『朝鮮文學語學史』, 朝鮮記念圖書出版館.

김윤경(1946), 「朝鮮語學會受難期」, 『한글』, 11.1.

김윤경(1946가), 「조선어학회 수난기」, 『한글』, 11.1.

김윤경(1946나), 「환산 이윤재님 무덤의 비문」, 『한글』, 11.2.

김윤경(1953), 「환산 이윤재 언니를 그리워 함」, 부산영도에서, 『한결글모음』(III),
        광문출판사, 1975에 실림.

김윤경(1954), 「성경의 보급판과 한뫼 이윤재 선생」, 『新天地』, 6.

김윤경(1975), 『한결 글모음』, (모두 3권), 광문출판사.

김응모(金應模)(1993), 『國語移動自動詞 낱말밭』, 書光學術資料社

김인선(1991), 「갑오경장 전후(1894~1896) 개화파의 한글 사용」, 『周時經學報』
        8, 3-32쪽.

김종영(2003), 『파시즘 언어』, 서울: 한국문화사.

김중진(1987), 『근대국어표기법연구』, 원광대학교 박사논문.

김창섭(1991), 「북한의 '말다듬기' 이론과 '다듬은 말'」, 『周時經學報』 7, 3-27쪽.

김하수(1992가), 「식민지 문화운동과정에서 찾아 이극로의 의미」, 『周時經學報』
        10, 264-272.

김하수(1992나), 「일반언어학 분야에 대하여」(공동주제: 초창기 ≪한글≫에 실린
        글에 대한 평가와 검토), 『한글』 216, 7-30쪽

김하수(1993), 「'한글 맞춤법 통일안'의 사회언어학적인 의미해석」, 『周時經學報』
        12, 185-194.

김형종(1987), 「1920년대 잡지 논설을 통해 본 한국인의 중국인식과 그 성격」-이윤
        재와 1920년대초 북경에서의 민중운동, 1987년 제1학기 서울대 동양
        사학과 대학원 제출보고서.

나카무라(中村哲也)(1988), 「明治期における國民國家形成と國語國字論の相」-國
        語學者, 上 前萬年の歷史的位相-, 『東京大學敎育學部紀要』27(,京
        大學敎育學部), 207-216,

남경완 밖에(2003), 『쉽게 풀이한 대한문전』, 도서출판 月印.

남광우(南廣祐)(1989), 「訓民正音의 再照明」, 『성기열박사화갑기념논총』(간행위원
        회), 595-606쪽.

남기심·고영근(1985), 『표준국어문법론』, 탑출판사.

남풍현(南豊鉉)(1989), 「高麗時代의 言語 文字觀」, 『周時經學報』 3, 76-88.

남풍현(1999), 『口訣研究』, 태학사.

다스칼(M. Dascal)·게르하르누스(D. Gerhardus)·로렌츠(K. Lorenz)·메글레(G.
        Meggle)(Hg)(1992), *Sprachphilosophie* 7.1, 7.2, Berlin: de Gruyter.

램지(R.S.Ramsey)(1978), *Accent and morphology in Korean dialects*, Seoul: Tower

Press.

렌더즈(W. Lenders)(1976), "Kommunikation und Grammatik bei Leibniz," In : 파레트(1976).

로빈슨(1988)/김민환(金珉煥)(번역)(1990),『일제하 문화적 민족주의』, 나남.

로센(S. Rosén)(ed)(1970),『韓國學著書目錄』(A Bibliography of Korean Studies), Institute of Oriental Languages, Stockholm University.

리상호(번역)(1960),『삼국유사 三國遺事』, 평양: 과학원출판사.

마주르(U.N.Mazur)(1991),「러시아와 소련에서의 한국어학과 한국어교육」,『二重言語學會誌』8, 26-41.

명월봉(1991),「이중언어와 재소 한인의 모국어교육 문제,『二重言語學會誌』8, 1-10.

문교부(1987),『고등학교 교육과정개정』(안)

민두기(1987),「자료설명: 이윤재(1888 1943)의 현대중국(1922 1923) 현장보고 5종」,『서울대 동양사학과 논집』11.

박명규(1984),「도산 안창호의 사회사상」, 신용하(1984나)에 실림.

박병채(朴炳采)(1984),「한글문화형성과 민족정신」, 김민수 밖에 (공편)(1984)에 실림.

박승빈(朴勝彬)(1973),『한글맞춤법통일안 비판』, 통문관(영인).

박영남(2000),「주체철학의 근본원리」,『철학연구』1(루계 80), 33-36.

박영석(1984),「大倧敎의 壬午敎變硏究」,『日帝下獨立運動史硏究』(일조각). 303-329.

박용규(2005),『북으로 간 한글운동가』, 도서출판 차송.

박재수(1999),『조선민주주의 인민공화국의 언어학에 대한 연구』, 평양: 사회과학원.

박지홍(1994),「고루 이극로 박사의 교훈」,『한글문학』겨울호.

배경한(1987),「이윤재의 중국관계 논설에 관하여」- 1922 1923년『東明』지상에 실린 논설을 중심으로, 1987 제1학기 서울대 동양사학과 대학원 제출 보고서.

배해수(1982),『현대국어 생명종식어에 대한 연구』, 태양출판사.

부가르스키(R. Bugarski)(1974), "Language and Languages in the History of Linguistics," Proceedings of the 11th International of Linguists, Bollogna.

북악사학회 편(1994),『역사에 비춘 한국근현대인물』, 백산출판사.

샤우미안(S. Schaumjan) (1965)/기르케(W. Girke)・야흐노프(H. Jachnow)(Übers) (1971), Strukturelle Linguistik, München: Fink.

서병국(徐炳國)(1973),『國語文法論考』, 학문사.

서울대학교 동아문화연구소(1973),「광문회」,『국어국문학사전』, 신구문화사.

서종학(1996),「띄어쓰기 역사와 그 규정」,『'96 한국어학자 국제학술회의』, 중국

長春市.

신명균(申命均)(1929), 「朝鮮語의 學的 體系와 周時經 先生의 位置」, 『新生』 2.9.

신상순(Sang-Soon Shin)·이돈주(Don-Ju Lee)·Hwan-Mook Lee(이환묵)(eds)(1990), *Understanding Hunminjŏngŭm*(CNU Series Linguistics 3), Hanshin Publishing Company.

신용하(愼鏞廈)(1977), 「周時經의 愛國啓蒙思想」, 『한국사회학연구』 1(신용하 1984나에 실림).

신용하(1984가), 『신채호의 사회사상연구』, 한길사.

신용하(1984나), 『한국현대사회사상』, 지식산업사.

신익성 편저(1985), 『훔볼트:카비말 연구 서설』(대학고전총서 21), 서울대학교출판부.

신창순(申昌淳)(1992), 『國語正書法研究』, 집문당.

신창순(1997), 「朝鮮總督府 諺文綴字法의 展開」, 『한국어문』 4(한국정신문화연구원).(申昌淳 2003에 실림)

신창순(1997), 「朝鮮總督府 諺文綴字法과 統一案 맞춤법과의 比較研究」, 『한국어문』 5.(申昌淳 2003에 실림.

신창순(2003), 『國語近代表記法의 展開』, 태학사.

심재기(1992), 「국어학사 서술의 변천」, 『國語學研究百年歷史』[I](일조각), 17-25쪽.

아렌즈(H. Arens)(1969), *Sprachwissenschaft* Band 1, Athenäum

아미로바 밖에(Amirova, T.A. *et al*)(1975)/Meier, B.(1980), *Abriß der Geschichte der Linguistik*(deutche Übers), Leipzig· VEP.

안병희(安秉禧)(1985), 「방송교재 '조선어강좌'에 대하여」, 『語文研究』 13.2, 297-301.

안병희(1996), 「한글 맞춤법의 연혁과 그 원리」, 96 한국어학자 국제학술회의(중국 장춘시)

안석제(1947), 「朝鮮語學會事件 咸興地方法院 豫審終結書 一部」, 『苦鬪 四十年』, 乙酉文化社.

안정호(2005), 『훔볼트의 유산』, 푸른 사상.

양명희(1996), 「국어 문장부호의 변천」, 『'96 한국언어학자 국제학술회의』, 국립국어연구원.

양태식(1985), 『국어 차원낱말의 의미구조』, 태화출판사.

오구라(小倉進平)(1942), 『增訂補注朝鮮語學史』. 東京: 刀江書院.

외솔 최현배박사 고희기념논문집간행회 편(1968), 『외솔 최현배 박사 고희기념논문집』, 정음사.

외솔회 편집부(1973가), 『나라사랑』 13(환산 이윤재 선생 특집호).

외솔회 편집부(1973나), 「환산 이윤재 선생 해적이」, 『나라사랑』 13.

우에다(上田萬年)(1894), 「國語 と國家」, 『國語のため』(東京, 1903, 訂正三版, 1-

28쪽에 실림)

유목상(柳穆相)(1990),「洪起文」-국어학사의 재조명,『周時經學報』5, 150-164.

유동준(俞東濬)(1987),『俞吉濬傳』, 일조각.

유시욱(春溪 柳時郁)(2000),『朝鮮文典』, 역락.

유열(1947),「스승님의 걸어오신 길」,『苦鬪 四十年』, 乙酉文化社.

유영익(柳永益)(1991),「유길준」,『민족문화대백과사전』, 한국정신문화연구원.

윤병희(尹炳喜)(1998),『俞吉濬研究』, 국학자료원.

윤희원(1989),「북한의 국어교육에 관한 한 고찰」,『周時經學報』4.

이광린(李光麟)(1999),『韓國開化史研究』, 일조각.

이광수(李光洙)(1962),「亡命한 사람들」,『나의 告白』(李光洙全集 14에 실림), 심
        중당.

이규영(李奎榮)편(1917~19),『한글모 죽보기』. 필사본.

이규호(1976),『말의 힘』, 제일출판사.

이극로(李克魯)(1936),「한글 統一運動의 社會的 意義」,『朝光』2.11

이기문(李基文)(Ki-Moon, Lee)(1963),『國語表記法의 歷史的 研究』, 한국연구원.

이기문(1970),『開化期의 國文研究』, 일조각.

이기문(1976),「周時經의 학문에 대한 새로운 이해」,『韓國學報』5.

이기문(1977가),「19세기말의 국문론에 대하여」,『月巖朴晟儀博士還曆紀念論叢.』,
        고려대 국문학회.

이기문(1977나), Geschichte der koreanischen Sprache(Deutsche Übers, Hrsg von
        B. Lewin), Wiesbaden: Otto Harrassowicz.

이기문(1981),「한힌샘의 언어 및 문자이론」,『語學研究』17.2.

이기문(1988),「安自山의 國語研究」,『周時經學報』2, 85-101쪽, 7-21쪽.

이기문(1989),「독립신문과 한글문화」,『周時經學報』4.

이기문편(1976가),『周時經全集』(上), 아세아문화사.

이기문편(1976나),『周時經全集』(下), 아세아문화사.

이길록(李吉鹿)(1974),『國語文法研究』, 일신사.

이득춘·임형재·김철준 편(2001),『광복후 조선어 논저 목록』, 도서출판 亦樂.

이병근(李秉根)(1977),「최초의 국어사전 말모이」,『언어』2-1.

이병근(1979),「周時經의 언어이론과 늣씨」,『國語學』8.

이병근(1992),「一石 國語學의 性格과 時代的 意義」,『周時經學報』9, 112-132.

이병근(2004),「心岳 李崇寧 선생의 삶과 學問」,『語文研究』32-1, 477-492.

이병기(李秉岐)/정병욱(鄭炳昱)·최승범(崔勝範) 편(1975-I, 1976-II),『가람 日記』,
        신구문화사.

이비츠(M.Ivic)(1965)/김방한 역(1982),『언어학사』(Trends in linguistics), 형설출판사.

이삼열(1995),「통일의 철학과 철학의 통일」,『統一을 지향하는 言語와 哲學』(국제

고려학회총서 3).

이성준(1999), 『훔볼트의 언어철학』(인문사회과학총서 27), 고려대학교 출판부.

이상억(1989), 「이극로, 實驗圖解朝鮮語音聲學」(1947)」, 『周時經學報』 3, 182-193.

이숭녕(李崇寧)(1959), 「서울말의 accent 考察」, 『論文集』 9(서울대학교), 105-154쪽.

이숭녕(1984), 「民族 및 文化와 言語, 社會」, 김민수 밖에 공편(1984)에 실림.

이운상(李勛相)(1987), 「舊韓末 勞動夜學의 성행과 兪吉濬 ≪勞動夜學讀本≫」, 『斗溪李丙燾博士九旬記念韓國史學論叢』(지식산업사), 743-778.

이윤재(李允宰)(1929), 「한글강의, 『新生』 2.9(통권 11)

이응호(1974), 『미군정기의 한글운동사』, 성청사.

이익섭(1992), 『국어표기법연구』, 서울대학교 출판부.

이종룡(1993), 『李克魯硏究』, 부산대학교 교육대학원 석사논문(역사교육전공), 「한글운동의 큰별 – 고루이극로박사」. 이종룡과 함께 하는 우리 역사 (http://dugok.x-y.net)

이종무(1993), 「고루 이극로 박사에 대한 회상」, 『얼음장 밑에서도 물은 흘러』, 한글학회.

이진호(李鎭昊)(1987), 「유길준의 勞動夜學讀本 연구」, 『이응호박사회갑기념논문집』(한샘), 567-598.

이진호(2000), 「다시 찾는 두 어학자」, 『형태론』 2.2, 345-355.

이진호(2004), 「心岳 李崇寧 선생의 學問세계」, 『語文硏究』 32-1, 495-521.

이호영(1998), 「북한의 운율 연구」, 『한글』 242

이희승(李熙昇)(1937), 「"한글 맞춤법통일안" 講義」, 『한글』 6.1.

이희승(1955), 『國語學槪說』, 민중서관.

이희승(1957), 「인간 이윤재」, 『新太陽』 8.

이희승(1959), 『한글 맞춤법 통일안 강의』, 신구문화사.

이희승(1965), 「近代化를 향한 발돋움」, 『韓國의 人間像』, 신구문화사.

일석이희승전집간행위원회(一石李熙昇全集刊行委員會) 편저(2000), 『一石 李熙昇 全集』 1, 서울대학교 출판부,

일성자(一聲子)(1938), 「한글・正音 對立小史」, 『四海公論』(『역문』3-23(1986, 769쪽)에 실림.

임홍빈(1996), 「주시경과 '한글' 명칭」, 『한국학논총』23(계명대학교 한국학연구원).

장소원(1983), 「국어구두점 문법연구 서설」, 『冠嶽語文硏究』 8.

장영애(2001), 「주체철학은 새로운 독창적인 철학」, 『철학연구』 2(루계 85), 8-10.

장윤희・이용(2000), 「서평: 유길준, 『大韓文典』(1909)」, 『형태론』 2.1, 173-187.

전의이씨 종친회(全義李氏宗親會)(1992), 『全義 李氏 姓譜 제6권), 回想社.

정순기・정용호(2000/2001), 「조선어학회와 그 활동, 과학백과사전종합출판사/한

국문화사(복사)

정인승(1973), 「한글운동과 이윤재 선생」, 『나라사랑』 13.

조남호(1991), 「이극로의 학문세계」, 『周時經學報』 7, 116-136.

조동일(2005), 『한국문학통사』5(제4판), 지식산업사.

조문제(趙文濟)(1972), 「한성사범학교 교육과 국어과 교육」, 『국어교육』 18~20(합병호)(손낙범 선생 회갑기념논문집).

조선어학회 편집부(1946), 「환산 이윤재 선생 약력」, 『한글』 11.1.

조윤제(趙潤濟)(1947), 「국어교육의 당면한 문제」, 문화당,[김민수 밖에 공편(1985)/김민수・고영근공편(2008, 『歷文』 ③31)에 실림.

조윤제(1948), 「국어와 현대생활」, 『국어교육』 2(조윤제, 도남잡지, 을유문화사, 1964).

조윤제(1955), 『國文學槪說』, 동국문화사.

조재수(1992), 「이극로」, 『민족문화대백과사전』, 한국정신문화연구원.

조태린(1997), 『일제시대의 언어정책과 언어운동에 관한 연구-언어관 및 이데올로기와의 관계를 중심으로』, 연세대하교 국문과 석사논문.

주시경연구소 편, 『周時經學報』 4(1989. 12), 탑출판사.

지춘수(1971), 「초기 성경에 나타난 정서법에 대하여」, 『국어국문학 54.

지춘수(1986), 『국어표기사연구, 경희대학교 박사논문.

차민기, 「고루 이극로 박사의 삶」, 이종룡과 함께 하는 우리 역사 (http://dugok.x-y.net)

차현실(1990), 「『朝鮮語學』의 화용론적 관점에 대한 연구」, 『周時經學報』 5, 75-93.

최남선(崔南善)(1972), 『조선상식문답』, 삼성문화문고.

최옥경(1993), 『일제 대한 식민지 언어정책의 언어관 고찰」, 전남대 석사논문.

최현배(1929), 『우리말본』(첫째매), 연희전문학교 출판부.

최현배(1937), 『한글의 바른길』, 조선어학회(『歷文』 ③26).

최현배(1955), 『우리말본』, 정음사.

최현배(1961), 『한글갈』, 정음사.

최현배(1970), 『한글말 쓰기의 주장』(유고), 정음사.

최현배(1971), 『우리말본』, 정음문화사.

추모문집간행위원회(追慕文集刊行委員會) 編(1994), 『一石 李熙昇 딸깍발이 선비』(一石 李熙昇 先生 追慕文集), 신구문화사.

코세리우(E. Coseriu)(1972), "Georg von der Gabelentz und die synchronische Sprachwissenschaft," In, Georg von der Gabelentz, Die Sprachwissenschaft, 1972, TBL

콘체비치(Koncevich, L.R.)(1991), "Some Questions of the Traditional Korean Sdudies in Russia and the Soviet Union," 『二重言語學會誌』8m 242-257.

콘체비치(1994), 「러시아에서의 정통적인 한국학의 발전사, 현황과 문제점」 - 한국
　　　　어학을 중심으로 - , 『이중언어학』.11, 125-170.
킹(R. King)(1991가), "A Soviet Korean Grammar from 1930," 『한국말교육』 3.
킹(1991나), "Korean Language Studies in the USSR," 『이중언어학』 8, XX쪽.
킹(1992), "Experimentation with Korean Writing in Russia and the USSR.," ICKL,
　　　　The George Washington University, August6-8, Washinton D.C.
킹(1996), "Western Missionaies and the Origins of Korean Language Modernization,"
　　　　제 9회 한국학 국제학술회의(1996.6.26 ~27), 한국정신문화연구원.
킹(1997), "Language, Politics, and Ideology in the Postwar Koreas," in David R.
　　　　McCann(ed), Korea Beliefing, NY: Armonk.
킹(1998), "Nationalism and the Construction of Korean Identity," in H. Pai and
　　　　T.R.Tangerlini(eds), Nationalism and the Construction of Korean
　　　　Identity, Berkley: Institute of East Asian Studies.
파레트(H. Parret)(1976), History of Linguistic Thought and Contemporary
　　　　Linguistics, Berlin : de Gruyter.
포슬러(K. Vossler)(1904), Positivismus und Idealismus in der Sprachwissenschaft
　　　　 - Eine sprach - philosophische Untersuchungn, Heidelberg: Carl
　　　　Winter Universitätbuchhandlung.
포슬러(K. Vossler)(1905), Sprache als Schöpfung und Entwicklung--Eine Theoretische
　　　　Untersuchung mit praktische Beispielen, Heidelberg: Carl Winter
　　　　Universitätbuchhandlung.
포슬러(K. Vossler)/ 小林英夫 譯(1986), 『カール・フォすラー, 言語美學』, 東京,
　　　　みすず.
피히테(J. G. Fichte)(1807)/김정진 역(1981), 『독일국민에게 고함』(Reden an die
　　　　Deutsche Nation)(삼성문화문고 1), 삼성미술문화재단.
하동호(1973), 「환산 이윤재 선생 서지」, 『나라사랑』 13.
하동호(1985), 「國文論集成」, 『歷文』 ③22, 탑출판사.
하동호(1986가), 한글논쟁논설집(상), 『歷文』 ③22, 탑출판사.
하동호(1986나), 한글논쟁논설집(하), 『歷文』, ③23, 탑출판사.
하이네캄프(A. Heinekamp)(1976), "Sprach und Wirklichkeit nach Leibniz," In: 파레
　　　　트(1926).
한국정신문화연구원 편(1988~1990)(모두 27책), 『한국민족문화대백과사전』, 한국
　　　　정신문화연구원.
한글학회 편(1971), 『한글학회 50년사』, 한글학회 50돌 기념사업회.
한득봉(1991), 「소련에서의 한국어 교육」, 『二重言語學會誌』8, 609-613.
허웅(1954), 「慶尙道方言의 聲調」, 『최현배선생 환갑기념논문집』(사상계사).

허웅(1971), 「주시경선생의 생애와 학문」, 『동방학지 』 12.

허웅(1975), 『우리옛말본』, 샘문화사.

헬비히(G. Helbig)(1970), *Geschichte der neueren Sparachwissenschaft*, RORO.

헬비히(G. Helbig)(1970)/임환재(역)(1984), 『언어학사』(Geschichte der neueren sprachwissenschaft), 경문사

홍영두(2005), 「일제 강점기 조선 맑스주의 철학과 동양전통사상의 충돌과 융합」 전통과 현대－동아시아 삼국의 근대성과 아시아적 가치 문제－, 중국 북경사범대학 철학계 (2005. 5. 8)

홍윤표(1993), 『근대국어연구』, 태학사.

붙임말[해설]●●● _____

제1부 민족어문의 발전과 철학적 기반

1. 공리적 언어관의 형성·발전과 훔볼트 언어철학의 수용 양상

이 부분은 원래 『國語學論文集』(강신항교수회갑기념, 태학사, 1990)에 「공리적 언어관의 형성·발전과 훔볼트 언어관의 수용 양상」에 실었던 것을 「통일시대의 어문문제」(1994)에 옮겨 실었던 것이다. 그 내용은 언어를 독립의 '性'으로 간주하는 주시경의 언어관은 서양의 진화론이나 훔볼트 이전의 언어철학적 사고에서 영향을 받았고 일제 강점기의 세계관 이론은 훔볼트의 영향 아래 이루어졌으며 해방 공간은 훔볼트와 피히테의 영양을 받아 국어교육의 이론적 지침으로 삼았음을 밝히려 하였다. 그런데 이곳에 얼굴을 내미는 것은 제목도 조금 바꾸고 당시 보지 못한 논저를 보충하여 거의 다시 쓰다시피 하였다.

개화기에는 서재필, 이규대, 지석영 등의 견해를 보충하였다. 지은이는 말과 글을 독립의 '性'으로 간주하는 주시경의 견해를 『國語文典音學』의 「序」에 나오는 '上帝'과 관련시켜 주시경의 언어철학적 소종래(所從來)가 동양천학에 뿌리를 대고 있음을 밝혔으며 주시경의 언어관을 일본 메이지[明治] 시대의 우에다(上田萬年)의 언어관과 비교할 수 있는 가능성을 열어 두기도 하였다. 일제 강점기에는 1921년 박승빈이 『啓明』 창간호에 발표한 「朝鮮言文에 대한 要求」의 '서론'에 근거하여 우리나라에 훔볼트의 언어철학을 처음 수용한 어문학자는 최현배가 아니고 박승빈이라는 사실을 부각하였다. 앞의 글에서는 '최현배-박승빈'의 순서로 서술하였으나 이곳에서는 '박승빈-최현배'와 같이 순서를 달리하였다. 그리고 이희승의 「外來語 이야기」(1941)에서 언어와 문화와의 관계를 밀도 있게 전개한 부분을 색출하여 일제 강점기의 해석학적 언어철학을 당시의 민족어 수호운동과 관련시켜 해석하였다.

2. 통일언어철학의 탐색방향

이 부분은 한국정신문화연구원(현재의 한국학중앙연구원)과 북한의 사회과학원이 평양에서 공동으로 주최하여 열기로 한 「화해와 협력시대의 한국학」대회(2004. 8. 3~8. 7)에 즈음하여 준비하였던 원고의 제목을 조금 바꾸고 내용을 손질한 것이다. 대회 일주일 전에 남한

학자에 대한 북한 당국의 일방적인 참가 거부로 행사가 취소되어 원고를 일년 이상 묵히고 있었는데 마침 한국어문학회 회장 김동소 교수가 지은이에게 발표를 권유하여 한국어문학회 전국학술대회(2005. 10. 29)에서 위의 제목으로 발표를 하였으며 이는 『語文學』91(2006. 12)에 지상으로 발표되었다. 이 책에 실리는 것은 『語文學』에 기고한 것이다. 지은이가 국제고려학회에 제출한 원고는 『화해와 협력시대의 코리아학 — 제2회 세계코리아학대회 공동논/론문집』(국제고려학회, 2006)에 「통일언어철학을 찾아서」(77-96쪽)라는 제목으로 실렸음을 밝혀 둔다.

지은이는 먼저 우리 민족어에 대한 해석학적 언어철학의 사고가 고대와 중세, 개화기를 거쳐 일제 강점기에 이르는 동안 어떻게 발전·변용되었는가 하는 문제를 추적하였다. 다음에는 해방으로부터 20세기 말까지 남북에서 전개·발전되어 온 해석학적 언어철학의 제양상을 검토하였다. 마지막에 가서는 현재 남북에서 전개되고 있는 '국어순화운동'과 '문화어운동'은 목적은 다르지만 민족어를 다듬는 방법에는 차이가 없으므로 '민족어 발전철학'이라는 대 명제 가운데 포섭될 수 있음을 주장하였다. 이것을 기반으로 삼아 '민족어순화운동'을 범민족적으로 전개하여 남북의 언어문화를 통합하면 결국은 세계문화를 주도하는 길로 이어질 수 있다고 하였다.

제2부 개화기의 민족어문의 발견과 국권수호

1. 유길준의 국문관과 사회사상

이 부분은 한국어문회 주최 '2003年度 10月의 文化人物選定 紀念學術 講演會'(2003. 12.5)(대우학술재단 세미나실)에서 발표한 같은 제목의 글을 그대로 전재한 것이다. 이 모임은 '한국어문회 제150회 학술대회'이기도 하였다. 유길준은 최초의 민족어 문법의 저자로서 일찍부터 사가(史家)들에게 주목되었으나 '國漢文混用論'을 주창한 어문민족주의의 기수의 한 사람이라는 데 대하여는 별로 관심을 두지 못하였다는 사실에 초점을 맞추어 주로 '訓讀法'을 중점적으로 조명하였다. 훈독법이란 일본문과 같이 '한자'를 적어 놓고 훈으로 읽는 방식을 말한다. 이를테면 '天'과 같이 한자로 적고 새김 '하늘'로 읽는 방식이 그것이다. 유길준은 한문은 버릴 수 있어도 한자는 버릴 수 없다는 신념 아래 국한문혼용론을 지향하되 훈독을 가미하기를 제안하면서 네 가지 유형을 제시하였다. 완전히 훈으로만 읽는 유형, 음독하는 유형, 한국 한자어로 음독하는 유형, 훈독과 음독을 절충하는 유형이 그것이다. 유길준의 훈독법은 뒤의 박승빈에게 이어지기는 하였으나 더 이상 일반의 호응을 받지 못하고 말았지만 고대어 단계에서는 훈독이 지배적이었고 지금도 그런 자취가 눈에 보인다는 점에서 긍정적으로 검토할 가치가 있지 않은가 한다. 특히 국한문혼용론을 지향하는 어문정책을 추진하게 된다면 반드시 참고해야 할 발상법으로 보인다.

2. 개화기의 민족어 연구단체와 민족어문 보급 활동

이 부분은 원래 『韓國學報』 30(1983: 83-127쪽)에 「開化期의 國語硏究團體와 國文普及活動」의 제목으로 실었던 것을 본서의 취의(趣意)에 맞추어 위와 같이 개제하였다. 그런데 목차에는 본의 아니게 「開化期의 國語硏究團體와 國文普及運動」과 같이 '活動'이 '運動'으로 표기되어 있다. 이 글의 국어 연구 단체에 관한 내용은 「國語硏究學會와 朝鮮言文會」란 제목으로 拙編書 『國語學硏究史』(학연사, 1985: 282-299쪽)에 실린 일이 있다. 위의 글의 전문은 졸저 『통일시대의 語文問題』(도서출판 길벗, 1994: 236-285쪽)에 실리되 원 게재지에 붙어 있었던 사진은 모두 삭제하였다. 독자를 생각하여 국한문혼용 문체를 한글전용으로 바꾸었으며 단 1차 자료는 원문대로 인용하였다. 지은이는 『한글모 죽보기』를 검토함으로써 주시경 선생이 하기국어강습소를 개설한 1907년부터 1917년까지의 10여년 동안의 민족어 연구단체와 민족어 보급사전을 자세히 밝혔으며 오늘날 한글학회의 연원을 국어연구학회가 창립된 1908년 8월 31일로 잡아야 한다는 견해를 피력한 바 있다. 지은이의 견해가 반영되었는지 모르지만 1987년부터 한글학회의 창립기념일을 8월 31일로 잡고 있으며 올해는 창립 100주년을 맞아 두 차례에 걸친 큰 행사를 치른 바 있다.

그 사이에 주시경 관련 자료들이 많이 얼굴을 내밀고 이와 동시에 『한글모 죽보기』에 대한 연구가 많이 나와 부분적으로 이를 반영하였다. 대표적으로 이 곳에서 밝혀 둘 것은 주 73)에서 언급한 남형우에 대한 자료이다. 다음으로 주목할 연구는 박지홍이 「초창기의 한글학회 회원들」(『한한샘주시경연구』4, 1991, 83-136쪽)에서 한글모 회원 126명의 지역별 분포를 조사하여 경남 출신이 가장 많다는 사실을 밝혀 내었으며 후세에 영향력을 발휘한 인사와 민족어 연구에 헌신한 인사를 거명하였다. 지은이도 그런 사실을 지적하였는데 그에 대한 인용을 전혀 볼 수 없다. 한편 박지홍은 『한글새소식』229('91.9), 233('92.1), 235('92.3)를 통하여 조선언문회 회원들의 유족을 찾아가 이를 기사화하기도 하였다. 이 문제에 대한 정보는 한글학회 연구원 성기지 선생의 협조를 받았다. 지은이는 이 글에서 주시경의 유업을 계승·발전시키고 개화기와 일제 강점기의 문화사와 사회사를 종합적으로 연구하려면 주시경학회와 주시경연구소의 설립이 필수적이라고 하였다. 이러한 구도(構圖)에 따라 1987년에 한글학회 안에 '한힌샘 연구모임'이 결성되고 주식회사 탑출판사 안에 '주시경연구소'가 설립되어 『한힌샘 주시경 연구』와 『周時經 學報』가 창간되기도 하고 주시경 관련 자료가 햇볕을 보는가 하면 현대화가 이루어지고 관련 연구가 깊이와 폭을 더하게 되었다는 것을 언급해 둔다. 관련 논의는 拙著 『한국의 언어 연구』(역락, 2001: 158-180쪽)를 보라.

[붙임]의 「한힌샘의 자작 동요와 조선어강습원의 각종 증서」는 『주시경학보』 8에 실렸던 것을 앞의 졸저(1994)에 옮겨 실었고 그 과정에서 잘못 판독한 것을 바로잡기도 하였다. 자작 동요는 정렬모가 소개한 두 조각을 보충하였다. 우리말로 만든 각종 증서는 모두 주시경 선생이 직접 만든 것으로서 고유어로 증서를 만들 때 크게 참고되리라 믿는다. 현재의 증서 양식은 일제의 잔재라는 것을 언급해 둔다.

3. '국문'과 '한글', 그리고 '한글'의 '작명부'

이 부분은 원래 마산 동중학교(마산상업중학교의 전신) 시절 나에게 말본을 흥미 있게 가르쳐 주신 바 있고 진주고등학교 14년 선배이시기도 한 조문제 선생의 회갑 논문집 『白石趙文濟教授華甲紀念論文集』(1983)에 기고한 「'한글'의 유래에 대하여」의 제목을 바꾼 것이다. 이 글은 우리 문자의 이름 '한글'에 얽힌 문제를 풀었다는 점에서 많은 사람들의 주목을 끌었고 더욱이 여러 대학의 대학국어류에도 실린 바 있다. '작명부'가 좋지 않은 말이라 하여 '작명자'라 부르는 일도 없지 않으나 관습에 따라 '作名父'란 말을 그대로 쓰기로 한다. 지은이의 소품이 계기가 되어 '한글'의 '한'은 '大韓帝國'의 '한'을 의미하며 '一, 大, 正'은 결과적으로 덧붙여진 의미라는 사실을 실증하였다. 지은이는 최근 김익환(金翊煥)이 1929년 『衆星』 2호에 기고한 「朝鮮語와 그 文法」(其一)[金敏洙·河東鎬·高永根(공편)(1986), 『歷代韓國文法大系』, 탑출판사/金敏洙·高永根(공편)(2008), 3-23 (1094-1097쪽)]에서 '한글'이란 말은 주시경이 지었다고 말하고 '한'의 의미를 두 가지로 잡았다. 첫째는 '크'이고 다음으로는 '韓'과 관련시켰다. 해당 부분을 인용하면 다음과 같다.

『한』이라는것은 『크』다는 말인대 곳 큰글이라는 뜻이요 또는 韓國時代에 그 이름을 지었으므로 『한』字를 떼어 쓴 것이다.

그런데 임홍빈(1996)에서는 지은이의 '한글'의 주시경 소작설을 비판하고 최남선 소작설을 주장하였다. 이 문제에 대하여 지은이는 다음 기고에서 그 부당성을 비판하였다.

4. '한글'의 작명부는 누구일까

이 부분은 『새국어생활』13,1(2003. 3)에 실었던 것이다. 이 글을 쓰게 된 동기는 임홍빈 교수가 『한국학논총』 23(1996, 계명대학교 한국학연구원)에 기고한 「주시경과 '한글' 명칭」에서 지은이의 주시경 소작설을 부인하고 소수 의견이었던 최남선 소작설을 다시 들먹인 데 대하여 답변 형식으로 쓴 것이다. 그러면서 지금까지 알려지지 않은 많은 자료를 근거로 삼아 주시경 소작설을 뒷받침하기도 하면서 주시경 소작설을 번복할 수 있는 어떤 근거도 없다는 것을 다시 한번 천명하였다. 이왕 내친 김에 지은이는 19세기 말에 이미 '한글'이라 는 명칭을 썼다는 남광우(1989)의 이종일 소작설에 대한 소견도 붙였다. 설사 이종일이 주시경보다 먼저 '한글'을 지었다고 하더라도 그 자료가 1970년대에 나타났기 때문에 영향력으로 볼 때 주시경과 비교할 수 없다고 하였다. 그리고 '한글'이 사용된 최고 연대를 주시경의 『소리갈』이 나온 1912년경으로 잡기도 하였다.

지은이는 [붙임]으로 1880년부터 1988년까지 반도 안팎의 자료를 중심으로 우리의 언어·문자의 명칭에 관련된 자료를 연대별로 제시하였다. 그런데 임홍빈 교수는 『語文硏 究』130(2007)에 기고한 「'한글' 命名者와 史料 檢證의 問題」(2007)에서 지은이의 주시 경 소작설을 다시 한번 부인하고 최남선 소작설을 주장하였다. '한글'의 이종일 소작설을 주장한 것은 돌아가신 남광우 교수인데 왜 나에게 하살을 돌렸는지 이해하기가 어렵다. 지은이는 설사 이종일이 '한글'을 먼저 지었다고 하더라도 그 자료가 1970년대에 나타났기 때문에 그것이 주시경 소작설을 번복하는 자료로 이용하기가 어렵다고 하였다. 임홍빈 교수가 『묵암 비망록』의 '한글' 기록 자료가 문집 편찬자에 의하여 변조되었을 가능성을 여러 가지로 검증을 하였는데 이는 경청의 대상이 되는 것 같다. 만약 그렇다면 '한글'의 주시경 소작설은 이제 재론의 여지가 없다고 생각한다.

제3부 일제 강점기의 민족어문의 표준화와 문화창조

1. 이윤재의 사회사상과 문화민족주의

이 부분은 원래 주시경연구소가 주최한 1992년도 '10월의 문화인물 이윤재'의 기념학술 대회에서 가졌던 「이윤재의 민족주의 사상과 그 형성의 문제」의 내용을 보강하여 『周時經 學報』10(1992,10)에 「이윤재의 사상체계」란 제목으로 실었던 것이다. 강연 요지는 위의 학보의 '학술발표요지'난에 실은 바 있다. 전자는 졸저 『한국어문운동과 근대화』(1998)에

옮겨 실었고 후자는 나의 회갑 어문 수상집 『우리 언어문화의 뿌리를 찾아서』(한신문화사, 1996)에 옮겨 실은 바 있다. 이 책에 싣는 것은 제목도 「이윤재의 사회사상과 문화민족주의」라고 바꾸되 『周時經學報』10의 끝에 붙였던 「이윤재 저술목록」을 [붙임 1]에 넣었다. 그러는 과정에서 지은이는 내용을 많이 보강하였다.

첫째, 「이윤재의 사상체계」에서는 이윤재가 1908년에 김해에서 야학을 실시하였다는 황성신문의 기사와 그에 대한 해석을 [붙임]으로 처리하였었는데 이곳에서는 2장으로 옮겨 와서 청소년 시절에 이미 문맹타파의 계몽사상이 자리를 잡았다는 사실을 부각시켰다.

둘째, 「이윤재의 사상체계」에서는 이윤재의 사상적 기저를 '문사민족주의'라 표현하였는데 이곳에서는 '문화민족주의'로 바꾸었다. 이윤재의 취향이 어문과 역사에 걸쳐 있다는 사실을 중시하여 처음에는 신용하 교수의 제안을 받아들여 '文史民族主義'라 이름 붙였던 것을 조동일 교수의 제안을 받아들여 이번에는 '文化民族主義'로 바꾸었다. 개화기와 일제 강점기에는 주시경과 같이 '語文民族主義'를 표방하는 사람도 있었고 신채호, 박은식과 같이 '歷史民族主義'를 표방하는 사람이 있었는가 하면 이윤재와 같이 양자를 통합한 '文化民族主義'를 지향하는 사람도 있었다. 지은이는 문화민족주의를 표방하는 학자로서 이윤재와 이극로 두 사람을 대표로 내세우고 차례로 배열하였다.

셋째, 『周時經學報』10에 실린 저술 목록은 자료 처리가 잘못된 곳이 많다. 잘못을 바로잡고 「바보온달」, 「김원술의 회한」 등을 추가하는 등 형식적인 면을 많이 보강하였다. 논저 목록에서 '강연, 회고, 대담, 회견, 설문 응답, 기념사'에 관련되는 것은 저술 목록의 끝에 배치하여 본 저술과 구분하여 제시하였다. 이윤재의 저술은 아직도 발굴되지 않은 것이 많다. 조선어학회 사건 때 일경의 감시를 피하느라고 많은 원고를 파기하였다고 한다. 지은이가 직접 보지 못한 저술은 별표(*)를 하여 뒷사람들의 과제로 남겼다. 이윤재의 자료가 더 얼굴을 드러내고 관련 저술을 폭 넓게 분석하면 이윤재의 사상체계가 더 선명히 드러나게 될 것으로 믿는다. 이윤재의 저술 목록 작성에는 1992년 당시 서울대학교 대학원에 재학하였던 지은이의 지도학생 채현식 군(현재 군산대 교수), 최윤호 군 등 후학들의 도움이 컸다는 것을 밝혀 둔다.

2. 이극로의 사회사상과 민족어 수호운동

이 부분은 『韓國人物史研究』5(2006. 3)에 발표하였던 「이극로의 사회사상과 어문운동」을 본서의 취지에 맞게 위와 같이 제목을 바꾸고 'Ⅳ. 우리말 연구의 세계'를 삭제한 것이다. '민족어'란 말을 택하면 이극로의 입김이 작용한 것으로 보이는 북쪽의 '문화어'도 포괄할 수 있다고 생각하였기 때문이다. 고루 이극로의 우리말 연구는 따로 조만간 따로 선을 보이려고 한다. 고루의 우리말 연구의 세계에 대하여는 지은이가 '611돌 세종날·한글학회 창립 100돌 기념 전국 국어학 학술대회'(한글학회, 2008. 5. 10)에서 「이극로의 어학사상의 위치」란 제목으로 발표한 일이 있으니 우선 여기에서 관련 정보를 얻을 수 있다. 그리고 앞의 논문에서 보이었던 대부분의 사진은 삭제하고 다른 사진을 몇 가지 대치하였다. 분할체 활자로 찍은 『깁더조선말본』(1922)과 이광수의 『허생전』(1926)(249쪽), 그리고 『조선과 대일본 제국주의 독립투쟁』(1928)이 그것이다. 후자는 독일 라이프치히에서 음악을 전공하고 있는 지은이의 막내아들 병량(秉良)이 라이프치히 국립도서관에서 검색하여 보내 온 것인데 지은이가 앞의 한글학회 발표회에서 사진으로 보인 바 있다.(발표집 참조). 이 책자는 일본의 문화·경제적 침략을 통계 숫자를 제시해 가면서 침략상을 고발하였으며 『조선의 독립운동과 일본의 침략정책』(1924) 이후의 항일독립투쟁에 관련된 사례도 보충하였다. 『韓國 人物史 研究』에 발표하였던 글은 특히 「이극로의 저작 목록」에서 많은 잘못이 있었다. 교정쇄를 주고받는 사이에 중복된 것도 있고 하여 잘못이 한두 군데가 아니었다. 바로잡는다고 하였으나 아직도 잘못된 곳이 많을 것이다. 저작 목록 가운데는 지은이가 직접 확인하지 못한 자료가 많기 때문에 더욱 그러하다고 생각한다.

3. 일제 강섭기의 민족 어문의 표준화와 민족문화 창조의 기반 구축

이 부분은 원래 서울대학교 한국문화연구소 공동주제 '한국 근대화 연구'의 하나였던 『한국 어문의 표준화 연구』(1997)를 다소 수정하여 『한국어문운동과 근대화』(탑출판사, 1998)의 제1부에 실었던 것 중 반도 밖의 표준화운동 부분을 뺀 것이다. 지은이가 위의 책을 낸 뒤, 당시에 보지 못한 자료를 많이 발견하여 보충이 불가피하다고 생각하여 제목을 바꾸어 다시 얼굴을 내밀게 되었다. 뼈대를 손상하지 않는 범위 안에서 내용을 부분적으로 보충하였다. 이 글은 『歷代韓國文法大系』의 ③22, 23의 『한글 論爭論說集』을 주로 이용하였는데 위의 두 책에는 출전과 발표 연대가 미상인 것이 많아 자료로서의 이용 가치가 의문시되던 차에 조남호 박사(국립국어원)의 노력으로 밝혀진 것이 적지 않다. 마침 올 5월에 간행된 『歷代韓國文法大系』 제2판에는 미상이었던 출전과 발표 연대를 보충할 수 있었다. 그리고 ③23의 제1판의 목차에는 쪽수가 잘못 기재된 것이 많으니 제2판의 목차를 참조하기 바란다.

본서에 실리는 부분에서 특히 보충된 것을 밝혀 둔다.

먼저 1910년대에 활동한 김두봉, 박승빈, 안확의 공적을 표면에 부각시켰으며 둘째로

1920년대 중반에 민족어문의 통일에 대한 필요성을 역설한 사공환(司空桓)의 업적을 새로이 발견하였다. 사공환은 인명사전에도 나오지 않는 사람이지만 그의 민족어문에 대한 열정이 남 다른 바가 있다고 생각하여 이번 기회에 조명하기로 하였다.

셋째로는 훈민정음 창제 기념식이다. 이에 관련된 자료는 김승곤 한글학회 회장이 『한글 새소식』 429(2008. 5)에서 공개한 「한글학회 100년의 발자취(3)」에서 볼 수 있다. 지은이는 김 회장의 글에 기대어 동아일보의 해당 기사와 『가람일기』(1)(1975, 229쪽)를 대조한 결과, 1924년의 행사는 훈민정음 창제 기념일이었음을 확인할 수 있었다. 그 뒤 지은이는 1924년의 동아일보 기사와 『가람일기』의 기록을 김민수의 「朝鮮語學會의 創立과 그 沿革」(『周時經學報』5, 59쪽)에 이미 공개된 것을 알고 이를 각주 65에서 밝히기도 하였다. 위의 기록을 통하여 훈민정음의 최초의 반포 기념은 1926년 9월 29일이라는 종전의 해석이 옳다는 것을 다시금 확인할 수 있다.

넷째로는 개정 언문철자법에 대한 조선일보사의 설문(1929. 5. 28~6. 20)을 많이 보충하였다. 『역문』 ③22(839쪽)에는 4일분만 나와 있어 그것이 전부인 줄 알았는데 뒤에 1929. 5. 28 ~ 6. 19일까지 13회에 걸쳐 연재된 것을 알고 이번 기회에 그 내용을 보충하였다.(각주 96 참조)

본서에 실리는 부분은 주시경이 죽은 1910년대 중반부터 한글맞춤법통일안이 공포된 1930년대 중반까지 20년 동안의 민족어문의 정리와 표준화 양상을 밝힘으로써 민족문화 창조의 기반 구축에 헌신한 우리 선인들의 업적을 되새긴다는 뜻에서 기획·집필되었다. 자세한 해설은 앞서 든 『한국어문운동과 근대화』의 [붙임말]을 보기 바란다.

이 작업에 이어 1930년대 후반부터 일제 암흑기에 걸치는 10년 동안의 표준말 사정과 외래어 표기법의 제정, 그리고 어문 정리 사업이 집성되는 민족어사전 편찬과, 뒤이어 일어난 조선어학회 사건에 대한 전면적인 조명이 뒤따라야 할 것이다. 사실 개화기 이후 30여년에 걸쳐 민족어문이 정리되고 표준화가 성취되지 않았더라면 해방 후의 우리의 언어 문자생활이 어떤 상황 속에 놓였겠는가는 상상을 불허한다. 해방과 동시에 반도 안팎에 흩어져 있던 우리 민족이 하루 아침에 민족어 교육을 실시하고 민족어문으로 언어생활을 하게 된 이면에는 일제 강점기에 이미 어문정리사업이 이루어져 있었기 때문이었다. 이런 점과 관련시키면 개화기와 일제 강점기에 민족어문을 연구하고 표준화 사업에 헌신한 인사들에 대한 대접을 소홀히 할 수 없다는 것을 알 수 있다.

4. 옛 소련 고려인 사회의 민족어 수호 운동

이 부분은 서울대학교 한국문화연구소 공동주제 『한국어문의 표준화 연구』 중의 「반도 밖의 표준화운동」을 『冠嶽語文硏究』22(1996.12)에 「1920년대 후반의 소련 한인사회의 한국어문의 표준화운동」이란 제목으로 발표하고 다시 『한국어문운동과 근대화』(탑출판사, 1998)에 옮겨 실은 것을 떼어 내되 위와 같이 제목을 바꾸면서 내용을 부분적으로 보강하였다. 지은이가 위의 보고서를 쓸 때에는 사할린의 민족어 회복에 대하여는 생각이 전혀 미치지 못하였는데 2006년에 뜻 밖에도 1947년에 사할린에서 나온 유시욱(柳時郁)의 『朝鮮文典』을 입수하게 되어 해방 후의 사할린 지역의 우리 민족의 보급 양상을 어렴풋이나마 알 수 있게 되었다. 이 자료를 보충함으로써 우리 민족은 해방과 동시에 반도 안팎을 묻지 않고 민족어를 큰 어려움 없이 부활시켜 민족문화 창조의 바탕을 닦을 수 있었음을 확인할 수 있었다. 그 사이에 연구된 결과를 수용하여 고려인 사회에서 민족어의 연구와 보급에 많은 업적을 남긴 오창환과 계(桂)봉우에 대하여도 그 내용을 충실히 할 수 있었다.

원고를 넘기고 나서 지은이는 이번 여름에 사할린을 다녀온 국립국어원 구지민 선생과 사할린 한국문화원 원장 정창윤 선생의 협조로 김병하에 대하여 어느 정도 알 수 있었다. 김병하의 제자인 허남훈 선생(또마리 중학교 근무)에 의하면 김병하는 1894년 전후에 출생하여 1963~64년경?에 시베리아에서 작고한 것으로 알려져 있으며 평안도 사투리를 많이 썼다고 한다. 김병하는 1950년대 조선사범학교에서 근무하였으며 사할린에서 모스크바로 이주하였다가 1961년 전후 김일성 종합대학 조선어과 과장을 3년간 역임하였다고 한다.

찾아보기

저자 **고영근** 高永根

1936년 경남 진양군(현재 진주시)에서 태어나 서울대학교 국어국문학과와 대학원을 거쳐 같은 대학교 국어국문학과 교수를 역임하였다(문학박사). 훔볼트 초빙교수로 독일 보훔, 콘스탄츠, 함부르크, 뷔르츠부르크 대학에서 이론문법과 텍스트과학을 연구하였다. 현재 서울대학교 명예교수로 있으며 어학전문 국제학술지 「형태론」의 편집대표를 맡고 있다.

✉ 전자우편(e-mail): komorph@hanmail.net
▲ 홈페이지(homepage): http://www.komorph.com

✍ 짓고 엮은 책
『한국어의 시제 서법 동작상』(2004/2007 보정판), 『중세국어의 시상과 서법』(1981/1998 보정판), 『국어형태론연구』(1989/1999 증보판), 『텍스트이론』(1999), 『우리말의 총체서술과 문법체계』(1993), 『단어 문장 텍스트』(1995/2004 보정판), 『역대한국문법의 통합적 연구』(2001), 『한국의 언어연구』(2001), 『국어문법의 연구』(1983), 『한국어문운동과 근대화』(1998), 『북한의 언어문화』(1999), 『최현배의 학문과 사상』(1995), 『통일시대의 語文問題』(1994), 『우리말 문법론』(공저)(2008), 『표준국어문법론』(공저)(1985/1993 개정판), 『북한의 문법연구와 문법지식의 응용화』(2008), 『북한의 문법연구와 문법교육』(공저)(2004), 『한국텍스트과학의 제과제』(공저)(2001), 『문법과 텍스트』(공저)(2002), 『월인천강지곡의 텍스트분석』(공저)(2003), 『중세어 자료 강해』(공편)(1997), 『역대한국문법대계』(공편)(1977~1986, 2008 제2판)(모두 102책), 『주시경, 국어문법』(공동교감)(1986), 고등학교 『문법』(공저)(1985/1991) 등 30여 종

민족어의 수호와 발전

초판인쇄 2008년 9월 11일
초판발행 2008년 9월 22일

저자 고영근
발행 제이앤씨
등록 제7-270

주소 서울시 도봉구 창동 624-1 현대홈시티 102-1206
전화 (02) 992 / 3253
팩스 (02) 991 / 1285
전자우편 jncbook@hanmail.net
홈페이지 http://www.jncbook.co.kr
책임편집 조성희

ISBN 978-89-5668-642-4 93810   정가 30,000원